清詩話全編

道光期三

張寅彭 編纂
張宇超 朱洪舉 點校

国家出版基金项目
NATIONAL PUBLICATION FOUNDATION

上海古籍出版社

第三册目次

印心編　竹雪詩話

印心編　竹雪詩話提要

《印心編》三卷，《竹雪詩話》三卷，據南京圖書館藏稿本整理點校。撰者沈志善，號詮齋、竹雪、嘯月山人，如皋人，邑庠生。此本前有「中華民國四年乙卯歲九月中浣重訂」、「後附印心編」等字樣，鈐「沈貽穀字紹穆號可式別署藝廬江蘇如皋人」等印，知由沈詒穀重訂於民國四年。「後附」者，乃前爲「竹雪詩話」，「印心編」封頁置於全書稍後。今細檢此所謂重訂本，實分每頁九行與每頁八行兩種，而以每頁八行者爲主，兩者約爲四一之比。「印心編」封頁後皆爲每頁九行者；又有九行者七頁，或以標「論詩」二字小目，被錯置於「竹雪詩話」前部，遂使每頁八行者隔而不貫矣。又此稿記沈氏兄弟日常談詩不輟，文中有署年月日者，自道光二、三、四、五年連續而下，（六年未署）至七年止。且四年有三月廿四日、長夏、新秋、八月初一日，五年有三月二十日、端陽後一日、八月十三日，七年有丁亥春、杪冬等記，全稿或即成於七年。而上述兩部分，每頁九行者所記爲道光二年至四年長夏前，每頁八行者爲此年長夏後所記，據此可斷九行者爲《印心編》，當在前；八行者爲《竹雪詩話》，當在後。又各有换頁重起頭者三處，即據以分卷，各爲三卷。全稿重訂爲《印心編》三卷、《竹雪詩話》三卷，庶幾復其原本矣。沈氏論詩以道學修誠爲本，雖亦主「真」，其真實是「誠」也。詩則上溯至《詩經》漢魏，以風人詠歎、温柔敦厚爲準則，以漢前詩之所謂「意味深長」取消後天之詩功鍛煉，以爲詩之厚在「意味」，不在才氣。故極不滿漁洋「東坡千古一人」之説，判定蘇、黄乃藝林之「大利大害」者，「後世作家爲蘇氏所害甚多」，以至改推程、朱爲「宋詩正聲」，而與「唐詩正聲」之李、杜併立。沈氏與蓮溪、太初諸弟，終日閉門高吟快談，大言「千古論詩吾第一」，於前人只服膺《滄浪詩話》及沈德潛兩家，認歸愚爲滄浪後一人而已。其「唐人趣不勝情，宋人情不勝趣」，「唐詩猶有似風人者，宋人全乎脱盡」諸語，直若《滄浪詩話》之翻版，而於乾嘉時已達成之宋詩正面結論大爲倒退也。其宗滄浪而不喜漁洋，本屬有見，然謂漁洋「入蘇詩窠臼」，「得力杜、韓二家」，「使其全學古詩、唐詩，直去李杜不遠」云云，又跡近臆説矣。全書幾若滄浪詩學之具體解説，其人之自負，亦似學滄浪「斷千百年公案」口吻而勿稍慚，可謂嘉道詩學之一抹異色。然觀其兄弟猜詩，樂此不疲，竟連《古詩十九首》、李杜詩亦時不中，豈非自欺欺人乎？

印心編　竹雪詩話序

縱横南北，遍閲詩人；上下古今，誰推識者？喜君年少，筆開連理之花；愛弟情深，夢繞西堂之草。此詮齋詩話所由作也。蓋由以競爽塤箎，標名昆季。問踪跡則機、雲同室，數詞章則儀、廙聯鑣。相與竹柏悦心，經韋合贊。彈玉琴而邀賞，吹銅笛而道歡。每當雁候，螢初，露朝星晚，故人風至，名士酒來。魚嘗宋嫂之羹，花選馬塍之窖。白波横捲，紅蠟高燒。賭吟而鉢響先催，摘句而詩牌重門。班香宋艷，早品第之無差；丘錦江花，自權斷之不爽。模山範水，應輸□□春風；錯彩鏤金，曷若芙蓉初日。愛陽春之有脚，聆時鳥之□□。□□一室論詩，其千秋佳話也乎！余三復斯編，才悦青蓮□□□□。晚唐佳句，無當雅懷；南宋新詞，有乖正始。八十一家文□，□□□□之瑰奇；三百十篇詩歌，雅愛詩人之忠厚，余故樂而爲之〔序〕。

甘泉謝堃拜題。

讀此卷論議俱正，推至《三百篇》，可謂探本窮源，不失温柔敦厚之旨。不獨有關詩教，且有裨乎世道人心。至論辯所引賅博，棄取分明，足徵學識兼到，宏覽無运。卷中以唐李、杜大家爲宗法，尤見卓識。漢、魏及《十九首》是詩家津梁，不可不熟讀而深味之。此與愚見適合。憶往年初學詩，即好漢魏、初盛唐，而尤寢饋于李、杜兩家，至於神氣夢寐，皆與之合。頃計少年至今，所作古今體及樂府歌行，有九千餘首。昨自删棄〔至〕千餘首，蓋語不純、氣不厚、韵不諧、體不古、意不正，悉删之，約得十卷，行録呈教〔於前〕。此論稍有可商者，似涉理學格言者過多，此等議論，自有專門。程、朱二家詩，朱〔實勝〕程。至堯夫《擊壤》，純論道學，而語近俚俗，是以詩家不選。若夫詩人命意，女□□□如《三百篇・齊風》刺魯莊公，明識其非，桓公之子是襄公亂妹所出，而乃曰□□□□又左氏極惡鄭莊公，而於克段謀許，反多與之，是此意耳。

如皋霽峰園生莽徐□。

印心編卷一

論詩

温厚宣真意，聲音出自然。勿忘更勿助，涵養性中天。

嚴滄浪云：「入門須正，立志須高。工夫當從上做下，不可從下做上。」誠哉斯言！吾謂先須涵養性情，推本仁孝，熟讀《三百篇》，朝夕諷詠，以爲之本。人多不肯讀者，無非畏難耳。不知吟咏久之，極能感人。全部中足有大半明白如話，如《周南》之《關雎》、《葛覃》、《卷耳》，《召南》之《〔鵲〕巢》、《草蟲》、《采蘋》諸詩，得其解説，涵泳數番，神意冲和，性情怡悦穆□，入極樂之鄉。味其意境本無難，于後人律絶，第句法不同耳。□□較之後人四言，反易領略，無其重晦故也。無如人不師古□□□風，視古人書如天之不可階升，雖有良法，奈其畏古何？無已□□得，先就其中之易解者悟入，從此開其徑路，嘗其旨甘，馴致□□然冰釋、怡然理順之境，此學詩之始基也。《三百篇》讀後，則讀《古詩十九首》、樂府四篇，李陵、蘇武，漢、魏五言，皆須熟讀。即以李、杜二集，枕籍觀之，如今人之治經，然後博取盛唐名家，醖釀胸中，久之自然悟入。至于宋元以後，其佳者亦可讀也。即俟上數者讀畢，後及《離騷》，亦無不可。吾易《離騷》爲《風》、《雅》者，非欲更高于《離騷》，亦非欲翻滄浪案也。第《騷》極難領略，且奇奥瑰異，無可效法；《三百篇》雖出《騷》前，反易領略，而且醇正之極，既正于《騷》，復易于《騷》，此吾易《離騷》意也。乳臭之子見吾此説，必笑其過高。笑吾何妨，自誤可惜。聖人選經，不是與人誦讀，又何用者？况此書縱以爲無益，自不至有害，曷姑依我上數法，細細體會數年，然後作詩，復以向年所作之詩比較一番，看是何如？噫！當必有判以霄壤者矣！

詩文要本實心而出，今不如古者，總由虚意浮情，一虚浮則無韵味矣。每觀時人詩賦，不論古人品第，但陪襯處俱隨意褒貶，揄〔揚〕失實，好古之士，不肯役志于此也。有以夫？

元趙松雪《弔岳王》詩，神意深穆，殊勝後人。

吾嘗謂除三小而兄弟和，謂小利、小忿與遠小人也。人□□□□錙銖，聽信讒言，遂至分爨。甚則遷喬異鄉，以爲外人助己，□□□弟可比，此見最誤。殊不知外人始而僞助，繼則相謀，其詭謀□□于兄弟，非但錙銖而已也。嘗見某某遷居他鄉甫十數載，而往〔往〕不堪，决志欲歸，而勢不自由，每思故里，淚涔涔下。一日午窗閒〔坐〕，又讀至《泉水》詩，淚如雨下。復讀一遍，至「有懷于衛，靡日不思」、「我思肥泉」等語，淚拋而聲噎矣。吾素愛《泉水》詩，覺今番讀之，更非曩日意境可比。

頂天立地大丈夫，不如巾幗婦人，惜哉！或曰何謂也？今人爲小利小忿，骨肉生嫌，婦人又從而離間之，遂至忿争乖戾，嚴如仇敵；而婦人之于兄弟子姪，反能時時照顧，丈夫若非議之，立即忿怒，是婦人能自愛其兄弟，而我却因婦人而自薄其兄弟。甚至不孝者，於父母亦然。豈非丈夫不如婦人哉？人皆知弗聽婦言，而不得其法，終無益也。吾以此論提醒之，庶幾可改積習，悟此後誦《常棣》詩，愈覺低佪嗚咽，不堪爲懷。

納涼有感

癸酉夏六月，先嚴與素芬、墨庵伯暨映庚兄、蓮溪弟納凉柳岸，〔墨〕庵伯忽指高樹曰：「月照蛛網，悠然可愛，畫所未見者也。」距今□□言猶在耳。昨晚與弟對坐樹下，感念此景，成詩一句云：「樹〔高蛛網〕月玲瓏。」嗚咽不已，因思弟爾時方九齡，即聞此語，未必能記□□，于是獨喻無言，解衣就寢矣。今晚又望月微吟，偶爲弟述其事，〔弟〕曰：「異哉，異哉！子以爲子獨喻乎？我昨晚亦感此景，亦憶前言，亦〔得〕一句云『月明蛛網懸高樹』，亦未足成也。」于是感中生感，不能喻之于懷，因共足成之，以記其事。時道光壬午六月十二日也。「興懷往事意無窮，對坐迎涼柳岸中。水曲螢燈星歷亂，樹高蛛網月玲瓏。人亡物在何心見，雲散風流轉眼空。悵望清光增感喟，何期時正兩心同。」「携手披襟柳岸前，凉蟬聲斷白雲天。月明蛛網懸高樹，風定螢燈聚野田。世事荒凉悲此日，高堂指點憶當年。與君默契髫齡事，烟景依稀更可憐。」

杜工部「年年至日長爲客」詩，神情無限，亦無非渾穆之故耳。

或又問曰：「子與蓮溪，年未弱冠，悟詩源本，此見何來？」余曰：「自古詩、唐詩來也，實自吾心中來也，豈有他哉？」

一代國運，詩亦隨而升降。如正《風》、正《雅》，元氣渾淪，俱有王風皡皡氣象；及至變《風》、變《雅》，蕭颯發洩矣，寒涼散漫矣。

後人詩爲對仗所害固多，爲寫景所害亦復不少。噫！非情入□□怎有當于斯文？

印心編卷二

弟誦「花鬚柳眼各無賴，紫蝶黃蜂俱有情」使猜。余初聞而哂之，既而覺其有些意味，欲猜宋人，而覺其力量頗深，氣體亦厚，遂定爲唐人。自李、杜、王、孟、高、岑諸大家，推及杜牧之、劉長卿輩，覺其用筆略拙，思李長吉而又不古奥，且無大意味。再思及温飛卿、杜荀鶴輩，又不相似。忽想到李義山，便瞿然曰：「極似此老。」果然。

蓮溪弟曰：「『葡萄茵暖蕙重微，紅日窺軒睡覺時。』詩句何如？」余曰：「此必婦人詩也。」弟解頤一笑曰：「却又不然。」余不解其意，因重涵泳之。覺氣體尚不薄弱，然纖靡太甚，且一「窺」字更纖小之至，斷非唐人，必宋詩也。弟曰：「子未讀退之《山石》句，已知渠爲女郎詩耶？」元遺山論秦少游詩曰：「『有情芍藥含春淚，無力薔薇卧曉枝。』讀罷退之〔山〕石句，始知渠是女郎詩。」

又曰：「老翁歌枕聽鶯囀，童子開門放燕飛。」余聞而擊節曰：「佳哉，佳哉！視前詩如婢見夫人。」因思意境極佳，惟口氣不似唐人，必爲宋代名家，果范石湖也。

又曰：「人倦披衣雙燕出，青絲高骨木蘭枝。」余沉吟久之，覺筆氣仍如秦詩，亦猜少游，果然。

又曰：「欲舞御名〔寧〕無蝶，思歌亦有鶯。」余曰：「雖用虚字，却有意味，頗似東坡『水底笙歌蛙兩部，山中奴隸橘千頭』。」又述二句云：「提壺催我醉，布谷勸人耕。」余已定爲宋詩，但宋詩余不甚深，却難指定誰何，玩此詩之意境，必宋名家，果王禹偁也。

又曰：「鷺窺蘆泊水，鳥啄紙錢飛。」余曰：「頗有意味，何纖小乃爾！必非唐詩。」弟曰：「既猜着非唐詩，更不必問何許人矣。」

又曰：「『隔花啼鳥唤行人』，誰人詩乎？」余曰：「詩不甚佳，『隔』字『唤』字並無深意。必非盛唐人詩。」弟曰：「晚唐詞曲中語也。」

又曰：「『春風日日吹香草，山北山南路欲無。』何人詩？」余曰：「此二句較『隔花啼鳥』句好多，然必非李、杜。『路欲無』三字近于有意，力量不及唐賢，且意境畢竟不深遠。唐人詩即淺近景致寫出無窮韵味，此二句宋人優爲之矣。」果王荆公七絶也。

又曰：「歲暮百草零，疾風高崗裂。」余曰：「厚極，厚極。」然又恐後人摹倣爲之。沉吟細思，以辨及毫釐。久乃曰：「此非宋詩也。」弟曰：「再述二句，子必知之。『天衢陰峥嶸，客子中夜發。』」余曰：「古厚極矣，深遠極矣，必杜老也。」弟曰：「宋人能爲之乎？」余曰：「怎得有這般力量？無論全神渾穆，即『中夜發』三字，真切而古厚，或者魏晉則有之耳。神似古詩，何言宋也？然畢竟杜老耳。」果然。

弟曰：「有一詩起二句『笑矣乎，笑矣乎。』」余曰：「吾雖未知全詩，然觀此二句，已近輕狎，必非古詩。」弟又吟四五行，余轉心愛其筆意矯矯，沉吟半晌，突然謂弟曰：「必非太白。」弟因録全首，余反覆看數遍，幡然曰：「太白豪邁之中終是醇正，字句無一庸弱。此詩粗豪，不能細密。起用『笑矣乎』，已嫌突，下又叠用數『笑矣乎』，終近輕狎，氣體不古厚，機調近後人。」弟曰：「是前明劉伯温、陳眉公，及本朝屠赤水、鄭板橋諸公乎？」余曰：「此詩有感慨，有寄托，茲數公筆意尚未能逮。然終非唐詩。」弟曰：「然則是盧仝輩乎？」余不知盧何時人。弟曰：「是五代時好爲豪放家數者。」余曰：「玩其氣體，應在五代之間。」弟忽幡然曰：「然則此詩之非李太白也，無容疑矣。」余曰：「何謂也？」弟曰：「此詩誤入《太白集》中，前人因是反譏太白詩，嚴儀卿闢之甚力。」余曰：「且不必〔深〕求，即觀叠用數『笑矣乎』，便知非太白矣。而况弱句庸調，亦復不□語全無大家氣度，况太白乎？誤入何疑。」

「笑矣乎，笑矣乎！君不見曲如鈎，古人知爾封公侯。君不見直如絃，古人知爾死道邊。張儀所以只掉三寸舌，蘇秦所以不懇三頃田。笑矣乎，笑矣乎！君不見滄浪老人歌一曲，還道滄浪濯吾足。平生不解謀此身，虚作《離騷》遺人讀。笑矣乎，笑矣乎！趙有豫讓楚屈平，賣身買得十年名。巢由洗耳有何益，夷齊餓死終無成。君愛身後名，我愛眼前酒。飲酒眼前樂，虚名何處有。男兒窮通當有時，曲腰問君君不知。猛虎不看機上肉，洪鑪不鑄囊中錐。笑矣乎，笑矣乎！甯武子、朱買臣，叩角行歌背負薪。今日逢君君不識，那得不爲佯狂人。」

弟將阮籍《詠懷》詩數句使猜，余曰：「是真古詩，但玩其情致，一氣迴合之中，乃覺非漢魏耳。」果阮嗣宗也。

作詩必先求和調，後求悲壯，不然恐倔强口中。弟曰：「登高望四海，天地何漫漫。霜被群物秋，風飄大荒寒。」余接口讀之，昂頭天外，飄然有置身千仞意。謂弟曰：「必太白也。」弟曰：「何謂也？」

余曰：「後人非無闊大語，然闊大中終不能細密。此詩發闊大於極細密之中，故今猜太白而無疑也。」果然。弟曰：「嚴儀卿謂：詩可悲壯，着不得一健〔字〕。」余曰：「誠然。壯字尚無害于温柔敦厚之意。」

弟誦：「曉來江門失大木，猛風中夜吹白屋。天兵斬斷近海戎，殺氣〔南〕行動坤軸，不爾苦寒何太酷。邊東之峽生淩澌，彼蒼旋斡人不知。」余曰：「雄闊中極細密，精力極足，而仙氣深深，似李太白。」不意乃杜老也。

王耘渠先生文如諫果，余少時最不喜，久誦味甘于回。即如四十、五十文，誦詠久之，有金石聲。弟誦：「日入群動息，〔歸〕鴉入林鳴。嘯傲東軒下，聊復得此生。」余曰：「此必古詩。」弟曰：「何故？」余曰：「唐人必用『日暮』，『日入』則古矣。古淡高曠，已近唐人；然又非初唐，惟盛唐王、孟二公頗得大意，然又不能到。因大疑曰：以爲古詩，又不如漢、魏之古厚，復不若齊、梁、陳、隋之浮靡，畢竟何人乎？必晉詩也，十分是晉陶靖節。」果然。

弟誦：「北斗横天月將斜。」余曰：「後人亦有此筆意，然此何渾古乃爾！且『横天』二字極横古，極真細，畢竟古詩耳。」果然。

弟誦「天際識歸舟，雲中辨江樹」二句，余初聞而覺其大近唐人，細玩之細入微茫，寫景中毫無隔膜，纖麗中復極古厚，頗似太白，然終古詩耳。弟曰：「何時人乎？」余曰：「顔、謝諸公。」果謝詩也。

弟誦：「四顧何茫茫，東風摇百草。」余聞而驚曰：「何若是之大而遠〔也〕，必古詩。」弟曰：「何時人乎？」余咀茹久之，闊大而渾穆，已定爲非魏晉以下。因將「池塘生春草」句參味之，覺瞠乎其後，幡然曰：「必漢人□。」果《古詩十九首》中語。因嘆曰：「何若是之大而遠也。令人高瞻遠矚，有飄然世表意。而又沖穆人神意，蜜咏恬吟，嗚咽喉間，此古人所以高也。嘗嘆杜詩高大，此更上一層，蓋漢去古不遠，得元氣之極厚，非人力可到。」

弟偶閱古今類書，忽舉一詩使猜。余一聞「終南有茅屋，前對終南山」，便心驚曰：「此二句極正大，而不同尋常循環語。」下接「終年無客常閉關，終日無心雲自閑。不妨飲酒復垂釣，君但能來相往還。」余瞿然起曰：「何若是之高妙自然，若是之深細渾厚也！此必盛唐人詩，無疑及初、中、晚者。」謂弟曰：「極似王摩詰。」因思唐代大家極多，復自李、杜，思及韋、孟、岑、高輩，覺四「終」字叠用，敏妙之至，不似韋、孟、高、岑輩，頗似太白意境。謂弟曰：「必王、李二公。」弟曰：「終屬何人乎？毋乃宋以後乎？」余曰：「此詩之非宋詩，無容疑者。只王、李二人，吾須細細辨耳。」沉思半晌，豁然謂弟曰：「此詩閒逸化機，無迹可求，惟仙氣稍殊于太白，必右丞詩也。」弟訢然頷之。

弟誦一人《海棠》詩曰：「軟非因醉都無力。」余笑曰：「吾往日猜詩，不敢粗定優劣，雖初看不滿吾意，必反覆吟咏，更合全首細體之，方敢斷制。及至此種詩，不必然也，一出口便知矣。必宋、元以後也。」弟□曰：「雖未猜着，却猜得不錯。此却是唐詩，然劣極矣。嚴滄浪謂晚〔唐〕詩已入野狐外道，真不誣也。」

弟曰：「『河之水兮波洋洋，我不濟兮非無梁，迴車東望涕沾裳。』詩何如？」余曰：「古調中有真意，全無痕迹，必古詩也。」弟曰：「此極似古詩，却出自國朝魏裔介，確士亦深許之。」余曰：「詩能如此，誰謂古今人不相及耶？」

弟誦「艷色偏宜新雨後，笑容全在未開時」，使余猜。余曰：「詩非不佳，但較唐詩便無大意味。且説明艷色，偏不見其艷矣。此詩不耐人咀味也。古人所以高出後人者，非以古調勝人，意味無窮故耳。即以咏物論，如王、杜二公櫻桃詩，何寄托之深遠也！然亦不必拘有寄托，但能體物盡致，意味深長，自爲佳作。」弟曰：「神不肖者，畢竟體物不工。吾繪星象，必求神似，乃繪一星而未盡神似，及出外視之，終有缺于形似也。果盡形似，自能神似矣。」余曰：「此論極是，淺人不知。」

弟誦「千峰楚岫碧，萬水潁城陰」使猜。余沉吟半晌，覺其古奥而氣近漢以後，便曰：「此魏晉六朝時也。」弟曰：「然。嚴滄浪謂此詩假宋玉，誠爲篤論。蓋宋玉時未有對仗，此詩惡得爲楚歌。」

余數日前，曾疑杜工部《秋後苦熱》詩似近徑直，今乃知其不然。〔謂〕弟曰：「含無窮境于當前景物之中，極真摯迫切，萬不可嫌其俗。」弟曰：「不臨其境，人惡知其佳之所以然也。」

道光四年三月廿日，余尚在床，弟曰：「可惜歡娱地，都非少壯時。」余聞而按其口氣，便嘆曰：「極厚極真，吾欲叩首矣。不必猜宋以後，猶恐是古詩。」因細玩魏、晉及齊、梁，覺意境頗似，惟口氣不同，必非古詩，然唐賢無一能此，斷定杜老。果然。

又誦「天地爲我罏，萬物一何小」詩，使猜。余聞而心疑，曰：「却是古詩，何懈緩乃爾！」又重按之，覺自己並無深意，惟復述前人成語耳，無甚佳處也。然氣體古樸，又非唐詩。以爲古詩，而又不佳，大是可疑之事。果晉人詩之平平者也。

弟誦：「一枝何足貴，憐是故園春。」余曰：「詩極佳，必爲唐人。頗似杜老，而筆氣差一層。」果張曲江詩也。

弟誦：「此物何足貴，但感別經時。」余初聞起句，猶若平平，及聞「別經時」三字，便大驚曰：「何曲折若是！較前二句便深厚渾穆，無限意思出矣。」謂弟曰：「必古詩也。」弟使猜何時，余令再誦數句，曰：「清香盈懷袖，路遠莫致之。」余曰：「定漢詩也。」弟誦全首未竟，余連止之，曰：「不必再誦，定西漢也。」果《古詩十九首》中詩也。

弟又誦「涉江采芙蓉，蘭澤多芳草」一章，余曰：「何深厚至此！較蘇、〔李〕詩渾厚更甚，亦西漢最上乘詩也。亦必《十九首》中詩也。」因相謂曰：「此種反易猜，氣體高渾穠厚，入口便覺，如飲陳醪，愈味愈厚。」弟曰：「此詩較『此物何足貴』詩，似更渾厚些。」

弟誦三言詩曰：「君有行，妾念之。」余曰：「即此二句，已見深厚，定古詩也。」及誦：「出有日，還無期。結巾帶，長相思。君忘妾，未知之。妾忘君，罪當治。妾有行，宜知之。」余曰：「真摯古厚，韵味無窮。定爲漢人。」弟曰：「後代大家能擬乎？」余曰：「擬作終有痕迹，此必非也。」弟紹余曰：「國朝大家所擬者。」余大驚曰：「事竟出此乎？余直無可把握矣。」弟曰：「子以爲確士若何云云？」余曰：「他人吾不知，滄浪、確士與吾同見，必然傾倒。」弟始曰：「蘇伯玉妻《盤中詩》也。吾不誦全首者，恐子一見便知耳。其實確士稱此詩爲絶調。」

學者無論欲成大家，欲成名家，或祇應酬唱和，或祇利于場屋。《滄浪詩話》、《説詩晬語》、《古詩源》、《唐詩别裁》，不可不讀，此初學書者之《多寶塔》，初學文者之《明文商》也。

蓮誦：「相見各頭白，其如離别何。幾年一會面，今日復悲歌。」余連□不已，曰：「必杜老也。」

弟誦「我詩如曹檜，淺陋不成邦」詩，使余猜。余大笑曰：「必時人如趙雲崧諸公也。」弟曰：「出自山谷。」余曰：「噫嘻！自宋已開此調耶？真所謂『滄海横流』也。」

弟誦《聖皇篇》使余猜。余初看一遍，猶以爲散漁，讀至二遍，覺其筆氣極柔，極合口。讀至三遍，而大驚曰：「吾始以爲後人擬古，自今觀之，杜老猶未之逮，直得風人温柔敦厚之意，真奇事也。」遂批云：「夷猶感喟，懇摯安和，古奥不必言矣。杜老猶未逮，况其他乎！必古詩也。」原來子建所作。乃嘆曰：「杜老云：『詩看子建親』，吾今乃知子建真面目矣。」

弟誦《蒿里行》，使余猜。余曰：「不及前詩之温柔，此詩力量似乎杜老可幾矣。然氣體古厚，終古詩耳。」不意竟爲曹孟德之詩也。

弟誦《贈白馬王彪》詩七首，使余猜。余曰：「温柔敦厚，長于諷諭，亦必子建詩。」弟曰：「杜老擬作也。」余曰：「不然。杜老儘力量作詩，力量到一分，詩到一分，不似後人勉强襲古人面貌。此詩呼吸安和，一氣相生，兼得風人騷人神味，杜老未之逮也。」原來亦子建詩。

余猜子建詩後，是夜神游詩府，猶辨論不已。誦古詩數首，又誦杜工部七律數首，神意深穆，興味無窮。醒後書云：「魂夢遨遊到詩〔府〕，翩翩蝴蝶是莊周。」

「送君壩陵亭，灞水流浩浩。上有無花之古樹，下有傷心之春草。我向秦人問路岐，云是王粲南登之古道。古道連綿走西京，紫闕〔落〕日浮雲生。正當今夕斷腸處，黄鸝愁絶不忍聽。」余初看似宋人，久乃覺其神穆而意厚，字字藴蓄，必非宋人。弟曰：「李太白也。」

「落星開士接僧屋，龍角老翁來賦詩。小雨藏山客坐久，長江接天帆到遲。宴寢清香與世隔，畫圖絶筆無人知。蜂房各自開户牖，處處煮茶藤一枝。」吾初疑杜老，細玩之，口氣終非，末二語更似宋人，果山谷也。

弟誦漁洋先生詩：「接迹風人《明月篇》，何郎妙悟本從天。王楊盧駱當時體，莫乞刀圭誤後賢。」喜其宫商協應，筆歌墨舞。余曰：「然。即此一詩，自見其厚，淺人不知。」

印心編卷三

弟舉一詩使余猜曰：「夜氣昏林薄，燈光動水濱。四山飛木葉，孤艇卧星辰。歲月頻搔首，湖天正側身。功名望游子，長念白頭人。」余甫聞即笑曰：「此必時人詩也。」重讀一遍，覺其音韻諧暢，意境深遠，句老而氣柔，微似杜老，因大生疑。復讀一遍，至「正側身」三字，覺其不諧，且「正」字亦嫌不老，復涵詠十餘遍，氣體間微嫌貫而不貫，「孤艇卧星辰」下，忽接「歲月頻搔首」二句，不甚融化，若別處接來者，此後人不如古人處。且「正側身」畢竟嫩弱，必非杜詩。然意境深遠，時賢〔能〕及意者，其漁洋乎？弟曰：「蔣心餘詩。信如子所云，老而柔，時賢〔不及〕措手，名下無虛，洵然。子云『歲月頻搔首』若別處接來者，極是。蔣□別詩中亦曾如此接也。然此詩尚存古人風骨，亦足敬也。」

弟曰：「吾誦一《寶劍》詩，子試猜之：『君不見，昆吾鐵冶飛炎烟，紅〔光紫〕氣俱赫然。良工鍛鍊凡幾年，鑄得寶劍名龍泉。』」余聞而精神斂□，嘆其直叙之中，精緊有生氣。接云：「龍泉顏色如霜雪，良工咨嗟嘆奇絶。」余聞而心驚神怡，曰：「真好詩來矣，何口氣若是之微婉也！」因改容聽之。下接：「琉璃玉匣吐蓮花，錯鏤金環映明月。」余連呼曰：「初唐，初唐！」下接：「正逢天下無風塵，幸得周防君子身。」深厚古穆，此種意思，句法字法，乃真古人詩。余擊節嘆賞，弟亦擊節嘆賞。下接：「精光黯黯青蛇色，文章片片緑龜鱗。非直結交游俠子，亦曾親近英雄人。何言中路遭棄捐，零落飄淪古獄邊。雖復沉埋無所用，猶能夜夜氣衝天。」余涵泳一番，覺其口氣極壯闊，又極微婉，深醇可敬。疑是初、盛大家，但口氣不似李、杜、沈、宋輩。忽幡然曰：「此必古詩，鮑、謝諸君所作也。中、晚唐賢且不能及，何況後人！」震駭移時，嘆賞移時。弟曰：「此初唐交盛唐時郭震詩也。杜老亦深重之。」有句云：「高詠寶劍篇，神交付冥漠。」此詩若不佳，哲匠豈推崇至此？弟曰：「此詩既提及之，心乎愛之，不能自已，欲查出熟玩。」因開卷互觀，共嘆曰：「〔首〕四句明明直話，乃極其精湛，使後人爲之，必膚淺無味矣。『龍泉〔顏〕色』一接，後人萬無此口氣。『天下無風塵』，句句真古真厚，且一『周〔防〕』，更極老到。『琉璃玉匣』與『精光黯黯』四句，五色寶光勃越，若後人〔爲〕之，不過絢爛駭目耳，萬無此生氣。入後意思氣韵婉妙，不可思議。此真詩，吾輩未嘗熟讀，惜哉！」

癸未夏四月廿二日，余方臨《有道碑》，蓮謂余曰：「吾舉一詩，子試猜之。」詩曰：「我本漢家子，將適單于庭。辭訣未及終，前驅已抗旌。僕御涕流離，轅馬悲且鳴。哀鬱傷五内，泣淚濕珠纓。行行日已遠，遂造匈奴城。延我于穹廬，加我閼氏名。殊類非所安，雖貴非所榮。父子見陵辱，對之慙且驚。殺身良不易，默默以苟生。苟生亦何聊，積思常憤盈。願假飛鴻翼，乘之以遐征。飛鴻不我顧，佇立以屏營。昔爲匣中玉，今爲糞上英。朝華不足歡，甘與秋草並。傳語後世人，遠嫁難爲情。」開口數句，余已心驚。及五六句，已定爲古詩，以弟方閱《明詩別裁》及《國朝別裁》，而國初諸大家，頗有真能擬古者，是以未敢猝定也。及至「行行日已遠，遂造匈奴城」，已知非後人擬作矣。再至「殊類非所安」以下數語，氣體古厚，呼吸安和，未及誦畢，咍然謂弟曰：「必非後人擬作。」弟曰：「是漢詩否？」

余曰：「口氣稍薄，却非漢詩。」弟曰：「比昭君原唱如何？」弟因誦昭君《怨詩》曰：「秋木萋萋，其葉萎黄。有鳥處山，集于苞桑。養育羽毛，形容生光。既得升雲，上遊曲〔房。離〕宫絶曠，身體摧藏。志念抑沉，不得頡頏。雖得委食，心有徊徨。我〔獨〕伊何，來往變常。翩翩之燕，遠集西羌。高山莪莪，河水泱泱。父兮〔母〕兮，道里悠長。嗚呼哀哉，憂心惻傷。」誦至「我獨伊何」以下，惻然□□，不自勝也。誦畢而合通首想之，古厚深穆之中，真意油然，過前詩遠矣。弟乃明述前詩之爲石季倫也。

弟又舉一詩，使余猜之。遂誦《七哀》詩曰：「西京亂無象，豺虎方遺患。復棄中國〔去〕，委身適荆蠻。親戚對我悲，朋友相追攀。出門無所見，白骨蔽平原。路有飢婦人，抱子棄草間。顧問號泣聲，拌淚獨不還。未知生死處，何能兩相完。驅馬棄之去，不忍聽此言。南登灞陵岸，回首望長安。悟彼泉下人，喟然傷心肝。」誦畢而難定。弟又述一遍，仍然難定，因録而吟咏之。起四句已覺薄弱，至「驅馬棄之去」二句，已定爲非漢詩。讀至末二句，然後復合通首思之，謂弟曰：「是古詩，非漢詩也。」弟曰：「何謂也？」余曰：「意旨未嘗不沉痛，而氣體不甚古厚，呼吸之間，大無漢人一段安和悱惻之意。且『驅馬』二句，語意亦嫌太直，頗似有唐大家，却不似漢人。」弟曰：「誠然，誠然。此王仲宣詩也。仲宣雖當漢末，已入魏詩。子所云『正魏與漢之所以分』也，毫釐之辨，不謂子竟先得我心之同然。」

弟曰：「『日居月諸，漸免于孩』，此二句唐宋以後否乎？」余細細體會，其意思濃厚之至，後人不能如此之厚。然亦非漢，意者其魏晉。弟曰：「誠然。陶淵明句也。」

弟曰：「今日春風好暄暖，可憐春盡古湘州。」余聞起句，即低佪□□口直言，深得古詩神致。此種意境，必須如此傳，後人以過于矜鍊失之矣。因重涵泳之，直截自道之中，復饒泳涵淵永之趣，必唐人也。然尚恐未必，因思宋代大家罕有能者，至于元、明、國朝，縱有此古厚，亦無此一段輕柔之意，遂斷定唐人。由初、盛推及中、晚，因指柳州、韋莊、杜樊川諸公。弟笑曰：「元微之也。」

弟舉詩使余猜，詩曰：「呼喚携鋤至，安排斜圃忙。兒童眠落葉，鳥鵲噪斜陽。烟火村聲遠，林菁野氣香。樂哉今歲事，天末稻雲黄。」余初讀一遍，愛其清遠韶秀，至末句微疑杜老，因復閱一遍，覺其不甚深厚，謂弟曰：「國初大家可爲也。」乃宋范石湖詩。

又曰：「小麥青青大麥黄，原頭日出天色凉。姑婦喚來有忙事，舍後煮繭門前香。」余曰：「此詩不必全誦，吾已知之矣。筆意庸弱，必非唐詩。意者其東坡乎？」乃亦范詩也。

弟又書曰「麥隴青青三月時」，余初按之，便覺有神味。及續曰：「白雉朝飛挾兩雌。」若不好念，幾疑是宋詩。續寫曰：「春天和，白日暖，啄食飲泉勇氣滿。」愈疑是宋人。又曰「争雄鬭死繡頸斷，雉子班奏〔急弦〕管。心傾美酒盡玉椀。枯楊枯楊爾生稊，我獨七十而孤棲。彈絃〔寫〕恨意不盡，瞑目歸黄泥。」末句若不相屬，于是復讀一遍，甫至首〔二〕句，即驚曰：音韵諧暢，較前詩已覺警策百倍，非宋詩也。且「春天〔和〕，白日暖」，以及「我獨七十而孤棲」，此種句法，後人用之，多不能行〔乎〕自然。復讀三四遍，愈入愈深，愈思愈出，跋其後曰：「似白也。」弟曰：「『似』字太活動，能斷乎？」余曰：「全體古厚而温潤，無懈可擊，非太白而誰？」弟曰：「何以獨知其爲白也？」余曰：「體格古厚，定爲唐代大家。惟筆意獨近太白耳。」弟曰：「近代袁子才詩。」余笑曰：「此詩若非太白，吾實難猜其人，至于是否袁公，何難知耶？再讀一遍，可以立決。」再讀一遍，仍批：「白也。」弟跋曰：「襟懷瀟洒人也。」余曾有句云：「襟懷瀟洒謫仙人。」因大笑。

弟舉一詩使余猜，曰：「四座且莫諠，願聽歌一言。請説銅鑪器，崔嵬象南山。上枝似松柏，下根據銅盤。雕文各異類，離婁自相聯。誰能爲此器，公輸與魯班。朱火然其中，青烟颺其間。從風入君懷，四座莫不歡。香風難久居，空令蕙草殘。」余初看一遍，即知是古詩。雒誦三四遍，覺其薄于東漢而厚于魏、晉，謂弟曰：「漢魏之間，而後漢爲多。」弟曰：「然也。『朱火燃其中』二句，弱否？」余曰：「此種句法，不得不然也。自然而然，即不爲弱。意議淹潤，氣機緊接，真古人詩。後人詩雖□流麗，切按之，句句停頓，不能一氣神行，雖大家不免。」弟曰：「然。故鍾伯敬謂『朱火』二句極厚，不知者反以爲薄。」所言良是。

弟又舉一詩，使余猜曰：「淼淼望湖水，青青蘆葉齊。歸心落何處，〔日〕没大江西。歇馬傍青草，欲行遠道迷。誰忍子規鳥，連聲向我啼。」余深玩之，覺其氣體古厚，神味悠長，必非宋人，按之唐賢，則太白相似耳。果然。

竹雪詩話卷一

林放問禮之本，而聖人大之。禮既有本，詩何獨不然？詩之本何？吟咏性情也。徒知吟咏性情猶非本，必能治其性情，以歸於正，乃得本中之本也，況不吟咏性情乎！今人作詩，必先限以題目，爲題所縛，故滯於咏物，滯於咏物而詩亡矣。何義門不知杜詩者，以讀排律法讀杜陵詩也，紕繆甚矣。吴穀人詩，看似鏡花水月，然推究其終，不過善於死事活用法耳。其詩皆從題目生出，無一詩從至〔情〕至性發出，此不得謂之詩也。嗟乎！義門、穀人乃當代巨公，氏□〔家〕絃户誦，而悖亂若此，其餘尚足論乎？原其所以至此者，皆□□□法不善，使之迷認路途故也。近世教法，先取題目，使之作詩，□□遂謂詩從題目發出，終身精神，俱從外物設想，萬卷書籍，皆□□藻之用。甚至有出題以難人者，如焉哉乎也、五風十雨、紫菊影、□菊影、海參、水母、閨房、僧鞋菊、屠門、觀音柳等題，要句句確切不移。嗚乎！心爲物役，詩風埽地矣。然而初學作詩，舍題目將何以爲教？曰：於此有術焉。窗下不必拈題作詩，先且選古人詩與讀，使之心地開悟，知詩爲達意之用，然後徐徐引導。或春日看花，或觸物有感，或遇喜慶事，或遇憂患事，使之作詩，以達其情。能達則已，不能達則問其情懷何如，作詩以代達之，再以古人達意法指示之，自然咏物而不滯於物，寫景亦無非寫情也。如杜老《促織》、《銀河》、《畫鷹》等詩，豈咏物乎？仍寫情也。若讀元人咏物諸詩，仍是趨入死港矣。至於弔古詩，切忌先出一題，曰「擬古人某詩」，須平時通古通今，讀書論世。如張良椎秦、荆軻刺秦等事，先使之胸中蘊涵此境，然後教之作詩，然後教之讀唐人咏史詩，則豁然貫通，悟入詩門，必〔不〕至如義門輩胸中結一破題痞塊也。此方是詩之本，此方是〔詩之〕源，此方是學詩之正法。嗚乎！制藝亦如是耳，其奈人之不□□□哉！

詩貴古雅，最忌甜俗，然亦有不得不用質直字句者。如蔡文〔姬《悲〕憤詩》「兒呼母兮啼失聲，我掩耳兮不忍聽」，以及「我曹不活汝，豈〔復〕惜性命」、「兒前抱母頸，問母欲何之」，古樂府中之「搥床便大怒」、「心中大歡喜」，《孤兒行》中俗句尤多，杜老集中更難枚舉，乃讀之不見其俗，惟覺高雅。若後人則一往無餘，令人欲嘔者，何也？總之古詩秀韵在骨耳，平時汲古功深，則雖咏俗情，無非雅韵。譬如書家，根柢既深，即隨筆圈點，亦自有致。若墨豬者流，下筆便俗，其大較然矣。

詩品本乎人品，人品高者，詩品高，不必遺世玩物，遁迹山林，始爲高也。總要推本于忠孝。或聞而哂之，曰：「何其迂也！唐賢林立，各寫襟懷，豈盡自忠孝來？」余曰：「惟如此故，不能與李、杜、韓並也。各寫胸襟，非不佳，然較之自忠孝來者，而品卑矣。惟能勉勉于此，再浸淫古人，而詩道始爲充類至義之盡。人惟心地醇厚，雖咏一草一木，亦自有油然無盡之意，方爲真詩。」一日與弟共味杜老《慈恩寺塔》詩，嘆其沉鬱古厚，極似《離騷》，惟不呆寫景致，故寄意深遠。杜老與屈子〔蓋同〕一苦衷也。因思岑詩亦邁等越倫，何以瞠乎其後，蓋嘉〔州詩〕□□悲壯，由意主高咏壯觀也；杜詩高古渾穆，由意主憂國憂民〔也。因〕回思吾推本忠孝之語，奮然起舞。

弟曰：「沈確士謂元謝宗可、明崔佑輩咏物詩如猜謎。」余聞而擊〔節〕曰：「此言有功于詩教不小。」余嘗見後人工于咏物，自以不能爲憾，非得此言，不幾費日力于無謂哉！

或有問于予曰：「子嘗謂詩忌腦滿腸肥者，何也？」余曰：「浮華俗艷，語不由衷故也。」「然子又謂不可哀、不可傷者，何也？」余曰：「哀而傷，則商聲矣。吟咏性情，何必無病而呻？須以悱惻纏綿之意，發爲温柔敦厚之音，乃得天地之中聲。中聲非商聲也。噫！人世間雖極繁華之境，自見天時人事之相因，彼不深于情者，自不知耳。試觀堯之命舜也，必曰：『咨，爾舜。』舜之命禹也，亦曰：『咨，汝禹。』以及文、武、周公，相繼爲治，啓口必嘆『嗚乎』，兹數聖人當日何嘗有傷痛之意乎？而何以情深若此也？况天地中正之聲，孰如琴瑟，而一唱三嘆有遺音者矣。學詩者其三致意焉。」

弟曰：「或云謝惠連『池塘生春草』爲比喻。」余大驚曰：「聞諸腐儒之□説乎？見諸誰何之詩話乎？」弟曰：「載在前人詩話中。」余曰：「此二〔句之〕所以妙者，即當前時物之變遷，包孕無窮感遇，若作比〔喻解之，便〕覺索然。且此詩真境呈露，顯然易見不煩言，而解者何亂持議論〔以〕至于此？更可笑者，唐人詩如杜工部『新松恨不高千尺』云云，此〔亦〕是比喻。而此外之牽强傅會者，不能枚舉。即如白香山『離離原上草』，正寫自己情懷也，乃有謂詩喻小人者，吾亦不必細斥其非，在通人名士，只細細涵泳末二語，便覺其説不能通矣。自唐宋以來，此種議論極多，而極害事，吾姑舉一以例百。」

詩最忌拘束于法，須天籟悠揚，古氣滂霈，斷乎要宗三唐。若入手一差，雖胸有萬卷，而繙書一閲，一團時氣迎人。國朝詩第一以歸愚所選《别裁集》爲佳，學者試取而閲之，便覺規模堂廡，取法最上層，自有一團古氣迎人。更取後人詩集參閲之，便覺格調、意境，全出宋、元，一團時氣迎人。深于詩者自辨之。

物必有根本，譬如芙蕖，必有藕生于下，方有花發于上。作詩者亦必涵養真意，浸淫書史，根本深厚，方有真詩出。乃今之作詩者浮意成文，不崇朝可叠數十首，及問其何意發爲此詩，則有〔茫然〕自失者矣。

自來偏見極多，大之學問性理，小之詩文醫卜，俱所不免。□□□害總由自足之故。欲除此弊，必須時時虚心，時時敬畏方可。

詩、道本爲一途，無人不當學詩，無人不當走正路。乃後人分出諸多門類，以正法眼專屬之詩家，而自安于淺近者。蓋或務理學，或學時藝，或學駢體詩賦，恐分心古人詩，或妨其所學故也。不然則以爲過高，難于領略耳。不知學古人則心逸而日休，學後人則泛鶩而無當。蓋古人詩音節和調，本乎人情，初誦似苦，久誦便樂。吟咏性情，調和氣節，何業不可通？何學不能精？况古詩、唐詩，李、杜二集，或選讀，或全讀，總以確士先生所選爲歸，能費幾許日月？而且後人詩集亦復殷繁，久誦便無意味，徒費精神已耳。而後人之尤不可讀者，無如排律，讀之必壞手筆。每見後來名輩所作古體，似乎馳馳不羈，終有一種團束氣象，此爲排律所害之故，直當視如砒酖。至于欲利場屋，則唐賢排律，與後人詩之極佳者，熟讀精思，綽綽有裕矣。從此學詩，譬如人生世上，始見清廟明堂氣象，不然則村野農夫，不知天地之高厚，終老于蓬户甕牖之中耳。詩、〔道〕本爲一途，吾獨爲分門别類者痛下針砭焉。

後人詩以着意失之，古人詩以不着意得之。體格雖極古奥，□□必極輕便，悠揚而起，穆如清風，感當前時景，寫心中意思，意纔〔欲〕宣，口即達出。如《十九首》、蘇武、李陵諸古詩，神吻如生，令人憶之情意符合，不隔一絲。若後人則意所欲宣，口若難言，恐成腐句，則用意必鍊，恐近後人，則用調必古。凝結此意于心目，必蒙蔽真意于口頭，不能呼吸而出矣。所謂古人以不着力得之者，譬如右軍書《蘭亭》，勿忘勿正，一任天機而已，然又非隨筆涣散，約略爲之，遂爲得也。至于用力于此，惟有涵養性情，寢食古人，百倍其功，融化于心，自能暢所欲言，無不如志。余每猜古人真詩及後人古詩多能不失者，蓋古人無非自然，自然則惟見精神意趣，全無渣滓。至于後人，多出勉然，勉然則必有一層皮殼蒙于其上，此未能融化古詩故也。

古人神聚，聚則凝，凝則穆，穆則足矣。後人神散，散則露，露則淺矣。

詩者人所固有也，而必誦習古人者，爲吾有意于中，不曾説出，即説出來，不能馴雅，故欲涵詠咀茹，學古人説話耳。若欲學古人之詩，此念已自差錯。

《風》、《雅》以後，詩人多矣，求其可爲正聲者，何其寥寥。即如有唐□□，詩家不可勝數，而正聲祇在李、杜也。宋代詩家亦不可勝數，而〔正〕聲祇在程、朱也。其故何耶？他人專務才氣，此數公獨能自心性而出耳。故凡學詩者，必須熟讀聖賢書，以誠意正心爲切務，以陶情淑性爲工夫，行有餘力，選讀漢、魏、三唐，勿忘勿助，行所無事，工夫既到，則吟咏性情，自然高妙，可以直接《風》、《雅》。此方是詩中正聲，若祇務作詩，雖株守漢、唐，終不過成一詩家耳，曷足卓卓天壤哉！

詩發源于《三百篇》，漢、魏猶能不失其意。至顔、謝輩矜心作意，去古已遠。唐人限以五、七律絶，更入拘墟矣。李太白詩仍然絶迹飛行，不拘于法，故終能不失本旨。然七律不如七古者，未始非爲法律所迫也。杜老獨步三唐，而諸體不如五古之佳者，亦爲此也。偶與弟閒步看花，忽聞百舌鳴春，怡然聽之。弟曰：「鳥鳴樹間，天機妙舞，若在籠中，便少天然之致矣。」余曰：「詩歌本乎天籟，爾我共得之乎！」因相視而笑。

歷觀古人詩文，多穆其神以宣情景，故意味深長，雖字面似有〔不〕貫處，而一氣讀之，自然融洽，流連往復，令人不能名言其妙。□□神氣外散，一味有意求工，雖字句顯然貫注，而折讀或佳，合一□□之，總有不能慊意之處。蓋意真尤貴神凝，凝則厚，厚則穆，穆則渾矣。渾穆凝厚，故雖雄健闊大，而不覺其有稜角；雖體物盡致，而不覺其有形迹；雖布帛菽粟之言，而不覺其腐爛無味。四字雖淺，却極闊大，即「温柔敦厚」之謂也。小之而一文一詩，大之雖聖賢謨誥，亦不外此。歷來極至詩文，雖體製百變，而其實總不越此四字。姑就前明而論，如高季迪「白下有山皆繞郭，清明無客不思家」，即好在神意穆然也。宋人「寒夜客來茶當酒」詩意境非不佳，而何以不及唐人詩之耐人尋繹也？要亦不渾穆之故耳。用功于此者，必須涵養自己性情，更須體會古人性情，取法最上乘，而不拾其糟粕，終身弗看旁門外道，至作詩時，只求達意，吐其自然之蘊，庶乎可也。

杜工部「帶甲滿天地」詩，起句何等超拔，要之渾穆自如也。含情泣訴，意思愷惻之至。若起句高誦其雄壯，則全詩之真意索然不出矣。必設身處地，咀茹久之，方有會悟也。吾讀之七年，徒賞其壯闊，今始體會入微。

蓮溪弟曰：「『葡萄茵暖蕙薰微，紅日窺軒睡覺時』詩句何如？」余曰：「□□婦人詩也。」弟解頤一笑，曰：「却又不然。」余不解其意，因重涵泳〔之，覺〕氣體尚不薄弱，然纖靡太甚，且一「窺」字更纖小之至，斷非唐人，〔必〕宋詩也。弟曰：「子未讀退之《山石》句，已知渠爲女郎詩耶？」元遺山〔論〕秦少游詩曰：「有情芍藥含春淚，無力薔薇卧曉枝。讀罷退之《山石》句，始知渠是女郎詩。」

弟曰：「作詩要自然，不可矜心作意，而又不可淺近無味。」余曰：「然哉，然哉！此其所以難也。總在平日胎息古人，臨時寫真境如説話，則得之矣。」弟曰：「下筆時，不但不可拘守繩墨，即存一欲自然之意，便不得自然矣。」余曰：「誠然。」此言通乎性理，因思顔平原書，真不如草，草不如稿。蓋真則有意作書，不如草之行乎自然。然草猶有意于作書，至稿則意專注于起稿，故境臻絶妙。右軍書《蘭亭》，意在作序，忘其手中作書乃爾，神化不測甚矣，化境之難也。

或有問于予曰：「凌芝泉詩果何如？」余曰：「國朝詩學，識見真正者，惟沈確士。確士實儀卿以後一人而已。」

後人詩學愈流愈遠者，爲排律所害；非爲排律所害，爲排律之〔新〕法所害；非爲排律之新法所害，爲時文所害；非爲時文所害，〔爲時〕文之新法所害。漢唐人文章非無法律，然無排比，任其揮霍□□，終無害于天機。若夫時文，理制經制，本原深遠，大有裨于世道〔人〕心，億萬代無能改更，億萬人所宜盡心。至于排比，殊屬死法。且又有虚冒割截，有連上犯下、弔挽過渡諸多無謂講究，虚費一生精力，汩没殊深。雖有豪傑之士，罕見漢唐典型。又無人講究，耳所習聞，目所習見，無非後人詩稿，陶鎔既久，流入旁門，先入爲主，自以爲是，見正法眼，反笑其迂，一何可嘆哉！

弟曰：「詩要不見紙上有字。」余聞而擊節曰：「此誠透宗之言。杜老五古，温柔敦厚，百讀後惟覺一段神意，往復人意中，更不見字句于紙上。杜詩直出齊、梁、陳、隋之上，庾、鮑猶不能及，真爲善學漢人。」弟曰：「杜惟終身奉蘇、李詩爲師，故横絶萬古。端明以爲齊、梁小兒語，故貽滄海横流之譏。」余曰：「後人好古詩，雖亦能吟咏性情，終覺有一段仿古之意。若杜老學漢，直如漢人作詩，直如常人説話，直如吾輩作律絶，此神化也。」

東坡古文，實如海勢，而詩去唐人遠矣。蓋文可以才氣勝，詩則□宜以性情言之，至「才氣」二字俱用不着。本乎性情，發爲天籟，〔纔是〕真諦。昌黎文章，極其深厚，「潮」字不能盡其量，而詩較李杜則〔力有〕餘而巧不足。弟曰：「韓詩亦有以才氣勝人處，故不如李、杜。」余曰：「〔韓〕似漢文，杜似漢詩，真千秋絶調。」

弟曰：「《書》云『詩言志』，孔子曰『温柔敦厚』，盡之矣。」余曰：「此言先得我心之同然。凡蒙童束髮，即須語以『詩言志』、『温柔敦厚』，知斯二者，則胸有把握。更示以漢、唐人詩，如《古詩源》、《唐詩别裁》與《滄浪詩話》、《説詩晬語》，此四書極真正，允爲入門之始，雖終身可也。」

余嘗聞弟云：「蘇、李詩字字真摯，吾所深愛。」余初不解，及讀至此，始嗚唈而嘆曰：「信如弟所云。余嘗愛杜工部《贈衛八處士》詩，不意又有出乎其上者。」弟亦曰：「此詩杜不能及，然庶幾可及者，終惟杜老耳。」

弟曰：「『六朝舊恨斜陽裏，南浦新愁細雨中』，詩何如？」余曰：「可也。筆能達其所見，饒有涵泳之致。」弟曰：「還有一句『流水斜陽認六朝』。」余曰：「此一句似有意味，實嫌徑直不如前詩。」弟曰：「前二句明人，此一句時人考卷中語耳。」

弟曰：「確士先生謂唐詩蘊蓄，宋詩發露，發揚蹈厲，誠非過語。□□謂唐詩終是深厚，宋詩終是淺薄。正蘊蓄與發露之根也。」余□□是人也。何以宋不如唐，蓋唐大名家寢食《離騷》、《文選》、漢、魏古〔詩，心〕摹力追，欲到其境而不能。雖不能到古詩，而已造唐詩之極，此其所以深厚。宋人既不能學古詩，而又變唐人之格調，故發揚蹈厲，失之淺薄。宋詩佳者反是，程、朱諸大儒以及文、謝諸忠臣，有真性情，有實意味，不求詩工而詩自工。他若蘇、黄輩專家而根本反失，雖亦步趨杜、韓，然僅存其風調耳。至如杜《北征》篇，與韓《居幽操》諸詩，温柔敦厚處，俱未能有得。試觀蘇、李詩，杜奉爲師，而蘇以爲齊、梁小兒語，可以想見其好尚矣。或曰：「蘇、黄亦有可取乎？」余曰：「蘇、黄非絶無佳詩，但全集中温柔敦厚之品不多見耳。」

余曰：「嚴儀卿、沈確士與吾二人論詩，根原皆同，但稍有參差處，此正不妨。」

近人詩學失傳者，直未入詩門耳，爲時尚所汩故也。必自漢唐人詩中尋求，方可得之。

詩無好句法者，終是無好意境；有好意境而無好句法者，終是□□好揣摩。

古人深遠難求，得其一二即佳。如「陟彼屺兮」一詩，渾穆無窮。杜〔老〕「遥憐小兒女」二語同一意匠，而便覺徑露。可見古人渾穆之難，然以後人較之，杜老亦猶是耳。

詩不可有成見，欲做好詩，便不得好句。我嘗代人作排律詩，意境清新，反勝吾自作者。蓋自作則矜心作意，凡清靈處俱不得就手，代人作則隨吾筆機，揮霍自如。于此可驗詩之三昧。

古來極至之文，自能感人。予幼時未解讀書，性最畏學。一日見伯父手書「雲無心以出岫，鳥倦飛而知還」，忽然觸悟，低徊久之，而不能明言其妙。因嘆曰：「一片化機，非神仙不能到此境地。」越明年，方知《歸去來辭》中語。

予極幼時，未解讀書。有人爲予書摺扇：「爾乃引飛龍，鳴鵾雞」，至「悽戾辛酸，嚶嚶關關，若離鴻之鳴子也。含嘲嘽諧，雝雝喈喈，若群雛之從母也。」余初不知其出于何典，亦不知其所咏何物，惟覺其抑揚抗墜，愷惻淋漓，因嘆曰：「何神情若是之嗚唈，何意思若是之〔誠〕摯。」低徊久之，如飲醇醪，情不自勝。迨後讀《文選》，乃知《笙賦》中語，〔喟〕然嘆曰：「古人極至之文，無非深於性情耳。」

余清晨繙閱晉人詩，見《東飛伯勞歌》，豁然心神頓怡，振筆書云：「看到古詩便擊節。」

余幼時嬉戲里巷，見草中有蛇，先嚴曰：「天厖角道之間，有螣蛇焉，下應蛇也。」因誦「天垂象，見吉凶」四語，咀茹不已。余童心頓釋，委婉動情。又誦「孔子蚤作」一節，聲音嗚咽，情意深遠。余以白兄，兄查《檀弓》示之，遂行坐吟誦，從此悟入書中意趣。年來爲制藝牽累，而《左》、《國》、《莊》、《騷》、《史》、《漢》諸書，得閒便閱，非爲功名也，將欲聞古人之言，見古人之行，與古人游于極樂之鄉耳。嘗作詩曰：「一見古人句，悵然心中煩。暴寒功不定，日夜空營魂。」

後人即有（竟）境與古人同處，而說法終不合，此不浸淫古人故也。

初學作詩，且求達意，精力充足。

弟曰：「『霞影漾幽窗，涼蟬亂高樹。』何人詩？」余曰：「此詩意真調高，頗似庾、鮑，惟口氣不似古詩，意者其白香山乎？」弟曰：「此吾自作耳。去年病中，晨對此景，感而咏此。」余曰：「意真筆古，神韵超然。使樂天〔爲之〕，不過爾矣，非余猜之無據也。」因回思去年情事，黯然銷魂，〔潸然下〕涕。

漢人《日出入》樂府，惟太白「日出東方隈」得其神似。

詩要簡古，又要淋漓盡致。若着意精鍊，則傷天趣；若隨意抒寫，又易散渙。惟平日胎息古人之功深，則作詩時自然心口相應。

詩要深長，最忌迫促。

能含情穆意以寫景，則逼真古人。

詩要凝全神，以融貫字句。

弟曰：「吾咏明月，有句云：『興亡千古事，憂樂萬家心。』」余聞而擊節曰：「神韵深遠。吾所謂穆其神以寫情景者，此詩有焉。」

初唐詩有極佳者，如魏徵、陳子昂、虞世南輩，俱逼真漢、魏。即如沈佺期「盧家少婦」詩，古奥安和，高超深遠，真是古樂府，惟太白《烏夜啼》與之仿佛。

前明及本朝大家，格調意旨亦真能得古人，惟精神元氣畢竟餒乏耳。誦古人詩，氣體間只覺其有餘；後人詩，氣體間終覺其不足。

後人詩賦不古者，亦由心方。心方者，呆對故也。呆對則束縛□□，不得自在流行矣。然初學又不可不範以紀律，如之何其可？□□謂當看人之天事何如，天事高者，當範以古人紀律。果然汲〔古功〕深，學力充裕，即有不甚工處，亦自然入妙也。

汪瑟庵先生云：「進修由己，窮達在天。與其無益而費精神，何如□古而收實得。況夫川珠山玉，必無不發之光；塵飯土羹，詎有可嘗之味。」此言士子作文，但當熟讀經史，不沉溺時藝。余聞斯言，中心悦而誠服也。因謂應試詩賦亦當如此，以古爲骨，以時爲貌，焉往不利乎？況功名自有命定，以真性情發真文章，達則可以名世，窮則可以傳後，何樂如之！若沉溺時藝，一生精力虛耗矣，可惜哉！

詞有腐有新。腐詞自不可用，然常談即至理，有必不能不用者。總之以意爲主。有意作骨，雖習見之語，亦自新鮮。譬如化舊爐爲新爐，安能不用舊銅？然一經鎔鑄，則渾化無迹矣。所患者，勉强填湊耳。

今人古、近體，貪用虛字，試帖尤甚，薄弱不堪，吾不知有何意味。嘗作詩曰：「李杜文章骨韵雄，卿何甘與冶客同。倩人扶起嬌無力，滿眼臙脂映頰紅。」

余謂蓮曰：「吾初讀唐詩，而嘆其佳。後見漢魏人詩，而覺□□□□。及解聖賢經語，始覺理道淵涵，韵味深長。嘗讀堯曰『疇〔咨若時登〕』數節以及舜曰『〔三十三載耄期倦于勤〕』數節，從此悟入經書，□□低佪不已。」弟曰：「吾亦領會此數節入微，覺後賢萬萬説不出，惟覺渾然太和元氣之流行也。」

弟曰：「讀《離騒》後，吟《詩經》數節，便覺有一段中和意境在心口間。」余曰：「《詩經》中正和平，如孔子時中之聖，其餘如夷、惠之各有所偏。」弟又曰：「余嘗愛『月到天心』四字。」余曰：「我亦同然。弟試猜『月到天心處，風來水面時。一般清意味，料得少人知。』何人詩乎？」弟曰：「得毋邵子乎？神似甚也。」余笑曰：「然。」我幼年於讀本中，見邵康節先生《花枝吟》，並不知邵何時人。吟誦數遍，神遊心醉，悟其化機天趣，有隨時素位之樂。乃俗本下注「可删」二字，心甚悵悒，遂執筆連圈。因謂弟曰：「此詩較他人意境迥别，吾亦不能名言其妙。後獲《擊壤集》，方知邵子真面目。」

詩文不拘何時，只要意思真摯。氣體不如古人，時數使然，無可〔奈〕何。然平時汲古功深，自不薄弱。余之不好時藝，非以時人□□□也，爲無真意故也。

詩文要有真意，真即誠也。聖人曰：「不誠無物。」余於學詩而□□□理。吾最愛温柔敦厚、愷惻冲和之文。嘗讀文文山「孔曰成仁，〔孟曰〕取義。惟其義盡，所以仁至。讀聖賢書，所學何事？而今而後，庶幾〔無〕愧。」以及「人生自古誰無死，留取丹心照汗青」。惻然曰：「此等語方酷似經史，雖面貌不奥衍，而意旨味之無盡，從之末由，乃真聖賢語也。」又讀《貧人鬻子詩》曰：「養汝如雛鳳，年荒值幾錢。辛勤當自愛，不比在娘邊。」又曰：「哭盡眼中血，洒汝身上衣。業緣如未斷，猶望夢東歸。」喟然嘆曰：「熟讀此詩，焉有不仁育萬物者乎？」吾不禁涕泗之沾襟也。

詩文之道，本無定格。有《國策》之勁挺，又有《檀弓》之佚宕；有《詩經》之温柔敦厚，又有《書經》之佶屈聱牙。歷觀古人著作，各人有各人筆氣，無一書相同。總之同歸于達意而已。

王右軍《蘭亭記》「天朗氣清」云云，乃春時真景。蓋天日清明，融和駘蕩，實有此景。若下筆時嫌其似秋景，則有意雕飾，必成春景腐詞，便非佳文，無真意故也。孟子示人讀詩之法曰：「説詩者不以文害詞，不以詞害志。」燭盡拘執人弊病。余存此見有年矣，然以昭□□言，未敢自信。後聞太初弟云：「蘇東坡亦如此云云。」不覺相視□□。

杜詩融鑄極厚，直似經史。

詩要質而不野，文而不靡。下筆時不務獺祭，惟求達意，斯質而不靡矣。平日胎息古人，氣體醇厚，則文而不野矣。

古人言語意味無窮，如「爲君難，爲臣不易」，若今人爲之，必曰：「難與不易，有何分別？」不知意味深長，正在於此。曹子建詩曰：「爲君既不易，爲臣良獨難。」在今人必又曰：「敷衍成語，有何意味？」不知咏嘆淫泆，其味深長，正在于此。

「陟彼屺兮」一詩，思曲而苦，情真而摯，令人低徊嗚咽，不堪爲懷。

弟曰：「『桑之未落』詩，向聞子稱其妙，吾始不知。及肄業至此，遂吟咏不置，慨然嘆曰：真古人韵味也。」

古人作詩賦，或觸物興歌，無非抒寫胸臆。如孔子《猗蘭操》一字不及蘭，而寄托深遠。武王《楹杖銘》亦全副脱出。鍾伯敬曰：「古人文字有切而妙者，有不切而妙者。若一一求切，便是俗人咏物詩。」旨〔哉〕斯言，試觀湯之《盤銘》以及武王《車硯》諸銘，則切，亦何嘗不妙，□□之不可有意做題目，只因時感事，杼柚胸懷可也。

蓮曰：「譚友夏云：『古人是有意思，偶然露之題目。今人是遇〔題目然〕後尋意思，如何相及？』」旨哉斯言！余曰：「後人詩文，胸無實意，余□□惡。譬如此時，忽命一四川看山題，即廣收四川山名，縱有名句，多是腐詞。無他，情不真也。若到四川所見風景名勝，隨口吟去，定然高妙。無他，情真故也。故余嘗曰一『真』字足以破後人塵氛千萬斛矣。然又有憑虚體念入微者，如《東山》、《豳風》諸詩，周公亦何嘗身處其地乎！然周公實從至情、至性中流露出來，故韵味無窮，情景如繪。至于後人，不過矜才使氣而已。微微之分，判以霄壤。」

余極幼時讀《蓼莪》詩及注「人民勞苦」數語，雖未知解而抑揚抗墜，穆然有情意感符之處。今日憶之，神情猶如昨也。弟亦曰：「吾幼時讀《小戎》詩注『西戎者，秦之臣子』一節，未知甚解，而神意生感。」余曰：「文潞公題明道先生墓一節，神韵深遠，意味無窮。即明道先生四字，千回百讀，難盡其韵。」噫！宋儒真善得古聖人神致哉！

弟曰：「猶是意境，古人言之，便韵味無窮。如『昔我往矣』四句，與《東山》詩意甚平易近人，而出以聖賢之口，何冲和淵穆若斯也！」余曰：「□總之古人性情懇摯，故辭氣深醇。後人立心過刻，斯出語不□□。」故余嘗曰：欲學詩者，知詩情詩景，而其尤要者，當立詩德詩□□何仁孝其本也。性情篤厚，斯語言淵穆矣。凡子不知今古□□□于詩賦之源，烏知不以余言爲迂腐也。然必有真見卓識者慨□許我耳。雖詬厲，庸何傷？

猶是意境，出以古人之口，便藴藉無盡。如張喬《月中桂》試帖，意境深遠，骨韻高超，令人昂頭天外。無他，調高故也。而蚩蚩者猶謂唐詩甚佳，而試帖不逮今人。吾謂唐人試帖固有不佳者，而其佳者畢竟與後世不同。

余謂弟曰：「余最喜古人拙處，如『投我以木瓜』一節足矣，乃『投桃』『投李』複述二節。他若『胡爲乎株林』，既云『從夏南矣』，又曰『匪適株林』，不亦贅乎？而其所以唱嘆無盡者，正在是耳。後人即巧奪天工，萬不能逮。然則古人真拙耶？」弟大笑。

余嘗愛《碩人》詩，因思「齊侯之子」一節，本是呆話，而一語百情，令人穆然神遠，嗚唈不已，何情深若此也！

李詩極高，杜詩極正。嚴滄浪謂：「杜有一二處，李不能道。李有一二處，杜不能言。」洵哉斯言！何謂「李高杜正」？李如仙子乘風，杜如□□洋洋。然李所以擅大家之首者，亦非徒高，高而又兼正。□□□〔太〕白亦是有心世道之人，觀其志在删述，如《遠别離》、《蜀道難》等〔篇〕□因見當時嬖寵楊環，權奸弄國，知有禄山犯闕之禍，故追溯詩亡迹熄，而傷大雅之不作，有「吾衰誰陳」之嘆，托意于獲麟絶筆，其旨微矣。彼豪俠任氣、狂醉花月者，能若是乎？雖嗜酒慕仙，浩然自放，意者預料世不可爲，不如蕭然高舉，明哲保身也。國朝齊召南論極平允，王琦論不細密，至于淺見之徒，憑臆而談，顛倒錯亂，如蚍蜉撼華岳，何足指斥！

余幼年論詩，謂詩要以忠孝立其骨，然後自經史來，方得正鋒。後數年間，以爲所見之未能包諸所有，及年來回思前言，翻覺大而非夸，竟能包諸所有，直探河源于星宿矣。

今人不如古人者，無他，一言以蔽之，不自在流出耳。其寫情寫景即有佳句，而一彼一此，口氣迴合之中，必有隔礙，要亦不自然而然耳。

余與弟共讀《離騷》，弟曰：「《離騷》非詩非文非賦，却又似詩似文似賦。」余沉吟久之，曰：「畢竟詩耳。吾輩疑其非詩者，以方眼看古人故也。〔夫詩〕之爲道也，不平則鳴，一任天籟而已。若文則推勘發揮，闡明〔義理〕者也。賦則體物瀏亮，盡態極妍者也。屈子滿懷鬱結，嘯歌傷懷，非詩而何？何謂方眼？蓋吾輩習見後人律絶，囿于平仄對仗諸法，故見此句調長短參差不一，且又有『兮』字調，以爲非詩耳。不知《三百篇》中有三字句者，有三字、四字至六字句者，至『兮』字調更難枚舉，亦謂爲非詩，可乎？」弟亦曰然。沈確士亦云：「詩要放眼源流升降之處，惟屈、宋以下數人而已。」真名言也。

余于舟中書詩話，興致沉酣。忽焉起立，隨口吟云：「停筆起觀鮮耳目，長流浩浩烟樹遥。」

古人心與口應，所言皆心中所欲言者。後人口與心違，所言皆非心中所欲言者。

學非極博者不能作詩，其説不然。試觀《三百篇》，里巷之人未必有《雅》、《頌》學問，孔子何以亦採其歌謡耶？總之，欲成大家，則不可不博，不深于情者，不可以作詩。

弟愛葛生蒙楚詩，爲余述之。余曰：「我亦心乎愛之。」因從容吟誦，穆然而嘆曰：「字字有意味，何醇細若此，而令人情不自勝也！『夏之日』、『冬之夜』云云，情意極真極深，有下三節能令上二節情意愈深，有上二節能令下三節神致愈深，何等力量！若後人勉强爲上一節，猶可少贅一節，便如畫蛇添足然，神情不得完足矣。」弟曰：「且無論其他，直是以濃勝人。」余聞而深然之。曰：「此説極當。試以《黄鵠》歌較之，便覺薄弱。即以《古詩十九首》較之，亦見薄弱。可見其濃厚之至。然此詩又出于無意，全不着力，所以難也。」

弟曰：「漁洋謂：『唐宋之分，不在厚薄。』彼所謂厚者在才氣，而吾輩所謂厚者在意味。蓋敦厚温柔之旨，唐人猶有得其遺者，此唐人所以高出宋人十倍。」

學者若專摹韓、杜之才力，而不揣摩其性情委婉懇摯處，猶隔一層。但可謂之善作詩，而不得謂爲真詩人也。

詩要只見意理，不見字句。

漁洋謂東坡爲千古一人，亦重其才氣，其實此言掛漏不少。

詩之爲道也，骨意聲韵，不可少一。後人詩情致綺靡，全無骨韵者，此固失之；即有專尚寒瘦、骨幹古勁者，又徒見枯瘦，而無委婉動人之意，綿邈悠長之韵，亦未至也。試觀古人，骨幹古厚而意味〔深〕長，令人不見骨幹之挺勁。甚矣，掘井九仞者，不可不及泉也。

詩萬不可講才氣。試觀漢人文賦，何等光燄，而詩則意味深長而已。

凡人咏得意事，雖極自鳴其樂，必感念天時人事之相因，乃得意味深長也。如《芣苢》、《桃夭》詩，三復不已，自得其意。

詩要醇，不可滑，醇非滑之謂也。欲求醇，先須糙，糙非粗之謂也。過此一境方得醇，若字句過滑，不如不作。

作詩、讀詩，一切工夫，只有一語：緊密而不自是耳。蓋緊則不散渙，密則不粗疏，不自是則愈進而愈上。後人詩全首中或起收氣散，或中數句柔弱不振，皆不緊密之故也。意見偏執，至老不悟者，自足之故也。

弟曰：「詩要意似古人，不必模倣面貌。如余『萬古馳驅路，而今我又過』，詩頗似崔司勳《黄鶴樓》詩。」余曰：「然。」若不問意境，徒襲面貌，反不相似。東施傚顰，亦何益哉！

余謂蓮曰：「偶讀韓昌黎『草木知春不久歸』詩，而嘆其古厚，後思近代名家雪詩，初亦覺其有意，久乃嘆曰：意思終有窮盡，不若□□之味長也。」弟亦曰然。

余謂弟曰：「吾嘗觀古人詩頗有心得，不知子以爲何如？古詩讀到口中不見字句，只覺意思洋溢，如頂上圓光，充滿無缺。其所以不見氣力者，乃氣力足極，反歸安和耳。後人雖格調似古，而讀到口中，如光之乍圓乍缺，不能充滿，直是精神不足耳，豈有他哉？古人所以有餘不盡者，惟其意本無盡，脱口時盡宣其無盡之意，故字句亦與俱無盡。後人所以病其太盡者，意本有盡，下筆時並未能盡宣其欲盡之意，徒在格調上游衍，故反覺意俱説盡耳。此論似淺，子爲决之。」弟解頤曰：「吾久見及此，未之明言。此論直抉到盡頭，真而確，明且盡，可爲囫圇吞棗者破五里霧矣。」

余幼時學詩，獨得異識，見時人步趨，都無與己合者，亦嘗自疑所見之未真，然終不爲所惑。越數年後，見確士詩話，霍然矣。

好詩難得手，庸詩易得手。立根未固，須併心壹志以浸淫于古，一切旁門外道，俱棄之高閣。若置諸左右，不能不閱，習其庸調，纔一開口，庸調即來，如小人狐媚之動聽百倍于君子矣。縱欲博採旁收，無所不覽，須俟學古既久，蒂固根深，然後可以及之。

杜不喜陶，終無實據，不得以疑案定古人。

凡人學詩，當先熟讀盛唐。蓋得其深厚，庶無欲琢名句之意。□□詩時，稍有欲琢名句之意，必不能暢所欲言，自在流出矣。

詩要意真，又要韵雅，方得深遠無盡。

古人有意味乃有詩耳。後人未有實意，只務作詩，意味從何而來？則亦反其本矣。

王摩詰畫四時花木，隨筆點綴，自有天趣。學詩者亦須參悟此境。

蓮曰：「古人詩極其和緩而細密。」余擊節曰：「然。古人極佳詩無不極細。所貴大方家數者，非粗疏率略之謂也，必極其細密。如歷來大名家畫，落落大方之中，無一筆不精細，方得真諦。古人詩極和極厚，極細極穆。唐賢猶有能者。」

猶是人也，庸人中何以有奇人？彼能虚心以取法古人故也。乃後人不知其所以然，亦不思其所以然，遂至終身執迷，不求進益。不但詩文如此，即學書、學醫，亦多如此，深可嘆也！

意欲厚，氣欲和，筆欲柔，神欲圓。

作詩過于矜持，必至艱澀，反成皮殼。吾輩嗣後神來情來，不必〔求〕格調高古，亦不必求字句清醇，但凝神含情，隨口咏歌，意達□□，詩成咀茹不已，自然中節。或恐不合時人眼，可另抄一本，不必示人。然雖不求工，此中必有真詩出。

作詩要意到神足，豈可偃筆取妍而爲之？

趙甌北詩純是試中氣習，見識亦偏。

竹雪詩話卷二

滄浪謂柳州勝蘇州，漁洋謂蘇州勝柳州，確士未分優劣。余謂柳詩古厚奇逸，而韋詩温厚和平，得風人遺意，學者讀李、杜集後所必不可不讀者也。

古來極至文章，雖有微詞奧義，終是一中正和平之理。乃後人亂持議論，争如聚訟，多一重説話，便多一重塵埃。總由奥性偏僻，自以爲是，不能用自反工夫，以至於此。然至當之理，自有真見者爲之折衷，則故見難持，徒爲後世詬病，亦何益哉！吾有一術，奉勸凡自己性情褊急，切勿以讀破萬卷之故，遂爾著書立説，有學無□，雖多何爲！然性情偏僻，何由自知？只是古來中正和平之文，吾〔讀〕之而不愜於心，獨喜奇異之品，即爲性情偏執，須捨己從人，以歸於中正。如不能改，自娱可也，切勿誤天下後世。

司馬温公詩曰：「丹鳳來儀大地春，中天雨露四時〔新〕。人間好事惟忠孝，臣報君恩子報親。」醇粹闊大，彬彬正鋒，余所深愛，學詩者宜深體之。

甲申長夏，與弟共閱右軍帖，忽掩卷，謂弟曰：「古今來有一大缺陷事，極不可解。」弟曰：「何爲？」余曰：「《曹娥碑》乃天地有數文字，極似《碩人》詩遺意。自來古文選家林立，罕有及此者。何也？自己雖無定見，議郎尚有明文，乃竟棄之如遺，吾不知其何心。」弟曰：「得毋病其無悲壯激烈之意乎？」余曰：「此文之所以近風人者，正以其化激壯爲温文，乃反以此而指前人之瑕疵，不亦誣乎！不然，得毋以其寥寥數語，似風雅非風雅，一味簡古，無從領略，因附諸可選可不選之列乎？噫！異矣。此文深醇古厚，凄酸嗚咽。以意而論，則孝節昭彰；以文而論，則直接風人。真萬選青錢，無可或遺者也。總之，温柔敦厚之品，知者絶少耳。蓋好清高者專尚松風水月，好才氣者專尚潘〔江〕陸海，好典貴者專尚聯珠編玉，好奇異者專尚鬼斧神工。至于〔温〕柔敦厚，則知者絶少矣。是以文章之大阨運也。嗚呼噫嘻！非右軍留一線于書府，不幾如禰正平之《漁陽摑》、嵇叔夜之《廣陵散》乎！」弟亦深嘆息之。

或又問曰：「子嘗謂詩須性情，不可講才氣。請明示端倪，以便自裁。」余曰：「悉數難終，但講才氣，則于古人論詩一魂字説不去矣。且于古人所謂咏嘆淫泆、其味深長者，豈不大相徑庭哉！」

或問予曰：「子謂詩不可講才氣，然則杜詩氣象，籠蓋宇宙，似有才氣者，何也？」余曰：「善哉！非此一問，則豪釐千里之謬，又滋一疑案於千古矣。杜詩有時雄渾悲壯者，乃鼓自有之才氣，宣自然之天籟，非有意于矜才使氣也。蓋後人講才氣，則聲色必多，而神情必少，乃杜如《秋興》八首等篇，懷鄉戀闕，弔古傷今，一團悲傷鬱勃之意，搏激成聲。至其氣象彌綸闊大，震動雲漢，此作律詩筆力高騫之故。且拆讀尚見闊大，合八首一氣讀之，更不見一點渣滓，惟有唱嘆不盡之神，悦悦人胸臆間。彼夫矜才使氣者能若是乎？故余□曰讀杜詩須于闊大中見冲穆，讀李詩須于仙逸中見醇正，〔方是〕二公真面目焉。」

詩非外物，由人心生也。嘗記極幼時，見李太白《海棠》詩，祇記得「細雨霏霏弄曉寒」句，未求甚解。而每逢細雨，輒動一「霏霏弄寒」之意，常吟誦此句，情性深之。

初夏田歌桔槔之聲高低應節，苦樂同宣，真天籟也。學詩者須參悟此境。

人不可不知作詩，作詩不可不走正路。處樂境而杼柚予懷，便增一段雅趣；處苦境而嘯歌傷懷，反有無窮受用。余嘗有句云：「憂至吟詩猶有樂，詩成樂甚反忘憂。」

周鉞曰：「凡法書若執法不變，縱能入石三分，亦號爲奴。」善哉斯言。凡學詩雖走正路，尤貴善悟。苟古詩、唐詩爛熟於心，而不能融化，亦無當也。

學問之患，莫大于偏執。太虛寥廓，萬物化生，動而無動，静而無静，豈有固執之境？學者既不明天人之故，復不虛若谷之懷，彼夫狃於時趨，《史》、《漢》、《莊》、《騷》未嘗夢見，此固失之。然祇知漢、唐，遂膠執己見，睥睨時藝，以爲若此者流何足經意。獨不思聖人信而好古，又□生今反古之戒乎？禮亦有從宜從俗之文乎？況制藝闡發聖〔賢義〕理，其中文情懇摯，斐亹動人之作，亦當精選而置諸左右。即學書之道，亦莫不然。惟時下庸劣考卷排律詩，則斷不可學。

甲申長夏，愁思煎懷，作詩不就，遂吟曹孟德《短歌行》，慷慨傷懷，悠然意遠。吟罷而發嘆曰：「意欲厚，骨欲古，氣欲柔，神欲穆。難哉，難哉！」或曰：「能此有術乎？」余曰：「涵養其性情則厚，浸淫於漢唐則古，精細其意理則柔，凝聚其精神則穆。」

古人詩運筆雖輕，而吟詠久之，沉入性情，如明珠投海，愈沉愈深，杳不知其所之。後人詩下筆雖重，而沉吟久之，浮於意表，如薄雲飛空，愈浮愈消，杳不知其何之。

弟曰：「學詩亦必善於領略。如宋人或學杜而未嚌其胾，或變爲恬縟，或變爲諧俗，或變爲纖小，豈趨向之不善歟？亦領會之不真也。」余曰：「總之誦法古人，只揣摩其深於性情處，一切風趣付之外物，約守此言，可以掃除萬斛塵氛。」

吾幼年能神悟，不能强記，同輩賤之，亦自分爲廢材。然一有感觸，信口歌謡，無非詩境，第平仄未協耳。至十七歲，自右丞詩悟入，〔如〕「寒更傳曉箭」、「中歲頗好道」、「萬壑樹參天」、「不知香積寺」、「一從歸白〔社〕」、「風勁角弓鳴」、「寒山轉蒼翠」、「晚年惟好静」、「清川帶長薄」、「憐若不得意」、「絶域陽關道」、「太乙近天都」諸詩，悟其化机天趣，有神契焉。此外惟愛孟襄陽、岑嘉州二公。蓋蒙師選本極其陋劣，盛唐大家罕有存者，因謬言曰：歷來佳詩惟右丞一人而已。及聞父親講杜詩，見吾歸愚所選《古詩源》、《杜詩偶評》、《唐詩别裁》，汗顔自慚矣。嘆曰：「吾向者壁魚見日耳。」自是，盛唐李、杜、韋、高諸大家，俱次第解悟，而其餘諸名公之品第，猶未深詳。嘗讀陳伯玉、張燕公詩，覺其氣味迴别，疑其異乎常人。他若常建、劉賓客、杜牧之，亦所深契。迨後詳看《説詩晬語》，歸愚亦極意推崇。數年後，見《漁洋詩話》，果以陳伯玉、張燕公、劉賓客同以大家稱之，欣然解頤，自喜所見之不妄。然劉、杜之於陳、張，尚非魯、衛。

作詩文解，説真話，天然層次出矣。

盛唐賈至詩彬彬大雅，「雪晴雲散北風寒」詩，委婉深穆，似不在「渭城」之下。即《早朝大明宫》，亦聲大而遠，人多不知此公真本領，故□提而論之。

「精探雖向玄微裏，會悟還歸耳目前。」詩道盡矣。

人須讀書窮理，蕩滌心胸，恢宏眼界，如置身太嶽之巔，俯視□□，若彈丸在目，胸有此境，雖綴玉編珠，自非凡艷。若汩于貨利，則〔胸〕懷穢濁，雖吟風弄月，亦難免俗韵矣。

古人極至詩文，須熟讀精思，使之融化于心。有觸即動，若性生焉，則隨口吟去，無不如志矣。

一切學問皆壞於一偏字。偏者何也？不肯捨己從人也。不肯舍己從人者何也？心不靈，復不虛也。故一偏則無不偏矣。然彼猶自以爲是，遂至流毒正理，蕪若葛藤，然即偏者亦終無益也。試觀理學中張異幟者何窮？然世所崇尚者終儒道耳。注釋家好立異者何窮？然世所崇尚者，終程、朱耳。制藝中好奇變者何窮？然世所崇尚者終金、陳耳。書法家好怪誕者何窮？然世所崇尚者終王、歐耳。詩學中開旁門者何窮？然世所崇尚者終李、杜耳。光明昭著，如日月之經天，雖被雲掩，何損于明？彼好奇異者，等諸水中之鳧，泛泛無定耳。

立骨要極其古厚，運筆要極其輕柔。

截題所以淹貫聖賢義理，排律所以頌揚朝廟功德，前人制作之精意甚深遠也。乃後人以新法行之，遂至毒害斯文不可勝正□。新法何？纖巧、尖利、綺靡、穿鑿之謂也。姜皋原有言：「排律作而〔詩亡〕。」余對云：「截題興而文喪。」

論詩要如瑶臺寶鏡，纔一受形，妍蚩即見。古人詩骨古而腴，後〔人〕詩骨古而枯。如杜工部「我之曾老姑，爾之高祖母」，此種意境，使後人爲之，必成促蹙之聲。

弟舉「破額山前碧玉流」詩，使余猜。余曰：「此詩吾向年讀過，然名字記憶不真。玩其意境，幽緲深微，大有《離騷》氣習。」弟曰：「盛唐否乎？」余曰：「格調不如盛唐之高超，亦非初唐，應是中唐人手筆。」弟曰：「較韋蘇州之『獨憐幽草』何如？」余曰：「韋詩古厚深遠，不在此詩之下。」弟曰：「較李益之『回樂峰前』何如？」余曰：「李詩亦不大遜。」原來柳子厚詩。

甲申新秋，余方讀國朝名文，客有即余談詩者。余曰：「無古無今，總以温柔敦厚爲至。」客曰：「奚爲其能此也？」余曰：「文出於心，心地醇實者，其文必深。至後人心情澆薄，其文終尖刻。即古人亦是尚敦行者，詩文愈臻至極；後人亦是有真性者，詩文有實意味。蓋必性情懇摯，語言始得深厚。不然，縱極融經鑄史之博，天劃神鏤之巧，終不能爲温柔敦厚。」客曰：「請示端倪。」余曰：「子知時藝者也。即如施〔作〕『父母其順矣乎』，與彭作『蘧伯玉使人於孔子』文，意味深長，□□□喻自來高才絶學者所在多有，何以此種筆意不可少概見，□□其故，可深長思矣。」

孟子曰：「説《詩》者不以文害詞，不以詞害志，以意逆志，斯爲得之。」蓋古人有意本融貫而字句不能不如此説者，學詩者須切悟此意。

或有問於予曰：「杜詩有云『卧龍無首對江濱』，此句面貌似太質直，何如？」余曰：「此却是小疵，然亦何妨？」余嘗謂作詩不可過于矜持，若情方欲宣，而畏首畏尾，必傷天趣。杜老往往隨口咏歌，直書即目，如「有客有客字子美」、「白首發狂欲大叫」，純任自然，毫不粧飾。嗚乎！惟不能無此種樸直詩，始有一種空前絶後、純净無疵詩出。如《北征》篇、前後《出塞》、《諸將》、《秋興》，何等完整，亦無非天真爛熳，動中宫商也。曰：「杜老云：『語不驚人死不休』，呆鋪直叙，可乎？」余曰：「呆鋪直叙是算簿也，總在讀時揣摩，果能胎息漢、魏，性情自然凝重。即作詩時，亦何容略無醖釀，惟凝涵其神意，字句自然古厚矣。」客猶喋喋不休，曰：「於心終不安。」余曰：「吾固知子不能釋然也。吾亦無術授子，子必欲雕琢，待成詩後，涵泳咀茹，從客删改，自然合度。萬不可於纔出口時一心欲達意，又一心欲作詩。總之，『醖釀涵泳』四字最〔妙。至〕於千錘百鍊，則斷不可。」客大喜而退。

《古詩十九首》，人多臆説，殊屬支離。惟歸愚論極平允，與吾同見。《行行重行行》、《青青河畔草》，極温柔冥穆，聲臭俱無，百讀後令人神意深遠，相忘無忘，相與無與。至於《青青陵上柏》，品格似差一層，不但洛中指東都可徵東漢也。然其意旨頗温柔敦厚，不失風人遺音。試觀後人達觀詩，多訕笑富貴，此則曰「極宴娱心意，戚戚何所迫」，安於所遇，各適其適，何深遠乃爾！至於古厚，何暇計哉！

《青青河畔草》，叠用數字，天然渾化，毫不着意。「娥娥紅粉粧」二語兼寫其姿色，手筆絶高。若後人持論，必曰：「咏嘆其德足矣，色何足云？」不知矜憐材質，乃益見情深。所以《碩人》詩「手如柔荑」贊嘆一段，《曹娥碑》「伊惟孝女，曄曄之姿」，亦贊嘆一段。此種意境，難與拘儒道。

「采菊東籬下，悠然見南山。」「望」字、「見」字，何必聚訟？陶公一任天機，如浮雲之乘化舒卷，或采菊東籬，忽興寄南山，從而望之，亦無不可。抑或采菊方罷，偶見南山，亦無不可。謂既采菊何又望山者，固屬膠柱，即謂通篇皆「望」，此句不當從「見」字者，亦膠固也。上下千年，既不知陶公當日實實何如，即當以古本爲歸。余嘗謂古人詩字□有決不可臆斷者，此類是也。況不潛心體會全詩意趣，只是在〔此〕等處聚訟，殊爲多事。

學古者須胎息其精神意理，不必迹象相似。即如《十九首》，全是意似風人，若云面貌風人，豈有「娥娥」、「纖纖」此種字法耶？且「紅粉粧」三字，反近後人。然此中自有一段真似風人處。況必字面相似，則充其極，豈不自周、秦至今皆當如《雅》、《頌》體格，略無變化乎？而且學書者若必迹象相似，則是古來只有右軍家數，唐亦不必有歐、虞、褚、薛，宋亦不必有米、蔡、蘇、黄矣，豈不謬哉！

自周、秦以來，歷代詩各不同。漢人却是漢人詩，魏去漢不遠，然却是魏詩。晉去魏不遠，然却是晉詩。六朝更不必問。自唐至今，無不皆然。蓋氣運所關，人不能自主，雖仙詩、童謡，亦莫不然。然後人非無一二詩無異古人，但通論大體，胥如是耳。

宋、元人詩佳處，亦不可埋没。當國初詩風盛時，人皆高談開、寶，故漁洋曰：「耳食紛紛説天寶，幾人眼見宋元詩。」乃當今之世，詩風更變矣。吾弟讀漁洋詩而興感曰：「展讀鴻篇妙入神，茫茫滄海問前津。至今楊李盈天下，不見當年耳食人。」余聞而嘆曰：「並耳〔食説〕唐者，而亦不可得矣，嗚乎！」

詩家大忌，莫如貪用事實。漢人古詩，絶無糟粕，純剩精華。然「精華」二字尚嫌顯露，一段神意而已。惟《郊祀》樂府不能不典質古奧，蓋祭祀本禮樂文章之地，歌咏其實事，非塗澤也。試觀《三百篇》中，亦豈無文質彬彬者，三《頌》更極懿爍隆茂，煌煌厥聲。即如杜老極佳之詩，多是天真爛熳。《秋興》八首、《諸將》五首，非不情深文明，心目中實感其事，口中安得不實言其事？非意不到而漫爲敷衍者，不得以此而誤認古人爲貪于塗澤也。總之無所爲用不用，真而已矣。以神意運字句，雖極絢爛，自無渣滓。所謂塗澤者何？譬如咏風，何必説到廣莫、不周？咏雨，何必説到黑蜧、商羊？自魏、晉來，矜尚綺靡，品格卑靡極矣。然其中翹然傑出者，終陶、謝、庾、鮑諸公耳。嗟乎！文、賦尚不可貪塡典故，况詩乎！至于氣體古厚，惟多讀書、多窮理而已，學者上參《風》、《雅》，下稽漢、魏，要歸盛唐，亦可以審所自矣。

歷來極至詩文，從無不咏嘆者。所謂咏嘆，非愁苦悲戚之謂也，雖極樂心稱意，咏歌其盛，自有咏嘆。弟曰：「然『吁嗟麟兮』，非咏嘆乎？」〔余〕曰：「即《雅》、《頌》，亦無非咏嘆。後人鋪張揚厲便淺，風人咏嘆便深。極〔而〕言之，即聖賢書亦不外出。至于漢人樂府、古詩，亦惟能咏嘆，故〔其〕格高遠耳。」弟曰：「吾子深于風人者也。深于風人，始能説『咏嘆』二字。不然，弟言『悲嘆』耳。」

余謂弟曰：「吾輩論詩，迎刃立解，略無窒礙者，何也？」弟曰：「總之源本極清，如識得星宿海，則千支萬派，靡不了然心目。」

弟曰：「杜老有句云『江鳴夜雨懸』。」語未及竟，余便擊節曰：「『懸』字何等神力！」弟亦交口同詞。余曰：「長江夜吼，雨勢騰空，非一『懸』字不能傳出。然杜老當日亦無非信口歌吟，自然得來，若有意錘鍊，曰吾用何字始得峭拔，則再思三思，必至枯澀。即如李太白『人烟寒橘柚』二句，『寒』字

『老』字妙矣，亦無非目對秋景，天然傳神。若有意錘鍊，轉未必能神化至此。余嘗謂詩有可以凝鍊得者，有斷不可以錘鍊得者，此類是也。」

謝詩何以如「初日芙蓉」，顔詩何以如「錯采鏤金」，無非錘鍊與不錘鍊之故。弟曰：「『芙蓉露下落，楊柳月中疎』，沈歸愚云不費雕琢，自然名句。」余聞而嘆其與余所謂「詩忌錘鍊」者相吻合也。

弟或有問于予曰：「子嘗言揣摩古人，工夫全在讀詩，臨時不〔能得〕力。其説可得聞乎？」余曰：「若空論無形之理，子終難釋然，請以有〔形〕者譬之。子不見夫善書者乎？平時浸淫二王與歐、虞、褚、薛，則下筆時，欲臨二王便似二王，欲臨歐、虞、褚、薛，便似歐、虞、褚、薛。臨時不過略思其體，至于得力，全在平日。若方作一點，便躊躇曰必如何方得似二王；方作一畫，亦躊躇曰必如何方得似歐、虞、褚、薛，噫！若此者，吾恐並不止如畫虎不成反類狗也。」客豁然而退。

余謂弟曰：「吾輩于詩文，極嗜温柔敦厚之品，如珍錯俱陳，必得熊掌方極所欲。」弟曰：「此極高之品，極庸之境，而極難之詣也。」余曰：「彼爲顳頊之語者固非，然爲寒瘦之語者亦非也；爲刻酷之語者固非，然爲鄉愿之語者又非也。」弟曰：「司馬相如《封禪頌》力厚韵長，似有《頌》詩遺意。」余曰：「漢人氣體厚重，去古不遠也。所以《古詩十九首》極似風人，蘇武、李陵較之便薄。至曹孟德詩，不過有數語似風人。蓋温柔敦厚，必其人有德方可，不然亦必有至情至性、嗜愛風人者方可。」弟曰：「曹孟德雄心勝概，籠蓋宇宙，此種意境烏得似風人？」余曰：「鍾伯敬謂《蒿里行》亦是老瞞實話，其説亦是。孟德雖開魏、晉之始，猶存漢詩之遺。非王仲宣□□□□所能並肩。然温柔敦厚之品，終不敢輕許。子嘗以《蒿里行》□□□故余曰氣體古厚，終是古詩。然杜老可以幾及。」弟曰：「子建平日〔酷〕嗜風人，故詩亦深得其意。」余曰：「誠然。子建似風人，固揣摩有真，亦境遇玉成也。子建人品極端，身爲孤臣孽子，目擊時事，而又不能顯言君父。操心也危，累患也深，更兼平日情深風雅，故言婉多諷，與風人深相吻合。予嘗以《聖皇篇》與《贈白馬王彪》詩使余猜，余驚其兼得風人、騷人神味，杜老猶未之逮者，正爲此也。雖然，杜老亦温柔敦厚之尤者也，如『人生不相見』，以及『受諫無今日，臨危憶古人』、『忽聞哀痛詔，又下聖明朝』、『獨使至尊憂社稷，諸君何以答昇平』、『君看隨陽雁，各有稻粱謀』、『萬里黄山北，園林白露中』，《有感》五首、前後《出塞》、《北征》篇諸詩，長言永嘆，言婉多諷。其於温柔敦厚之品祇覺有餘，不見不足。所以與李太白並冠三唐，卓如山立。」弟曰：「殷遥『君此卜行日』，亦逼真風雅。」余因隨口吟誦，祇徊無已，覺其無限曲折，無限深情，神醉意迷，於風人神致，不隔一絲。卓哉其爲盛唐大名家也！凡人學詩必須循序漸進，自唐人上溯漢魏，直至《風》、《雅》。若夫論詩，須會悟源本，自《風》、《雅》下逮漢、魏，以迄于今，方有歸宿。□□經書四子書，不可一日不讀者也。捨此學詩，如水無源本，涸可立待。雖然，法誠良矣，意誠美矣，其如甘居下〔流〕者之不能聽從，何耶？弟曰：「鈍根人性不近詩，視唐詩尚如登天，語以《風》、《雅》、漢、魏，有不神消氣沮者乎？無已，須用一誘字法。每書中必有顯易動人處，閒中指點，開其悟機，庶幾可乎？」余曰：「真良法也。余嘗謂：誥教小子，點悟爲妙。嘗與童子仰觀天文，見夫星斗燦爛，因誦『跂彼織女』三節；又嘗優游春田，見人搴紉芳草，隨誦『采采芣苢』一章；又嘗夏夜納凉，誦『伊威在室』數句，由節誦而全誦，便覺相對欣然，孳孳有感動意。時有牧童鄰媪，亦戀聽不去。嗟乎！可見《三百篇》之平易近人矣。有志者務宜先讀《風》、《雅》，不必先讀《離騷》。」弟亦曰：「然。《騷》既不如《風》、《雅》之醇正，復不如《風》、《雅》之易讀，令人望而生畏，非啓蒙良法，緩一步何傷乎？」客有從旁笑之者曰：「誰不讀《三百篇》？何辭費乃爾？」余應之曰：「吾輩所謂讀《三百篇》者，亦如今人之口傳心記而已乎？」因與弟共展《三百篇》，豁然開朗，心神頓怡，明白如話，豈有一毫深奥？人得其解，自然流連唱嘆，歌舞自如。即讀時人詩，猶必求解，何轉漠然于《風》、《雅》也？吾願天下後世詞人才子，各〔宜〕□其齊不齊，同歸于風人温柔敦厚之意云。

近人詩開口即講風趣，從此岐起，極之胡越而後止。弟曰：「爲兄〔易〕一字：極之胡越而不止。」弟曰：「詩文貪乎于塗澤固不可，然亦必成文有章，方能達盡其意。」余曰：「誠然。總在有意無意耳。如爲達意而成文有章，則天然華貴；爲炫異而負聲振采，則流入綺靡。試觀三《頌》，何等典重莊雅，但後人一學，即鋪張揚厲，無所不至矣。」

《出車》詩漸有光焰，聲調鏗鏘，即「織文鳥章」二語，聲色照人耳目。情極深者，亦可似風人。

余咀茹劉禹錫「二十年來別帝京」詩，情深一往，悠然無盡。

余涵泳唐詩，復涵泳宋詩，覺唐詩猶有似風人者，宋人全乎脱盡。因嘆曰：「唐人趣不勝情，宋人情不勝趣。」吾弟蓮溪聞而擊節曰：「極是，極是！」急書之以詩話。

弟曰：「『驟雨落河魚』何解？」余固知非天雨魚，然不能無疑。因問：「對句何如？」弟曰：「震雷翻幕燕。」余曰：「言雨點迸擊，魚倏驚沉耳。」弟曰：「然〔則〕謂天雨魚？」余曰：「如此解，則二句神氣不得融貫矣。何穿鑿乃爾！此二句精神全在一『震』字、一『驟』字，幕燕聞雷驚而翻飛，河魚遇雨倏而沉逝，可謂形容盡致。」弟曰：「此句若時人爲之，必以爲不貫。故凡作詩者祇須説足己意，不必求合時人眼也。」

漢人呼吸風人，唐人呼吸騷人。

《三百篇》，詩之根本，《離騷》亦詩之正聲。然《騷》亦可選讀，學者讀《三百篇》而不讀《騷》猶可，若讀《騷》而不讀《三百篇》則斷不可。何也？《三百篇》公家語，《離騷》一家言也。譬諸食物，《三百篇》如五穀，《離騷》則青黏漆葉類耳。

或有問於予曰：「學詩者以何書爲涯岸？」余曰：「學問雖無盡境，然切要之務，熟讀《三百篇》、《古詩源》、《唐詩别裁》、李、杜二集，大法已盡於此。俟能成誦，然後上規千古，下規千古，俱無不可。但不可一日不讀經書、四子書，脱離根本耳。」客曰：「學至何境而止乎？」余曰：「只是有意皆能言，有言皆可歌，斯已矣。」

常建詩潔凈精微。

弟曰：「蘇伯玉妻《盤中詩》起六句不接而接，極深極厚。」余曰：「然。應是當日真景。若無端起興，不應連用六句。」因共吟咏之，嘆其神似〔其〕人。余曰：「《國風》多有婦人思君子詩，此章頗得其意。後人所以去□萬里者，或徒襲面貌而無極深之情，則不得似風人，即有極深之情，或爲時法所拘，則又不得似風人。此則情極深、意極厚，而長短如意，變化從心，故逼真古人而不自覺耳。」

弟曰：「李夢陽取法杜老，真豪傑之士。乃行修謗興，或譏其未能變化，直是邪說。確士闢之，是矣。」余曰：「所患不能變化者，謂自己無意，徒優孟古人，爲可厭耳。若吟咏己意，合于古調，此爲脱胎，非優孟也。試觀曹孟德《短歌行》，直用《小雅》數語；杜老《示從孫濟》『淘米少汲水』，直用古詩『采葵莫傷根』語意；國朝王漁洋『詧連九節度，星動五諸侯』詩，直似杜老。子使余猜，嘗不能辨，亦可謂不能變化乎。總之，出于自然者爲脱胎，出于强然者爲優孟耳。」

弟曰：「《十九首》中有句云『旋車駕言邁』，此種語意，逼真三代。」余曰：「直是浸淫風人。」

弟曰：「入門須正，末路尤宜謹。如汪鈍翁始學唐人，總繼學范、陸詩，亦反不如初，故歸愚所選，皆其幼年詩。」余曰：「此輩最可憐憫。使學宋、元而易爲力也，吾亦爲之；乃卷帙更繁于唐賢，斯用力□□□唐賢，而勞而無功，何不智之甚！」

詩固宜質樸，然必須可以歌唱方妙。如張琴絃者，何可彈之不成聲？元遺山評韓、孟二公云：「東野窮愁死不休，高天厚地一詩囚。江山萬古潮陽筆，合在元龍百尺樓。」聲調鏗鏘，可以歌唱，自異塗澤家數。若易「潮陽」爲「昌黎」字，便不得如此響亮。

或問余曰：「予言館閣、山林，宜合爲一途，其説誠美，但既貴清真，安必盡合時宜？」余曰：「不然。率天真之自然，未有不五色爛熳者，如牡丹盛開，誰施朱粉？而自然有天香國色也。鳳鸞耀彩，誰敷丹青？而自然生遍體文章也。從來極絢爛之境，總發于極清寂之中。人多不曉。總之，天真爛熳者，爲活花鳥；專工塗澤者，爲死花鳥耳。」

流麗歸于蘊蓄，進乎技矣。

詩文不必從時人新法，如猫頭笋、鹿眼籬之類。至于唐人法律，斷不可外。若不能用法，而爲法所用，終是工夫不熟。

一日夜膳後，偶思生平詩説，忽高呼曰：「千古論詩吾第一。」或曰：「人其許子乎？」曰：「興到自咏耳，固不求許于世人也。」

余嘗謂《竹枝詞》亦自古樂府來，較古詩、律詩略活動處、略徑直處便是。《竹枝詞》乃後人失之太俗，所以吾弟太初深惡之。嘗謂余曰：「如劉禹錫、楊廉夫《竹枝》，何嘗俚俗？國朝彭羨門有句云：『木棉花上鷓鴣啼，木棉花下牽郎衣。欲行未行不忍別，落紅没盡郎馬蹄。』徐緘伯調《越中詞》云：『勾踐城南春水生，水中鬥鴨自呼名。伯勞飛遲燕飛疾，郎進城時我出城。』深情古調，方是《竹枝》上品。」余曰：「誠然。」總之以情深爲本，以可以詠歌爲至。如近人《竹枝》有云：「冷冰冰手鬭蝉蠓，便益男人看女人。」成何話説！雖詠風土，諷習俗，然極俗惡事亦不必咏。遇此淺境，怎有深情？既無深情，怎有佳詩？然則學《竹枝詞》者，前二詩可以爲法。

詩固不可錘鍊，亦不可散渙。則對輕薄人，宜與言醖釀；對拘忌人，宜與言活脱。

人謂《三百篇》極難領略。吾謂領略《三百篇》反易于後人。何也？後人多有矜使才氣、競尚奇異之詩，既離乎己之性情，必遠乎人之性情，讀其詩者，反欲强吾志意屈以就彼，方能襲取。若夫《三百篇》直契人心，如水和乳，親而彌真，久而彌永，所以爲言極易知，而感人極易入焉。

後世作家爲蘇氏所害甚多，入其窠臼，便減一段光燄。總要浸淫《風》《雅》、漢魏、盛唐，務使蔕固根深，方可博覽。此輩蓋李、杜，伊、周也；蘇、黄，管、晏耳。

古人咏物非咏物也，觸物而咏所欲咏也。如《卿雲歌》，舜倡之，《八伯歌》即脱離《卿雲》，《舜載歌》亦全副脱出。唐王、杜二公咏櫻桃，亦不凝滯于物。乃後世描頭畫角，歸愚譏謝宗可、瞿佑輩爲猜謎，最善名狀，足使庸俗子三日耳聾。

余總角時，映庚兄嘗爲余講「白圭之玷」四語，既悟其意議之明切，復愛其音韵之深長。低徊不已，神情如昨。

學者心宜虚，志宜高，直當神追《風》、《雅》，不得已而學唐詩，已是下着，乃俗人視爲太高，過矣。學書者直當神追王、歐，不得已而學顔、趙，已是降一等工夫，乃俗人視爲太高，過矣。《九成宫》、《醴泉銘》，頌不忘規，温柔敦厚。吾極愛之，選家亦不載入古文，可歎！杜牧之「折戟沉沙」詩，人多不解其佳。噫嘻！咀茹久之，未有不流連感動者也。總之，讀其詩要融會其神韵，以時眼看之，即有合意□，詩亦只解得一半耳。

昌黎文如岳峙淵渟。

八月初一日，余與弟對坐燈下。弟忽穆然神遠，會心「女曰鷄鳴」二句，吟聲未畢，余接誦「子興視夜」二句，弟又誦「將翺將翔」，余接誦「弋言加之」，更唱迭誦至末章，流連倡嘆，往復夷猶。余瞿然起曰：「吾極愛風人口氣，不知何以若是之委婉動人也。吾實無可擬議，意者其幽蘭乎？」因搞筆書曰：「風人香口若幽蘭。」相對訢然，低徊無已。

金人銘筆氣絶妙今古，憂勤惕厲，温柔敦厚，的是古聖人語意。常常讀之，既益身心，復長才學，不知古文罕選，是何見識。

弟誦李長吉《神騅咏》，贊嘆不已。余亦高咏之，拍案嘆曰：「逸氣滿紙，高調入雲。」弟曰：「工錘鍊者必無天趣，乃長吉古奥中字字有意味，本唐大名家。」余曰：「終是深于情者耳。無一首詩無至情，氣度闊大，不似雕刻小技。且時有議論、有諷詠，推爲大名家，卓乎何愧。」

一日，余與弟談詩，至杜工部「不見李生久」，交口同稱曰：「佯狂」下加一「哀」字，非但押韵，即此一字有無限矜憐。中四語似不過直叙，其實極厚極真，末二句低徊嗚咽，神情欲絶。總之，合全詩，有無限□□沉摯婉篤，直接風人，夫復何愧！

余謂弟曰：「凡詩能令人心微酸而淚欲含者，皆近風人者也。」弟〔亦〕然之。

方回《山經》引《相冢書》云：「山川而能語，葬師食無所。肺腑而能語，醫師色如土。」譚友夏先生評云：「豁達高識，足以破惑消僞。」余詳味語意，應是戒葬師、醫師，學問須求精粹，非謂世可廢葬師、醫師也。因爲之轉二語曰：「葬師有如郭景純，山川能語恐無因。醫師有如張仲景，肺腑能語何所逞。」

弟問予嗜《三百篇》有幾章。予曰：「吾自得解後，即知愛慕全部。中極嗜者，足有大半，不能僂指數。」

或問予曰：「唐賢固有佳詩，宋、元亦有佳詩，近代亦有佳詩。既同一佳矣，乃每見子論詩談及漢、魏與《三百篇》，而尤覺神情悦豫者，何也？」余曰：「詩之各有佳也，如花之各有香也。聞瑞香而神怡矣，聞幽蘭而尤覺神怡焉。故余情之悦《風》《雅》，亦猶衆香中之蘭蕙云爾。」

萬事必培根植本。試觀人之飲食，雖極山珍海錯，不能一日不食稻粱。故夫五經四書，學問中之稻粱也。乃今之學者，或館閣，或〔山〕林，稍得成名，則泛鶩無當，五經四書，不復過目，殊屬狂妄。夫五經四書，乃人生之布帛菽粟，無論何等人品，無論何等學術，每日請須提一半工夫，熟讀數十遍，以立根本。凡子不得其意趣，故不樂學耳。不知咀茹久之，自有無限意味，樂人性情。有志者，其驗之。」

余嘗謂弟曰：「讀古人書，非三復推究，精義不出，何必以過目擅長。」一日見鄭板橋寄弟書，亦如是云云，因嘆板橋頗有深識。惟論大舜處背謬不通，由于不真明天人之故也。至論文數段，頗有益于名教云。

讀書雖不必專尚過目，亦何可盡貶過目？即如初唐虞世南詩渾古高超，不在盛唐之下；張睢陽聞笛詩高渾悲壯，有《大風》《易水》音節。二公生平文章不多見者，或以國務殷繁，無暇旁及耳，豈以過目之故，迄無佳文哉？

後人滯于咏物，而意反寬泛。古人不滯于物，而神致如生。説者謂自來雪詩以右丞「酒空深巷静」二句爲至，不知右丞當日非咏雪也，乃冬晚對雪憶胡居士家也。必曰自來雪詩以此二句爲至，大是語病。

弟舉《竹枝詞》使余猜曰：「菊花時節試秋霜，緑酒紅螯撲鼻香。稻蟹正肥潮正落，一天漁火照潯陽。」余一見起句，即笑其膚淺。及讀二三遍，謂弟曰：「氣息雖和，而脈理不貫，必俗手也。」果然。「稻蟹正肥」下接「潮正落」，情景睽隔，弟與吾所見皆同。

杜老詩如「白頭亂髪垂過耳」、「山鬼吹燈滅」等句，不知者以爲俗，固非知言，乃偏見者遂謂杜老集中惟此等句法爲第一，又不免矯枉過正矣。

藜莠足以蕪五穀，故夫《文選》諸賦，經書中之藜莠也。

乙酉端陽後一日，余聞反舌鳴，得「緑樹陰中百舌鳴」句，因與弟共聯句曰：「天垂鳳尾白雲輕蓮，緑樹陰中百舌鳴竹。靡草已殘春已遠蓮，遥遥清晝尚聞聲竹。」

弟謂余曰：「使今有王已山、沈歸愚二公，吾輩詩文不患不佳。」余曰：「文猶有人，詩惟歸愚而已。若漁洋令吾輩讀蘇詩，吾輩必不説。因思王漁洋學問雖大，惜入蘇詩窠臼，其一生佳詩，仍是得力杜、韓二家。使其全學古詩、唐詩，直去李、杜不遠。學問深厚，氣度闊大也。」弟曰：「如『路遥淮水北，天盡武關東』，何等雄闊！」余曰：「雄闊中又不□□粗暴，所以難及。更若古詩『四顧何茫茫』、『東風摇百草』、杜詩『落〔日照〕大旗，馬鳴風蕭蕭』、『中天懸明月，令嚴夜寂寥』，闊大而深穆，可以高唱，又可以吟，觀于海者難爲水。」

余與弟共咏王、杜二公櫻桃詩，暢然滿志。弟曰：「浦二田謂杜詩削肉存骨，殊屬顢頇語。又謂『兵戈不見老萊衣』，筆筆凌駕，更屬背謬。」余曰：「誠然。此詩吾不見其有筆，惟覺神意嗚咽而已。此輩何自有肺腑？總之浦公有學無識，天資鈍耳。」

乙酉夏日，弟侍母親側，與逢吉戲弄。余獨抱膝納凉，高咏三唐大名家詩，亦閒吟後賢佳詩，悲歌慷慨，高唱入雲，聲情酣足，餘韵深長。忽念到後人咏姜伯約「天水誇英俊」云云，念畢而意旨索然欲盡，聲情促然欲絶矣。余聲甫止，弟忽遥應而相笑。母訝其所笑何事，弟曰：「吾笑其吟聲不能續長耳，詩較卑故也。」余奮然起舞，喜此中真趣，惟同心可以共賞。

李謫仙《上皇西幸南京歌》似極頌揚，其實意旨深微，使上皇非作色荒，奚至流離若此。詩更藴藉温柔，闊大無方。

八月十三日，余謂弟曰：「吾昔年極嗜李詩，年來更極嗜杜詩。□□誦《有感》五首、《熟食日示宗文宗武》，古穆深厚，不知何□□□□□參伍漢人，並難言得漢人遺意。此種意境與太白不同，太白詩有《騷》《選》氣，杜詩有經史氣。至于太白《烏棲曲》《上皇西幸南京歌》諸詩，亦温柔敦厚，得風人意。元微之貶太白，未知太白真趣也。至楊大年之貶杜，直是乳臭語。吾久蓄此見于中，未敢明言，以待擴充其見耳。乃至今所見無殊，故爲子述之。」弟曰：「此説純是從源頭上立論，吾亦久蓄此見，欲言而未言耳。」

弟曰：「子建似風人，杜老亦似風人。此二人外，求其似風人者，似常苦少。」

弟閱《別裁》，誦杜老「昔聞洞庭水」，吟聲未竟，余接聲同誦，駭然曰：「如何得此深厚，收筆更闊大之極。」又誦孟浩然「八月湖水平」，嘆其清剛樸古，真盛唐人手筆。弟曰：「劉文房亦有『疊浪浮元氣，中流没太陽』之句。」余曰：「此二句便不如杜、孟，然亦渾古之至。若吾輩親到岳陽，當益見其寫景之妙。」弟曰：「然。此歸愚所謂『吴楚』二句别處移掇不去也。」弟又誦《有感》五首，共相嗟嘆，迥出常境之外，使人不□着圈。余曰：「凡詩衹令人拈出一二句來着圈，便落下乘。〔劉文房『昔〕賢懷一飯』詩曰情致深矣，氣體間何淹潤深長至此！每觀□□□人，即有此意，多入枯索，如『曾于青史見遺文，今日飄蓬過此墳』，竟同杜老《岳陽樓》起法，然淺易矣，令人不見其難能矣。」因嘆劉文房詩頗佳，吾輩甚愛之。

昌黎詩亦自經史來，所以不如杜詩，似于温柔敦厚欠一柔字。

孟子之汝家，焦仲卿之兄門，皆令人魂消。

弟曰：「元人咏白燕詩『梨花院落有無中』，所以不如杜老『輕燕受風斜』與《畫鷹》諸詩者，杜老寄意遥深，不囿于物故也。」余曰：「此説極當。杜老意中不止一畫鷹，元人心中却只一白燕也。人必須情意鬱勃，觸物咏歌，乃得真詩。如孔聖《猗蘭操》周流不遇，因蘭增感，故神味無窮。蚩蚩者謂一字不及蘭，却句句是蘭，真是隔膜語。《東山》詩『伊蝛在室，蠨蛸在户』、『倉庚于飛，熠耀其羽』、『有敦瓜苦，烝在栗薪』，能使人魂消神醉，豈呆詠伊蝛蠨蛸乎？蓋久從征役，想念家鄉景物，真情迫切，而後發爲此詩也。若衹拈伊蛾瓜苦，使周公咏一佳詩，恐周公亦且無可如何。殷遥『嶽雨連河細，田禽出麥飛』亦然。後人亦有知詩不可凝滯于物者，然又于物外苦求□意，殊非詩之本旨。

文徵仲《焦洗圖》，畫數葉芭蕉栽銅洗内，白石皺瘦點映其間，清高絶俗，古雅怡人。上半幅小楷書元明諸公所題七律，骨瘦神清，追踪王、歐絶軌，每一展玩，神遊古世。惟詩則趙宗文、倪元鎮二公佳。倪云：「風飜窗裏浪花白，雨壓牀頭雲朵青。」趙云：「秋風不剪新抽葉，春水難消已鍊形。」此二詩清古絶俗，餘不過全詩中間有一二句佳。内有一詩起云：「周君張君先後爾」，「爾」字乃住脚虚字，用于起頭，下句怎能接上？遂硬接云「以蕉養雪誰先零」，意雖接而句實斷也。更有收句云：「天公作池媚蕉葉，何以報之雙玉瓶」，硬襲《四愁》，詩調可厭。作律詩原可運古氣于其中，然必須出于自然乃佳。如杜詩「愛汝玉山草堂静」，淺而言之，何等成句。三、四聯云：「盤剥白鴉谷口栗，飯煮青泥坊底芹」，看似佶屈聱牙，其實氣體間和調之極，故佳。至「何以報之雙玉瓶」，甚不好讀，呼應不接故也。《四愁詩》本云「美人贈我金錯刀，何以報之英瓊瑶」，上有「美人贈我」呼應，乃得流麗。秦康公送公子重耳：「我送舅氏，曰至渭陽。何以贈之，路車乘黄。」上有「我送舅氏」，故下有「何以贈之」。《石鼓歌》：「其魚維何，維鲂維鯉。何以〔貫〕之，維楊維柳」同一法也。至于七律收句，如何可用此調？彼□□□，此古雅器物，非運以高古之筆，恐難相副，遂硬襲古調，反不如〔作〕一完美律詩之爲得也。况通幅十數詩俱叠韵，此尤非法。既限成韵，和者又多，押法又不可重，雖有新意，亦何從措手耶？故凡學詩者，須先求流麗，一氣神行到底，令人讀畢，神情酣足有餘方妙。至于古體字句奥衍中，尤要極其和調也。

讀書須講出四書經書中趣味來，文章方有興會。單靠《史》《漢》古文，尤隔一層，况株守考卷墨卷乎！

吾生平最惜精神，惟讀書臨帖，始肯用之。幼年酷嗜奕棋，邇來甚覺無謂，第隨意應酬，嘗有句云：「本爲消閒反憔悴，不如袖手看行雲。」

詩家之有蘇、黄，書家之有趙、董，藝林之大利大害也。或曰：「學蘇、黄、趙、董，可以成家，豈不美歟？」余曰：「其害正在成家也。學蘇、黄而自足，則不知李、杜；學趙、董而自足，則不知王、歐。此大害也。」要之，世豈能無蘇、黄哉？不善學之過也。

詩文不能如古者，患在視古太難，又患在視古太易。視爲〔難則〕不肯探尋；視爲易則不復求進。故未有得者，不可視爲難；既〔有得〕者，又不可視爲易。

或謂宋儒以名理入詩爲旁門，非也。詩者，達意之物也，各人有各人之意，意不同，故詩亦異。宋儒有悟于心，而宣之于口，其意何等正大！意大而詩亦大，乃是天地間正聲，何得謂之旁門？若舍其心中源泉混混之趣，而强爲詞人才子之詩，則語不由衷，反非正聲。至謂名理不可入詩，則《大雅》中言名理者何窮，亦謂之非正聲，可乎？惟朱子《性理吟》詞調遷就，稍欠自然，不可爲法耳。然則詩家之旁門何？以詞藻炫博，以譎詭見長，以纖巧爲工者，皆是此無異。巧言令色，務外悦人，意淺而詩亦淺；意小而詩亦小矣。謂非旁門，得乎？

學詩不可不取法古人。如杜老《春日憶李白》詩，李詩豈止「清新」「俊逸」？第隨口吟咏，姑以此四字言之耳。此其故，夫人而知之。即如「渭樹」「春雲」二句，但寫兩地之景物，二人睽隔之情，自相懸而無已，讀者只須即「渭北」「江東」體會二人之情，不可滯于「雲」「樹」中別求深意也。「渭北」豈止一樹？「江東」豈止一雲？不過就此二物，隨手指點耳。若〔必〕謂「雲」「樹」中別有深意，請問「春樹」「暮雲」，何處無之耶？

竹雪詩話卷二

詩固宜常讀，尤必不時繙閱，每每有詩讀時甚覺平平，於不意之中見之，别有會心。一日見弟書：「此地曾居住，今來宛似歸。可憐汾上柳，相見也依依。」余讀一遍，神醉意迷，不能名言其妙。此詩向曾隨口讀過，今乃得其真味，因跋其後曰：「入神入化，吻合風人，竟忘却作者姓名。查閲乃知岑嘉州詩，因嘆曰：吾曩者祇覺嘉州詩壯闊明秀，今觀此詩，氣味淵穆，始覺明秀等字未足概嘉州也。嘗有句云：『古詩如醇酒，飲之能醉人。』讀此詩，益喜所言之不妄。」

丁亥春，細雨綿綿，情思難遣。偶閲《明詩别裁》，其中佳詩□□□□但格局蒼老中，終有町畦未化之迹，且閲且過，復易一□□□□已覺氣象不同，及讀一詩起二句曰：「少年初帶印，汾上又經過。」□驚曰：「《明詩别裁》中，那得此愜吾心之什。」及見次首「思親當自去」云云，原來韋蘇州詩，蓋《唐詩别裁》雜入其中者，擊節之下大噱一聲，旁人聞之，不知余何所忿，驚眄數次。

杪冬間，坐與弟論旗亭畫壁事：「其妓女歌詩，次及王之渙者，亦偶然事耳，人遂以此分優劣，非定論也。『黄河遠上』篇雖佳，亦不能高出『秦時明月』。唐人七絶，佳章如林，何可指一二詩以爲壓卷？此李于麟輩掛漏之論也。若舉一二詩以爲壓卷，吾意中更有一詩。」弟曰：「得毋賈至之『雪晴雲散』乎？」余曰：「此詩固然，然吾意中非此詩。以上數詩是調高意遠，吾此詩並無聲調，惟神意無限。

惟如此，故可云壓卷。」弟曰：「此必杜老之《江南逢李龜年》也。」余曰：「然。」弟曰：「此詩佳處，人難領略。」余曰：「此詩惟一段神意蘊含無盡。末句不減『楊柳依依』，工部意中，有無限傷感，口中反若有無限喜欣，極高極深，此方是深得風人神吻。李于鱗推王昌齡之『秦時明月』，王元美推王翰之『葡萄美酒』，王新城推摩詰之『渭城』、李太白之『朝辭白帝』、王昌齡之『奉帚平明』、王之渙之『黄河遠上』，歸愚推李益之『回樂峰前』、劉〔禹〕錫之『山園故國』、杜牧之之『烟籠寒水』、鄭谷之『楊子江頭』，俱遺却此詩，不知何故。大抵情意深穆之品，知之者少耳。況不特此詩也，即如賈至之『雪晴雲散』、太白之《清平調》、陳玉蘭『夫戍邊關』，亦豈在此數詩下哉！而此外佳詩更難枚舉，究竟何詩可以壓卷乎？」弟曰：「王新城亦善學古人，即如『布帆十尺如飛鳥，卧看金陵兩岸山』，亦極超雋。」余曰：「詩頗佳，謂之善學古則可，謂之與古無别則不可。此詩所以不如太白之《白帝》者，口氣已近後人，吾輩不遇此景耳，一遇此景，尚不難爲此詩。至如『朝辭白帝』，實如一團神光在空中摇蕩，無從捉摸。新城詩如金蓮寶炬，其光非不昭明的爍，然而人可以把握矣。」

風人詩有千般嬝娜，人自不覺。即如《桃夭》二句，何等姿態！「常棣之華，鄂不韡韡」，一「不」字用得神妙無匹，令華之摇動如在目前。「昔我往矣」四句，令人低徊欲醉，難以語句評論。古人虚字用得如此入化，詩何嘗不可用虚字？然吾所以見虚字即抹者，因後人詩中虚字以扭捏爲工，如娼妓氣習，一見輒欲噴飯，非抹不可耳。

吾讀《泉水》詩，心乎愛之。曾圈「毖彼泉水」四句，讀至「女子有行，遠父母兄弟。問我諸姑，遂及伯姊。」流連三嘆，淚意微含。再至「我思肥泉，兹之永嘆」，且讀且嘆，不堪爲懷。三遍後不能復讀矣，嗚咽喉間矣，詩人傷感神情如接于目。噫！何味之永也！

余最能悟玄理，凡有會心，必窮思極慮，以探其源。縱或一時扞格，異時復會心及之，精心求索，無不得者。常有句云：「悟心直似由基箭，一發洞然七札穿。」

詩文與其膚泛，無如稍俗。蓋詩到極真摯處，不能無一二俗字。多讀古人詩文自見。若一味膚泛完整，不過字句寫在紙上而已，吾不見其有詩也。

文章不可堆陳言，然又不可有意求新。不有意求新而新從何而來？殊不知心愈虛則愈靈，理愈推則愈出。吾只是讀聖賢書，求聖賢理，積久功深，忽覺古聖人有許多道理爲後賢所推闡未盡者，或有錯解其義者，或有未達一間者，胸中一團彌縫匡救之意，鬱勃欲舒，然又恐己見多偏也。且存諸中心，勿忘勿助，俟異日忽有觸悟，復□□之，而又必自反不已，畢竟所見的確不誣，急援筆書之，□□□□不遇布帛菽粟，如道家常，而卓見高識，覺天地間自少此□□□，此方是真能去陳言者。

詩莫佳於周公《常棣》詩，吾讀之淚意微含，情綿邈而不知所終。又嘗讀《衛風・泉水》詩，低徊嗚咽，不堪爲懷。嗟乎！人讀《三百篇》而不知感動愛慕者，木偶也，何必學詩！

風人每將一意叠用數句，吾嘗思之而未得其故，今乃知之。即如「投我木瓜」一節足矣，何下又有二節？不知者以爲换一「桃」字、「瓊瑶」字便另有一意，此見殊謬，不知風人本一意也。意本不在物也，情意纏綿，姑假投報以舒懷，一言之不足，故反覆言之，反覆言之，却不能不换一字，故「瓜」字换

「桃李」，「瓊琚」換「瓊瑶」，反覆咏嘆，以盡其致耳。或曰：「意同而僅換字面，豈不味同嚼蠟？」余聞而絶倒，曰：「子豈謂風人之换字不换意，如時文合掌之謂乎？過矣！雖然，疑似之際，亦不可不辨。時文所謂合掌者，爲出股意已説盡，對比意窮詞竭，聊將前意，敷衍完篇耳。風人正爲情意深長，一言之而不盡，故再三言之。即再三言之，而猶未盡也。龍井茶愈味愈旨，口香七日而不已，而乃曰蠟之云乎？嗚乎！自漢而後，詩文立以方法，而此調如《廣陵散》矣。□□人人意中所有，而却爲人人筆下所無也。」

吾嘗謂古人詩遠過後人者，無過情深耳。後人苦爲法律所縛，不能行乎自然，果能抒寫深情，忘其作詩，便可直接古人。明神宗時，解州俞保補戍騰越，其妻王氏頗識書，將粒米作信香日夕禱於關帝前，誦詩曰：「信香一粒米，客路萬重山。一香一點淚，流恨入蕭關。」真摯古穆，逼真漢人樂府，吾童時見之，未解其義，便爲之低徊。今日迴憶而熟復之，不覺神醉而意迷焉。惟其真情迫切，無意作詩，故反得此真詩。後王氏米積若干，保在戍夜夢關帝呼曰：「爾婦虔誠，爾欲歸乎？」保伏地乞歸，呼令楸馬馳行，獵獵風聲，已落平沙中，天曉知是解州城外，抵家扣户，王氏驚疑，保道所以，方出迎抱哭。隨詣廟謝，明日赴州言狀，移文騰越，察之，保離伍僅一日，而伍簿中復有「關聖勾免」四字。保軍遂免。至誠感神，詢然。

仙佛與鬼詩，口氣超遠塵俗，余嘗能辨之。冒巢民先生父起宗公將登榜，其西席羅憲嶽夢仙流咏詩曰：「貪將折桂度寒宫，那信□千色是空。看破世間迷眼相，榜花一到滿城紅。」榜發，果中。

道光乙酉科，南闈中有一士人遇祟，大書其卷曰：「薄采茨菇□□詞，濃煎益母治相思。臨行互檢羅衫袖，珍重啼痕好護持。」迪吉□凶，昭昭不爽，詩亦高古絶俗。此等詩常往來心目中，不但能啓發善心，且可洗去筆下無限塵氛。

人但知古文筆氣佳，殊不知四書經書中筆意極佳，人亦非不知其佳，但以爲過高難領會耳，殊不知本不難領會也。即如「子路曾」章，讀之何等快樂，以「吾一日」二句，口氣之妙，意味之深，無可擬議，《檀弓》尚無此神吻，何況其餘。

《魯頌》「予其懲」章，字字情深，吾極嗜之。

古人以咏詩爲言，故自然。今人以作詩爲事，故支離。

余謂弟曰：「後人詩所以不佳者，由於無意也。所以無意者，由於不肯寫真意也。即或有真意于胸，作詩時反置真意而不問，俱從别處思索，遂至油腔滑調紛至沓來。又思欲去陳言，遂勉强烹鍊，凑合成詩。貌似新奇，實則庸腐，味同嚼蠟。故不知者以爲求新詩得間，其知者以爲無根之水也。試觀杜詩『雲白山青萬餘里，愁看〔直〕北似長安』，所以味長者，由於有意也。可即此以推其餘。」

弟曰：「情真景真，血脉自然融貫。後人只賞孟浩然『野曠天低〔樹〕』〔二〕句，拋却上二句，殊不知拋却上二句，即此二句，亦無從見其佳也。」余曰：「誠然。首句『移舟泊烟渚，日暮客愁新』，惟其人在舟中，乃得久視江月；惟其作客，故愁中悵望，乃見天低野樹、江月近人，真情真景，融成一片。故下二句之命脉在上二句。時賢則遺却上二句，摘出『江清月近人』嘆爲名句，嗚乎噫嘻！」

吾極嗜「有饛簋飧」《詩》「東人之子」二節，諷刺中却極其委婉，口氣殊妙。四「人」字亦疊得有味。「或以其酒」以下數節，奇想天開，巧妙中却又極其深渾。嗚乎！若此詩者，雖不能至，心嚮往之矣。

吾嘗翻閱《義門讀書記》，見其批杜陵《客亭》詩曰：「亭字起，客字結，且有所謂破題者。」不禁廢書而嘆曰：「博學如義門，尚紕繆至此，風雅埽地矣。詩者，吟咏性情也，題從何來？破於何有？初學作試帖，胸無真意，只得循題俯仰，故有破題等法。惟其如此，故試帖不得謂之詩也。至於杜老之詩，乃天地間正聲，惟知舒寫胸懷，豈知何者爲題目？且有詩已成，而隨舉一二字以爲題者，何爲破不破乎？（此無）他，何公心爲試帖所汩，不知詩之根源，故開口便錯。」

昔宋襄公欲伯諸侯，張文仲曰：「以欲從人則可，以人從欲鮮□□」深以私己爲戒也。今人評論古人，許多佳文被其埋没，無非膠（柱）己見之故。夫人心原不可無定見，而務宜極其虚靈，能虚靈則無偏執矣。譬如諫果，知味者知其酸中有甘，不知味者即謂其無甘，烏乎可？

庚辰仲冬，吾弟指張籍「失意還獨語，多愁祇自知」二聯，曰：「此亦復佳，何確士以單點之外乎？」維時適值考不如意時。余凝神静思，設身處地，覺清寂無聊，莫可告語，真意纏綿，情詞黯淡，即批云：「情真語摯，此爲沉悶語，夫詩以道性情也。孔子云『辭達而已矣』，詩文本取達意，若有意粧飾，反失本來面目。此種詩正好在不着力也。他如韋蘇州『去年花裏』二句，極其真摯；劉夢得『昔看黄菊』二聯，亦復深婉動人。韋蘇州之『獨憐幽草』，情真景真，血脉自然貫注。確士皆以單點外之，未免稍過。杜工部『老夫清晨梳白頭』，此直截起法，並非率筆。至於温飛卿之『槲葉落山路』二聯，却然音韻不諧。釋齊己之『風遠幽香出』二聯，亦散緩無力。而諸如上數詩，俱以不着力得之，未可一例而論。要之大德不踰閑，小德出入可也。」確士或亦精神不到，遂不免有此小疵耳。此種小疵，亦誰人蔑有？然不爲〔拈出〕，恐唐賢佳句反晦，予故不得不辨。

大凡讀古人詩文，切弗輕爲褒貶，既未身歷其境，又不能細心體會，每易誣妄古人。即如陶元亮與儲、王田家詩，使膏粱子弟老於金屋者，烏能嘗其旨趣？更若王摩詰「憐君不得意」，一「憐」字凄婉難讀，余每失意時，輒吟此詩以及韋蘇州《送别覃孝廉》「家住青山下」二語，尤使人黯焉銷魂，深得風人遺意。此外如項斯「失意時相識」二語，亦真摯之極，使終身未臨場屋者，必不能知此境之深，又何能知此詩之妙？夫詩之爲道也，因情因境而生，情非一端，境有萬殊，豈可執吾一意以相例耶？非不知身世遭際各有不同，亦安必盡嘗天下境況始能作詩？然必虚心從善，其於古人有名佳什，姑存而不論，庶無遺珠之憂耳。

余舉時人古詩，使弟猜，詩曰：「酌酒與故人，清夜亦何美。明月在高樓，故人隔江水。迢迢江水深，舉網得雙鯉。蓬茆生輝光，珠璣錯羅綺。問訊山中薇，梅花夢春雨。再拜心凄酸，珍重懷袖裏。雁影去復來，相思何時已。微雨洗高秋，嚴霜綻英紫。良辰踏歌來，吟望故人履。」弟批云：「詩非不佳，但古奥中似有些勉强。讀畢令人喫力，恐〔非古〕詩，然學古已有獲矣。」余從容言笑，不露神色，使下斷詞。弟批曰：「〔必〕是漢魏人詩。」又曰：「不是唐人。」沉吟少頃，振筆批云：「後人所爲也。」余即執筆跋云：「服君藻識。」（文園六子中詩。）

東坡七古佳，而其餘諸詩有意琢名句，急急欲人道好，若唐代大家，便不如此。

古人詩文面貌，即或平平無奇，而言外俱有不盡之韵，如鍾琴餘音嫋嫋不斷。至於時人著作，全無真意，非纖濃則尖利，只有這面，全無那面，如今之賣餳者擊小銅鉦，聲韵短促，甚不耐聽。

歷下偶談

歷下偶談提要

《歷下偶談》十卷，續編十卷，據道光十一年鵲華館刊本點校。撰者王偁（一七八六—？），字愿持，一字孟陽，號曉堂、鵲華館主人、嵎陽山人，直隸大名人。不應科舉，游幕爲生。嘉慶間主講於潯州、鄢陵書院。有《蓮舫詩鈔》前後集等。此書前編有道光七年丁亥自序，續編有道光十一年辛卯江光（治橋）序，略可知兩編先後之成書時間。書名「偶談」，各卷卷首又特標明「古今詩事若干則」，而「不敢專名詩話」者，（卷五）以録同時人之詩作爲主，不惟「話」少，即連「事」亦不多記，蓋推崇《隨園詩話》而謙抑自述如此。所收以「歷下」即山左爲主，山東籍外，宦東省者尤盡録不遺。王氏熱衷風雅，逢人索句，旗亭驛站，零墨斷章，多賴以存。如續編卷一録得張問陶《車中口號》一首，即《船山詩草》未收者。而正、續集達二十卷之數，似乎清初山左詩風之盛，此時復振矣。實則標格不高，一李懷民之《主客圖》，一袁潔，已被奉爲圭臬，尤津津於袁氏行蹤，竟有當代陸放翁之譽。山左詩家前輩如李攀龍、王士禛等，亦多有所記。如漁洋從祖王季木初徙歷下，曾居于李于鱗廢宅；《秋柳》詩唱和原址，其時僅剩敗屋三間之類，頗存掌故。録詩大抵主性靈，故詩尚不惡。佳句如「秋稼如雲天作粒，春蠶比户樹爲裳」，狀田家農活，用詞綴句甚精湛。詠物主正面刻劃，亦與隨園同。七古長篇不惜全録，如朱鳳森（藴山）七古《詠袁玉堂畫蒲桃》一首，由圖及桃、及人，刻劃備至，誠爲佳作，可借窺嘉、道詩之寫實水準也。

鵲華館序

或有誚於余曰：「法律之不明而詩亡，詩亡然後詩話作。沈約、鍾嶸之流，論定詳矣。唐宋諸名家博采詩事，纂而爲話，韋編《才調》，阮著《總龜》，胡記《叢話》，在在裒集，各立門户，不可以枚舉也。至明諸子編詩特著，既而漁洋、竹垞從擴叙論，小倉山房廣搜章句，法已於是乎備。子爲話，子知詩乎？」余慨然謂之曰：「諸公何可當也。余自束髮受書，癖於此久矣。既無專主，復無承授，我用我法，自言興之所至。其所爲詩，恒不敢示人，安期壽世？近年由豫而東，由東而津、潞、燕、趙，車轍馬跡，歲月蹉跎，拂鬱之情，不言可喻。不得已復歸歷下，杜門謝客，口幾不餬，際遇之難，一至此哉。長夏無事，特以在東耳目所及，編叙十卷，或傳其人，或傳其事，後之君子是否取法，余不能知。然余既不知詩，烏言話耶？名之曰『偶談』，作稗史談笑可也。子誠知我，當亦諒曲衷乎？」是爲序，以曉或人，並告觀者。丁亥五月杪，鵲華館主人王曉堂自識。

歷下偶談卷一

鵲華館主人編集

古今詩事十八則

新城王尚書阮亭蚤負夙惠，神姿清徹，如瓊林玉樹，朗然照人。弱冠登進士，爲揚州法曹，日集諸名士於蜀岡、虹橋間，擊盋賦詩，香清茶熟，絹素横飛。故陽羨陳維崧其年有「兩行小吏艷神仙，争寫君侯斷腸句」之詠。至今過廣陵者道其遺事，仿佛歐、蘇，不徒憶樊川之夢也。

秦淮詩人紀映鍾之妹映淮，字阿男，美艷能詩。其和漁洋《秋柳》有「棲鴉流水點秋光」之句，一時傳爲絶唱。阮亭《秦淮雜詠》云：「十里清淮水蔚藍，板橋斜日柳毿毿。棲鴉流水空蕭瑟，不見題詩紀阿男。」蓋爲映淮作。

白樂天謫居江州，聞商婦琵琶，抆淚悲嘆，可謂不善處患難矣。然其詞傳，讀者猶愴然，況聞其事者乎。濟南李氏易安圖而書之，其意蓋有所寓。而永嘉陳傅良題識，其言則有可異者。明初宋學士濂戲作七古，止之於禮義，殆有古詩人遺音。其詞云：「佳人薄命紛無數，豈獨潯陽老商婦。青衫司馬太多情，一曲琵琶淚如雨。此身已失將怨誰，世間哀樂常相隨。易安寫此别有情，字字欲訴心中悲。永嘉陳侯好奇古，夢裏繆爲兒女語。花貌國色草上塵，朽骨何堪汙脣齒。生男當如魯男子，生女當如夏侯女。千年穢跡吾欲洗，安得潯陽半江水。」

俗傳李易安初嫁趙明誠，既寡，守節不終，晚年再適張汝舟，鬱鬱又復不安。及余到歷下，訪其軼事，如柳絮泉挽詞；徵諸記載，如《金石録》一册，方知傳言之誤。易安長於才而慳於遇，薄命之説，自古爲然。然世之所謂一誤再誤者，由於憂鬱戚憤之懷，恒流於章句言詞之外而不自覺者，境迫之使然耳。無惑乎訾議百出，一如野史所誤碧雲騢事。故盧雅雨先生極白其冤。平原董書農《濟南雜詠》，有弔柳絮泉一絶，最爲卓見，識者自能辯之。

新城鄭應尼嘲馬湘蘭，作《白練裙》一劇，金陵舊院妓傅靈修能演之，聲色俱見。傅癖愛花，蒔植嘉卉，四季皆春，其性亦頗好詩。漁洋居秦淮，日與往還，其見諸雜詠者，《本事詩》中具載顛末。至留別靈修一詩，尤爲情摯，可見先輩風雅，原不以此爲諱也。其詞云：「斗帳香寒歇舊薰，人間無路識行雲。江南紅豆相思苦，歲歲花開一憶君。」

新城徐東癡夜，爲王考功季木先生外孫，襟期蕭灑，如魏晉間人。其文章超超元著，書法逼近永興。早棄諸生，隱居蓬艾間，屢空晏如，獨與王西樵、阮亭倡和。阮亭嘗有詩贈之，云：「湘東品藻留金管，江左風流續玉臺。」可想見其丰裁，非今之紈袴者所能企及也。録其《春情贈人》二絶，略見一斑。「青入紅蹊深復深，非關社日亦停鍼。明朝撲蝶南園會，預辦釵頭鬬草金。」「一代才華怨落花，西清園内賦新茶。年年指點風流業，猶自垂楊綰暮鴉。」

有官長安者，東癡屬爲訪霍小玉舊居。阮亭先生戲調二絶句云：「十二城門空夕陽，霍王舊事斷人腸。憑君蔓草尋香跡，應有人間勝業坊。」「三尺烏絲事已空，舊家門外野棠紅。浣紗桂子皆零落，西市無人問玉工。」東癡得詩，爲之心折。

諸城諸生李蘭畦爲世家子，以乃郎梓園需次中州，羈河朔頻年，日惟閉户讀書，不蹈風塵影。間或往來者，有流寓邱縣劉觀察松嵐先生一人而已。記其佳句，如《淇縣道上夜行》云：「天末疑無地，河流獨有聲。」《贈某處士》云：「此心如水淡，古性愛山多。」《宿月山》云：「河聲撼客夢，山翠濕僧衣。」「雕磐雲影峻，鹿過葉聲乾。」皆清新。

明初搢紳燕集，皆用官妓，與唐宋不異。後始有官吏攜妓飲酒一律，永爲飭禁耳。世傳新城王季木象春先生，嘗與一官兵會飲，倡爲酒令，各誦詩一句，以「月」字押脚。令畢，一妓名秋香者，遽成小詞，捧琵琶歌曰：「到春來，梨花院落溶溶月。到夏來，舞低楊柳樓心月。到秋來，金鈴犬吠梧桐月。到冬來，清香暗度梅梢月。呀好也麽月，總不如俺尋常一樣窗前月。」諸公劇飲，霑醉而去。

章邱李伯華開先歸田後，多買歌童舞女，徵歌度曲，爲新聲小令，搊彈低唱，嘗自謂馬東籬、張小山無以過也。其姬張二，本娼家女，歸伯華，年十八死，殯於園中。伯華有《過張二墓》詩云：「枕邊遺囑言猶在，隴上春雲雪未消。幾欲臨風歌楚些，香魂杳杳不堪招。」又《憶張二》句云：「觸物傷情雙淚落，餘香猶染舊鮫綃。」尤情至可誦。

邱縣劉觀察松嵐先生初令粤西，詩名早著。既由遼東蒞任山右，其見諸政蹟方策者，隨處陽春，不徒以詩顯也。初與高密李氏石桐、少鶴昆季專講晚唐法律。暮年解組，隱王屋山麓，與翁先輩覃溪、鮑夫子雙梧交相善。其律詩古作，尤非近今所及，已載其全集及《隨園詩話》者，無煩具論。近荷其書《寄秋色》一律云：「疎柳寒鴉點素秋，晚來蕭瑟不勝愁。僧穿鳥道歸蒲版，雁帶斜陽過汴州。茶鼓敲殘松頂寺，笛聲吹徹水邊樓。青蒲紅蓼皆仇敵，來向西風傲白頭。」紙既精細，字亦工遒，真可寶也。

臨清謝布衣榛，字茂秦，號四溟。與王鳳洲輩結社燕台，一時王公將相争延上賓。邯鄲趙王尤愛茂秦詩，從王客鄭若庸得《竹枝詞》十章，王命琵琶妓賈氏叩度而歌之。萬曆癸酉冬，茂秦從關中還，過鄴下，偕若庸見王。王宴之便殿，酒行樂作，王曰止，命緪瑟以琵琶佐之。王復止衆伎，獨奏琵琶，方一闋，茂秦傾聽，未敢發言。王曰：「此先生所製《竹枝詞》也。譜其聲，不識其人可乎？」命諸妓擁賈姬出拜，光華射人，藉地而竟《竹枝》十章。茂秦謝曰：「此山人鄙俚之詞，安足污王官玉齒，請更製《竹枝詞》以備房中之奏。」王曰：「幸甚。」茂秦老不勝酒，醉卧山亭下。王命姬以袛代薦，承之以肱。明日上新《竹枝》十四闋，姬按而譜之，不失毫髮。元夕，便殿奏伎，酒闌送客，即盛禮而歸賈於邸舍，茂秦載以游燕、趙間。逾二年，至大名，客請賦壽詩百章，至八十餘首，投筆而逝，乙亥之冬月也。姬率二子奉柩停大寺之傍，每夜操琵琶一曲，歌茂秦《竹枝詞》，必慟哭而罷。已乃以千金裝付二子，令歸葬於臨清。自破樂器，歸老闤闠間。後三十餘年，客訪舊寺中，寺僧猶能道其遺事。此千古布衣晚年不多得之佳遇也。茂秦亡後，詩多散佚。余止記其別調曲代贈所知三首云：「家住鄴城門向西，青樓上與鄴城齊。郎行好記門前柳，春夢南來路不迷。」「離筵易醉夜將分，起舞燈前猶向君。從此腰肢瘦無力，牀頭閑煞藕絲裙。」「木落天寒郎欲行，樽前離怨一箏鳴。燕姬纖手調新曲，不是西樓今夜情。」漁洋山人《題謝四溟集》云：「鄴下風流古所稀，梁園詞賦有光輝。趙王一去賈姬死，天下何人重布衣。」蓋紀實也。

海豐李明府紫峰宰郟縣，多惠政。解組後，與遇於懷州幕中，古衣臞貌。至詩尤清妙，其佳句如：「一塘鶴夢驚殘夜，四壁蟲聲起百憂。」《春柳》云：「淡雲欲鎖章臺夢，曉雨新晴灞水春。」《春草》云：「一宵索句春塘夢，二月離情南浦烟。」皆藴藉可佳。至《過莆田道上》二絶云：「匹馬長楸午寺鐘，一溪菱芡水琤琮。兵田舊是弓旌路，禾黍離離弔魯恭。」「垂楊深處聚鳴蟬，小市人歸十里烟。緑水平橋堪入畫，雲拖雨後蔚藍天。」又似宋元小品。

新安方都轉判通甫，倜儻不羈，英姿灑灑，抱濟世之才，需次東省有年矣。其藴蓄之深，恒託諸吟詠，刊有《華陽山房詩鈔》，中多古體，雄傑俊逸，力造古人，且能深悉古人體格聲調，而變通之處，别開詩中境宇，殆有過人之才者。長古不具載，惟摘録七言中句。如「孤舟夢醒三更雨，萬里人歸九月天」、「遠山缺處雲銜月，春水生時客到門」、「小樓聽雨思新别，孤館停樽憶舊詩」、「一溪雲影棲歸鶴，萬壑風聲送夕陽」、「千里暮山青竹杪，一痕秋雨白林根」、「佛頂西風千嶺月，明湖秋水半城花」，皆佳。至《檢舊詩》二句「竟知此物成何用，却笑浮生唤未醒」，驚醒從古詩癡，非徒以語未經人道見長也。

歷城許殿卿邦才以詩傳，湖上舊跡，至今有考。予到歷下，搜其全藁不得，不勝悵然。適於歌者香玲處，見有小幅，題一絶云：「鈿箏銀甲芳春後，珠箔金釵明月前。誰使燭灰香燼夜，却聽風葉墮霜天。」乃殿卿秋夕悼箏妓之作，以雲箋寫寄某校書真跡。詢之香玲，索於某商，已什襲數年矣。

高密單别駕可玉號萊鷗，當判衛輝時，名藉甚。詩宗宛陵，字尤佳，劉石庵相國一流。記其《過武陟工次》佳句云：「髡柳堤邊春長髮，土牛雨後草生身。」《旅夜》云：「燈花冷落三秋雨，雁陣寒驚五夜風。」《早梅》云：「一江風破三更笛，半嶺霜寒十月天。」皆妙。

黄任字莘田，福建永福人。壬午鄉貢，官四會令。罷歸，家居食貧，僦屋委巷。七絶秀韵獨出，兼饒逸氣，較諸體尤爲擅場。記其《泰安道中》云：「巖巖典列魯千峰，玉檢金泥拜秩宗。七十二君銷歇盡，夕陽驢背話東封。」「倡條冶葉拂瓏璁，幗影鞭絲困午風。十里棗花香不斷，行人五月出東蒙。」略見一斑。

齊門泉脉極多，滙而爲湖，厥名曰大明，在城隅西北。湖中荷芰菱菰外，漁利所資，罫稜分疇，埒防爲界，環湖三面，朱欄雕榭，茶肆歌樓，膩雨香雲，醉花盪月。一歲之中，則見露桃呈頰，風柳誇腰，碕卧青蘆，門堆紅葉，雲飛日落，照影弄姿，互澣裙裾，競鳴碪杵。凡所以愴旅人之魄，而蕩遊子之心者，以是爲覽勝之神皋，興懷之情域焉。然尤可喜者，户户皆花，家家是玉。筆牀研匣，恒近粧臺；寫韵詮經，乃其粉碓。朱樓姹女，援手傳箋；紅屐侍兒，扶輪赴社。扇林下之清風，鮮桑中之失德。如斯風氣，頗可鋪張。奈余也，湖畔屢居，每當秋暮，所恨殘花寫影，水月當窗，翠被寒生，綺情誰語。鬱念則宛然入夢，放愁則艱於發端。驚悴葉之晨飛，望頹雲而夕下。環吟寺角，跼步湖東。禿毫輒託風懷，長夜偏親燈火。誰謂空齋之相思，不殊千里之晤言耶。且夫結瘖寐於蠐蛾，攬心神於薌澤。心役於此，即神馳於彼，攝生釐和，莫斯爲甚。於是色空頓悟，勵志幡然，頑艷斷除，空元遜迪。揮兹智劍，還我慧珠；解脱因緣，屏當妄語。知我罪我，亦無瞢焉。時有友人惠畫大明湖全圖，福山王西舶太守題絶句甚佳。詩云：「畫裏遨遊近廿年，芰荷踏老蜡湖天。爲君指點詩中景，添我滄浪拍釣船。」因狀湖中風景，并附及之。

歷下偶談卷二

鵲華館主人編集

古今詩事二十一則

兖州東四十里新嘉驛，有會稽女子題詩，傳播久矣。其自叙云：「余生長會稽，幼攻書史。長方及笄，適於燕客。嗟林下之風致，事負腹之將軍。加以河東獅子，日吼數聲。今早薄言往愬，逢彼之怒，鞭箠亂下，辱等奴婢。余氣溢填胸，幾不能起。嗟乎！余籠中人耳，死何足惜。但恐妾身草莽，湮没無聞，故忍死須臾。候同類睡熟，竊至後亭，以淚和墨，題詩於壁。庶知音讀之，悲余生之不辰也。」詩云：「銀紅衫子半蒙塵，一盞殘燈伴此身。恰似梨花經雨後，可憐零落舊時春。」「終日如同虎豹遊，含情默坐恨悠悠。老天生妾非無意，留與風流作話頭。」「萬種憂愁訴與誰，對人强笑背人悲。此詩莫把尋常看，一句詩成千淚垂。」此才此遇，至今讀之，猶覺心酸。

附考：施學使愚山，乘傳至是驛，覓其題字，已漫漶不可識。因訪遺事，有老驛卒出應云：「萬曆四十七年，有某將軍過宿。旦發甚早，身時實司供具。收器物，失一錫燈檠，最後得之屋角牆陰石碣上，則詩在焉。」蓋其女是夜秉以作書，即置其處，而驛卒遂言其狀。卒秦姓，名登科，年已七十餘矣。生誦詩及序甚詳。愚山既爲文記之石，并和其詩。録一首云：「環珮魂歸何處遊，若耶溪畔路悠悠。

前不作鴛鴦夢，定化孤鴻叫隴頭。」蘇龕石先生題云：「郵亭雨過緑苔生，使者風流萬古情。白髮五朝存驛卒，紅顏雙淚濕燈檠。燒殘銀燭心同死，題罷新詩日漸明。往事徘徊何限恨，神宗時節本昇平。」《蘭陔集》載會稽女子姓李名秀。錢牧齋有《和袁小修題詩》，見《詩緯》。蓋明季甲申後，驛旅旗亭，恒有題句，如涿州女子、潼關女史者多也。余往歲過兖州，止一店，符篖作牖，壁泥半落，蛸塵蛛網，隱隱有字。拂而讀之，乃有悼會稽女子二絶。前首已不可辨，後云：「碎壁沉珠最可憐，牆頭題恨墨猶鮮。嬌魂欲問歸何處，不化鴛鴦化杜鵑。」尾著「畹蘭」二字，不知何許人。後考《名媛集》，方知爲湖廣才女，不載其姓，余甚惜之。

豐潤谷比部美田爲吾鄉前輩，其人魁梧奇偉，有國士風。丙子遇於梁苑，聚飲數日。爲詩長於咏古。出《東游吟草》一册示余，中多懷古律句。余獨取《過舊縣弔項王墓》一首，最雄健。其詩云：「亞夫老去項王終，賸有荒邱谷邑東。騅骨已埋秋草外，美人徒泣夕陽中。八千子弟風流歇，百二山河霸業空。氣數從知歸大漢，漫將成敗論英雄。」

江西彭明府星垣，以進士簡分山左。其人廉明英俊，出人意表，將見勳業日隆，非百里才也。初相識於甯城官署，得盡覩其詩文，器宇宏敞，格律精妍，惜不能備録。特記其見贈中一聯云：「已無嚴武能知己，不媿劉蕡敢上書。」能道余况，至今感激。

安徽江冶橋明府光，風雅宜人，專講制藝。讀所爲詩詞，無不精工。記其佳句：「坐久凉生竹，更深月上樓。」「月落孤村樹，霜沉遠寺鐘。」「碧園千里樹，青起萬家烟。」七言如《懷洞庭》云：「班竹雨多香有淚，橘花秋盡客無歸。」《有懷》云：「寒花入夜香偏淡，往事驚心酒易醒。」《懷人》云：「聽到秋風敲竹牖，夢隨明月上江船。」

新城王博士西樵與弟阮亭，一時並擅詩名，又好爲香奩艷體，劉比部寓書於汪鈍翁，問訊西樵曰：「王大不致墮韓冬郎雲霧否。」然讀《十笏草堂詩歌》，老蒼兀奡，直似劍南、眉山，有時闌入綺語，風骨遒媚。當其醉卧東山，興酣絲竹，雖復繡佛長齋，而記曲簾前，時拋蠻豆，覽《燃脂》一集，故知維摩入定，亦愛畫鬘陀也。摘録佳句，如《五憶》詩中二絶云：「湖心亭北指君家，暗約迴橈訪若耶。最憶酒闌風雨急，親迎桃葉一舟斜。」「船頭明月坐深宵，茉莉風凉碧漢遥。最憶流輝照雙影，沈郎清瘦謝孃嬌。」又逼近西崑。

於陵李大司寇罷遣歌妓，西樵爲歌諷之，甚佳，惜篇長不得備録。惟阮亭先生五絶尤妙：「司勳一首《懊儂》詩，憶共尚書夜讌時。萬種心情消不盡，忍辭駱馬遣楊枝。」「錦帶明珠淚暗垂，烟波迴雪出門時。銷魂兩地風流盡，無復當筵舞柘枝。」「琵琶舊譜未曾傳，虛住揚州過五年。略似江潭話天寶，梨園法曲已如烟。」「促疊蠻鼉漏滴壺，紅靴十隊舞氍毹。狂夫閲盡南朝艷，不抵西樓一斛珠。」「曾見仙人種白榆，女牀書到宴清都。不因妄憶麻姑爪，王遠仙鞭易得無。」

西樵自序《香奩》云：「情至之語，風雅埽地，然不過使我於宣尼廡下，俎豆無分耳。」此意朱竹垞、袁簡齋俱言之，可見前輩興至之處，情所難已，不獨託興如此也。往歲遊孤山四賢祠，左有女郎菊香墓碑，字隱隱可辨。夕烟芳草，凄艷移人，西樵曾題二十字，極艷：「昨過西泠路，蒼茫弔夕曛。餘魂銷不盡，重賦菊香墳。」好事者爲之鐫石，立諸墓傍，至今猶存。

周西莊先生早飲香名，詩文備載全集。歷官山左，時遇有題咏，集中不具存。友人誦其斷句，如《夏日曉行》云：「片風彈病葉，碎日射流波。」《雨後泗上旅館題壁》云：「旅夢因秋冷，河聲抱恨流。」《山行遇雨》云：「山川失行色，草樹起秋烟。」《晚景》云：「秋色沉荒渡，夕陽明亂山。」七言如《懷夷門》云：「夢裏河聲咽暮雨，天邊柳影帶歸鴉。」尤妙。至「菊存傲骨經霜見，山有餘情招隱來」、「得時花有驕人色，出谷鶯無求友聲」，皆能寓意深遠。

萊陽宋荔裳琬，負海内文章重名，遭逢坎壈，情詞哀艷，曼聲引滿，如新箏乍調，客懷絮亂，不數齊梁《子夜》諸歌曲矣。《本事詩》載有陸君暘者，善三絃子，坐客賦詩，便能歌之，時稱絶技。公贈詩云：「花落樽前唤奈何，忽聞燈下唱韓娥。月明彈出《關山月》，却恨秦箏雁柱多。」「朔風吹雪夜漫漫，變徵高歌易水寒。醉客滿堂齊下淚，分明畫出白衣冠。」蓋有所寓言也。

李大司寇字中麓，章丘人。文名素著，以不合於時，致政歸。對客談笑，聚童放歌，以此自遠於世。公集最夥，每擎杯屬筆，對客飛翰，咄嗟而辦。尤好爲雜劇，如《園林午夢》類總名曰《一笑散》。所藏元人曲有百十種，如馬東籬、白仁甫諸曲，皆手自改訂付梓。又最喜張小山、喬夢符小令，專刻以行。公名噪於北，江以南猶不深知。後虞山刻《列朝詩選》，始爲闡揚，小傳頗悉公生平。祥符周櫟園先生有《追懷》詩四首，録其一以見梗概，云：「憑教一笑散窮愁，小令元家字字搜。南客不知宫調好，虞山近始艷章丘。」

荔裳先生悼亡姬詩最悽慘感人，并摘其自序艷句云：「鏡裏雙鸞，忽散麝賓之影；雲端三鳥，俄催閬苑之旌。」又云：「杳杳蘅蕪，嗟胡香之不驗；珊珊佩玉，恨齊客之無徵。」宜其撫錦瑟而欷歔，對金鈿而霑臆者矣。詩云：「曾隨畫舫弔貞娘，一陣西風謝海棠。欲葬花鈿無處哭，落花殘夢繞錢塘。」

環大明湖有七橋，見於《齊乘》者，曰芙蓉、曰水西、曰湖西、曰北池。曾子固詩「從此七橋風與月，夢魂常到木蘭舟」是也。考《齊音》，稱湖水恒雨不漲，久旱不涸，蛇不見，蛙不鳴，今驗之良然。董書農有詩：「微風吹縐碧層層，幾處湖船唱采菱。紅藕香中放花鴨，緑楊陰裏挂魚罾。」真能寫湖上風景。

庚寅春，余寄寧陵沈亦莊明府署中，覩其邑乘，載有先達吕叔簡先生所譔《去僞齋集》中「身家盛衰」之圖，首曰「窮困」，注云：「貧賤憂戚，百不如意。欺心不起，善念自生。」其「理欲生長極至」之圖，自浮雜右旋，七曰「回光」，注云：「燈將滅而光乍大，從此添油，尚可返照。如良心將死，亦有猛然覺悟時。此是人鬼關，只争一線。」因觸及余《岱東集》，有《感懷》詩十首，中兩聯云：「花好終須到衰色，燈殘或冀剔回光。事於絶望得來好，人到酷貧善念生。」與其意似有符合。惜此稿爲人竊去，全篇不能記憶。

宋載門泰安布衣，家頗富，不專讀書，好狹斜遊。其父規之甚嚴，鬱鬱以亡。記其佳句云：「到枕岳鐘同入夢，閉門窗月共看花。」雅似黄仲則。

山右楊清夫約，好友，耽吟咏，善書，得香光之妙，豪飲醉狂如次公。道光庚寅來歷下，與余訂文字交。見其《冬夜感賦》一律云：「窗寒幽夢短，危坐夜三更。雲黯天無色，冰堅地有聲。青燈梅影瘦，白屋劍光瑩。獨唱誰人和，高歌凍雀驚。」記其七言云：「人逢澀境心翻淡，馬到窮途性自疲。」又云：「螢能脱草身能顯，楓不經霜葉不丹。萬里長虹江水闊，一聲孤雁地天寒。」此其來東省親舊句。尊甫太占公竟於是年捐館，可謂詩讖矣。

山右名士張水屋道渥，性疎狂，工畫，善詩與書，有鄭虔三絶風。歷代書畫名器，立辨不謬。具超人之識，多負俗之名。牧直省覇、蔚兩州，有德政。先生嘗曰：「吾官無他，不愛錢耳。」故吏民恒尸祝焉。記其《題背面美人圖》六絶云：「不須流盼想丰神，若个能知笑與嗔。色即是空空即色，深閨面壁豈無人。」「略似徐妃半面粧，雲鬟霧鬢自凝香。嬌羞巧笑無窮態，儘着郎猜悶煞郎。」「天女拈花露半身，肯教脂粉污真真。老夫亦覺渾閒事，見慣人間反面人。」「背坐低頭若有思，那容俗子論妍媸。試從百美圖中想，説是阿誰便是誰。」「一朵烏雲壓鬢鬆，削肩已帶美人風。眼前一顧誰當得，厭見豈惟白髮翁。」「雞皮鶴髮自堪羞，轉幸佳人未掉頭。若使蓮花仍似我，何愁此女不回眸。」

余於歷下晤楊清夫，曾爲余言李楚航進士湘，歷下老宿，宰英山等邑，有善政。喜談古今事，議論風生，都人士雅稱博學焉。記其《題八仙過海圖》云：「遥天一望碧雲空，烟水蒼茫入渺濛。世上風波君莫怪，神仙猶在浪花中。」「八箇神仙一葉輕，海天波蕩鶴飛鳴。人人驚説風濤險，我獨中流自在行。」「烟波無際泛虚舟，縱到天涯没盡頭。幻海茫茫空悵望，問君何處是瀛洲。」

謝明府玉綵字梛湖，湖南名士，宰山右浮山縣十餘年，風流儒雅，士皆樂就。後以舌疾卒於官。

其《鴻門懷古》云：「楚漢興亡事，鴻門板上分。范增空舉玦，樊噲尚縱軍。人舞青鋒劍，天垂紫蓋雲。停鞭多古意，鵶背帶斜曛。」楊清夫即其門下士，爲余述之。

陝西韓少溪明府，以進士補官滎城，政聲藉藉。調郯城，邑賴以安。再調菏澤。余曾過訪，欽其品學吏治，非趨勢浮慕者所可比也。承惠所刊留别郯城詩，極多佳句。如：「折獄敢言刑當罪，推情欲廣福爲田」、「千鈞髮引原求諒，一簣功虧漫自傾」、「人如鴻去空留爪，我笑鳩營暫借枝」，皆情摯語。

歷下偶談卷三

鵲華館主人編集

古今詩事二十一則

明初，閩有七子，其七曰國史院簡討永福王孟敭，鐫有《虛甘集》行世，中多傑句。余賞其《過濟寧某處士園弔落梅》一聯：「美人也有飄零日，高士何妨落拓時。」可想見其爲人。

漢軍貴别駕香莽，簪祓世家也，以英才儁品來判沂州。其雄談偉論，慷濟好施，尤非世胄能及。所謂「三河年少，風流自賞」，歷篆夏津、德州，著有政聲。至爲詩精工，乃酒後餘事。間獲好句，逼近中唐，未肯輕以示人。蓋不欲以小藝争長，善隱其才者也。余與相處久，竊記其詩，如：「一水漲喧人語外，萬山青到馬蹄前。」「虹垂屋角明殘雨，夕照斜陽出斷山。」「春色十分緣底事，歸心一掬未還鄉。」皆佳。名句尚多，惜不能記。

顧舍人秋浦，桂林名下士，慷慨好客，尤豪於酒。余客粤西，訂爲忘年友。歲乙酉，與遇於東昌舟次，誦其《過湖南盧埠》句：「北下瀟湘水一篙，盧洪江口柳蕭騷。詩人吟健酒人冷，八十四山秋氣高。」雄渾奡宕，一如其人。

詩有别才，非關學問，信然。歷下友人蔡子謨，述及園客周子莊有句云：「孤嶂樹凋餘氣骨，寒塘風起惹波瀾。」「花比佳人酣酒色，竹如名士有詩聲。」「天有鋒芒山太露，客無拱色鳥忘機。」皆新奇生色。

姑蘇女子圓圓，字畹芬，邢氏女也，色藝擅一時。如皋冒辟疆嘗言婦人以姿致爲主，色次之，碌碌雙鬟，難其選也。蕙心蘭質，澹秀天然，生平所覯，則獨有圓圓耳。崇禎末年，戚畹武安侯劫置别室中。侯，武人也，圓圓若有不自得者。李自成之亂，爲賊帥劉宗敏所掠。靖後，圓圓歸某王宫，爲次妃。余於丙戌過寧陽，阻雨驛亭，閑集名人詩句。旅主過，稱其戚某詩畫，即出繪箑小軸示之，乃一面畫美人曉粧，一面寫楷字七律，云：「武安席上見雙鬟，血淚青娥陷賊還。不爲君親來故國，只因女子下雄關。取兵遼海哥舒翰，得婦江南謝阿蠻。快馬健兒無限恨，天教紅粉定燕山。」余瞿然，喻之曰：「此吴梅村爲圓圓作也，安得移他人乎。」

歷城李于鱗攀龍《戲呈郭子坤》詩：「家有秦臺女，青雲路不遥。但愁明月夜，天上唤吹簫。」「丹竈幾時開，粧成倚鏡臺。不須唤竊藥，本是月中來。」風韵纖麗，殆深於情者。至《遣侍兒》一絶：「孔雀雙飛織素年，蛾眉婉轉使君前。桃花流水人間去，何處春光不可憐。」尤惋膩。許殿卿稱其頡頏韓、王，抗衡温、李。

長山劉節之孔和，爲故相青岳鴻訓次子。倜儻負奇氣，談兵擊劍，結納賓客，雅慕陳同父、龍伯可之爲人。於詩獨喜東坡、放翁。甲申歲，破家殺賊，後竟死劉澤清之手，年才二十九。嘗有詩云：「并無殺者黄江夏，豈有食之嚴鄭公。」一日於廣坐玩弄澤清，遂爲所害。又有《聽侍兒燕子彈琴》詩：「班姬淚秋殿，微子傷離宮。瀟湘渺雲水，星月寒魚龍。」曲盡其妙。

東阿于無垢慎行先生，題忠順夫人畫像，殊有風趣。云：「天山獵罷雪漫漫，繡袜斜偎七寶鞍。半醉屠蘇雙頰冷，桃花一片殢春寒。」按忠順即世所傳三娘子也。馮用韜亦有《題三娘子畫像》云：「塞北佳人亦自饒，白題胡舞爲誰嬌。青霜已盡邊城草，一片梨花冷不消。」饒有逸致。

常州董刺史后江，初以翰林改官山左。其人才華英雋，風韵翩翩，不似塵中吏。記其來東，行次德州，《舟中迎秋》一律：「記曾東陌迓東皇，白帝當權屣又忙。天地有時俱落拓，人間無怪判炎涼。篷窗頻聽懷鄉雨，客路將憐脱葉霜。看老湖山千萬樹，從兹都讓桂花香。」其猶簡齋之賦落花歟？至五言如「葉凋林影瘦，人静月華多」、「塔影三乘寂，江聲一鑑開」，頗似明七子。

郭明府星波，宰堂邑，多惠政。其詩專寫性靈。與余相交，得其佳句，如「心無負事能强膽，量有容人易得朋」、「欲將問世先求己，非故多情恐負人」，足狀其胸次高出時輩。陸平泉稱其宏通，信不誣也。

人有夢中得句，醒多忘記，自古然也。楊清夫一日小寢，忽得四句，醒即書於簡，示余云：「得失原來不自由，何須羅網苦勾留。漁人也解偷閑好，月照秋艭古渡頭。」余則曰：「此六祖静中禪也，君其元貞乎？」相與一笑。

山右楊海舫兩熊，器宇宏敞，寡言笑，不耽交接。與遇歷下，得寄其姪清夫詩二句云：「漫道詩文矜富有，但求邱壑在胸無。」其生平抱負可概想焉。

柳永以詞麗罷官，羅隱以貌寢敗婚，有才無遇者，不勝枚舉，若方干輩，奚足多哉。然此中亦有幸獲登進者。即如秀水朱竹垞先生，少負異才，梅村評其詩：「如遇賀監，定目謫仙。」嘗效俞羡長古意新聲體，賦《閒情詩》三十首。錢塘陸麗京誦之傾倒，作《望遠曲》思勝之，不敵也。其序文尤爲計孝廉甫草擊節，辭多不録。汪鈍翁曰：「朱十詩才雋逸，文尤跌蕩可觀。然性好飲酒，嘗與高念祖佑釲入都，每日暮泊舟，輒失朱所在，高往求之，則已闌入酒肆中，醉卧壚下矣。」其品儀才學，已可概見。嗣放歸田里，東撫某聞之，即遣傔人往迎數百里外。公因留歷下，記其《陪宴濯纓湖即席呈句》：「泰雲堂上酒曾酣，種竹開亭徑舊諳。山湧高城雙戟外，池分新水七橋南。要知政簡無留牘，可許朋來賦盍簪。準擬春風陪杖履，重游細酌濋泉甘。」想見當日美盡東南，并昭節垣欵洽之誠，迄今烏可多得。

歷下王秋史苹，家望水上，即殷文莊通樂園故址也。少賦詩云：「亂泉聲裏誰通屐，黄葉林間自著書。」王漁洋、田山薑劇賞之，呼爲「王黄葉」。名泉碑望水泉列在第二十四，因取以名其堂。布衣王丐爲畫《二十四泉草堂圖》，一時名流競相題吟，傳爲藝林佳話。

余於乙丑設教東昌，至丙子重過舊館，題句云：「深柳書堂踏月天，冠童風浴憶從前。皐比自向天涯去，辜負清流十二年。」時熊太守芥滋見之，極贊賞，逢人説項，固前輩奬勵後學，然余每覺慚甚。

濱州杜廣文右圃，石樵先生猶子，於余爲世好。風雅善書，尤工律句，殆學初白、荔裳一派，質而温，簡而文者也。余讀其舊作，愛《趙北口即目》兩絶最妙：「虹橋連亘入平川，花外菰蒲雜稻田。水鳥飛時雲影動，柳陰齊放打魚船。」「雲片無心捲復舒，柳塘花溆午晴初。人家面水知多少，半作澤農半作漁。」其《雨中魚山舟行》云：「解纜魚山下，雙篙一葉舟。潮聲隨雨急，水勢拍天流。始信風波險，憑添客子愁。朝來新霽好，稷下萬山秋。」却似閩七子中王孟敭。

人有性靈，其風姿雅度，動静語默之間，恰得詩情，不必其能詩也。余過泰安，偶讀袁霽樓先生詩集，有「靈性無詩亦妙人」七字，真能先得我心，掩卷喟然久之。及遊岱峰，偶立御帳岩遠眺，時已夕春，適有牧子數人聚石阪鬥草。一小兒視余，笑曰：「君看山色乎？夕照雖好，可惜不能留住。」余遂依其意，成四句題石壁，云：「山上夕陽多，山下夕陽暮。夕陽無限好，夕陽留不住。」

貴州普安范明府仲華，以孝廉挑分三河，試滿，筮仕東省，爲政清勤簡易，徧得民心。現補文登，聲聞頗著。與余交相善，出所存《環溪草堂詩稿》，乃學中晚唐人。至七古尤雄壯，篇長不及備載。其《過田家》一絶却似少游：「簷下蛛絲網落花，水邊牛背負栖鴉。午晴閒展簑衣晒，别樣風光田野家。」集中佳句極多，惜不能記憶。

濟陽闫提督俊烈，魁梧奇偉，建勳非常。前鎮河朔，與劉觀察松嵐交相善，嗣督荆州，恩威并濟。觀察述其《題洞庭伏波廟》一絶：「銅鼓敲殘白帝秋，北風矍鑠夜江流。明珠薏苡分明在，我返將軍下瀨州。」其雄健天然，非學而能也。

王季木先生由桓台徙歷下，初得李于鱗廢宅，葺而居之。後築問山亭於湖上，每夕於中置酒，悲歌嘯傲。嘗有句云：「問山亭子拱如笠，屹立湖中閲古今。」因自號鵲湖居士。著《齊音》百首，成一家言。

珏田女史性恬澹，不斤斤於名物。嘗偕余遊河南，三年中風塵落拓，宴如也。其性好論古今事，間亦爲詩，自不存稿。余刻詩鈔，已載入其題咏數首。近有和余《山中梅花》，頗出新裁，足以見其性情。詩云：「舊雨獨從寒處生，山無梅住不成名。飲香自負春容概，閲世終憐冰炭情。讓是牡丹稱絶色，難偕緑竹論虚聲。不關鬥雪足高曠，草野春秋無辱榮。」

歷下偶談卷四

鵲華館主人編集

古今詩事二十一則

臨朐馮用韞琦，少警敏，工詩賦曲詞。《婉兒怨》五律，一時稱名，和者甚衆，李于鱗、王黄葉諸人，常自服不及也。今摘録一首：「不寐驚秋早，無言坐夜分。已拚成棄妾，未忍便忘君。形影窗前月，悲歡夢裏雲。如能念疇昔，看取舊湘裙。」

陝西張芥航先生，余先於河南祥符署中，常經拜教，自帥東河，調任清江，遂不復覩其鬚眉矣。其品學勳業，昭人耳目，無煩贅詞。丁亥赴都，於德州驛亭見其《題别友人》詩一首，云：「逢君蓮際雨，情比藕絲長。夜久消殘暑，燈前憶故鄉。野花留客坐，秋水送人忙。明日此亭樹，吟蟬空夕陽。」全無炎氣，洵爲一代儒臣。

王秋娘，歷下妓者。鳴琴跕屣，風韵天然，一時諸名士争慕交歡。姬一無留意，惟遇某布衣，即許以終身。惜某屢空，不能辦。迄後姬卒，某爲詩哭之。葬千佛山前，至今猶在，王汝爲詩「斷腸碑上小名香」是也。余過其地，緑烟迢迢，芳草如罽，落花糝徑，群鶯亂飛，别具一段撩人春色。董書農有句，最爲綺膩。云：「何處王孫白鼻騧，銷魂多似玉鈎斜。東風昨夜送春去，踏碎一林紅杏花。」考姬生平能詩善畫，惜世無傳閱。《婦人集》只載七律一首，其艷思麗情，不減周寶燈、葉小鸞。《題雙燕》云：「引領春風試舞衣，竭來故苑度芳菲。穿簾弱影驚相顧，點水斜身欲傍飛。繡野花枝低共語，畫堂銀燭候同歸。玳梁一夜千秋事，嫌殺紅窗遞曉暉。」

蘇州吳學使巢松，提學中州，余與遊王屋，以倡和知名。及移節山左，余返往都中，期年未獲相接。迨再歸歷下，公已赴道山矣。其文翰經學，久已頌遍詞林，間爲小詩，必奪宋人之座。記其《將擬看花中道戲柬康中丞》一絶云：「淡烟晴月滿簾櫳，春色依依上小紅。客爲看花將載酒，海棠開否問東風。」甚佳。

歷城張比部小海，以英略壯懷，初守潁上。潁故多梟匪，公捕之殆盡，民得安堵，一時有幹名。及官部屬，喆嗣不禄，公意益灰，若有不自得者，夫乃嘆伊古賢哲，不適於用，憂憤激烈之懷，輒發於情之不能已，此《簡兮》「萬舞」之所由作也。方當退居歷下，相與揮杯論古，擊鉢賦詩，其興豪抑何若彼乎。曾記其《旅夜題壁》七言一聯「鈴鐸五更游子淚，琵琶半夜美人心」，最爲悽絶。

臨川李司空春湖先生，世居廣西，善書能詩。早歲飲香，其經濟文章，一似王文成公。己卯，余寄臨桂，極荷垂青。迨其再官都城，頻經立雪，誨諭之諄，專崇理學，矧風憲當朝，從無火色，真君子人也。平生著作具載全集中。記其近作《人日集湖西莊次王老圃韵》詩，直逼中唐，識者自能辨之。云：「有客攜壺至，相邀過水西。人閑殊似鶴，村遠忽聞雞。渫井嘗新汲，書牆續舊題。盤餐人日菜，風味稱林棲。」

商城程鶴樵中丞，前在東省，德化惠政，至今父老猶能言之。方其奉命提學，專攻詩詞，記其《言懷》一聯云：「義氣魚腸劍，家私犢鼻褌。」《鄒縣道上》云：「樹卧空田影，僧歸古寺秋。」皆名句也。

景東程中丞月川，初宦廣東，藉有政聲。及秉鉞東山，以致澤爲己任。其行文論事，刊有全集，一言一行，卓卓如陸宣公，非徒以風憲見長，誠不虚蒼生之望也。平生所爲詩與論古今大事，不屑屑以詞句門捷。余常記其寄故人某詩，結句云：「白頭尚覺胸懷壯，莫把青山招故人。」其抱負可見。

順德吴明府秋航，初宰蒙陰，聲聞頗著。爲政簡易，務以實心待民，非政刑者流也。余自壯歲即慕其名，及調任禹城，閒嘗經過，未便以無因致前。近覩所刊《岱雲詩集》，中多傑作。余賞其佳句，如「緑水半篙楊柳岸，香風十里杏花天」、「青駝橋暝吟秋色，白馬關遥送落暉」，尤非宋元後詞人所能道。

山右布衣王嘯岩訢，負不羈才，俯視一世，不屑屑事功名，專索金石古制，及詩歌曲詞，以故奔走四方，迄無真賞，竟以困終，惜哉！當其壯歲客歷下廿年，辛未過夷門，與余相晤，每及齊中故事，欷歔不盡言。既，余到東方，詢悉嘯岩踪跡，蓋有不得已之情，始爲香譜花影以見意，如所謂會緣記者，顧安在哉。且夫天不靳人以才，何獨靳人以遇，困厄曲成，發而爲慶雲霖雨，世固不乏。然如嘯岩之才，終於窮餓，徒使英略雄姿，埋諸邱壑，不亦多此才乎。乃有感於嘯岩之事，録其詩數句，不計工拙，以存其人可也。《感懷》云：「豈但利名皆苦海，須知歡喜是冤家。」至《落花》一聯：「空自挾嬌争艷色，偏他有命老重茵。」尤爲感憤激烈。

平原張觀察牧村，爲一代儒宗，其政跡法言，載在乘傳，無煩更贅。余嘗記其《北道咏柳》五律中四句，頗得唐人蒼嚴之氣：「笛韵蒼凉甚，蟬聲寄託深。青樓隔遠夢，邊馬繫歸心。」

興化鄭板橋先生以詩畫名家。官山左時，縱情歌讌，不理庶務，某撫欲繩之以法。孫補山制府引郭瑀故事，爲之解曰：「此鳥安可籠哉。」某遂釋然，由重板橋，亦千古佳話。至詩文畫譜，久行世矣。近得其斷句，如「落花滿地蛬聲碎，畫角三更月色寒」、「月來滿地水，雲起一天山」、「劍氣騰山岳，雲根出縣城」、「鷺立沿河亂，人呼隔水橋」皆佳。却不類集中句，是否板橋，未獲全璧。

詩有置身自高者，如《咏瓶中菊花》云：「老圃折來花幾莖，山林風味對書檠。塵容凋去秋還在，晚節超然座亦清。儘有雨風傾白酒，可無蜂蝶鬧新晴。如斯真足驕群卉，不寄人籬自一生。」有退一步想者，如「安知未遇身非福，尚自能狂志可哀」，此吴下張翰峰先生舊句，現宰館陶，政尤可風。

鎮江道明府味腴，善詩賦，尤精治水。於往歲共事河干，間承指授。記其《秋日運河勘工》五律云：「僕馬河聲裏，人家柳堰東。土牛堆斷岸，石馬卧秋風。市遠人歸販，雨晴漁晒篷。村帘留客憩，落日下疎桐。」蒙具見贈七律，中有一聯云：「心寬全仗貧能樂，才大還須慮下人。」上句頗能之，下句則溢譽也。

友人某誦詩於余，曰：「『舊是停車處，人烟炊晚晴。柳殘數枝雪，風過帶寒聲。邊馬歸心遠，缺堤洪水平。憶家何處是，孤雁下蘆坪。』此何人句？」余曰：「調近晚唐。」某笑曰：「此滕縣王忠民明府《冬日過睢工晚眺》句也。」

桐城張明府振之，善吏治，現宰肥城。其人能文好友，詩法晚唐。如《初夏寄懷鵲華館主人》云：

「風過雨聲散，扃扉息静心。茂林啼鳥處，昨夜落花深。」「帶露移修竹，倚窗調素琴。高人此時意，萬慮滌塵襟。」頗雋永。

或有問於余，詩貴用古，何以爲工。答曰：「能鎔於不自知者，尚矣。如濟南喬松石，嘗謂余曰：『如君咏柳「清德劉倓似今日，風流張緒想當年」，作詩者可以知用古矣。』」

王松亭刺史，瀟洒襟懷，澹遠性情，其於寒士，尤樂獎勵，一如稺圭之進孔閭，敬之之説項斯也。所爲詩情景兼至，如：「四壁晴巒餘瘦影，一池水月貯清華。」「孤嶂雨懸樓外影，深林泉咽暮秋風。」「寒笛聲兼風葉響，歸鴉影帶夕陽明。」皆名句。如五言云：「秋水朋情澹，雲山氣骨高。」「野曠稀人跡，天高落雁翎。」「賣酒緑楊市，晒罾紅葉村。」尤善寫景。

元李學士洞溉之，創建天心水面亭。至漁洋於其處唱和《秋柳》，維時歷下多文人世胄，故址因得不廢。迄今鵲華橋北，僅存敗屋三間，荷風蘆水，勝地蕭條。有心者無力，有力者恒少復古之志，惜乎！記袁玉堂明府秋晚重過水亭曾題二絶，與余同意。云：「月明水榭又黄昏，酒涴春衫認舊痕。錯過荷花好時節，只留殘柄最銷魂。」「柳塘處處冷斜陽，一過一回一斷腸。水面題詩倩誰和，暮秋有客似漁洋。」

余居鵲華湖畔，顔其室曰鵲華館。一時瓶花社中諸人競相唱酬，集詩成卷。香琴獨喜余《寄懷》云：「塞雁不來秋八九，珠簾欲捲月西南。」《輓采菱》云：「白草芫花冷仙袂，蒼鷲夜雨見秋娘。」《夕陽》云：「已無多色明鴉背，大有閒心送馬蹄。」數聯最有意味。

賦物詩，難於寄託深遠，措詞含蓄。近見友人題扇《咏楊樹》一律云：「無風何事總蕭蕭，助我長楸馬足驕。古墓懷人秋雨冷，落花踏地叛兒嬌。才名要自分清白，棲鳥深憐託暮朝。此是將軍用武處，漢京賦罷更魂銷。」詢之，爲徐鴻崖明府舊作也。學詩者以此取法焉，可矣。

歷下偶談卷五

鵲華館主人編集

古今詩事二十則

嘉慶初年，山左主持風雅，一時如鐵冶亭、翁覃溪、阮芸臺、孫淵如諸公，雅萃同官，文筵詩社，晨夕無虛。尚記其《大明湖宴集寄懷淵如觀察》云：「萬朵荷花五名士，一齊都望使君來。」足見當日興復不淺。其昇平雅頌之作，尤不勝舉。如冶亭先生佳句云：「四面荷花三面柳，一城山色半城湖。」至今猶膾炙人口。現鐵公祠中諸作，石刻具存，容備搜録。

余酷愛搜羅古今人佳句，惜乎眼界窄，財力短，往往知其人面難得其詩者，亦有其詩已刊，稿無庸摘選者，乃不過觸興隨筆，聊舉所知，故不敢專名詩話。近友人抄來詩數首，如鄂潤泉制府詩：「樹到經寒同我瘦，花非絶艷惹人輕。」蔣望峰二尹詩：「鼠姑却貴偏無子，姮女雖嬌總是孀。」程明府謹侯詩：「馬曾黄葉村邊去，客自杏花紅處來。」皆佳。

廣西熊太守介滋於東昌解組後，歷游稷下，皤然杖履，吟興不衰。與遇青州途次，蒙贈詩云：「家學青緗艷姓王，橘中有樂道根香。先生自貯龍紋縞，他日青城拜草堂。」足見清高，不着炎氣。

湖南武陵趙中丞荻樓，名振一時。開府粤西，尤多惠政。而公餘之暇，默坐沉吟，不斤斤於世好。

雅愛陶隱居、天隨子之爲人。可見金鑣嘉肴中，不忘長林豐草，所謂量腹而進松朮，度影而衣薜蘿者也。昔王瓚之歷官五兵尚書，未嘗詣一朝貴，人謂之朝隱。若荻樓者，真簪笏中第一流人物。陸平泉先生誦晁文元公舊句，贈之云：「禪師示我真隱心，月在中峰葛洪井。」公覽之忻然，書於扇頭。余在廣西，值公作中丞，曾及見之。

有唐營妓最多，知名者推薛濤爲第一。觀胡曾贈詩云：「萬里橋邊女校書，枇杷花裏閉門居。掃眉才子知多少，管領春風總不如。」可想見當日名望之重。

荔枝初出嶺南、巴中，後閩之泉、福、漳、興，蜀之嘉、蜀、渝、涪及二廣州郡皆有之，惟閩爲第一，蜀次之，嶺南最下。《果譜》云以林檎爲兄，石榴爲弟，龍眼爲奴，以其荔枝過彼方熟也。余居廣州，嘗後方信其佳。故魏文帝比之蒲桃，世譏其謬。惜北方未能移植，非親到不克嘗新，因多無由知其妙者。東坡有句云：「日啖荔枝三百顆，不妨長作嶺南人。」吾意亦云。

裴晉公第於街西興化里，鑿池種竹，起臺榭，甚麗。適賈島方下第，怨憤作詩，云：「破却千家作一池，不栽桃李種薔薇。薔薇花落秋風起，荆棘滿庭君始知。」余讀此詩，不禁三嘆，當道者誰克鑒及此也耶。

滿洲琦制府静庵先生，年未四十即開府四省，英韶駿業，望隆一時。其經體諸大政，已久載方策矣，真所謂有伯言之操，而行武侯之謀者也。治四川未兩載，剔勵風清，民俗丕變。記其《按部雜詠》數十首，中多佳句。如「禮樂還期振夔府，繭絲無用保蠶叢」、「詩書齊道思文化，琴鶴清廉仰趙才」、

「兵農事鉅功無近，雨露恩深報轉難」，皆可傳也。

梁曙亭觀察，安徽名進士，由濟南特擢湖南岳常澧道。詩才清妙，專寫性靈。友人誦其《長沙旅館遇北風感賦》一絶，極似少游。詩云：「入耳尖酸聲太粗，荒寒一夜黯篝爐。北方儘有人相思，試問風來捎夢無。」至《咏賣花聲》一聯：「晴色一肩新雨後，畫樓乍聽曉粧初。」尤艷膩可佳。

古之爲官，恒有取悦一時，不講品行者。如隋十八學士中蘇世長，大業中爲都水使者，煬帝嘗嘲之曰：「卿面何類病驢？」世長即再拜嗚呼，以手據地，蹙項敗面，作病驢狀，群臣皆掩口而笑。帝大悦，賜帛百匹。

崇仁陳竹香河帥，性豪邁，所言風雅，有六朝名臣之概。當壯歲需次直省時，嘗援《南史》蕭恭之論，寄所知云：「看屋渠而著書，千秋萬歲，誰傳此者？勞神苦思，竟無成名。豈如臨清風，對朗月，登山放水，肆意酣歌也。」詎料其後秉鉞兩河，建非常功業，永垂治略於不朽乎。

嘉應州蕭蘭圃明府爲余同年友，舊在梁苑，共處患難者久之。公尤多才，熟讀《選》文。其作詩最善用典，記有《廣南雜咏》詩十首，余獨取「瘴母風來箴草醉，木棉花發鷓鴣啼」，可謂雅切，非歷其地者，不知其措詞之工也。

黄庭堅謫戎州，嘗曰：「安得奇工，盡刻杜甫兩川詩，使大雅之音復振三巴之耳哉。」邑人楊素遂造請庭堅書詩刻之，作堂以覆，名曰「大雅」云云。余居歷下，徧覽古今勝跡極多，亦安得遇若楊素者，盡刻前人名句，以成余之志也。

東漢郭玉對和帝曰：「醫之爲言，意也。腠理至微，隨氣用巧，針石之間，毫芒即乖。神存心手之間，心可得解，口不能宣。吾觀上古之醫，病與脉直，惟用一物攻之。今人以情度病，多其物以倖功。譬如獵者，向不識兔，廣羅原野，冀或一獲，術亦疎矣。脉之妙處不可傳，虛著方劑，總無益也。果能真知病者脉之虛實，然後爲之方，故不但疾可愈，而壽且可長。醫豈易言哉？」姚閣學詩「參苓誤用原同酖」，劉甫田詩「病猜虛實試參苓」，今之醫者，大率類是。

余主講潯州書院，倡作桐華詩社，名流咸集，擊鉢傳箋，殆無虛日。曾記於南丹州雙芷亭別駕作會時，拈題「五君詠」，各依顏延之原韵和詩。競抒綺思，得詩成卷，共百十餘篇，一時傳爲佳話，真稱興會。迄今十數年來，全稿已失。諸君又各星散，而桐華不可復識矣。尚記當日推首選者五篇，如山西楊拙園先生咏阮步兵云：「阮公無臧否，此心似空洞。而以青白眼，褌虱託誚諷。長醉賴保身，咏懷堪動衆。斯世無英雄，登山得毋慟。」博平周淇泉少府咏劉參軍云：「劉伶本國士，聊以酒德見。潛嘿不言中，舉世皆瞑眩。捉伴入壚壺，釀壽竢清晏。鳳兮棲竹林，隆替決隱見。」南海梁葯垞布衣咏嵇中散云：「中散慵亦高，山頽酒困人。不合論養生，如此僊形神。託交不慎始，冤直總湮淪。典午媿阿瞞，豪傑豈能馴。」莒州沈蔚人刺史咏阮始平云：「仲客妙絶倫，心殊醉其秀。行何煩荀麾，棄徒阻山奏。中和不可作，尺度不可覯。安得共横槊，邊庭爲君守。」桂林陳蓮史殿撰咏向常侍云：「向秀漆園才，逍遥愜情愫。餘利付酒家，醉注《南華》句。濠魚將終身，溟鵬時一舉。望望山陽山，誰作獻陵賦。」

林健亭少府奉差中州，忽忽半載，亦無音耗。連日思形於夢，可見素心人相契以心，固不必在形迹之間也。旅夜題句附寄汝州云：「楊柳隋堤變夏禽，故人一去夢難尋。情緣未老春鶯囀，何處相逢是汝陰。」蓋用王晉卿故事，而健亭見之，定能自知。

元末僞漢陳王婕妤鄭婉娥，年二十而亡，殯於琵琶亭側。洪武年松陵沈韶遊其處，遇姬歌《念奴嬌》詞，音節悲壯，直不減「大江東去」。詞云：「離離禾黍，嘆江山似舊，英雄塵土。石馬銅駝荆棘裏，閲遍幾番寒暑。劍戟灰飛，旌旗鳥散，底處尋樓艣。喑啞叱咤，只今猶説西楚。憔悴玉帳虞兮，燈前掩面，雙淚飛紅雨。鳳輦羊車行不返，九折愁腸慢苦。梅瓣凝粧，楊花翻曲，回首成今古。翠螺青黛，絳仙慵畫眉嫵。」

雲屏夫子精於詞賦，屬對工麗，蓋取法於《文選》，而出入於三唐律賦之間者也。摘録精佳處，廣示後學，具見不徒以富麗爲工，雅特有則耳。《上黨天下之脊賦》警句云：「聯齊秦爲指臂，氣涵瑶界三千；跨燕趙爲腰肢，形擬碧城十二。」「邨連佛耳，人家倚牛斗之墟；坂結羊腸，樵徑出烟寰之外。」「沐朝雨而仙鬟繚繞，峻莫與京；挹春風而螺髻嵸巃，高宜稱最。」「列王屋以盤紆，石原是骨；决漳源以灌溉，土豈不毛。」「快目中之塵净，群依碧落而爲家；訝足底之雲生，直以大清而爲輿。」「控喉舌以當關，豈屬彈丸之地；聯腹心以比户，不違咫尺之天。」真爲合作。

金鄉令袁玉堂先生，仗義輕財，宏奬風雅。緣事被謫，隻身行數萬里，囊無長物，而到處逢迎，一如簡齋之遊嶺南、天台，可見袁氏多才，江左諸公不獨專美於前也。平生著述最多，《蠡莊詩話》、《習静軒偶記》、《出戍詩話》諸集已行世矣，無煩更贅。其詩議論頗高，大作具載集中，美不勝收，識者自能取法，清真高妙，非近今詩人所能及。管中一斑，吉光片羽，不足以盡其長也。

六安州沈舜卿侍御，主講樂源書院。詩多傑句，不肯輕以示人。王刺史秋垣誦其好句，如《贈高麗使臣》云：「長安車馬聯新雨，上世衣冠見古風。」不亞劍南之作。

歷下偶談卷六

鵲華館主人編集

古今詩事二十則

昔嵇中散嘗西南去洛數十里，有亭名華陽，投宿其中。操琴，先作諸弄，而聞空中稱善。中散撫琴，呼之曰：「君何不來？」答曰：「身是古人，幽歿於此，數千年矣。聞君彈琴，幽曲清和，故來聽耳。而就中殘毀，不宜接待君子。」由是髣髴漸見，以手持其頭，與中散共論音聲。乃以琴授之，作衆曲，亦不出常，惟《廣陵散》絕倫。中散受之，半夕悉得其妙，誓不教他人。及中散臨刑，顧視日影，索琴彈之，曰：「袁孝尼嘗從吾學《廣陵散》，每靳不與。《廣陵散》於是絕矣。」至此方悟提頭授曲之不祥，豈復故私其技，而忍使中絕乎？抑或默守冥誓，而不欲洩其機也。後王彦伯至吴，郵亭維舟理琴，見一女披帷而進，取琴調之。似琴而非，聲甚哀。彦伯問何曲，答曰：「此曲所謂《楚明光》也。唯嵇叔夜能爲此聲，自此以外，傳者數人而已。」彦伯欲請授，女曰：「此非艷俗所宜，唯巖棲谷隱，可以自娱爾。」嗟乎！天下有非常之技，必傳於非常之人，如叔夜者，真可泣鬼神矣。夫琴之一樂，清和妙韵，久矣失傳，縱叔夜之不靳，而孝尼亦未必能盡其技。彼女子何人，殆審於音律之深者。吾感其所論可通於爲詩，《楚明光》顧誰識耶。

那制府繹堂先生，以簪祓世胄，壯年即秉鉞，其體國經野，務臻安全，有古大臣之風。袁玉堂出其門下，一家能詩，已載入詩話矣。近得其《陝西道中咏桔槔》一聯云：「豈敢貪天矜智力，非關沐雨亦恩波。」酷似《安陽集》中名句。

北方麪食，其品最多，今人命名，恒不克取證於古。段成式《食品》、束晳《餅賦》及諸類書所載甚詳，亦未見能考據。姑以所及知者聊誌數條，以備應用。《楚詞》云：「粔籹蜜餌，有餦餭些。」按粔籹，古之環餅，即今麻團、饊子之類。蜜餌，即今餈糕、糖糕。餦餭，即今麥糖。朱文公詩中所用「畢羅」，即饆饠修食也。北人爲餑餑，南人爲饝饝。《五代史》云「不托」，即餺飥，麪葉麪條之類。饅頭，古名薄夜。桓玄不設寒具。按寒具即油炸糕饊之類。《祭記》云「漱白餅」，即湯餅也。按湯餅即今麪條，古又謂之玉英粉。《食品》云：「籠上牢丸，即今包子之類。湯中牢丸，即今扁食、元宵之類。」東坡誤爲牢九。入爐者，謂之燒餅。有胡麻者，麻餅。入籠蒸者，蒸餅、饅頭。入湯煮者，湯餅、不托。唐詩云：「湯餅一盂銀線亂，荆蒿數筯玉釵横。」其一證也。惟餛飩，今古名不異。

齊門牡丹最盛，其品色之佳，過於洛下。而曹州何青露司馬園林尤多，春光富麗，觀此止矣。庚寅春，適李復齋先生惠上色牡丹數本，余不禁狂舞，欲酬以詩，一時竟爲閣筆。乃就邵康節《謝人送牡丹》詩，少爲改竄，聊書奉酬，以博一笑。云：「霜臺何處得奇葩，分送明湖小隱家。初訝山妻忽驚走，尋常只慣戴葵花。」

詩有用意最深，而言之殊可笑者，亦才人之雅謔也。甘肅武威縣馬柏亭進士，宰廣西武宜，曾有詩二句，云：「乾坤無味衣生虱，風雨有情春養花。」傳誦一時。

咏虎詩，從古恒少，而咏畫虎，更難出色。福建永春州鄭朗山年丈，詩有盛名，宰湖南平江，口碑載道。余於丁卯、戊辰兩年，曾隸門下，爲詩之道，獲益較多。記其爲殷静軒先生題畫虎一絶最妙，詩云：「鏤玉傅睛頻感懷，世無莊子逐山崖。强牙當路原難畫，能類神獒便亦佳。」此所謂用俗成雅，用舊翻新者也。

江南通州孫藝甫司録，博學宏通，著作甚富。余往歲客夷門，與處數年，詩尤高古，獲教頗多。前官裕州，以詩文治化，俗爲之變，一時稱賢吏。因不合時宜，解組隱外黄，躬親耒耜，耕鑿以食，古之君子也。哲嗣汝梅上舍，亦風雅善畫，能詩，將廉承明之選。公耕讀而外，詩酒自娱，不屑屑於褦襶，數年來未通音問。近聞出山，需次梁苑，諸大吏争延上賓，皆却不就。獨賃宇著書，蕭散行吟，若自得者，真可望而不可即也。記其《咏蟋蟀》云：「短榻青苦冷，空庭一雨深。五更啼不住，萬竅有哀音。爾我非同調，乾坤亦此心。來朝踏霜砌，敗葉共沉吟。」《咏蟬》云：「何必清如此，而無濁世心。高寒吟曉露，踈颯散空音。一徑秋烟合，萬山古木陰。耐飢兼耐冷，凄苦到而今。」足以見其風調。

藝甫一家能詩，近今難得。淑配姜善華女史《咏夾竹桃》一聯云：「入世都從衆，操身獨自堅。」《秋海棠》云：「雨老芙蓉淚，香銷蟋蟀情。」《芭蕉》云：「淡如忘愛日，清不異深山。」汝梅上舍《咏牽牛花》云：「背日金鈴綴，侵晨翠袖披。」《蓼花》云：「楓葉連丹色，蘆花共白頭。」太夫人姜氏《咏螢》云：「草徑微霜白，秋田細雨青。西風吹不斷，九月尚流螢。影碧桐陰瓦，光寒水底星。金閨羅扇，恐爾怨飄零。」刻有合稿，容再續録。

常州方彦聞明府，江以南名士，專工駢體，及古今雜作。其性酷嗜金石，刻有《金石全集》行世。丙戌大挑，分發福建，留别懷州諸友，詩尤雄健可讀。惜記不全，别後，行次江南，道中寄余一聯云：「斜日江南恨，秋花鬢底霜。」并柬云：「此余《秋蝶》句。」最爲得意。

閲《名媛集》所載詩極多，余獨愛樂昌孫氏代夫孟昌期贈人白燭詩，云：「景勝銀釭香比蘭，一條白玉逼人寒。他時紫禁春風夜，醉草天書仔細看。」楊盈川女容華《新粧》詩云：「宿鳥驚眠罷，房櫳乘曉開。鳳釵金作縷，鸞鏡玉爲臺。粧似臨池出，人疑下月來。自憐終不見，欲去復徘徊。」濠梁南楚材妻薛媛寄夫詩云：「欲下丹青筆，先拈寶鏡端。已經顔索寞，漸覺鬢凋殘。淚眼描將易，愁腸寫出難。恐君渾忘却，時展畫圖看。」愼氏大歸以訣夫嚴灌夫詩云：「當時心事已相關，雨散雲飛一餉間。便是孤帆從此去，不堪重上望夫山。」四首最情切可讀。

人不可自競其能，山外有山，道無窮極，從古然也。余於戊寅游湖南，小住長沙，偶酌於臨江酒樓，見題壁一絶云：「一笑崑崙曾擅長，琵琶街市鬥宫商。緑腰移入楓香曲，不料西樓有女郎。」尾署「聞琵琶感賦，道州仙槎遺史」。詢之，爲何大京兆凌漢往歲應舉時所作。含蓄妙藴，用意深矣。

天津周健之司馬，爲理堂太守仲子。聰明清俊，傑出時輩。少年曾從余學，深於音律。自愧爲詩不莊，所幸道有傳人，亦一快事。丁亥選黄州岐亭同知，屢承寄詩。録其《到官偶懷》一律云：「無才作長史，幸近竹樓居。家業貧何病，官坊愼有餘。身閒赤壁鶴，口福武昌魚。獨奈秋風起，蓴鱸尚感予。」足以見其性情。

舞曲久不傳，故精於此者少。即如《柘枝》一曲，人所共知，皆不能言其制。按《柘枝》本羽調，而商調又有《掘柘枝》。此舞因曲爲名，用二女童，帽施金鈴，抃轉有聲。其來也，於二蓮花中藏之，花拆而後見，對舞相呈，實舞中雅妙者也。至廣延之綽約，傾國之妙麗，亦不可得而聞矣。

寧陵尉孫柏齋，淮安人。遊幕南河，瀟洒多情，風流自賞。及補官後，得姬福永女史，美姿容，尤癡絶。姬本鹿邑歌妓，柏齋迫於情極，力爲脱籍，登諸篷室。調箏度曲外，好爲小詩。予客寧陵，交柏齋，因再請見。藉談竟日，欽其宏博廣論，香生語次，索所存稿不得。後見姬代柏齋賀鮑椝堂太翁爲子納婦一絶，云：「百兩于歸喜爛門，好逑不是玉臺温。壓箱經史催粧句，尚藉名流助嫁婚。」詩雖平平，出自婦人，已爲難得。予因贈柏齋云：「雅託文心侍薛嵩，佐琴静好小星東。羡君修到清閒福，他日夫人林下風。」蓋爲姬云。

海寧隱士朱静江，别號隱溪，有不羈才。歷遊南北，以詩得名，聞其人久矣。偶於家師古處，見其集，讀一過。長於琢句，大都學放翁一派。嗚乎！如朱公者，少年不事功名，暮歲猶復奔波，蓋所謂「冷雨幽窗，蛾眉已老；夕陽古道，蝶夢都非。離情自比海深，閒愁常如月滿。顧酒痕而依舊，淚濕青衫；覩塵影之空飛，心驚白髮。」則雖立名身後，相於放眼千秋；其奈落魄天涯，不禁同聲一哭。既摘其序，書以誌感。並録集中好句，藉傳其人可也。如「蠶腹有絲成繭易，竹根無土出牆難。」「牛因午熱眠花徑，船爲風凉泊柳灣。」「鄉信十年無好事，江湖萬里有孤舟。」「四面松筠青出寺，兩行楊柳緑遮橋。」皆佳。五言如「風定炊烟直，天空雁影横」，頗似晚唐。而七絶中《春深》一首，最爲擅長：「湘簾掩映緑陰斜，細雨樓臺燕子家。羈客不歸春又暮，滿庭開瘦杜鵑花。」

千古明良之慶，恒不數覯。閱《東華録》，載靳文襄公治河之策，其籌備條奏，一時聖賢之際遇，如魏鄭公，足以取鑑者也。夫聖人在位，大綱小紀，著於方策，即一畋一游，悉皆垂諸典記，故不須諱也，然亦不必諱。唐太宗嘗謂侍臣曰：「李大亮可謂忠直矣。朕遣使至其所，見有佳鷹，諷令獻朕。大亮因密表責朕云：『陛下久絶畋獵，而使者求鷹。若是陛下之意，深乖昔旨；如其自擅，便是任使非人。』朕覽表，嘉歎不能自已。有臣若是，朕復何憂。」於是賜之金壺，以彰忠讜。千百年後，不責大亮之吝，而稱太宗之賢。從諫則聖，豈虚語哉。盧巨山制府，有《過清浦題文襄祠》詩，中聯云：「千古明良歌喜起，一時方略奠山川。」能道靳公功業。

長白增松崖刺史，循績昭著，所治有聲。閱其《蜂吟小築詩草》，皆超脱俗塵，倜儻有奇氣，而發抒宏暢，寄託深遠，語語自性情、學問中流出。張白也明府、嚴問樵太史，俱綴序語，其樹幟一時，可想見矣。集中《懷友》、《獻魚》、《冬獵》、《赤壁初度》、《榜後》、《觀耕》、《贈友》、《喜雨》、《童試》、《採蓮》、《課子》諸傑作，美不勝收，載在全集，無煩贅記。摘其名句，如《寫懷》云：「所不如人惟有命，最難知己是論文。」「顧我那曾真學問，待人祇此熱肝腸。」「浮雲萬里難回首，明月三更且問心。」《外簾》云：「居然問字風生座，轉恨栽花月隔牆。」《和友》云：「豈知海大難爲水，始信山高不讓塵。」皆能抒寫性靈。至「城頭月色低穿徑，水面燈光半上樓」，絶似閩七子，非近今所能道。

山右近多詩人。曲沃李公雝《綿山怨》云：「綿上田，綿下田，綿田於臣何有焉。割股啖君徒自苦，君返有國臣無股。主憂臣辱臣敢怨，年年禁火憐愚魯。」真不刊之論。孟縣李公世亨《咏試院古槐》云：「鎖院碧雲深，三年一息陰。人皆來俊傑，樹亦有聲音。」殊超絶有奇氣。其《咏新柳》，陽曲賈公克慎云：「態憐張緒還今日，人似王恭正少年。」郭公汝楫云：「深淺緣環三尺水，短長條拂一溪烟。眉纖未抵初三月，枝軟差同十五腰。」皆佳。

廣西興安唐曉山先生有詩名，專講三唐，前已刊其舊作矣。近得其與孔苓舫、江冶橋諸公湖上泛舟詩，云：「西風十里水平篙，北海樽開座客豪。薄暮雲陰微捲縠，乍凉天氣快傾醪。花間短棹香三面，柳外輕烟月一舠。結習未忘詩筆健，《陽春》争唱曲聲高。」直似《海陵集》中得意之作。冶橋明府亦有得「雲」字一律，尤清絶似放翁。詩云：「亭臺如畫倚斜曛，緩棹輕歌處處聞。紅蓼花疎秋正好，白蓮風細酒初醺。舊游天上空回首，新雨樽前迥不群。難得勾留易抛去，無端都作出山雲。」余曾亦和韵，珠玉在前，因不復脱稿。

六安王秋垣刺史，爲人冲融藴藉，善氣迎人。善詩能文，習大小篆，尤精鐵筆，并試帖詩。曾製「夏小正」試帖，疏題熨帖，苦爲分明。又自鐫《陰隲文》印章，篆法依歸秦漢。惜其久困場屋，屢薦不售。庚寅春，籤分山左，余於江冶橋處常與遇談，訂文字交。每逢酒緑燈紅，興至縱談，恒以不獲一第爲憾。閲所作《綆短齋詩存》，古近雜體俱備。擇其佳句，如《節事》云：「寒士最難真骨傲，美人何必定顔紅。」《秋海棠》云：「爲悦己容常對月，不因人熱最宜秋。」足以見其氣骨，非碌碌者所能得其仿彿也。

歷下偶談卷七

鵲華館主人編集

古今詩事廿三則

四川楊制府時齋，以武功受睿廟知，特任封疆，戡亂撫民，建久安之策，直可與岳、靳諸公爭光矣。當其莅任陝甘之始，一時獻詩成卷，悉不愜公意，惟查九峰觀察五言一律，最爲得體。詩云：「學到關西峻，英韜振烈謨。賢名安隴夏，世德守夔巫。恩賜通天帶，升聞集戟烏。雲臺看寫照，將相本吾儒。」公覽詩，曾聞稱善久之，獨有和章，惜詩不傳。

天津殷東橋太守，宏奬風流，尤精吏治，隨處有善政，殆不啻宋景文、蘇文忠。詩學老杜，自不存稿，佳句極多，惜不記憶。然性諧辭工，風生妙論，尚記其《得四川沈筠垞明府書知納小妻體胖善睡戲贈一律》云：「帳綴金絲睡息勻，香風狂捲一牀春。偶聞燕語鶯聲度，也作蠻腰素口親。但使梅花肥結子，休言菊影瘦憐人。定占佳夢楓生腹，玉刻雙璋應此身。」一時游戲尚自典重，其風雅已可概見。

湖北天門蔣丹林先生，以經學傳家，早入詞林，一時博學宏才皆出門下，直可媲美晏元獻、歐文忠諸公。故其喆嗣笙陔，以殿撰登進，與固始吴健庵侍郎爭勝。舊聞先生詩宗昌黎，不獲覩其全稿。近晤梅庚村司馬，誦先生早年《襄江道中咏古》一律云：「鹿門落日楚江濱，耆舊興懷絶代人。竟有峴山傳叔子，空流湘水弔靈均。官防日醉名猶壽，地避躬耕德自醇。目斷春陵烟樹盡，漁歌争唱大堤春。」置之《蠶尾集》中，當不能辨。

安徽懷遠滕春甫記室，宿學世家，以尊甫遊幕山東，遂托籍歷下。其行文作詩，議論頗高。嘗誦鮑觀察聯甫前守東昌行部詩云「心關飢溺皆民瘼，家有盈寧托主恩」二句，即此具見忠孝傳家。現需湖南，將繩武建勳，騰青雲而上矣。

鹿邑徐松坪舍人，忠正寬和，少年登第，其傑嗣相繼科甲，一爲庶常，一官侍御。先生早引疾歸田，以詩酒自娱，洵高人也，故余贈詩有「無字通當代，將忠託後人」之句。其性尤豪爽，最重友道，見其於西平宋東序謁選時，公極力爲謀佽助若干，誠難得也。近荷寄《晚宿亳州》一律云：「渦水來西北，清流繞古譙。春深新浪暖，月出晚烟消。隔岸鳴關柝，横舟鎖渡橋。明朝風力便，湖海放輕橈。」有盛唐遺音。

奉天詩人，同時三傑。一爲王太守翰屏，治濟南，多善政，現已引病歸里。一王明府松亭，由濟陽調商河，有廉德風，爲吾師松嵐夫子門下士。一沈明府亦莊，宰寧陵，以實心行政，屢膺卓荐，爲吾同門友。翰屏詩不多見，僅記《題岳忠武廟》云「百戰勳名空涕淚，千年廟貌凛鬚眉」一聯，恰與題稱。

松亭明府詩不肯輕以示人。羅實莽誦其《雨後山行》二句：「小徑行猶滑，餘雲淡欲收。」雅似張水部清正一派。至亦莊與相處久，得盡覩其所作，如《雁字》、《白菊》等篇，載在全集，無煩贅録。記有《七夕後一日題劉芾村刺史清溪别意圖》一絶，最妙：「烟影悽迷月影横，垂楊樓畔送君行。盈盈一帶清溪水，不似銀河昨夜情。」直不減謝四溟鄴城之作。

洛陽殷月圃廣文，一家能詩，著有《香山别業合稿》，惜未付梓。其次女菘雲，幼字河内齊待召蓮洲少子，最聰慧，有雋娥之稱。余與廣文相處久，尚記菘雲六歲初就家塾時，當月圃予寧設帳温邑，因有所感，曾出對試諸幼童，云「主賢師道重」，所對悉未能協，而菘雲即應聲曰：「女孝母心寬。」先生不勝驚異，一時傳爲美談。

中州相國寺創始於唐，極盛於宋，由來主持最夥，恒至百數十人，至今猶然。每食必撞鐘鳴鼓，所謂「慙媿屠黎飯後鐘」者，實所有事也。嘉慶年間，有南人某受戒爲僧，法號明慧，其人風雅能詩，一時稱名。余過訪之，出其所作一册，詩尚清正。取其《汴梁懷古》中四句云：「册遺菟苑能長樂，懨敵龍城竟半途。周官何罪爲新法，艮嶽無材作黨碑。」頗能用典新奇。

霸州吴霽峰先生，爲人寬平和雅，專講理學。初屏藩中州，余曾晉謁。既升湖南，因湘潭械鬥，左遷内翰。十餘年來，考據經史，未嘗一日輟功，殆古之學者歟。庚寅秋，總督漕運，出京詩云：「國計儲胥重，天恩報稱難。」其經濟可見。

安徽王觀察竹嶼先生，初以别駕治兩浙，民賴安全。擢守歸德，編查捕緝，著有法憲。及分巡河朔，廳汛蒙恩，經三載即解組歸里。刊留别詩四章，已傳遍兩津，殆古之遺愛歟。再起，轉運淮揚，因梟匪議降。聞其賃居秦淮，日事吟咏，白香山、蘇玉局一流。吾固謂詩人雅有清福，誠難得也。晤長沙熊某，悉其近況，當即通問，索其近作。

漢軍徐秋潭先生，精於詩，往時與韓大司寇桂舲、阮制府芸臺結社都門，已刊有合稿行世。聞沈明府亦莊談及，一日三公游護國寺，長老留齋。值秋潭先生酒渴求去，桂舲先生部務愡忙，傔僕促請，往返不已，而芸臺制府獨坐默默。長老問之，公笑曰：「余雖無酒興公牘，而此中擾擾者縈於詩也，故不暇作酬應。」問得何句，公即索筆，書二句於壁，云：「淵明酒盡招還去，靈運心叢坐不來。」相與一笑。

《傳》云：「兵猶火也，不戢將自焚。」左氏論兵也，吾以爲論人之才識亦然。夫火生而有光，而不用其光，果然在於用光。人生而有才，而不用其才，果然在於用才。故用光在乎得薪，所以保其焰；用才在乎識真，所以全其年。若多才寡識，禍必不免。此孫登之所以諄諄於中散也。故人生不患無才，只患無識。識生於才，無識即能敗才。才可聽用於識，而識決不可肆用其才也。古今來大謬之事，恒出於多才之人，才豈真禍人乎。然學識兼至者，自能慎其機也。英協揆煦齋嘗有句云：「才須能用方爲大，品到真通自不驕。」可謂見道之言。

沈記室蔭南居歷下，善詩詞。余與相晤，值粵遊初回，出所爲詩數十篇，皆風雅可誦。余獨喜五律中佳句，如：「春風摧短鬢，落日冷輕衫。」「好風邀入幕，明月欲推窗。」「詩添行李重，月到異鄉親。」「風約竹留客，月隨人上樓。」「故鄉曾夢見，心事託雲捎。」能精細入律。余欽其品學，曾與談詩累日。滕春甫乃其內兄，稱其詩嚴刻，得自《主客圖》。

長白文宮詹孔修先生，制藝名家，尤攻考據。予客京師，曾荷青目，索拙作覽之經旬，見許之處，逢人説項。苔岑知遇，真爲可感。臨别又札致增刺史松崖，囑其推轂。及予到東，復承刺史推公之意，特爲獎進，薄有名譽，實皆公之力也。其所爲律詩，近明七子一派，而五七古作，直追三唐。惜不獲全璧，僅記其《題寶田持静圖》一絶云：「明湖如鏡照清名，柳絮泉香發女貞。嫁得詩人真是福，藍橋何必卜來生。」即此略見一斑。

薩竹泉明府，詩多妙藴，着手生春。其集中有《惜花》詩二十首，惜不能記憶。僅記其一絶云：「花開不與我商量，辜負栽花一歲忙。盼到開時又防落，惜花心比折花長。」用意深遠，亦才人游戲之筆。

江明府冶橋《蘭右紀事》長律三十韵，最爲工整，不亞元、白揩膩揾香之作。詩云：「萬頃湖光湧，朝朝浪拍天。移來商女舫，泊近孝廉船。鶴立軀輕竦，鴻驚影下翩。雪膚宵映水，雲髻曉籠烟。約指黄金束，搔頭白玉懸。眼波横脈脈，眉月畫娟娟。鏡裏描螺黛，窗前整翠鈿。石華飛處麗，霞彩望中鮮。袖掩枝枝笋，裙遮瓣瓣蓮。杏衫剛稱體，蟬翼欲垂肩。乳燕音猶澀，嬌鶯語漸傳。琵琶彈往事，羅綺數華年。柳憶當門種，山看繞郭連。未誇真眷屬，早遇惡姻緣。百尺桐先爨，千絲藕尚牽。衣原知緑好，扇不待秋捐。寵奪傷恩斷，情留悔境遷。怕拈江令筆，枉寄薛濤箋。信易乖青鳥，啼難託杜鵑。珠還雖有浦，琴在已無絃。失侣同孤鶩，浮生類紙鳶。新聲愁宛轉，舊曲恨纏綿。待逐鴟夷去，還邀司馬憐。雲泥終隔絶，萍梗暫周旋。十索丁娘巧，三挑子貢賢。求漿容醉酒，入座許開筵。草草杯盤製，依依肺腑宣。談深心共碎，坐久淚頻濺。南國家非遠，西湖約更堅。相逢似相識，可惜夢空圓。」按蘭右在太湖邊，屬宜興縣，時道光八年四月十三日作，蓋紀實也。

杭州孫接堂轉判，爲補山尚書之孫。簪祓世胄，尤好學謙冲，垂卹寒士。先君子乃尚書己酉典試順天所取士，接堂於余爲世好，到東極荷關情，諸承訓迪，誠古之賢者歟。先生善聽斷，精詩，工書。初分黔南，隨處著績。及到東省，補膠萊分司，器重上游，因留省鞫案。時得過從，備閱舊作，殆學大曆十子，而功尤進者也。如《安順道中》云：「凉風颯颯襲衣裾，縱目平郊爽氣舒。天色蔚藍經雨後，山光濃翠乍晴初。農登新穀争烏鵲，客抱陳編飽蠹魚。媿我田園無一畝，枉教心跡戀耕漁。」《海心亭分韵》云：「泉水平如鏡，沙堤一道斜。草叢嘶牧馬，林密噪歸鴉。遠嶂開晴翠，夕陽烘暮霞。偶來亭上坐，風過蕩蓮花。」好句如《咏鏡》云：「半面不窺無目士，幾回曾對畫眉人。」獨出新裁。至「雲開千嶺出，風静一帆輕」、「水樹摇空碧，烟霞漾晚晴」、「天低紅日隱，山遠白雲封」，皆妙。佳章尚多，容再抄録。

甘肅古城張韓拙誠，鎮西府學生員，温雅工詩，出筆婉秀。袁玉堂先生題其集有「秀麗句真同玉潤，纏綿體更近奩香」之句，足以見其風雅。佳句如《蘆花》云：「夔府蘿陰春渺渺，潯陽楓葉夜漫漫。」《落葉》云：「向夜如何經冷露，隨風能不舞斜陽。」《殘雪》云：「偏宜冬日知相愛，不耐春風恨太嬌。」

唐曉山明府，廣西名進士，宰平原，多惠政。公牘之餘，攻於吟詩，諸體擅場，而七絶尤妙。記其《畫竹題句》云：「新篁解籜拂雲梢，暑雨初晴長鳳毛。待就明年堅似玉，作竿東海釣金鰲。」足以見其氣概。

江西張潤山參軍，與其兄米山孝廉名重一時。米山精制藝，潤山尤豪於詩，可謂二難并矣。紀潤山佳句，如「五斗折腰慙作縣，一生開口愛談山」、「門掩黄花三兩徑，霜堆紅葉短長亭」，皆精細入律。

山右郭小陶別駕，廣交仗義，寓天津與袁玉堂以詩交。後玉堂成輪台，有訛傳其没者，小陶深悼之，亟搜玉堂稿，爲付諸梓，遣人赴山左搜尋，以白鏹買歸，篤友誼如此。記《贈玉堂》詩云：「萬卷填胸萬里遊，君恩許住歲三週。風迴葱嶺晴飛雪，天近冰山夏變秋。桃葉翩翻隨馬足，榆關迢遞祝烏頭。漢槎輸與鍾情處，惆悵紅顔獨倚樓。」《題策蹇圖》云：「策蹇留斯卷，天成繾綣名。情長萬里短，恩重一身輕。辛苦蛾眉共，窮邊馬角生。玉門關外月，今夜望猶驚。」

莘縣鄒銕樵明府，爲人忠厚博雅，吏治尤精。解組後，兩袖清風，行吟蕭散，晏如也。記其佳句，如「天留雪建白，春望柳垂青。」新奇可誦。

歷下偶談卷八

鵲華館主人編集

古今詩事十九則

潞城靳觀察雲屏夫子，善於説詩，著論正大，而誨人諄諄，歷久不倦，則世稱馬融、崔陵，因材施教者，不能專美於前矣。嘗聞之論鄭衛之風曰：「昔者王政衰，民俗漓，如鄭、衛二國，既非若秦、齊、晉、楚，樂戰急功，而地處平衍，足食豐衣，易生淫怠，一時愚夫愚婦，公行穢惡。有隱君子者，觸物傷懷，託詞諷詠，固以寓懲創之志，實所以悼王者之不作也。一如今之旗亭旅館，抱箏度曲，大抵皆男悦女怨之辭，多出於宕子騷客，借此抒情，傷離悵别之作，一時遠近傳唱，取悦俗耳，奚必盡撰於擊筑擘阮者之口耶。後世不察，而遽題爲淫奔者所自作，異哉。夫鄭、衛之民，果而能詩也，應未必如是之蕩。即或閒遇蔓草雄狐，亦不過燈前月下偶爾題吟，只應藏之奩篋，安肯大肆鋪張，公然登諸廊廟，列於樂章乎。且輶軒之使，又安能户稽家索，傳抄幾徧也哉。小序撰於西河，詳載某指某人某事而作，於古爲近，其説似當。」予深服其言。

王秋垣刺史《綆短齋集》，佳句頗多。今檢其五言如《朱仙鎮謁岳武穆廟》：「一代勳猷著，千秋姓字香。」《夜坐》云：「天階涼似水，江月大於盤。」七言如《蟾宮應試》：「兔魄光摇蓉鏡影，霓裳香透桂花風。」《銀河垂釣》：「一珪新月爲鈎曲，萬丈長虹作線拖。」《醉鄉訪友》云：「知己欣逢姚馥渴，論心欲結次公狂。」《早發汝寧》云：「濁酒盈樽頻自醉，新詩題壁倩誰評。」《許州和壁間韵》：「烟籠遠樹平於掌，霧鎖遥山淡若眉。」《咏吐綬鳥》：「長吉嘔心花燦爛，文通探腹錦鮮明。」皆可誦也。至《咏遲開牡丹》：「九十日春看到此，何須惆悵惜花稀。」其寓意自有含蓄。

祥符周方伯穉圭，爲吾師雙梧夫子甲子典試河南所取士，能文善詩，一時稱名，蒙吾師宏獎，遠近欽其風雅。乙丑春闈入都，刊有《驛柳》四章，吾師特爲品題。大考受聖知，由翰林開方，歷官中外，著有政績。先輩知人，真不虚也。摘其《驛柳》佳句云：「短亭斜日長亭雨，五里東風十里烟。」「南飛烏鵲愁中語，西上黄河曲裏聲。」「班馬聲中人悵望，征沙影裏月黄昏。」「心爲傷離頻作惡，天生愁態不關秋。」「青眼似渠偏惹恨，緇塵祇我最關情。」「三千殿角空隋岸，十八胡笳又玉門。」

黄左田先生詩法絶高，俯仰揖讓，有不可一世之才，真可望而不可即也。嘗見其《送鮑雙梧夫子歸里》詩，尚記中聯云：「取鑑好爲貞觀相，栽花便作義熙民。」其用意何深歟。漁洋而後，不多見也。

余最不喜近人論詩，吹毛苛求，略其長而摘其短，殊失忠厚之旨。靳雲屏夫子所諄諄垂訓，亦此意也。即如近世漁洋尚矣，船山醇乎醇者也。若簡齋大醇而小疵，千百年後究不能掩其美，誠一代傳人也。予中年以後之詩，取法恒多，略其短而取其長焉，可矣。安見其不可學耶？即真以爲不可學之句，彼三家村冬烘酸品，畢世仄仄平平，曾見道得隻字否。

《設醴歎》云：「感懷楚元王，尊禮穆白申。三人寧獨賢，重在吾道存。所以嚴醴酒，不飲亦設罇。

大賢斯忠告，良將竭虎賁。易世何草草，誠不及饔飧。猶是座中客，而無敬意敦。智哉見機作，稱疾去無痕。非王所重輕，一去不復論。斯行豈過激，弗念前主恩。顧以慢滋生，將或遭鉗髡。從來不知道，難與論師尊。請從此逝矣，色笑競趨奔。吾道不可枉，無寧直而貧。桃李暖争艷，松梅瘦以皴。儘有凌人色，獨奈不長春。」此鄒縣胡丹霞明府爲余主館夏邑作也。

詩人冥感之事，從古不乏。然其中亦有傅會傳聞，故作險奇幽僻，以驚世好，皆文人之幻筆。如蒲留仙所撰《誌異》中事，固多也。偶觀《世説》有云：王敬伯嘗泊沂山洲渚中，升亭而宿。是夜月華露輕，敬伯泠然鼓琴，感劉惠明亡女之靈。須臾女至，就體如平生。敬伯撫琴歌曰：「低露下深幕，垂月照孤琴。空絃益宵淚，誰憐此夜心。」女和之曰：「歌宛轉，情復哀。願爲烟與霧，氛氳君子懷。」恰似六朝人語，非俗作所能假，豈其不足信耶？

來安戴南江司寇，温和雅重，理學正宗。與先叔彦升進士同年世好，余屢經晉謁，殊邀青目。所呈贈之詩，已附刻詩集矣。辛卯鞫案來東，公餘求見，蒙其贈詩云：「四載承三顧，文章重細論。道由寒士重，品是布衣尊。藜火光前業，詩情續舊樽。相期振鴻羽，化日正春温。」至古作尤雄健，直駕韓、蘇而上，煌煌大篇，惜乎不及備載。

武進吴山子育，爲經學前輩。專講考據，兼工駢體及古文詞賦。終身未入試場，以布衣肆其志。其及門弟子恒多科甲，殆古之學者歟。一時上游欽其品學，争延致之。余與遇於懷州，承惠字數幅，學柳吴興一派。及余至東省，山子亦由兩粤歸吴下，寄詩云：「芳草玉孫春不歸，買山深處閉柴扉。

名泉七二任垂釣，聖世無能作布衣。」雖爲余云，實所以自況也。

銅山張氏，當代名家，治水有傳，其仕宦多在河工。朗軒十二先生爲余世執，嗣君餘亭、猶子晉亭，皆訂同譜。晉亭善交遊，尤多情。餘亭懋於才，現分曹州，以巡政試用。一家能詩詞，多不傳。己丑，余居梁苑，適因慶兒殤，餘亭寄詩慰之，云：「何事傷心最，爲君憐客卿。有才信非福，積德竟無名。稡葉經霜擇，喬華冀晚榮。釋懷宜努力，更卜石麟生。」

甘肅白二尹南亭，在東多年，任平原、利津，著有政績。其人能文廣交，有國士風，友人誦其好句：「高樓錦瑟花連屋，深巷珠簾柳映橋。」雅似宋人詩派。

秀水范謙蕣明府，善詩。《待月篇》云：「待月如待人，經宵牖户敞。南枝已棲烏，東鄰停績紡。如晦嗟幽懷，倚竹聽清響。銀漢勞瞻依，廣寒託夢想。姮娥杳無聞，早暮安所往。佇立瘁以辛，此情徒悵惘。將欲叩冰輪，要言何又爽。目斷鶱樹陰，心灰畫燭晃。返闔下書帷，明星漸東上。」頗似三謝。

大凡選家，論古人詩嚴，論今人詩恕。蓋嚴則心逾細，而功彌深；恕則詩可求，而名或著。庶幾觀者能諒其心，知所取意焉，則可矣，安得至今盡不删之作乎。

陶淵明意趣真古，清淡之宗。嘗自云：「余家貧，耕織不足以自給。幼穉盈室，瓶無儲粟，生生所資，未見其術。」苕溪三復此言，以爲己之實録，又何似余之甚也。余投閑六七年，生事素微，食指漸衆，家日益貧。退之詩云：「時命雖乖心轉壯，技能虚富家逾窘。」亦似爲余發，時時哦之，不覺失笑。

伊古以來，何貧者之多也。靜夜思量，人力難挽。而究之，巋然七尺，口體手足俱備，何幸而爲人，又何不幸而爲人！間日一食，朝不謀夕，妻孥坦然，難對稚子。家夢花茂才有句云：「欲充白粲偏無罪，盡有朱門喚不應。」如出一轍。然究不能免爲羊頭羊胃、伏獵弄麞者之所竊笑。

沈存中言老杜詩「霜皮溜雨四十圍，黛色参天二千尺」，謂四十圍乃七尺，無乃太長。殊不知古制圍三徑一，四十圍即百二十尺，圍有百二十尺，即徑四十尺矣，安得云七尺，圍百二十尺，長二千尺亦可矣。杜號詩史，豈妄云云也耶。

臨川湯若士先生，有絶世才，詞曲小令，無不工妍。所撰《牡丹亭記》，與《西廂》并傳。嘗醉後自題云：「玉茗堂開春翠屏，新詞傳唱《牡丹亭》。傷心拍遍無人會，自掐檀痕教小伶。」興致可想見。

楊升庵曰：白樂天詩：「吴孃暮雨瀟瀟曲，自别江南久不聞。」按注吴孃歌詞有「暮雨瀟瀟郎不歸」之句，可見前輩作詩，雖偶爾遊戲之筆，亦自有出處。

南通州徐伯貞明府，以名進士歷官武城、曲阜，一時稱賢吏。調泰安，尤多善政。其刊刻詩文石碣，倡勸耕讀孝義，梁甫文教勃興，成就多材，實皆公之力也。讀《斯未信齋》四卷詩，極高古，幾於正始。《讀父書》一編，悉從理教中發出。《岱南》諸傑作，俊逸清新。《勗弟用賡韵》長篇，昌黎後梅邨或庶幾焉。淺學者非直無此巨眼，亦無此等力量，望若而嘆，誠有如是夫。集中美不勝收，非選詞摘句之所能盡。然恐未見全稿，反致憾然。特先録其一二，以見瓣香之奉，餘列同人集中，公諸世好。如五言「月光斜照屋，霜氣漸侵人」、「曠野山逾碧，臨江樹更穠」、「古槐夫子宅，春草魯王宫」、「龍驅雲入海，人帶月催耕」、「未雨衣先濕，無風樹亦鳴」、「雲起兩山合，風高六月秋」。七言「有信恰隨秋影到，無花也向夕陽開」、「四面濤聲銜石齒，一枝塔影枕江心」。皆可傳也。

孫接堂轉判有《題商山鸞影詩》八首，情意纏綿，議論正大，補吴梅邨集中所未及，真合作也。詩載《滇南詩鈔》中，惜不能記憶。按：商山即圓圓葬處，接堂言之甚詳。曾聞邢氏降乩，吟咏頗多，獨記二句：「笑他跛扈終何益，寶殿飄零翠瓦斑。」聞者不勝感嘆，惜全壁已無傳也。

福建廖明府豸峰，袁玉堂先生辛酉選拔同年。解組後，寄棲歷下，僦居食貧，落落自如。久耳其名，適於旗亭晤談，始知爲鄭烺山夫子之故人。抱道自重，非趨時者流也。會余移居，蒙贈詩云：「家具無多詩草富，奚囊貯滿墨花香。下榻直宜梅作伴，應門好倩鶴爲童。」頗能悉予近況。

歷下偶談卷九

鵲華館主人編集

古今詩事二十則

《滄浪詩話》云：「盛唐諸人，惟在興趣。其妙處透徹玲瓏，不可湊泊。如空中之音，相中之色，水中之月，鏡中之象，言有盡而意無窮。」此所以爲高也。

唐王昌齡、高適、王之涣詩齊名。一日天寒微雪，共詣旗亭，貰酒小飲。忽有伶官十數人，妙妓四輩，相繼登樓。會讌奢華艷冶，旋即奏樂。三人私語曰：「我輩各有詩名，每不自定其甲乙，今可密觀諸伶所謳，以詩入樂多者爲優。」俄而一伶唱「寒雨連江」，昌齡引手畫壁曰：「一絶句。」又一伶唱「開篋淚沾」一絶，適亦畫曰「一絶句」。尋又一伶唱「奉帚平明」，昌齡又引手畫曰「二絶句」。之涣曰：「此輩皆潦倒樂官，所唱《巴人》《下里》之詞，豈《陽春》《白雪》之曲，俗物敢道哉？」因指妓中最佳者：「待此子所唱，必是我詩。子等當須列拜床下，奉吾爲師。」須臾，次至兩鬟發聲，果唱「黄河遠上」一絶。之涣即揶揄二子曰：「田舍奴我豈妄哉！」因大軒渠而罷。

《十國春秋》載孟蜀王昶明德元年，頒勸農詔曰：「刺守縣令，其務出入阡陌，勞來三農。望杏敦耕，瞻蒲勸穡。春鶊始囀，便具籠筐；蟋蟀載吟，即鳴機杼。」愛其造語工，特録記之。

南滙吴學使省蘭，予幼年曾蒙奬進。先生全稿，求之不得，尚記其《咏吴楊行密宫中竹枝》六首，其一云：「辟穀長辭廟筭勞，嵯峨殿牓列仙曹。丹陽何處尋漁父，殘笛聲聲憶漸高。」可謂典重陸麗。

雲南李復齋廉訪，由縣令擢臬司，隨處留恩，口碑載道。現調貴州，鞠案尤精細，皆成信讞。生平著作甚富，在東刊書數百十卷，大有裨於吏治。其詩已載全稿中，識者自能取法，無煩贅録。

福建陳望坡尚書，古道照人，深於理學。開府中州，時吏民頌德，於大梁書院廣增膏火，一時成就多賢，至今猶蒙其福。記其佳句如：「初日盤根大，層山蓄氣深。」其風度器量亦可見矣。

廣東李載園先生，宦直多年，曾與先大夫交相善，贈答極多。時余尚幼，惜不能記憶。己卯到五羊，友人頌其佳句，如《惜春》云：「花到開殘猶不落，被風吹過女牆東。」蓋有所爲也。

家師古記室文静風雅，好論古今事，尤長於五律。録其舊作，如《將歸濟南登樓晚眺》云：「三年夢裏住，欲别此登樓。日落天根黯，城荒水氣浮。壯懷鴻鵠志，客興菊花秋。獨坐歸思晚，寒江釣欲收。」《寄兄烈光》云：「家貧作客早，路遠寄書遲。淚濕思鄉夢，神傷陟屺時。難憑枵腹計，空寫斷腸詩。試問池塘草，春風幾度吹。」《江上晚眺》云：「獨立秋江暮，漁舟唱欲歸。西風欹荻岸，落日别柴扉。目極鵬程陵，心隨帆影飛。家山何處是，烟霧渺淒霏。」《登平恩城樓》云：「何代剩危樓，登臨九月秋。西風捲地起，漳水繞城流。路入平沙遠，天涵滄海浮。渺無來去客，不禁古今愁。」《送友人歸山》云：「青年不得志，歸卧故山林。悔著塵中迹，重彈石上琴。鋤花侵月冷，采藥入雲深。不羨陶弘景，閒裁《瘞鶴》吟。」五言摘句，如「四圍翻巨浪，一壁上青霄」、「魚沉千尺碧，雪立一簑寒」、「家無三徑竹，身寄五湖秋」、「鳥語留人醉，波光泛月來」、「魚吹飛絮暖，燕啄落花香」、「尋芳過澗水，攜酒踏雲門」，皆精細入律。而七絶如《輓董蔭堂》云：「少微星隕夢前宵，從此人琴聲已遥。千里孤魂何處酎，緑楊城外雨瀟瀟。」《中秋望月》云：「秋光不必問如何，乘此良宵樂且歌。更覺杯闌夜逾静，樓臺近水月明多。」玉溪、樊川一流，尤見性靈。

雲南錢栢坡年丈，守漳州時，多垂䘏寒士，一時文教勃興，後進皆出其門。而詩宗宛陵、南園先生一派。舊年余於京邸晉謁，猥蒙奬飾，至今感愧。贈余詩數章，僅記一聯云：「家無升斗猶留客，腹有文章足勝人。」能爲余寫狀。

蒙古奎觀察榆郵，前守懷州，余曾晉見。贈詩云：「山川沐化滋膏雨，民吏平情入古風。」其弟星泉都統於牧開州時獻詩云：「一春花事懷潘令，百里名區又士元。」詩雖未佳，於二公品學聲望，早能見及。

谷二尹啓昆，吾鄉美田先生介弟。能酒好客，治水有奇功，兩河資其建樹，亦傑人也。余於往歲與共事懷州，迄今十數年，已無聞問。晤美田先生，誦其《咏劉伶墓》一律，最爲驚策。其好句云「鍤有先生方可荷，竹無名士不成林」云云，新奇可嘉，一如其人。

宋駙馬都尉王晉卿，歌姬名囀春鶯。晉卿投南，鶯爲勢家所得。迨還，過汝陰道中，聞歌聲，曰：「此必囀春鶯也。」訪之，果然。晉卿因作「佳人已屬沙吒利」云云，只傳四句。今閲《瑯琊代醉編》，有足成一律者，是否晉卿原作，始不可考。詩尚流麗，云：「幾年流落向天涯，萬里歸來兩鬢華。翠袖香殘空掩淚，青樓雲渺定誰家。佳人已屬沙吒利，義士今無古押衙。回首風光雖尚在，春鶯休囀沁園花。」

江西陳潤亭刺史，由河内陞南安牧，精於吏治。酷好咏古，其和余《吴越竹枝詞》云：「香茅脯棗佐清醅，水府函詩逞霸才。夜半六丁趨海上，君王親自射潮回。」不減唐音。龔玉亭先生和云：「寒食東風上錦衣，輕陰掩冉麴塵飛。繁花最是多情種，常送香車緩緩歸。」命意不同，各臻妙境。

歷下謝茂才問山，宏博豪邁，尤工於詩，陳笠帆中丞、張伯良刺史極稱之。觀其《緑雲堂稿》，如《題少陵小像》、《孝女詞》、《紀事》、《擬七哀》、《哭内子》、《秋雨歎》、《冬雨歎》、《經石歌》、《悼儷篇》、《節孝行》、《瑞麥行》，有得於聲調格律之深，皆自風騷中化出，足以垂教後學。惜篇長不能載。好句如「五夜香風春入夢，半窗明月影平分。」「别夢已隨芳草去，素心猶伴落花眠。」「溪橋斜日沉雲閣，楊柳輕陰拂釣竿。」「三更號令行枚速，五夜霜風劍氣寒。」五言如「水到石邊咽，山從雲外斜」、「犬吠答人語，鷄聲送客行」、「風輕魚婢出，烟暖稻孫肥」。

南唐歌者王感化，善俳諧，有詩才。元宗宴樂不輟，常醉命歌。感化即奏《水調》詞，只唱「南朝天子愛風流」一句，元宗悟，覆杯歎曰：「使孫、陳二主得此一句，不當有銜璧之辱也。」

王湘友轉運，貴州玉屏名士。以子爵擢侍御，有直聲。今由直隸順德陞山東運司。博學好古，尤精七律。其論古之作，美田先生常稱頌不置。記其《謁武侯祠》二句云：「一鋤澮泊安耕稼，三顧殷勤任鉅艱。」《相嶺》云：「萬壑含風吹瘦日，千夫轉粟上青天。」皆可誦也。

芮城令林希白先生，世居大興。以孝廉分山西，得缺後，公牘之外，於山南營草堂三間，日吟其中，不急急於功名，高尚其志，吏隱者流也。獨受劉夫子松嵐觀察知，其《咏縣居三十首》，松嵐夫子親爲點定，刊以行世。先生專工《主客圖》，故仿姚武功體，作《縣居》詩，其精細鍛煉處，直堪入張、賈之室。佳句如「與僧同氣味，伴鶴立斜陽」、「琴劍貧猶在，詩書老更耽」、「愛閒辭要路，負累是名心」、「蘚痕鋤處破，風影月來添」、「愛憐貧日馬，寒着舊時衣」、「割愛誰貽劍，縈身莫繫匏」。

江西安義高明府晴谷，以進士簡河南，補官延津，調署太康。仁慈爲政，百姓相信以心。因部案議降，奔馳中州。越十餘年，殊不能自計，居河内陳潤亭明府署。余曾與共事河干，先生率以實心行事，不合時宜。轉赴陽夏，戴太守鳳翔延主書院，庶得少潤，然於宦途究無能爲力。適費新橋方伯來，深念年誼，招公。會延、太兩邑，民陳其政，爲懇開復。方伯即力任之，竟捐原官，而項亦續得。新橋旋逝，不數月得宰澠池。可見事有天定，非新橋而事不成，少遲日而事亦敗。嗚乎！命實爲之。至公尤好爲詩，已刊有《心田小草》行世，不煩摘録。吾重其人，奇其事，特以詳誌，堪爲世之皇皇以進者告。

昔有人樵於山，得金磚，沽於市。市人笑其妄，樵遂棄諸野。又一日，拾得玉餅。市人認爲石，又棄之。最後得磁窑假金色佛像，二人争購之，倍值焉。有識者過，取所棄金玉，因訪所以倍值之故。一則曰是所來路遠也，一則曰是俗尚所共禮者也，又則曰是有金色也。蓋不自知其所鑒之不真，而反相哂於藏其所棄也。嗟乎！諺云：「有眼不知金與玉，翻將泥土當天尊。」世之事大率類斯。

吴梅邨先生，爲明季才人。其詩沉痛可歌，當時詞人頗多，皆不能及，即後之漁洋、竹垞，猶甘拜首，而汪鈍翁、施愚山極稱之，洵非溢譽。古作取法元、白，律詩直敵李、杜。或有推爲詩史，子美後一人而已。集中論事録事，法無不備。至感懷明季諸篇，於卓見之中，尤有含蓄。

歷下偶談卷十

鵲華館主人編集

古今詩事二十則

明初詩人，襲元音之陋，仍是纖膩一派，即高、楊、張、徐四家，亦未能破其故習。迨七子出，詩風一變。直至隆、萬而後，人才不可勝舉，殆駸駸乎正始之音復作矣。

袁簡齋先生猶子蘭邨明府，豪飲能詩，才華軼世，隸書絶佳，尤工詞曲。其弟復生參軍，亦文章領袖，一時稱名。可見眉山後不獨斜川，而二王、三謝未足專美於前也。蘭邨早年辭世。復生現需東省，求其全集不得，僅誦《邢丘書懷》二句：「清到梅花香有骨，淡於秋水净無塵。」足以見其胸次。

崔信明詩，只「楓落吴江冷」一句傳世。明曹能始亦僅以「明月自佳色，秋鐘多遠聲」十字稱名。可見傳詩原不必多。近有一仕宦，知予選詩，持其卷送閲。集中數百十首，大抵皆題畫、頌壽、寫懷、送别之作，閲未一過，令人欲睡。友人某問之：「君作何評？」余曰：「近仁。」某覆曰：「既見許，何故未選一首。」余則曰：「於近仁中只得一木字。」某不禁大笑。詩何貴乎多也。

濟陽阮仲寅明府，能文好古，尤敦友誼，所爲五七言詩，學明初四家，而能變通之，亦才士也。記其《暮春曉行》云：「斜月淡烟籠，殘花落曉風。鳥啼春樹裏，人過埜橋東。徵逐心猶壯，崎嶇馬自雄。亂山收宿霧，前路日初紅。」《雪後即景》云：「北風吹積雪，星散落梅花。信熱原難附，全清未見瑕。精神摇夜月，滋味啄寒鴉。溜得冰爲柱，簷頭認畫叉。」皆佳。至七言中句，典重華麗，不亞岑嘉州、賈舍人。摘録數聯，識者自能鑑之。如「花鳥春深掖垣暮，風雲喜起柏梁詩」、「九重歌舞朝天馬，一代勳華頒璽書」、「揖讓文章成漢禮，平成簫筦奏虞韶」，未嘗不足以翼昇平之象。此等傑句，唐《早朝》後恒不數覯。

「夢裏緑陰幽草，畫中春水人家。何處江南風景，鶯啼小雨飛花。」友人傳爲鄒公眉觀察小詞，置之《夢緑堂集》中，當不能辨。

吴下韓雲溪明府，詩已刊入詩話矣。近荷其寄追和余雜感詩，中多名句。如「百年離合無多面，一字推敲有苦心」、「早作但能除害馬，春游何處聽啼鶯」、「道旁味苦非嘉果，谷口花開憶故枝」、「渤海之間誰國士，鉛山而後有詩人」、「送客宵行一輪月，催耕晨起萬家烟」、「市虎何勞騰口衆，溟鵬不恨得風微」、「豈有交遊遺性分，每於文字悟前緣」，皆性理之作，深有功於道者。

偶讀謝常彦銘，有《倦繡詩》一絶，云：「金鴨香銷午夢清，碧桃花底有鶯聲。無端惹起傷春恨，一幅羅襦繡不成。」風韵絶麗，但不知誰氏作。後詢之鮑雙梧夫子，方知爲尤西堂先生句。此眼未花，故特録之。

崇德貝廷臣有《真真曲》，考之姚文公爲承旨。一日燕集，妓中有名真真者，操南音，公疑問之，泣對曰：「妾建寧人，西山之裔也。父司筦庫於濟寧，坐盜錢，賣妾以償。」公憫之，遣白三寶奴爲落籍，擇配翰林王杕筤谷。爲紀其事，一時文人争爲賦詩。

江西戴太守阿閣，初宰太康。建興賢書院，延高晴谷主講，一時培養士風，父老頌德。晴谷誦其《咏田家》詩一絶，最妙。「鳴蟬高曳緑楊風，一隊青蜓小徑中。笑指田家秋似畫，打禾聲裏夕陽紅。」

余少年曾隱務隅山，築蓮舫别業於澶水之上。楊柳如城，水禽交集，臨流展席，俯見游鱗。每秋既夕，天宇微肅，月色與水光澹蕩欞檻間，遐情逸思，使人浩然有凌雲之想。偶倩侍兒小青，調箏度曲，或飛觴傳令，歡飲盡酣，口占小詩，命客屬和。賦成，令漁童樵青乘小舠，倚歌於滄茫烟浦中，韵度清暢，音節婉麗，則知三湘五湖，蕭條岑寂，那得有此樂也。尚記杭州李中春明府和詩一絶，云：「秋水芙蓉面面開，錦雲低護小蓬萊。夜深莫把珠簾下，恐有青鸞月底來。」至今飄泊天涯，回頭如夢，幾不自知老之將至，其謀生亦拙極矣。

初，司馬相如得文君，還成都。居貧愁懣，以所著鸘鸘裘就市人楊昌貰酒，自束犢鼻褌滌器，文君當壚以爲歡。後因楊得意誦所爲《子虚賦》於武帝前，即馳中使召對，得以進用，因奉命入蜀，竟遂題橋之志。及文君色衰，相如染渴疾，思欲更納姬妾。文君窺其意，作《白頭吟》。相如覽之，感媿，所念遂息，相與偕老以終。楊侯誠村題其事云：「勝業坊中錯難鑄，迴紋詩裏淚沾襟。文君不作白頭怨，未必相如不負心。」可見易妻之諺，千古同病。

冶橋明府詩才清俊，尤工言情。宋筆鋤先生誦其《聞箏》舊作一律，最爲悽絶：「誰把銀箏撥曉寒，隨風飛入畫闌干。一窗新月人何處，獨院疎燈夜欲殘。遠客不堪愁裏聽，秋聲偏向醉中看。無端喚起雲山夢，直渡滄江雁落灘。」置之《長慶集》中，雖坡翁老眼，恐亦迷離。

吴郡薛氏二女蘭英、蕙英，聰慧能詩，見楊廉夫《西湖竹枝詞》，笑曰：「西湖有《竹枝》，東吴獨無乎？」乃效其體，作《蘇台竹枝》十章。其驚句「館娃宫中麋鹿遊，西施去泛五湖舟」、「香魂玉骨歸何處，不及貞孃葬虎丘」云云。楊見其稿，手題絶句云：「錦江只見薛濤箋，吴郡今傳蘭蕙篇。文彩風流知有日，連珠合璧照華筵。」自是名播遠邇，咸以爲班姬、蔡女復出。

陽湖董孝廉方立，磊落軒昂，繼黄仲則而起。初第即捐館，年方三十。平生工詩賦，駢體尤擅長。其存《西岳神廟賦》，直邁班、揚，近今罕見其匹，一時與黄君小仲、洪君符孫并稱，翁覃溪、劉松嵐兩先生雅重之。惜其年不永，賴方彦聞明府刊其遺文以傳，而詩卒無聞。近友人誦其《都下題西樓别意圖》云：「憶把明珠買妾時，妾起梳頭郎畫眉。郎今何處妾獨在，怕見花間雙蝶飛。」雅似王次回。

元季吴帥潘元紹，有姬七人，程、瞿、徐、羅、卞、彭、段，皆色藝冠時，有文武才。紹後爲僞吴行省左丞。敵既迫，姬人相率先死，潘葬之吴城，張羽爲立傳，宋克爲書碑，今其地呼爲七姬墩。戊寅余過其地，見有明初陳敬初題《群珠碎》一篇，絶佳，篇長不俱載。記高季迪侍郎《弔七姬冢》一律云：「疊玉連珠棄草根，仙遊應逐馬嵬魂。孤墳掩夜香初冷，几帳留春被尚温。佳麗總傷身薄命，艱危未負主多恩。争妍無復呈歌舞，寂寂蒼苔鎖院門。」詩載徐虹亭《本事詩》中。

明高帝時，長洲高侍郎季迪詩才冠一時。作《宫女圖》詩，傳入大内。高帝見之，觸怒，假魏觀之案伏誅。《堯山堂紀》載洪武年間，金華張侍御尚禮作《宫怨》詩，上以能摹寫宫闈心事，下蠶室死。高詩云：「女奴扶醉踏蒼苔，明月西園侍宴迴。小犬隔花空吠影，夜深宫禁有誰來。」張詩云：「廷院沉沉晝漏清，閉門春草共愁生。夢中正得君王寵，却被黄鸝叫一聲。」詩雖妙絶古今，奈觸禁忌。斯二人者，倘遇隋煬帝、唐太宗、玄宗，罪不至此。余本不能詩，自不敢作宫禁體，語涉不莊，翻貽人笑。

太倉王鳳洲先生，風情洒落，工西崑體，玉溪生後一人而已。如《代王伯穀作無題詩》八首，余獨取「芙蓉江上露淒淒，楊柳樓前月影低。燕入朱門藏不見，馬過花巷聽還嘶。」余深感有如此者。至「藕絲無力終愁斷，萍葉隨流未肯齊。信有銀河千萬里，人間隔絶路東西。」其三聯紅顔薄命之謂，七八句不勝陌路之悲矣。

高晴谷明府雄於文，其詩雋雅，已備言之。近荷寄詩數首，皆見懷之作，取其好句，如「天上德星甘小謫，人間柱石砥中流」、「勞人有夢家千里，照我相思月一天。」至《賞梅》一聯：「人來明月荒林外，春在孤山板屋中。」直不亞「疏影」、「暗香」。

會稽楊廉夫，泰定年間進士。母夢金鈎而生，别號鐵崖道人。晚年避亂松江謝伯理家，蓄妓善音樂，每乘畫舫恣意所之。其詩尤妙絶，如《城西美人歌》直似長吉。故楊眉庵寄詩云：「長笛參差吹海鳳，小璚楊柳舞天魔。」又有《西湖竹枝十歌》，一時和者甚衆。

國初選家最多，故逸詞艷曲，悉登記聞。一時如漁洋、竹垞、秋谷、梅村、顧俠君、徐虹亭、尤西堂輩，藉以得名。至於今若阮雲臺、曾賓谷、翁覃溪諸公，既不可得，即李復齋先生、吴山子、方彦聞、潘蘭如者，亦恒不數覯。嗚乎！錢能活人，亦能敗事。世之有力者，何不量其輕重而徒自抱臭如斯耶。可見有真識難，有真識而能好名爲尤難，惜哉。余平生有慕古之心，則又貧窶甚，顧安得成其志也夫！

緑波春館題辭

歲庚寅，簡分來東，因彭星垣同年，得識王曉堂先生。其人慷慨好義，品學兼優，出其所作，有《詩鈔》三十卷，《歷下偶談》廿卷，《傳香》十卷，《五經選注》二十卷，及咏古韵事各若干書。窘於財，未能鐫刻，每甚惜之。嗣以《蓮舫詩鈔》二集先行發刊，一時紙貴洛陽。迨後余補官招遠，曉堂亦歷遊南北。今春余適因公駐省，曉堂復以《偶談》付梓商於余。予乃分俸以襄厥事。嗟乎！爲寒士難，爲寒士而欲稱名則尤難。夫以曉堂之才，博雅宏通，發於著論，竟不獲公諸同好，徒令窮簷風雨，虚事丹鉛，則雖充棟汗牛，亦何庇於世。吾以爲將見，必有如劉孝標、鄭當時者，樂爲剞劂，以永傳不朽也。

辛卯夏月治橋氏識。

歷下偶談續編卷一

鵲華館主人重集

古今詩事二十則

余於庚寅再到東省，知交落落，閉户讀書而已。偶閲歸安王殿撰《以銜詩鈔》，中有《咏丁香花》甚佳，可謂精於用事，不徒以雕繢争工者也。詩云：「雙丁自昔擅風流，似爾璚姿竟少儔。卯酒酴醾人乍醒，午風楊柳絮初稠。香痕甲帳開繁纈，旭影辰牌映素毬。笑問名花誰共譜，莫教惜惜妬温柔。」

遂寧張船山先生，一代詩宗，全集行世久矣，勿煩摘録。頃在一處見其於前守東省時，寫草字横幅，字既神駿，詩亦高曠，乃集中所無，特記以備參考。題爲《車中口號》，詩云：「城外西山遥看客，城中人不看西山。如何低首風塵裏，孤負摩雲指顧閒。驢背仰天雙眼闊，樓頭呼酒萬峰閒。林巒定比終南秀，輸與飛鴉日往還。」但不識山指何處。

濱州杜少宰石樵夫子，前於提學順天時，曾蒙超拔。余自不善文，特取詩一聯，知遇之恩，真可感也。先生立朝，風節歸然，不屑屑爲詞句，余嘗求其稿不得。今自右圃處，得其舊作一絶。《延月舫聽泉》云：「水抱欄干九派通，石泉清激一窗風。浮雲掃盡天光碧，明月澄潭萬慮空。」想見先生抱負，他年攬揆平成，已可知矣。

漢軍蔣礪堂相公，文章功業，一如韓、范，人所共知。初當開府兩廣，經湘南道上，有《讀離騷》一律云：「渺渺纍臣思，千秋屈子辭。靈修今不悟，香草更貽誰。日月争光處，沅湘弭節時。篇中三致意，獨有史公知。」後由直再督江南，因鹽梟案，左遷司馬。行次平原，陡中瘋痰，卒於旅邸。方知數十年封疆大臣，囊無長物，賴山東方伯劉眉生先生爲之經理。嗣蒙卹典獨隆，當瞑目矣。始悟《離騷》舊作，已不勝其慨。然余素未相識，因欽其品學，前於直省節轅獻詩二章，極荷獎譽，兹聞殂逝，作輓詩一律以誌感。中聯云：「一代儒臣歸大袷，千秋廟算見精忠。」

無爲州宋茂才筆鋤，江以南名下士也，能吟善書。今春從江冶橋明府來歷下，朝夕藉談，議論生風。一日過我小酌，論及古今下第詩名句極多，余獨取唐羅隱一首云：「六載辛勤九陌中，却尋歧路五湖東。名慚桂苑一枝緑，膾憶松江滿筯紅。浮世到頭須適性，男兒何必盡成功。唯應鮑叔深知我，他日滿帆百尺風。」是何等曠達。至宋石曼卿詩云：「一生難得文章力，欲上青天未有因。聖主不勞千里召，嫦娥何惜一枝春。鳳凰詔下須沽命，豺虎叢中也立身。啼得血流無着處，朱衣騎馬是何人。」又是何等悽慘。

筆鋤詩宗三唐，其小詩絶似岑嘉州。記其《赴招遠留别濟南》詩云：「三年王粲辦歸家，更去羅峰十日賒。已是天涯行不得，明朝此地又天涯。」

南通州季少府香坪，需次東省。嘗稱如皋先輩江片石詩，因索其稿《片石詩鈔》八卷。先生蓋少年制舉業外，酷好爲詩。大都以漢、魏爲骨，而出入於盛、中唐之間。劖削故軌，標領新情，求之近今，罕見其匹。顧家常多難，而語必驚人。夫《孤憤》雖非時俗所宜，《離騷》實爲沈憂而作。音長節短，梁伯鸞《五噫》之歌；言淺思深，張平子《四愁》之詠。悲緣情而易動，鐵佛消魂；别與思而無終，銅人下淚。窮魚茹苦，凍雀銜哀，從古名流，大率類此。三復全集，美不勝收。摘其尤者以備一家。《五人墓》云：「舉國傾東廠，摧鋒獨匹夫。呼號争意氣，談笑送頭顱。逆魄生先奪，忠魂死不孤。要離抔土在，地下與爲徒。」《病馬》云：「未獲沙場死，秋寒裂四蹄。骨高難穩卧，力薄不成嘶。鼓角心猶壯，風霜首重低。感恩惟有淚，主將老征西。」真似老杜。至「東西溝水流還住，風雨籬門唤不歸」、「情到難言惟恐盡，魂疑數别不禁銷」、「白髪關河千里夢，青燈冰雪千年心」、「未放梅應同冷客，將歸雁欲笑離人」、「一死未成餘業在，萬緣俱斷此身多」、「兒女愛憎才色重，古今恩怨室家深」、「長笛關山游子騎，短檠風雨故人家」，情摯語，讀之堪增慨嘆。

如皋閨秀李淡卿題片石詩《一萼紅》詞，不亞元人風調。云：「久傳聞。道生花綵筆，揮灑墨含芬。偶爾登臨，興來題詠，皆成千古奇文。逞才華、何曾倚傍，常談語、拈出便翻新。島瘦郊寒，韓潮蘇海，比擬難真。　自惜湖山終老。把胸中哀怨，紙上敷陳。日盡壺觴，門多車馬，祗緣風雅堪親。看時賢、誰無一技，還須曉、凡事罕而珍。爲問大江南北，幾個詩人。」讀此詞，片石先生際遇品學，可以兼悉。

尉氏張謹堂刺史，爲理學世胄，以湖南縣令起家，擢任直牧，歷攝道府，藉有政聲。余過長沙時，父老猶稱述不衰，洵傑人也。歲己巳，余主鄢陵書院，刺史告歸，借居鄢城，與爲比鄰，時得親炙。刺史善畫能詩，其用筆法，徐熙一派。至花卉，直駕南田。爲詩精於論古，劉賓客、杜紫微之流亞歟。維時不獲覩其全稿。兹晤伊戚某，誦其舊作《弔史閣部》一律，頗雄健。詩云：「半壁河山勢已摧，孤臣百折志難回。可憐粉黛宫中舞，正是貔貅泗上來。四鎮蟲沙成底事，北門鎖鑰仗公才。梅花嶺畔誰憑弔，日暮春風長草萊。」

貴筑花廉訪舊山，初官侍御，著有直聲。及出守四川，爲政多仿古制，吏民德之。近荷其《寄題春山采茶圖》四絶，最爲風韵。詩云：「不向靈厓采石芝，西園誰摘最高枝。儂心也似茶心苦，猶記離亭折柳時。」「紅欄曲曲水潺潺，踏遍莓苔路幾灣。爲愛清香能换骨，快偕仙侣上春山。」「入市聲催穀雨天，紫花濃蘸露華鮮。盈籃採得仙人掌，好試東坡第二泉。」「人間清味得來難，不斷生香碾月團。待到小春殘雪夜，爲郎撥火伴消寒。」

德州徐茀亭廣文，濰縣孝廉，岸然道貌，以制藝名家，然猶精於琢句。余過德州，記其有《漁村》短章，一時稱妙。云：「門外秋深水滿灘，短篙撑月碎光寒。一聲欸乃波千頃，始信漁家天地寬。」

桐城姚閣學鷹青，風雅宜人，善書畫，兼工爲詩。其律句翩翩錦繡，一如其人。近有友人談及先生《夜坐》一律，云：「小閣凉生秋氣餘，半簾風竹夜窗虚。閒聽蛩語疑《真誥》，不薄《山經》是怪書。幾樹落花人定後，一聲孤雁雨來初。談仙説佛都成幻，清酒三杯且自如。」誠爲見道之言。至「參苓誤用原同酖，經史徒多不是儒」，余尤服爲知言。

《南史》：滕曇恭，年五歲，母患熱病，思食寒瓜，土俗不産，曇恭歷訪而不得。俄遇一桑門曰：

「我有雙瓜，分一相遺。」舉室爲異。母食之，病愈。事與羅威、殷憚同。

貴賤本乎天命，盛衰關乎氣數。地有此穴，則世有此人，苟非其人，則此穴昧而不顯，得而復失。唐李龍圖莅政酷虐，楊公得數代宰執之地，欲以與之，夢二使叱之而止。孫鍾孤孝，種瓜爲業，三仙示以葬地，後四世爲吴帝。然則不務積德而求美地，亦不達天人之故矣。

弔古之作，胸中具有千古，掃盡一切腐言，固也。然所難者，音情頓挫，氣機排宕耳。近今見稱隨園後，程中丞月川一人而已。如《過東阿弔西楚霸王墓》詩，最爲合作。詩云：「君王勇力絶千古，胡爲不成一代開基主。君王意氣横九州，胡爲骨肉不得歸鄉土。漢家功臣多如雲，韓彭英陳寡儔伍。非此數人漢不興，數人得自君王所。項伯胡爲翼沛公，丁公胡爲釋漢祖。當年惜不用范增，范增即用亦何補。天亡自亡總一亡，魯公身首合葬魯。噫嘻悲哉！君馬如龍妾如花，君王一死飛爲苴。草芊芊兮卧牛羊，木蕭蕭兮鳴烏鴉。望江東兮天之涯，思父老兮何所家。唯有魯人念故主，而來享兮，擕豚蹄與盂飯，酌醑酒與清茶。君王聞此莫吁嗟，漢室諸陵皆塵沙。」

泗州胡明府友于，仗義能文，雖不恒爲詩，而出口多有妙韻。録其見贈一律云：「吾子千人俊，飄蓬信所棲。羞空冀北馬，來聽汝南雞。説劍風生坐，拈詩月滿溪。幾回山館夢，知繞太行西。」即此略見一斑。

從古洛陽多才，其間毓之氣而鍾於坤道者，至今猶覺靈明未歇。衛廣文淑配文貞女史，故洛世族也。精於詩，兼能寫畫。余館歸德時，女史與寳田日相酬唱，好句頗多，惜不能記憶。偶於篋中得其

《弔張睢陽》一律，中四句云：「誰知郭李功成日，全賴江淮遏阻時。地下酬君爲厲鬼，筵前斷指亦男兒。」余曾有弔睢陽作，媿不能及。

「尋幽隨步屧，隔俗即烟霞。寺古日將夕，人來犬不譁。一僧搜瓠實，叢葦出茭瓜。徑欲題詩去，憑誰籠碧紗。」或問當是何人作，余則曰似學晚唐一派。詢之，爲錢塘進士夏有橋宰惠民時，駐省遊開元寺題壁舊句。惜乎亡矣，全稿求之不得。

趙廉訪菊言先生，詩多傑句。其《渡淮》一首，極似盛唐。詩云：「西導由桐柏，東流繞泗州。山川如昨日，興廢已千秋。帆影波心轉，鐘聲水面收。觀魚存妙契，欲覓惠莊遊。」

江西南城令張潤夫明府，初官京師。有詩名，佳咏頗多。記《弔淮陰侯》中四句云：「私恩猶解酬漂母，異相何曾誤蒯通。始禍至今悲躡足，傷心千古怨藏弓。」

歷下偶談續編卷二

鵲華館主人重集

古今詩事二十則

旌德江明府冶橋以進士簡分山東，能文善交。其存邺寒士，有鄭當時之風，至詩才尤清絶。庚寅冬，補官招遠，臨行作留别詩四章，中多佳句。如：「問途總覺人情厚，入世先求自信難。」「心如止水偏觀海，地有春風好種花。」「民淳想見風猶古，邑小何須吏有才。」「懷中自有豐年玉，囊底原無暮夜金。」皆可讀也。

如皋女子熊澹仙璉，題《片石詩鈔》一絶云：「村叢黄竹掩柴門，竟日清吟欲斷魂。誰有文人身後福，千秋第一布衣尊。」能爲黄竹生色。

詩分唐宋，隨園已辨之甚詳。《國風》而後，《楚騷》繼起，漢魏尚矣，至六朝漸分涇渭。唐初，王、杜、沈、宋，一洗而振之，元音復作。大曆十子，詩才特著，温厚和平，一變而爲西崑，再變而爲晚唐。宋人失於纖，元人失於薄，明人失於矯。然其中各有妙處，固不能以執一概一朝，又何必以聲調分唐宋也。且三唐諸大家，亦嘗有宋人之句，而兩宋佳作，豈獨無勝唐人者乎？總之，論詩各取其才焉可矣。推尊唐人，卑薄宋元，概可不必。故海豐談明府素敦有句：「三唐不必皆名句，兩宋何曾無好詩。」已先得我心。

建昌鄒明府魯齋，爲人廉明和厚。由修武調夏邑，政教簡易，吏民安之，而催科撫字，并用恩威，民但德其愛己，竟忘輸將力役之勞。可見淳風猶古，究非身先德禮者，烏克導齊若斯耶。記其《書懷》二句云：「衹因民利爲寬政，不在官威怖庶人。」堪持以告横徵肆虐者。

歷下周二南學博，詩講晚唐，鐫有詩鈔行世，袁玉堂《蠡莊詩話》中備言之矣。近得其《題余秋門詩集》一律，云：「閱盡古人詩，獨標清妙詞。泉疏無雜响，花發選新枝。此有羚羊悟，難令獺祭知。吾鄉邊李後，風雅永相期。」不失張、賈本色。

桐城姚某論二南詩似遊嚴陵山水，秋門詩似遇西湖風月，殆詞人之郛闊歟。二南詩鈔具在，識者自能辨之。近覩余明府秋門所刻詩數十首，有唐人風味。如《秋蛩》云：「何處蛩聲動客思，無邊凉意入疏籬。荒苔滿院無人掃，落月多情有夢知。三徑蓬蒿門掩後，一天風露夜深時。可堪暮雨瀟瀟裏，四壁清吟待和詩。」《明湖曲》云：「東風吹皺波粼粼，蘆芽界破明湖春。風寒湖光作明鏡，群峰倒插青嶙峋。落日樓臺渺烟樹，隔岸漁舟知何處。翩翩白鷺下夕陽，鐵笛一聲掠水去。」佳句如「大雪春夜怨」等，篇太長，不能備載。

余不善詞曲，故不深講。即歷下相識，亦無精於此者。然而詞中音節婉脆，情意纏綿，觸之亦自移人情性。武威蔡子謨記室，文静風雅，雖不多吟，而頗有詩情。余一日過訪，聽其創論詞調，直有不傳之妙。出黄竹所書《滿江紅》一闋，題《柴灣村會圖》云：「老矣名山，大抵是、英雄末路。辜負了，十年書劍，五更風雨。欹枕微吟池畔草，荷鋤閒種堤邊樹。看紛紛、牧子背斜陽，吹簫去。經與史，娱朝暮。兒與客，談今古。豈辟疆而後，公爲盟主。位置人才天不薄，茫茫富貴皆塵土。笑古來、冠蓋滿長安，無歸處。」以爲得自東坡。

商城程鶴樵中丞，前撫東省時，佳作如林，惜不獲其全稿。頃固始詹輝堂茂才，談及前在都門，荷中丞送其之衢州一首，云：「客裏聞君去，秋江解木蘭。魚蝦風漸老，橘柚雨猶酸。小市殷侯宅，荒畦姑蔑壇。西南思雁返，欲爲報平安。」

賦物小題，往往失於刻鑿，下筆沾泥。若形以煌煌大篇，尤難免雕穿腐續之病。《隨園詩話》中咏青菓等作，誠善也。近得吴香竺先生《蓮蓬》一篇，最爲雋永。云：「疎林逗商飈，方池變清景。波澄紅衣卸，泥蟠玉臂冷。破葉雲千片，新苞烟百頃。柄彎象垂鼻，幹直鶴延頸。獨立稱專房，並蒂學兩穎。面平瓜上環，背腫楓結癭。遠水漾玻璃，小舟操舴艋。半塘摇風亂，一竿帶雨打。園丁頳肩挑，閨人素手秉。蚓竅滴微涎，藕絲續斷梗。媿無插瓶緣，且允登盤請。碧篛截殘莖，覆盌攢孤影。剖心何太苦，刳腹亦已猛。龜文理拆庚，魚目穴出丙。密眼蜂窩穿，圓粒鮫珠併。舌香分餘甘，口苦發清省。多子心同芳，縛人妝益靚。韵士先題糕，幽興佐説餅。吟成澹蕩秋，悟到清凉境。神仙或可求，或覓太華井。」真傑作也。

南城吴退庵先生，一時與蔣苕生、袁簡齋諸公，並立詩壇，各傳法戒，而先生七絶獨追韓、李。記其題某布衣詩稿云：「才到名高是劫魔，古人詩好福無多。一編藏與千秋後，同有傷心唤奈何。」性靈中自具卓論。

歷下李孝廉閒人，善隸篆。工詩，古作、五律擅長。集中如《游山》、《詠懷》、《古別離》、《雜興》諸篇，直追漢魏，惜篇長不能悉録。余喜其《謁李滄溟先生墓》二律，酷似滄溟。詩云：「司冷白雲三百春，空留古塚卧麒麟。青年獨領吟詩社，白髪誰憐買餅人。一代悲歌餘蔓草，千秋憑弔賸荒榛。論交地下君應悟，可否心疏謝茂秦。」「翰墨前朝第一流，孤墳三尺枕山丘。英靈永感施參議，金鼓相當王鳳洲。秋雨垂成翁仲淚，野花開上石羊頭。歸來懷古空惆悵，湖畔重尋白雪樓。」

長白增刺史松崖，由濰縣調歷城，多惠政。當其初卸蘭山時，居趵突泉側，依佳山水，公牘之餘，日徵文讌，一時與蔣伯生、史湘帆、戴巳山、韓小坡諸公，競相唱酬，集詩成帙，惜未覩其全稿。今友人述其好句云：「蘭是素心香自永，琴惟古調解應難。」「敢道民醇憑卧治，非求人報始多情。」皆可誦也。

招遠楊伯山先生，爲人古道温和。詩學晚唐，雅似《主客圖》。《白石榴花》云：「時皆紅照眼，兹獨異群倫。不作朝霞艷，若争高士貧。拂階霜氣味，摇夜月精神。還似空門叟，白頭離絳塵。」《山村聽夜泉》云：「孤邨接翠微，夜静發清機。落葉穿岩竇，沉鐘寫月輝。幽疑兼鶴唳，急若帶雲飛。不覺坐來久，松風寒襲衣。」

杜右圃廣文，詩已載入前編矣。近來歷下，送考，過訪談詩，誦其《曉行山中》一律云：「萬岫籠烟日色昏，前程杳杳野雲屯。峰遮馬首疑無路，樹擁山懷知有邨。磵底飛泉雷雨急，道傍亂石虎狼蹲。松風謖謖征衣薄，茆店三更犬吠門。」

無爲州多詩人。宋筆鋤誦其里雪研女史晏訴真，有孝行，事母終身不嫁。善詩書，《題皛睡堂詩鈔》雅有風韵。詩云：「閨閣知名已歷年，騷人家住繡溪邊。今朝展讀新刊集，脱手真如彈子圓。」「早離宦海著青鞋，問水尋山寄壯懷。大筆淋漓弔今古，秦關踏遍又秦淮。」「洪水歌成痛切膚，驚神泣鬼慘啼烏。恤災尚抱憐才隱，黄葉村中更念奴。」「此身恨不作奇男，未把詩禪共證參。不必諸公稱巨選，司南傳已編江南。」余刊詩成，慕其名，特寄就正，蒙題二絶句云：「和易春容氣韵生，洗將白俗與元輕。臨湖偃月城雖固，五字何能敵晉卿。」「海内論交感伯牙，知音多半屬名家。唱酬贈答傾珠玉，不是青蓮即浣花。」其自命已不凡矣。

德化李協揆鹿坪先生，功業學問，名振一時。余羈旅在東河，極荷揄揚。其嗣君東原太史，自都中寄信通候，附録先生近作。《題劍器圖》二律云：「劍器本無器，佳人技獨神。風流嫻妙舞，裙屐試輕身。草帖縱横勢，梨園澹沱春。唐宫多侍女，姤煞八千人。」「工部詩情古，由來可細論。只緣新弟子，遥憶舊王孫。蕭瑟玳筵曲，惋傷珠袖痕。餘姿寒日裹，對此欲銷魂。」余不禁三歎，其詩學安能盡爲功業所掩耶？

諸城劉錯山明府，奉天名下士。有《咏秋柳》數首，其中如「年年有汝勞迎送，事事如斯悟菀枯」、「我行跋涉臨秋杪，此樹婆娑入眼中」、「殘緑且摇千萬縷，澹黄相間兩三枝」、「一樣蕭疎籠夜月，十分嘘拂待春風」，直不減漁洋之作。

方轉判通甫長於古作，其《李將軍射虎歌》，雅與題稱。詩云：「將軍夜獵燕山下，捲地狂風飛屋瓦。何來於菟起草中，去之五步心膽雄。馬驚不進僕無語，將軍見虎如見鼠。笑伸猿臂挽雕弓，一發誰知石飲羽。石飲羽，力何神，匈奴號作飛將軍。塞上紛紛射雕手，一時膽落北平守。灞上醉尉敢怒訶，故李將軍奈爾何。將軍將軍老備胡，曷不生逢高帝初。衛青人奴開幕府，嫖姚天幸封狼胥。徒將射虎誇神妙，生不封侯死誰弔。燕山更無夜獵人，頑石秋來作虎嘯。」如此奇壯，東坡後不多見也。

袁二尹傳裘歷官東省，隨處有政聲。公牘之暇，恒耽吟咏。得其《重九書懷》諸作，佳句如「花開他日俱成夢，人對西風欲起愁」、「空惜別離容易老，須知懽笑得來難」、「沽酒燈前衾似水，擣衣聲裏月如鈎」、「閨中今夜應題竹，江上何人共倚欄」，皆有性靈。

四川娟紅女子交河題壁詩，余聞之久矣。今冬過富莊驛，尋其故處，字多剥落，惟後跋宛然。云：「妾生於劍外，死别刀環，鋒鏑之餘，全家失所，依於所親。攜至薊州，遂偕南下。嗟乎！陌頭楊柳，總是離愁；門外枇杷，都非鄉景。望齊門而泣下，思蜀道而魂歸。阿娟阿娟，生不如死，挑燈夜起，勉書數絶。浮塵信宿，便入江南，當是薄命人斷送處也。」詩存「阿母音書隔故關，兒身除有夢歸還。年年手濯江邊錦，不勾人間拭淚班」。又有「一路山眉掃不開」、「小婢嬌癡代理粧，窮途怕檢女兒箱」、「殘燈背寫傷心句，界亂啼痕與粉痕」、「妾自馬嵬坡下駐，此生祗待卜來生」等句，餘俱無存。余難於步韵，作《哀娟紅》十絶，載《請纓集》中。

歷下偶談續編卷三

鵲華館主人重集

古今詩事二十一則

三台六星，兩兩相比。近文昌二星曰上台，主壽；次二星對軒轅，曰中台，主宗室；東二星抵太微，曰下台，主兵。又三台爲天階，太一攝以上下，一曰泰階。《天官書》作「三能」，「能」「台」，古字通。其色齊，君臣和，不齊，主乖戾。昔東方朔欲陳泰階六符，孟康曰：「泰階，三台也。台星凡六，六符，六星之符驗也。」應劭曰：「平則陰陽和，風雨時。」總之三台，國之高位，皆大臣之象也。解者不一，當以上主公侯，中主卿伯，下主子大夫爲斷。今詩文恒用之，似不宜舛錯。

晉太和末，有書生文簫，偶冶遊，覩一姝麗，聽其歌，詞曰：「若能相伴入仙壇，應得文簫駕綵鸞。自有綉繻并甲帳，瓊台不怕雪霜寒。」歌罷，穿松徑而行。生躡其踪，姝曰：「莫是文簫耶？」相引至絕頂，俄有仙童持天判曰：「吴綵鸞以私慾洩天機，謫爲民妻一紀。」乃與生下山，歸鍾陵。

人之志趨，自小可見。鄭康成年十二，隨母還家。正臘宴會，同列千餘人皆美服盛飾，語言閑通，獨康成漠然。散後父母私督數，乃曰：「此非吾志。」所以成一代經學，同列千人，顧安所識耶？

伴直詩，當推唐人爲最。記韋莊一律云：「文昌二十四仙曹，盡倚紅檐種露桃。一洞烟霞人迹少，六行槐柳鳥聲高。星分夜彩寒侵帳，蘭惹清香緑映袍。何事愛留詩客宿，滿庭風雨竹蕭騷。」靳雲屏夫子極賞之。

嘉靖年間，李攀龍、王世貞輩俱官西曹，相聚論詩，建白雲樓，榜諸詩人，目刑部爲外翰林。

或問余曰：「驚駟馬之仰秣，聳淵魚之出鱗。典出何書？」余曰：「昔淵魚聽曲，尚得聳鱗；櫪馬聞絃，猶能仰秣。當本《子山集》。」或又曰：「子山本何書？」余解之曰：「《淮南子》云：瓠巴鼓瑟，淫魚出聽；伯牙鼓琴，駟馬仰秣。高誘注：瓠巴，楚人，善瑟，鼓則淫魚出頭於水而聽之。淫魚，身頭長相半，約丈餘，鼻白，身黑，口在頷下，無鱗，出大江中。」

青州宋王沂公曾未第時，獻吕文正公《梅花詩》云：「而今未問和羹事，且向百花頭上開。」吕笑曰：「此生已安排狀元宰相也。」迨及第還，郡帥命父老倡樂，迎於近郊。公聞，乘小驢，易服，由他門入。遽謁守，并以實告，曰：「不才幸忝科第，敢煩太守父老致迓，是重吾過。」到翰林，中山劉子儀戲之曰：「狀元試三場，一生吃著不盡。」公正色曰：「曾平生之志不在温飽。」嘗記其題立春帖子云：「北陸凝陰盡，千門淑氣新。年年金殿裏，寶字帖宜春。」何等冠冕！其品學氣度，真非後人能及。

任城杜羔妻劉氏善詩。羔累舉不第，將至家，妻先寄詩云：「良人的的有奇才，何事年年被放回。如今妾面羞君面，君若來時近夜來。」羔見詩即回。尋登第，妻又寄詩曰：「長安此去無多地，鬱鬱葱葱佳氣浮。良人得意正年少，今夜醉眠何處樓。」可謂善於措詞。

三國時，劉繇字正禮，兄岱字公山。兖州刺史陶丘洪荐繇，欲令舉茂才，大吏曰：「前年舉公山，奈何復舉正禮。」洪曰：「明使君用公山於前，擢正禮於後。所謂御二龍於長途，騁騏驥於千里，不亦可乎？」

明初，天下鹽課俱於各邊開中，上納本色米豆。商人欲求鹽利，於近邊轉運本色，以待開中。故邊方粟豆，無甚貴之時。至嘉靖時，户部尚書葉淇，淮安人，鹽商皆其親識，因與淇言：「商人赴邊納糧，價少而有遠涉之虞。在運司納銀，價多而得易辦之利。」淇然之，奏行。商人赴邊開中之法遂廢。近邊米豆無人運，價遂騰踊。邊儲自此資於内帑，而國匱民貧，日難整理。明季之乏用不支，基始於此矣。故趙秋谷先生詩云：「宏謀真有宜千載，大業何圖僨一朝。」蓋有所指云。

畫家用筆，其法不一。唐吴道子用新筆，趙昌用仙筆，宋迪用活筆，戴嵩用精筆，宋李伯時用神筆，廉廣用鬼筆，徐熙用妙筆，不可勝數，皆有法門，難爲不知者道也。相傳廉廣採藥泰山，夜遇一人，謂廣曰：「我與君一筆，但密藏焉。隨意畫去，即能通靈。」後用之頗驗。益都令固請之。不得已，乃於壁畫鬼兵百餘，若赴敵狀。其尉亦請，又爲畫鬼兵，若迎戰狀。其夕，兩處兵俱出戰。令、尉見此異，遂毁其壁。後廣畫龍致雨，令疑有妖術，收下獄。夜夢泰山神，告之曰：「盍畫一大鳥乘去乎。」及曉，廣如其言，鳥負廣飛遠而去，不知所終。

鄭公富弼知鄆州，多惠政。自鄆移青，會河朔大水，民流京東。擇所部豐稔者三州，勸民出粟，得十五萬斛，益以官廩隨所在貯之，得公私廬舍十五萬間，散處其人，以便薪水。山林可度之利，取以爲生者。聽流民取之，其主不得禁。凡活五十萬人，募而爲兵者有萬餘人。足見大賢當道，有裨於國計民生，豈淺鮮哉！記桂觀察芬有詩云：「政須體國方爲善，利有宜民原可興。」堪爲當官者告。

章鄃公相云：「人生貴賤，莫不有命。但生年日月時臨胎有三處合者，不爲宰相，亦爲樞副。」當時張方平、宋子京泛以朝士命推之，惟得梁適、呂公弼命各有三處合。後梁爲相，呂爲樞密，皆如其言。可見人生八字，原有定限，無大異處，亦無大貴。至有陰德，又非所能論定。

廬陵王太史霞九先生，以翰苑宿學出守曹州。曹俗故刁悍，先生莅政半載，懷德畏威，風俗爲之一變。及調任濟南，聲華益著，將見陳臬開藩，名覆金甌矣。記其《過龍眠山訪李公麟故居》一律云：「雅操推當日，丹青樂暮年。山莊何處是，圖畫至今傳。雲鍊陰生雨，峰飛遠入天。遥看蒼翠裏，真覺有龍眠。」不亞盛唐諸公咏古之作。

圍棊詩，作者多而妙蘊少。予獨取鄭谷一律，云：「松窗楸局穩，相顧思皆凝。幾局賭山果，一先饒海僧。覆圖聞夜雨，下子對秋燈。何日無覊束，期君向杜陵。」

今人賀孿生者，率皆敷衍成文，多無故實。余遇此事，亦往往窮於下筆。頃閲李易安賀人雙生子啓，中六句最妙：「無午未二時之分，有伯仲兩楷之秀。既繫臂而繫足，實難弟而難兄。玉刺雙璋，錦挑對褓。」其典重風雅，深媿不及。

考書史，辛稼軒有二妾，一名田田，一名錢錢，因姓爲名，皆善尺牘。可見何地無才，而紅線、瑶英，自不能專美於前也。

唐末邊將張暌防戍十有餘年，其妻侯氏本青州世家女，繡迴文作龜形詩，詣闕進上。詩曰：「暌離已是十秋强，對鏡那堪重理粧。聞雁幾回修尺素，見霜先爲製衣裳。開箱疊練頻垂淚，拂杵調砧更斷腸。繡作龜形獻天子，願教征客早還鄉。」勑賜絹三百疋以彰其美，晙遂得内移，當時傳爲美談。

《抒情集》載李廷璧策名蜀中，爲舒州軍倅。其妻猜妬，一日鈴閣連宴，三宵不歸。妻達意云：「來必刃之。」李泣告州牧，徙居佛寺。浹辰晦迹，因咏《愁》詩云：「到來難遣去難留，著骨黏心萬事休。潘岳愁絲生鬢裏，婕妤悲色上眉頭。長途詩盡空騎馬，遠雁聲初獨倚樓。更有相思不相見，酒醒燈背月如鈎。」

浙江王記室師古，有詩才，品學俱高。記其《春日訪雲門道人不遇》云：「杖策看山去，山深雲未還。水流侵屐齒，花落點苔斑。日午鐘聲歇，庭虚鶴夢閒。徘徊歸路晚，嵐翠濕雙鬟。」《西湖》云：「十里歌船與酒家，從來不解植桑麻。湖山占外豈無地，都爲遊人閒種花。」雅有深意。

陵縣李明府澍田先生，汝南名士。余館中州，耳其盛名久矣。今來歷下，先生補陵邑，德政善教，頌聲藉起。其人尤風雅，詩宗三唐，孫果堂稱其好句，如《贈某將軍》云「弓影斜懸邊地月，劍花常帶塞門霜」爲最。

沂水許明府有德行，一時課政推爲第一。能詩，其餘事也。晤熊東岩太守談及，亦所欽佩，因述其《曉行》詩云：「一路塵埃洗靈雨，四山花樹滃香雲。」不減蠶尾老人。

沈五橋明府，詩法新逸，前已載入詩話矣。近荷其贈詩云：「鴻爪天涯踪已徧，烏衣門巷姓猶香。吟到窮愁千卷富，居宜廉讓一泉通。好山沐雨青排闥，春樹圍雲緑壓牆。只憑風月聯新侶，聊把琴書付短童。」深得唐人三昧。

東省宦場能詩，一時風雅傑出。如日照彭明府、泗水李明府、萊陽鄧明府，皆稱名下。友人誦彭詩云：「萬里鴻賓催九日，滿天風雨在孤舟。」李詩云：「殘葉半黄猶著樹，遠山一碧不藏雲。」鄧詩云：「青山不斷雲邊去，白髮無情客裏生。」皆必傳之作，容當再求全璧。

貞烈節孝，多出于困苦艱難，而求之豐裕富厚之家，往往百不一見。足徵天地間自有正氣，所謂愚夫愚婦，固不待教而能者也。國家旌勵之條，所以勸善。有力者自足粉飾，而窮簷小民，所行雖有合義，每因在在需索，多致遏而不舉，何其不幸也。王太守霞九先生，深悉其弊。前于提學湖北時，痛加勸懲。一時官吏丁胥，皆能體公之意，慨然捐辦，三年中得舉節孝者，不下數萬人，又何幸而際于斯耶！兹守濟南，首舉是政，爲朝廷申彰癉，遐邇感其獎勵，固不僅以忠慈得名。其於陰隲，奚止十萬功德哉！周少帆先生頌之云：「恩深廷尉觀來世，功在蒼生祇此心。」

皮明府洊元，湖南名士。文韵風雅，俶儻不羈。需東省，善聽斷。詩宗劍南，冶橋明府誦其《過濟寧呈嚴河帥》一律云：「酷愛吟詩客，名高嚴鄭公。憐才一生癖，牒水廿年功。文德懷清晏，賡歌補考工。平泉擬過訪，衫履稻花風。」不似敬亭一派。其品學高曠，已可具見。

歷下偶談續編卷四

鵲華館主人重集

古今詩事十九則

東平州薔薇花，有名玉鶏苗者。昔許司馬居城南後圃，薔薇大繁，始分於别地栽插。忽花根下掘得一石如雞，五色燦然，因此得名。余過其地訪之，石刻尚存，惜花不多見。

《韓詩外傳》云「東海上有勇士菑丘訢，以勇游於天下。過神淵，飲馬，馬沉。訢去朝服，拔劍入水，三日三夜，殺二蛟龍而出。雷神隨而擊之，十日十夜，眇其一目」云云。如此類者，子書頗多，殊不足信。

後魏元誕遷齊州刺史，在州貪暴，大爲民患。一日，有沙門爲誕採藥還，見問外消息，對曰：「唯聞王貪，願王改行。」誕曰：「齊州七萬家，吾至來，一家未得三斗錢，何言貪也？」嗚乎！今之誕者，沙門爲之何。

士不得志，代不乏人，操存養之功者，埋頭丘壑而已。後漢趙岐注《孟子》成，適病，謂其家人曰：「吾死後，置一圓石墓前，刻曰：『漢有逸人，姓趙名岐。有志無時，命也如何。』」聞斯言也，千古同慨。

漢時黄河屢決，官民爲患。長水校尉高並上言：「河決率常於平原東郡左右，其地下而土疏惡也。聞禹治河，本空此地以爲水隈。近察秦漢河决，多在曹、衛之域，度其地不過百八十里，可空此地，弗以爲官亭民室。」説竟不行。

東平吕球，乘船至曲阿湖，見一少女，乘船采菱，舉體皆衣荷葉。因問姑非鬼耶，衣服何至如此。女有懼色，迴舟而去。球遥射之，獲一獺。

余在都訪友人某，其人滑稽利便，作部曹多年。維時同僚某某相約觀象，及至馴所，大小十數乘。或歎曰：「彼獸也，日俸䲨米若干。吾等忝預曹郎，日不過升斗。人反不如獸乎？」某曰：「彼乃在苑象，吾曹當道狼耳，安可比耶？」

文登吕亢，命工作蟹圖，凡十有二種。一曰蝤蛑，二曰撥掉，三曰擁劍，四曰蟛蜎，五曰溻檏，六曰沙狗，七曰望潮，八曰倚望，九曰石蜠，十曰蜂江，十一曰蘆虎，十二曰蟛蜞。蟹之名備矣。楊誠齋戲尤延之爲蝤蛑詩，二句云：「文戈却日玉無價，寶氣蟠胸金欲流。」妙絶。

楊朱有弟曰布，衣素衣而出。天雨，解素衣，緇衣而反。其犬迎而吠，布怒，將扑犬。楊朱曰：「子無扑矣。向者，使女狗白而往，黑而來，豈能無怪哉。」今之人大率類是。

唐楊炯每呼朝士爲麒麟，或問之，炯曰：「今假弄麟者，必極雕飾其形，覆之驢上，宛然異物。及去其皮，還是驢耳。」

歌之説，始於堯時。西母倡其和，宋玉識其音。峽山、雍門之妙，秦青、王瑣之神，奚但滄浪、邯鄲之移人哉！即夫子亦嘗反而和之矣。吾愛賈佩蘭造語絶佳，云：「昔在宫時，常以絃管歌舞相娱，競爲妖服，以趨良時。十月十五，共入靈女廟，吹笛擊筑，歌《上雲》之曲，而相連背踏地爲節，唱『赤鳳來兮』。」

通州白總憲曉山年丈，立朝正直，一似温、潞諸公。善書工詩，不屑以詞句争長。庚寅都中拜謁，極荷奬飾。方其奉命提學江蘇，匆匆叩别。及余到東，友人誦其《過下蔡》一律云：「下蔡城何處，相傳古岸限。荒丘餘瓦礫，老樹盡莓苔。淮水排山去，雄風拂面來。祇今無宋玉，誰識楚王臺。」真堪駕中唐而上。

德清蔡學士之定先生，當其教習翰林時，倡爲詩學，專講漢魏。余於甲子在都，曾與吟社。先生風骨清健，雅似歐文忠。記其《雪齋》七古中數聯，足見法門：「朔風夜半空穴至，吹盡千山萬山雲。」「晴朝湧出赤銅鏡，照徹玉宇無纖塵。」「仰見乍如逢故友，令我不覺開愁顰。」「陽舒陰慘理固爾，太和布氣萬物春。」「吾心亦自有造化，常生懽喜勿生嗔。」

南豐湯太守植齋，治東多善政，故由令典郡，獨膺超遷。閒嘗爲詩，多妙韵可誦。余獨喜「軺聲催曉日，帆影破春烟」、「水蛇争赴壑，秧馬不驚鷗」兩聯，似劍南、斜川。

陝西參軍劉墨愚，宛陵詩人。專工七律，得温厚之旨。《感懷》云：「任教過眼田爲海，何必驚心劍化龍。」《送江冶橋北上》云：「報國須當宏器識，讀書奚止爲科名。」《宋筆鋤立春舉子》云：「珠徵吉夢傳來久，玉茁藍田喜在今。」《書中乾蝴蝶》云：「夢向嫏嬛遊汗漫，跡連魚豕辨分明。」《和雪研女士》云：「埽眉端合稱才子，織錦何曾讓古人。」皆佳。

國朝多詩人，將相卿大夫，代有傑作，直邁唐宋，猗與休哉。錢尚書香樹、馬制府朗山，一時建幟，喜起賡歌，一如漁洋、雅雨，人所知也。至孫補山尚書，勳隆七省，其詩獨不傳，每甚惜之。先大夫乃其門下士，余幼年趨庭時，嘗聞頌尚書功德。今來歷下，接堂轉判誦尚書《嶺南江干雜咏》二句云：「出谷爲霖酬帝眷，鑑空如水見臣心。」已足見其風度。

詩能移人情性，信然。余每得人妙句，輒吟咏數日不倦。或至入夢，猶遇人贊論。一日翻書，得都下友舊信，重閲之，内附杜芝農太史詩牋，乃《夜坐》五律一首，係自友人抄寄，已閲數年矣。反復環誦，二句藴藉可佳，至今累月，刻未去懷。句爲「詩清秋有興，香冷夢無痕」。

《淮南子》云：歷陽舊爲陸阜，有老嫗，好善行施。一日，來游僧求飲，嫗餉之頗殷。及去，告之曰：「視東門有血地，當没爲湖，宜急避之。」嫗日出門環視，門者異焉，因問故，嫗具以告。明旦，門者殺雞塗門。嫗見血，即驚趨高山，城遂陷爲湖。

元和程莘農記室，江南名下士。歷遊東省多年，品學兼優，高標風雅，當道争延致之。兹偕書亭明府，由長山館聊城，東南盡美。壬辰春，荷其寄刊《竽餘吟草》一卷，浣讀再過，直逼唐音，非近今講聲律者所能企及。其中佳句極多，如「列侯尚懼山能倒，姹女偏工數獨長」、「風花到眼春晴日，燈月關心雪霽天」、「十里長堤春乍轉，六橋烟重雨初晴」、「滿地月明秋有迹，一肩花影夜無塵」，皆可誦也。

陽山王明經瑶峰，淑配李孺人，風雅能詩，刊有《一桂軒集》行世，多見道之言，大有關於節孝，讀者自知也。録其《夜坐》一律，不亞易安園佳製。詩云：「蛩聲鳴静壁，花影淡疏櫺。捲幔雲穿徑，開窗月傍肩。茶香呼婢覺，書好誘兒聽。遠道懷君子，青燈火正熒。」

南皮張佩庚明府，余鄉世族也。明府挑分山左，需次東昌，去歲篆高苑，政聲藉藉。聞其專工爲詩，惜未謀面。今春荷其寄《防躁軒集》一編，中多傑作。如五言「麥黄流水外，蒲緑小橋邊」、「簡客黄花徑，懷人白露天」、「山遠無高樹，村稀有大田」。七言如「一面琵琶消白晝，三春花柳送青年」、「未必美人皆淡素，何嘗高士盡寒酸」，寫景言情，俱有含蓄。

如皋汪司馬曉堂，江南世族。令祖璞園先生刊有《東皋詩存》，一時名流，盡得不朽，而先生佳什記載尤詳。尊甫守兖州，察吏安民，德政猶存。司馬筮仕東省，公牘之暇，手不釋卷，其風雅高曠，有不世之才，洵堪爲後進楷模。適於孫接堂轉判處晤教，荷其惠《東皋詩》全部，得以徧覽江南名勝，尤可感也。司馬長於詩，不肯輕以示人，僅得其七言二句，云：「幾點殘山春照夕，一行歸雁暮天空。」直似盛唐，容當抄録全璧，公諸同好。

即墨史明府雲洲，兩任萊東，民吏頌德。爲人博雅風藴，精於詩學。友人誦其好句云：「水寒波不動，風定樹無聲。」「橋平雲渡水，夜静月窺泉。」尤佳。

作詩用典，最要識其本源，此所以必須多讀書也。如用南門、北門等典，《左傳》、《國策》所載不同，用亦各詳所宜。用東皋者，出處有三，或學者皆知。至歷陽，雜記載亦有三，而用典者多指爲濟南，不知黎陽乃古國名。

予生平窘於財，往往欲行之事，恒敗於無力，刻書亦一端也。嘗戲爲七字云：「著書容易刻書難。」嗚乎！特强詞矯飾耳，著作豈易言哉。

爲詩之道，當道者傳名爲最易，其次則莫如方外、青衣、妓女，而所難者，唯寒士布衣耳。雖然，顧特患其無實學也。苟有所得，千百年後，是非自有公論。即如魯存陋巷，并有靈光，迄於今，則猶謂彼善於此，亦何嘗盡爲所掩乎。余過兖州題詩，結句云：「陋巷靈光存故址，要知貧富一傳名。」其意亦爲此也。嗟乎！士不得志，代不乏人，而往往自託言於青衣、妓女之流，以求見容於世，則雖不獲親飲香名，而箸艙匙羹，冀或有偏嗜焉。庶得藉慰斷腸離恨之思者，世豈少也哉。噫嘻！此情此事，則有非富貴者所及知，故不能爲富貴者告也。

歷下偶談續編卷五

鵲華館主人重編

古今詩事十八則

婁縣張延庚先生，江南名儒。予往歲於劉墨愚參軍處讀其大作，今閲數年矣。先生詩法三唐，與墨愚唱和極多。其嗣君詩舲郎中，詩尤精粹，駕中唐而上。記墨愚誦延庚先生題其詩集云：「儼有青藜照簡端，靈光出篋快傳觀。多才屈指成三絶，涉世何心戀一官。樽酒重論渾忘醉，篝燈細讀不知寒。分明錦繡溪中水，染就君家萬疋紈。」一時稱名家。詩舲觀察，今簡山東糧憲，聞刊有《小重山房詩稿》，容當拜求賜教。

長白音春圃太守，工書善詩，以名進士分湆部曹，剔厲風清。守青州爲文物邦，禮教頓興，乃君子人也。友人誦其好句，如「落花有色烘殘照，流水無心聚斷萍」、「孤鶴睡迷千樹月，曉蟬吟斷一樓風」，皆清新可讀。

青城徐明府又陵，實心爲政，隨處頌德，其詩尤精細可歌，耳其盛名久矣。壬辰孟陬，晤湯植齋太守，稱其好句，如《雜感》云：「秋稼如雲天作粒，春蠶比户樹爲裳。」真可傳之作，固不在多也。

安徽戴殿撰畹香，詩宗宛陵，清新過之。記其《歸第馬上口占》二絶云：「兩道鞭聲起似雷，馬蹄飛過帝城隈。青燈二十年前苦，博得天街走一回。」「紫陌紅塵滚作堆，人人爭看狀元來。書生面目何嘗改，我到長安已七回。」

福建楊蓉峰先生，守泰安，多善政，察吏安民，兩得其宜。其品學真醇，爲翰林前輩學者欽仰，翕然如鳥歸鳳。予過泰安，曾經晉謁，猥承厚飲，獻詩云：「翰墨傳風雅，文章拜斗山。」屢求其詩稿不得，容續補録。

天津周少帆太守，初分山東，補平度州牧，諸多惠政，一時頌起。嗣擢登州司馬缺，頗清苦，以善聽斷，留省鞫案。閲數年，選梧州太守，旋即予休。夙本牽累，又復往還萬里，投效西邊，迄於無功。去歲來東，述及近況，情尤可憫。予舊荷理堂先生奬進，介弟進之，訂爲同譜。健之叔銘，又從予學。異姓同胞，聞之黯然。若少帆者，豈終於斯哉。然而當局者固無容心焉，真難得也。少帆長於詩，記其《咏雁影》二句云：「夕陽古戍形蹤幻，夜月蘆花色相真。」即此亦可概見。

直隸候補太守普次雲先生，詩超拔新奇，每過前人，非近今講詩者所能企及。如《宿獨樹》云：「四野雲山合，千林木葉乾。嶺吞殘日盡，風入大荒酸。不有關河險，安知道路難。晚投烟際宿，歸思正漫漫。」七言如「雨餘野竹高低翠，霜冷山楓向背紅。」「風迴逝水江聲壯，樹滿遥山雨氣昏。」風調尤高。

濟寧李東泉先生澍，慷慨好義，品學兼優。其周恤寒畯，和睦州間，雅似鄭當時。酷好爲詩，與袁玉堂先生訂文字交，蓋有年矣。予久耳其名，未博一面。頃自友人處得其近作，如「修德只應求美備，讀書原不計窮通」、「秋將移菊寬開徑，晴得看山短築牆」，皆佳。

固始祝宜亭太守，爲與亭年丈之弟。家學淵源，代有傳人。予前於曹河工次，極荷奬飲。後簡發東省，值予重遊歷下，深叨垂睞。辛卯，予移家徵詩，先生惠絶句二。詩云：「廿載河梁課雨風，關心竹榿有同功。東山一握敦槃會，釣具茶經羡陸仝。」「颸館西風近峭湖，移家更對佛山居。情閒不似塵中吏，雅有居停愛讀書。」

咏梅詩當推庚子山之「枝高出手寒」、東坡之「竹外一枝斜更好」爲最。至林和靖「雪後」、「園林」二句，固佳也。偶讀《明詩别裁》，高季迪之「流水空山見一枝」，亦頗能象外傳神，然終不如王霞九太守「畫角空山暮，寒關明月香」，得澹遠神情。

廣西朱韞山别駕，初任河南濬縣，精於吏治。其性尤耽風雅，與殷東橋太守最爲相契。袁玉堂抵保陽後，别駕以詩求序於那繹堂制府。嗣延謝問山，專爲讎詩，其雅趣可見。

玉堂畫蒲桃，海内稱名，有百金購之不得者，真所謂腕底寒秋，筆端生液，所南、枝山外，不恒見也。時以一幅寄酬韞山，作七古贊之，亦兼得其妙矣。詩云：「玉堂善畫若有神，蒲桃萬樹圖罽賓。鵝溪之絹積如雪，緑雲元璧參差新。萬鬚競發紫鸞翼，就中點綴珍珠匀。我聞貝邱之南有荒谷，草龍珠帳沙門春。岳遊枯蔓可爲杖，何如橘柚生香津。盤堆馬乳浩繁縟，凉州一斗猶堪珍。玉堂自是有仙骨，桃源高隱卧雲身。青藤老人舊相訪，烟霞忽與袈裟親。蕭然下筆凌萬仞，雪山童子騎烏麟。日觀沙門可俯視，宋祁作賦願結鄰。解衣磅礴埽泉石，青葱峭蒨得其真。作書遠寄白馬渡，觀者如堵何辭頻。挂我晴雪山房之素壁，宛若游龍霄漢騰蒼鱗。詞人咋舌盡閣筆，何來此畫滄江濱。度葱雪之寒域，植崑崙之高垠。去舄繹之二東，遊崤谷之三秦。宗工大匠屢見賞，似君嶔崎磊落勿憂貧。我居黎陽等匏繫，廿年奔走勞風塵。柚苞輕倪蔗境滓，風廬岑寂懷騷人。可傳奚止善作畫，畫亦蕭古追先民。仙人種此如種玉，彈指玉釀能逡巡。願與仙人騎白鶴，憑空飛上大峩岷。」

辛卯九月，因就館道署，移家歷山北，繪圖徵詩，一時得詩百十餘篇，推韓雲溪明府二律爲最。詩云：「披編兀兀近丹黄，惠蔭親敷美召棠。黼黻不争花樣好，珍珠端讓水泉香。心裁記取千秋筆，肩及難窺數仞牆。聞道寓公貧更樂，星移到處是春陽。」「郵傳往復有詩筒，八載羈遲宦海中。敢謂道高任磨涅，也知禪悦本圓通。逍遥自期齊莊老，風詠怡然及冠童。他日盛名杯酒重，數來歷下幾明公。」

德平卯明府舸亭，篤信忠醇，爲政簡易。德邑接壤直省，俗稱强悍。公治化一紀，民知勸善，誠良吏也。舊聞健吟，求其全稿不得。去歲承約收漕，未能趨命，嗣寄拙作呈政，極荷奬飾，至今媿感。晤袁玉堂先生，誦其按部七律，二句云：「邨設學田儲秀士，糧平市價便窮民。」足以識其政體矣。

古今悼亡詩，非質傷俚，即雅傷晦。袁玉堂先生嘗談及謝問山悼亡詩，最沉痛可歌，惜不能記憶。今見京江劉主政禮奎詩五章，直似荔裳。即玉溪生見之，當亦點首，何嘗唐音之不復作也。詩云：「貧賤夫妻仕宦離，浮雲縹緲問何之。痛今鸞鏡分飛日，憶昔牛衣對泣時。儒素心同承菽水，女紅手自織機絲。何期一别成千古，負汝生前未展眉。」「綢繆風雨結褵初，何異門前挽轆車。此日誰標中壘傳，當年伴讀上清書。工裁古錦描花樣，慣誦新詩對月餘。往事不堪面首處，鏡奩琴柱影全虚。」「茫茫天道竟何論，永别黄泉恨欲吞。十五年中如短夢，三千里外托孤魂。嬌憐弱女頻攜手，泣向慈姑未報恩。凄絶銅棺將殮日，祗留襟上淚珠痕。」「撫時正值落花辰，一念泉臺一愴神。對母敢流燈下淚，思君已是夢中人。空帷月照低含影，素幔風來暗拂塵。三日遽成今昔感，此生如寄悟前因。」「飄零丹旐隱簾旌，蒿里含悲忍聽聲。未免情長增感慨，如何命短是聰明。黄粱入夢都成幻，紅豆相思欲再生。地下有知金盌贈，休教遺恨怨南城。」

長清袁明府實莽，予於庚辰相識於河内陳潤亭刺史署中。公與潤亭爲姻親，聚首累日。後簡分東省，補城武，調長清，政聲藉藉，更接教無由矣。彭星垣明府誦其《題畫蘭》云：「春風媚幽谷，夜雨發靈芽。却笑江郎夢，時生筆底花。」見詩如見故人矣。

東平程廉舫刺史，需次東省有年矣。隨處循聲，上游倚重。辛卯補東平，袁玉堂由東昌移家於彼，極荷周存。玉堂益不忍以猪肝累之，真古道照人，寒士聞之欽仰。紀其《贈玉堂》云：「詩開生面畫通靈，到處名流盡眼青。今日此邦真有幸，歲寒亭畔朗文星。」

江蘇李春生刺史牧秦州，著有德政。前令河南，予曾與共事沁河。記其有無題詩一絶云：「澧水橋西石徑斜，日高猶未到君家。村園門巷多相似，處處春風枳殼花。」風調翩翩，可想見其人。

浙江余秋室學士，工畫美人，深於考據。予告歸，掌教大梁書院，士子賴其指授，予亦曾荷青目。記其有《悼亡詩》三絶，頗佳。詩云：「無端簷角響懸鈴，展轉難安伏枕聽。知汝有靈應入夢，凉宵風雨一燈青。」「遺衣掛壁繞蛛絲，恍惚猶如對鏡時。悵望簾旌人不見，窗前依舊月低眉。」「空梁燕壘墜香泥，觸目傷懷景物凄。三月落花紅雨濕，送春人去杜鵑啼。」可與劉京江并傳。

歷下偶談續編卷六

鵲華館主人重編

古今詩事十九則

曲阜冶山上公，天懷聰振，賦性真醇。其學問純粹，心迹清明，景企之懷，已廿年矣。至其能詩，傳名當世，頌遍詞林，予再到東省，始得讀《鐵山園集》。其中廣大精嚴，體無不備，得杜陵之篤摯，邁香山之風騷，筆意所到，秋水生波，春雲出岫。所謂珪璋挺其惠心，英華秀其清氣者，孫淵如夫子已言之矣。美不勝收，敬摘數章，以爲世之望培塿者擴一境曾，令知有岱宗之高乎。上公主持風雅，當脩質以求進謁，諒大匠不惜繩臒也。五言如《村中秋》云：「小立竹籬外，山鴉噪夕陽。一林楓葉艷，十里稻花香。地僻塵緣少，詩濃酒興狂。豐年田叟樂，禾稼喜登場。」七言《秋柳》云：「亂梳頭髮倚江干，日暮離亭咽管絃。太液池深留舊影，小蠻腰瘦想當年。六朝金粉皆成土，三月鶯花已化烟。記唱冶春逢上巳，酒旗歌扇絶堪憐。」其邊疆諸作，名句如「戈枕已回千里夢，梅花亂落一天秋」、「世無伯樂誰能控，牧有羌人祇自傷」、「緑線千條空舞絮，東風二月不聞鶯」、「軍中望斷龍池雨，笛裏頻傷故國情」，皆不删之作。

長白經廉訪秋山觀察滇南，吏民頌德。辛卯冬，升山東臬憲。友人誦其《滇南咏懷》云「五夜獨懷鄉夢遠，千家遥聽暮碪凉」二句，其風調高雅可見。

貴州玉屏王壯節公，玉溪將軍，以從征老官屯，得功洊擢。至協鎮，擊川楚賊，升固原提督。屢建奇功，卓卓可表，恩奬嘉惠，備載年譜中。後以進勦高二等匪，猝致陣亡，盡忠報國，厥功尤巨。如此忠勇，千古傑人。余讀其年譜，不禁惋歎久之。今哲嗣湘友先生，都轉東鹾，文孫雨樓孝廉、子仙明府，聲華繼起，天之報施忠藎，固不爽也。袁玉堂曾有贈都轉詩，云：「天教才子報精忠，膝下居然大小馮。令尹聲名空冀北，孝廉詞賦壓黔中。」皆紀實語。

寧海州殷簡香刺史，與予爲總角交。其人風藴多情，尤好爲詩。其弟六癡精星理，學問淵博，將見應選承明矣。歲乙酉，予遊天津，日與簡香詠遊，紀其有句：「情天愁海通詩屐，蠏舍魚莊聚酒民。」能寫七十二沽風景。

紹興蔡仰齋先生，爲刑名前輩。居山東多年，各上憲倚重之，所謂以慈祥而爲明慎者，予尤夙佩焉。聞其能詩，不肯示人。僅記其《晏公台晚眺》二句：「夕陽山接平湖柳，落葉聲寒細雨天。」絶妙。

魚台令楊明府紀堂，解組後，僑寓濟寧。日耽吟咏，不汲汲於名物，洵高人一籌。記其《除夕》句：「臈鼓聲催逋欠客，梅花香接賀年書。」已寫其風雅矣。而《隨園詩話》中「詰朝報到邨橋斷，幸喜難來索欠人」，讀之令人色喜。正好閉門轟飲，至讀孔冶山上公詩「索欠客來剛別去，梅花梢又替敲門」，轉覺心驚。一笑。

如臯張司馬芝香，廉明和厚，善於聽斷，出守武定各府，一時與祝宜亭太守并稱循良。至詩才風藴，尤不可及。《題净慈寺》云：「法界三千金碧瀫，慈雲一片雨花香。」其高曠可見。

汪芝田先生，歷下風雅先進。其詩之宏通和厚，可與漁洋并傳，具載文集中，無煩贅舉。頃在友人處，見其《題策劍圖》一絶，最雄健，集中所無。詩云：「書笥不攜欣壯游，關山明月覓封侯。錦囊自貯英雄氣，萬里西風一劍秋。」

曹州王太守廷濬先生，吾鄉進士前輩。歷官兖、曹各府，到處留恩，口碑載道。遇事尤慷慨敢言，屬吏賴其芘蔭。再調葭密，合浦珠還。政治之外，培養士風，一時文教勃興，不啻召、杜再見矣。至能詩乃其餘事，自不以字句競長。曹人傳其好句，如《書懷》云：「群空冀北秋風市，治卧曹南濮水濱。」

朝城楊春亭明府，雲南名士。詩尤高古，遠近欽其風雅。予贈詩四章，載三集中，勿煩贅記。楊《楊椒山墓》云：「千秋遺恨傳青史，一抹寒烟冷碧袍。」

墨樵二尹誦其近作，如「任教過眼風雲變，何必驚心鷸蚌持」，頗佳。

張芥航河帥，詩近東坡。如《即目》云：「濕雲壓山山不受，故遣山風吹出岫。雲來挾雷與山争，咫尺雨注波濤傾。眼中白雲空漫瀰，山耶雲耶總不知。雷聲破處電光小，中峰日色忽林表。」其才之奇新如此。

淄川楊明府旭嶠先生，精吏治，善聽斷，一時有嚴雋之名。友人誦其《贈某觀察》云：「雲泥乍隔鴻音渺，車笠重逢豸繡香。扁舟亦自廊廟志，好夢奈何風雨聲。」頗似宛陵。

紹興蔡又白先生，己丑進士，簡分來東。余接教已久，聞精於詩，求其稿不得。壬辰補蒙陰，一時同寅送行，集詩成帙，諸多好句，惜不能記。尚憶先生二句云：「勝地何妨小，空忙不若閒。」其高雅已具見矣。

山西王明府錫五，需次歷下有年矣。其治道審斷，頗有幹名。上游倚重，日著循聲，於歷城縣署，時親光儀，風雅温藴，藹如也。記其《和松亭刺史咏猗園秋興》詩云：「仙人夜送青藜火，稚子秋梳白鶴翎。」予亦勉步原韵，媿不能及。

吾鄉王補泉司馬，由聊城擢兖州，吏治頗嚴，四野肅清。張佩庚先生述其《題夾竹桃》云：「春心豈料成孤節，薄命何緣託此君。」具見作家。

雲南胡明府慶元前輩，由夏津調平陰，甘雨隨車，頌聲四起。其品學真醇，雅重斯文。記其《偶咏》云：「一年髮有許多白，六月風無如此清。」勞心民社，即此可以想見。

儀徵陳觀察嘉樹先生，望重士林。今簡濟東道，欽其風雅久矣，謁教無由。頃故人抄寄觀察舊作，取法中唐以上，讀者自能鑒之。如《題李松圃郎中湘南歸櫂圖》云：「千金散盡誰青眼，五字吟成自白頭。」雅見一斑。

容南池先生詩，已載入前編矣。時因案往省，聞其日耽吟咏，佳句頗多，胡友于明府示其《明湖放舟》云：「綵旛花事九分九，楊柳風情三月三。」頗有妙藴。

新城龔明府，古道照人，尤風雅善詩，無從求其大作。壬辰夏，晤王漁洋先生後裔芷舫明經，稱述明府《曉行》二句云：「天涯落月懷人路，古驛垂楊旅雁秋。」予聞之喜極，急登入續編。

平度李刺史、濰縣王明府，舊耳聲華，不獲親炙。其博雅宏通，時有一臺二妙之稱。李《秋柳》詩云：「池上萍花空寄跡，鏡中眉黛半消痕。」王詩云：「風吹海氣春猶冷，雨雜村烟晚更多。」皆佳。

近荷其孫接堂轉判，爲人醇摯，學尤淵博，仗義廣交，今之鮑、晏也。其詩新俊，已刊入前編矣。其贈詩四章，中多妙句。如「論交早定芝蘭味，集古先收翰墨緣」、「題襟不乏聯吟友，種菜應咨藝圃翁」、「文場半世難偕俗，詩格中年漸老蒼」、「安貧那便呼庚癸，握管應能賦《子虛》」。

嘉祥李明府心蓮，曾調署章丘，一時有借寇之譽。其詩才清絶，頗似岑嘉州。紀其《春郊》一絶云：「二月韶光艷麯塵，踏青人醉緑楊津。東風最是無情種，剪碎桃花粉不勻。」

「地近東隅初旭暖，山迎南面早梅香。風流到處詩成藪，形影隨人月滿牆。」沈篔洲大使賀予移家句也。李仲恂孝廉亦有句云：「新栽嫩篠青鋪徑，補種殘蕉緑上牆。」楊星若明府亦和云：「學擅百家欽道範，望高數仞想宫牆。」數押「牆」字，皆佳。

杭州倪又鋤司馬，爲當代名家，出仕多德政。司馬宦東省有年，口碑載道。兹由菏澤明府升武定司馬，將見典郡監司矣。鄒二尹誦其好句云：「孤雁一聲霜欲白，清風兩袖月初高。」真可傳之作。

詩有不必一題，而聲調極相似者。如陶雲汀制府集中，《咏盆中荷花》云：「青蓮掩映碧紗幮，鼻觀生香玉一壺。盆景能裝真色相，居然如泛大明湖。」已佳矣。讀孔冶山上公集，亦有《瓶中紅蓮》云：「芙蕖紅掩碧紗櫥，鼻嗅清香酒易醒。尚帶鏡湖風一陣，居然如坐水心亭。」所謂不謀而合，各臻妙境。

家秋垣刺史品學高曠，善與人交，已詳載前詩話中。近荷其贈詩云：「琴鶴隨身人自雅，圖書滿架室生香。」「鳥因出谷先求友，蝶爲移花亦過牆。」「頻駐軒車多長者，閒移書篋有奚童。」等句，皆可誦。

王太守霞九先生，吏治清勤，待人和厚。予居歷下，承其飲食教誨，已不勝枚舉矣。屢求佳什，謙遜抑抑，不肯示人。近得其《和增松崖刺史修鵲華橋原唱》二律，置之《長慶集》中，當無多讓。詩云：「流波高起石爲梁，蓮子湖平秋色蒼。長阪頻來詩客屐，清溪對照美人粧。夕陽朝雨閒憑檻，花市漁燈不隔牆。華表如凌填鵲渡，倩誰明月泛沙棠。」「使君慕古舊情諳，經始徵歌真不慙。白傅造橋皆盛德，黄公留石詎虛談。傳人具見功無貸，壽世何妨事自擔。尚待落成樽酒會，緑楊驄馬繫春三。」

辛卯秋，有勸予應舉者，戲作三絶云：「白頭一笑尚窮經，争說文章有試程。縱到學成難壽世，人間奈此取科名。」「菟册思將堅處鑽，求工八股學寒酸。固知此物原無用，不到名成棄轉難。」「富貴皆從制藝搜，不知此外有名流。一生吃著三篇字，多少英雄竟白頭。」

歷下偶談續編卷七

鵲華館主人重編

古今詩事二十則

陽湖盛午舟先生，官京師，有盛名。慷慨仗義，遇事敢言，其品學真醇，尤不可及。辛卯提學山東，與雲屏夫子爲同年友，獨稱契好。思晉謁，無由也。都下故人抄示先生《出京同人蘆溝橋餞别》一絶，直逼盛唐氣味。詩云：「蕭蕭燈火出長安，駐馬殷勤欲别難。酒醒歌殘君且去，滿天風雨五更寒。」

戊子，山東闈中分校諸公，皆一時詩人，唱和成卷，真興會也。記首推者如《題落卷》，邱縣汪明府竹干云：「萬仞龍門幾輩過，敗鱗殘甲惹悲歌。三條樺燭燒心盡，一樣秋風落葉多。點額有人看跋浪，低眉無法欲修娥。明珠到底難沉海，莫問孫山唤奈何。」高唐俞雨亭刺史復題原韵云：「名場鏖戰一關過，底事看人唱凱歌。泮水挽流緣未盡，蓬山隔别路無多。已藏曇鉢歸星使，另譜《霓裳》認月娥。漏網珊瑚終見采，休輕改味效如何。」皆不失唐音。

濟寧丁瑶泉司馬，喜購書籍、金石，家擁萬卷，爲人風雅，能詩。其代刊《陳清端公年譜》及《一桂軒詩集》行世，皆善事也。徐伯貞明府雅重之，誦其好句極多，不能記憶，全集俱在，當抄補入。

長白恩少司寇蘭士先生，天聰英俊，學問風雅，海内詞人，奉爲模楷。已刊有《雙籐書屋詩》行世矣。先生奉差西邊，著作尤夥。查九峰觀察極心折焉，爲予誦其好句甚多，僅記其《贈鶴》云：「孤山放處人稱子，遼海歸來客姓丁。」《咏鹿》云：「覆來蕉葉三生幻，粧就梅花竟體芳。」

福建梁芷林方伯，主持風雅，爲山東廉訪使，與屬吏唱和尤多。刊有《藤花吟館詩鈔》，自爲一世文宗。接堂轉判愛其詩能誦之，全集行世，勿煩贅舉。頃有南使來，述及近作，如「郚原寒入夜，烟樹淡迎秋」，得唐人三昧。

臨清陳省庵先生，温厚和平，雅重斯文。有續作《聊齋》者，公獨力校刊，行世久矣，亦一善事。同里謝雲邨學博，平生善詩，著有文集。卒後繼起無人，遺稿散亡，公爲之收存，囑袁玉堂明府售梓。其樂善不倦，可以概見。予欽其品學，録其斷句，藉傳其人。如《咏鞭影》云：「四圍山色殘烟外，萬里征塵落日中。」

讀徐伯貞先生詩集，見有畢曉山明府詩，此戊寅過腰站題句也。明府爲秋帆尚書猶子，曾官直省，政聲頗著。予與伊中表某交相善，得盡悉其梗概。明府家學淵源，善書工詩，讀其詩如見其人。詩云：「土羹塵飯飽風沙，强説加餐何處加。雁北向如身作客，鵲南飛與夢歸家。行裝只載愁千斛，荒景徒增月一車。此去江城剛五月，無聊權聽落梅花。」江西劉眉生方伯，初入詞林，主持風雅，都下有盛名。由府道開藩東省，吏民向風而化，古之君子也。詩宗元、白，得盡覩其大作，美不勝收，非字句能盡其長。

予與世無迕，窮通得喪，悉委諸命，自不怨尤也。辛卯出遊，於馮太守不相見，音明府不相接。至中峰刺史，直至迸諸門牆，而竟有茌平、菏澤、城武、兖州、泰安、肥城，假館授餐，如此殊不可解，各有因緣，亦安問伯寮哉。省門旅居，一無依傍。或曰：「可少屈而狥人焉。」余則曰：「屈而有益也，將世之吮癰者，何窮耶。屈而無益也，何若直吾而貧之爲得也。」乃作門聯：「春如貴客迎方至，道似純鋼屈不來。」蓋有所爲云。記法時帆先生曾有句云：「雖因貧釣鈎終直，任使魚飛翁信天。」亦此意。

濟南古迹，恒多荒圮。湯植齋太守宰歷城，相繼興修，焕然一新。惟水面亭、鵲華橋兩處，未及籌辦，即擢武定。繼任增松崖刺史，尤樂爲善，政治之餘，獨捐廉修葺，倡吟徵詩，一時歷下諸公均有和章。其中如陸伊湄、馮集軒、胡友于、程書亭諸明府詩絶佳。刺史擬刊訂以傳，匆煩贅録。記其原唱云：「明湖渡口舊津梁，鵲雨華烟入望蒼。楊柳青垂知己眼，芙蓉紅照美人粧。全收水影歸平檻，半擁山嵐出短牆。勝地表章爲宰事，敢誇蔽芾有甘棠。」「宦海飄蓬味久諳，同舟共濟每多慚。心如止水忘揚激，日極閒雲縱笑談。功有未曾因我立，過無不肯爲人擔。偶看得月樓臺迥，陡覺臨深戒再三。」

濮州丁刺史樹之先生，初牧寧海，治譜可風。濮臨吾鄉，里人能道其善，條教頗嚴，不屑屑擾民，咸安堵焉。四民各守其業，能盡力不懈，歲繼有秋，即獲福無極。公政之餘，專講訓迪，詩文之外，兼涉考據，故鄉風爲之一變。里人誦其好句頗多，容補録之。

吾鄉范紫泥觀察，詩賦稱名，一時門下多丘遲，予未及受業也。嗣君次咸爲廣西二尹，與訂同年友。誦觀察《題檀道濟遺壘》五律一首，最雄健。尚記中四句云：「朝廷甘燕處，敵國起梟心。主弱謀難用，功高忌轉深。」

曲阜馮集軒明府，詩講漢魏，風藴可欽。令兄晏海先生亦吟壇前輩，著有《埽紅亭集》付梓，孔冶山上公極賞之。詩已行世，無庸絮録。記集軒明府有《題王友霞送唤咭唎使臣紀事詩集》一絶，可以并傳：「吟懷似海筆如椽，聖德夷情兩粲然。料得輶軒觀采日，此身應合史臣編。」

雲屏夫子詩法高古，議論精澈，而閒得佳章，自不示人。予從學久，檢其舊作《春芳曲》一篇，足以見其風調：「濃烟不動玻璃平，掠波燕子雙雙輕。三尺春帷透花氣，游絲著地飛蜻蜓。蘇小門前春水緑，掌中無力羅衣薄。朱閣沉沉十二重，釵敲淚落珠千斛。花袍白馬青連錢，玉鞭遥指迷濛天。桃花落盡楊花老，東風吹緑洲前草。」

咏四書題應制詩，最難超脱，唯見山西吴价堂先生《作比其反也》，云：「瀟湘一夜雨，鬢髮幾重絲。」極力生色，居然作家。後見安邱福明府淳《吟長沮桀溺耦而耕》云：「一犁春草濕，雙屐暮烟輕。」亦能陶寫性靈。

余舊居懷慶，得交名下士，如曹懷璞、范桂園、丁曉嵐、吴允升、李棠階諸公，皆一時之傑出者。殷月圃教授，秉鐸廿年，與有功焉。如張雲坡、毛苐村兩先生，惜猶未見。月圃與予訂文字交，嘗談及雲坡能詩，久經知名。一日遊月山，月圃誦雲坡明府題句云：「羅花宮殿三秋雨，荇水人家十里烟。」足傳不朽。今雲坡由臨邑調商河，惠政尤多，父老悉能言之，治行應推第一。

詩筆秀麗，琢句工整，傳名固不在多。皇皇大篇，無一字入彀，徒無味也。掖縣楊竹雲明府，以

《清明》詩「蝴蝶影飛桃葉渡，鷓鴣聲斷杏花天」二句得名。涿州林梅甫刺史，以《西湖》詩「傍水人家多飼鴨，到春楊柳總藏鶯」二句得名。恩縣令榮明府緒，以《菜花》詩「挑從寒食新晴後，開到桃花净盡時」一句傳。泰安崔松田二尹，以「雪消梅影瘦」五字傳也。

益都莫枚舫明府，浙江名下士。治郯城，多德政，韓少溪詩曾言及之矣。明府爲人剛正，學尤淵博，爲理學名家。見其有句云：「同上龍門點額來，昔年辛苦記燕台。蓬山有路憑風引，仔細衡量瀚海才。」得校閱如此，天下自無遺憾。

余選詩話，自不録艷體詩，然亦不能盡掩其美。如張伯良刺史《無題》云：「捲簾人對菊華天，寂寞無情推病眠。愁態由來秋轉劇，非因消瘦惹郎憐。」范吾山先生《閒情》云：「一枝風露惜秋英，情到深時説不清。最是五更殘月上，有人剛唱淚盈盈。」韓小坡明府《無題》云：「艷膩憐人玉不如，畫眉窗下挽輕裾。藏嬌安得千金願，好倩焚香伴讀書。」觀城游明府《無題》云：「晚香叢裏問琵琶，一曲《比紅》隔若耶。不是東風亦沉醉，有人艷過碧桃花。」達鐵侯主政《無題》云：「絶脆笙歌絶艷容，有人江上望芙蓉。銷魂怕説爲雲雨，夢在巫山第幾峰。」至李白村先生亦云：「雨香花瘦寫金釵，醉後題詩小感懷。妬殺蒼苔青似昨，猶曾親近玉人鞋。」猶艷麗可歌。

鉅野杜師竹明府，素聞詩格極高，求其稿不得。頃晤徐伯貞明府，誦其好句，如《闈中和韵》云：「魯東齊北一車書，海岱風同任放諸。只尺蓬山欣得到，相將跛浪認龍魚。」頗似東坡。

歷下偶談續編卷八

鵲華館主人重編

古今詩事二十一則

諸城劉石庵相國，忠厚傳家，代有達人。字法鍾王，爲世所寶。沁芳尚書，亦風雅善詩。今之繼起者，惟存郎中喜海先生一人，自足媲美聲華矣。伊戚某誦相國家楹帖云：「作事只愁天意鑑，論心那讓古人多。」真堪訓世。

詩筆清秀，賦物言情，而格調極相似者，原不必盡襲其辭也。如齊東王遠帆明府《漱芳軒偶興》云：「不捲筠簾午日遲，香消琴鼎夢醒時。亭皐一霎槐花雨，蟬曳殘聲過別枝。」滋陽孔莘農明府《滙泉水亭題壁》云：「一帶藕花紅釣船，兩行楊柳軃晴烟。臨湖只覺秋凉早，閒對薰風理舜絃。」皆有功於學宋，置之《宛陵集》中，雖半山老人恐不能辯。

大足章伯旬明府，耳其名已久。舊過北道，見其題壁句頗多，詩格極秀整，多不記憶。至到東省，方知簡分歷下，補平陰，轉調夏津，治政肅清，上游倚重，究無一面緣也。晤陳擇堂贊府，求其詩，僅記一絕。《磁州道上》舊作，云：「微風吹綠皺鱗鱗，牛背如舟不動塵。行過小堤春水曲，柳陰一半打魚人。」

友人誦百菊溪制府《太原懷古》詩，絶沉壯：「鵶氣萬軍人已老，龍興千載水猶深。」吾謂不如白庶常讌卿云：「一生全節誓猶在，三矢覆讎兒竟能。」

乙意蘭女史，袁玉堂明府簉室也。玉堂以事西戍，女史獨留歷下，以待賜環。其母惑於誘言，欲奪其志。女史恐有他變，乃質簪珥，易行裝，以蒼頭老嫗自衛，晝夜兼程，追及於蘭州，一時奇之，爲繪《隴山策蹇圖》，題咏成帙。玉堂有詩紀之，云：「一道黄河橋似砥，行行到此且中止。征人小憩不崇朝，追來一騎行何駛。河干相見疑復驚，適從何來遽及此。牽衣揮淚爲予言，母也天不諒人只。徬徨無計合尋君，君行之後妾行矣。治征裝，典簪珥，直將天涯同咫尺。無詩可向驢背吟，有夢都破雞聲裏。雙雙蒼頭老嫗隨，妾行晝夜兼馳三千里。知君小住在蘭泉，今日見君悲變喜。吁嗟自古行路難，如卿轉勝奇男子。我出玉門關，卿送酒泉涘。臨别匆匆更誓詞，山盟遥把祁連指。但願君心似妾心，妾心皎皎如白水。」

「夕陽一帶添新畫，明月千川認舊痕。」劉墨愚咏秋柳句也。「青眼未逢無可語，朔風雖勁不知愁。」李愛堂指揮咏梅花句也。「落魄有人誇絶俗，此中真意擬雙勾。」姜直齋明府咏月下菊影也。三詩工力悉敵，皆學山谷，識者自知。

濟陽張曇邨觀察，由直簡迤東道，行有日矣。託白刺史宜庵寄予《歲除八咏》。其中《醉竈》一律絶佳，詩云：「餞竈還迎竈，厨孃作主人。世情多喜媚，我室頓生春。臘酒藏三戌，香盤薦五辛。敢云神降福，醉眼一番新。」

濟南丁保堂司馬，題落卷云：「萬點飛花瞥眼過，飄茵落溷動悲歌。莫將生鐵鑄成錯，要受東風吹處多。奇數淪沉無李廣，好辭摸索有曹娥。八千子弟今餘幾，那不關心喚奈何。」一時和者甚衆，皆不能及，真稱合作。

利津普月樓明府，出治慈祥，百姓相信以心。官山左有年，歌聲載道。其詩尤淡雅似韋左司，如《偶興》云：「鶴眠清晝寂，花落小池香。」亦可見矣。

過涿鹿謁張桓侯廟，見有題句云：「英雄不是酒家胡，暫寄長安賣酒徒。一自樓桑識真主，便從海内展鴻圖。三分鼎足留炎漢，百里花封起鳳雛。廟貌欽瞻生氣象，依稀猶聽斷橋呼。」後訪之，爲熊東岩太守作也。

胡絜雲明府，鄞縣名士。爲人仗義廣交，尤攻理學。官河内，有《雨後郊行》詩云：「萬叠蒼嵐射紫霞，板橋晴趁蹇驢賒。搘頤有客吟幽草，並水何人惜落花。羽曬僧寮鳩引婦，鱗餐荻渚鷺眠沙。眼前都是賞心處，畫鷁猶嫌少鉅槎。原注：沁水不能置帆檣，是一憾事。」今擢遼陽州，善政尤多。

靈石何春舫先生，官侍御，有直聲。辛卯出守萊州，察吏安民，廢無不舉，一如龔少卿之治膠西也。記其《明湖泛舟》云：「千嶺佛山遥看客，半城秋水共流觴。」已足見其風調。

聊城程書亭明府，工駢體文，詩情綺麗。録其《無題》詩四首，云：「强顔歡笑又新秋，紅葉何心委御溝。繞枕蟲聲驚冷夢，隔簾月影照離愁。鐃他鸚鵡偏嘵舌，惱爾鴛鴦總並頭。記否深宵牛女訂，半天風露尚憑樓。」「琵琶凄切不成聲，萍水飄零寄此生。魚雁遠來聊爾爾，雲山深處是卿卿。金錢夜向花神卜，玉茗晨催侍婢烹。起向床頭時輾轉，蘭因絜果未分明。」「新病懨懨忽一年，藥爐親費爾熬煎。温凉試口嘗初味，甘苦同心證夙緣。夜雨深談燒燭坐，春風微倦抱衣眠。種來紅豆都成子，步向雕欄轉自憐。」「重整珠簾倚畫屏，戲斟新水注銀瓶。垂簾坐久傾心待，彈指聲來着意聽。夢好只愁同伴妬，夜深惟恐小鬟醒。知兒素抱文園病，風露微寒不慣經。」雅似王西樵。

寶雞容明府昺，宰單縣，廢修墜舉，萬民頌功。而培養士風，條教頗嚴。單本名區，一時桃李悉植門下，尤非講政刑者所能及也。記其《夏日邨行》有句：「鳴鳩聲裏棗花香，緑樹陰濃日正長。絶妙《豳風》圖一幅，誰家新麥已登場。」「潑墨濃雲深復深，有年全賴及時霖。東莊雨透西莊雹，一樣天公兩樣心。」原注：「時鄰境被雹，故云。」

予過金鄉，承侯明府紹堂先生，極致欵洽。因索近作，值公務傯劇，未遑搦管。後故人某示明府《送友人入閩》七古一篇，直逼漢魏。詩云：「維摩詰佛再入世，今有壺公昔輞川。清心瘦骨餐沆瀣，詩情畫理通枯禪。芒鞋踏處皆可憩，身如止水生澄鮮。匡山嵐翠卧千日，仙吏倒屣欣流連。故山松竹不暇憶，但與毫楮謀雲烟。寸心傾倒十餘載，此鄉乃結脂那緣。秋風吹君掛海瓢，一支飛度武夷關。武夷雙峰如削玉，幽秀還輸此尺幅。我聞仙人珠九曲，異境凝成天紺緑。幔亭他日延高躅，支笻同向青霞宿。」

家仲兄和莽學博，長於樂府古體，不輕示人。予記其有《催租行》一篇，頗似簡齋《捕蝗》、《南漕》等詩，悲歌痛澈，令人髮指，所謂言之無罪，聽者足以炯戒者也。《前催租行》：「催租復催租，健吏猛於虎。其聲豺狼言糞土，吾酒爾酒脯爾脯。小民瑟縮不可支，長跽吏前請致詞：去年民爲魚，今歲蝗食肉。爲魚目已瞑，肉斷安可續。寒號飢啼不可當，豈有餘粟輸君倉。金錢奉君君暫去，不然且坐土屋牀。健吏得錢忽莞爾，爾我兄弟安事此。語君此限不須愁，歸家飯爾青犛牛。」《後催租行》：「長官開閣血滿堂，長官退食吏來鄉。吏來鄉兮民更苦，敲朴所加淚如雨。叩頭語吏乞少停，昨聞有赦到愚氓。吏聞此言眥欲裂，狂奴恨不犁其舌。古來赦官不赦民，爾曹有耳胡不聞。飲泣歸來語妻子，此身雖有不如死。妻言求死亦大難，圜扉不樂猶生還。」

天津郭小陶先生，詩已刊入前話矣。近荷其抄示舊作《夜泊》一絶，云：「行船趁明月，船行月也行。行行月將落，月落天又明。」吴雪蘭刺史所謂「扁舟高咏有誰聞，樽酒旗亭惜暫分」，即指此也。陳石士先生加批云：「天籟足徵，賞鑒不謬。」「落花一曲撫離琴，夢到天涯無路尋。若再相逢定相訴，去年消瘦到如今。」「怕上粧樓見柳條，春來門外草蕭蕭。鄰兒尚憶青驄過，指點蹏痕魂亦銷。」此郭琴寶女史覆函題扇句也。詩極婉膩，不忍掩其美，故附録之。

武威孫雲房學博，著有《燕巢詩存》，爲詩天骨開張，力能透紙。録其絶句，以存其人。詩云：「渺渺炊烟小小邨，半塘秋水漲新痕。西風斜照下牆脚，一路鞠華黄到門。」

歷下何岱麓先生，風雅多才，温厚藹如。善詩文，尤工隸書。著有《無我相齋詩稿》，清新俊逸，傑出時輩。其中佳章極多，不能悉載。録其好句，如「接天江一線，拔地樹千層」、「凉風動修竹，孤月上疎桐」、「院净松花落，樓高鶴影來」、「柳花三月暮，湖水半城烟」，皆佳。七言如《春草》云：「烟影濃連春水渡，風光暖到緑楊城。」《春柳》云：「緑雲似幄人千里，新月如梳笛一聲。」《湖上》云：「青圍城上群峰出，紅射樓頭返照來。」《避瘧》云：「應候如來不速客，杜門難作絶交人。」《豆棚》云：「此地新開秋院落，有人錯動舊相思。」皆可傳也。

東阿管芝舫二尹，陽湖名士，善詩賦。其夫人莊氏字芸緗，有才名，詩尤新奇。何岱麓先生誦其《題無我相齋吟草》云：「如珠似玉字千行，兩度吟來齒頰香。花木精神供筆墨，江山氣勢入篇章。每逢佳句關心記，怎奈庸才轉眼忘。一卷南游詩勝畫，始知好景是吾鄉。」足以見其風雅。

南豐劉文定公起潛，爲宋末大儒，其著作存有百三十卷，載在國史。公在元初，以道自任，一時從學皆名流。後薦州學正，終延平教授。十三世孫尚之公，傳其遺集，二十世孫眉生方伯，重定注刊。公集中《十忠詩》最高古，足以發明史事，直逼老杜。五七言律專主性情，得陶、韋之遺。摘其佳句，如「千金六月雨，一枕五更秋」、「樹老風霜耐，庭閒日月遲」、「花信三分春滿野，風聲四合雨迷城」、「休衙人静香凝寢，約客吟詩酒伴茶」、「壯日自期床滿笏，暮年何意甑生塵」、「白首重來悲宿草，蒼崖無恙自參天」、「萬畚曉雲翻隴畝，一鞭春色蔭膏腴」、「繞堤城郭家家柳，對岸樓臺夜夜燈」、「刁斗夜閑天似水，犁鋤春静地無塵」，皆必傳之作。名句尚多，不能悉録。

歷下偶談續編卷九

鵲華館主人重編

古今詩事二十一則

東平王友霞贊府，深於文辭，其《奉差護送暎咭唎國使臣紀事詩》一篇，典雅裔皇，能作金華殿中語，真承明著作之才。予録其詩以備考核，未必非博聞廣見者之一助也。詩云：「聖德裨瀛仰，聲華被遠夷。呼嵩千萬里，瞻日九重墀。納欵通方物，輸誠此再期。國名暎咭唎，蠻語嚕嘟咿。地沃胥珍錯，民饒鮮涷飢。字疑蝌蚪篆，數演筮龜詞。蠡測澄沙嶼，圭量晝畢箕。浮瓜思哈密，抱布羡高麗。貨殖迎頭負，婚姻跳月攜。青銅排扣密，緑鐵駕車遲。泛海風濤慣，登途石徑疲。挾冠爲虎拜，占羽失鴻儀。膝强艱長跪，顴高駭異姿。黑黧過點漆，白皙勝凝脂。聚譬猿猱嘯，行侔麃鹿馳。睛凹含碧眼，頦狹促黄髭。以貌原獰醜，惟衣更野奇。帽羅嫌綞絡，裋褐喜毡呢。短矣身將半，安哉燠且宜。慕羶沖鼻觀，搔癢笑韡皮。對鏡梳猩髪，臨檣試箒眉。阿誰戴巾幗，渾不辨雄雌。鶉結應非類，蜂成亦可吹。窄丸充碩腹，密汁潤豐頤。既飽羸梨棗，加餐饜粉粢。鯨鯢吞莫厭，饕餮嚼無遺。染指奚須箸，操刀任自披。嗅烟酸瑪瑙，飲水沁玻璃。獻菓羹兼進，終筵酒後持。燕毛連几案，彈鼓雜壎篪。乍擬圝笳叶，頻聽羶鼓搥。抑揚從竹革，音律少匏絲。妙製三鍼表，精工五色瓷。裘輕聯鳥毳，珠耀捋龍驪。貢巧歸原璧，天威示壯師。干城歡獬豸，振旅奮熊羆。兩岸觀如堵，前麾認建旗。燭輝星月淡，舟急電雲移。幾度津梁險，重邀帝眷慈。迢迢洋外去，還憶敏關時。」已刊以行世，一時題咏甚多。其中如畢節卯舸亭明府，詩極工蘊，詩云：「介紹皇華使，承明吐鳳才。境從天外闢，詩向驛邊裁。海上歸帆渺，毫端藻思催。精深追杜史，休作好奇猜。」

邯鄲黄粱夢盧生祠，過者留題多矣，都無出色語。往歲經其地，見有福建林少穆河帥留句云：「門外車塵欲障天，黄粱飯熟幾多年。如何倦客紛紛過，不見先生借枕眠。」真能翻新，予因此擱筆。

常州周明府汝雍先生，署長清，口碑載道，涖政處甘霖隨車，爲人風雅。尤敦友道，詩亦高曠，不入時人窠臼。頃在友人處，見其有《春情》迴文一律，極工整秀麗，酷似潘孟陽。詩云：「平橋遠水帶烟輕，柳徑三春暮囀鶯。聲斷玉鳬憐瘦影，夢分香蝶愛癡情。生愁畏去看花落，緩步閒來伴月明。清夜咏成詩限韵，傾樽一笑醉琚瓊。」

江西汪巽泉先生，都下有德望，遠近欽其風雅。至存卹寒士，一如范文正。公友人述其有《福建南湖懷古詩》，極雋永：「南湖風景接西湖，紫蓼青蒲入畫圖。彩舫如流歌互答，綺羅香裏鬭冰膚。」蓋爲閩宮妃陳金鳳作。

任城李浣泉户部韞英，官京師，德望頗峻。庚寅冬，以事議降。過保定，留贈袁玉堂明府云：「十年人舊意翻新，畫品詩禪更入神。老鶴冲霄松秀嶺，清名祇恐化工嗔。」

陸魯望云：五言第三字要響，唐人家法也。杜工部集中極多。吾於今之能詩者，得三人焉。如周二如明府之「長堤高柳護，小艇老漁撐」，彭星垣明府之「蓼岸花爲國，仙源桂作舟」，馬子琴布衣之「海物賤於米，山禽語似人」，楊信恩明府之「寒鴉宿老樹，細水咽空山」，董疑齋司馬之「天凍雪雲白，樹枯江月清」，能傳此法。

長白鍾雲亭方伯，作詩文下筆千萬言可立就。詞藻繽紛，都不點竄，貴薌莾司馬、文孔修宫詹極稱之。曾道其《邗江送別》一絶：「畫舸乘風一葉輕，山亭送客客相迎。最憐明月如初日，不照離筵到五更。」梁芷林方伯曾有和句，惜不能記。

范縣葉薌渼明府，爲丹崖河帥令嗣。其仲兄刺史，學尤淵博。明府治范稱清勤，民知戴德。予初於南河河南，屢荷河帥青睞，爲之説項。明府爲人風雅多情，詩宗大曆。記予初刻《蓮舫詩》成，蒙題云：「背癢麻姑習學禪，愛花人謫散花天。須知造物安排巧，生就詩魔作嬾仙。」「不讀周秦以下書，曠懷巢許賦閒居。一編金石雲霞契，樓閣殘燈夜雨餘。」殊清絶，不失閩中七子之派。

滋陽徐石生二尹，工於爲詩，與袁玉堂先生爲文字交。誦其於《丙戌奉差協催海運登蓬萊閣望海》四律，調高響逸，雅與題稱。詩云：「泠然仙舉不勝秋，傑閣登臨最上頭。北望燕齊分肘腋，南通江漢作咽喉。青山四國尊長白，天府三韓據上流。盛世承平中外合，烽烟永靖百蠻舟。」「檻外天山萬里看，塵懷應愛水雲寬。古來割據稱雄易，世外烟霞蹈隱難。大地江湖盡杯勺，此中文章起蘇韓。我來把酒臨風舞，一吸長鯨笑欲乾。」「行來東國又東邊，欲跨長橋石杠鞭。那有神仙求藥餌，可能清淺作桑田。魚龍氣偃三山路，鸞鶴聲聞五夜天。我有冲霄鴻鵠志，要從寰外認方圓。」「城上潮聲吼怒雷，萬年陰火劫餘灰。通儲白雁朝京路，煮水夷吾富國才。我亦客星牛女望，誰期冬日蜃樓開。題詩敢汚蘇公壁，怕爲徐凝洗石苔。」

莘縣周荔堂明府，湖北名下士。初宰平原，以清廉聞，量移莘縣，未及一載，歌聲藉起，古之良吏也。詩多名句，《題秦良玉策馬圖》云：「桃花馬踏羌天月，白桿旗招渭水風。」一時稱絶唱。

近今幕道艱難，不能見重於人，出於人品駁雜之故。蓋從來士之困於名途，窮經白首，而嗷嗷數口，生事日繁，既無功業取重於時，絶少田産可以自力。不得已，以筆墨易薪米，以口舌作襜褕，尤必懷刺，遠千〔里〕，爲之説項。一旦得地，往往不顧名節，只取見容。上而主人、親族、師友，下而隨從、僕厮、丁胥，折節謙抑，妄託知交，藉以永年。然若輩雖不當道，而潤譖餂言，正所謂成不足而敗有餘者也。此風一長，幕道尤難。若道明之士，寧窮餓而必不合汙，無或乎不遇也。

予自十八歲游研四方，所歷十餘省，人情如出一轍。顧慚少雖未學，然而粗知大義。幸邀當代君子，略分相交，所承體卹之處，永矢弗諼。或有見信，憐而進我，頗能肝膽自許，公而忘私，寒暑寢食，不敢自安。每以奉公取怨，受人毁謗，或因此致敗，皆所弗恤。則感人知遇之恩，惟思竭報而已。至課讀一途，嚴規守法，師徒以道爲重，不以勢位移情。從權進訣，妄周分外，向所不能，甚至以此愠於群小者有之。嗟乎！人之取信，相信以心。知我者，重道乎？重人言乎？如此苦衷，難爲門外者告也。大凡人生得失進退，有數存焉。公伯寮徒爲之何如，謂天重伯寮，吾亦無如天何矣。會友人干予，題《醉出山門圖》，得四句云：「枉直真關道廢興，謀生奚必録傳燈。從兹鉢託天涯去，不是清凉寺裏僧。」

恩縣陶訪雲明府，作詩有奇才，著有全集，佳句頗多。如題余《蓮舫集》云：「詩筒才到一緘開，明月蓮花寄得來。閨閣文人齊拜手，三河年少總多才。」

廣西平南謝梅莊先生，爲國初才子，遇事敢言，百折不回，《東華録》中備載顛末。予遊潯州，州人至今尊奉之，其書院即先生舊墅也。詩獨細膩，不似其人。記《嶺南詩抄》中載有《贈紅兒》一絶，云：「珍珠歌罷扃華堂，花亂罘罳玉漏長。底事夢回人不見，練裙偏覺露添香。」

山東候補徐明府之培，精吏治，善聽斷。詩筆雋雅，夙稱名家。予選詩話，求其稿不得，有故人某寄示明府舊作《金陵竹枝詞》云：「莫愁湖外石城西，樂府流傳路欲迷。誰向秦淮辨吴楚，清江門掩夕陽低。」直不減櫟園主人。

栗樸園先生，山西名下士。其宦豫省多年，至今父老猶多傳其德政，一如諺云包、施二公，皆著有斷案也。其好句，尤不勝舉，惜不能記。僅憶及《吟簑衣》一聯云：「蒹葭影裏和烟卧，菡萏香中帶雨披。」妙絶。

「地近明湖水繞流，亭亭卿月一輪秋。欲窮蓬島神仙境，極目須登最上樓。」袁明府實莽闈中分校作也。徐伯貞先生和云：「鎖院深深月影流，四圍山色鵲華秋。廣寒初歇吴剛斧，萬朵蓮花造鳳樓。」可稱敵手。

壽光李堯農觀察，高尚引退，以吟咏自娱。有仿劍南體《村居》詩七律六十首，極盡情文之妙。詩多，未能備録。與袁玉堂無一面識，詩筒往復者，八載有餘。記其寄詩云：「聞道搜才樂且耽，思從夢寐接雄談。推依未識袁夫子，知是山陰陸劍南。」

章直齋大令有《送友人之秦中》一律，絶似張水部。詩云：「風雨寒氊冷，關河客路難。清流尋渭水，落葉正長安。幸有牛衣伴，休歎鶴鬢單。西征富吟草，也算旅囊寬。」先生古道照人，士林欽仰。於予無一面緣，讀其詩，可想其風標矣。

歷下周二南詩本清高，困於白首，不能廣傳。幸賴余秋門爲之校定，李喬雲司馬爲之刊刻，得以公諸同好。當時題詞極多，具載集中，無煩瑣記。獨喬雲一律最妙，詩云：「獨有味中味，還餘音外音。怪來頭白盡，都爲此清吟。廿載困羈旅，一編銷壯心。秋門如不遇，誰識伯牙琴。」司馬能爲寒士生色，賢矣哉。

山東候補二尹姚容士，亮甫先生仲子。爲人和厚英明，翩翩錦繡才。與袁玉堂明府聯姻，予深慶其得東床之選。沈篔舟先生述其長於詩，予未之見。近得其佳句「狂風聲大驚孤雁，流水情深聚斷萍」，寓意深遠，極有含蓄。

余平生以實心待人，不假緣飾，貧賤富貴，只交其人，至人心向背，知我罪我，無論也。長白雙芷亭刺史，初在越以知名交，極荷獎飾。贈予云：「交無勢分論涇渭，劍有肝腸審事機。」今刺史遠宦左州，求一知己不可得，世事其難哉。

歷下偶談續編卷十

鵲華館主人重編

古今詩事十九則

咏秋色詩極多，最難雅切。劉松嵐、吴研山兩夫子皆有此作，美善俱盡，惜不能記。後予於杏雨詩社課期，曾共爲之。江湘湖二尹、劉韵湖上舍、甘晴軒參軍，諸人所作，與題無着，故未存稿。客歲過濟寧，嚴小農河帥署中，見有運河觀察漢軍李東雲先生作此題絶句，淡淡寫來，壓倒一切。詩云：「雨後溪山罨晚霞，蓼花烟影襯蘆花。漁家板屋斜陽外，秋水長天數點鴉。」真能象外傳神。時先生催運公出，未及拜教，至今耿耿。先生戊辰進士，與彦升家叔同年。在東執輩殊少，尚有熊東岩太守而已。

雲屏夫子觀察東省，公牘之餘，問字者皆一時之彦。如傅刺史士奎、徐伯貞先生，及蘭山楊明府東垣公，久稱名下也。予移居，徵詩同人，俱有和章。惟明府素不謀面，詩無由得，乃干胡丹霞先生徵求，荷其寄詞一首，不亞少游、山谷。詞云：「芙蓉畫槳，蒹葭白露，歷歷當年風景。嚶鳴求友又喬遷，愛難割、松篁菊影。　開軒醉客，停落佇月，坐對湖山笑領。早梅花發動詩情，更欲約、主人觴詠。」右調《鵲橋仙》。

江蘇宋華仙刺史，初分山東，以循良聞，隨在頌德，名振一時。至詩極工整可誦，著有大集。謝世後，嗣君達夫勤於持家，奈無長物，筆耕以食，亦傑才也。壬辰春，交達夫，索刺史舊稿。達夫鈔示其《過泗州》云：「玉環山外白雲屯，煬帝離宫盡墓門。挂劍臺荒苔剥落，望夫石瘦雨黄昏。僧歸古渡停春舫，客卧征衫帶酒痕。日暮鷓鴣啼不住，聲聲似弔古人魂。」《晚景即事》云：「肅霜殺草利如刀，九月天寒雁影高。行過小橋苔徑窄，夕陽山翠落征袍。」雅似柳州。至達夫詩，亦清絶。《早發》云：「雁斷征人夢，長途老馬銜。客行身帶月，僧定寺聞鐘。初日烘青靄，寒霜壓翠峰。田家炊火早，烟氣鬱濃濃。」

長山膏腴之地，居民多富厚，敦禮説詩，名宦傑出。鍾沂川明府宰是邑，培養士風，民樂勸善。明府耽風雅，詩才絶妙。如贈某廣文云：「官到鄭虔應耐冷，人如平子自多愁。」「談經自讓劉中壘，得句偏憐趙倚樓。」洵名句也。

曹縣冉學博肄雅，號雅三，曾任臨邑廣文。爲人真摯，學問淵深，交友尤輕財。詩一如其人，雄渾逸宕，風雅可誦。見其贈袁玉堂句：「於人不啓雌黄口，涉筆都成錦繡堆。」「銜環儘有酬恩意，下石從無報怨心。」

押險韵要穩，押啞韵要響，凡作家皆知之。初學者恒不講，然與爲詩雖無違礙，亦一病也。聊舉一二，以備取證。如康茂園先生「曉鐘村外撞」，董蔗林相國「磬隔暮雲敲」，杭堇浦先生「舟移水面凹」，兖州馬郡伯「雲頭日下遠山吞」，麟見亭廉訪「花香蝶翅捎」，皆可取法。

直隸高霖堂明府以進士宰鄆城，詩文老手，時推第一。記其闈中和韻詩云：「春明佳氣望晴空，兩度纔看杏花紅。敢説南宫曾得意，槐黄猶憶昔年中。」

德州謝雲邨學博有不羈才。其生平癖於詩，窮而益工，鬱鬱以亡。卒後無嗣，詩多散失。賴陳省庵先生購得，轉託袁玉堂明府序定，玉堂竟爲刊行。陳、袁固義舉也，而爲雲邨，亦幸甚矣。讀謝詩一過，長於吟古。如《信陵君歌》云：「日飲淳酒近婦人，公子謝病魏爲秦。長城萬里君自壞，此時應憶信陵君。信陵自是四君傑，進則仁勇退明決。若云救趙爲私恩，胡爲聞諫迴車轍。功高自足招君忌，非關秦人好奇計。哀哉兄弟尚難知，何况君臣不相疑。」七言好句，如「紙閣燈明人去遠，霜天風冷雁來遲」、「浮雲不翳寒生袂，宿鳥無聲月滿枝」、「滿樹秋聲貧士味，一簾寒雨故人情」、「鴉亂西風空自語，烟含殘照不成眠」、「霜透楓香秋色老，風斜雁影暮雲高」，直不減作家。

殷簡香刺史，聞其專攻爲詩，久不通音問矣。馳書索其近作，乃寄梁楚香明府《贈友》六言詩二章，極似斜川。「雁影天涯知己，秋風湖上新居。歸去琴窗問字，喜來棠蔭讀書。」「松菊自多今雨，鈴麾雅有春風。酒醒棋殘客去，梅花月色香中。」

常州翁學士遂莽先生，理學名家，詞林望重。予居京師，屢拜不獲，瞻韓之心，至今耿耿。友人誦其《夢遊匡山》一篇，仿之《廬山高》，歐公當亦低首。詩云：「斗轉參横夜五更，夢騎黄鶴向青城。半空祇見烟霞色，下界微聞雞犬聲。倚劍峰前春欲曉，聚仙亭上月猶明。乘風歸去瀛洲路，也當驂鸞萬里行。」容當求教，另叙大作。

蓬萊陸伊湄明府，和增刺史松崖《修鵲華橋》詩，誠爲合作，已言之矣。晤江冶橋明府，誦其《野外即景》云：「淡雲烘野樹，遠水起秋烟。」十字頗佳。

寶田女史，近從予學，頗能用心。惜乎七件分心，未有專功。然遇予題咏，輒復高興。予勸其存稿，爲之定梓，不枉作寒士妻，辛苦一世，彼此黯然。猶恐遺笑方家，改定後，恒多焚去，蓋深知婦女不尚文字之道也。賢乎哉！既不存稿，搜其近作，補入詩話，不忍没善之意。至日和予《感懷》云：「湖上貧居生事微，閒如鷗鷺静忘機。打冰汙袴芟蒲岸，學禮兒童裋褐衣。作吏故人争去遠，論文好友每來稀。可憐令節陽生候，爐火書燈夜掩扉。」《畚桂園春日感賦》寄予兖州云：「寂寞村林日夕斜，滿園紅影上窗紗。居停未免桃花笑，如此春光不在家。」

清平王明府發越，山西名進士。藴藉風流，交游尚義，至爲政清簡，民尤感德。靳雲屏夫子嘗稱其品學，尤堪爲後進楶範，亦君子人也。記其《秋浦》有句：「雙塔遠浮烟際樹，片帆輕疊水中天。」因此知名。

吾鄉能詩者，恒不概見。《習静軒偶記》所載諸人，素非知名。即如近今白小山年丈、曹州王太守、東阿劉顒夫明府、嶧縣梁楚香先生，皆能爲詩，俱以功德傳也。白年丈、王太守句已載入詩話矣。頃自友人抄寄劉顒夫詩，如「花凋蝶影瘦，春去水聲忙」，頗似杜荀鶴。

《隨園詩話》中有以漁洋、秋谷並論之條，未免優絀不倫。如山東詩人多矣，即論漁洋，自是一代作手，今有抗子喬於阮亭上者，猶之推片石於岱山中，殊不可解。而竟筆之於書，真所謂蚍蜉撼大樹者矣。予見宋達夫上舍，曾言及之。公曰：「永和不識元和脚，大曆焉知慶曆才。」相與一笑。

去冬風雪極寒，從來未有。予又貧窶，日不聊生。咏雜詩四章，雲屏夫子極賞之。當質諸袁玉堂，慨然曰：「此我輩景况也，不可不爲富厚者告。」因附録之。詩云：「殘雪連天冷已旬，瘃皸不耐患樵薪。利冰當路欺芒履，破甑承簷絶點塵。床有詩堆兒索果，厨無米爨雀窺人。正憂剥啄來逋欠，反欲書符貸比鄰。」「敗絮無温夢易殘，擁書頻對雪窗看。天惟梅閣迎年好，冷到人間處客難。昏暮渴來茶落葉，深更風起曉愁寒。指困莫怪餘風杳，奈此窮途世太寬。」「嚴寒衹笑拙謀生，無處千人好作清。兒女情長要衣食，丈夫癡絶累功名。撻頭冰筯行低帽，凍氣霜鬚坐向晴。静裏思量翻自恨，故鄉何事不歸耕。」「病軀家累與年深，回首猶憐失壯吟。風葉天邊遊子騎，笙歌夜半美人心。買山有志空衰日，悦世無能已盡金。高卧且敲滕字句，詩窮原不必知音。」

天津周太守少帆，爲人真誠，其出仕亦然，平度某學博能道其政績。當初任州事，值歲屢歉，民不聊生。少帆即上聞，查災辦賑，一秉公心。其不敷興發，捐己以䘏，不致流離溝壑者數百十家。次年竟得豐歲，麥秀雙岐，少帆猶不自功。又明年，因辦兵差，累於賠補，乃復倡修文廟城池，墜無不舉。合州爲之頌德相，繼奉牌匾屏幛，皆却不受，悉以爲任内事也。後升登州司馬，數年後平度紳耆，復爲製《甘棠留蔭詩册》，賫省奉聞，其民之誠感，俱可概見。予題其詩册云：「誠求安得都如此，儘有甘棠在庶民。」皆紀實也。

畢秋帆尚書主持風雅，爲一時文宗，人知之矣。大集煌煌，不煩贅録。尚書暮年有句：「天上未喚債未滿，自吟自寫終殘年。」以富貴尊榮，猶有此恨，何况我輩。

文章爲風雅之事，因人也。而財實不可少，所緣以行者也。當代好名之人，真自難得。有窮困無策而迫之好者，有勢位所使而强之好者，此豈本心哉。好之者，急不可易，勢不可奪。即或取怨致敗，典衣枵腹，爲之策者曰：「盍少改行。」則必曰：「吾固癖於此也。」嗚乎！此冶橋之所囑予，勿受風雅之累，固不知其負累實多也。予困處歷下，家口日繁，不能取重當道，少售所學，而鬱鬱久居，從好焉。聊紀同人之詞，以遺憂懷。固不敢自謂具眼，能傳東坡，或冀東坡之擕我也，心良苦矣。然而一書既出，所費不貲，則竟有置之高閣，數請罔報者。是諸君子，即能分惠，未必活我；不惠，未必窮我。惠不惠固不可知，而究不免嗤予之多事。好名者當以予爲戒焉則可，世安得更有雅雨、秋帆兩公哉。寒士之風雅者，斯終窮矣。

鵲華館紀聞叙後

古人謂窮愁著書，余或疑焉。人生不甘與草木同腐，學問所積，發爲文章。或徵舊聞，或舒心得，或收風塵零散之語，播諸藝苑，志等發幽。或輯委巷奇特之行，廣其流傳，功逾埋骼。期有裨於世，匆或淫於詞，亦不朽之一端也，奚必於窮、而又奚取於窮哉。然非窮，則事業大、功德遠，研耕筆耨，不惟不屑爲，亦不暇爲。故困窮久者著述富，正如歐陽公所云，非詩能窮人，窮者而後工耳。而或挾此以爲窮愁解嘲，則非也。余於壬辰識王曉堂先生於歷下，讀其所爲《鵲華館紀聞》數種，萃一時之英華，樹文壇之旗鼓，殆期與古之立言者争不朽於身後歟。惜也，使得行其所學，肆力於功名事業，皇皇乎將必無暇以及此，而所成必有大快人意、更逾於此者。世之所以識曉堂者，又當不止乎此而止。而今且飢驅東西走，客囊蕭索，等身著作，任飽蠹魚之腹，求悉刊以廣傳布，而不可得，僅傳此一二種，如全豹之見一斑，其用心良苦，其所遇致足慨矣。《紀聞》非總集也，曰《偶談》，曰《續談》，曰《叢話》，乃其總集中之小小者耳。窘於貲，故先梓其易爲力者。梓成，以一函餉予，且以叙言屬。予閲各書，則有靳觀察雲屏先生，及吾邑侯江明府冶橋、吾友袁明府玉堂兩先生，各叙其義，弁諸首，不敢復贅。竊以著書之苦，與行世之難與曉堂同慨者，爲書於後云。招遠楊鍾泰碩庵拜書。

匡山叢話

匡山叢話提要

《匡山叢話》五卷，據道光十一年鵲華館刊本點校。撰者王偁，生平見《歷下偶談》提要。此書有辛卯中秋自序，謂《歷下偶談》遭人非議，時距《偶談》辛卯夏五之刻僅月餘。此書則專輯古人論詩語，以别於前書之專録時賢之作爾。又謂旅邸無書，不能確載出處云云。然考之内容，大抵不出胡仔《苕溪漁隱叢話》一書，前、後集錯雜撮抄而已。卷一「國風漢魏六朝」、卷二「李太白杜子美」等，卷次亦同《漁隱》，即其書名「叢話」，豈亦從《漁隱》來者歟？此其客鄉編書之實情也。如卷一首則「秦漢以前字書未備」，乃出自《蔡寬夫詩話》，爲《苕溪漁隱》前集卷一之第六則；第二則「詩祖《三百篇》」，乃張文潛語，爲胡書前集卷一之首則；「或問西漢樂章可齊三代」一則，乃出自《元城語録》，爲胡書後集卷一之第六則；「古今詩人以詩名世者」一則，乃胡書後集卷二之苕溪漁隱按語，諸如此類，直至卷五「宋元明」之宋人諸條，仍復如此。全書僅百數十則，取刺不廣，别擇不精，編次亦粗率，如卷一置七律作法一則於六朝之間，此隨手之過也。

序

古人論詩，廣大精嚴，不屑屑以摘句爲工。摘句之説，迺宋人濫觴耳。迄今風雅之盛，隨處有人，即如吾鄉康茂園先生，及張水屋諸公，皆以詩著，聲大而宏。余少年致力於此，迨後公務冗繁，吟情漸索。客居兖，嶧田比部通函，稱其里王曉堂布衣能詩。嗣以自奉其集來見。統觀所作，體無不備，而五七言律尤爲擅長。嘗三復而不能置。歲七月，適約曉堂主館，晨夕與居，知其游幕廿年，無耑功，能不廢學，具見樂此不疲，有志之士也。復觀所集《匡山叢話》五卷，蓋其中悉取前人論定爲詩之道，而折衷之，深契其功於學詩，所謂廣大精嚴者，於有合焉。時將付梓，聊綴數語以奬勵之。

辛卯嘉平潞城靳會昌，序於山東按察使署栢蔭山房。

匡山叢話序

經云：「詩言志，歌永言。」千百年來，論雖各殊，法本無二，此中妙諦，有難爲不知者道，古人已先我言之矣。辛卯刻《詩鈔》、《偶談》、《花譜》、《韵事》成，聞有笑予過於張侈，以爲耘人者有專功，而得心者未必能確見也。當其時，腹膨膨然，欲爲置辨，深媿便佞無才，終不能自飾其陋，則轉爲莞爾而笑耳。會從學雲屏夫子署中，課讀之外，無物容心，因思夙昔所記聞於前人之論詩者，筆之於書，兼爲變通而纂述之，得百十餘則，分爲五卷，訂成一編，曰「匡山叢話」，亦紀在東之一事也。當質諸王霞九先生，賴其指授者恒多，此不過自抒所見，竊比前人之意，且來日無多，轉恐過忘，録以便覽，或爲子弟示程，猶其後焉者矣。况余也知識源自有限，而言之未必足法，又安望見重於世，復爲大雅之所竊笑乎？是編也，多係前人論定，擇善而存。因在旅邸，無書稽考，不能確載某出某人某書，備詳出處，識者諒之。且詩詞妙論，各有專集，固多矣，則所未及見與已盛稱於世者，不具載，故不敢妄談，亦藏拙之一道。時辛卯中秋，王曉堂自識於濟東道署之槐南書屋。

匡山叢話卷一

鵲華館主人編集

《國風》漢、魏、六朝二十六則

秦漢以前，字書未備。既多假借，而音無反切，平仄皆可通用。如「慶雲」、「卿雲」，「皋陶」、「咎繇」之類，大率類此。《詩》「瞻彼日月」、「燕燕于飛」云云，「思」與「來」，「音」與「南」協爲聲。魏、晉間此體猶在，劉越石「握中有白璧」，潘安仁「位同單父邑」是也。自齊、梁後，既拘以聲，又限以韵，悉以偶對聲響爲工，文氣安得不卑弱乎？惟淵明、退之時脱俗忌，故「栖」與「乖」，「陽」與「清」協，皆取其傍韵用，蓋筆力自足以勝之也。

詩祖《三百篇》，其言信然。蓋其中雖有婦人、女子、小夫、賤隸所爲，要之皆非深於文者不能作。如「七月在野」至「入我牀下」，於七月以下全不道破，直至十月方言「蟋蟀」，無學者能爲之耶？

劉子玄辨李陵《與蘇武書》非西漢文，蓋齊、梁間文士擬作者。吾因悟陵與武《贈答》五言詩，亦後人所擬，而蕭統不能辨。李善注《文選》，本末詳備，極爲可觀。所謂五臣者，真俚儒之荒陋者也，而世以爲勝善，亦已謬矣。謝瞻《張子房詩》「苛慝暴三殤」，此禮所謂上、中、下「殤」，言暴秦無道，戮及孥稚也。而乃引「苛政猛於虎」，謂夫與父爲殤，此豈非荒謬之見乎？五臣既陋甚，至於蕭統，亦其流耳。

蔡寬夫論五言起於蘇、李，自唐以來有此説，雖韓退之亦云。然蘇、李詩，世不多見，惟《文選》中七篇耳。世以「寒冬十二月」篇中，以爲不當有「江漢」之言，或疑其僞。嘗考之，此詩若答陵，則稱江漢決非是，然題本不云答陵，而詩中且有「結髮爲夫妻」之詞，自非在虜中所作，則安知武未嘗至江漢耶？但注者既淺陋，直指爲使匈奴時詩，故人多惑之，其實無據也。苕溪之説近是，識者自能考之。

《古詩十九首》，或云枚乘作，而昭明不言，李善復以其有「驅車上東門」等句，爲詞兼東都。然徐陵《玉台》分「西北有浮雲」以下九篇爲乘作，兩語皆不在其中。而「凜凜歲云暮」等句，别列爲古詩，則此十九首決非一人之詞。陵或得其實，且乘死在蘇、李先，若爾，則五言未必始二人也。

或問西漢樂章可齊三代，舊見《漢・禮樂志・房中樂》十七章，觀其格韵高嚴，規模簡古，駸駸乎商周之頌。噫，異哉！此高祖一時佐命功臣下至叔孫通輩，皆不能爲此歌，尋推其源，乃唐山夫人所作。服虔曰：「高帝姬也。」韋昭曰：「唐山，姓也。」而漢初有此人，縱使《竹竿》、《載馳》，方之陋矣，然《后妃傳》中詞獨不載，何也？元城劉先生曰：「興王之初，人材色色過人。如唐太宗時，非特相將不可及，技藝之士，孫真人、李淳風、吕才、袁天綱，亦後世所不能及。」

曹植詩「走馬長楸間」，沈炯「彌憶長楸道」，杜子美「跼蹐顧長楸」，《文選》注云：「古人種楸於道，故曰長楸。」王介甫亦有「扶衰南陌望長楸」，東坡亦有「至今霜蹄踏長楸」，山谷亦有「長楸落日試天步」之句。凡言馬者，皆可用，但運化各異耳。

阮步兵醉六十日而停婚，雖似智賢，然禮法之士憎之如仇，幸得景王保護之。而老杜詩「至今阮籍輩，熟醉可謀身」，此工部用史意，當有解於此者。六朝人往往用此智，竟被老杜看破。

古今詩人以詩名世者，或只一句，或只一聯，或只一篇。雖其餘别有好詩，不專在此，然播於後世膾炙於人口者，終不出此矣。如「池塘生春草」、「澄江靜如練」、「壠首秋雲飛」、「風定花猶落」、「鳥鳴山更幽」、「空梁落燕泥」、「楓落吴江冷」，皆以一句傳也。如温庭筠、常健、嚴維、杜荀鶴、韋蘇州、孟浩然、賈島、張祜、周樸、寇萊公、徐鉉、趙師民、魏野、蔡天啓、秦少游、陳無己、楊巨源、滕元發、趙嘏、韓偓、崔塗、錢（維）〔惟〕演、晏元獻、楊大年、宋莒公、王文穆、丁晉公、韓魏公、王平甫、孫莘老、梅聖俞、蘇子美、張文潛、鄭谷、林逋、宋子京、王君玉數十人，皆以一聯傳者。至韓翃、李義山、杜牧之等，皆一篇稱名。其餘詩人佳句尚多，不能悉載，攻於此者，自能考而得之。

陶淵明詩「雖留身後名，一生亦枯槁。死生何所知，稱心固爲好。」是不重身後名也。及作《擬古》云：「生有高世名，既没傳無窮。」是欲名彰也。二意相反。何若張翰云：「與我身後名，不如生前一杯酒。」

司空圖論詩曰：「梅止於酸，鹽止於鹹。飲食不可無鹽梅，而其美常在酸鹹之外。」鍾嶸品詩比孔氏之門，則「公幹升堂，陳思入室，潘、陸自可坐廊廡之間。」學詩者審其幾，知所取法焉，則其庶幾乎。

凡作賦，須以宋玉、賈誼、相如、子雲爲師，依其步驟，乃有古風。老杜《吴生畫》云：「畫手看前輩，吳生遠擅場。」蓋古人於能事，不僅求跨時輩，要須前輩中擅場耳。作詩亦何獨不然？

晉、宋間人造語雖秀拔，然上下句多出一意。如「魚戲新荷動」云云，非不工矣，終不免此病。更有一人名而分用之者，如劉越石「宣尼悲獲麟，西狩泣孔丘」、謝惠連「雖好相如達」等語，若非能映帶，殆不可讀，然要非全美也。唐初餘風未殄，陶冶至子美始凈盡矣。學詩者不可不知所擇。

「池塘生春草」二句，世多不解其所以妙，蓋欲以奇求之耳。此語之工，正在無所意，猝然與景遇，所以成章，故非常情之所能到。詩家妙處，當須以此爲根本，而思苦言艱者，往往不悟。

大明、大始中，文章殆同抄書。至王彥升、王元長等，辭不貴奇，競須新事。後來作者，寖以成俗。遂乃句無虛語，語無虛字，牽聯補衲，蠹文已甚。鍾嶸詩評論之甚詳，但觀者未嘗留意耳。自唐以後，既變以律體，固不能無拘窘，然苟大手筆，亦自不妨削鐻於神志之間，斲輪於甘苦之外也。

苕溪論曰：「建安詩辯而不華，實而不俚，風調高雅，格力遒壯。其言直致而少對偶，指事情而綺麗，得風雅騷人之氣骨，最爲近古。一變而爲晉、宋，再變而爲齊、梁。唐諸詩人，高者學陶、謝，下者學徐、庾。惟杜、李與退之，早年皆學建安，晚乃各自變成一家耳。」「前輩皆留意於此，所以筆勢高古，近今學者，遂不講爾。」自宋已然，安論今日？

作詩當知用字所以有生、熟、險、弱之論。吳均嘗有詩云：「秋風吹白水，雁足印黃沙。」沈約曰：「『印黃』語太險。」均曰：「亦見公詩『山櫻發欲然』。」約曰：「我是欲然，印已印訖也。」即此可悟用字法。

七言律平起第五字，或反其平仄，欲其氣挺然耳。今俗謂之换字拗句法，唐人用之頗多。又潘邠老曰：「七言詩第五字要響，如『反照入江翻石壁，歸雲擁樹失山村。』五言第三字亦然，如『圓荷浮小葉，細麥落輕花』是也。」此琢句致力處。

三謝詩，靈運爲勝，熟讀自見優劣。江左諸謝，見《文選》者六人。希夷無詩，宣遠、叔源有詩，不工。今取靈運、惠連、玄暉詩。是三人者，至玄暉語益工，然蕭散自得之趣，亦復少減，漸有唐風矣。於此可以觀世變也。

聲韵之興，自謝莊、沈約以來，其變日多。四聲中又别其清濁，以爲雙聲；一韵者以爲疊韵。蓋以輕重爲清濁耳，所謂「前有浮聲，後有切響」是也。自唐以來，雙聲不恒用而疊韵間有。杜子美、白樂天語意所到輒就成之，要不以是爲嫌也。至所謂蜂腰、鶴膝者，又出於雙聲之變。陸魯望云：「五字四字濁，而中一字清，即爲蜂腰。首尾皆清音，而中一字濁，即爲鶴膝。」不知何所據。謝莊答王元謨：「互護爲雙聲，磝碻爲疊韵。」舉此例可以類推。李群玉「方穿詰曲崎嶇路，又聽鉤輈格傑聲」乃是也。

爲詩欲格清，當看鮑照、靈運。渾成而有正始風，當看淵明。欲清淡，當看韋左司、柳柳州、孟襄陽、王右丞、賈長沙。欲豪逸，當看退之、太白。欲法備，當看杜子美。欲知源流，當看《三百篇》及《楚詞》，漢、魏等詩。《雪浪齋日記》云：「書止於晉，詩止於唐。」蓋以爲自大曆以來，詩無不可觀者，特晚唐氣象疲苶爾。

李格非論文章，嘗曰：「孔明《出師表》、劉伶《酒德頌》、元亮《歸去來詞》、令伯《陳情表》，皆沛然如肝肺中流出，不見斧鑿痕。是數君子者，在後漢之末、兩晉之間，初未嘗欲以文章名世，而其詞意超邁如此。是知文章以氣爲主，氣以誠爲主。」老杜詩過人，誠而已矣。誠實著見，人多不曉，觀玉川子醉詩、王荆公扇詩可知矣。

黄山谷云：「寧律不協而不使句弱，用字不工不使格俗，此庾開府之所長也，然猶有意於爲詩也。至元亮，則所謂不煩繩削而自合者，雖然巧於斧斤者多疑其拙，窘於檢括者輒病其放。孔子曰：『甯武子愚不可及。』元亮之拙放，豈可爲不知者道哉？」

陶詩在唐初絶無知其奥者，惟韋蘇州、白太傅嘗效其體，而樂天去亦甚遠。太和後風格頓衰，不特不知淵明而已也。然惟薛能、鄭谷，乃皆自言師淵明。能詩：「李白終無敵，陶公固不刊。」谷詩：「愛日滿階看古集，只應陶令是吾師。」即此可見。

東坡云：「陶詩：『但恐多謬誤，君當恕醉人。』此未醉時説也，若已醉，何暇憂誤哉！然世人言醉時是醒時語，此最名言。張安道飲酒，初不計數，與劉潛、石曼卿飲，但言飲幾石。歐公盛年能飲，猶常爲安道所困。聖俞亦能百許盞，然醉輒高叉手而語彌謹，此亦知所不足而勉之，非善飲者。善飲者，淡然與平時無少異。」按：東坡能酒亦不多，故不羡其中趣，若謂漠然於未醉之前，相忘於既醉之後者，余或庶幾。

《何遜集》八卷，佳句極多。如「昏鴉接翅歸」、「輕燕逐落花」等語，杜詩皆採爲己句，但小異耳，故曰「能詩何水曹」，信非虚賞。後人論其詩，略其長而摘其短，只「夜雨滴空堦」等數句爲佳，殊不知遜秀句若此者不少，如《侍宴》、《答高博士》、《答庾郎丹》、《贈崔録事》、《送行》諸作，庾子山且有所不逮，而顔黄門謂其病苦饒寒，無乃太貶乎？

匡山叢話卷二

鵲華館主人編集

唐李太白杜子美二十八則

李太白一生豪放，所謂人中麟鳳。其集中詩往往有雜以他人之句者，學齊己、李赤輩所妄作耳。如「落日欲没峴山西」一篇猶是常語，至於「清風明月不用一錢買」及「曉月出天山」、「沙墩至梁苑」諸作，然後見太白之横放，氣概一世，所以驚動千古，豈他人所能道耶？學者當熟味之，自然不褊淺，有卓見。

禪家有正法眼，直須具此眼目，方可入道。吾謂學者讀《太白集》，先以識爲主，不爲僞句所誤。即如貴家子，雖沉醉喑囈中作無理語有之，終不至作寒乞聲耳。

太白之從永王璘，世頗疑之，而《唐書》又不詳其事，獨其詩自序「半夜水軍來」云云，豈其真從人爲亂者哉？蓋其學，本出縱横，以氣俠自任。當中原擾攘，時在朝既被讒，不能有爲，或欲藉之以立功耳。故《東巡歌》「但用東山謝安石，爲君談笑靖胡沙」之句，亦可見其志矣。大抵才高意廣，如孔北海之徒，固未必有成功，而知人料事，尤其所難。議者或責以璘之猖獗，而欲即以立事，不能如孔巢父、蕭穎士察於未萌，斯可矣，若其志亦可哀已。

王荆公云：「詩人各有所得。『清水出芙蓉』二句，此太白所得也。『或看翡翠蘭苕上』二句，老杜所得也。『横空盤硬語』二句，退之所得也。」人之取尚有不同，及其成功則一。

李太白《望廬山瀑布》絶句，東坡美之，作詩云「帝遣銀河一派垂，古來惟有謫仙詞」云云。余謂太白尚有古詩云：「海風吹不斷，江月照還空。」磊落清壯，語簡而意該，優於絶句多矣。

太白不讀非聖之書，耻爲鄭衛之作，故其言多似天仙之辭。凡所著述，言多諷興。自三代以來，《風》、《騷》之後，馳驅屈、宋，鞭撻揚、馬，千載獨步，惟公一人。故王公趨風，列侯結軌，群賢翕然，如鳥歸鳳。盧黄門曰：「陳拾遺横制頹波，天下文質翕然一變。至今朝詩體，尚有梁、陳宫掖之風，至太白大變，埽地併盡。今古文集，遏而不行。惟公文章，横被六合，可謂力敵造化。」推尊太白，其至矣乎！

或問東坡：「太白，狂士也，又嘗失節於永王璘，此豈濟世之人哉？而畢文簡公期以王佐，不亦過乎？」東坡曰：「士固有大言而無實、虚名而不適於用者，然不可以此料天下士。士以氣爲主。方高力士用事，公卿大夫争事之，而太白使脱靴殿上，固以氣蓋天下矣。使之得志，必不肯附權以取容，其肯從君於昏乎？夏侯湛贊東方朔『開濟明豁』等詞，吾於太白亦云。白之從璘當由迫脅，不然，璘之狂陋，雖庸夫知其必敗，太白能識郭子儀，而不能知璘之無成。此理之必不然者也。」

老杜祖述雲卿，人所知也，然固家學所傳，則又能觸類而長之，足見才力富健，去後人遠矣。蓋佺期於詩之道，布置法度，已得其全，而老杜更推廣以集大成。學者但知杜詩之妙，不能識其忠誠、默會其旨於言外，不足以語杜詩矣。使能思而得之，即「國破山河在」一篇，其體段可以類推。

昔先王之澤衰，然後變風發乎情。雖衰而未竭，是以猶止於義禮，以爲賢於無所止者而已。若夫發於性、止於忠孝者，其詩豈可同日而語哉？古今詩人衆矣，而子美稱首，豈非以其流落飢寒，終身不用，而一飯未嘗忘君也哉？人問王荆公：「老杜何故妙絶古今？」公曰：「老杜固嘗言之，『讀書破萬卷，下筆如有神。』」似也，是猶淺期老杜者矣。

《明道〔雜〕志》云：「讀書有義未通，而輒改字，最學者大病也。杜詩『黄精無苗』，後人所改也。舊本『黄獨』，讀者不知其義，因改爲『精』。其實『黄獨』是一物也，本處謂之『土芋』，根惟一顆，故名『黄獨』。」

詩有力量，猶如弓之年力。其未挽時，不知其難也，及其挽之，力不及處，分寸不可强。若工部《出塞曲》、《八哀詩》，此等力量，不容他人到，至統觀畫山水詩，少陵數首，無人可繼者，惟荆公觀燕公山水詩、東坡《烟江叠幛圖詩》，差近之。

老杜詩多言「花門」。考《唐志》，甘州北渡張掖河西北，出合黎峽口，屈曲東北千里，即寧寇軍，軍北有居延海。又西北三百里，有花門山堡。又東北千里至回鶻牙帳，故謂回鶻爲「花門」，注家多穿鑿。觀韓文公有《送殷員外使回鶻序》，自可知。

杜詩「闌風伏雨秋紛紛」，「伏」乃「仗」字之誤。闌珊之風，冗仗之雨也。又《世説》王恭曰：「恭作人無長物。」則冗仗用此「長」字爲是。《集韵》作去聲，與「仗」字同音。杜詩舊本是「長雨」，傳抄之誤耳。

杜詩「飯抄雲子白」，「雲子」，碎雲母石也。注家以雲子爲雨，非。又詩「何年戎王子」，「戎」，一本作「名」，亦非。「異花來絶域」，「來」，一本作「開」，亦非。按：戎王子，藥中獨活也，注家不知爲何物，深可異焉。

「杜子美之詩，實集衆家之長，適當其時而已。昔蘇、李之詩，長於高妙；曹、劉之詩，長於豪逸；陶、阮之詩，長於沖澹；鮑、謝之詩，長於俊潔；徐、庾之詩，長於藻麗。於是子美窮高妙之格，極豪逸之氣，包沖澹之趣，兼峻潔之姿，備藻麗之態，而諸家之作所不及焉。然非集諸家之長，杜氏亦不能獨造於斯也，豈非適當其時故耶？」秦少游曾言之，與宋子京《杜甫贊》，皆本元稹之説。

律詩之作，用字、平仄，世固有定體，衆共守之矣，然不若時用變體，如兵之出奇變化無窮，方見韜略。如老杜「竹裏行厨」一首，乃七言律之變體也。韋蘇州「南望青山」、老杜「山瓶乳酒」，此絶句律詩之變體也。東坡亦常用此作詩，如「華髪蕭蕭老遂良」是也。又有七律詩至三句便失粘，落平仄，亦别是一體，唐人用此甚多，但今人少用耳。如老杜「摇落深知宋玉悲」一律、嚴武「漫向江頭」一律、韋應物「夾水蒼山路向東」一律，此三首，起用仄，第三句亦用仄。老杜「暮春三月巫峽長」一首、韋詩「與君十五侍皇闈」一律，此二詩起用平，至第三句亦用平。凡此皆律詩之變也，學者不可不知。

詩之聲律成於唐，然亦多原六朝旨意。何遜《入塞》詩云云，至工部江邊草閣詩，亦襲用其詞，此類獺髓補痕也。《玉臺集》云：「金星將婺女争華，麝月與嫦娥競爽」，北齊碑、《馬射賦》、《滕王閣記》，薛逢等皆用其調，只詞不同耳。所謂左右拔劍，彼此失笑，與少陵精粗有間矣，細心人閱之自辨。

歐文忠論書法云：「用筆當使指運而腕不知。方其運也，前後左右不免欹側；及其定也，上下如引繩，此之謂筆正。」唐太宗稱右軍書云：「狀若斷而還連，勢如斜而反直。」與文章真一理也。今人不求意處關紐，但以相似語言爲貫穿，以停穩筆畫爲端正，豈不淺近也哉？觀杜詩《十二月一日》一篇云，當有所得也。

詩人以一字爲工，世固知之，惟老杜變化開合、出奇無窮，殆不可以形迹捕詰。如「江山有巴蜀，棟宇自齊梁」，則其遠數千里、上下數百年，只在「有」與「自」兩字間，而俯仰之懷，皆見於言外。滕王閣子詩亦此意，若不用「與」、「自」兩字，餘八字凡亭皆可用此，皆工妙兼到，人力不能及。而此老雍閑，出於自然，不見用力處。今人多取其已用字摹仿用之，盡成死法。不知意與景會，出言中節，凡字皆可用也。

前人文章，各自一種句法。如老杜「今君起柂春江流」之類，老杜句法也；東坡「秋水今幾竿」之類，東坡句法也；黄魯直「夏扇日在摇」之類，自是魯直句法。學者若能通考前作，自然度越流輩。

白樂天云：「鍊句不如鍊意。」又云「鍊字不如鍊句」，則未安也，好句須要好字。太白「吴姬壓酒唤客嘗」，妙在「壓」字。老杜《畫馬》云：「戯拈秃筆掃驊騮。」工在「拈」字。柳子厚「汲井漱寒齒」，工在「汲」字。工部又有愛用字，集中數見，如「受」字，老杜四用皆工。至「能事不受相迫促」、「莫受二毛侵」，雖不及前，亦自穩愜。

作詩工在改竄，文字頻改，工夫自出。歐文忠公文皆因數改而後工，魯直、樂天、東坡皆然。杜詩云「新詩改罷自長吟」，可見此老亦不能廢此功，况近今學者乎！

子美教其子曰：「熟玆《文選》理。」《文選》之尚，不愛奇乎。今人不爲詩則已，苟爲詩，則《文選》不可不熟。《文選》是文章祖宗，自兩漢至六朝精者，斯采萃而成編，則爲文章者，焉得不尚《文選》也？唐時文弊，尚《文選》太甚。老杜於詩學，世以爲前無古人，後無來者，然觀其詩，大率宗法《文選》，摭其華髓，咀嚼爲我語。詩至老杜，格無不備，斯周詩以來，其所以爲至也。

文章無警策，不足以傳世。老杜云：「語不驚人死不休。」所謂驚人，即警策，即其詩中亦有拙句，仍不失爲奇作，「兩箇黄鸝鳴翠柳」是也。律有扇對格，《哭台州司户》詩是也。七言之偉麗者，「旌旗日暖」、「五更鼓角」兩聯後，寂無聞焉。直至永叔「滄海」「萬古」二句、「萬馬不嘶」一聯、東坡「令嚴鐘鼓」、「露布朝馳」四句，亦或庶幾。蓋七言難於氣象雄渾，句中有力而紆餘不失言外之意，自老杜「錦江春色來天地」之後，即退之筆力，且不能及。而劉禹錫《賀晉公留守》詩「天子旌旗分一半」云云，不過遠而大體而已，其氣量終於不敵。自古詩人巧即不壯，壯即不巧，巧而能壯，乃如是也。

長篇最難。晉魏以前，詩無過十韵者，蓋常使人以意逆志，初不以叙事傾倒爲工。老杜《書懷》、《北征》等篇，窮極筆力，如太史公紀傳，此古今絶唱，然《八哀》八篇，本非集中高作，而世多尊奉之，乃揣骨聽聲耳，其病實傷於多也。

杜、李畫像，古今人題咏多矣。若子美，其詩高妙，固不待言。要當知其平生用心處，則半山之詩得之矣。若太白高氣蓋世，千載之下，猶可嘆想，則東坡之贊盡之。

句有含蓄者，杜詩「勳業頻看鏡」是也。意有含蓄者，「銀燭秋光」之宮詞是也。句、意俱含蓄者，「明年此會知誰健」二句、「玉容不及寒鴉色」二句是也。《登慈恩寺》詩，譏天寶時事也，讀者宜詳味之。

杜子美送嚴武詩，勸以仗節死義；魏野贈王文正公、寇萊公，勸之使退也。近世士人與上官詩，無非諛詞，未聞有規勸之語。

匡山叢話卷三

鵲華館主人編集

唐諸名家三十八則

東坡云：「王摩詰詩中有畫。」如「中年頗好道」一首，用意之妙，直與造物相表裏，豈但有畫已哉！至「藍溪白石出，玉山紅葉稀。山路原無雨，空翠濕人衣。」真用畫筆，則又有謂非右丞詩，蓋不可考。

詩下雙字極難，須五、七言之間，除去五字、三字外，其精神興致全在於兩言，方爲工妙。唐人李嘉祐詩：「水田飛白鷺，夏木囀黄鸝」，右丞更添「漠漠」、「陰陰」四字點化，逾見其妙。至老杜集中，所用雙字更爲超脱。

右丞、蘇州皆學陶，惟王得其自在。余愛山谷云：「登山臨水，未嘗不讀右丞詩。故知此者胸中有泉石膏肓之疾。」

徐師川言應物詩，多愛其古澹，乃是不知韋詩自李、杜以來，古人詩法盡廢，惟蘇州有六朝風致，最爲流麗。又有評應物古詩勝律句，李德裕、武元衡則律句勝古詩，五字句又勝七字，張籍、王建格律極相同，李益古律相稱，然皆非應物之比，學者細察自知。

讀古人詩，多意有所喜處，誦憶久之，往往不覺誤用爲己語。「緑陰生晝寂」一句，韋詩也，而荆公竟用爲己句。若太白、東坡，亦嘗寫人好句，要非誤用，知彼我之辨，另有意見耳。

蘇州歌行，流麗之外，頗近諷興。五言又高雅沖澹，自成一家之體。如集中「俗吏閑居少」、「獨有宦遊人」二篇最佳。然審其時，人亦未愛重，必待身後然後貴耳。迨讀至「落葉滿空山」，真爲絶唱，那容後人再道。

孟浩然誦「北闕休上書」於明皇前，明皇責之，諸書具載尤詳。然浩然一布衣，闌入宫禁，而止於放歸，寬之至也，烏在以一「棄」字議罪乎？如「掛席幾千里」一篇，但看此等語，自然見其高遠。而子瞻又謂孟詩韵高而才短，究難爲不知者道也。如岑參詩亦自成一家，要看他記異事處，皆古今傳所不載，尚堪醒目。

明皇世章句之風，大得建安體，論者推李、杜爲尤。介其間，能不媿者，孟浩然耳。浩然之道，遇景入韵，不拘奇抉異，涵涵然有平大之風。如「微雲淡河漢」，足敵「芙蓉露下落」等句，「氣蒸雲夢澤」，足敵「殘日霽沙嶼」等句，「荷風逆香氣」，足敵「露濕寒塘草」等句，此直與六朝人争勝於毫釐也。許彦周云：「六朝詩『芙蓉露下落』二句，鍛煉至此，自唐以來，無人及者，而浩然獨能之，亦自難得。」

古今聽琴、阮、琵琶、筝、瑟詩，皆欲寫其音聲節奏，類以景物，故實狀之，大率一律，初無中的句，互可移用，是豈真知音者，但其造語藻麗爲可喜耳。如韓退之、歐永叔、子瞻、魯直，皆有聽琴詩，魯直又有聽阮詩，樂天、微之、永叔、王仁裕皆有聽琵琶詩，劉夢得、蘇東坡又有聽筝詩，互相譏議，終無確論。玉溪生《錦瑟》詩亦用故實，即以聽琴、阮，又何不可？吴僧義海嘗辨之詳。余考琴譜，謂宫者非宫，角者非角，又五調迭犯，特宫聲爲多，與五音之正者異，識者能審其音，自然合拍。

王筠善押强韵，固是詩家要處，然人貪於捉對用事者，往往有趁韵之失。退之筆力雄健，務以詞采憑陵一時，故亦不免此患，其他可知矣。若子美《收京》詩歸及「薦櫻桃」，則渾然天成，如此乃工耳。

退之晚年，有聲妓而服金石，觀張籍、樂天詩「爲出二侍女」、「退之服硫黄」等句，已可概見。退之嘗譏人「不解文字飲」，又戒人服金石，而自餌硫黄、近女色若斯耶？

聯句之盛，退之、東野、李正封也。或以爲張徹與焉，四君子皆佳士，故意氣相入，雜然成文。世之文士恒少聯句，嘗病筆力不能相追，或成四公子碁耳。又有云退之、東野聯句大勝東野平日之作，恐是退之潤色，蓋不能知。

詩惡蹈襲前人之意，亦有襲而愈工、若出於己者，蓋審之愈精，則造意彌深也。魏人云「福不盈身」，而退之則曰「歡華不滿眼」云云。《古戰場文》云「其没其存」四句，陳陶則曰：「可憐無定河邊骨，猶是深閨夢裏人」，此所謂尤工於前也。

退之詩豪健雄放，自成一家，世特病其深婉不足。《南溪始泛》三首乃末年所作，獨爲閑遠，有淵明風氣，而詩選無有，皆不可解，公宜自有旨也。

古樂府命題皆有主意，後之人用樂府爲題者，直當代其人而措詞。如《公無渡河》，須作止夫詞，太白或失之，惟退之《琴操》得體。《琴操》，子厚不能作。子厚《皇雅》，退之亦不能作。且「馬上酩酊知爲誰」，退之七字，甚於慟哭。又云「銀燭未消窻送曙，金釵半醉坐添春」，殊不類其爲人，可見能賦梅花，不獨宋廣平耳。

東坡云：「蘇、李之天成，曹、劉之自得，陶、謝之超然，固已至矣；而子美、太白以英偉之姿，凌跨百代，古之詩人盡廢。然魏、晉以來，高風絶塵，亦少衰矣。李、杜之後，詩人繼出，雖有遠韵，而才不逮意，獨韋應物、柳子厚，發纖穠於簡古，寄至味於淡泊，非餘子所及也。」「子厚詩尤深遠難識，前賢亦未推重，自老坡發明其妙，學者方漸知之。」今觀其《讀禪經》詩、《哭吕衡州》、《凌員外》等篇，筆力規模，直不減《左氏》、《莊子》。

柳州《南澗中》詩「秋氣集南澗」一篇，憂中有樂，樂中有憂，蓋妙絶古今矣，何憂之深也？或謂子厚之貶，其憂寂之懷發於詩者，特爲酸楚。閔己傷志，固君子所不免，然亦何至此卒以憤死，未爲達理也。樂天既退閒，放浪物外，若真能解脱者，然自矜其達處，每詩未嘗不著此意，是豈真能忘之者哉？亦力勝之耳。惟淵明則不然，觀其《貧士》、《責子》諸作，可見矣。

元次山《欸乃曲》一篇，通首流暢。山谷云：湘中節歌聲謂之欸乃，子厚《漁父詞》亦用之，當以襖靄音爲是。

大凡一集皆有警句。張文潛舉退之「暖風抽宿麥，清雨捲歸旗」、子厚「壁空殘月曙，門掩候蟲秋」，皆集中第一。今觀子厚《聞鶯》詩「一聲夢斷楚江曲」二句，不盡之意，亦集中不多見。至樂府曲：「楊白華，風吹渡江水。坐令宫樹無顔色，摇蕩春光千萬里。茫茫曉日下長秋，哀歌未斷城鴉起。」言之委婉而情深，古今所無也。

蘇子由云：「唐人工於爲詩，陋於聞道。孟郊『食薺腸已苦』云云，郊以耿介，雖天地之大無以容其身，起居飲食有戚戚之憂，卒以窮死。而李翔稱之，退之亦談不容口，甚矣，唐人之不聞道也。」東坡又云：「郊寒島瘦，此語具眼。」或有問曰：「許彦周甚稱樂天、東野、閬仙詩。郊集中『蟲老乾鋏鳴』、『棘枝風哭酸』尚奇妙，而島集中『寫留行道影』、『獨行潭底影』等句，真蹇澀窮僻，琢削枯吟，而取其語，何也？」余曰：「論道當嚴，取人當恕。」

玉川子《山中》絶句云「陽坡草軟厚如織」云云，王介甫用五字道盡：「眠分黄犢草。」可見學詩工於簡妙。至《送伯齡》詩「努力事干謁，我心終不平」，而卒陷於王涯之禍，哀哉！

玉川《月蝕詩》固有所爲退之摘句而成之，却勝原作。要之，玉川詩讀者易解。惟有《所思》一篇，飄逸可喜，當自知之。

李長吉有「桃花亂落如紅雨」，以此名世。然長吉生平才力絶人，卒年二十七，使且不死，少加以理，奴僕命《騷》可也。當時韓文公極重之，非僅以《高軒過》使之聯鑣也。《美人梳頭》、《金銅辭漢》等歌，直追李、杜。至《春歸昌谷》六句、「楊花撲帳」諸作，與杜牧之所序，具見其才。惜乎！李公藩所蓄全稿，竟爲其外兄投匽，最爲可恨。此則《東觀餘論》所云。

人之才力，信自有限。如李習之爲退之高弟，詩獨不傳，觀退之題安園池可見。惟傳謁藥山問道，遂贈以詩「鍊得身形」四句，及「選得幽居愜隱情」一絶，而《遠遊聯句》，未見其妙。考《傳燈録》

可知。

雪浪齋云：「李衛公『五月畬田收火米，三更津吏報朝雞』，頗似少陵。」常建「清晨入古寺」一首，通篇皆工，歐文忠嘗稱之。苕溪云：「衛公《桂花曲》極清絶，或以爲是仙人作，未知孰是。」

劉夢得《觀棋歌》，造語警策，必高於手談者。其《竹枝歌》、《朱雀橋》等篇，嚴維「柳塘春水慢」、徐季海「高閣無恢台」之句，亦自俊逸。惟劉賓客《竹枝》九章，獨步一時，其詞意高妙，學者詳味此等句，直比少陵《夔州歌》。李邕《六公篇》、皇甫湜《浯溪頌》、徐凝《瀑布》詩、夢得《潛水驛》詩，皆可學。

樂天以詩謁顧況，獨喜「野火燒不盡」二句，余以爲不如劉長卿「春入燒痕青」。白詩詞旨曠達，沃人胸中，觀「我無奈命何」，及「相争兩蝸角」、「放眼看青山」數句，超放如此，似不同聞潯陽琵琶，然「春色辭門柳，秋聲到井梧」終不可及。

富貴於人，造物所靳。自古以來，多不在於少年，嘗在於晚景。若少年富貴者，非曰無之，蓋亦鮮矣。人至晚景得富貴，未免置宅第、售妓妾，以償其平生之所不足者。如樂天詩「多少朱門鎖空宅，主人到老不曾歸」、司空曙詩云「黄金用盡教歌舞，留與他人樂少年」，讀此二詩，使人悽然淚下，誠不必爲此也。

樂天《寒食》詩絶悽楚，東坡改之，令郭生歌，坐客有至泣者。至《海圖屏風》及「當君白首」等詩，讀者思其故而自得之。

楊大年最喜唐彦謙詩用情摭事，對偶亦工，如《長陵》句：「耳聞明主提三尺，眼見愚民盗一抔。」

堪示學者，以爲模式。然楊文公、劉中山、錢思公專喜義山，故西崐之作一變。如義山詩「曾共山公把酒巵」一篇，未嘗不深痛，或以爲譏令狐綯作。歐公云：「大年詩雖輕淺，如『峭帆横渡官橋柳，疊鼓驚飛海岸鷗』，此何害爲佳作？世所謂西崐體，如『雪嶺未歸天外馬』云云，其過人處，不待讀至『魚鳥畏簡書』而始知也。」

玉溪生《牡丹》詩、退之《燈花》詩，全似老杜。所謂文章一厄者，曾見有「華清恩幸古無倫」乎？王建「閉門留野鹿」、魏野「洗硯魚吞墨」，皆當於理。

杜牧之詩云：「清時有味是無能，閑愛孤雲静愛僧。擬把一麾江海去，樂游原上望昭陵。」此蓋不滿於當時，故末有「昭陵」之句。江輔之謫官，累年後知虔州，謝表亦有此意。牧之精於絶句。《木蘭廟》詩：「彎弓征戰作男兒，夢裏曾驚與畫眉。幾度思歸還把酒，拂雲堆上祝明妃。」《華清宮》詩：「長安回望繡成堆，山頂千門次第開。一騎紅塵妃子笑，無人不道荔枝來。」《齊安城》云「嗚咽江樓角一聲」、「折戟沉沙鐵未銷」、「銀燭秋光冷畫屏」等三首，皆膾炙人口。又善咏古翻案，如《四皓廟》、《烏江亭》、《和州絶句》，皆妙。揚州《遣懷》，人知之矣，至《題桃花夫人廟》云：「細腰宮裏露桃新，脉脉無言度幾春。至竟息亡緣底事，可憐金谷墜樓人。」及《宮詞》等作，尤非後人所能到。

温飛卿《春晚》詩，殊有富貴佳致，而小詩尤工，不獨「雞聲茅店月」已也。六一效其體云「鳥聲梅店雨，野色柳條春」，亦佳。

山谷言：「老杜雖在流落顛沛，未嘗一日不在本朝。故善陳時事，句律精深，超古作者，忠義之氣,感發而然。韓致元貶逐,未依王審知。其集中所載如『手風慵展八行書』一篇,其詞切而不迫,不忘其君,亦工於學杜者。《醉中》絶句:「萬里清江萬里天,一村桑柘一村烟。漁翁醉著無人喚,過午醒來雪滿船。」其佳處自然,開後人無限法門。葛亞卿集句全用之,自不見好。高秀實、李端叔皆叙其詩,稱其美麗。杜荀鶴《溪興》絶句,亦本韓意,較勝亞卿。

唐末詩人無復李、杜之豪放,然亦精意相高,各有妙咏,抒思尤艱。周樸「風暖鳥聲碎」一句稱勝。和凝好香奩,多假名韓偓,其婉麗亦可喜。賈島、崔峒皆工假對,謂之高手。如張繼、于鵠、韓翃、張籍、陸魯望、皮襲美,各有傑句,學者搜而得之。

唐之中葉,文章特盛,其姓名湮没不傳於世者甚衆,如王之美、暢諸、杜常、鄭仲賢、鄭文寶,皆能詩。至李濤、聶夷中、楊凝式、羅隱諸公,載宋詩話佳句頗多。許渾、僧處默,尤名重一時。

唐人佳句美不勝收,王荆公所選《百家詩》,如陳羽、李郢、曹松、吴融、顔持約、竇鞏,詩才清妙,惜格調少弱。惟元微之、天隨子、嚴宇、顧況、薛能、李敬方、劉長卿、秦系、陳傳師、潘閬、李建中,皆自名家。錢考功詩「牛羊上山小,烟火隔雲深」、「鳥道捲烟雨,人家殘夕陽」、「窮過戀明主,耕桑亦近郊」、「長樂鐘聲花外盡,龍池柳色雨中深」,不減盛唐元音。至楊汝士雖壓倒元、白,「昔日蘭亭」之後,好句無聞。

楊郇公《妓人出家》詩、裴説《寄邊衣》等詩,見《復齋漫話》中。一如温庭筠《湖陰曲》詞之綺靡、司空圖「緑柳連村」之貴重,足以示法後人,而羅江東「韋郎年少今何在,端坐思量太白經」,咏《后土廟》,雖妙絶,其用典可笑之處,猶恐少瀆神明否。

匡山叢話卷四

鵲華館主人編集

唐五季北宋三十六則

東坡記云：鎮州記室韓定辭聘燕帥劉仁恭，命客馬俞試其才，贈詩云云，韓即席酬之曰「崇霞臺上神仙客」一律，通首典雅，靡不歛訝。惜其詩不多見。

《江南野録》載：南唐樂部李家明善諷詠。《咏牛》詩：「曾遭甯戚鞭敲角，又被田單火燎身。閑背斜陽嚼枯草，近來問喘更無人。」宰臣大慚。又後主過皖公山，不懌，又獻詩曰：「龍舟輕颭錦帆風，正值宸遊望遠空。回首皖公山色翠，影斜不到壽杯中。」嗣主因慟，俯首而過。詩無大妙，殊得風人之旨。出自伶人，亦自難得。

五代座主門生之禮最厚者，王仁裕、王溥耳。溥相周世宗，猶及宋朝，以太保歸班，年方四十二，前此所未有也。溥初出仁裕門下，後拜相，仁裕已致政，賀以詩曰「一戰文場拔趙旗」等句，猶不失唐音。溥在位，每休沐必詣仁裕，從容終日，傳爲盛事。

詩至五季，失之淺薄，未有唐賢和平之音，風氣使然耳。其中稱名者：羅隱、和凝、韓熙載、王仁裕、韓偓、陶穀、徐鉉數人而已。嘗遊廬山，見有南唐元宗百花亭石刻云：「蒼苔迷古道，紅葉亂朝霞。」不減老杜。

南唐宫妃窅娘，纖麗善舞。後主作金蓮六尺，令舞其中。唐鎬詩「蓮中花更好，雲裏月常新」，爲窅娘作也。五季外藩各主，荒於淫侈，而以風雅清才例之，當推李煜爲最，其次則蜀王衍，後孟昶、花蕊夫人。煜《賜慶奴》詩：「風情漸老見春羞，到處銷魂感舊遊。多謝長條似相識，强垂烟態拂人頭。」尚有風致。

後唐武皇還師渭北，不獲入覲。幕客李襲吉作違離表云：「穴禽有翼，聽舜樂以猶來；天路無梯，望堯雲而不到。」五代之季，筆翰工者，無以過此。至世傳裴虔餘、韓熙載詩，未見其妙，惟李後主《浣沙溪》詞，不媿南朝風流。

陳師道題江爲舊居詩，洵爲合作。按：爲，建陽人，工詩。如「天形圍澤國，秋色露人家」之句，劉夜坐、夏江城皆傳其法。後以讒死。南唐元宗極賞之。考《五代史》，劉洞有顯名，嘗咏《夜坐》詩；夏寶松《宿江城》詩尤警策，各因以得號。陳德誠有句推美，一時稱名。

蜀後主衍荒於遊，奉太后以下觀丹景山、金華宫，各吟詩勒石。太后有「碧烟紅霧撲人衣」之句，衍詩無聞。《本紀》云：衍少屬文，好靡麗詞。集艷體詩二百篇，號《烟花集》，蜀人傳誦之。又淫於酒，以所撰《月華如水詞》令伎歌，侑嘉王飲，如「有酒不醉真癡人」云云。合觀小杜咏天寶宫詞「乾坤入醉鄉」等句，竊嘆世道如此，安得不亂？

蜀後主昶令羅城種芙蓉，每至秋，四十里皆鋪錦繡。張立作詩諷之曰：「四十里城花發時，錦囊高下照坤維。雖裝蜀國三秋景，難入《邠風七月》詩。」後主聞之，亦不罪，賚嘉賞之。

袒有妃張氏，名太華。偕遊青城山，被震死。後道士李若沖偶薄暮步山下，於白楊側忽見一女，聽其吟詩，若有所怨。詩云：「一別鑾輿今幾年，白楊風起不成眠。常思往日椒房寵，淚滴衣襟損翠鈿。」問之，女曰：「妾故蜀妃張太華也。」并述往事，因乞李薦拔。乃於中元節修金簡荅之。至夜，李夢太華來謝，云已受生人世矣，以黃土留詩於壁而去。詩云：「符吏匆匆叩夜扃，便隨金簡出幽冥。蒙師薦拔恩非淺，領得生神九卷經。」可見懺度亦自有驗。

馬氏據湖南作會春園，日徵文宴。又開天策府，以拓拔恒等十八人爲學士，惟徐東野以詩名，傳其好句，如「珠璣影冷偏粘草，蘭麝香濃即損花」、「山色遠堆螺黛雨，草梢春戛麝香風」、「衰蘭寂寞含愁緑，小桃妖嬈弄色紅。」又徐仲雅詩：「鑿開青帝春風圃，移下姮娥夜月樓。」皆紀一時之盛。迨秦國夫人薨，石文德進挽詞，其一云：「月沉湘浦冷，花謝漢宮秋。」王得詩，大驚，賞賚獨厚。後希範迎四儀夫人，命徐雅休賦詩，只取二句：「雲路半開千里月，洞門斜掩一天春。」

吴越錢氏時，漁者納税，謂之「使宅魚」。羅隱一日侍坐，武肅命題《磻溪垂釣圖》，即應聲曰：「吕望當年展廟謨，直鈎釣國更誰如。若教生得西湖上，也是須供使宅魚。」武肅大笑，遂蠲其役。

前輩論詩，有「奪胎换骨」之説，信有之也。少陵《謁元廟》句，宋徽宗嘗用制哲宗挽詞，親切過於本詩，不謂之奪胎乎？不然，徒用前人之語，殊不足貴。且如沈雲卿「小池殘暑退，高樹早涼歸」，非不佳也，正用柳惲「太液微波超，長楊高樹秋」之句耳。東坡「峽束滄江深貯月」一聯，亦用少陵「峽束滄江起」兩句，語雖工而無别意，未可法也。

王黄州詩可取重，大抵語迫切而意雍容。如「身後聲名文集草，眼前花月簿書堆」句，大類樂天，獨《春日雜興》詩竟是老杜。

徐鉉歸宋後，頗以詩文自詡。言江南周后獨解按《霓裳》舊譜，曾送以詩云：「此是開元太平曲，莫教偏作别離聲。」蓋有所寓云。又論花蕊夫人《宫詞》大勝王建，舉「厨船進食簇時新，侍宴無非列近臣。日午殿頭宣索膾，隔花催喚打魚人。」工於「御厨不食」一絶，信有然矣。

張復之詠少任俠，嘗從陳希夷遊，欲分華山一半。然性極清介，不事服玩。及第寄傅霖詩：「爲報巢由莫相笑，此心非是愛輕肥。」李順亂帥蜀，有詩與希夷云：「今日星馳劍南去，回頭慚媿華山雲。」其素志可具見矣。

人夢中所爲詩文，覺多不省。設有能省者，事往往皆驗，理固不可詰，豈禍福將至，精神自有感通者乎？王元之商州詩有「節及登高忽嗟嘆，經年憔悴到京華。貳車何事搔蓬鬢，九日樽前見菊花」之句，第四乃夢中得。初在掖垣，曾夢御前賦詩，既覺，獨記此句。未幾至貶，以十月到郡，而菊花盛開，恍然前詩語也。晏元獻守亳，始至，亦夢詩云：「一年爲客未歸去，笑殺城東桃李花。」初莫省所謂，已而因春出游，則州之館園皆在城東，公留亳及年，而後移睢陽，無不合者，則世間萬事何嘗不有定數耶！

王君玉琪《題揚州大明寺》詩：「《水調》隋宫曲，當年亦九成。哀音已亡國，廢沼尚留名。儀鳳終陳迹，鳴蛙祇沸聲。淒凉不可問，落日下蕪城。」元獻即召至同飯，因此辟置館職，薦至執政，何遇之隆也。

古樂府《梅花落》，蘇子卿云：「祇言花似雪，不悟有香來。」王介甫《咏梅》云：「遥知不是雪，惟有暗香來。」韓子蒼云：「那知是花處，但覺暗香來。」介甫、子蒼雖襲子卿之意，然思益精而語益工也。東坡云：「去年今日關山路，細雨梅花正斷魂。」子蒼云：「只度關山魂已斷，何須疎雨濕梅花。」此蓋反東坡之意，却無佳思。

文之所以貴對偶者，謂出於自然，非假於牽强也。王豐父，岐公之子。其詩精密，人無知者。如「白髮衰天癸，丹砂養地丁。」意脉貫串，此謂參禪中參活句也。又《拄杖》云：「老境得爲丘壑伴，醉鄉還勝子孫扶。」其風味雍容又如此。

「冷於陂水淡於秋，遠陌初窮到渡頭。賴是丹青不能畫，畫成應遣一生愁。」右《行色》詩，司馬温公父池所作。君實作詩評，以其甚工，不敢以父子之嫌廢也。梅聖俞以詩名世，嘗言：「詩之工者，寫難狀之景如在目前，含不盡之意見於言外。」此詩有焉。

温公釋迂云：「或謂迂夫曰：『子之言太迂，於世何益？』迂夫曰：『子知迂之無益，而不知其爲益且大也；子知迂之有益，而不知其爲損亦大也。不見樹木者乎？一年伐之而足薪，二年伐之而爲桷，十年伐之則足棟。夫功愈遠而利愈大，古之人志道宏博，具言崇高，是以所適不合。或窮爲布衣以終身，其遺風餘烈，數千百年而人猶以爲法。利何溥乎？雖迂何病？』」

丁晉公内徙，一日游江湄，得句「舟移水面凹」，令諸甥屬對，陶商應聲曰：「雲過山眉展。」丁以謂水實有面，眉以況山，虚實不等，當作「雲過山腰細」。規模雖出一時，不甚超卓。然前輩屬詞之切，教導後生，亦自有方。

李文定迪客杜默，在當時以歌稱，未見有奇。石介，永叔賞稱之，介固無識，歐不欲與争名，且爲默諱也。東坡云：「吾觀杜默豪氣，正是京東學究飲私酒、食瘴死牛肉，醉飽後發者也。作詩狂怪，至盧仝、馬異極矣。若更求奇，便作杜默。」

晏元獻善評詩，嘗言作富貴詩不及「金」、「玉」等字，惟説氣象，若「樓臺側畔楊花過，簾幕中間燕子飛」，「梨花院落」、「柳絮池塘」之類。公自以此語人曰：「窮人家有此景否？」又舉「老覺腰金重，慵便玉枕凉」，未是富貴語，不如「笙歌歸院落，燈火下樓臺」善言富貴，人以爲知言。《廣録》載詩一聯云：「珠簾繡户遲遲日，柳絮梨花寂寂春。」亦不害爲佳句。樂天又云：「『笙歌歸院落』二句，看人富貴者也。」山谷以「笙歌」句不如子美「落花游絲白日静，鳴鳩乳燕青春深」渾厚。王直方云：「王禹玉詩好用『金』、『璧』字，人號玉寶丹。」有人曰：「詩能窮人，且試强作此富貴語，看如何？」其人數日搜索，止得二句曰：「脛挺化爲紅玳瑁，眼睛變作碧玻璃。」爲之絶倒。

包孝肅拯，合肥人。及出守本郡，不肯少屈法以阿鄉曲之好，故流俗稍謗議，公乃爲詩以見意，其間一聯：「直幹終爲棟，衡剛不作鈎。」其守正不回如此。

李淑《咏後周恭帝陵》詩云：「弄揗牽車挽鼓催，不知門外倒戈回。荒墳斷隴才三尺，猶認房陵半仗來。」詩雖能得實情，然究非在當時臣子所宜言。有上之者，學士原爲本朝以揖讓天下，仁宗惡之，遂落職。

陳彦升薦句：「水底魚龍思鼓吹，沙頭鷗鷺望旌旂。」韓魏公句：「細民溝壑方援手，别館鶯花任送春。」薦又《子房廟》云：「風雲智略移秦鼎，星斗功名啓漢圖。」《高祖廟》云：「塵静山川狂鹿死，雷驚天地老龍飛。」《范增墓》云：「岔失壯圖撞玉斗，豈知天命與金刀。」皆佳。又《苕溪》云：「張安道未第時，衣食不給，然氣自豪，未少貶，與石曼卿等往來山東，任氣使酒，見者皆下之。」亦有《咏高祖廟》：「縱酒踈狂不治生，中陽有土不歸耕。偶因亂世成功業，更向翁前與仲争。」《歌風臺》云：「落魄劉郎作帝歸，樽前感慨《大風》詩。淮陰反接英彭族，更欲多求猛士爲。」殆有不足之意，其自命亦自不凡。

咏梅多是言白，而介甫獨云「黄金紅蠟」，不惟造語巧，兼能道人不到處。梅花詩積卷累牘，皆不出和靖之右，而至東坡「竹外一枝斜更好」，雖平淡語，然頗得梅之幽獨閒静之趣。凡詩咏物，平易巧麗固不同，要能以隨意造語爲工。

范文正守鄱陽，有生獻詩言「平生未嘗飽」，公憐之。時盛習薦福寺歐碑，一本值千錢，欲爲具紙墨，打千本使售於京。一夕，雷擊碑碎。可見財有定數。又韓魏公客郭注，有美才，求室即病。年五十，未有家。公百計爲婚，惟恐其死，即以侍兒賜之，未及門而注暴卒。殆可與范客同科。

人有感懷紀事之作，一時興會所至，可以俯仰一世，永爲不朽者。如趙清獻「馬尋舊路知歸去，龜放長江不再來」、韓持國「數畝家園荒杞菊，一池秋水沸黿魚」、謝師厚「倒着衣裳迎户外，盡呼兒女拜燈前」、孫莘老「千里暮山横紫翠，一鈎新月破黄昏」、歐陽永叔「蒼波萬古流不盡，白鳥雙飛意自閑」、東坡「令嚴鐘鼓三更月，野宿貔貅萬皂烟」、蘇子美「玉帳夜嚴兵似水，茅齋春静草如烟」。又絶句「春陰垂野草青青，時有幽花一樹明。晚泊孤舟古祠下，滿川風雨看潮生。」石曼卿「簷垂冰筯晴先滴，草屈金鈎緑未回。」又「樂意相關禽對語，生香不斷樹交花」、郭功父「鳥飛不盡暮天碧，漁歌忽斷蘆花風」、張子野「浮萍斷處見山影，野艇歸時聞草聲」、賀方回「梅子黄時雨」、寇承公「杜鵑啼處血成花，梅子黄時雨如霧」、蘇明允「佳節每從愁裏過，壯心還傍醉中來」、盛次仲「看來天地不知夜，飛入園林總是春」、孔平仲「斜拖亭角龍千丈，淡抹牆腰月半稜」，皆壽世物也，定有鬼神呵護。

凡爲文，上句重下句輕，則或爲上句壓倒。《晝錦堂記》「世宦而至將相」二句，下云：「此人情之所榮，而今昔之所同也。」非此兩句，莫能承上句。又韓文「言有大而非夸」，此雖祗一句，而體勢則甚重，下乃云「學者信之，衆人疑焉」，非此兩句，亦載上句不起，此爲文之法也。永叔詩云：「春風疑不到天涯，二月山城未見花。」若無下句，則上句不見佳處，并讀之，便覺精神頓出。文意難評如此，要當着意詳味之耳。

孫莘老問永叔曰：「作文之道如何？」公曰：「無他術，惟勤讀書而多爲之，自工。世人患作文字少，又懶讀書，每一篇出，即求過人，如此少有至者。疵病不必待人指摘，多作自能見之。」此永叔以其嘗試者告人，故尤有味。梅聖俞日課一詩，寒暑未嘗易。聖俞詩名滿世，蓋身試此説之效耳。

丹青吟咏，妙處相資。昔人謂「詩中有畫，畫中有詩」者，蓋畫手能狀，而詩人能言之。唐人有《盤車圖》，永叔賦詩：「坡長坂峻牛力疲，天寒日暮人心速。」又南唐畫《四暢圖》，山谷題詩「剔耳厭塵喧」云云。且畫工意初未必然，而詩人廣大之。乃知作詩者徒言其景，不若盡其情，此題品之津梁也。

歐公詩：「身行南雁不到處，山與北人相對愁。」汪彦章詩：「路行歸雁不到處，家在長江欲盡頭。」汪雖體歐，終不如其自在。梅聖俞《鄰居》詩，又不如徐鉉《卜居》詩之閒遠。

凡人材不一，各有長短，用其所長，事無不舉；强其所短，事必不逮。所以虞廷命官，周室分職，以器使人，君子之道。世之秉教者，知此意也否？

詩人少達而多窮，夫豈然哉？蓋世所傳詩者，多出於古窮人之辭也。凡士之藴其所有而不得施於世者，多喜自放於山巔水涯之外，見蟲魚草木、風雲鳥獸之狀，往往探其奇怪。内有憂感之鬱積，其興於怨刺，以道羈臣寡婦之所嘆，而寫人情之所難言。蓋愈窮而愈工。然則非詩之能窮人，殆窮者而後工也。且夫文學不足以發身，在春秋時，士大夫顯名諸侯，稱之至今者，皆有他事。舉大而任重，其用如穀帛藥茗。而文章者，特以緣飾而行之耳。戰國異是，一切趨合抵巇，無春秋事業矣，而文學尤爲不急。世所稱少達多窮者，自蘇、李而後，枚數之至唐，皆孫樵所論「相望於窮者」也。以其不足以發身，而取資，又多窮如此。而士或千一好焉，惟恐其學之不至，營度雕琢，會其得意，不啻如鐘鼎之獲。顧他嗜好，無足以易此者，雖數用以得詬病猶不悔，曰：「吾固有得於此也。」嗚乎！非誠心好之，孰能困而堅、往而忘返如此哉？學者觀《海陵》、《宛陵》兩集，庶乎識其依皈，知吾言之不謬。

匡山叢話卷五

鵲華館主人編集

宋元明三十八則

王介甫云：「詩家病使事太多，蓋取其與題合者類之，如此乃是。編事雖工，何益？若能自出己意，借事以相發明，情態畢出，則用事雖多，亦何所妨。」《後山詩話》云：「退之以文爲詩，子瞻以詩爲詞。如教坊雷大使之舞，雖極天下之工，要非本色。」余謂後山言太過。東坡詞最多，其間佳者，如「大江東去」《赤壁》詞、《中秋》詞、《快哉亭》、《咏笛》、《咏梅》，直造古人不到處。以詩爲詞，是大不然；謂東坡不善唱曲，故間有不入腔處，信之矣。

楊龜山云：「作詩不知風雅之意，不可云詩。詩尚諷諫，唯言之者無罪，聞之者足以炯戒，乃爲有補。若諫而涉於毁謗，聞者怒矣，何補之有？觀東坡詩，只是太露，無温厚氣，以故人得指而罪之。若是程伯淳詩，則聞者自然感動矣。《泛舟》云『只恐風花一片飛』，何其温厚也！」

石延年長韵律詩善叙事，其他無大好處。《籌筆驛》、《銅雀臺》、《留侯廟》，爲一集之冠。如五言小詩，其佳者幾矣。樂天亦善作長韵叙事詩，但格制不高，局於淺切。又不能更風操，雖衆篇之意只如一篇，今人此病頗多。

介甫言前輩詩「風定花猶落」二句，動中見静意。山谷以爲此老論詩，不失解經旨趣，亦可怪也。唐詩「海曙生殘夜，江春入暮年」，置早意於「殘」中。余謂如「鶯蟬移別樹，鬥雀墮閒庭」者，亦置動意於静中耳。東坡《眉子硯》詩「君不見」數句，似用此微意。

山谷云：「詩意無窮，而人才有限。以有限之才，追無窮之意，雖淵明、少陵，不得工也。不易其意而造其語，謂之换骨；規摹其意而形容之，謂之奪胎。」如鄭谷詩「自緣今日人心别」二句，意甚佳而病在氣不長。西漢文章，雄深雅健，其氣長故也。曾子固曰：「詩當使人一覽語盡却意有餘，乃古人用心處。」荆公「千花百卉」句、東坡「萬事到頭」句、李翰林「鳥飛不盡」一聯，其病如前所論，及山谷《達觀台》詩，凡此皆换骨法也。顧况「一别二十年」詩，尚簡緩而意確。荆公《與故人》一首、樂天「臨風杪秋樹」一篇、東坡「兒童誤喜」一聯，凡此皆奪胎法也，學者不可不知。

爲詩文嘗患意不屬，或只得一句，語意便盡，欲足成一章，又惡其不相類。若未有次句，即不若且休，養鋭以待新意。若盡力須要相屬，譬如力不敵而苦戰，一敗之後，意氣沮矣。又用事琢句，妙在言其用，而不言其名。大家中備有此法，惟荆公、東坡、山谷三公知之，觀其詩自見。故賀方回嘗言學詩於前輩，得八句云：「平淡不流於淺俗，奇古不鄰於怪僻，題詩不窘於物象，叙事不病於聲律，比興深者通物理，用事工者如己出，格見於成篇，渾然不可鐫；氣出於言外，浩然不可屈。」盡心於詩，守此勿失。至詩對句法，人能窮盡其變，不過以事、以意、以出處具備謂之妙。荆公平日屬對極有功，其集中備得之矣。讀者宜詳味之，亦一徑也。

句法之學，自是一家工夫。昔有人問山谷「耕田欲雨刈欲晴，去得順風來者怨」，山谷云：「不如『千岩無人萬壑静，十步回頭五步坐。』」此專論句法，非講義理，蓋七言詩四字、三字作兩截也，此句法出《黄庭經》多此體，張平子《四愁詩》句句如此。至五言中亦有兩截者，少陵云：「不知西閣意，肯别定留人。」山谷尤愛其閒遠，與上七言同。

東坡作《病鶴》詩，嘗寫「三尺長頸瘦軀」，闕第五字，使客下之凡數字，乃徐出其稿，是一「閣」字。此字既出，儼然見病鶴矣，此前輩用字之工。吕氏又云：東坡《三馬贊》「振鬣長鳴，萬馬皆瘖。」此乃不傳之妙，學詩文者，能涵泳此等語，自然有入處。

魯直换字對句法，如「只今滿座且尊酒，後夜此堂空月明」、「秋千門巷火新改，桑柘田園春向分」等句，其法於當下平聲處以仄字易之，欲其氣挺然不群，前此未有。此體獨出於老杜，而山谷變之耳。杜詩「負鹽出井此溪女，打鼓發船何郡郎」、「沙上草閣柳新暗，城邊野池蓮欲紅」，似此體甚多，今俗謂之拗句。張文潛云：「以聲律作詩，其末流也，而唐至今詩人共守之。獨魯直破棄聲律爲五、七言詩，如金石未作鐘磬，渾然有吕外意。」余則謂不然。古詩不拘聲律，自唐至今，詩人皆然，初不待破棄聲律。詩破聲律，老杜先有此體，如《絶句漫興》、《夔州歌》、《春水生》，皆不拘聲律，渾然成章。覽者自知，初不自魯直始也。

李義山《雨》詩「摵摵度瓜園，依依傍木軒」，此不待説雨，自然知也。後山谷、無己諸人，皆有此體作咏物詩，不待分明説盡，只彷彿形容，便見妙處。大凡作詩，不可鑿空强語，出於牽强，如小兒就學，俯就課程耳。李、杜、韓、蘇法固有在，然不若徧考精取，悉爲吾用，不至窘於一律。

詩者，人之情性也。非强諫争於廷，怨忿詬於道，怒鄰駡坐之爲也。其人忠信篤敬，抱道而居，與時乖逢，遇物悲喜，同牀而不察，并世而不聞，情之所不能堪，因發於呻吟、調笑之聲，胸次釋然。而聞者亦有所勸勉，比律吕而可歌，列干羽而可舞，是詩之美也。其發爲訕謗侵凌，引頸以承戈，披襟而受矢，以快一朝之忿者，人皆以爲詩之過，是失詩之旨，非詩之過也。此意山谷亦曾言之。

古人有言：「并敵一嚮，千里殺將。」要須心地收汗馬之功，讀書乃有味。棄書册而游息，書味猶在胸中，久之乃見古人用心處。如此則盡心於一兩書，其餘如破竹，皆迎刃而解耳。山谷嘗喻植楊：「楊，天下易生之木也，倒植之而生，横植之而生。然一人植之，一人拔之，雖千日之功皆棄。」此最善喻。

子美詩云：「天欲今朝雨，山歸萬古春。」蓋絶唱也。唐子西《惠州》詩亦云：「雨在時時黑，春歸處處青。」又云：「片雲明外暗，斜日雨還晴。」「山轉秋光曲，川長暝色横。」皆閒中句也。徐忻《劍池》詩云：「劍去池空一水寒，游人到此凭欄干。年來是事消磨盡，只有青山好静看。」《和雪》詩：「着衣輕有暈，入水淡無痕。」皆有唐人風氣。

張子野與柳耆卿齊名。當時以子野不及耆卿，然子野高韵，是耆卿所乏處。近世以來作者，皆不及少游。如「斜陽外，寒鴉萬點，流水繞孤邨」，雖不識字，亦知其語好。陳無己稱：「詞手并推山谷，唐諸人不逮也。」晁無咎稱：「山谷不是當家語，自是著腔子唱好詩。」二公品題不同如此。自今觀之，山谷詞亦有佳者，少游詞雖婉美，力失太弱。二公之言，殊過譽也。

唐子西上張天覺詩，質而不俚，「周公禮樂」云云，又善諷誦，當而有理，皆可法也。《湖上》詩：「佳月明如哲，好風聖之清。」《暮歸》詩：「草青仍過雨，山紫更斜陽。」語皆新奇。張文潛詩「新月已生飛鳥外，落霞更在夕陽西」，乃用郎士元詩「河源飛鳥外，雪嶺大荒西」之意。

梅聖俞有《續金針詩格》、張天覺有《律詩格》、洪覺範有《禁臠》，皆論詩也，各有妙處，隨人取用。至冷齋推道潛，作詩追法元亮。其詩有逼真處，如「數聲柔櫓蒼茫外，何處江村人夜歸」、「隔林彷彿聞機杼，知有人家住翠微」，余細味之，句格固佳，却不類元亮，若東坡和陶諸作，方是逼真。僧惠洪之言，豈足憑哉？

蔡元定嘗語其門人曰：「高士劉皋言：士大夫以嗜慾殺身，以財利殺子孫，以政事殺人，以學術殺天下。」後世味之，當有所指。然非神仙中人，亦不能爲此語。

靖康之亂，二帝北行。當時從者尚衆，惟李若水、張叔夜以忠烈聞。軍駐白溝河，張睹上受逼之情，不忍忿忿，仰天狂詈，泣吟二句云：「一腔血熱塵難洒，四塞天低日不明。」嘔血數斗而死。後世竟無知者。

咏婦人者，多以歌舞爲稱。梁元帝、陰鏗、江總、王勳、劉希夷皆用之。杜少陵取爲艷曲云：「清江歌扇底，曠野舞衣前。」最工。

作祭文，唐人多用四六，退之亦然。故李易安祭趙湖州嘗主此法，殆婦人四六之工者。而寧宗時，又傳章文虎妻劉文美有《寄夫》詩云：「碧紗窗外一聲蟬，牽斷愁腸懶醉眠。千里征人歸未得，無言空撥玉爐烟。」與清照工力悉敵。

謝叠山先生云：「黄山谷論詩詞高勝，要從學問中來，信然。今之學者雖時有妙句，譬如合眼摸象，隨所觸體，得一處非不即似，要且不是，若開眼全體見之，合古人處不待取證也。」又云：「詩文不可鑿空强作，待境而生，便自工耳。每作一篇，先立大意。長篇須曲折三致意，乃可成章。」又許文正公云：「讀《莊子》，令人意寬思大，敢作；讀《左傳》，便使人入法度，不敢容易。二書不可偏廢。」吾謂作詩亦有不可偏廢處，學者當自思而得之。

僧參寥標置自矜，嘗歸西湖，經臨平道中，作詩云：「風蒲獵獵弄輕柔，欲立蜻蜓不自由。五月臨平山下路，藕花無數滿汀洲。」東坡見而賞之，訪於西湖，遂爲相知。

作詩者陶冶物情，體會光景，必貴乎自得。蓋格有高下，才有分限，不可强而致也。譬之秦武陽氣蓋全燕，見秦王則戰掉失色；淮南劉安雖爲神仙，謁帝猶輕其舉止。此豈由素習哉？《西清詩話》謂少陵、太白當險阻艱難，流離困躓，意欲卑而語未嘗不高；至於羅隱、貫休，得意於偏霸誇雄，逞奇語欲高，而意未嘗不卑。乃知天禀自然，有不能易者。」世傳華州張元詩有奇氣，獻當道少所許可，後入夏教元昊爲亂。迨韓魏公撫陝，書生姚嗣宗呈詩，亦疎狂甚。公謂僚佐曰：「此人若不收拾，又一張元矣。」表薦官之，所謂大臣當國事，貴審其機也。

宋末死節諸臣，文山之外，張、陸爲最。而二公氣蓋乾坤，竟無成功，天定勝人，運實爲之。張、陸詩無傳，文文山詞多雄浩。可見天地間自有正氣，固不必在爲之歌也。

《松雪雜記》云：「居吴下，至一寺中，見題一絶云：『黄葉西陂水漫流，蘧蒢風急送扁舟。夕陽暝色來千里，人語雞聲共一丘。』詢之，爲寇主簿作，人已物故久矣。或傳寇爲萊公後，蓋不可考。」子昂愛而和之，詩載其全集中。

李崆峒云：「元人自有詞派，少唐人蒼豪之氣，較之有宋，尤爲綺膩者也。薩天錫詩『梨花滿院不勝寒，旖旎仙姿蟬畫闌。爲愛看花歸去晚，看花人轉作花看。』尚出新裁。至許魯齋乃性理之學，其詩自高一籌。全集行世，學者知所求之，則思過半矣。」

元初，天下未寧。謝叠山先生埋頭雲山，以理學自任，經籍中具有著論，功亦偉哉。古文之外，詩不多見。嘗考其論爲詩之道，有取焉。先生曰：「近世作詩，以字句争工，非不知漢魏，並無功於唐人，蓋淺視《三百篇》者也。《三百篇》中，無法不備，後人得之，爲騷體，爲建安；擴而充之，爲六朝，爲三唐。千變萬化，注有源流。學於斯者，舍近而圖遠，其猶論文而厭經史，學字而畔鍾、王，有是理乎？」

元好問《説詩》云：「選詩在於取法，或因字句未妥，少改數字，使一篇語工而意足，了無鑱斧之迹，真削鐻手，亦極難矣。王介甫改唐詩，嘗有點金爲鐵處。如東坡『青寒入山骨，草木盡堅瘦』之句，精研絶韵，後人焉能易議？讀至『浮雲時事改，孤月此心明』，入道高妙，此老胸襟，無一毫窒礙。」

趙文敏夫人姓管，名道昇，善畫能詩。日者文敏欲置妾，以小詞調夫人，即援筆答之云云，不甚雅馴，皆戲謔之詞，不俱載。公得詞大笑而止，當時傳爲美談。

番禺屈翁山《登魯連台》詩云：「一笑無秦帝，飄然向海東。誰能排大難，不屑計奇功。古戍三秋雁，高臺萬木風。從來天下士，只在布衣中。」誰謂唐音不復作耶？

元楊廉夫，號鐵崖。泰定年間進士。居會稽山，後隱泖湖卒。臨川聶大年題其詩集云：「金鈎夢遠天星墜，鐵笛聲寒海月孤。」楊母夢金鈎而生廉夫，其生平好吹鐵笛，故云。公詩多艷詞，《城西美人歌》、《西湖竹枝》，皆傳行一時。至正戊子，偕茅山老仙、玉仙子、妓瓊英遊石湖諸山，作《花游曲》，最警策。學者取法焉，自見一代雅音。近觀《堯山堂紀》，知與揚州丁鶴年倡和詩極多，而丁尤有仙氣。至弘治中，曾見夢於四川周洪謨云云。

王冕，元末諸暨人。好讀書擊劍，或騎牛持《漢書》，人目爲狂。嘗遊燕都，秦不花薦以館職，冕曰：「不滿十年，此中狐兔遊矣，何以禄爲？」工畫梅，作没骨法，貴人争求之。乃自畫一幅張壁上，題云：「冰花箇箇圓如玉，羌笛吹他不下來。」或以爲刺時。歸隱九里山。明師取婺州，物色之，授參軍。

趙子昂甥王蒙，好爲宫辭。俞友仁見之，嘆曰：「此唐人得意句也。」遂妻以妹，亦詩人之佳遇也。摘録一絶云：「南風吹斷採蓮歌，夜雨新凉太液波。水殿雲廊三十六，不知何處月明多。」

明高季迪論近詞人趙文敏、元好問、揭傒斯而外，當推馬東籬、薩天錫、王叔明爲最，其餘專工艷曲，不足道也。度其意，取法尤在三唐，觀其咏畫犬詩可見。

明長洲沈石田以畫名，詩亦清麗可人。《吴姬曲》云：「前年别郎三月暮，東蕩西飄不知處。願彈紅淚濕楊花，總饒輕薄飛難去。」似有所爲。至祝枝山，亦有詩名，惜世無傳。閲《青泥蓮花記》有《題秋香便面》一絶：「晃玉摇銀小扇圖，五雲樓閣女仙居。行問著過秋香字，知是成都薛校書。」皆畫家之餘技也，李夢陽先生頗稱之。

武功康對山先生少年科第，有盛名，以劉瑾案落職。好樂府歌曲，以聲妓自隨。癖於鼓，作《百年歌》爲壽。卒後蕭然，家餘鼓三百副，其風致如此。詩以《邯鄲美人歌》傳世，與名流王敬夫相契。晉陵蔣仲舒頌其《無題》詩數首，足駕温、李而上。

明某公得河東君柳如是，隱紅豆山莊，唱吟於内，其心情可見。世傳《長干行》、《徐孃歌》，得長慶聲調，惟冒辟疆題陳其年畫紫雲像絶句，力能敵之。至吴梅村已見重當時，隻字流傳，人争購寫。論者以爲杜牧風流、樂天才思，不足道也。

長洲尤展成，好爲樂府雜劇，悲歌激楚，不異玉茗主人。王阮亭最賞契之。《弔何澹玉》《别静容》諸作，集中首推，雖義山見之，亦有服心焉。汪鈍翁《説鈴》云：「宋荦牧仲最重子瞻，祥符周櫟園最重杜牧，而西堂獨好少游。人之趨向不同，故所取各異。後世學者，當折衷於杜、李之間，自有氣骨，不能爲香焰之習俗所汙也。」吾於此三致意焉。

蠡莊題詞

往歲需次東省，與天津周太守少颿獨稱契好。時談及其故人王曉堂學博品誼真醇，識見宏遠。其游梁苑最久，一時當道争延上賓，皆能得其匡益。至遇事慷慨，尤不可及。而琢句論文，乃其餘事耳。維時曾以不獲一見爲憾。及余由東而西，由西而北，前後十數年，不復知其説駕何方。辛卯秋，再過歷下。值曉堂先生設帳濟東道憲署中，即修函，索其近作，因得相晤，情意殷殷若故舊。然聞所刊《歷下偶談》已附刻余七絶二章，足徵心心相印，宏奬風流。乃曉堂累於刻書，又家窶甚，惜余愛莫能助，不禁同唤奈何矣。適因其著《匡山叢話》成，將謀付梓，荷靳觀察雲屏先生已爲之序，余深佩其論詩鴻博，取法精嚴，大有裨於後學。《漁隱》、《詩總》後，曾不多見。孛綴數言，附諸驥尾，蓋誌詩有同聲，雅稱幸會云爾。時余匆匆作濟河遊，書爲他日擷芳之證。辛卯小春，玉堂袁潔并識於歷山旅館。

名媛韵事

名媛韵事提要

《名媛韵事》五卷，據道光十三年瓶花閣新刊本點校。撰者王偁，生平見《歷下偶談》提要。按《匡山叢話》辛卯秋王偁自序已言及《韵事》之刻，書似成於《叢話》前。而此本題「癸巳仲秋新鐫」，首有王氏妻杜玉貞序，謂「壬辰秋暮夫子偶選名媛舊句」，則已在《叢話》後。王氏《歷下偶談》已録有女詩人之作，此則再作專門之輯。以閨秀、侍姬、名妓之身份分卷，歷朝名媛外，多爲本朝女詩人，玉貞夫人亦列在侍姬卷中。所録薛濤、李清照、蘇軾側室朝雲及明末秦淮八艷等，人所共知；又有苗五美人，與程嘉燧（孟陽）純爲文字交。其他諸女亦多以文字勝，全書旨趣實正而不艷。杜氏序翻「不平則鳴」之説，謂「亦有得其平而自鳴者，鳴不鳴固無害於理，而鳴得其道則壽也」，此與翁方綱不服「窮而後工」，唱「富亦能工」説同調。蓋其夫曾受學於覃溪，故有此相應之論。道光初尚承乾嘉盛世餘澤，士農日常生活猶存平静，遂致迭出此種議論也。又本書前原有袁潔《蠡莊題詞》一篇，實即袁所作《匡山叢話》之跋（亦名《蠡莊題詞》）原版，今删去。

瓶花閣序

大凡物不得其平則鳴，亦有得其平而自鳴者。鳴不鳴，固無害於理，而鳴得其道則壽也。蓋天地有自然之音律，風雨、雷電、草木、鳥獸，雜鳴其間，是物之興於時，猶理之成於裕也。上而賡歌拜颺，自足鼓吹休明，而下而勞人、思婦，以及里巷之牧豎、田野之蛩蟬，皆有以被其化。化之成於裕者則動，人之移於情者則思。思不能强人而致，化不能無感而興，夫安得不有無已之情而爲無艾之聲也哉！壬辰秋暮，一家兒女，病卧牛衣，與夫子相持以勤，繼勸以勉。夫子偶選名媛舊句，雜綴以事。長夜殘燈，半予校録。凡詩之見於他集者不俱載，得七十七人，分爲五卷。嗚呼！諸麗人固有不得於時者，存乎辭，曾不識當日較予與夫子爲何如？聊編其詩，以消窮居之歲，俾世之閲是集，而有以知壽人之難，而自壽者爲尤難。欲求難以耘人，則我之壽不壽，固不暇計，亦安知斯詩之與事，果有當於理否耶？壬辰閏月杪歷陽寶田女史杜玉貞序。

名媛韵事卷一

鵲華館主人編輯

閨秀上

李易安

風詩而外，漢之唐山夫人班婕妤、曹大家及文姬、道韞輩，皆以明通著，其下無聞焉。豈真少字句之足傳哉？蓋婦女不尚文字，而偶有所作，未及達好事者之口，故無以徵諸紀載。宋李易安居士，獨以集顯，而詩不概見，《漁隱叢話》僅載其斷句云：「南來尚怯吴江冷，北狩應悲易水寒。」又云：「南渡衣冠少王導，北來消息欠劉琨。」《清波雜志》載其和張文潛《浯溪中興頌碑》二篇，詞長，不備録。

管氏

吴興趙孟頫夫人管氏，名道昇。世知善畫竹，而詩卒無聞。偶閲《婦人集》，陳其年叙管氏《題畫竹》一絶最妙，是否夫人所作，聊存諸好事者之口云爾。詩云：「誰裁弄玉碧雲簫，吹過瑶臺月影遥。白鳳一雙何處下，水晶宫裏赤闌橋。」

吕氏

吕氏，陝西詩人朱輔熙室。幼與朱同館讀，有夫婦之約。稍長，絶不得見。朱爲詩貽之，氏依韵和，有「妾爲君亡君莫痛，君身自重妾身輕」云云，爲其父所見，遂以歸朱。記其《新豐懷古》詩云：「已棄滎陽鼎上翁，何勞關内置新豐。若教項羽爲天子，今日何人齒沛公。」絶無脂粉氣。又傳有《拜新月》七古一章，長不俱載。

黄氏

楊升庵夫人黄氏，多才而文。楊戍滇中，夫人寄詩云：「雁飛曾不到衡湘，錦字何由寄永昌。三春花柳妾薄命，六詔風烟君斷腸。曰歸曰歸愁歲暮，其雨其雨怨朝陽。相聞空有刀環約，何日金鷄下夜郎。」又有《黄鶯兒》一曲，尤妙。楊句云：「易求海上瓊枝樹，難得閨中錦字書。」讀者傷之。

曹妙清張妙净

明初杭州女士，一時有二妙之稱。按妙清姓曹氏，號雪齋。居西湖上，善鼓琴，工書。嘗和楊鐵崖《西湖竹枝詞》云：「美人絶似董嬌嬈，家住南山第一橋。不肯隨人過湖去，月明夜夜自吹簫。」其他佳句尚多，不能悉載。妙净姓張氏，字惠連，亦居錢塘。善詩章，精音律，有《春夢樓吟草》行世。亦和楊詩云：「家住城西新婦磯，勸君莫唱縷金衣。琵琶原是韓朋木，彈得鴛鴦一處飛。」

范洛仙

如皋閨秀，傳以范洛仙爲最。按氏名姝，字洛仙，詩人獻重之女姪，適同邑諸生李延公，著有《貫月舫集》行世。記吟《蟋蟀》一首絶佳。云：「秋聲聽不得，况爾發哀音。遊子他鄉淚，空閨此夜心。已愁衾枕薄，還慮塞垣深。蕭瑟西風緊，堪憐雪夜侵。」

氏健吟，一時得吴蕊仙、蔣冰心、周羽步、吴眉蘭諸女士爲詩友。閨中建社，主持風雅。冒青若贈有七律，傳頌一時。氏夫延公亦能吟，愧不企及，亦如李易安之克迪趙湖州也。氏嘗新秋病卧，延公寄詩奉慰，氏於雨窗下力疾口占云：「惆悵連宵雨勢淫，相思無那病來侵。草亭乍逼蛬啼急，葯餌難攻愁諦深。團扇孏揮魂莫定，疏簾不捲獨微吟。勞君慰我書頻寄，何日能寬別恨心。」羽步亦有和章，容再抄録附後。

氏與諸女士唱和甚多，惟眉蘭、羽步爲最契。眉蘭先卒，氏輓之，云：「辭却人間近一年，傷心惟見草芊芊。泉臺隔斷情難斷，夢裏相逢覺後憐。」情見乎詞矣。

苗五美人

世傳苗五者，休寧苗公玉海女也。公工畫美人，兼善詩，同邑詞老程孟陽獨雅重之，數與唱和，曾贈長韵廿二，載《徐虹亭集》中。氏有送别程詩二首，最惋悽，云：「蕭蕭帆舉下中流，仍倚江邊悟别樓。不覺歡娱成舊恨，更將新句結離愁。」「緜緜寒夜已消魂，况復鳴琴月在門。共道絃中流水澀，秦淮霜苦縮潮痕。」别後氏遽逝，與程爲文字交，終不及於亂，誠爲難也。

王美君

福清林子幼，文茂之父也。七歲能詩，十三上書督府，後舉春官不第，發憤亢直，先後下吏。夫人王氏，名婭，字美君，能詩。林又上書勦寇，王寄詩勸之，云：「海寇無端欲弄兵，滿廷文武策誰成。兒夫自有終軍志，未必中朝許請纓。」語多慨激，亦女俠也。

宫婉蘭

婉蘭，泰州宫紫元女。適邑諸生冒褒，著有《梅花樓詩》。其娣姒嫂姪，皆擅風雅。七弟東表尤聰敏，嘗同游金山，登舟阻風雨。東表先得句，氏即口占和云：「十日樓前對早梅，片帆何事忽相催。多情只有狂風雨，時遣行人去復來。」

張璧娘

張璧娘，閩縣良家女。早寡，光麗艷逸，愛林子真之才，而越禮焉。林移家臨清，氏感念而殁。記其寄林詩云：「黄昏鵶子翠消鴉，簟拂層冰帳九華。裙縷褪來腰束素，釧金鬆盡臂纏紗。窗前弱態眠新柳，枕上迴鬟壓落花。不信登牆人似玉，斷腸空盼宋東家。」林有悼氏詩，載《本事詩》中。

葉小鸞

吴江葉仲韶夫人沈宛君，生二女，長曰紈紈，幼曰小鸞，皆能詩。小鸞年十七，未嫁而夭，紈紈以哭妹來歸，亦死。宛君神傷，三年而亡。仲韶集宛君詩曰《鸝吹》，紈紈詩曰《愁言》，小鸞詩曰《返生》。鸞有《授戒呈泐師》一絶，云：「身非巫女快行雲，肯對三星蹴絳裙。情映聲中輕脱去，瑶天笙鶴兩行分。」已成讖矣！紈紈哭妹，及仲韶哭女詩，篇長不及備載。宛君有《除夜悼女》詩，云：「惡風吹斷鬢，寂寂歲窮天。落日照新鬼，傷心送舊年。室連雙繐帳，腸斷一詩篇。臘酒澆難醒，寒花淚紙錢。」

冒德娟

氏爲如臯鑄錯老人女，適貢生石渠開，著有《自怡軒詩鈔》。其父叔兄弟皆一時詩人，受益尤多。記《夜雨》一絶云：「細數鐘聲慰寂寥，無端風雨更蕭條。春來何限傷心事，賸有殘燈度此宵。」

王玉映

玉映名端淑，季重先生之女。適貢生丁聖肇，偕隱青藤書屋。少時夢隨羽客，陟廣寒園，曰青蕉，因作《青蕪園記》，系以詩云：「颺如冲舉近黄冠，引入青蕪認廣寒。丹草芃芃新月映，雙鬟隊隊白雲攢。幽遊一晌歸春杳，謫落三旬解俗難。敗葉聲敲清夢遠，荒鷄啼徹曉鐘殘。」因自號映然子。工詩，善楷法，選《詩文緯》行世，一時毛牲、曹爾堪皆與唱酬。

紀阿男

上元紀映鍾先生，有妹名映淮，字阿男。善詩，以「栖鴉流水點秋光」之句，見稱於王阮亭尚書。嘗題徐虹亭《本事詩》一絶，云：「風雅松陵勝昔時，力裁僞體出偏師。徐郎《本事》從珍重，始信無情未是詩。」蓋爲兄作也。尚有和漁洋《秋柳》詩四首，一時絶妙，載《秦淮雜記》。

鄧繁禎

氏字墨嫻，鄧謙谷先生女，通州世族也。適冒禹書。著《静漪閣詩草》。謙谷詩名軼世，氏隨父屢遊南北。有表妹許苓仙，亦工詩。記氏贈詩云：「渭陽小妹擅才華，道韞無慚出謝家。緑鬢光偏憐素影，芳姿弱不勝春紗。玩花攜手詩情劇，愛月開簾秋思賒。縱隔雲山原咫尺，惱人離別是啼鴉。」

張紅橋

張氏，閩之良家女。居紅橋，因以自號。聰敏工詩，後歸林鴻，有《和鳴集》行世。記和林贈詩云：「橋外千花照碧空，美人遥隔水雲東。一聲寶馬嘶明月，驚起沙汀幾點鴻。」蓋謂林也。

鄒氏

鄒氏，河内人，適花泰隆。有《緑筠樓詩》二卷。其女亦能詩，適邑諸生李嘉穀。《寄外》詩云：「料峭輕寒慎起居，臨風珍重祝雙魚。他鄉縱有知音客，未必寒窗伴讀書。」聞之范方湖孝廉云。

范貞儀

氏，如臯范毅女，適貢生高纕。李安瀾先生云：「越九年，夫歿，守節三十載，旌入邑志。氏賢孝，工詩，尤善持家。諸幼叔皆賴以立，操可風焉。著有《愁叢集》。記《省墓》句云：「塚中人隔烟霞冷，閨裏愁摧鬢髮秋。」《示叔》云：「雲破天青新透月，蠹侵塵暗舊藏書。」《詠柳》云：「嫩葉不禁風雨力，柔絲幾繫古今情。」皆佳。至《營葬遇雨》一絶，尤悽楚，云：「颯颯西風旆影寒，將孤扶櫬葬江干。蒼天一似憐嫠婦，淚雨淋漓滴未乾。」

吴師韞

氏字慧莽，維揚吴方村女。適武林詩人施粲，有《蕉雨軒遺稿》。張芝香司馬誦其《閨中曲》云：

「日高人已罷梳頭，淡淡眉山畫便休。怕見陌頭楊柳色，一春從不上妝樓。」其妹澤文亦工韵語，閨中唱和尤多。慧莽和妹《秋蟬》詩云：「最是銷魂落照低，一聲衰柳白門西。月明隋苑含風咽，雨歇章臺抱葉嘶。好與寒螿同梗泛，也和秋燕一枝栖。前身説是姬人化，常向深閨道姓齊。」

名媛韵事卷二

鵲華館主人編輯

閨秀下

王秋英

自古選閨秀詩，唯宋之《麗人雜記》爲最著，其次則徐虹亭之《本事詩》，陳其年之《婦人集》。本朝乾隆年間，婦人能詩頗多，江以南則盡羅之於《隨園集》中。近聞麟見亭中丞太夫人輯《名媛詩萃》，搜羅殆盡，已刊有成書，惜未之見。兹所抄撮特簡編之餘耳。明汾陽韓生夢雲授經藍田，一日過湖山，見遺骼而掩之。是夕，宿書舍，一童欵門投刺曰：「娘子奉謁。」俄麗人至，拜謝掩骨之事。問其家世，曰：「楚人也。姓王，名秋英，字澹容。元至正間從父之任，逼寇投崖而死。今得遇君，亦夙緣也。」遂薦枕。生還家，女遣童子寄詩云：「朔風撼撼憶瀟湘，滿樹歸鴉噪夕陽。不見王孫停駟馬，惟聞牧監唤牛羊。荒山野水悲長夜，懶鬢疏容怯凍霜。漠漠陰雲愁黯黯，幾時相對一爐香。」後舉鬼子，恐招物議，寄養湘陰朱氏。遲十八年，招生至朱所認子。子贅楚，易姓。一日，英復至，共攜歸晉。囑生曰：「緣盡矣！」揮涙别去。

田娟娟

木生元經，成化年間，三泖貢生。以鄉薦入都，登秦觀峰。夢老嫗攜女贈扇，上題詩云：「烟中芍藥朦朧睡，雨底桃花深淺粧。小院黄昏人定後，隔牆遥辨麝蘭香。」生醒，扇猶在焉，甚異之。後就昏，田家女見扇，認其手跡，彼此感嘆。女名娟娟，即如夢中所云，爲田將軍少女。後生以郎官出使，女留武清，病卒。

沙懿清

沙氏，崇川世族，代有詩人。懿清，字秋月，適朱三梧，有《拾鈿遺草》傳。《課子》詩一首爲最，詩云：「謀食須耕鑿，修身在讀書。非徒勤口耳，亦足慎居諸。去惡如芟莠，希賢乃遂初。慙予胎教失，自勉庶徐徐。」質語可誦。

叢禧

氏父叢長茂，與冒巢民爲詩友。一時水繪園中，寫生設色，皆出其手，工繪事也。女適石井，補浙江二尹。篤於伉儷，尋卒。唯以《月下白秋海棠》詩傳名，云：「淡蕩秋風夜氣清，海棠嬌艷色傾城。相看最愛顔如玉，寂寞牆根卧月明。」

高槃

高與叢世爲婚。槃，即禧表姪女也。高字紉蘭，適巢民孫，著有《逸園集》。嘗寄嫂氏《梅花》一絶，云：「寄將憔悴與君看，人共梅花正一般。只恐深閨還自悟，冰霜風格有餘寒。」其風操可見。

李氏

廣東陽山王明經瑶峰之配李氏，原係浙江詩人李處士某之女。幼工詩，善書，適王，育一子。王卒，氏擕子事姑，兼操家政。葬夫及姑，皆能如儀，子若孫賴以成名。享年七十而終。著有《一桂軒詩稿》，里人丁瑶泉序刊以傳。丁獨稱其《夜坐》一律最佳，云：「蛩聲鳴静壁，花影淡疎櫺。捲幔雲穿徑，開窗月傍扃。茶香呼婢覺，書好誘兒聽。遠道懷君子，青燈火正熒。」《陽山縣志》爲之立傳。

邢蘭圃

陵縣邢普田之四女，名順德，字蘭圃。工詩文，適邑康魯瞻上舍。早歸，操家政如儀，年卅二卒。遺有詩草，舅氏李基圻刊以行世。其佳句云：「林静烏啼夜，山深鶴唳空。」「粧成嬌態人應妬，點破烟叢花欲然。」

袁機

袁爲錢塘巨姓，機乃簡齋大史女娣也。諸娣姒皆能吟，氏詩最著，俱詳《隨園集》中。此略舉見一斑云。《詠燈》云：「添盡蘭膏惜寸陰，煎熬終不昧初心。孤檠柄短吹烟澹，細雨更殘面壁深。有焰尚能争皎月，無花祇可耐孤吟。平生一點分明意，每爲終風恨不禁。」爲適高繹祖上舍，不覺系慨之深。

龐蕙纕

吴江吴聞瑋夫人龐氏，工詩。葺藤華書屋，倡和於内。揚州吴蘭次太守雅重之，寄示鵑紅《二分明月新集》，題絶句云：「朝來窗閣曉粧遲，小婢研硃滴露時。尚記淮西明月滿，清輝多半在君詩。」龐名蕙，字紉芳，又字小畹。

吴盈盈

盈盈，魏人，詩人王山數與唱和，訂婚未嫁。吴夢紅衣女招之，醒謂母曰：「兒不久於世矣！他日訪我於東山之上。」言訖卒。母依語告王，王後游岱，至玉女池，感盈盈之夢，賦詩題壁。返宿。旅次夢再游日觀峰，見石上題詩，絶似盈盈筆跡，詩云：「絳闕琳宫鎖亂霞，長生未晚棄繁華。斷無方朔人間信，遠阻麻姑洞裏家。歷劫遥翻滄海水，濃春難謝碧桃花。紫臺樹隱瑶池闊，鳳嬾龍嬌日又斜。」是夕恍惚有所遇云。

石可仙

通州石可仙，幼穎慧，八歲能詩。如皋縣丞沙熙純室，刊有《緑窗遺草》，載邑志。記《落梅》一首最妙：「昨宵竹外晚烟籠，易去春光五夜風。寂寞空庭餘瘦影，笛聲愁聽月明中。」

周羽步

吴江周羽步，名瓊，字飛卿。夫爲人中傷，陷獄。氏避居如皋，棲冒氏園。久之，崇川富人聘主姆訓。與吴蕊仙刊有《比玉集》。記《和留别》云：「易水興歌淚欲彈，孤舟殘燭夢難安。蓬窗寥落憑誰慰，歧路蕭條强自寬。碧草寒烟江上畫，野蔬村酒客中餐。更憐此夜谿前月，愁煞離人不忍看。」《溪上偶成》云：「小橋明月燕雙飛，獨倚孤松生翠微。露潤石牀苔徑冷，一溪花影抱琴歸。」佳句尚多，不及備載。

錢令暉

令暉，嘉興詩人錢五長女，著有《紉蘭草》。妹名令嫺，亦工吟詠。氏和妹《題紅白桃花》云：「武陵春色滿城開，賺得漁郎洞口猜。道是彤雲千片裏，嵊山何處雪飛來。」傳頌一時。

范毓秀

氏祖居徐州，適通之北溪徐人俊，刊有《媚川集》。時與周羽步相倡和，有《春雨》一絶云：「綉閣香初暖，連朝風雨斜。非關寒食近，春意在梅花。」

吴蕊仙

吴蕊仙，長洲人，適管予嘉。夫死，削髮爲尼，改名輝宗。晚居洗盋池，通之詩人多推尊焉。與周羽步爲友，記《和西湖女子吴芳華題壁詩》一律云：「琴斷分香萬斛愁，雲山漠漠水東流。邊城夜静烽烟隔，故國風聲薛荔秋。緑鬢朱顔傷寂歷，白楊青塚寄温柔。於今玉藐知誰賞，衰草迷離隔斷溝。」

王静儀

江南記室王鑑泉之女，名静儀，工詩。其子佛保，七歲能吟，十一卒於痘。氏哭之切，傳有《悼兒》詩十首，不具載。袁玉堂誦其《春柳》詩，絶佳，云：「細膩風光二月天，曲欄干外畫樓前。生成弱質愁偏重，占盡芳姿恨總牽。舞態低徊腰一捻，眉痕清淺月初弦。同時桃李休相妬，大道横陳更可憐。」蓋有所謂。

楊林惠

陝西明府楊魯川，黔之名士。生三女，皆能詩。林惠居仲，姊妹倡和，錦繡成帙。惠詩尤工麗，記《春日雜吟》云：「緑陰深處剪芭蕉，閒把唐詩手自抄。預識明朝天氣好，蛾眉月挂杏花梢。」雅似放翁。

白香室

直隸高陽女士白潤，字香室，廣文王香甫室也。幼聰敏，工詩詞，歸王五年而歿。王爲梓其《緑窗小草》一册，曾以示予。詩只七十餘首，取其《辭家》詩一絶云：「辭家時節值殘春，繞砌花垂曉露新。十日相看千日别，似含珠淚送行人。」

李含玉

李含玉，河南人，名藴山，寄居蘭州。范今雨誦含玉述其母題《明妃出塞圖》詩云：「馬上琵琶欲斷腸，分明曲裏怨昭陽。漢家絶少籌邊策，竟把和番仗女郎。」詩雖白描，頗出新裁。

姜善華

善華夫人，如皋姜氏女，友人孫藝圃淑配。其父生四子，而氏最穉，尤鍾愛焉。幼教之讀，二年即工韵語，加諸兄而上，亦天才也。向交藝圃，恒出其所作以取正，無體不具，法本三唐，佳句不勝舉。獨記其《送夫子歸試》一首，云：「驪歌一曲送陽關，把酒殷勤分袂難。折得柳條親手贈，歸來換取桂花看。」

陶沁雪

常熟陶廣文鎔有二女，長浣花，次沁雪，並工詩，善畫。書學《靈飛經》，娟秀無匹。浣花適蔣氏。沁雪逾笄未字，周大令鶴立之子聘爲繼室。婚未逾月而夫死，沁雪矢柏舟節，其母偶有異言，泣且拜曰：「兒非母之女矣。」遂不復歸寧。嘗自題所畫松樹云：「賦形天與堅貞節，入世人欽礧砢姿。雪冷風凄渾不覺，托根翻笑石能移。」其賢孝之概，大令集中屢言之。余聞之范方湖孝廉云。

杜玉貞

玉貞女史姓杜氏，字瑶田，濱州世族，余繼室也。幼讀書識字，後歸，余教之詩。越年，即能工。予編詩話，氏爲抄集，其功居半。偶有吟詠，予爲心折，不忍以室家之嫌而掩其所長也。摘録《春日畚桂園感懷》，寄予一絶云：「寂寞村林日夕斜，滿園紅影上窗紗。居停未免桃花笑，如此春光不在家。」范方湖孝廉稱其頗似袁素文，予爲之遜謝。

吴綉珠

綉珠，涇縣吴侍郎芳培夫子之女孫，工部檀之女也。幼許字於河内郭蘭芬茂才。氏方生時，其祖夢優婆夷以曇花貽之。幼慧能詩，及婚前夕遽卒。郭往弔，工部盛陳奩具，將以遺之，郭獨取其詩册而去。集名《綉餘吟草》，止記其二句云：「茉莉花開香到枕，簟紋如水帳如烟。」

名媛韵事卷三

鵲華館主人編輯

侍姬

朝雲

錢塘名妓朝雲，子瞻納爲侍妾。一日，與雲閒坐，見青女初臨，凉飈乍起，命雲作歌。歌才轉，紅淚雙垂，子瞻問之，姬曰：「妾所不能歌者，『枝上柳緜吹又少，天涯何處無芳草』也。」子瞻絶憐愛之。及貶惠州，家妓散去，雲獨偕往。子瞻贈詩：「不學楊枝别樂天」云云，此紹聖元年十一月事也。三年九月，朝雲奄然抱病，誦《金剛》偈四句而逝。葬棲禪寺側，後人建詩屋，環植梅茶，游人於此憩息焉。洪武庚戌，五羊孫仲衍泛舟游羅浮，道出合江，訪白鶴亭址。艤舟西湖蘇小堤下，夜宿棲禪寺，寺西雲墓在焉。仲衍憑弔久之，忽見一倩粧女子，有婢挑燈先導。衍尾之，倏不見，唯月映長廊，字跡淋漓，滿壁視之，得集古律詩云：「家住錢塘東復東，偶來江外寄行踪。三湘愁鬢逢秋色，半壁殘燈照病容。艷骨已成蘭麝土，露華偏濕蕊珠宫。分明記得還家夢，一路寒山萬木中。」「妾本錢塘江上住，雙垂别淚粤江邊。鶴歸華表添新塚，燕蹴飛花落舞筵。野草怕霜霜怕日，月光如水水如天。人間俯仰成今古，只是當時已惘然。」「三生石上舊精魂，化作陽臺一段雲。詞客有靈應識我，碧山如畫又逢君。花邊古木翔金雀，竹裏香雲冷翠裙。莫向西湖歌此曲，清明時節雨紛紛。」「杏花疏雨立黄昏，金屋無人見淚痕。短鬢欲星愁有效，此身雖異性常存。關門不鎖寒溪水，環珮空歸月夜魂。倚柱尋思倍惆悵，夜寒皴玉倩誰温。」「萬紫千紅總是春，登臨一度一思君。舞低楊柳棲心月，香濕梨花夢裏雲。風景蒼蒼多少恨，陰蟲切切不堪聞。思君今夜腸應斷，書破羊欣曰練裙。」詩共十首，今録其五律。是夜夢一女子，自稱朝雲，相與倡和，竟夕得詩百首，珍重囑付而去。仲因作《西庵紀事》長韵一篇。

小青

小青，世傳並無其人，誤也。按青名元元，廣陵馮氏女。爲錢塘馮具區子雲將妾。能詩、善畫。爲大婦所不容，屏之孤山，諷其去，青不可，鬱鬱以終，蓋志節女也。傳《題牡丹亭》一絶，云：「冷雨幽窗不可聽，挑燈閒看《牡丹亭》。世人亦有癡如我，豈獨傷心是小青。」的是青作。詩存百餘首，爲大婦焚去，後人猶以《焚餘草》一册行世。自題小照云：「冶服明粧玉樣温，碧天人遠澹無痕。畫師可有傳神手，寫出亭亭倩女魂。」其風采可想見焉。

蘇小小

小小，《驪珠紀》載：「初爲鍾陵某貴官家歌姬，某敗，流籍錢塘，名艷一時，卒後葬西湖上。弘治初，京兆于子景瞻謝事歸杭，與詩人馬浩蘭同泛西湖。馬首唱，客有扶乩者，馬請和，乩仙運筆如飛，和云：「此地曾經歌舞來，風流回首即塵埃。王孫芳草爲誰緑，寒食梨花無主開。郎去排雲叫閶闔，妾今行雨在陽臺。衷情訴與遼東鶴，松柏西陵正可哀。」題畢，自署錢塘蘇小小恭和。蓋世傳以爲仙去云。

寇白門

白門，南院教坊中女也。朱保國公娶姬，時令甲士五千，執絳紗燈照如白晝。國初籍没，朱盡室入燕，次第賣姬自給。姬度不免，紿朱曰：「公若賣妾，計所得不過數百金。令落人手，且未暇即死。尚能持我公陰事，不若令妾南歸，一月之間，當羅萬金以報，何如？」朱度不可留，即縱之去。踰月，果賚萬金來。姬能詩，傳南歸後，過秦淮，感題云：「重點盧家薄薄粧，夜深羞過大功坊。中山内宴香車入，寶髻雲鬟列幾行。」姬雖復在得意之時，能無今昔之慨耶？

周寶鐙

周炤，字寶鐙，江夏女子。初居夔州，傳其丰姿纖媚，姣好如畫。絶敏捷，知書工詩，歸漢陽李生。生固慕炤，既得，則喜過望。然家有大婦，眉黛間，炤恒有楚色。李又好客，游常攜炤殘箋數幅徧示，友人無不動色者。生篋中藏炤自寫《坐月玩花圖》，雙鬟如霧，烘染欲絶，自題小傳。滇南女士龔静照

《鵑紅集》題詩云：「葯房新咏氣如芬，柳絮名高自不群。搦管獨吟詩博士，畫眉争識女參軍。嬌藏金屋音猶遠，步出香塵色轉殷。只爲天涯消息杳，幾番愁褶石榴裙。」姬竟以鬱亡，惜詩卒不傳。李每逢人語炤，剌剌不休。

柳如是

牧齋納河東君柳如是，築我聞室以居之。嘗於鴛湖作百韵詩以贈柳。按柳名是，松江人。工詩善書，輕財好俠，有烈丈夫風。傳其名句：「當風弱柳臨粧鏡，罨水新荷照畫堂」、「銀釭照壁還雙影，絳蠟澆花總一心」，其兩情槪可想見。

陸孟珠

孟珠名燕燕，又字緑珠，蘇州人。曾爲侯門寵姬，侯亡，姬不得意，流落江湖間。製詩一卷，自號紅衲道人。傳爲人作《柳絮詞》贈姬云：「白於花色軟於緜，不是東風不放顛。郎似春風儂似絮，任他吹著也相連。」蓋有所感云。

小宛

董白字小宛，冒巢民家姬也。冒慕邢畹芬，得小宛，以擬之。作《水繪園雜劇》，悉系以詩。小宛依聲合拍，聲色俱見，一座爲之傾倒，當時比之緑珠云。有《席間戲柬諸客》一首：「塵客如雲待舉杯，香車門外屢相催。非關故意梳粧緩，自昔佳人喚夜來。」

簡簡

休寧吴干庭小妻名簡簡，嘉興才女。《寄外》詩云：「夾岸垂楊捲落花，春風咫尺是天涯。重門深鎖樓中燕，獨有王孫不在家。」

呼文如

呼文如，江夏妓也。邱謙之攜以東歸，父不許，閉置别館，呼寄詩云：「莫問天台落日愁，桃花片片水悠悠。寒窗一閉秦簫月，惹得人呼燕子樓。」往來著有《遥集編》，謙之爲之自序。

劉盻春

盻春，汴梁樂工女。年十八，與邑人周恭定情。周父錮禁不許，春杜門謝客，有雲間商賫金求之，姆欲奪其志，不從，痛加箠楚。周知之，致書，使從姆。春得辭，投繯死。及火其尸，獨所佩囊不燬，中藏詞一首，衆皆驚異。周藩誠齋爲傳其事，曰《香囊記》，見《青泥蓮花志》，誰謂青樓都薄倖也。詞云：「阻佳期，盼佳期，欲寄鸞箋雁字稀。新詞和淚題。　怕分離，又分離，無限相思訴與誰？此情風月知。」

趙燕如

燕如，秦淮名倡也。與鄔佐卿相契，贖身從之。記《謝鄔贈吴箋》云：「感君寄吴箋，箋上雙飛鵲。但效鵲雙飛，不效吴箋薄。」一時名士爲之傳頌。鄔刊艷集百十篇，皆與趙贈答者。

楊玉香

金陵妓女楊玉香，工詩，名艷一時。閩縣林景清過之，與定終身。歸林後，林復南游，泊舟白沙，夜月中，恍見玉香來，將曉，忽不見。林殊疑懼，再到秦淮，方知已前一月卒矣。林大痛，是夜仍宿舊館，徘徊不寐，忽見玉從帳中出，快如生平，吟詩云：「天上人間路不通，花鈿無主畫樓空。從前爲雨爲雲處，總在襄王曉夢中。」吟畢，林不覺失聲。尋之，遂不復見。

孫瑶華

孫氏，休寧某賈妾也。善詩歌。某出，孫寄衣，附詩二句云：「閉妾深閨惟有夢，憐君故國豈無衣。」人多頌之。

楚江

楚江，某花史家侍兒也。幼與侍婢小紅皆端麗明慧。按初本富家女，年十六，獨在花下爲一書生所調，父母怒而謫之，投水死。王母憐其幼，録爲花史，賦詩云：「片片落英飛羽客，翩翩獨向風前立。緩行徐過小橋東，只恐春衫香露濕。」其標韵如此。後降生趙地，爲花史購之。獨邀鍾憐，賦《鷓鴣天》詞贈之，楚江亦有和句，不及備載。

黄静完

黄，河南汜水人，父本色庠生，因使酒得罪於巨室，遂遁迹修武之待王邨。氏八歲，能書，春英稍長，娟麗愈形。嘗出郊游，爲河内謝守淳所見。謝，故王駙馬都尉某之孫也。既艷其色，復慕其才，因厚賂氏父，購爲側室，時年十六。歸謝後，不樂居妾行，謝以別墅之在清化者居静完。風晨月夕，日事吟咏。氏因得所有集若干卷。閲年，會謝入都，黄竟鬱鬱卒，未及，謝亦死。後邑人范大令照藜始獲其遺詩曲詞，序梓以傳。記其上夫子詩云：「保身如執玉，進道若爲山。莫習膏粱氣，須知稼穡艱。」莊重不佻，非塗澤者比。又臨終口占云：「小劫人間廿七春，飄然一葉寄吾身。而今花落天台遠，空使劉郎覓去津。」

邵飛飛

邵飛飛，福建人。國初爲旗下某御史所得，大婦不容，以配閽奴。飛飛賦薄命詩卅首而死。詩用上下平韵。東韵云：「無端蓁首似飛蓬，馬上琵琶曲未終。嫁得傖夫雙足健，乘龍佳壻可相同。」先韵云：「挑燈含淚疊吟箋，萬里緘書報可憐。爲問生身親父母，賣兒還剩幾多錢。」冬韵云：「洗盡鉛華恨轉濃，生成薄命爲芳容。可憐嫡嫡親親母，只愛金錢不愛儂。」虞韵云：「無端昔日慕金夫，堪痛雙親一樣愚。寄語故鄉諸姊妹，荆釵裙布儘堪娛。」侵韵云：「情緣已斷莫沉吟，入骨傷懷死已尋。剩有芳魂歸去好，一抔黄土百年心。」噫！可哀也已。

名媛韵事卷四

鵲華館主人編輯

名妓

薛濤

洪武十七年，五羊田孟沂從父官成都，日夕郊游。及還，遇山下桃花盛開，田徘徊林下，見一美人，延佇花際，目成笑語。攜歸其家，自稱文孝坊薛氏。相與賦詩，詩曰「韶艷應難挽，芳華信易凋」云云，八十韵，篇長不及悉録。數月後，家人覺而伺之，美人泣曰：「緣盡矣！」鄭重别去。訪之里人，指示其處，則濤墓也。因憶鄭谷詩云：「小桃花繞薛濤墳。」文孝者，乃教坊也，其爲濤魂無疑。後田舉進士，仍官成都縣令，乃重葺薛墓云。

馬湘蘭

《書影》云：「馬氏，名守真，小字月嬌。湘蘭，其别號也。以善畫蘭而得之。所居秦淮勝處。萬曆間王伯穀雅重之，嘗自金陵爲王壽，傳作《金閶勝事》。未幾病，然燈禮佛，沐浴更衣，端坐而逝。有詩二卷，伯穀爲之序。至今客有過舊院者，皆爲詩弔之。馬詩云：「自君之出矣，不共舉璚卮。酒是消愁物，能消幾個時。」楚楚有致，宜冠一時。相傳馬足稍長，江都陸無從戲以詩曰：「杏花屋角響春鳩，沉水香殘嬾下樓。剪得石榴新樣子，不教人見玉雙鉤。」按當時金陵十二名妓，而所傳文采風流，以女俠自命者惟湘蘭最著。非所謂「青蓮亭亭能自拔於淤泥者」耶？其次則如朱泰玉、鄭無雙、趙今燕。冒伯麐所集，獨取秦淮四美人者此也。

趙今燕

湘南趙今燕，爲秦淮名妓。《送張幼于還吳門》云：「花前雙淚濕衣裾，把酒江亭落日餘。此去吳門霜月滿，逢人好寄洞庭書。」雖出於妓女，不減作家。

崔重文

揚州妓者重文，小字媚兒。艷之者，目曰嫣然。居室殊潔，無一非雅人深致。記《别黄元龍》詩云：「昨夜羅幃始覺霜，馬嘶寒影候嚴裝。曉燈欲黯將離室，不道離情畏曙光。」「九月江南似小春，偷春花鳥殢歸人。粧樓直對長干道，愁見行車起暮塵。」「楓葉鵶翻秋水明，長橋衰柳古今情。尋常歌妓銀罌地，從此傷離不忍行。」「華裾賦别酒初醺，《水調》吳歌夜入雲。此曲由來能解恨，一時悽切半緣君。」人争傳之。

静容

静容，梧州名妓也。流寓吴門，意度瀟洒，不減徐娘。嘗登劇場，一座傾迷。和尤悔菴詩云：「掃眉才子忽停車，鸚鵡傳言到妾家。三日名花留坐褥，五雲彩筆照窗紗。青衫肯惜紅顔薄，翠袖容扶烏帽斜。珍重春風數相訪，小庭新樹枇杷花。」悔菴嘆服，不敢出原唱。

施碧容

歌者施碧容，石門娼也。丰姿秀逸，略識文字，而善俳諧。同人聚酒，妓爲之糾令，舉花兼鳥名，有以杜鵑應之，妓執罰，殆不知鵑亦鳥也。吴豹采戲詩云：「掃眉才子最夭斜，録事誰容觥政譁。啼殺杜鵑渾不聽，獨憐蝴蝶是名花。」舉座絶倒。《悔庵載筆》有妓送某女伴一絶云：「密約誰憐是目成，朝雲長向夢中行。關心最怕春將去，花發閒堦憶小名。」

周綺生

周綺生，名文，紹興人。隷籍曲中，遷嘉興。口多微詞，舉止言論儼若士人。嘗有句云：「掃眉才子多相忌，未敢人前説校書。」蓋自傷也。後以致身非偶，敝衣毁容，重自摧廢。晨夕炷香，佛前祈死。時作小辭寓意。亡後，檢其笥中有句云：「侍兒不解春愁，報道杏花零落。」知者傷之。

何澹玉

武陵妓者何氏，才色佳麗，狂誕無雙。年十八卒。曾有句云：「亡年才十八，死託杜鵑根。」又云：「酒香過一世，花苑活三生。」其風流可見。毘陵諸士請乩，玉恒降壇，多傳有佳句云。

近日傳有秦淮某妓贈所歡詩云：「儂似垂楊最嫩條，人前未解舞纖腰。東君最是憐春色，珍重臨風莫亂搖。」「欲把衷情訴阿郎，郎情恐不似儂長。幾番引領天邊月，纔到圓時便減光。」亦清婉可愛。

名媛韵事卷五

鵲華館主人編輯

附録題壁降乩詩事

王倩娘

吴江吴兆騫，字漢槎。驚才艷絶。數奇淪落，萬里投荒，驅車南北。嘗見旅壁有金陵王倩娘題詩，後乃知爲吴所託名，聊以寓其哀怨之情。詩云：「憶昔雕窗鎖玉人，盤龍明鏡畫眉新。如今流落關山道，紅粉空蒙塞上塵。」多有和之者。故計改亭詩云：「最是倩娘題壁句，吴郎絶塞不勝情。」聞者嗚咽。

宋蕙湘

秦淮女子宋蕙湘，被難走天涯。曾題詩於衛輝店壁，傳鄴城亦有題句，余未之見也。詳尤西堂集。詩云：「風動江空羯鼓催，降旗飄颭鳳城開。將軍戰死君王繫，薄命紅顔馬上來。」范貞儀亦有和句，容補入。

趙雪華

吴中驛壁多有題咏，徐夜和雪華詩云云，乃甲申後，傳爲羈婦趙氏句也。「不畫蛾眉向碧紗，誰從馬上撥琵琶。離亭空有歸鄉夢，驚破啼聲是夜笳。」事詳《南行載筆》。

臺城題句

「南朝天子一愁無，石子岡連玄武湖。草緑離宫人不到，日長唯勑阮佃夫。」「臨春閣外渺無涯，烽火連天動妾懷。十萬長圍今夜合，君王猶自在秦淮。」讀者洒淚，其當時之時事可悲也。

柳毅井

具區山東有井，世傳爲柳毅所鑿，即唐時之涇陽寄書娶龍女者。嘉靖中，山西田子蓺同友游湖，憩此井欄。吟詩時，林月將升，隱見一美人，若隔烟霧，遥和云：「橘花如雪晚風清，迢遞關山春夢驚。明月一天凉似水，不堪重省舊時情。」欻不見，掘井得石，題爲龍井，因建祠其上。

降乩女

近日蜀中某上舍偶設乩招仙，既降壇，則薛濤也。一時名士唱和詩數十首。一日又扶乩，則其本宅土地神至，戒上舍云：「爾素方謹，日前何得邀一少年女子至家？」問：「女子作何狀？」乩云：「着藕色衫，絳紅裙子，年約廿許。在乩壇上。爾先祖見之，甚怒，囑予相戒，後不得復然。」上舍遂撤乩。此道光壬午事也。濤殁已九百年，而靈魂猶在，且仍作少女狀，奇哉！予聞中江何孝廉蓉生説，時在坐目覩云。

嵎陽詩説

嵎陽詩說提要

《嵎陽詩說》八卷，據道光十三年瓶花閣新刊本點校。撰者王偁生平見《歷下偶談》提要。此書有王氏道光十三年癸巳中秋跋，知成於《韵事》稍後。又卷八言其緣起，謂其父昔作有《詩說》廿卷，痛其稿散落不存，故有是作。又謂前四卷多述前人之論，後四卷出自己意。然細按之，其所謂前人之論者，卷一多録自《苕溪漁隱叢話》，餘三卷多録自《隨園詩話》，於漁隱概不出名，袁枚之名則有出有不出，乃其《叢話》故技耳。後四卷之自述部分，議論稍可觀者仍多從《隨園詩話》來，或徑録，或借言而立論，自家意實寥寥。其最喋喋不休者，乃歎布衣成名之難，必得當道者襄助始傳，情雖可憫，而不免酸腐可厭，不如《隨園詩話》之周旋當道而復有傲氣存焉。併世詩人則推崇張問陶、張祥河，蓋比年受知於詩舲，而轉於袁潔有微辞矣。二張之詩，詩舲實不足與併。此書粗疏之病益發觸目，如卷八有李滄溟教人學朱竹垞，幾不成語。跋語則自我期許甚深，至言知我罪我，惟在此書，豈其然乎。

嵎陽詩説序

梁鍾嶸《詩品》，取漢魏至梁能詩者一百三人，分爲三品，每品各冠小序，每人又系論斷。説者謂其妙解文理，不減劉勰。自是唐司空圖《二十四詩品》，各以四言韵語，寫其意境，平奇濃澹，無體不備，詳且盡矣。厥後撰詩話者莫盛於宋，而傳於世者，要以歐陽文忠公《六一詩話》爲最古。其以論文爲主，而兼記本事，諸家詩話之體例亦創於是編。吾友曉堂師其意，著《詩説》八卷。自漢魏迄國朝，或因詩而論其人，或因人而論其詩，大旨在申明詩家用字録句、相承變化之由。考證品評，於源流得失，尤具鑒裁，可謂善言詩者也。余與曉堂契最深，今春自歷下來京，出是編問序於余。余讀之贊賞不置，因舉一己之私見，質之曉堂，序其本末而進之。

道光癸巳花朝日，美田谷善禾序於都門之蔬香書室。

原叙

戊寅〔務〕〔初〕嵎山詩人王曉堂，持家恭甫信來豫，與論時事，聆其語次，學問具有根柢。生平著作，富有奚囊，讀所譔《詩説》，深得唐人三昧，誠足彪炳當代，啓發後賢。吾閲人已多，如曉堂者，慷慨有爲，無以展其才華，情性天真，極似吾鄉前輩孟揚檢討。至所癖，尤好羅刻遺詩，闡發幽光，功不在倉山下。嗟乎！從來好名在寒士爲難，况其終年託鉢衣食，不計專功，耘人之所不能耘者，豈不以爲癡且愚乎！其愚處正不可及。己卯，曉堂將應舉優，匆匆北上。余持節歷河朔，僅一再見。聊題數語於《詩説》編首，他日曉堂建樹，必有大過人者，援其功，固知其不至終窮矣。七閩通家弟陳若霖書于夷門公廨。

詩說序

詩之有説，由來尚已。自《三百篇》各有小序，而《韓詩》復有《外傳》，是皆以推原作者之意，而指事陳詞，旁通曲盡。所謂善説《詩》者，以意逆志，是爲得之。孟子之言，洵不誣也。自後鍾嶸、司空圖各有《詩品》，而宋以後復有詩話，顧歧趨百出，如《六一》、《滄浪》，論撰之精，不易得也。敦邱王子曉堂，高才績學，致力于詩者數十年，于詩之正變源流，無不洞悉。而能言其所以然，分守高下，辨入微茫，非詩學之深而沉酣于載籍者，曷能及此？夫詩説不一，而莫善于杜陵《論詩》之六絶句，賅括殆盡。「鯨魚碧海」、「翡翠蘭苕」，二者不可偏廢；而「不薄今人愛古人」，尤爲持論之平。曉堂既善言詩，我知其于杜陵之心印必有合也，爰不辭而爲之序。時道光癸巳月陽在橘望後五日，歸安葉紹本叙于宣南坊寓之白鶴山房。

峒陽詩説卷一

鵲華館主人纂紀

屈氏《楚詞》，原本《三百篇》，無體不備。後人習而不察，以爲獨創一格，失之遠矣。柳子厚云：「如《離騷》乃效《頌》，其次效《雅》，最後效《風》。」善讀者自玩索而得之。

黄山谷云：「俞清老作景陶軒，名爲未當。《詩》云：『高山仰止，景行行止。』景，明也。高山則仰之，明行則行之耳。魏晉間所謂景莊、景儉等，從一人差誤，遂相承謬，亦如郡守爲一麾，殊可笑也。」

讀《古詩十九首》及曹子建詩，如「明月入我牖，流光正徘徊」之類，皆思深遠而有餘意，言有盡而意無窮也。學者須於此等處常自涵養，自然不俗。

齊、梁以來，文士喜爲樂府辭，然沿襲之久，往往失其命題本意。《烏將八九子》但詠烏；《雉朝飛》但詠雉；《鷄鳴高樹巔》但詠鷄，大抵類此。而甚有並其題失之者，如《相府蓮》訛爲《想夫憐》、《楊婆兒》爲《楊叛兒》之類。此惟老杜《兵車行》、《悲青坂》、《無家别》篇，皆因事出自己意，立題略不更蹈前人陳迹，真豪傑也。

前輩云：「建安才六七子，開元數兩三人。」前輩所取，其難如此。予嘗與能詩者論書止於晉，詩止於唐。蓋唐自大曆以來，詩人無不可觀者，特晚唐氣象衰苶耳。

陳後山以古文爲三等：周爲上，七國次之，漢爲下。周之文雅；七國之文壯偉，其失騁；漢之文華贍，其失緩。東漢而下無取焉。古人論定，其嚴如此。

陶淵明詩「采菊東籬下，悠然見南山」，此其閑遠自得之意，直若超然邈出宇宙之外。俗本多以「見」字爲「望」字，便有褰裳濡足之態矣。乃知一字之誤，害理有如是者。

蘇東坡云：古之詩人有擬古之作，未有追和古人者也。追和古人，則始於東坡。吾於詩人無所甚好，獨好淵明之詩。淵明作詩不多，然其詩質而實綺，癯而實腴。自曹、劉、鮑、謝、李、杜諸人，皆莫及也。吾和其詩，前後共百有九篇，至其得意，自謂不媿淵明。然吾之於淵明，豈獨好其詩哉？如其爲人，實有感焉。淵明臨終，疏告儼等云：「吾少而窮苦，每以家弊，東西游走。性剛才拙，與物多忤。自量爲己，必貽後患，僶俛辭世，使汝等幼而飢寒。」淵明此語，蓋實録也。予真有此病，而早不自知。半世出仕，以犯大患。此所以深媿淵明，欲以晚節師範其萬一也。

陶詩《田園》六首，末篇乃序行役，與前五首不類。今俗本乃取江淹《種苗在東皋》爲末篇，東坡亦因誤而和之。陳述古本止有五首，予以爲皆非也。當如張相國本題爲《雜詩六首》，江淹雜擬詩亦頗似之，但擬陶詩，只「開徑望三益」一句爲不類。故張子西云云，余亦以爲不然。淹之比淵明情致，徒效其語，乃取《歸去來》句以充入之，固應不類。予觀古今詩人，惟韋蘇州得其清閒，尚不得其枯淡。柳州獨得之，但恨其少遒爾。柳州詩不多，體亦備衆家，惟效陶詩，是其性所好，獨不可及也。

《冷齋詩話》云：「作詩法貴拙速，而不貴巧遲。」其説未當，要視其詞意之工與否也。叔清連詞百篇，世爲惡詩。成式煎茗一椀，人稱雅事。壓倒元白之作，初何嘗争勝於楊大年之所謂村夫子耶？

白香山云：「六義寖微矣，陵夷至於梁、陳，率不過嘲風雪、弄花草而已。」蓋有所感而云然也。風雪花草之物，《三百篇》中豈捨是乎？顧所用之何如耳。如「北風其涼」，假風以刺威虐；「雨雪霏霏」，因雪以愍征役；「棠棣之華」，感花以諷兄弟；「采采芣苢」，因草以樂有子也。皆興發於此，義歸於彼。反是者可乎哉？

嚴滄浪論詩，首戒五俗：體俗、意俗、句俗、字俗、韻俗。乃入道之門，初學者不可不知。

作詩亦有語助詞，若「床頭曆日無多子，借問別來太瘦生」之句，「子」與「生」字，初不當輕重。

黄山谷評太白之詩，如黄帝張樂於洞庭之野，無首無尾，不主故常，非墨工槧人所可擬議。至黄介讀李、杜詩，又作優劣論。山谷曰：「論文正不當如是。」予以爲知言。

世謂杜集中贈太白詩最多，而李集初無一篇與杜者。按段成式《酉陽雜俎》云：「李集有《堯祠贈杜補闕》者，老杜也。何嘗無詩哉？其詩云『我覺秋興逸，誰言秋氣悲』云云，可見不獨『飯顆』之句也。」世又言韓愈、白居易生在同時，並無往來之詩。又非也。退之《招樂天》云「曲江水滿花千樹」云云，又《送靈師》云「開忠二州牧」云云。時韋處厚守開州，白居易守忠州。又有「放朝曾不報，半夜踏泥歸」之句，樂天亦有和韻。樂天又有《寄退之》詩云「近來韓閣老，疏我我先知。」可見瞽人妄談，第不深考耳。

王荆公選四家詩，李白居末，人多不服。公曉之，曰：「白詩近俗，人易悦故也。白識見污下，十首九説婦人與酒。然其才豪俊，正自可取。」此説未爲公論。魯直亦曾問陳和叔，和叔與荆公之意同。

今乃竟以太白下歐、韓而不可破也。

「愁思忽爾至，跨馬出北門。」此鮑照詩也。杜子美《杜鵑行》語意極相似。或云子美此詩爲明皇作，理宜當然。退之《三星行》，亦與古詩「南箕北斗」之意頗近。大抵古今興比，所在適有感發者，不必相迴避，要各有所主耳，亦説詩者不以詞害意之義也。

李賀《高軒過》詩中有「筆補造化天無功」之句，予每爲之擊節，此詩人之所以多窮也。老杜云「文章憎命達」，亦猶此意。

唐子西云：「作詩在與人商論，深求其疵而去之，等閑一字放過則不可。殆近法家，難以言恕矣，故謂之詩律。」大凡作，詩立意之初，必有難易二途。學者不能强其所劣，往往捨難而趨易。文章罕工，每坐此也。

天下事有意爲之，輒不能盡妙，而文章尤然。文章之間，詩尤然。世乃有日鍛月煉之説，此所以用功者雖多，而名家者終少也。晚唐諸人議論雖淺俚，然亦有暗合者，但不能守之耳，所謂「盡日覓不得，有時還自來」也。使所見果到此，則「采菊東籬下，悠然見南山」之句，有何不可爲？惟徒能言之，此禪家所謂語到而實無見處也。往往有好句當面錯過，若徒用苦功，而無會心之處，不過作杵搗殘夢斯已耳，人之相去，顧不遠哉！

嵎陽詩説卷二

鵲華館主人纂紀

律詩繩之以墨，開合對仗，易於見工，惟五七古作，非著議論，雄瀓頓宕、才力識見足以勝之，難以湊俎成篇。至聲調之説，原不可以填詞擬也。李、杜、韓、蘇諸長篇，豈學而能哉？此等擬議，固難爲不知者道，功於此者，自有所會心歟。

《子西語録》云：「詩，最難事也。吾於他文不至蹇澀，唯作詩甚苦。悲吟累日，僅能成篇。初讀時未見可羞處，姑置之明日再取觀，瑕疵百出。輒復苦吟累日，反復改正，比之前時，稍稍有加焉。復數日取出讀之，疵病復出。凡此數四，方敢示人，然終不能奇。」非過論也。今之君子動輒千百言，略不經意，即求勝人，真可媿哉！

後山云：「杜之詩法，韓之文法。詩文各有體，韓以文爲詩，杜以詩爲文，故不佳耳。」老杜作詩，退之作文，無一字無來處，蓋後人讀書少，故謂韓、杜自作此語耳。古人能爲文章，真能陶冶萬物，雖取古人陳言入翰墨，如靈丹一粒，點鐵成金也。

陸機《文賦》：「立片言以居要，乃一篇之警策。」此至論也。文無警策，則不足以傳世，蓋不能竦動世人。如唐諸詩，無不如此，但晉、宋間人專致力於此，故失於綺靡，而無高古氣味。

張平子《南都賦》「淯水盪其胸」，相如《子虚賦》「弓不虚發，中必決眥」。工部《望嶽》詩「盪胸生層雲，決皆入歸鳥」，借用二賦中字也。「胸」與「眥」當於山言之，或以人言，非也。

世俗喜綺麗，知文者能輕之。後生好風華，老大即厭之。然文章論當理與不當理耳，苟當於理，則綺麗風華，同入於妙；苟不當於理，則一切皆爲泛語。上自齊、梁，下至温、劉輩，往往以綺麗風華累其正氣，其過在於理不勝而詞有餘也。

《隨園詩話》云：「才大者，如萬里黄河，與泥沙俱下。予以爲此粗才，非大才也。大才如海水接天，波濤浴日，所見皆金碧宫闕，奇花異草，安得有泥沙污人眼界耶？或曰：『詩有大家，有名家。大家不嫌麤雜，名家必選字摘句。』予道：作者自命當作名家，而使人置我於大家之中；不可自命爲大家，而轉使人屏我於名家之外。」

從來天分低拙之人，好談格調，不解風趣。然格調是空架子，有腔口易描。風趣專寫性靈，非天才不辨。然則須知性情，便有格律，格律不在性情之外。《三百篇》率皆言情之事，誰爲之格？誰爲之律？而今之談格調者，能出其範圍乎？觀夫禹皋之歌調，不同於商周；《國風》之格韻，不協夫《雅》《頌》，豈有一定哉？

作古詩須用古句。晉、宋以前人語，皆有風藴可讀，如「懷仁輔義天下悦，阿諛順旨要領絶」，嚴子陵語也；「崇山幽都何可偶，黄鉞以下無處所」，漢光武語也。二人同學，辭意極相似，皆七古中奇句。

少陵云：「多師是我師。」非師可師之人而師之也。村童牧豎，一言一笑，皆吾之師，善取之皆成佳句，作詩者尤宜留心。

王荆公云：「詩者，寺言也。」寺爲九卿所居，非禮法之言不入，故曰『思無邪』。」近有人恪守其説，未免可笑。張燕公謂閻朝隱詩，炫裝倩服，不免爲風雅罪人，因有此論，易爲荆公輩所得藉口。然如韓魏公、文潞公、李文正公，皆有《贈妓》詩，初何礙爲名臣賢相？《孝經・含神霧》云：「詩者，持也。持其性情，使不暴去。」其立意比荆公差勝。

世以西崑體辭多綺麗，然楊、劉同在宋時，文公爲人正直，人皆知之。至劉筠知制誥，不肯草丁謂復相之詔，真宗不得已，命晏元獻草之，後晏見劉掩扇自慙，其剛正不在楊下。可見桑間濮上之音，未必非賢人所作。

從來講六書者，多不工書。歐、虞、褚、薛，不硜硜於《説文》。凡將講韵學者，多不工詩。李、杜、韓、蘇，不斤斤於分音列譜。何也？空諸一切，而後能以神氣孤行，一涉箋注，趣便索然矣。

味甜自悦口，然甜過則令人嘔。味苦自螫口，然味苦恰耐人思。要知甘而能鮮則不俗矣，苦能回甘則不厭矣。凡作詩獻公卿者，頌揚不如規諷。時至今日，恐未必當道者之所樂聞，然我用我法，正自應爾。

東坡云：「作詩必此詩，定知非詩人。」此言最妙，然須知作此詩而竟不是此詩，則尤非詩人矣。其妙處總在旁見側出，吸取題神；不是此詩，恰是此詩。

隨園笑古人作詩，今人描詩。描詩者像生花之類，所謂優孟衣冠，詩中之鄉愿也。譬如學杜而竟如杜，學韓而竟如韓，人何不觀真杜真韓之詩，而肯觀僞者乎？孔子學周公，不如王莽之似；孟子學孔子，不如王通之似。唐義山、香山、牧之、昌黎同學杜者，今其詩集都是別樹一旗。杜所服膺者，庾、鮑二家，而集中亦絕不相似。蕭子顯云：「若無新變，不能代雄。」陸放翁曰：「文章切忌參死句。」黄山谷曰：「文章切忌隨人後。」皆金針度人語。

陳古漁云：「今人不知作詩甘苦，而强作解事者，正如富貴之家，堂上喧鬧，而牆外行人，抵死不知。何也？未入門故也。」

文尊韓，詩尊杜，猶登山者必上泰山，泛水者必朝東海也。然使空抱東海、泰山，而此外不知有天台、武夷之奇，瀟湘、鏡湖之勝，則亦泰山上之一樵夫，海船上之一舵工而已。學者當以博覽爲工。「時文之學，有害於古文。詞曲之學，有害於詩。」程魚門之論也。予以爲時文之學，不宜過深，深則兼有害於詩。前明一代，能時文又能詩者有幾人哉？金正希、陳大士與江西五家，可稱時文之聖，其於詩一字無傳。陳卧子、黄陶庵不過時文之豪，其詩便有可觀者。荀子云：「藝之精者，不兩能也。」

朱竹垞云：「詩以道性情。性情有厚薄，詩境有淺深。性情厚者，詞淺而意深；性情薄者，詞深而意淺。」此言袁簡齋是焉。予以爲不但詩也，作文然，處世亦然。

改詩難於作詩，何也？作詩興會所至，頃刻成篇。改則興會已過，大局已定，有一兩字於心不安，千力萬氣求易不得，竟有遲之又久，於無意中得之者。劉彦和云：「富於萬篇，窘於一字。」真知甘苦之言。

處世宜辨者七，作詩宜辨者八。人柔之與弱也，剛之與暴也，儉之與嗇也，厚之與昏也，明之與刻也，自重之與自大，自謙之與自賤。凡此者，人之是非分焉，烏得不辨耶？作詩之病，淡似枯，新似纖，樸似拙，健似粗，華似浮，清似薄，厚重之與笨滯，縱横之與雜亂，亦似是而非，尤不可不辨。

本朝古文有方望溪，猶詩之有王阮亭，俱爲一代正宗。而簡齋以爲其才力自薄，近人尊之者，其詩文必弱；詆之者，其詩文必粗。各有見解，烏能矯於公論？

嵎陽詩説卷三

鵲華館主人纂紀

人有滿腔書卷，無處張皇，當爲考據之學，自成一家。其次則駢體文，儘可鋪排，何必借詩賣弄？自《三百篇》至今日，凡詩傳者，都是性靈，不關堆垛。李義山詩許多典故，然皆用才情驅使，不專砌填也。

咏古詩有寄託固妙，亦須讀者知其所寄託之意，而後覺其詩之佳。否則對癡人説夢話，翻爲掩其所長也。

作古詩，極遲不過兩日，可得佳構，再遲興會已過，反不貫注。作近體詩，竟有十日不成一首。何也？蓋古體地位寬餘，可使才氣卷軸；而近體之妙，須不着一字，自得風流，天籟不來，人力亦無如何。今人動輕近體而重古風，蓋於此道未得甘苦者也。

袁子才云：「詩宜樸不宜巧，然必須太巧之樸。詩宜淡不宜濃，然必須濃後之淡。予以爲譬如大貴人，功成宦就，散髮解簪，便是名士風流。若少年紈袴，遽爲此態，便當笞責。富家雕金琢玉，别有規模，然後設竹几藤床，亦迥非村夫貧相。」

詩以活對最妙。如宋人「民子」、「稻孫」，又近人「真難白」、「都是紅」，「先生婦」、「後死朋」，「姚黄」、「李白」，「重九」、「再三」，「必有」、「之無」，「大笑」、「小姑」之類，皆能超脱。

詩以名家，諸體不必皆工。唐人工五言，不工七言；工近體，不工古體。宋以後學者，好詩多而門靡。善乎方望溪先生云：「古人竭平生之力，只窮一經；今人貪而兼爲之，是以循其流而不能溯其源也。」

人才有能，有不能，不必相强。皋陶作歌，禹、稷無聞；周、召作詩，太公無聞；子夏、子貢，可與言《詩》，顔、閔無聞。亦何必强作能事哉！

《三百篇》無不轉韵者，唐詩亦然。惟韓昌黎七古，始一韵到底，才足以勝之也。按《文心雕龍》云：「賈誼、枚乘，四韵轉易；劉歆、桓譚，百韵不遷。各從其志也。」

用巧無斧鑿痕，用典無堆砌痕，此是晚年成就之事。若初學者，正要他肯雕刻方去用心，用典方去讀書。

歐文學韓，而所作文全不似韓，此八家中所以獨樹一幟也。至公學韓詩，而所作詩頗似韓，此宋詩中所以不能獨成一家也。

凡詩寫景易，言情難，何也？景從外來，目之所觸，留心便得；情從心出，非有一種芬芳悱惻之懷，便不能哀感炫艷。然亦各人性之所近，工部長於言情，太白不能也；永叔長於言情，子瞻不能也。王介甫、曾子固偶作小詞，讀者笑倒，亦天性少情之故。

周德卿之言曰：「文章徒工於外者，可以驚四筵，不可以適獨坐。」斯言也，人頗非之。文章非比陰德，不求人知。景星慶雲，明珠美玉，誰不一見即知寶貴哉？吟蛩唧唧，囈語愔愔，彼雖自鳴得意，豈足傳之不朽?得之雖苦,出之須甘,出人意外者,仍須在人意中,古名家皆然。況四座之驚,有知音者,有不知音者;獨坐之適,有敝帚之享,有寸心之知。不可一概而論。簡齋之云亦然。

欲作佳詩,先選妙韵。凡韵音涉啞滯者、晦僻者,便宜棄捨。「葩」「花」、「芳」「香」意同,而音之顯晦判焉,舉此可以類推。

唐人近體詩不用生典。稱公卿不過皋禹、蕭曹,稱隱主不過梅福、君平,叙風景不過夕陽、芳草,用字面不過月露、風雲。一經調度,斬然見新。猶易牙治味,不過雞猪魚肉;華佗用葯,不過青粘漆葉,其勝人處,不求之海外也。

王夢樓云:「詞章之學,見之易盡,搜之無窮。今聰明之士,往往薄視詩文,遁而窮經注史,不知彼所能者,皆詞章之皮面耳!未吸神髓,故易於决捨;如果深造有得,必愁日短心長,孜孜不及,焉有餘功旁求考據乎?」予以此言深當。人之才力,各有所宜,要在一縱一横而已。鄭、馬主縱,崔、蔡主横,斷難兼得。嘗考官制,搜檢群書,不過兩月之久;然偶作一詩,便覺神思滯塞,方悟著作與考據兩家,鴻溝分界,非親歷者不知。

《玉臺新咏》實《國風》之正宗,然有不可學者。如湘東王《春日》,一句用兩「新」字,鮑泉、沈約有詩八首,以五言一首爲題,如《秋哀悲落桐》之類,反復千言,殊覺可憎,唐人試帖所自昉也。

詩有音節清脆,如雪竹冰絲,非人間凡響,皆由天性使然,非關學問。在唐則青蓮一人,而飛卿繼之,宋有楊誠齋,元有薩天錫,明有高青丘,本朝其惟黄莘田乎!

學問之道，四書如户牖，九經如廳堂，十七史如正寢，雜史如兩廂，注疏如閫，類書如厨，説部如庖湢井匽，諸子百家、詩傳文辭如書舍花園。廳堂正寢可以合賓，書舍花園可以娱神。今之通經史而不能詩者，猶之有廳堂大廈而無台榭之樂也；能吟詩而不能博通經史者，猶之有園榭而無正屋高堂也，是皆不可偏廢。

人閒居時，不可一刻無古人；落筆時，不可一刻有古人。平居有古人，而學力方深；落筆無古人，而精神始出。

詩文之道，凡志奇行者易爲工，傳庸德者難爲巧，理固然也，然亦視其人之用筆何如耳。姚姬傳云：「學者能反其難易而胥工焉，則思過半矣。」

簡齋語其門人曰：「才欲其大，志欲其小。何也？才大則任事有餘，志小則願無不足。」真見道之言。

王陽明先生云：「人之詩文，先取真意。譬如童子垂髫肅揖，自有佳致。若帶假面傴僂，而裝鬚髯，便令人生厭。」故善學者，下筆時須將一切古今人放過。

阮亭論東坡近體詩，少醖釀烹煉之功，故言盡而意亦止，絶無弦外之音、味外之味，是其所短。此言最當，然毛西河又引東坡之句痛詆之，論文正可不必。

周櫟園論詩云：「詩以言我之情也，故我欲爲則爲之，我不欲爲則不爲，原未嘗有人勉强而督責之，使必爲詩也。是以《三百篇》稱心而言，不著姓名，無意於詩之傳，並無意於後人傳我之詩，此其所以爲至也。今之人欲借此以見博學、競名譽，則陋矣。」

「詩人萃天地之清氣，以月露、風雲、花鳥爲其性情。月露、風雲、花鳥之在天地間，俄頃滅没，惟詩人能結之於不散。」此黄梨洲言之，黄非詩人，言殊有味。

古人詩有全篇用平聲者，天隨子《夏日》詩，四十字皆平聲。有全篇用仄聲者，梅聖俞《酌酒與婦飲》一篇，皆仄聲。有通首不用韵者，古《采蓮歌》是也。有平仄各押韵者，章碣八句詩，平仄各韵是也。此詩家之變體，學者不可不知。

峒陽詩説卷四

鵲華館主人纂紀

昔人有言：「《文選》爛，秀才半。」正爲《文選》中事多可作本領耳。予謂欲知文章之要，當熟讀《文選》，蓋其中自三代涉戰國、秦、漢、晉、魏以來文字皆有，在古則渾厚，在近則華麗也。

袁子才云：「世人所以不如古人者，爲其胸中書太少；我輩之所以不如古人者，爲其胸中書太多。昌黎云：『非三代、兩漢之書不敢觀。』亦即此意。東坡云：『孟襄陽詩非不佳，可惜作料少。』施愚山駁之曰：『東坡詩非不佳，可惜作料太多。詩如人之眸子，一道靈光，此中着不得金屑；作料豈可在詩中求乎？』予頗是其言。或問：『詩不貴典，何以少陵有讀破萬卷之説？』不知『破』字與下『有神』二字，全是教人讀書作文之法。蓋破其卷，會其神；非囫圇用其糟粕也。」

凡詩文妙處，全在於空。譬如一室内，人之所游焉息焉者，皆空處也。若窒而塞之，雖金玉滿堂，而無安放此身之處，又安見富貴之樂耶？

選家選近人之詩，有七病焉，其借此射利通聲者無論矣。凡人之全集，各有精神所在處，必通觀之，方可定去取，倘捃摭一二，并非其人應選之詩，一病也。《三百篇》中，貞淫正變，無所不包，今就一人之見，而欲該群才之大，於各家門户源流，并未探討，以己履爲式，而削他人之足，二病也。分唐界宋，傅會大家門面，而不能判别真僞，三病也。動稱綱常名教，以爲非有關係者不録，四病也。貪部頭之大，以爲每省每郡必選數人，必至勉强搜羅，五病也。或其人與作者相隔遠，而妄爲改削，至點金成鐵，六病也。徇一己之交情，聽他人之求請，七病也。能除此病，方稱選家。

嘗勸學者莫輕七古，蓋恐力小而任重，如秦武王舉鼎，有絶臏之虞故也。七古中，長短句尤不可輕作，何也？古樂府音節無定而恰有定，恐康崑崙彈琴，三分琵琶七分箏，全無琴韵故也。初學詩，當先學古風，次學近體，則其勢易。倘先學近體，後學古風，則其勢難。猶之學字者，先學楷書，後學行草，亦是一定之法。

唐荆川云：「詩文帶富貴氣者，便不佳。」余道不然。試觀唐諸名家，何嘗無富貴詩？不佳焉能傳至今日？然要視其當於理否也。

人必先有愷惻之懷，而後有沉鬱之作。人但知少陵每飯不忘君，而不知其於友朋、弟妹、夫妻、兒女間，何在不一往情深耶？觀其冒不韙以救房公，感一宿而頌孫宰，要鄭虔於泉路，招李白於匡山，此種風義，真可以興、可以觀矣。後人無杜之性情，學杜之風格抑末也。

《三百篇》《頌》不如《雅》，《雅》不如《風》。蓋《雅》、《頌》人籟也，地籟也，多后王君公大夫修飾之詞；至十五《國風》，則皆勞人思婦、静女狡童矢口而成者也。《尚書》云「《詩》言志」，若《國風》者，真可謂之言志矣。

詩如言也。口不清，拉雜萬語，愈多愈厭。口齒清矣，又須言之有味，聽之可愛方妙。至若村夫絮談，武夫作鬧，無名貴氣，又何賴乎？有言有小涉風趣，而嚅嚅若人病危，不能多語者，實由才薄。

詩雖奇偉，而不能揉磨入細，此粗才也。詩雖幽俊，而不能開展，此褊才也。有作用之人，放彌六合，收斂方寸，道一以貫之。

友人有刻詩刻文，被人指摘而笑，友或病焉。予曉之，曰：「但願人生一世，留得幾行筆墨被人指笑，便是有福。不然草亡木萎，誰則知之？而誰議之？然如古來曹蜍、李志，又以庸庸而得存其名，豈非大幸？而景公千駟之徒，轉不勝指屈矣。」

阮亭好以禪悟比詩，人奉爲至論。然《毛詩》三百篇豈非絶調？但不知爾時佛在何方，禪在何處？蓋詩者，人之性情也，近取諸身而足矣，其言動心，其色奪目，其味適口，其音悦耳，便是佳詩。孔子云：「不學《詩》，無以言。」又曰：「可以興。」兩句相應，惟其言之工妙，所以能使人感發而興起。倘直率庸腐之言，能興者其誰耶？

楊升庵云：「詩至杜而極盛，然詩教之衰自杜始。理學至程、朱而極明，然理學之暗自程、朱始。非杜與程、朱之過也，尊杜與程、朱者之過也。」袁子才論李于鱗「詩律細而調高，然似吴中暴富兒局面，止是華美精緻。若老杜，便如累世老財主，家中百物俱足，即偶然陳朽間錯，愈見其爲富有也。」議論甚佳，予故録之。

人有以詩重者，亦有以人重者。李、杜、韓、蘇，俱以詩名千古，然李、杜無功業，不得不以詩傳；韓、蘇有功業，雖無詩，其人亦傳也，而况其有詩乎！

古之君子，以詩名者，大都自抒所得，而非有意於求名。故一篇一句，傳誦於士大夫之口，後人會萃成書，而集始名焉。南齊張融自題其集，有《玉海》、《金波》之名，五代和凝鐫集行世，人多笑之。近世士人，未窺六甲，便製五言。又多求名公爲之標榜，遂梓集送人，於詩學入之不深，故可傳者少。

支公云：「北方人學問，如顯處觀月。」言其博而寡要，今之考據家是也。「南方人學問，如牖中窺日，約而能明」。今之著作家是也。

詩者，心之聲也，古今來未有心不善而詩能佳者。《三百篇》大半賢人君子之作，溯自西漢，蘇、李五言，下至魏、晉、六朝、唐、宋、元、明，所謂大家名家者，不一而足，何莫非有心胸、有性情之君子哉？即其人稍涉詭激，亦不過不矜細行，自損名位而已，從未有陰賊險狠、妨民病國之人。至若唐之蘇涣作賊，劉叉攫金，羅虬殺妓，須知此種無賴，詩本不好，不過附他人以傳耳。聖人教人學《詩》，其效可覩矣。或問：「曹操何如？」予曰：「使操生治世，原是能臣。觀其祭喬太尉、贖文姬，頗有性情，宜其詩之佳也。」又問：「王荆公如何？」予曰：「似若者所以作有韵之文，無一句自在。胡仔《詩話》已先我言之矣。」

詩境最寬。有士大夫讀破萬卷、窮老盡力，而不得其閫奥者；有婦人女子、村氓淺學，有一二句，雖李、杜二公，亦必爲之低首者。此詩之所以爲大也。作詩者必知此義，而後再求詩於書中，得詩於書外。

詩雖貴淡雅，亦不可有鄉野氣。何也？曹、劉、鮑、謝、李、杜、韓、蘇，皆有官，非村野之人。蓋士君子讀破萬卷，又必須登廟堂、覽山川、結交海内名流，然後氣局見解自然闊大。良友琢磨，自然精進，否則鳥啼蟲吟，沾沾自喜，雖有佳處，而邊幅固已狹矣。桓譚《鹽鐵論》云「鄙儒不如都士」，信矣。

今人論詩，動言貴厚而賤薄，此亦耳食之言，不知宜厚宜薄，惟以妙爲主。古之詩人，杜似厚，李似薄；義山似厚，飛卿似薄，俱爲名家。猶之論交，謂深人難交，不知淺人亦正難交。

嵎陽詩説卷五

鵲華館主人纂紀

或問袁簡齋先生曰：「明七子摹唐人，王阮亭亦摹唐人，何以人愛阮亭者多，愛七子者少？」袁告曰：「七子擊鼓鳴鉦，專唱宫商大調，易生人厭。阮亭善爲徵角之聲，吹竹彈絲，易入人耳。然七子如李崆峒，雖無性情，尚有氣魄。阮亭於氣魄、性情，俱有所短，此其所以能取悦中人，而不能牢籠上智。」言雖近似，亦簡齋别具意見之云。

詩少作則思澀，多作則手滑。醫澀須多看古人之詩，治滑須用剥進幾層之法。

蕭子顯凡有著作，須其自來，不以力構。此即陸放翁所謂「文章本天然，妙手偶得之」也。薛道衡登吟榻構思，聞人聲則怒；陳後山作詩，家人爲之逐去，猫犬、嬰兒都寄别家，此即少陵所謂「語不驚人死不休」也。二者不可偏廢，然詩有從天籟來者，有從人巧得者，不可執一以求。

《東皋雜録》云：人問介甫：「老杜詩何以妙絶古今？」公曰：「少陵固嘗言之：『讀書破萬卷，下筆如有神。』此言是也。」余以爲今人不曾讀書，動即下筆，安有神耶？

詩貫六義，則諷諭抑揚、渟蓄淵雅，皆在其間矣。然直叛所得，以格自奇，前輩諸集，亦不專工於此，矧其下者耶？王右丞、韋蘇州澄澹精緻，格在其中，豈妨於道學哉？賈島詩誠有驚句，視其全篇，意思少餒，大抵寒澀，無可置才，而亦爲體之不備也。學者知所取法，則近道矣。

近今海内詩人，繼梅村、淵如、船山、仲則，而提唱中原者，其惟張詩舲觀察乎！先生主持風雅，一時名公鉅卿俯首推尊，如曾賓谷、朱茉堂、潘芝軒、李芝舲諸公，皆有題贈，其心服已可概見。所刊《小重山房詩》八卷，其中無體不備。古作直駕韓、蘇；五、七律詩，取法三唐。至應製諸篇，學元、白而擴充之。學者於此潛心，即可階而升也。然諸長篇渾然太白，不可以學而能。吾知其爲必傳之作，自不能爲他日功業所掩也。

昔有人題壁云：「悠悠前途，莫問榮枯。得之本有，失之本無。」此達者之言，雖近禪機，實理學正宗也。南朝顧愷之曰：「人稟命有定分，非智力所移，唯應恭己守道，信天任運。而闇者不達，妄意僥倖，徒虧雅道，無關得喪。」亦題壁者之意。

作詩用字，切忌相犯。亦有犯而能巧者，如「一胡蘆酒一篇詩」，殊覺爲贅；太白詩「一杯一杯復一杯」，反不覺相犯。夫太白先有意立，故七字六犯，而語勢益健，讀之不覺其長。如「一胡蘆」句，方疊用「一」字，便形萎弱。此中工拙，細心人自能體會，不可以言傳也。

宋王祈以能詩自負，嘗舉《竹》詩兩句最爲得意，因誦之於東坡云：「葉垂千口劍，幹聳萬條槍。」東坡曰：「好則極好，但是十條竹幹，一箇葉兒。」今人作詩，不及細心，此病恒有。

作詩欲全篇皆好最難。唐人工部外，王、韋集中恒有，其次則如宋之賀方回，往往能造意俱妙，亦不多得。

唐人詩各自成家，至宋人往往彼此競强，所以不如唐人身分。朱竹垞云：「我用我法，勿相强也。」此爲入道之門。

作詩，詩話不可不看，亦不可過滯。漁洋、竹垞、隨園諸話各有法門。其次則如七子詩話。而杭堇浦先生得之最深，所以無微不至，學者宜留心焉。

詩文之所以貴偶者，謂出於自然，不可假於牽强。此法劉夢得、王介甫專功於此，尚不如子瞻典制對偶之工。至於老杜用典，全無斧鑿痕，每覺真切。

高適年五十始爲詩，而與李、杜抗行。杜正獻暮年乃學草書，遂逼魏、晉。孰謂秉燭不逮晝游耶？要在苦功，無不可造其極，而半途之廢者，原不足論已。

古人詩押字，或有語顛倒，而於理無害者。如退之以「參差」爲「差參」、「玲瓏」爲「瓏玲」是也。王逢源、黄魯直「習脂」「巴西」之類，理不可通。字有可倒者，如「綺羅」、「圖畫」、「毛羽」、「白黑」之數，方可縱横，惟昌黎、孟郊輩才豪，故有「湖江」、「白紅」、「慨慷」之句，後人亦難效倣。若不學矩步，而學奔逸，誠恐「麟麒」、「凰鳳」、「木草」、「川山」之句紛然矣。

古人作詩，先求合拍，再求勝人。今人得句，不拘繩墨，動欲傳世，即所謂不脛而走矣。山谷作詩，經月累旬，不成一首，脱稿之後，改之數四，方敢示人。袁簡齋之所以諄諄於心餘者，詩豈易言哉！

劉松嵐夫子嘗訓於予云：「作詩先學五律，五律工後，再學長古，再學七律，再學絶句，即其自試者也。」夫子教人五律，取法晚唐。而《玉磬山房》絶不似張、賈，此其所以傳也。

余自少爲詩，既無師承，兼無指授，但於古今詩無所不觀，無所不好。行年五十，所集不下千萬首，一無法門信心之處，故可以示人者少。

讀古人書，務求其難處，知其難，不至輕於下筆。琉田語予曰：「子作詩不如改人之詩，何也？」予不覺失笑，無以自解。大抵作詩，多不經意，至改詩，非剥進一層功夫，無以見長。

嵎陽詩説卷六

鵲華館主人纂紀

韓子蒼云：「作詩不可太熟，亦須令生。近人論文，一味忌語生，往往不佳。東坡作聚遠樓詩，本合用「青江緑水」對「野草閑花」，以此太熟，故易以「雲山烟水」，此深知詩病者。予然後知陳無已所謂「寧拙毋巧，寧樸毋華，寧粗毋弱，寧僻毋俗」之語爲可信。

長篇最難。晉、魏以前，詩無過十韵者，蓋常使人以意逆志，初不以叙事爲工。至老杜《述懷》、《北征》諸篇，窮極筆力，如太史公紀傳，此古今絶唱。然《八哀》八篇，本非集中高作，而世多尊稱，不敢置議，此乃揣骨聽聲耳，其病蓋傷於多也。如李邕、蘇允明詩，累句極多，必痛刊去，祇取其半，方爲盡善。此言不可爲不知者道也。

荆公嘗言：「世間好言語，已被老杜道盡；世間俗言語，已被樂天道盡。」然李贄皇云：「譬之清風明月，四時常有，而光景常新。」又似不乏也。

工部詩固奇絶，然就其分擇之，好句亦自有數。李白雖無深意，大體俊逸，無疏繆處。劉禹錫操行極下，内結宦官，外結柳子厚，作賦甚佳，詩但才短思苦耳。

凡爲詩，當使挹之而源不窮，咀之而味愈長。至如永叔之詩，才力敏邁，句亦健美，但恨其少餘味。

作詩文，要有悟入處，悟入必自工夫中來，非僥倖可得也。如老蘇之於文，魯直之於詩，蓋盡此理也。

學道者，苟未至脱然，隨其所得淺深，皆有效驗分寸，不可强也。如范希文與尹魯直交好，一日尹遭謫，作書與范訣。范得書，以爲乖理。往慰尹，竟死。范大痛，尹忽舉首曰：「早已與公別，安得復來？」范驚問所以，尹笑曰：「死生常理，希文豈不達此？」復逝。尹所養至此，可謂有力矣。作人能得此等工夫，豈猶有得失之見存乎？

凡作詩詞，要當如常山之蛇，救首救尾，不可偏也。此種法昌黎得之最深，於近人獨有黄仲則、江片石。

爲詩先之以才情，而後繼以學識，斯所謂無弗善也。若無才與情，徒作空腔滑調，有學識猶不足以勝之，况其無學識者乎？梅聖俞言：「教坊雷大而使之舞，雖極天下之工，恐不能悦人以觀。」是雷大非不能舞也，有學識而無情與才之故也，作詩者可少悟矣。世上一種有天分之人，不必能詩，而一舉一動頗得詩情，極令人可愛。所以有不識多字，往往能爲妙句。此中至趣，杜甫不能言，李白不能教，感而通之可也。

「詩到義山，謂之文章一厄。」此洪覺範之言也，不過以其用事僻澀之故。然李集中筆意超脱、琢句用事，前輩無能相犯，亦何可輕量？惟以楊億、劉筠作務故實，而語意淺薄，一時呼爲西崑，當時奉之太過耳，初何嘗於玉溪生有所增損耶！

詩至唐之晚年，無復李、杜豪放之格，然亦務以精意相尚。如杜荀鶴、温庭筠、周樸輩，抒思尤艱，每有所得，必極雕琢，月鍛季煉，未及成篇，已播人口。其當時名重如此，亦何可盡廢？至今學詩，每輕晚唐，如有晚唐人工夫，何患不成一家？

唐詩中有假對，本非用意，蓋造語適到，因以用之，初不以此競長也。今人不知，學唐必於此留心，謂之高手，所謂癡人面前不得説夢也。

詩忌用僻字，然有來歷，用亦無妨。朱竹垞云：「唐以前詩人，用字最有斟酌。劉夢得後，如宋考功、蘇玉局，遂不及致詳，唯仗其才氣，足以馭之耳。」

世有《青衿集》一編，多以授學徒，謂可啓蒙。然其中詩多有板滯之病，即東坡所謂「賦詩必此詩」，誤後學不淺。

司馬温公言：「吾無過人處，但生平所爲，未嘗有不可對人言者耳。」予記前輩有詩云：「怕人知事莫萌心。」皆至言，可終身誦之。吾於近人，唯白小山尚書，立朝正直，作事有如温公，以此受主知，誠有功於體道者。

前輩詩文，各有平日得意不過數篇，然他人未必能盡知也。如太白得意處，在《蜀道難》、「天姥峰」；老杜得意處頗多；歐文忠得意在《廬山高》。如此難以悉舉。張詩舲觀察詩集當以諸長古爲最，吾以爲不減《廬山高》。

作詩先會用典，猶之讀書先求識字。字不識，不但讀之無味難記，雖記亦不耐久。不會用典，即看人之詩，亦不知其用之工拙。一涉典制題，雖知其出處，反無從下手，更何論其工拙？

典制懷古之作，於書不可不看，不可不知。至於用時，能不涉一字，方爲妙手。袁簡齋有言曰：「懷古詩須依論斷，就其意而折衷之。切不可攙雜，方爲合作。於唐人，當推杜牧、劉禹錫爲最。」

今人訓人爲詩，動曰律詩難、古作易，此言大謬。試觀古來諸詩人，萬化千變，皆出於古體，亦安可輶褻乎？不精於律，斷不能爲古；能爲古，亦無不善於律。二者實相需而不相悖也。輕視古作，固非；輕視律詩，亦非。荀子云：「兼攻而兼善之。」其斯之謂歟！

教人詩文，須視其情之所近，近則易於爲力。杭董浦先生云：「六分天性四分功。」此言近是。世人學袁者，專駁宋人；學漁洋者，推尊七子。二者不可偏廢，亦須看其性之所近。宋人爲話詞多穿鑿，而山谷、東坡之言，似有可取。明七子中，吾於崆峒有服心焉。至漁洋詩，有過於粧飾焉，後人學之不善，即涉於七子之流。

余每見舊時所作詩文，憎之，便欲燒棄。鮑雙梧先生曉之曰：「此乃進境也。」予猶不之信。後閱宋子京《筆記》亦云：「永叔嘗訓人曰：『爲文有三多：看多、做多、商量多。』」予以爲此三條中，惟末一條最難。

詩有禁體，學者類能言之，究非入道之門。蓋唯百無禁忌，方可縱横出入，一有拘礙，安能更有好句？如《聚星堂詩》自可歐公爲之，難乎爲繼耳。

作詩不可泥於屬對，亦不可疏於對偶。泥於屬對，便無好詩；疏於對偶，便無進境。王荆公評歐陽公「泥滑滑」詩，亦此意也。

讀詩，必先看古人命意處，再看其結構，方不移毫末。然一粗心，便不成家數。今人應制詩，取《庚辰集》之格局，取《正味齋》之體裁，聶蓉鏡太史所論近是也。至於古、律兩途，有書卷無才氣者不能爲，猶之有才氣而無書卷者亦不可爲也。此中妙諦，性靈人一目了然，才笨者百棒不悟。

嵎陽詩説卷七

鵲華館主人纂紀

古人論詩多矣，吾獨愛湯惠休稱謝靈運爲「初日芙蓉」、沈約稱王筠爲「彈子脱手」兩語，最如人意。「初日芙蓉」，非人力所能爲，而精彩華麗之意，自然見於造化之外，然靈運諸詩，可以當此者亦無幾。「彈子脱手」，雖是輸寫便利，動無違礙，然其精圓快速，筠亦未能盡也。然作詩審到此地，豈復有餘事？則其中形似之妙，恐初學者不能味其言耳。

或論風氣養生之事，余曰皆不足道，難在去慾。張君規有言曰：「蘇子卿嚙雪咽氊，縮背出血，無一語少屈，可謂了死生之際矣。然不免爲胡婦生子，而況洞房綺疏之下乎！」乃知此事不易消除，古今之通病也。

詩欲其好，則不能好矣。王介甫以工，蘇子瞻以新，黄魯直以奇，而子美之詩奇常、工易、新陳，莫不好也。

讀古人詩，參其好處，亦要識其病處。如蘇詩始學劉禹錫，故多諷刺，可見從學亦不可不謹。晚年學太白，至其得意則似之矣。然失於粗，以其得之易也。善學蘇者，所宜知也。

《童蒙訓》云：「學古人文字，須得其短處。如老杜近質野，是其所短；東坡詩有汗漫處，魯直詩有太尖巧處，皆其病也。東坡有所作，窮極思致，出新意於法度，表前賢所未到。然學者專力於此，則亦失古人作詩之意。」

山谷云：「人生歲衣十匹，日餐兩盂，而終歲薾然疲役，此何理耶？男女婚嫁緣，渠儂隨地自有衣食分齊，所謂『誕寘之隘巷，牛羊腓字之』，其不應凍餒溝壑者，天不能殺也。今蹙眉終日，正爲百草憂春雨耳。青山白雲，江湖之湛然，可復有不足之歎耶？」余向以此意曉袁玉堂，而竟不聽，卒以憂死。惜哉！

次韵之工，古人中無過蘇、黄，雖失倡酬之本意，然用韵之工、使事之精，有不可及者，學者不可不知。

文章必自名一家，然後可以傳不朽。若體規畫圓，准方作矩，終爲人之臣僕。古人譏屋下架屋，信然。陸機云：「謝朝花於已披，啓夕秀於未振。」退之云：「惟陳言之務去。」此乃爲文之要，若不能化變自出新意，亦何以名家？

詩人有寫物之功。「桑之未落，其葉沃若。」他木不可以當此。林逋《咏梅》詩，決非桃李。皮日休《白蓮》詩，決非紅蓮。此乃寫物之功。若石曼卿《紅梅》詩「認桃無緑葉，辨杏有青枝」，此至陋語，村學中體也。

今州縣之間，隨其大小，皆有富民。此理勢之所必至，所謂物之不齊，物之情也。然州縣賴之以爲疆，國家恃之以爲固，非所當憂，非所當去也。能使富民安其富而不横，貧民安其貧而不匱，貧富相恃，以爲長久，而天下定矣。王介甫不忍貧民而深疾富厚，志欲破富民以濟貧民，不知其不可也。方其未得志也，爲《兼并》之詩以見意；及其得志，專以此爲事。設青苗以奪富民之利，至於宋末，民遂大病。原其禍，實出於《兼并》一詩。蓋自古詩病，未有酷於此者也。

人有志節氣量，恒形諸吟咏。如荆公詩，少年多以氣概自許，晚而取諸唐人，所作博觀而約取，始進深婉不迫之趣。乃知文字工拙，雖有定限，方其未至，亦非力所能强也。

人有不爲也，而後可以有爲。漢魏以來，詩人衆矣，未有無所擇而取之之自成一家者也。有所擇而後攻於所取，得之專而資之深。吾於近今詩人，獨薄趙秋谷、李憲喬，而所取者，其唯張船山、張詩舲兩先生乎！

婁縣張延庚先生，詩法高古，自名一世。其賢孫端甫公子，髫年好學，賴先生教以成立。其所著《霞閣存稿》，直邁六朝，深得建安之體。惜乎叔實、長吉時命不禄，年十七而卒，倘天假以年，得以肆其才略，安知其不可自雄江左，鞭撻曹、劉耶？

進呈之作，唐人集中得之最工，各具一種法門，要以恭整流麗爲則耳。《小重山房詩·萬壽進呈》，及《平定西域凱歌》，後生可取爲法。

詩意無窮而人才有限，以有限之才，追無窮之意，雖李、杜、韓、蘇，不得工也。不易其辭而造其語，謂之「换骨」；規摹其意形容之，謂之「奪胎」。此前人定論，自是斲輪老手，陳恭甫太史已先我言之矣。

凡作詩，須平居收拾材料以備用。盧殷墓銘云：「於書無不讀，然正用資以爲詩」是也。詩疏不可不閲，材料最多，其載諺語，尤宜入詩用。《樂府解題》須熟，大有詩材。

集古人句而爲詩，其法貴速巧。如前輩曰：「晴湖勝鏡碧，衰柳似金黄」，人以爲巧，然疲費精力，積日月而後成，不足道也。山谷以集句爲百家衣，所謂大名家者，决不以此争長也。

宋郭正祥，自以爲太白後身，以《金山行》獻介甫，因此得名。東坡守錢塘，郭過之，出詩一册示東坡，先自吟誦，聲振屋瓦。既罷，問坡曰：「此詩有幾分來？」坡曰：「十分來。」郭喜，再問之，坡曰：「七分來是讀，三分來是詩，豈不十分也？」人不可自負有才如此。

人言：「老蘇不能詩，永叔不能賦，子固短於韵語。」皆不足信。即如允明，有「佳節每從愁裏過，壯心還傍醉中來」二句，直不減作家。至《讀易》詩，婉而不迫，哀而不傷。可傳之詩，自不在多。

東坡言：「吾行年五十，始知作活大要是慳耳，而文以美名，謂之儉素。然吾儕爲之，則不類俗人，真可謂淡而有味者。《詩》云：『不戢不難，受福不那。』口體之欲，何窮之有，每加節儉，亦是惜福延壽之道。此似鄙俗，且出於不得已。然自謂長策，不敢獨用，故獻之左右。住京尤宜此策也。」嗟乎古人節用謙抑如此。余連歲憂患，生理益微，當道知己漸覺寥寥，此策誠不可不用，若更以雪堂畫叉竹筒之法兼行之，當益佳耳。

世人之詩，例多禁忌。富貴中不得用貧賤語，少壯時不得言衰老事。脱或犯之，謂之詩讖。是大不然。詩者，妙觀逸想之所寓也，可限以繩墨哉？如必謹忌，不作詩獨無讖耶？唯乘其興之所至，適當其可而已，勿故作無病之吟呻可矣。

嵎陽詩説卷八

鵲華館主人纂紀

《石林詩話》云：「詩之用事，不可牽强，必至於不得不用而後用之，則事辭爲一，莫見其安排鬭湊之迹。東坡用事，多天然巧合。温庭筠『戊己』『庚申』之對，乃自注『與道士守庚申』時作，疑若得此句而後附會之爲題者，亦用事者之弊。」

河内范方湖孝廉，爲當代世家。其詩才清妙，高出時輩，余每得其切磋之助。其講古作，最爲有功，可見學問與年俱進，亦不可以年力限也。

人有不能爲句，而專以摘字論人者，最爲可笑。生平自無才識，粗知平仄，動即選字摘句，一爲射利，再則諱己之短。居然借選刻爲學問，聊舉一二語病，肆加責謗，何若舍人而自耘耶！

詩固不可以年論，亦不可以勢位論也。勢位尊者，有他事業可以見功，往往無功於此，此必然之勢耳。耳食者或責當道無見稱之句，固非也，即或專功，而亦有天分之能與不能者。大抵位高勢尊，雖有佳什，不講斯道，爲功業所掩；豈如窮居草茅，既無事業可以試其才力，而感而託興，雖有名句，其傳與不傳，猶有命存焉，安可以强而能哉！

詩無論工拙，在我須當盡觀，觀之又當用心。或有云：「詩既不佳，何必盡觀？」此言非也，試問不盡觀，何以知其好醜？又安知我之詩不猶之可醜乎？吾謂觀人之詩，當如取師，擇其善者而從之，其不善者而改之耳。

詩有語病，當時不覺，後經人指正，一改便成佳句者，此皆粗心人不及致詳之故。如「先生之德」改「風」、「此波涵帝澤」改「此中」之類，即所謂「一字師」也。

世稱名家恒有富於萬言而窘於一字者，雖則興會所致，亦由天籟，非人力所能强也。余遊潯州西山，偶感於夕陽，得廿字。當時不過游戲之詞，經今十年，求易一字不得，亦有千改萬易，不能成章。此中機關，不可得而言。

靳雲屏夫子教人爲詩，不惜諄諄告誡。即其嗣君冠仙，頗能詩賦。曾從余學。冠仙敏慧和平，善於屬對。雖未能即成家數，然偶有所得，亦迥不猶人，此固夫子指授，亦待人忠厚之報。

唐人律詩，固有定體，不可落調。然近人爲詩，除場屋應制之外，亦有因拗見功者，此亦不可一概而論。唐人拗體拗句，亦間或用。今人各自存稿，有何拘禁？但用之不能見功，毋寧不用之爲法。

王漁洋教人多守成法，袁簡齋教人多有創格。此固不可偏，亦不可廢也。李滄溟有云：「學明七子，不如學朱竹垞。」吾亦謂學朱竹垞，不如學吴梅村，各隨其性之所近也。

古人讀書貴乎自得，今人爲學多至因人。自得能自成家數，因人即或能成，亦食人唾餘。此古今人之所由分也。

漢人以明理注經，宋人以解經明道，明人以時文注書，近人以書注時文。其工拙具見矣。

作詩不同作文。作文至無確見，尚可敷衍成篇；作詩一字假不得，正所謂「四十賢人」也。

「詩有別才，非關學問。」此不過偶得之句，實非確論。曾見古今來無學問者，幾或有作能詩之傳人耶？

詩固不能以人論，未嘗不以才識限也。即如謝四溟在當時燕京結社，則有王鳳洲輩，又經漁洋、西堂、鈍翁等所題贈。及晚年，則又遇趙王如此推尊，至賈姬憐才一節，尤不可以强而致也，安得其不傳耶？近人德州謝雲郵，作詩有四溟之功，而無其遇，遂至泯泯，其爲才識限人之一證也。

千古文人，率皆有知遇之恩，不獨詩也，每每情有可感，雖旁觀者亦深爲之幸。吾師鮑雙梧先生，結社都中，主持風雅。及至提學，成就多才，即如祥符周年丈稚圭中丞，未遇時，深荷先生揄揚，後遂聯捷建勳。中外先輩知人，足徵不繆。吾生平無此才學，不能結識當道，行年五十，始受知於張詩舲先生。自顧老髦，每慚衣鉢，一息尚存，此志不容少懈。嗚乎！顧安得酬恩之地耶？

作詩先要結識當代賢人，一則藉資指授，再則可望附驥。然在我獨不可以自立哉？當道者傳名易，而布衣之動人難也。布衣亦有傳名，如孟浩然，非識右丞輩，正自不易。詩人必待死後請封，若方干者，亦可不必。

作詩總要十五分功夫，方能成家數。五分天資、五分學力，至後五分游歷，結交乃其餘事耳。

先君子精於解經，餘功分定詩文，一時授讀，皆邑名士，如殷東橋、崔柳郵，悉出仕擢升。痛其年壯，重勞棄養，維時偁甫九歲，一切著作散在及門。聞有《詩説》廿卷，其稿不知傳落何處，深爲可恨。至今諸君散處他鄉，無從查問，即手編制藝詩程，亦皆失傳。暇日除記存其舊作十餘首，載《蟫餘集》，因再妄纂《詩説》八卷。海内同人有能存先君《詩説》而示之者，當易以連城之璧。

結識賢人，取資詩學，時至今日，談何容易。其中進退得失，每有因緣之數存也。然必如盧雅雨、曾賓谷兩先生領幟騷壇，而海内文人自必翕然歸化。非然者，徒作聽鼓之輩，錢進色退，猶沾沾焉，日欲取資詩學也，不能取學而反辱，亦安望其得益也哉！嗟嗟！世有非局中人無論已，即翰墨前輩，一入仕途，便輕寒畯。但爲文人求售，士子登門，即屬可厭。或至遥藉情託，不便即絶，接見三四，斷無不煩怒者，豈爲求人者獨不知其取憎哉？然迫於飢寒，進退無門之故，而鐘眠鼎食，一復晏然，飽不知飢，江水難待，任枵腹之終斃也，寧或望萬一之周存乎！是寒士之不能尚氣鰓鰓於當道，必至情絶而後已也。原其計能周則周之，不能則却之。上不失義，下不失節，曷兩全爲得也。總之，爲寒士難，爲寒士而欲以詩干人者爲尤難。詩可爲，不可爲干人之具，願天下之爲寒士者共知之。

少年疎狂成性，率意之作，至年老而自悟，不待師友督責而後改也。老而不悟，是爲過矣。吾固知其終無進境，不能成家數也。

予自十二爲詩，至廿歲，積有萬餘篇。今乃存無十首，皆如前言，疎狂之作，不可以示人也。故予删詩，斷自二十歲爲始。

小學爲詩，《唐詩三百首》入道之門，次則《古詩源》乃其正宗。二書既明，再讀《文選》，再讀陶、韋、李、杜，各隨其性之所近，人不能强而授之。

入門講求師友，最爲擇要，所謂開口乳也。既入門後，諸詩話取以備覽。善惡皆我之師，至於所作工拙，功爲之也。其餘妙諦，有非口所能言者。

統觀古人所作，當看《匡山叢話》五卷，乃成人之學。此八卷中，前四卷多述前人之論，後四卷出自臆作。是否有當，識者諒之，取以作不善而改之師焉可矣。

自跋

余自八歲失怙，始就外傅。十歲學詩，十八歲後奔走南北，餬口四方。客居燕臺，受經於翁覃溪、魏愛軒兩夫子。及至中州，學詩于鮑雙梧學使、鄭烺山孝廉，嗣又執質於劉松嵐觀察、李松圃郎中之門。前後數十年，迄無成功。行年五十，口幾不餬，窮居歷下，生事益微。壬辰刻《詩鈔》、《叢話》、《偶談》書成，窮冬莫歲，雪落燈檠，與内子牛衣相向，選訂《名媛韵事》。予後自撰《詩説》八卷，考證參詳，尤不自信。今者，就正於詩舲夫子。迨入都門，問序於葉筠潭鴻臚、谷美田比部，并求白小山廣文、朱茉堂侍郎、姚伯昂司寇指示，均無貶詞，後有濟上之遊，又商之於孔上公治山夫子、馮晏海學博、沈鶴坪廣文，司馬丁瑶尔先生，悉勸付梓。歲又周始命剞劂。嗟嗟！余平生殫精竭慮，求教於當代大雅之門，畢萃於斯，是否有益後學，恐不免爲方家所竊笑。嗚乎！過此，詩既無功，業亦漸廢，一生心血，難問將來。知我者其惟《詩説》乎，罪我者其惟《詩説》乎。

時癸巳中秋日敦邱王僴愿持甫跋。

瓣香雜記

瓣香雜記提要

《瓣香雜記》五卷，據道光十四年瓶花閣刊本點校。撰者王偁，生平見《歷下偶談》提要。有道光十二年壬辰那彥成序，言及王氏諸書，卷數多與今本不合，及其自計之數亦不合，如「合爲《海嶽詩群》廿四卷」、「前後成書共足百卷」，皆不確，似不足爲憑。又吴邦慶序解題云：「識其出於覃溪之門」，「蘇齋之瓣香，於曉堂獨得其真」。觀卷一開首數則内，反復辯説漁洋，長篇詳論「歡愉之音亦工」，此皆覃溪詩學之關捩所在；卷二「漢儒説詩分四家」一則，更明言「聞諸翁覃溪夫子」，誠爲瓣香翁氏也。其申論翁説亦不拘泥，如辯漁洋宗唐無宋調，即據隨園「宋詩不過學唐有得者」之説，蘇子瞻乃「合杜與韓而暢其旨者」，陸務觀乃「合杜與白而伸其辭者」，而全不顧忌翁與袁之不相能也。其分辨漁洋詩無宋調而詩學兼容宋趣，則較前人之論精進，不妨可聽。王氏論詩多承其鄉前輩于鱗、漁洋之影響，尊唐、明而不廢宋，然無甚特見。全書之稍可觀者，乃在評説時彥之詩，如特賞姚元之（伯昂）、方體（道堃）七古，以爲非淺於元白者所能爲，與陳文述等所見不同。王氏雲遊四方，廣結詩緣，逐家評説，雖云「詩教不得以方域限」，而仍勉爲納入各地詩派，論及十餘省。所述非泛泛，如山左派有岱東、岱南、岱西之分，江西派影響嶺南詩風，湖北三家有主北宋、主漢魏、主中晚唐之不同，四川何盛斯（蓉生）傳承張問陶而韓鼎晉（樹屏）與船山立異，京華詩壇道光初極衰至丁亥年（道光七年）復盛，廣東李符清（載園）

先與趙希璜併稱後與吴梯併稱，河南周之琦（稚圭）、程鶴樵（國仁）、申啓賢（鏡汀）鼎峙，振起周亮工、宋犖之緒，及至雲南詩派、貴州詩派初萌，亦列出數人之伍，是皆可補嘉、道之際詩史。其評騭諸家，每持當代勝昔賢之念，如謂浙江葉紹本「詩品超朱查厲杭而上」，大言偏執，不免諛人酬恩之嫌；然詩律後出轉精，其人專嗜之誠，不無一得之見，亦不容治詩史者無視也。王氏文字冗蕪，意有轉不明者；時或上下不接，則似出刊刻錯簡、擅自拼板之舉。而卷四又現「梅聖俞評東坡詩絶少風情」、「高青丘論李于鱗詩莊正有餘靈性不足」等囈語，撰者不檢外，豈亦手民之誤歟。今皆仍其舊。

原序

壬辰待罪京師，因門人袁玉堂，得識務嵎山詩人王曉堂，權衡之徵士也。生游幕四方，葦墨餬口，雅好刻詩傳人，每致衣食不支，猶癖於詩，興不少衰。平居著作極富，應不僅以詩傳人，人藉詩而名益壽，寧甘與禄位赫奕者，争尺寸於目前也哉。生初目刊其集三十卷，因詩教不明，撰《匡山叢話》五卷，俾好之者知所依皈。繼爲《詩説》十卷，詳論近人詩法，以定課程。猶恐薄待時賢，再著《歷下偶譚》二十卷，以詩傳人，公諸同好。又復備搜宋明以來閨閣佳什，及當代才伎，訂《韵事》六卷，爲兩册。末以原本師承四海風雅，彙爲《瓣香雜記》五卷，以補其缺。合爲《海嶽詩群》廿四卷，以匯其全。斷于壬辰年止。前後成書，共足百卷，斯文之能事備矣。則雖天下古今之大功於此者，得似此人者，要識其趣。生年方五十，他日著述，誰可限量乎！俟《詩群》嗣出，吾將與世之論詩者援而商之，以傳生維持詩教之功德云爾。

歲在壬辰室元月望後六月香晚主人那彦成繹堂甫題于都門之退思軒西窗下。

停雲館序

國初承有明之舊，詩人多尊七子。嗣漁洋、竹垞派出，而奉梅邨、秋谷之教者，各有取法，并行不悖。後至隨園立幟，海内尚靈明清麗之音，風雅爲之一變，而所謂七子之源流，更無問津者矣。同鄉王曉堂爲余年家子，其詩能傳梅邨，行雲遏響，則其痛沈頓宕、大調宫商，駸駸乎凌金焦、跨淮海矣。至五七律詩，直與梅邨争毫末。往者授教都門，即閲其斷章零句。迨壬辰持節治東河，曉堂數以詩奉贄，讀之一過，興也勃然，與論風雅之處，並識其出於覃溪之門。翁在翰林推先輩，曾與共館課。乃嘆蘇齋之瓣香，於曉堂獨得其真，不僅慕潤章同年傳家學于弗替也。癸巳秋，曉堂來廟工，適予將反濟上。讀其所作《瓣香雜記》，其論詩之處，兼抒憤鬱之懷，參諸詩話，獨具卓見，三復之，若不能置。竊嘆曉堂之學高出前古者，非僅在字句間矣。因其丐予弁言，奈匆匆無能文，特以所見，爲序語而進之。

道光癸巳霜降日，覇州督河使者世弟吴邦慶霽峰甫拜書于蘭儀北岸行館。

瓣香雜記卷一

嵎陽山人隨筆

詩人才子，皆生自間氣，天之所使，以潤色斯世，而近今則多出詞林。然自高青丘以降，若李賓之、楊用修者，未易一二數也。本朝初年，詩人首許梅邨。夫豐水有芑，生材不盡，而産梅邨于隆平之後。以錦繡爲肝腸，以珠玉爲咳唾，置諸西清東序之間，俾其鯨鏗春麗，眉目一世，軨材小生，不自量度，猥欲以煩聲促節，流漂嘈囋，争馳尺幅之上，豈不謬哉。錢牧齋與梅邨生當一時，握手而商格律，其推尊猶如此者。如與梅邨書云：「捧持大集，生卧吟嘯，如渡大海，久而得其津涉。清詞麗句，層見叠出，鴻章縟綉，富有日新。有事採剟者，或能望洋而嘆，若其攢簇化工，陶冶今古，陽施陰設，移步換形，或歌或哭，欲死欲生，或半夜而啼，或當餐而歎，則非精求于李、杜二家，吸取其神髓，而佽助之以眉山、劍南，斷乎不能窺其籬落、識其阡陌也。」夫東澗老人自雄一世，于七子九家，不肯低首，則獨拳拳山林畸士、風雅播遷之一夫，蓋有深契唐人三昧，非寡聞塗説之能鑒識其萬一者也。有唐以來，詩人衆矣。古體律格，當以梅邨爲鵠。至興懷述事之作，工部而外，率皆相望于敷飾，吾獨于醫意之學論梅邨，真可謂三折肱矣。

今人以馳鶩聲詩爲立言，輒自矜其不朽，蓋比户然矣。苟悦乎衆，而不能超然有出乎人，君子不爲也。懷户牖之見者，難與言域外之觀；被布帛之服者，未可論霞衮之衣；詩文亦猶是也。齊魯之詩，近代稱邊廷實、馮琢庵諸公，而王元美獨尊李于鱗，當時皆莫與爭雄。後人齮齕濟南，然拔其最者，峨嵋天半，要非妄語。新城王阮亭尚書，論詩于其鄉不尸祝于鱗，於唐人亦不踵襲子美。其詩舉體遥儁，興寄超逸，殆得三唐之秀，而上溯晉、魏，旁采齊、梁者。施愚山嘗嘆其清思獨絶，非塵中人。以爲延接衆流，喜事獎掖，單詞之善，輒嗟咏不輟。後拜祭酒，流風滋廣，談藝家者群奉月旦于新城矣。客或有謂其祧唐而祖宋，施愚山力辨其誣。蓋以阮亭疾夫附唐人者，了無生氣，故間有取于子瞻。而其所爲《蜀道》諸詩，非宋調也。詩有仙氣者，太白而下，唯子瞻有之，然體製正不相襲。學五經、《左》、《國》、秦、漢者，始能爲唐宋八家；學《三百篇》、漢、魏、八代者，始能爲三唐；學三唐而能自豎立者，始可讀宋、元，未易爲拘墟拗見者道也。

詩自《三百篇》以降，漢、魏、六朝辭則贍矣，而韵或未舒。至于唐，古風、近體兼作，聲文相宣，不差圭黍，而杜子美極風雅之正變，千彙萬狀，兼古今而有之。其後韓退之去陳言爲硬語，時則有若孟郊、盧仝、李賀、劉叉、馬異爲之輔。白樂天趨平易爲奔放，時則有若元稹、楊巨源、劉夢得爲之朋。李義山變新聲爲繁縟，時則有若温庭筠、段成式爲之和。非不欲決子美之藩籬，別成一家言，然卒莫能出其範圍，特具體焉而已。嘗合錢受之、胡孝轅所輯《全唐詩》而褒益之，審其正變，竊以爲詩人之能事備矣。近之説詩者，厭夫唐人之格律，每欲以宋爲歸，隨園獨不服。矧知宋以詩名者，不過學唐人而有得焉者也。宋之詩渾涵汪洋，莫若蘇、陸。合杜與韓而暢其旨者，子瞻也；合杜與白而伸其辭者，務觀也。初未嘗離唐人而別有所師。然則言詩于唐，猶樂舞之有韶武，而絺繡之黼黻也。今乃挾楊廷秀、鄭德源等俚俗之論，欲盡變唐音之正，毋亦變而不能成方者歟。阮亭早年詩趨奔逸，中歲悉歸矜慎，而仍恪守唐人之聲格。或乃因其持論，遂疑其《續集》降心下師宋人，此未深知阮亭者也。記有云：「治世之音宴以樂。」張子曰：「詩之情性温厚平易，今以崎嶇求之，以艱難索之，則其心先隘矣。」讀阮亭之詩，識其平易，判其艱苦，則可與言詩者也。

詩者，天地之元音，發而不窮，故其境常新。吾獨於阮亭詩得之。《易》曰：「擬議以成其變化。」貴其常新也。俗學不知擬議，安知變化？保殘守缺，挾恐見破之私意，爲越人之髢、瞽者之鑑，非唯無用，且從而仇之，此世學之以宋詩目阮亭者也。自阮亭派出，山東風雅爲之一變。迄于今，楊者自楊，墨者自墨，無妨于秋谷之牴牾，倉山之輕薄，而靈光固巋然無恙也。

聖門言詩，其家傳也。冶山上公獨以聲文妙墨，推重于當時名公鉅卿。其天姿醇摯，古近體詩温柔敦厚，深得六義遺旨，自非以貴游而獨阿其所好也。孫淵如夫子、韓樹屏侍郎已序言之于前矣。至論古而不失偏斷，咏物而不失纖巧，叙事寫景，端風化，理情性之以論其詩者，固抑末也。

辛謙山閣部論鐵山園詩曰：「昔人云窮愁易工、歡愉難好，然則詩必窮而後工乎？夫歡愉之音，莫如二《南》。其詞出宫壺者，無論即武夫、游女，肅罝采芣，聽其言，皆有優游自得之致。故季札觀樂，以爲勤而不怨，乃至喈喈逐聲于黄鳥，嚶嚶學韵于草蟲，以及夭桃棣穠，葛草棠芾，體物賦形，宛然心目，不可謂非工也。《雅》詩有正變，其變多憂時憫俗之作，固易爲工；其正者爲朝廟燕饗樂章，或陳述祖德，進戒人君之詞，《頌》則序成功以告神明，亦所謂歡愉難工者。今玩其詞，審其音，清明廣大，樂易優柔，令人穆然意遠。乃至雨雪楊柳，原隰皇華，鷹揚鳳翽之形，莩韡瓜綿之狀，振鷺紀斯容于我客，駉馬美無斁于君心，即景寓情，比附巧切，立言亦何嘗不工也。且人縱處盛境，不能無離合悲歡，故《關雎》有不傷之哀，《卷耳》有不永之懷，《小星》嘆命于衾裯，《喬木》悵人于江漢，安見歡愉中必無窮愁乎。惟其發乎情、止乎義，而不失乎温柔敦厚之旨，斯已耳。今讀鐵山園詩，寫景咏物，涉筆成趣，刻畫工妍，淵冲合度。至其感深風木，傷隕叢蘭，對舊雨以興懷，望停雲而搔首，擬古命題，設身處地，悲愉順逆，各肖其情，而皆協乎義。與夫花晨月夕，酒壘歌場，即境陶情，而不溺于情，豈非得哀樂之正，而不失温柔敦厚之旨者乎！以此處境，歡愉可也，窮愁亦可也。以此論詩，則窮愁之言固工也，即歡愉之音亦好也。有真情而後有真詩，即此可以概鐵山園之詩，並可以概天下古今爲詩之道。」

本朝詩學，山左最盛，至于今，承授不一，各傳法戒。岱以東仍皆秉教高密二李；岱南取法秋谷者，則有若宋小嵐諸公；岱西推尊四溟者，則有若劉松嵐觀察；獨武德諸州效雅雨者，則稱雲邨入室，學子愿者，則稱書農登堂。至歷下猶不廢漁洋聲調之論，華泉之後，自屬水村出首，而望泉以來，尚有季木分門；若專講于鱗者，其品當在湘浦、秋門之間。

江西詩派由來雋雅，自李松圃郎中淡淵之派出，而向之所謂西崑者，更無問津矣。韋廬老人生長粵西，一時與高密三李、丘縣劉松嵐，及朱心池、余淡泉、鄧湘皋諸公，叠爲唱和，五嶺風雅，翕然更化。再傳至北溟侍郎，其道益宏，則澄碧園韋石之聲韵，將見其與鍾陵世德俱度嶺而西矣。

詞曲之學，以宫商爲律譜，其末務也。北方人不講五音，故專工于此者尠。近今江南詞學，當推張金冶先生爲最。傳至小重山房，韵音流麗，工妙無倫。宋之詞獨稱蘇、黄，楊鐵崖爲之心折，以張、柳爲末務。今觀《遠春詞》及《小重山房詩餘》，則雖蘇、黄之工整，張、柳之靡麗，不得專美于前。至馬東籬輩奇妙之論，更無足取焉。倘鐵崖老人覽此，當復低肯何如耶。

詞學一同于詩，有可以言傳者，有不可以言而可意會者。袁簡齋不專于此，笑蔣心餘爲詞人，其音節不通于詩。吾則謂詩之音節亦非如填詞，豈可通于詞乎？蔣心餘先生爲一代詞人，不言其妙諦；崇川馮晏海學博、青浦王蘭泉尚書皆工于此，亦不言其所以法，固知其非言傳也，慧心人自得之。那繹堂先生之言最當，蓋以詞有不傳之妙，要須待會心之人。如必不可傳也，何以詩舲觀察爲之益工、片石江公得之更捷耶？然專力于此，會其音節，酌其意界，運妙詞爲節奏，推風月爲宫商，非如詩之無定而實有定，恰如古風之有聲調，而不能確限以字句也。體諸此，則思過半矣。

張詩舲夫子詩鳴一世，可爲後學程法，讀其詩方知余言不謬。其即潛溪之所謂五美具備者乎？公賦質超逸，加以稽古之勤，琢磨之切，朝吟夕課，以驗其淺深，登山臨水，以傳其情趣，五者具，其思路發揮之處，自必遠出于人，此理勢之必然者。集中各諸古作，遠追蘇、李，應制等篇工于盛唐，至律詩、絶句之聲韵，尤非莘田、海愚所得窺其門墻。芊綿綺麗，敦厚温柔，乃其餘事。朱茮堂侍郎已推美于前，非僅以末學之詡詞，無足關乎輕重者也。

瓣香雜記卷二

嵎陽山人隨筆

直省詩出多門，有天津派，有鄭州派。正定以南則爲南府派，詩人寥寥。京東豐潤、玉田詩人稱盛。其餘永平、深州、河間學詩者，多遵海愚之教，而能傳風趣之遺者，莫如津門梁觀察楚香先生，能提唱中原，論詩公正，其言與漁洋之旨微有合者。吾聞諸所云，世之講求風雅者，曰詩當爲唐詩，又當爲大曆以前詩人之詩。夫唐之文章，至元和而極盛。其詩之傳者，儁異瑰瑋，非其人未有能爲之者也。謂元和以後之詩可廢也，抑固矣。凡名爲爲唐詩者，必詆訶宋詩，而訾毁西江尤甚，斥之爲山魈木怪著薜蘿之體，實則西江之音節句法皆本于唐，其原爲不可誣也。蓋有宋詩家自歐陽文忠公、王文公推揚李杜，以振揚、劉之衰溺，而靡聲曼響中，于習尚未能遽移。至黄魯直而後，有以窺三唐之窔奥，力追古之作者，而與子瞻蘇氏抗行于一時。其後學者，派分爲二，所謂各得其性之所近云爾。其一唱一和，於彼於此，之變之正，或離或合，有不知其所以然而然，論者顧弗之深考歟。且夫唐人之高致，其不在公家之言審矣，而擬之議之者，竊竊焉享其敝帚，何哉！學宋人詩而從其支流餘裔，未能追其祖之所自出，以悟其以俗爲雅，以舊爲新之妙理，亦未得爲宋詩之哲嗣也。先生之論如此，世之學其詩者，由是以究極其作詩之旨，將有以知其廣大變通，而非拘于一隅之見；包羅貫穿，而非主于一家之説也。則以之學宋人也，可；學唐人也，亦可。

漢儒説詩分四家，各有師傳，不可易。申公倡于魯，張、唐、褚氏之徒傳其學。轅固生倡于齊，翼、匡、師、伏之徒傳其學。燕人韓氏嬰推詩人之意，作内外傳，名《韓詩》，傳之者爲王食、長孫諸人。皆立博士，至大官，徒衆甚盛。趙人毛萇傳《詩》爲《毛詩》，未得立。唯貫長卿、解延年、徐敖諸人，轉相教授。謝曼卿始爲之序，馬融爲之傳，鄭玄爲之箋，而毛之名得並著之。四家者，各守其師之説，歷久不易，雖未必盡合乎聖人之旨，其意與文之著，非苟焉而已。甚矣，詩之學豈可以無傳〔乎〕。自蘇、李變《三百》，創五言，而漢、魏興，六朝衰，而唐諸賢振起之。五代降而兩宋之體變，而肆其間，非常特出之才，不過三數人，爲一時之倡。後之人亦遂各傳其學相雄長，雖不必若四家者之師承，而各就其才之近、性之説，刻意倣效，不啻高曾。學之既成，自爲一宗，睥睨騷雅，凡以得所傳故也。苟無傳焉，則亦猶之不學而已。雖有作，烏得爲作乎？其立言壽世之要，蓋盡于此。吾聞諸翁覃溪夫子云。

近世詩教昌盛，原不得以方域限也。凉州馬柏亭進士，曾宰粤西，與訂文字交，其論詩獨尊少陵，最爲卓見。嘗曰：「自明之中葉，倡爲俗學，群專以摹倣剽竊爲工，後生寡昧，奉爲科條，傲然自號曰：『我詩人也。』所學者，唐詩也。嗟夫，唐之詩固如是乎哉？詩之教垂于聖人，聖人定經以治後世之情性，使歸于正。騷人之詞，漢、魏之作，班班也。陵遲極于梁、陳，少陵杜氏起而振之，所謂上薄風雅，下該沈、宋，盡古今之體勢，兼人人之獨專，其集成之聖歟！夫陳、隋之際，詩道中衰，藉無杜氏，則詩人忠厚之意，與作者比興之旨，皆汩没，亦不彰。前無明承，後無可述，聖人之教，或幾乎熄矣。杜氏之功，不在删詩正樂之下，其儼然紹風雅之統，無惑也。昌黎韓氏擴而爲怪奇譎詭，眉山蘇氏變而爲汪洋恣肆，唯陳言之務去，而師古人之意，統緒相承，未之或異也。唐、宋之詩人多矣，獨三家者爲大宗，而杜氏之功甚偉。」先生力裁僞體，倡教西陲，其有功於詩學，正非淺鮮，倘與漁洋抗手吟壇，聞斯語當亦首肯。

歸安王氏詩學傳家，一如嘉興錢氏，代有聞人。王勿蕣格律高超，頗似柳州。其長韵古作，直逼昌黎。一時主持風雅，則如朱荼堂先生，法嚴氣清，韵遒調古，駕中唐而上，於朱、查、錢、杭之範圍，别樹一幟，應爲一代傳人。小倉山房專講性靈，不過領一偏師，亦當退兵三舍。

山西言詩者康茂園先生倡于前，嗣則張水屋刺史繼之，靳雲屏觀察又繼之。及祁春浦侍郎領幟騷壇，宫商高揚，向之講格調者，則悉得正始之音矣，猗歟休哉！不必食脈望三枚，早知其爲神仙中人也。裴二知中丞不得争盛于前，韓芝舫中丞又安能專美于後耶。

本朝詩學超軼往古，四川遂寧張船山先生以唐賢清正之論，提唱宗風，一變枯澀隱辟餘習，天下士翕然向化，數十年無異詞。迄今英喆間出，輒有各逞臆見，别立法門。雖一時鴻才碩彦，類能獨具手眼，自成一家，而入主出奴，是丹非素。嚴格律者薄性情，侈神韵者乏風情。或矜言奇創，而反流于俗；或矯語真樸，而轉失之野。求其優柔真摯，無媿于温厚和平之旨者，往往甚難。夫詩之爲道，本乎性情，止乎禮義，不必區漢、魏而别宋、唐也。詩之爲教，深于比興，長于諷諭，不必矜初、盛而薄晚、近也。善乎明陸仲昭之言曰：「詩須觀其自得，古人佳處不在言語間。」然則詩亦求其自得焉可矣，奚必頌言漢、魏，標舉盛唐，而後始謂之詩人也哉。中江何蓉生孝廉，獨能傳遂寧之學，曾與予論詩，亦本此意云。

廣東詩人首推張、李。李載園向謂予云：「人貴立言。」非言之足貴，言之立而能不朽之爲貴也。且夫詩獨非言乎，然而道衍于支蔓也久矣。儒者閉户讀書，各以己見，論列往古仁賢，知其絶無增損于前人，而不憚議論之煩、吟諷之數者，遵其導以先路，而凛其示以覆轍也。夫如是，足跡所至，訪其名流，吊其山川，夢寐之思，形諸嘅嘆。質言之，爲記序論辨諸文；感賦之，則有登眺懷古諸什，義固無大殊焉。若夫辭氣之悲壯淋漓，與夫音節之抑揚縹緲，則又其人之性情與境相值而成，有不自知其然而然者。漫曰漢、魏也，六朝也，是非所謂摘春華而廢秋實者耶。雖然，代有不同，體亦屢變，後賢欲工其事，每見囿于前賢之範圍，則思自闢門徑以避之，勢分而不可卒合，將欲鎔冶鍛鍊，使成一家，誠有所甚難，則亦各就己之所已至者爲之而已。或工焉，或拙焉，姑不必計，要無謬乎古人立言之旨，而不溺于譏刺酧應者之所爲，不既快然自得乎哉。

予游粤西，值趙笛樓先生持節桂林，主持風雅。一時與李松圃、潘芸閣諸公，賡吟疊唱，傳爲雅事。所論爲詩之道，及權議時勢者，與何仙槎先生、賀耦耕方伯、聶東園太史之見略同也。夫詩爲性情之學，古之婦人女子，其言猶存于經，豈非敦厚之旨，有發人感動者與？後之人愈工，而寖失其旨，如騷人之情深，靖節之恬夷，後人心摹力追不能到也。夫古人之學，由源而逮委，後人窮委而昧源，侈得一二淫冶之浮詞，則藉以弋富貴，而博當時之譽。求之不得則怨，久則志湮氣頽，並其所謂組練者，胥失之矣。詩如是，而文亦如是。然而詩文徧天下，非有如笛樓先生醇正之學，孰足與語此哉！

鄉于束髮即受青陽尚書知，既而出遊鮑雙梧閣部、許隸函丈。迨至京師，姚伯昂司寇謬爲獎進，亦得予游門下。乃知唐人爲詩之道，安徽一省得之最真。克承聖俞、愚山之後，雙梧夫子得其醇正，伯昂夫子得其工麗，更不待蘭如、墨愚之告誡，侯園、冶橋之提撕也。鮑夫子叙詩云：「詩必宗唐。唐詩之可尚，在雅馴含蓄。後世能嗣響者，有明一代。顧自錢東澗之論出，而李、何、王、李之詩，舉世皆詆覆之。以竹垞之知詩，新城嘗寓書勸其平反二李，竹垞不從也。歸愚沈氏持擇雖正，然《别裁》所登隘，不足以張諸子之幟。自隨園派出，明詩愈無問津者。惟桐城劉海峰、姚姬傳，暨吾家海門三先生，論詩必以唐、明二代爲標準。吾歙澹泉吴先生得詩法于海峰，予從游久，知其説之不可易。然述以語人，人輒目笑之。惟桐城王晴園灼、朱歌堂雅、姚伯昂元之，同里吴鶴舫焜，持論與予同。」嗟乎！習俗之移人，而瑰才卓識之不多，遘有如是夫。

新城陳石士師云：「古人以詩言志，而不必存其名，今人以詩稱名，而固可以考其志。《三百篇》自周公、召公、衛武公、尹吉甫外，其餘感歎傷喟之作，大抵皆人之代言，非必其所自爲。顧欲考其作者之姓名，類不可得。古人之不重名也如是夫。今人之于文辭，其所業也，有志者又往往因文以見道。故自宋以來，凡以集傳世者，其人之志行存乎中，一時之典章政令，亦于此見。然則舍虛車之飾，而以核考業之功夫，論詩者，豈非以友輔仁之一事哉。潞城靳雲屏觀察所論《三百篇》，亦此意，豪傑所見固無甚逕庭也。今人謬于小注之説，竟至解爲所自作者，殊堪一噱。豈野田草露間，雄狐吠尨，尚有審音敲句之詩人也耶。

平湖朱椒堂夫子，舊荷垂教，别後殷拳寄問，所謂大雅春風不惜拂飾小草，誠難得也。夫子曰：「下從公越三十年，清風兩袖。後任倉場，稽查漕務，剔清利弊，倉胥漕棍，聞風縮首，於國家儲庾之藏，大有裨益。」記其從教都中，勸勉學詩，專主盛唐，故所存舊稿，立意醇正，詞藻工麗，其中美不勝舉，將見鴻章與功業並著，非僅作詞句之傳人也。

瓣香雜記卷三

嵎陽山人隨筆

吴中詩品，當推潘相國一家最爲清超。相國襄贊綸機，帝唱皋賡，非草野所得聞。唯其哲嗣紱庭先生，叙《白鶴山房詩集》之言，亦見大意，云：浙江數百年詩才之盛，如竹垞、初白、樊榭、堇浦諸公，風格性靈，力追前代，固不僅以詞調相尚、才力稱雄也。自筠潭先生出，而詩品遂超朱、查、厲、杭而上。先生少承家學，作詩以雄深雅健爲宗，不事險怪綺靡。百氏之書，無不披覽，而尤以經史爲根本。所學者博，不徒沾沾于詩求之。壯從西莊、竹汀、述庵諸先生游，歛華就實，務合乎古作者之旨，故一變時俗之派，而歸諸雅正。當自内外建樹，學問之專，涵養之深，才華之富，經治之大，其所不朽者，皆不僅以詩見。而紱庭先生他日之功業，亦不僅以詩傳也。

湖北一省，論詩各有不同。石坪先生專主漢、魏，程玉農廉訪取法中、晚。許秋崖先生專主北宋，至三公之所自爲詩，皆如昌黎。蔣丹林先生云：「學詩須從晚唐入手，古體務法建安以前。及其成功也，雖未必奪盛唐之座，猶不失爲宋人。」固確論也。是以傳至笙陔學士，格調極清；再傳至賢孫，直膺館選之首，洵堪爲風雅之法程歟。至陳芝湄方伯之詩，直造漢、魏，又豈學而能哉。斯即所謂有伊尹之志則可，才之不可勉也如此。

八閩之擅風雅者，前有二鄭，後有二蘭，烺山、兼才兩夫子，皆予之師，才學尚矣。至蘭石大理，舊曾領教，真所謂清新俊逸者。生不永年，未及驅策沈、宋，蓋嘗惜之。獨蘭卿觀察詩不多見，然問之葉筠潭方伯，云：「具太白之才，有東坡之興，安在不自雄一世耶。」陳恭甫翰林亦云。

錦縣蔡方伯琦字魏公，學尊漢、宋，詩法韓、蘇。其善政善教，山東至今尸祝，固一代偉人，炳標青史，原不以字句傳也。繼公而起者，其惟王松亭太守乎。作人作事，置腹推誠，一如魏公之善，不求知也者。其詩尤高雋，幾爲功業所掩。奉天舊稱三王，翰屏太守外，雲鵬、松亭二公所並駕，他日采風者，亦不得以循吏位文苑也。

廣西詩派，榕門相國後，張上林拓之以渾，熊介兹潤之以麗，獨何昭甫詹事兼醇正而盡善矣。今蓮史觀察能傳家學，集其大成，一時操韋廬之澹遠者，胥化爲清新。至如象州劉墨園、桂平潘鹿原、宣化陳松田、横州吴敏園、貴縣黄氏、平南袁氏，皆其後起者。若臨桂詩人，更不勝枚舉矣。

長白論詩者，英相國獨能繼梧門之緒。次則恩蘭士侍郎、那竹汀尚書、文孔修夫子，皆擅風雅者也。蘭士年丈尤精試帖，不惟爲群彦之領袖，實足以輔翼文化。夫詩之有試帖，猶古文之有時文也。試帖至今日而極盛，雖唐賢有所未逮。然習俗日趨浮艷，率以支干、卦象、采色競巧于對偶、排比，作者方竊自喜，閲者亦矜以爲能，按之詩法則不必盡合。此亦如制藝之徒事雕繢，而于書理文體出落提頓之法貿然也。竊嘗聞先輩之緒論矣，試律用以應制，則其體不可謂卑。故氣宜清，格宜整，調宜諧，詞宜雅，其先必有一定之法，而後能神明于法之外。一題各有一題之層次虚實。如點題，字押官韵，必于起二聯，或結韵補見，不當于中間横出。第三、四聯必實發題面，而不當掉弄虚機。第五、六聯必追取題神，不當重沓呆寫。襯託必在第七聯，不當早見。頌聯必緊貼題意，不當落套。法誠得矣，加之運典精切，鍊氣渾成，斯爲佩實銜華，足以凌轢唐賢，和聲鳴盛，而無愧若是。則詩之不能廢八韵者，猶文之不能廢八股也。蘭士年丈所刊《雙籐書屋試帖》，英煦齋先生序之，其意亦猶是。核之曉嵐、穀人、蓉鏡三公之講應制，皆無工于此。因知蘭士年丈不急急於全稿之梓行，而獨首傳于斯，其成式館閣後學，功何偉哉！

人生如白駒過隙耳，大丈夫自當建不世之勳，名燿竹帛，以垂不朽。即不然，則逍遥自適，徜徉之外，亦足千古，何爲而泛泛然與波上下，俯仰同塵，以終其身世也哉。古之高人志士，其始也，抱用世之心，乃汩没無聞，久而不遂其志。或託迹山林，或寄情吟咏，以自鳴其異者，誠非得已而爲之也。不得已而用其才，以爲詩與文，即使得傳，終不過雕蟲小技耳。況傳與不傳，又有幸不幸者乎。詩自三代而後，卓然名家者，不可勝數。其次如唐、宋、元、明人之詩，有一章一律之足稱賞者，其人尚傳。而自漢、魏以來，古詩、樂府諸作，至今僅存其篇什，而作者姓字又湮没不可考。斯豈漢、魏之人未可傳，而唐、宋以後之人之詩可傳歟？其亦有幸，有不幸也。余嘗誦太白、昌黎、東坡數子之詩，每想見其爲人，又重惜之。夫數子者，皆人傑也，而終身坎壈，抑鬱不伸，乃爲詩以發其瑰奇英偉之氣。而後世之讀其詩者，又往往心重其才，而輕目之爲詩人，遂使古人爲國憂民之心、濟世安人之略，于百年後終無以自白于天下也。是其詩雖幸而傳，與前之不幸而不傳者，同一慨矣。故夫知命寡儔之士，不屑屑于小節，而甘心澹泊以全其天年，其亦深洞夫浮名之不足立，而虚文之不足貴也。昆明錢質夫郎中嘗以此意曉予，予故衍其意，以曉世之務虛名者。

近世敦詩莫過雲南，不得以邊省目之也。池籥亭太史倡于京，楊宗峰中丞和于外，而孔莘農、錢柘坡、李服齋、丁保堂諸公，皆名重一時。其如蒙自、太和、保山、通海，詩人接踵而出。程月川先生云：「詩不拚人，而能因地以限，道則高矣、美矣。」善乎斯言。

今之學詩者，必擇人而求授，問地以延師。斯説甚笨，豈不聞多師即我師乎。漁樵、販夫、牧兒、桑女，言有可采，皆我之師。所以言詩道廣大，村豎、販婦，偶得一言，雖杜、李、韓、蘇，終身之所咏不到，而況其他乎。不可限于授受也明甚。

古今詩人率皆不拘名節，是以有登進賢名，而絶少崇入廡祀者也。夫偉人傑士，初心皆志于功名，而老而無成，舊業頽唐，不屑振拔于遲暮，遇物言情，觸景拈句以發其抑鬱愁懷，不得已于斯世之故，卒致淪落不偶，流于狂簡。幸而其詩卒傳，遂令後世竟謂之詩人，而不能替明其初心；不幸而不傳，與夫鄉老野人同歸于湮没，概亦可勝嘆哉。板橋甘作走狗，簡齋愛認鄉親，非故肆其輕狂，實有所爲，而自賤以形容。夫妄驕故舊、卑役權門者之品，爲何如也。且夫士不得其志，代不乏人。且與爲桓譚市媚，子雲當惡，曾不如熙載之無諛，方回之終窮乎。嗟嗟！生不逢時，寧自甘與草木以同朽，殊無味于傳名之詩人也。仲蔚方于之輩，附良友以請封者，烏足多乎哉。是不傳名者，較傳名之無味，輕重當又何如？吾故知聰明才辯之人，可以盜名于當時，而不能賄贖于身後也。若曹瞞、王通者流，其用心實良苦矣。古語云：「智極則愚。」其斯之謂歟。

余生平無他好，獨好取友，又好取友人之詩文爲之梓行，以表揚其才華。凡當世才識之士，每得一人焉，以爲雄，而當世才識之士，亦幸不我棄。以故雖闇惑荒瞀，得以聞所不聞，以發其愚蒙，增其識擴也。乃不幸如劉子韵湖、方君彦聞，比年以來，相繼凋喪之。二君者皆好學絶識，沉思渺慮，求足乎己者也，使天假其年，可以大成，而韵湖年未四十，彦聞不及五旬，而竟長逝也。韵湖與余交垂六年，駢體最工，古作氣尤雄傑，觀其敷祥植榦，風翮震厲，情均頑艷，響叶宫商，有庾蘭成之遺麗焉。彦聞工古文，考古制、金石最博。初與交於懷州，時方修府志，足以徵其所學。記云：「晝誦書傳，夜觀星象。」以自氏其于天文、曆數、算學、國書、古今輿地沿革，蓋有天賦矣。彦聞以大挑試用縣令，分福建，即署首縣，方期大爲，遽溘然亡。如公之所交董方立，爲古之學者，吾感于知己，當搜其著作，另梓以報之。九京有靈，應知余之爲故人，固不遺餘力矣。嗚乎噫哉！

瓣香雜記卷四

嵎陽山人隨筆

河南自祥苻周櫟園、商丘宋牧仲兩先生詩出，一時翰苑前輩悉講潤色，陳其年、徐虹亭已早推尊于前矣。迨後繼起者，則屬光州胡雲坡、祝與亭、吴健安諸公，領隊一時。再傳至胡果亭、吴美存、馮旭林、祝衡畦四公，操格律者翕然爲之從風矣。吾夫子鮑雙梧學士，提學中州，衡論風雅，則周稚圭中丞首膺其選，從而振起櫟園、牧仲之緒，與商城程鶴樵侍郎、延津申鏡汀先生，共爲之鼎峙中州矣。洛陽舊稱詩藪，殷月圃進士能和其聲，而鹿邑徐松坪舍人獨綜其傳。至毛苐村閣學、范照藜大令、劉屺南給諫、申實泉孝廉、王雨農刺史，皆善風雅者也。然而正始之音，稺圭中丞得之最真。其諸古作，有如陳藥洲侍郎，律詩、絶句遠軼張詒庭觀察。雙梧夫子云："芊緜之韵，氣局之清，于《驛柳四首》，略見一斑。"則中丞之詩，固爲一代傳人，當不徒争勝于虹橋秋什也。然如徐伯華、仲升兩昆季爲後東坡者，已嗣響斜川矣。而張潤夫、袁雲亭、范方湖、郭夢畹，則又困於俗吏風塵，較之更爲可惜。

余于嘉慶初年詩人，獨許貴筑花舊山方伯。入都後聞徐秋潭先生之論，則知劉松齋方伯、楊誠村都督之詩，又與其抗衡。所得舊山方伯詩，及劉、楊二公之作，遂刊于京，令海内耽吟之士，知貴州有詩人，而有此磊落軒昂之筆。是時黔南之宦于京者，如王鶴亭、宋芸皋、朱蔭堂、王湘友四公，詩名尤著。予深慨夫諸公者，領袖風雅，勳名赫奕，且以縱横恣肆之才識，得狀其襟臆之超曠者。蓋其詩與人，非直永壽百年，而豐功偉烈，宜且與之共享千秋者也。

陝右王韓城之後，詩教歸于膚施，而蒲城尚書獨與剖分吟節。在中州備讀張芥航先生之詩，古視蘇，近、古視韓，律五視王、韋，七視李若杜，絶五視《選》，七視晚唐，與宋而有軼焉。皆合古大家數，非但以袁玉堂之以宋人待公。蓋其才全，其力鉅，其氣雄渾，故能持衆美，而不自以爲名；刻象形，而不自以爲功；知名早，而所知者皆名公也。如《渡海觀雲》五古諸長篇，可以識其大略，至應酬之作，乃其餘事。詩已備載《偶談》、《詩群》中矣，觀者自有所會心處。

濱州杜石樵夫子一家能詩，主持風雅，世所共仰，而望風者固不待贅舉。然芝農先生尤工試帖，當與《有正味齋》以併傳，館選詞林尤且奉爲楷式，而獨右圃廣文抱道雅尚，秉鐸鬲津者有年。蓋德州本爲文獻邦，得奉先生之教，一時甲科叠進，邑之人頌其德者，徧載口碑矣。然而制藝法傳啓、楨，詩詞調軼齊、梁，人所知也，而著述大有史筆，淺學者未能盡悉，吾故略言之。先生撰《平粤傳》二十卷，演明紀宸濠倡亂一節，其間勸忠孝、申節義，意局筆陣，繡墨香詞，遠出紅麗燕箋之上，論世者當焚名香讀之，儼如續班、馬，而注國史，雖有裴駰之輩，亦安能據《傳奇》而論文章耶？

曲阜公府伯海儲公，少年英雋，雅尚斯文，承儉讓之家風，傳鐵山之翰墨，故操筆珠璣，摛辭文繡者也。其性又好學，雅接一時文人，北海之座上，東坡之局中，無非雅人深致。近則琴南孝廉爲宗工，沈鶴坪、于竹西兩友爲君輔，如揚州謝佩禾、陳穆堂，通州馮晏海、馮南坨，得以交贊其成。觀諸公之歌咏，可以識其文德矣。吾亟望龍門而躑躅，倘不爲不可而拒之者，則尤幸甚。

寶田女史賦性和厚，詩才清妙，惜無專功，故不能成家數。一日寒窗雪夜，罇酒短檠，相與談論往古詩人。余獨取隨園，心思絶巧，于咏物之詩尤見工麗，道前人所未道。女史謂余曰：「君知詩至隨園而極盛，亦知詩人之品不貴者，亦自隨園始乎？」余請其説。慨然曰：「今詩之所以不與漢魏同科者，有人己之見存乎其中。古之人，少而讀書，經史《國》《左》，無不博覽，于斯信心，方敢出而問世。道既不行，絶無表張才華、措置學問之處，始遁而爲詩，以道其性，窮而爲詞，以寫其情，初未嘗有意于傳者，而後世之傳不傳，亦非逆料。故所謂詩者，多出于古窮人之詞，愈窮而愈工也。固非詩能窮人，殆窮者而後工；亦非工而必窮，殆勢處窮極，無意必工于此，而自爲工者也。且夫詩也者，古人無名而爲之，今人藉之以博名，斯人、己之所由分，貴賤之所分界。更且傳名愈多，而詩人愈少。真詩人既少，而可傳之詩又焉能多乎哉。夫今之得志功名，有他事業足博名譽，固無甚急于此者，無論矣。而窮極之士，家口日累，衣食不贍，老大無成，學業漸廢，内而妻謫子號，無以養育；外而故舊鄉人，不能取重。既非若古人學成養裕，而爲詩爲文以自適，迫于萬難，始思干進當道，藉邀聲稱，而幸獲中計，斷章零句，標竊前賢，裒集成帙，託請弁序，遂施施然竟自認作詩人，亦非若古人之萬無張弛，而得于自適，後世輕目爲詩人，不能代白其初心。嗟乎！隨園派出，變格調而爲性靈，固隨園之功，遂令後世之人，知金粉富貴之足重，而詩必藉此以傳，是富貴金粉爲詩之媒，詩人之所以不能高于自置，而品愈下者，亦隨園之過也。」予深服其言。

四川韓樹屏侍郎詩學王、孟，獨異船山之派。至卓海帆先生專尊杜氏，造意摛詞處，雅有合者，亦一時之雄才也。鄭學士瑞玉習新奇一格，遂令文人墨客講求三唐者，俱額手西川矣。

古之豪傑不得志于時，往往溷迹風塵，用自韜晦，蓋深于隱者也。鼓刀屠狗之中，類藏畸人，即詩亦何莫不然哉。隱于漁，隱于樵，隱于農工，隱于釋道，自有唐來迄今，其傳也未嘗不與賢士大夫異曲而同工。武威趙子菊坡以詩隱自名，其亦有取于是乎。趙，涼州之詩人也，與王公于烈早年登賢書。主講甘肅、西夏之間，初不以詩稱。而花朝月夕，風雨懷人，時形咏歌，以適其適，久乃詩名藉甚，見之者驚其丰采，以爲非碌碌風塵中人也。王成進士，出宰他鄉，趙仍待廣文于籍。吾固知詩人有厚福，他日功名應不止是。王、趙，予皆不相識，仰其風雅，曾聞之袁玉堂所云。

桃源袁玉堂潔，有詩才，兼工畫蒲桃。以拔貢挑知縣，歷官山東金鄉、東阿，隨處有政聲。而時命不辰，屢遭勘議，終因誤訟，出戍輪台。年滿釋還，膺那繹堂制府之聘，佐幕保陽。及再還山東，因故友程廉舫遷居東平。越年窮愁落拓，遽染瘖症，兩月而逝。含殮之日，家無升斗，薄棺粗衣，皆出于吴香岫、阮仲寅、程書亭之所賻。余憫同道涉瓜葛，竭力相佽其子，主殯于千佛山下，蓝室朱從養于女家，乙氏歸宗，越月亦卒。夫人率子媳若孫，仍居東平。殯未一月，江南陳端案發，其子爲與陳戚，竟羅于訟，械繫歷下，備受搒笞，仍遞江南，歸案訊辦。又三月，桎梏以死。只餘弱孫，贅于東昌沙鎮。楊氏夫人與其媳無以自養。玉堂有靈，其亦鑒于斯乎。袁氏當官者貴，一旦而零丁殆盡，所謂厚報者安在？是否再興，尚餘一綫，吾不禁撫感而增痛焉。人生百年，貴賤榮辱，後事亦焉能料定耶。願期在位者，能鑒于此，少施仁心憫人，即所以恤己，身後固不可必，而現世之報，此豈少也哉。

東海朱子潁轉運，少年家貧，落魄京師。後結識于桐城姚姬傳、丹徒王夢樓兩先生，旋即登第，出于夢樓之門。可見先輩識人不謬，而納交賢哲，亦寒士之一助也。朱用知縣，分發四川，自命豪强，不與人伍，同寅皆多不合，物議沸騰。後從軍滇南，升任司馬。引見，擢泰安府。未三年，即升揚州督轉。前後數十載，兩袖清風，家無片瓦。後到運司，漸資豐足，方得行其素志。延故人，招賢傑，主持風雅，文名藉甚。數年引退，頗有家私。仍居都中，凡向之一飯一酌，皆有以存恤之，真傑人也。卒後其子仍任江南觀察，距先生亡已二十年矣。而姬傳、夢樓二公猶存林下，其子厚幣延訂《海愚詩稿》。二公一念故人云亡詩恐散失，再則重觀察敦禮耆舊，不忘執交之義，悉心參校。越年梓成，于先生事跡，一無舛錯。則是海愚之傳，雖係後起有人，實有藉二公勘定之力也居多。夫二公不亡于轉運之前，而猶遲其子貴，越二十年詩傳之後，而相繼辭世也。上天之待詩人已云厚矣，具見傳詩、傳人，皆非偶然。

長沙詩人舊稱三傑，陶雲汀、周石芳兩公以爵顯，詩多無見；獨李雙圃觀察之太翁，潛修隱德，不求聞達，故鍾于後人，勳名尤隆。而太翁壽臻大耋，詩傳藝林，至今長沙人猶頌其賢聲不衰。雙圃出仕，上酬國恩，下體民情，悉本于庭訓，將見陳臬開府、贊扉協揆，不獨以字句傳名而已也。太翁論詩，絕句獨取唐人。嘗聞其語曰：「作五絕第一要講層次，層次愈多，其律愈細。如『千山鳥飛絕』一首，二十字竟具十八層意思。至『白日依山盡』四句，二十字是二十層意，慧心者可以類推。」

姚伯昂司寇作詩尤工七絕，其長篇古作，愈長愈覺其整，非淺于元、白者所能爲之也。至新安方道塑少君通甫轉判，詩法精嚴，氣局宏敞，足以遠軋宛陵，橫吞元、白。向與江夏陳雲伯論其詩，以爲出自太白。文登畢秋水取其律句，吾獨服其古作，可與伯昂師並驅中原，世之學愚山者，安能窺其門墻。

廣東李載園，少年以詩鳴于鄉，負才子之名。出仕直隸，精吏治，善聽斷，同寅望風，大吏倚重，一如古之循良。掛冠後歷遊南北，詩滿奚囊，付《載園》四集以傳。與先大夫交相合，予家備存全稿，幼年曾加摹勵。律詩學宋人，古作學明七子，獨樂府、絶句有漢、魏遺音，當時與《四百三十二峰草堂詩》並稱廣以南。論詩者推重李、趙，自《石泉》《岱雲》等編出，今至更稱李、吴矣。

同安蘇鰲石先生之言曰：「世之人何易言詩哉？易言詩而詩人日多，詩人多而真詩愈少，真詩少而詩人益不得而見之矣。」夫所謂詩人者，内必有芬菲惻怛之懷，外獨具和藹清平之氣。作人作事，悉本周詳；一動一言，無非慈善。吾閲人多矣，如張詩舲觀察者，真詩人也，不必其能詩，而况其能詩乎。

梅聖俞評東坡詩學盛唐人，獨唱宫商大調，惜乎絶少風情。吾於近人《紅亭集》《岱南集》亦云。汪鈍翁評王西樵《香奩詩》，綺麗之音，近于侮褻，寫風情則盡善，究不免爲風雅罪人。吾于近人香亭《香奩》亦云。隨園論尚茶洋之詩却似盆景，吾于近人莘農《詩草》亦云。高青丘論李于鱗詩莊正則有餘，靈性則不足，吾于近人周氏詩亦云。學詩盡善，如此其難，將不知後人置我何等。如簡齋云：「留得筆墨令人指責，亦是福氣。」此無何，後人之極思也，夫安得不爲盡善之傳人也哉。

鮑雙梧夫子論詩，獨推明七子能得盛唐遺音，所見與白雪樓主人同。蘄水程謹侯進士論詩獨推趙甌北，所見與江冶橋明府同。吾則謂明七子極得唐人格局，如李崆峒頗有氣概；趙甌北之詩字斟句酌，居然松雪，而七絶獨少涵含，曾不如黄莘田。然冶橋之詩却似莘田，而謹侯所作，又不似甌北。各人見解如是説。

往歲客鍾陵，作滕王閣詩，爲魏愛軒夫子所稱許。後見蔣蓮友和韵，維時不相識，深嘆其似鉛山一派，共爲詫異。迨過雄縣，曾有題壁句。後見楊伯夔和韵，格律却似蓉裳夫子，彼時亦未曾識伯夔也。及晤蓮友，方知爲茗生先生令嗣。晤伯夔，知爲蓉裳夫子家督。可見一脈授受，眸子之未花。

長白廷曙墀太守，前在太安勤民事，端風化，一時民商安業，士敦禮讓，郡中甲科，至今不絶。泰自趙仁圃中丞之後，百年無進士，文教之興，由太守倡。余過介丘，父老猶能言其德政。泰山舊多野仙，無所止處，望氣者恒知之。見亭制府承其遺命，于中天門下，特修散仙洞以棲依，山下居民不受其擾，此功德甚鉅。太守一生好善樂施，憐貧禮士，任泰未久，未得悉行其志。制府能體親心，深仁大德，隨處敷施。太夫人亦崇文學，勸善頗多。故制府不數年，知遇特隆，兩河建節，當不獨爲太守厚德之報，益見制府之能振家聲矣。太守、制府皆善詩，惜不多見。吾得其二律，鐫《詩群》之首。

朱建卿孝廉爲荼堂侍郎之令嗣，制藝醇正，詩有清新。予于癸巳相識于都，備荷青目。孝廉畫鶴守廬小照，一時名公鉅卿題名滿紙。不特於詩禮庭訓，具見風雅，兼且荼堂夫子一家能詩，于斯得其授受矣。承孝廉督請，聊題一律，窮旅枯腸，至今猶媿。倘夫子見之，雖未必遽責荒謬，而佛頭輕涴，遺笑于春明之顯者，應所不免。

東鄉吴蘭雪刺史取詩最嚴，與陳石士先生議論略同。向居都中，偶訪蘭雪。因誦詩于余，云：「『九重原貴舊詞臣，喜聽先生拜命新。從此圜橋天下士，大都後我受知人。』當是何人作？」余極賞其工雅，不能名其派。蘭雪乃云：「此臨汾郭小陶别駕賀石士先生遷少司成詩，最爲得體。應酬之作，此其首推。」是小陶格律嚴整，詞意清新，二公早經推美于前矣。惜乎四應京兆，未博一第，時命之限人，有如是夫。因憶及其膺薦未雋，感賦七絶，曾寄予云：「十載雞窗一第難，虚名未竊轉心安。狀頭倘得如韓昶，恐把金根字錯看。」含蓄較勝于前，感慨抑何深歟。

瓣香雜記卷五

嵎陽山人隨筆

如皋江片石老于爲詩，而詩境頗苦；無爲劉墨愚老于爲詩，而詩境頗澀。夫人之才力有限，詩境無窮，分唐界宋，摘蘇辨韓，亦安能盡據我有，而高出前人也哉。一代有一代之賢，一時有一時之賢；一省有一省之賢，一邑有一邑之賢。我須賢人，人或不能盡賢于我；人冀賢我，我或自甘讓賢于人。人而不爲詩焉斯已耳，既爲于此，攻其苦而膏其澀，益才力以歷其境，各得其我之所已至者而可矣，又何必于唐、宋、韓、蘇之間論工拙乎。精于韓亦不妨偶涉于宋，進乎蘇仍必須推源于唐。後之人賢否，我固不可知，自能知人之賢而賢之，斯其識已至，其境不淺，然且賢也，又孰能仇我爲不賢乎。

潞城郭松崖臬使與靳雲屏觀察同縣同學，同官于京，同任于外，一時詩名齊驅，可謂二難并矣。然雲屏夫子曾授予學，聞其文章者多。夫子潛心性理，聰明過人，少年于書無所不讀，讀即不忘。後官西曹八年，秋審案過能成誦。迨官東省，兼涉吟咏，兩年集詩不下千首。其少君能承庭訓，詩賦擅長。間嘗謂予曰：「詩文傳名頗難。不生古人前，即難與爭勝。我之不留稿與後人，嫌其爭名，只兒輩能如我學，無墜此家聲，斯可矣。天下萬事，不可有争心，非獨詩文，即詩文何莫不然也。故予告後全稿焚去。」旋亦逝世。少君賴能成立，或即繼起，皆師之餘蔭也。郭臬使官江左，有幹才。癸巳升廣東，援例北上，未即赴任。他日官階，正未可量，其福澤較雲屏夫子更何如，至竟人難並論矣。

吴刺史蘭雪論詩，持守甚嚴，操尺以量千載，不欲少有假藉。陸祁孫先生則推而廣之，以爲姬姜不必同貌，芝蘭不必同臭，尺寸之瑕不足以疵類白璧。是祁孫之待人無須過苛，過苛則無全璧，忠厚之道也。之二公者，疑若矛盾，乃其披襟，扣擊簡牒，往復商略，評次唐宋詩總，往往各當于理乃止。此唱彼和，丹鉛錯互，欣然並解，若水乳合者，何哉？蓋法本于理，其寬、其嚴，未嘗恣于無範。故自爲詩波瀾愈闊，格律愈精，變化愈極其致。今操觚之家，好言少陵者，以祁孫爲原本拾遺；言二謝、王、韋者，又以蘭雪專學康樂、宣城、右丞、左司。其欲爲昌黎、長慶及宋諸家者，則又以祁孫之詩驚爲退之、樂天、坡、谷、復初，而二公之所爲二公者，詩固儼然在也。元氏之序浣花也，以爲詩家之總萃，蓋讀文房、長吉、義山之集，無不瓣香少陵，然後知元氏之非夸也。泛湘川者，望衡九面，廬阜之山，分形異狀，見之者固然。蘭雪初二集，固早見于天下矣。不讀祁孫之近詩，或未足以盡祁孫之大也。若夫陸氏宏奬其品流，吴氏力砥其泛濫。《易》曰：「同歸而殊塗，百慮而一致。」通人之致，未之或殊也。是説也，予欲質之蘭雪。

予從劉松嵐夫子學詩久，蓋嘗欲序《玉磬山房》之詩者累月矣。夫夫子之詩，豈予所能序哉。然詩既難爲序，夫子之學嘗已聞之矣。知夫子之學，而謂不知夫子之詩，當在所棄；而今之名爲詩人者，往往詬予之學，謂與夫子異，則當在所棄必矣。顧不棄而且假之言，豈夫子所以學與予所竊聞，他人不必知而有自知其知者與？夫子之詩具在，其鐫刻而藻績之者，極萬物變幻之巧而出之以自然，所謂非常特出之才，得古人之傳，自爲一宗者也。他日過清臨及覃懷之間，必有起而傳夫子之學，如馬、鄭者流爲之箋傳，海内乃得共聞夫子之詩，不才如予亦得竊附于曼卿之列，則世之見詬者，或亦可以少息歟。

天津郭小陶别駕，山右世族，寄棲沽上。性耽風雅，一時名公墨客争先納交。其詩專主漢魏，品在大曆之間。己卯應北闈試，蒙新城陳石士司成夫子薦，因取謄録，書竣，從優議叙候選别駕。葉筠潭先生論詩最嚴，獨許爲清才間出，其詩可知矣。《白鶴山房初集》曾刊題詞，予於《詩群》《偶談》兩存其什。

洪覺範説詩，不合鍾嶸；元遺山論詩，不合宋人；胡仔詩話，專駁冷齋；明人詩説，又笑賈島。調不同而不相能，論文又何必如是。陝西王竹階侍御論詩，薄視宋元；至程月川中丞訓人爲詩，不必學《選》體，皆是偏廢。夫詩之有話不能一例也，非一日矣。《榕城詩話》琢字句，《漁洋詩話》講聲調，《隨園詩話》主風情，《蠡莊詩話》論報施，于以知宋人之詩可存，而話可删，亦如七子之話可存，而詩可廢也。

《竹枝詞》音協黄鍾羽末，如吴聲。劉禹錫謂爲巴歈，故吴人多效之。近人往往好爲《竹枝》，殊未曉其音節，每做成絶句，是否合調，不惟作者不自知，即觀者亦往往不解，不敢遽言其非。此蓋難與言樂，而《廣陵散》絶矣。獨孔冶山夫子能諧于此。次則普次雲太守、馮晏海學博。此外或更有高明，惜未結識。吾即無功斯調，襆被而久出鐵崖之門矣。

己卯予遊羅浮，由南海乘小舟，此夕泊浴日亭下。次日過博羅，遇張子樹，相約同行。宿九天觀，由觀往訪劉仙壇，登佛子嶼，小憩黄觀。又次日同林辛山三人出茶山洞，望小蓬萊諸峰，晚入酥醪洞宿焉。此日皆有詩題壁。夜登斗臺，望星躔，與子樹小酌洗夢軒，坐更深方歇。凌晨至稚川北庵早飯，遂登浮山第一樓。再至斗臺，玩古松下。由浮山採藥，即訪艮泉。約辛山再登分霞嶺，望上界三峰，拜天華宫。出洞，復抵九仙觀，同濯觀源洞，即宿于此。次曉登飛雲頂華首台合掌岩，隱泉道人留食洗衲石上觀雙瀑。午入黄龍洞，逢老人年百五十歲，有神仙風度。過五龍潭、卓錫泉、丹竈，訪東坡山房、蝴蝶洞不得，得古藤一杖。出山至九子潭，登丹而返，别子樹、辛山。此遊羅浮之大概也。備紀于此，未到者籍可識其形勢，已至者知予言之不謬。此行張子樹得詩最多，載《松廬集》中。

廬陵王氏世以科第名家，其間或以秩顯，或以望重，或以高節稱。而霞九觀察，又爲駢體書法所掩，不知詩文皆有以過人者，由其不自矜飾，故世莫得而推挹之。前在翰苑，同輩欽仰，及擢侍御，巍然見風儀，今已十年于兹矣。庚寅守曹州，俗爲更化，調任濟南，益著鴻勳。越三年來，廢修墜舉，吏民仰德。訥近堂制府特章保荐，遂升滇南觀察。見其于公餘仍鍵户讀書，以古大臣自命，不屑屑梓其所作，鄰于譁世，然時或取寵，而公藏之愈密，一時持風雅者，代刊詩若干，詞賦若干，科條時政若干，書帖治績若干，擇而鐫之，以爲行卷，望之炳若列繡，聽之凄若繁絃。以此行世，方將中外傳鈔，以貴洛陽之紙。癸巳八月，公載以南行，豈復慮其失傳也哉。他日開藩建節，文章與功業並著，吾能傅聲于已往者，爲擷芳重逢之券。

昔晉宋間高門令譽，大江以南，莫盛于王、謝子弟。非獨以紫羅囊、玉麈尾見長。故王、謝諸人之集，見隋唐藝文，備二十餘家，所謂七葉金貂，人人有集也。兹江西德化李鹿坪先生一家能詩，公獨以勳業時隆，詩文世茂，猶不自矜。貴敦鄉睦族，郵寒存舊，以恬澹理性情，博贍精學力。嗣君東原侍御，風神朗儁，性理真醇，駸駸日上，進而不能自已。其將駕前人而上之，則區區芸閣之清聞，恐不足以盡東原先生也。

福山家西舶觀察前謁京邸，備承指示，令兄秉教高津，曾叨説項，及賢侄幼海亦年家行，關切尤深。自公出守重慶，未接芝範，再升江西，難近門墻。記在都時，讀予舊句，極邀青目，而切切規勸，莫學時派，恐流于肆。公殆專主風調，學竹垞、初白，而進于渾厚者也。嘗曰：「世之言詩者，矜尚性靈矣。性靈之誤，率流于放。放而不知求勢，必至漫無格律，並程法而胥失之，是專講性靈之陷人于肆也。」夫性靈之説，獨不可尊乎？尊之于成人之後，而不得放之于入門之前。倉山矯漁洋之聲調，更闢一性靈之途。是性靈者流，而格調者源也。溯其流而不能尋其源，猶之知有江河而不知岷山、星宿之高深，同一失也。二者不可偏，亦不可廢。學詩者其知之乎。

南人學詩講用字，故精于煉句。北人學詩講用意，恒拙于謀篇。南人之所不能者，北人能之者亦少；北人之所不能者，南人能之者或多。蓋北人性笨，南人性靈之故。然則咏物之作，北人斷不及南，而考據吊古之詩，南人或遜于北。故詞賦多擅于南方，而詩家則南北俱有也。

甘泉謝佩禾上舍、通州馮晏海學博，皆詩名一世，學問淵博，宜乎早澄清貴，領袖群英，其所設施，必有大過人者。乃困于寒氈，奔走風塵，鬱鬱不得志，日事丹鉛，猶資筆耕舌耨，以供衣食。天之簿待文人，有不可解者歟。夫豈無意于斯人耶，而何儘予以才華如是乎；豈有意于斯人耶，乃竟迍邅又復若斯也哉。吾因之有感矣。彼蒼蒼者，殆亦以富榮爲可貴，或文才之不足重也。天之世故，已如此矣。

向居京華，得交海内文人，一時如那繹堂、阮芸台、張船山、翁覃溪、王竹堦、楊蓉裳、李北溟、易石坪、陳望坡、葉筠潭、韓芝舫、花蒨山、熊介滋、李載園、錢質夫諸前輩，皆擅文詞，持風雅者也。及辛巳後再到日下，黄壚風渺，人文凋零，如向之一才一技欣爲嘘植，一飯一酌能盡地道者恒少，斯文之不足貴而已至埽地矣。夫稱圭、玄暉者，其誰耶？丁亥以後，風雅頓興。今爲之主者，其爲汪巽泉、白小山尚書，那竹汀、恩蘭士侍郎，姚伯昂、朱茱堂兩夫子，祁春浦、何仙槎、文孔修、陳荔峰諸前輩，李東原、杜芝農、徐伯華諸太史乎？今之視昔，抑何盛歟！

庚辰予主講潯州書院，時長白都松岩官太守，常州楊楚垣任縣令，并門張達三爲都督，而幕中如劉延明、粱藥垞，皆吟壇健將，詩社頓興，迭爲賓主。會阮芸臺制府巡邊，得邀品題，遂集桐華詩社之作，校刊梓行。制府樂予弁言以奬勵之，一時傳爲佳話。賴院長，諸生黄鵠、劉賢書、朱九臯、袁玉亭能傳風雅，至今猶有道其遺事者。自予北歸，諸公星散，而桐華不可識矣。廣以西咏桐華者，當憶及往事否耶。

大凡人之癖于物者，物悉投其所好，備得萃美于斯，具見真龍之赴沈諸也，誠不虛傳。予交海内之士，得四人焉。一則有若河南魯山張魯巖宗泰孝廉，家徒四壁，衣食不贍，獨癖于書。歲獲授徒之貲，悉購古今書籍，甚且冬不衣，飢不食，眷口嗷嗷，而公置不問，手不釋卷，晏如也。仕爲修武廣文，見其隨身數萬卷，餘無長物，妻子俱迸故里，冷署三楹，萬軸中一人而已。除經、史、《四庫全書》之外，凡古之文士名臣及山林隱逸，詩文、政跡、古作、制藝，全集無一或缺。考古者，直入嫏嬛夢矣。世所謂萬卷書，渠擁數十萬卷，曠古絶今，真無二家也。一則有若常州方彦聞履籛孝廉，性曠達，不矜細行，惟癖于石刻，古今法帖、碑文、碣銘，無不搜盡。一則有若通州馮晏海雲雕明經，專講金石古製，一凡古今金石、銅鐵，《博古》所載，備得其全。阮芸台制府、翁覃溪學士，尚論者未能及其一二。著有《金石索》，不惟能名其器，兼能詳考制度、應用，不差籥毫。一則有若杭州王師古丙上舍，一生攻于鐵筆，凡古今印章銅鐵紐篆籀文數萬方，所傳萬石山房者，《師古印譜》寄存處也。之四公者，業精于此，誠格於彼，識其真，故得彙其全。予嗜古之心頗勝，既無其識，并無其兼致之本，癖其易言哉。

深州趙菊言侍郎，寬和忠厚，處事卓有成見，一如吕惠、司馬温公，自不以聰明逆詐，人亦莫萌其欺心，誠能格物之道。公少工制藝，士林稱名。及登進于朝，一切勤慎，悉本和平，古之君子也。其嗣君小菊，亦制藝作家，由啓、禎而達國初，乃工于鍛煉。其落落大方，直似儲仲子、艾千子。他日膺承明之選，前程正未可限。公詩本老杜，小菊專學放翁，各有全集，容另備采。

六安王右圃大令，出仕多德政。詩學傳家。其嗣君秋垣刺史，兼善應制，沈舜卿侍御嘗心折焉。右圃先生論詩，原本竹垞，獨能平反二李，識有過人者。秋垣閉户讀書，不干外事。屢舉文場被絀，其擬程之作已早頌遍士林。不獲載賢書，而肄課成均，其亦命之不猶歟。三十後議叙刺史，卜仕東山。

公務外尚理舊業，不少衰。槐黄舉子之勤，恐未必專精于此，亦天性之與家傳也。其少君尤好讀書，將應早登玉堂，以恢前人之志，實有厚望焉。予得交刺史，見其兼善書法，于古今隸篆、鐵筆，無不工致。其論詩之處，酷以施愚山，不失江左一派。間嘗讀其所作，如入宛陵室矣。

予自十歲爲詩，初無承授。幼學於吴西堂先生，即未講音律者。家仲兄頗工古作，不善律句，且謂小學，不宜爲此，恐分功也。迨後接交四方賢人，漸能識其大略。吾謂五古、五絶，當學《選》體；七律當學宋人，七絶、五律當學盛唐，五、七古長篇當學韓、蘇，賦當學《選》，詞當學宋，駢體當學六朝，文人之能事備矣。是否有當，質諸方家。

鐵山園跋

癸巳春，因崇川馮晏海先生，得識敦邱詩人王曉堂。時家琴南叔祖在座，亦與其舊好。予獨欽其風雅，論詩持平，斯世之傑出者。更讀其詩，古奥清越，自非描繢者比。至雜作四十餘卷，尤深漢魏之遺。余閲人既多，如生者，真能維持詩教、嗣響葩經者也。晏海素嚴取友，於曉堂極心折焉。予不禁佩誦之不忍置。生謙且抑，拜予門下，予固樂得丘遲稱弟子，既而轉滋媿矣。時曉堂即匆匆别去，予祇贈七律一篇，道其顛末而已。迨冬月更來請業，覩其所作《瓣香》五卷，忝在通家，謹跋數言於後，俾世之讀其書者，知曉堂之學，不僅以予之謬許取重，益見當道之所服膺者固多也。曉堂年正富强，他日著作，應不止於是，且未嘗不可於是見其所學也。癸巳冬闕里孔慶鎔於鐵山園跋。

快軒詩則

快軒詩則提要

《快軒詩則》四卷，據道光八年蓮湖書室刊本點校。撰者林滋秀（一七八〇—？），字蘭友，號紉秋，福建福鼎人。舉孝廉。講學於浙、閩諸書院。有《快軒全集》。此書據末則跋語，成於道光七年丁亥。卷一首十餘則爲説其詩觀，不主一格，於王漁洋、沈歸愚及紀昀一例推舉，性靈詩亦所提倡。選本則特以蘅塘退士《唐詩三百首》爲入門，而不許徐增《説唐詩》之類偏一選旨者。以下即按其所接之人，存人録詩，一人數詩，冠以小傳評語及事由，多爲江、浙、閩三地之風雅者，或有名或無名，而幾如選本矣。林氏不喜明七子之浮響粗豪，故所采雖以古體爲主，而詠物辭實，叙事緒密，細意熨貼，詩多不惡。七古歌行尤有當其意者，每予全録之。如盛灝元《九龍灘圖》、袁禮城《兩鼠行》、張綦毋《四十九盤歌》、李符清《昭光寺古鍾歌》等，皆不失爲佳作。董旉《燔骸行》寫吴中親死火化之俗，題既罕聞，刻劃真切，又以儒家之禮嚴斥之，故雖尸裸骨枯，尻首異處，種種不堪，而未墮惡趣。汪乙照《操舭吟草》古體出筆横肆，竟一氣録入七古三首。凡此不妨可窺乾嘉七古之盛，而諸人詩集多不存，亦可稍補詩史耳。

序

嚴滄浪《詩辯》云：「禪家者流，乘有大小，學者須從最上乘，具正法眼，悟第一義。」又云：「入門須正，立志須高。若自退屈，即有下劣詩魔入其肺腑。」甚矣，學詩之貴審所尚也。慎童牙尠識，雅慕風騷，近歲執經於紉秋夫子，窺其文行優裕，欣然有得。夫子以名孝廉著聲閩浙，入都時，與法梧門祭酒、王鐵夫學博相親炙，爲學益大進。生平樂取人善，遇有名流杰作，鈔存篋中，參以論詩之旨，輯爲《詩則》四卷。其中痛陳俗弊，推闡元音，自海内賢達以逮鄉先生佳詠，約至數百首。裁體一歸雅正，俾慎輩學詩得所藉以爲法。間有險怪瑰詭，若玉川、昌谷之所爲，天地間自欠此體不得，取而登之，猶嚴氏意耳。夫子自撰詩文集，近正刊行，無暇及於斯編，爰獨任梓費，鐫質同儕。倘能循塗守轍，心手與追，凡有吟著，當别於聲聞辟支果之區區，識者其以余言爲嚆矢也夫。受業門人敖慎拜序。

快軒詩則卷一

及門諸子參校

余忝膺講席有年所矣，竊不自揣，欲以德行道藝，與諸子相磨礲。詩學一道，猶緩及之。近有以其旨來叩者，噫！難言矣。夫高明特達之士，瀏覽群書，參稽衆論，則必自有心得，發爲天籟，合於中聲，原無待於學步而行。此才既不易逢，今則隨俗波靡，一傅衆咻，方救弊不暇，何暇與參上乘？然去玷可以完玉，披沙而後得金。諸子後來秀出，留心風雅，詎可無一言哉？自古迄今，著作家汗牛充棟，固難一一縷述。而余復索居廿載，終鮮交游，惟以素所聞見者，由淺及深，約示一二。其有集流坊肆，既家絃而户誦者，不待言也。人處巖穴，爲耳目所未經者，不能言也。有耳目所已經，而大咈鄙意者，必不敢提倡及門，自貽矛盾之誚。

乾隆初年，吾邑學者專心於傳疏經義之學，而不及詩。得一稍嫺韵語者，推爲能手，未嘗探溯源流也。嗣是轉相沿習，學爲唐子畏、李笠翁纖佻一派，唱予和汝，牢不可破，至今猶稱述之。願諸子亟迴狂瀾，共爲中流砥柱，所關匪小。

或曰淺俚詩，元、白嘗爲之。不知元、白有汪洋博衍之才，其所爲詩大抵按切時勢，洞悉人情，祇求詞達理舉，雖間涉輕俗，風味自佳。近人胸無故實，每遇登臨懷古，慣用清翻以自文其枵腹，遂援元、白爲口實，一見名手引據議論，反嫌塗澤之非。此何説也？試讀元之《連昌宫詞》、白之《賀雨》詩，抒寫濃至，何不學此種？

作詩之道，先在入手。始基不立，後必無成。歷來諸家選本，當擇善而從。嘗見近人童習《千家詩》，專選律絶，年代不分，工拙罔辨，外此如一家言之，油滑戲弄，有類俳優。《唐詩鼓吹》多選中晚，而略初盛。《詩法入門》之糅雜，《而庵説唐》之支離，貽誤後人，概勿寓目。

蘅塘退士精選《唐詩三百首》，各體俱備，初學當從此入門。然後熟閲《國朝詩别裁》、《明詩别裁》、《唐詩别裁》，溯而上之，至《御選唐宋詩醇》。由是上探古詩源流，沈浸《騷》、《選》，寢饋經史，久則水乳交融，不至誤入邪道。昔人有云：「取法乎上，僅得其中。取法乎中，斯爲下矣。」零紈片羽，動合古則，莫如王阮亭士禛《漁洋詩話》。辨别體裁，掎摭利病，莫如沈歸愚德潛《説詩晬語》。眼力高超，評隲的確，莫如紀曉嵐昀《律髓刊誤》。至其所删定《才調集》、評點《李義山詩》，俱屬善本。諸書宜熟看，雖論法太嚴，循習既久，自合古人繩尺。

詩必相題，登臨、吊古、感物、懷人，有合於正大者爲之。至於猥瑣、纖佻、淫褻等題，可無作也。命題字數增減，要在妥協，序引亦然。杜之《觀舞劍器行》、白之《琵琶行》小序，皆可取以爲法。

應酬詩前人亦不盡廢，必思所贈何人，所往何地，一一詮切穩合，乃不爲苟作。又度其人品行學業，可入詩章，即恤緯之嫠、斲輪之匠，有時皆堪題詠。切勿向目不識丁之駔儈，浪費筆墨，有玷詩教不少。

凡古人寄贈詩題，或稱行序，如少陵《寄李十二》、太白《寄裴十四》之類是也。或用官銜，如所云

「杜拾遺」、「李供奉」之類是也。至宋、元則多稱字號，近人輒用姻眷家令等字，直如帖柬套式矣。體例乖舛，不可爲訓。

惠賚謝啓，見古人集中，詩則少陵《桃竹杖引》、昌黎《鄭群贈簟歌》，即小見大，寓言外勉勵之意。從未有送烟筒、茗椀、蔬果、餅餌，作詩以報者。詠物小體，亦須寄託深遠，勿如瞿、謝之類於謎語，貽笑大方。

《晬語》載雜體有五平、五仄、十二辰、回文等項，終屬游戲。近人則詠菊必分五色，各種爲題，如「狀元紅」、「太乙白」之類，甚以「雨絲風片」、「烟波畫船」及「八音貫頂」，穿插藥名、數目字。或「待月西廂下」四句於其中，而以「溪西雞齊啼」、「樓頭休憂愁」爲韻，贈友中聯暗藏其人名姓。作繭自縛，恬不知非，此弊宜痛除之。

然則此弊何昉乎？塾師智識凡庸，罔知體例，以市井俚言授童蒙之對句，以唐宮私語爲冠者之賦題，以演義傳奇之詩詞奉爲秘本，以稗官野乘之事實據作談資。散步梨園，便吮墨而摹脚色；遣懷葱肆，即濡毫以繪葷腥。出應制詩題則獨憑臆撰，摘《尚書》字句必令作古風。衣鉢相傳，膏肓滋甚，其弊遂至於此耳。諸子希古振今，銜華佩實，亟懸明鏡之臺，用陟波羅之岸，毋流惡派，致愧前脩。

古人作詩或同一韻，無句句次韻者。賈舍人《早朝》、岑嘉州《登慈恩寺浮圖》諸和章，第和其詩，不用其韻。至元、白、皮、陸，間有步韻，亦是別開生面，必不肯就本詩意思敷衍成篇，失却自家面目。近人專以此見長，名曰和韻，實則趁韻，宜脉絡不能貫通也。有志者尚宜矯俗。

詩有别裁，非關學也。嚴氏以神明妙悟，不專學問耳，何嘗教人廢學？少陵云：「讀書破萬卷，下筆如有神。」故曹子建善用史，謝康樂善用經，少陵經史並用，方非游談無根之學。然貴在實事使活、熟語使新，若徒搬衍類書，滿紙死氣填塞，其弊又失之砌，不得稱爲作家。

唐之大曆十子、宋四家、明七子、國朝六家，何一非出經入史？學者家有其書，當沿波溯源，細心探索。外此旁支側出，各具本領，亦必博觀遠取，轉益多師學焉，而得其性之所近。《國朝别裁》後，又有王蘭泉昶司寇選《湖海詩傳》，内如王禮堂鳴盛、趙損之文哲、吴企晉泰來、曹來殷仁虎諸公，實是一代作手，皆不可不讀也。

《漁洋詩問》一書，標舉繩準，昭示來學。至《晬語》更加闡明，閱之可得其秘，固無庸複述矣。今特隱括言之，七絶以語近情遠、音餘絃外爲貴，龍標、義山、牧之最擅勝場。五絶要自然高妙，宜太白、右丞一派。七律如銅牆鐵壁，屬對宜穩，遣事宜切，捶字宜老，結響宜高，而又血脉動盪，非僅争一聯警拔，有句無章也。當多讀杜。五律能通體完整，第一可貴，次則求一二聯動人亦佳。大約用虚實對，流水對爲上。意求變换，切忌合掌。中二聯情景參半，若純是寫景，易致直塌之嫌。次聯和平，三聯必挺拔而出，結末或收住、或宕開，要有體勢。此種揣摩王、孟，而究以少陵爲宗法。又有通體俱散、八句平對、五六散行、前半扇對之式，俱屬詩中變格。五古長篇，要起伏頓挫，首尾完備。短篇忽起忽止，含蓄無窮，可不必另綴起結。蘇、李、《十九首》等詩，宜熟究之。七古轉韵，初無定式，或二語一轉，或四語一轉，或連轉幾韵，或一韵叠下幾語，總要緩急相受，波瀾相生。其句句用韵者，柏梁體也。中雜對語蟬聯而下者，四傑體也。李、杜長短錯綜，每有轉韵。韓、歐、蘇，多一韵到底。如各集中所載《天姥吟》、《蜀道難》、《畫馬圖》、《丹青引》、《石鼓》、《韓碑》諸傑作，務宜細心玩索。樂府爲風雅頌之變，有郊祀、鐃歌、琴曲諸體，妙在繁音促節、感人心脾，有高古渾奥之致。唐人惟太白善變，得其神理。明李于鱗摹擬割裂，不能免後人詆諆。四言惟韋、孟、劉琨、陶淵明稱最。此種詩詣力未到者，姑緩學。至其中宜法宜戒，語難筆窮，倘能湔除俗氣，追企古音，味前輩之緒言，聽隨時之講貫，始求有法而終歸於無法。迨至文成法立，則天下之能事盡矣。

平陽華菉園文漪，與余爲神交至契。嘗見其寄友一札云：「某於詩文一途，皆無師之學。少時爲風花雪月、流連光景之詞，略諳競病，亦自以爲能詩矣。迨辛酉年倖脱諸生籍，以後稍疏帖括，乃克上下古今，泝流窮源，恍然得古作者門徑，擇善而從，請略言之。五言如《十九首》、蘇、李諸詩，直足嗣響《三百》，前人論之當矣。嗣後有建安七子體，有左太冲體、阮嗣宗體，然少佳句可摘，其卓絶千古者，總由骨韵不同。晉、宋間，後人陶、謝並稱，然派别特殊。陶公一片神行，雖以東坡大才仿之，猶不能似，後人若强爲摹仿，適成優孟而已。謝詩則造句而無斧鑿痕，刻意爲之，可得蹊徑，蓋猶可以人工至也。唐人五古，太白難學。少陵入蜀諸詩，刻意冥搜，筆參造物。後人游山水詩若稍解依傍，便足令人愜心動目。七古太白以自然爲宗，縱横跌宕，神變不測，然天才獨絶，幾不與人以轍迹。其中原本騷人，每用兮字，調在太白出之則飄逸。後人若復襲之，則爲弱調、濫調矣。少陵以獨造爲宗，沈鬱頓挫，開闔伸縮，無法不備，擇其尤者，以力爲揣摩，必能出人頭地。其次則東坡，超曠處如天馬行空，意無不達，法自隨之，真可謂言語妙天下也。後惟元遺山可以繼武。古詩有一定音節，趙秋谷《聲調譜》詳之。總而言之，杜、李、韓難學，東坡、遺山可學，由易以及難可也。絶句當由牧之、義山以上溯龍標、太白。絶句入神，然從何處摹仿耶？五律、七律，近有紀尚書《律髓刊誤》一書，評隲精當，購而閱之，可盡得其訣，無庸鄙人贅言矣。《隨園詩話》，純是英雄欺人，閱之無悟入處。頃又有趙甌北《詩話》，持論頗的，於高青丘、吴梅村二家，評品尤當。惟於本朝詩人不取阮亭、竹垞，而推查初白，則似有門户之見，未爲允當。鄙見謂阮亭自是大家，初白才雖大，然一往流易，奇警或不足也。某才同襪線，然讀古人著作，頗能不作矮人看場，聊以愚者一得，進之高明，以備采擇云爾。録此可與前言相發明。

黄卓人先生與余書：「邇來省城久旱，炎蒸如煮，着襬襶到人家，已不作是事矣。惟抱《快軒全集》，再四吟哦，覺有愜心處，如獲至寶，真若故人偕來，而忘酷吏之已去也。知爲鉅手無疑。然弟有一得之愚，敢進質於足下者。吾輩善學古人，學唐似唐，學宋似宋，聰明人大都如是，而究必以杜爲宗。自宋、元以下諸大家，無出其範圍者。甚矣，杜詩之不可不學也。杜詩之妙在法，李則以調勝，而法不及杜之細。其曰：『老去漸於詩律細。』此自言法律之嚴耳。太白一氣清空，飄飄忽忽，不可摹捉，是其不拘繩墨，即未嘗無法律。而杜之嚴法律，亦未嘗拘繩墨也。杜詩一首一法，正如韓文一篇一法，非若今人千篇一律，令人閱而生厭。杜長於五律、七古，此體當多作而學杜。五古之格不同，或《選》體，或陶、韋，或王、孟，俱可以學。一首之間，要有家數，不得雜數體。七律則聲調要雄響，氣格要高渾，力追盛唐，次亦不失爲有明諸大家。絶句則當以風韻爲尚。初唐老蒼，特論氣格，不言風韻，此誠難學。中晚後風氣柔弱，以神韵勝，近人每喜爲之，第首首如是，數見不鮮。又必參以變法，如所謂截上、截下、截中間、截首尾之不同。五截在詩爲最難，必一時興會所到，觸機而發，衝口而出，成天地自然之音節，故能佳，非藉塗澤粧點而就。又一種刻意於瑣碎纖麗者，則崔國輔之小詩、韓冬郎之艷體，集中亦可備一格。大抵詩人先以忠孝存心，立言正大，自然歷久可傳。杜詩『明朝有封事，數問夜如何』，儼然書思對命、待旦不遑之意。孟郊『誰言寸草心，報答三春暉』，儼然親恩罔極、劬勞莫報之心。句之易佳者，粧飾風雲月露、花鳥魚蟲，究屬膚淺語，初學皆能爲之。要必以健筆寫真情，硬字造險語爲上乘。雖然，詩之入格，各近性情。崖岸者多凌厲，忠厚者多平和，顯達者多高華，幽晦者多寒瘦。愚故謂詩者，時也，處何時作何詩而已。時而廊廟也，則詩爲韶濩之音；時而山林也，則詩得烟霞之趣。若夫玉臺戲筆，託名士之風流，號雅人之韵事。凡以歌童舞女、名妓善才，皆有題贈，自古詩人，未能免此。然在人爲俊品，在詩爲艷品，究與正集不相入。此家莘田所以初刻《香草齋集》，後又抽出香奩諸詩，別爲《香草箋》，改舊集名爲今之《秋江集》也。凡茲臆解，皆弟平日所欲言，而不遇足下則無可與言者。足下才力甚大，超出流輩，間有意見各殊處，弟惟就此意裁之，當必不以爲妄。甲戌六月初三日。時年七十。」

余寂處尠聞，於前明及國朝諸大家詩，未窺全帙。曩時即有所見，率皆坊肆已行，談藝家應多寓目。其有刻而未傳、存而未刻，卓卓成家，爲余所心悦者，不憚約舉梗概，以爲觀摩之一助。

法時帆式善，蒙古正黄旗人。乾隆庚子進士，官國子監祭酒。著有《存素堂詩集》。聞所居厚載門北，廨宇清幽，有詩龕及梧門書屋。廣藏典籍書畫，凡經師文士、有名一藝者，靡不受其揚詡，洵風雅之總持也。往予在都門，獲晤於東主梁石川德謙刺史寓邸，親炙彌日，既爲余序《快軒試帖》，並贈行書一幅，乃其寄懷王述庵舊作。詩云：「文獻東南望，風流湖海傳。夢迴盤馬地，心冷釣魚天。松菊存三徑，圖書載幾船。北窗且高卧，消受好林泉。」「江雁先春至，殷勤尺素詒。古人不可見，作者厚相期。月照山空處，梅開雪大時。況余有情性，能勿感心知。」嗣謁王惕甫芑孫孝廉，復見壁上有先生詩四首，題其楞迦山房近作，云：「亦是人間語，塵埃一點無。曠懷小天地，好句滿江湖。入夜雁聲苦，到今山影孤。櫻桃風味好，慎勿戀伊蒲。韓城相國爲孝廉題櫻桃館額。」「取我淡花句，余近有「淡花開不濃」句，爲孝廉所賞。較君孤月詞。君近贈琢堂有「月白孤清雨自疏」之句。情懷各無賴，風雨輒相思。苔尚緑雙屐，菊剛黄半籬。到門認秋水，隔水是茅茨。」「黄葉打門響，青山生暮寒。秋烟淡茶塢，墨氣出花欄。貧賤交心易，文章造命難。詩成在驢背，趁爾未爲官。」「豈但酒謀婦，並能詩佐君。謂令室曹墨琴近作。房中結鷗侣，世上重鵝群。摇筆柳飛雪，下簾爐破雲。慚余老妻拙，畫紙不成文。」

梁元肅雍，直隸正定人。官浙江紹興知府。元肅承其祖蒼巖相國家學，地望既高，才華復盛。有《散朗齋詩》三十首，令孫志芳持以示余。《秋夜談先大夫舊事》云：「剪燭談遺事，虚堂坐夜深。蓼莪千古恨，風木廿年心。忍檢囊中字，空留壁上琴。劬勞酬未得，俯仰淚沾襟。」《清明偶成》云：「麗日郊原曉，春光滿鳳城。漢廷新賜火，柳陌早聞鶯。拙宦家□舊，耽詩癖性成。故鄉魚雁杳，遥憶不勝情。」《夜坐》云：「雨過殘暑銷，秋光净如沐。夜深群動息，明月照脩竹。披襟理素琴，彈我瀟湘曲。

悠然塵慮空，蕭森儼巖谷。」《暮秋》云：「西風黯淡碧雲流，處處砧聲起暮愁。滿地月明桐院静，一簾露濕草堂秋。黄花寂寞人凭閣，落木蕭疎雁過樓。露布新傳烽火息，海南飛將近封侯。時臺灣初平。」《送友人旋里》云：「津亭卮酒悵驪歌，匹馬蕭然曉渡河。回首薊門烟樹隔，青山斷處暮雲多。」《暮秋偶成》云：「醉把《離騷》倚柱吟，夕陽烟鎖碧桐陰。晚來庭院清如水，一片秋聲在暮砧。」

王惇庵定柱，正定人。乾隆庚戌進士，官川東兵備道。才思焕發，兼熟梵書。方余館於其地，嘗偕至龍興寺，爲玉然禪師曬經藏，取《靈楞》、《法華》並讀之。甲子三月八日，在惇庵桃林别業，與諸詞人續爲群仙之會，檀板金尊，一時盛事。復同賦正定懷古詩，惇庵詠顔常山《示衣坂》云：「甲光耀日震幽都，豺虎劘牙破鏡俱。昆季貞心分五馬，河山壯氣轢千夫。梨園羯鼓悲天寶，邊塞明駞怨玉奴。未斬鯨鯢先仗節，長留名義奠中區。」

李文饒《故里》云：「勝地園林接近郊，一朝才相更文豪。孤寒涕淚真千古，恩怨生平任爾曹。洛下幾年奇石盡，崖州回首瘴雲高。紛紛謡詠奇章輩，慚愧黄昏雀入蒿。」

許穆堂寶善，江蘇華亭人。乾隆庚辰進士。與王夢樓太守文治爲同年，同官京師，論交甚善。著《自怡軒詩》十二卷，附《和陶阮詩》二卷。錢茶山殿撰維城謂其矜錬含藴，學杜而不襲其貌，信然。《結客少年場》云：「少年重交游，結納何翩翩。西游歷秦晉，北望窮幽燕。珊瑚策駿馬，錦帶懸龍泉。共許管鮑交，意氣凌雲烟。華堂列明燭，中厨進琱盤。珍羞比丘陵，酒醴如長川。妖姬進妙技，法曲鳴繁絃。酒酣拔劍舞，爛熳芙蓉筵。天日互指誓，萬古無相捐。一朝黄金盡，策蹇風塵還。落日照荒途，進退無形顔。相知委路塵，對面心茫然。昔爲比翼鳥，今作孤飛鳶。天日渺茫茫，欲訴將何宣。乃知曠士懷，涉世多迍邅。孟門真坦途，人心積重關。黄河皆安流，人心生波瀾。」《冬日訪杜草亭不遇》云：「清霜滿近郊，朔風吹遠樹。冬寒群動蟄，雲輕一鳥度。迢迢訪故人，知深心跡素。書軒無俗塵，幽人在何處。舟迴路曲折，橋轉水洄沍。漁火半明滅，孤篷生恐懼。前村杳難即，月落天未曙。古寺隱雲岑，鐘聲自來去。把酒欹枕眠，轉側幾警寤。何當涉江皋，相期采蘅杜。」《任丘途次和程兆選紀夢》云：「黑雲捲盡星河高，群雞村店聲嘐嘐。客子喧喧出門去，霜蹄掣霧精神驕。星影摇摇半明滅，馬頭滚滚飛黄雪。烟樹迷離曉亦昏，悲風獵獵沙吹日。我從正月來長安，珠鞭玉鐙摇金鞍。寶劍摩挲向誰是，肝膽怒湧晶光寒。落落人間有程子，手握雲霞散花雨。萍踪把臂弄春風，碧柳紅桃盡相許。爲言春夢到江南，芙蓉滴滴浮烟巒。冷艷幽香入肌骨，一肩風月和春擔。何時共入蓬萊島，斜倚紅雲摘瑶草。笑舞霓裳唤素娥，相看一片青山曉。」《送人之蜀》云：「西風染出秋光碧，翠葉黄花媚顔色。觱篥城頭吹暮雲，金鞍寶馬成都客。」「斜日離亭進玉卮，毵毵疎柳露華滋。錦江玉壘蠶叢路，明月猿啼寄所思。」《對酒》云：「梧桐死盡芳蘭苦，錦瑟無絃泣湘浦。玉階昨夜怨秋風，露滴芙蓉散紅雨。」「香消玉脆朱顔摧，韶光一去不復回。人生好景莫孤負，會須痛飲珊瑚杯。」《秋日郊行》云：「林際烟光濕，殘霞半夕陽。雁聲沈古渡，客影怯秋霜。夢爲關河斷，書緣歲月長。鄉心共春草，一樣石城荒。」《鄉信》云：「拭目對霜露，秋來淚未乾。可憐雙白髮，遥隔暮雲端。殘月夜方永，草蟲聲帶寒。幾年得鄉信，不敢便開看。」《暮園》云：「地僻稀人跡，臺荒聚薄沙。夕陽明斷雪，脩竹散餘花。肅肅轉危坐，淒淒還憶家。自吟須酩酊，愁向甕頭賒。」《旅懷》云：「朔風吹落木，積雪閉幽居。望遠心徒切，還家夢亦疎。燈花增病客，杯酒悦殘書。歲儉悲鄉信，明朝况歲除。」《讀杜詩》云：「艱危容一老，戎馬半平生。袞袞黄牛峽，棲棲白帝城。放懷忠愛見，薄宦亂離輕。詩史留天地，悠然感我情。」《贈薛四》云：「知君不得意，高卧松林端。山月流溪古，春風帶雨寒。詩懷緣病減，時世爲貧難。日暮滄江上，含情獨倚看。」《夜雨送唐五之揚州》云：「客裏悲生事，何堪復送君。可憐一杯酒，愁絶萬重雲。雨細懸燈暗，城孤擊柝聞。維揚好風月，莫不惜離群。」《贈程兆選》云：「志士輕離别，蕭然萬里行。扁舟催落日，匹馬向孤城。詩酒兼花柳，艱危仗友生。窮途易哀怨，相對不勝情。」《九日旅眺遲孫良惇不至》云：「斷雲古樹鎖烟嵐，客裏登臨並不堪。白髮幾回悲冀北，黄花何處是江南。醉扶病眼憐歸雁，静借山僧接夜談。明月有懷人不至，狂歌敲徹紫犀簪。」《與故人雪夜話舊》云：「洞庭南望楚山分，古樹寒烟見白雲。我正江湖歸未得，滿天風雪又逢君。」

陳開緒璨，泰州人。著《倥侗詩鈔》、《西泠游草》、《餘杭覽古詞》、《西湖竹枝詞》。倥侗以閥閲世家，淡於榮遇，弱冠棄制舉業，肆力宏覽，積功幾二十年。故才華愈贍，東臺孫心山喬年亟賞之。《苦雨歎》云：「濕雲壓檐端，苔花滿庭樹。門巷日蕭然，牆陰爛蘅杜。蚯蚓上空廊，蝦蟆坐蓬户。鄰家有老翁，昨日已懸釜。生女不得力，生男不能賣。年荒親戚疏，稱貸向誰吐。赤足荷一鋤，衝泥到後圃。摘得菜把肥，匆匆入州府。百里换米歸，稚子迎門舞。老妻下床來，垂淚語鄰父。夜來水入厨，薪濕不得煮。」《秋江詞》云：「蒹葭露冷芙蓉老，瑟瑟江風覺寒早。凉波一片流紅香，水底容顔空自好。」

「東鄰阿姊嬌如花，明粧早嫁通侯家。誰憐十五耶溪女，寂寞江頭獨浣紗。」《虎丘玉蘭》云：「虎丘二月堆晴雪，千朵萬朵愁欲絶。峭風昨夜過江南，一樹瓊瑶吹不折。青鞋布襪游金閶，花前勸酒憑吴娘。醉來思卧春缸緑，夢裏猶聞響寒玉。」《山中廢寺》云：「蕭梁餘此蹟，過客一登臨。古壁蝸涎滿，空廊虎跡深。天低風易落，雲冷晝常陰。霜露秋山晚，林端起籟音。」《渡江》云：「滔滔流不盡，萬古此江潯。晝夜魚龍氣，始終天地心。潮吞瓜步險，山鑿海門深。莫問南朝事，烟銷鐵鎖沉。」《金陵懷古》云：「龍蟠虎踞帝王都，寂寞南朝感霸圖。秋樹曉迷江令宅，春潮夜冷莫愁湖。三山烟雨還今古，六代繁華竟有無。磯鎖東風閒燕子，夕陽千里客還孤。」《秋晚登木末樓》云：「西風畫角起高城，客路登臨百感生。一夜冰霜催木葉，萬家砧杵動秋聲。樹浮瓜步烟初暝，潮落江門浪未平。爽氣西來收欲盡，暮雲無際遠天横。」《登拜經臺望江南諸山》云：「蕭梁霸業已無憑，留得高臺與客登。萬里江聲吞鐵甕，六朝秋色出金陵。荒林月黑啼山鬼，古殿霜高下野鷹。我欲誅茆傍西崦，蒲龕佛火證三乘。」《晚游虎丘》云：「春風打槳闔閭城，七里山塘正晚晴。霸蹟已銷金虎氣，荒墳猶記玉人名。青帘夜月家家酒，紅豆香詞户户箏。莫上高樓追往事，吴宫芳草不勝情。」《吴門午日》云：「寶馬香塵走鈿車，山塘競渡集裙裾。世人只解懷沙恨，誰向荒江弔子胥。」

盛百堂灝元，華亭人。少工詩，爲歸愚先生入室弟子。既壯，習幕楚、豫、吴、越間，當道争延攬之。余於戊午歲遇百堂於章安公署，年已八十矣。臨行，以自著《宜齋詩鈔》見贈。《秋齋夜坐》云：「畢景西北馳，明月東南上。虚籟自空振，暮色隨野廣。園葉空秋叢，山禽閟春響。撫景思來軌，遇物傷去鞅。當壚蜀賢達，蒔蕙楚襟朗。頌酒劉佯狂，蠟屐阮倜儻。高情霄漢迥，天路風雲枉。豈伊千載人，獨無百年想。否泰會有常，升沉理難强。佳期尚未來，我生徒骫髀。」《九龍灘圖》云：「青天蒼蒼白日高，胡爲令我慄慄寒生毛。瞥眼高堂素壁翻銀濤，伊誰一斛墨水傾此數尺綃。地盡東南勢益下，疾流歸墟一傾瀉。設險萬灘扼其隘，六十二州溉禾稼。建溪南滙劍州水，跬步一灘七百里。飛湍在天雷在地，下灘船向青天墜。盤渦旋入不測淵，灘水故是波臣淚。嗟予建溪來，扁舟凡兩度。菩薩黯淡屈指數，驚魂怦怦尚餘怖。側聞九龍更奇絶，龍門吕梁險難擅，瞿塘灩澦焉得説。鐵石磯頭峽初裂，濁浪一線噴石穴。蜿蜒變化傾溟渤，龍尾重淵首九霄。銀海倒瀉陵飛飆，奔瀧怒石鶩相鏖，江神水怪紛遁逃。誰其攖之狎輕舠，呼吸性命餘秋毫。吁嗟乎！丈夫手持三尺走歧途，眼前嶮巇何處無。此灘中古絶問津，誰初鑿石通艑䑳？竟令千載白骨堆嶙峋。嗚呼！彼何人斯何不仁。志載：元末陳有定始疏鑿，通糧道。此灘險阻天所置，誰其揮斤拂天意？幾見精衛填海成平地。嗚呼！彼何人斯何不智。鑿石去險者，成化間知縣凌宷。」《盧蔭娘》云：「盧蔭娘，少小許字林家郎。林家郎，逐販夫。南海去，市明珠。東海去，網珊瑚。珊瑚論丈珠論斛，鴛鴦忽並山雞宿。塗林初致石榴子，粉蛾却帖屏風死。東家窺蔭娘，纖纖指爪長。西家窺蔭娘，奕奕青鬢光。可憐蔭娘命獨苦，可憐蔭娘意獨傷。丈夫雖死親在堂，妾應上堂事姑嫜。脱我錦綺裙，着我麤布裳，青閨髽髻稱未亡。屋角格格婆餅焦，女貞之木鵷鶵巢。烏尾畢逋孤雁嗷，賤妾泣血敢告勞。惟願兒長成，去去收親骨。生不同牢死同穴，妾也茹荼甘似蜜。海山嵯峨海水深，海上風波多毒淫。何年赤鹵栽黃竹，忍看碧血化青燐。可憐白髮閆空倚，可惜紅顏明鏡裏。白髮紅顏相對愁，雙雙目斷海風秋。那信望夫重化石，那堪思子更名樓。樓前缺月少輝光，石上貞松空作行。湘江斑竹千春淚，巫峽啼猿寸斷腸。人間那有可哀曲，但聽長謡盧蔭娘。」《春草》云：「鞦韆庭院暮烟霏，空翠溟濛欲襲衣。小徑泥香蜂絮語，平皋日暖雉翻飛。西園夢逐三更遠，南浦春從二月歸。垂柳六朝無恙在，蘼蕪蕭瑟故宮非。」「纔聽關山叫杜鵑，江皋極目總芊芊。數峰斷處青遥接，兩岸平時碧自連。油壁徵歌三月路，香韉逐彈五陵烟。裙腰一道春如夢，愁絶吴姬酒肆邊。」《金山》云：「波光縹緲浮南極，雲氣空濛接上台。九派併趨滄海闊，孤峰中擘大江開。烟荒吴蜀三分後，浪息金元百戰回。倒壅危流一千尺，晴天冰雪殷驚雷。」「鐵甕城高踞上游，嵐光塔影古今浮。陰崖腥積魚龍氣，絶頂晴分淮海秋。沙白西津晨漲闊，雲黄北固暮山稠。六朝風物銷沉盡，一片烟波迴自愁。」

袁讓木禮城，陽湖人。乾隆乙卯舉人，由浦城縣丞署福鼎知縣。時沿海居民煽亂，公盡數日夜，擒獲戎首，寘之法，邑賴以安。辱與予爲同年，承其款待優渥。自言與洪稚存亮吉、孫淵如星衍同學，齒相若，道相敦也。爲詩取法東坡，間雜禪理。《兩鼠行》云：「黄衣使者日醉卧，鼠群出穴陞堂坐。一鼠鋭頭蜂作目，口銜丹鉛手判牘。一鼠騫腹毛尾秃，東西跳梁穿破屋。兩鼠生來厠舍不暫離，狗舐餘瀝纔救饑。一朝得竊太倉粟，白晝攫物憨如羆。公然銜帖下縣道，坐使百家悲啼一家笑。巧作狐群帳底眠，招來鬼伯梁間嘯。抽翻圖牒恣破析，碎齧衣裳竟狼籍。賤質裝成豹變文，饑腸奪盡螬餘食。因依鼠子若爲情，得食還堪逞寵榮。偷兒跪拜呼弟兄，薦羞穢惡當鼎烹。猱升獨木鴟晨鳴，梟羊啞啞笑且迎。不憎兩鼠呼朋引類勢日横，却怪猫兒不捕鼠成精。海邊無事且放鷹，蝸牛化作擊水鯨，哀哉冤民呼莫膺。大吏勅法盡除慝，何不一呼貓兒逐鼠賊。」又《釋鼠詞》云：「鼠生厠舍不見天，十日一食饑火煎。竭來憑居穴大屋，恣偷官厨擇人肉。漢廷磔鼠有老吏，立定爰書窮五技，按品不須投忌器。呼嗾東守連西麮，如虎搏攫毋使鼠孽仍遁逃，兩鼠股慄聲哀號。昔來居大府，不知下縣苦。區區弄威福，微罪安足數。下縣與爾無恩仇，雞蟲得失一視世事同浮漚。就令鴟張鱖譖備諸惡毒相，慈悲願力憐爾生死如蜉蝣。賢愚好醜同一丘，何須一一抉摘鼠輩之瑕尤。轉令鼠子羞，口甜心愈苦，怨懟不得休。嚴誅酷伐竟何益？不如縱釋兩鼠俾得醜類各自由。吾聞拱鼠生有儀，一長堪作明聖師。又聞鼠得百年壽，吉凶預卜齊靈龜。縱然貪如狼顧毒如蠆，世上豈少渾敦檮杌與窮奇？晨昏燕蝠争相誚，冠戴沐猴供一笑。狗盜搴帷卧錦茵，蛇妖入闥呈花貌。紛紛蟻鬥象蠻觸，處處蠅營分奥竈。諸相還歸一鏡空，群陰並得雙丸照。頗聞多舌説前因，毋怪惡鴞鳴後竅。怨懟消除佛子心，沉冥濟拔伽文教。從今開一面，不與約三章。只合低眉似菩薩，無用努目如金剛。穿墉任憑出地穴，舐縣亦得升天堂。即看神麮圈足狸閉目，空堂白日鼠攫肉。」二詩比儗分明，惡形迸露，殆屬有爲而作，言者無罪而聞者深足戒也。

吴枚庵翼鳳，長洲人。著《與稽齋叢稿》。枚庵以詩聲大江南北，學者稱爲宗工。半生踪跡，多在楚南。余友謝杏根淞客吴造謁，已年届古稀，太孺人尚健在。石琢堂韞玉殿撰贈楹帖曰：「七十詩翁九旬母，二三吟友數間廬。」皆實録也。嘗彙同人詩爲《印須》、《感舊》二集行世。又定余合刻《蘭社詩略》，各繫小傳。古詩二首云：「陽春二三月，堤柳黄金枝。盈盈十五女，尋春上柳堤。相逢柳堤上，各自不相知。却折楊柳枝，徘徊寄所思。」「游絲三尺長，紫燕雙翱翔。猗彼秦羅敷，出門采柔桑。采采晴陌上，柔桑盈頃筐。顧瞻念良人，遠在天一方。盤盤機中錦，欲寄不得將。踟躕日將暮，黄鳥鳴路旁。春風不相識，吹我羅衣裳。低徊自憐惜，脉脉歸空房。」《雨泊海虞北門登山有作》云：「白鷗招我來，秋風颺孤艇。濛濛宿雨度，渺渺川路永。檥舟北水門，雲外見嵐嶺。天公憐幽討，頃刻陰翳屏。空翠浮冷光，丹楓麗朝景。懸知今宵月，夢落清虚境。即事足娱人，何必羨箕潁。」《望廬山作歌》云：「平生志名山，五嶽未登一。今來浮江楚澤游，突兀仰見匡廬出。時當秋老寒烟濃，白雲出没何蓬蓬。須臾雲破日光漏，倏忽隱見金芙蓉。屏風九叠不可辨，蒼然一氣蟠高空。盤根巨壯寧有際，回環千里青濛濛。昔有謫仙人，來作山中客。登高窮九垓，援琴撫二叠。我欲手携緑玉笻，振衣直上香鑪峰。舉頭疑與南斗接，放眼直使滄溟通。紫極宫前招李白，白蓮社中尋遠公。玉淵飛瀑三峽水，芥蔕一洗平生胸。雲中五老人，拍手大笑哀愚蒙。醯雞野馬同旦暮，乃欲上友廬山翁。飛雲故遺奪峰頂，濤聲隱隱隨豐隆。江流滔滔去不極，孤舟浩蕩乘長風，宵來徒聽東林鐘。」《蔡盤谷看劍引杯圖》云：「文人之硯俠士劍，日三摩挱曾不厭。何况溶溶竹葉青，銀燭光中杯瀲灩。蔡侯好劍復好酒，青萍出匣蛟龍吼。筵前有此下酒物，百榼千鍾復何有？年來吟嘯楚江濱，蒯緱之劍長隨身。酒酣仗此出門去，肯作區區彈鋏人。」《憶昔行寄馬五心培》云：「憶昔十五二十餘，騰踔不數千金駒。安貧只住道南宅，結客乃在城西隅。韓仲孺陳復生陶净蘅沈蕡漁皆奇士，識面實從家令始。平原座上得馬卿，終朝落拓吴門市。木蘭之柵沙棠舟，漲波緑遍春江流。憂從中來不可制，相與買醉斟酌橋邊之酒樓。樓前飛花落紅雪，如刀美酒解斷愁。馬卿豪飲百觚盡，唾痕狼藉青羔裘。坐中小史意致幽，琵琶嘈嘈聲不休。衍波之牋滑似油，龍賓十二玄香浮。我時濡毫漫作送春句，興來滿吸雙銀甌。可憐樂事浮雲散，賤子棲棲老貧賤。城西諸子各飄零，卿亦柴門掩芳甸。不染樓空蔓草衰，樓即君所居。摩挲古墨兼殘碑。清福更遭造化忌，一火灼盡鴝鵒枝。神焦鬼爛救不得，劫灰那有胡僧識。飄然六合一閒身，時向人前分半席。世故悠悠詎可量，千絲華髮變秋霜。曲中紅豆相思在，望裏青山客路長。往事低徊十寒暑，冬郎墳上蒿如柱。瘦沈淒凉博士氊，髯陳流浪荒江雨。泛宅陶朱亦老夫，曾無歸夢到西湖。金昌亭下東風柳，冷落當年舊酒壚。自從我作江湖客，每見鄉人問消息。盡道君家病更貧，吹簫依舊城西陌。下潠田荒秫作薪，後生誰識醉吟身。消愁且進杯中物，我亦江南被酒人。」《林處士祠》云：「竹林殘雪盡，巖壑已知春。獨鶴去江海，梅花空照人。亭閒芳草色，祠冷翠帷塵。一盞寒泉水，無嫌薦渚蘋。」《秋蘆》云：「秋聲何太急，一片起滄洲。彌望白千里，長歌吟四愁。夕陽明斷岸，涼雨上孤舟。寒雁爭棲泊，嗷嗷正未休。」《人日吴江道中雪同趙臞生》云：「相逢吴市各華顛，襆被還同范蠡船。人日梅花非故國，江南風雪入新年。登艫不盡看山興，話雨能忘被酒眠。一曲垂虹橋外笛，五湖烟水渺前川。」

孫少初理，鎮洋廪生。性倜儻，不諧時俗，徒以家風寒素，食硯琴川。後並棄舉子業，以古學提倡多士，輒成偉器。選本一出，遠近風行，無不知有少初先生者。然卒齎志以没，其徒胡崐秀孝廉，收遺稿刻之，題曰《半帆居詩草》云。《趙孝子歌》自序：「趙孝子名某，居婁之璜涇里，寒山後裔也。歿已數十年，罕有知者。丙辰歲，監郡滄來鼇公暨王少司寇蘭泉師，創脩郡志，采訪得之，爰據本傳，歌以誌美焉。」「風流太守文章伯，冰鑑高懸闡幽迹。江左文人大道王，手揮椽筆揚奇光。奇光幽迹不可蝕，況乃孝者天之德。有客示我孝子篇，令我對之三嘆息。孝子有父遘危疾，盧扁無功藥無術。號泣呼天天不聞，據地倉皇淚盈臆。起握短刀薄於紙，敢惜一股救爺死。愁雲慘慘日無色，股血噴泉面如墨。精誠之至能格天，父病若脱兒瘡痊。帆山山東大海西，至今孝水流涓涓。涓涓之水不盈尺，何來駭浪生朝夕。海若肆虐湧怒潮，天河倒傾地維裂。是時喪母棺未厝，躍身踞棺坐若塑。此身誓同母骨沉，抵撑愈觸老龍怒。老龍怒，兒不顧。巨濤如山雨如注，一手竟託狂瀾住。嗚呼！父欲死，兒何生？母骨欲没兒何身。兒無知，知有親，至性所激非求名。嗚呼！誰無親，誰有親？維持風教那得無斯人！敢告良二千石，勒之碑鼎矜齊民，毋使盛德悲淹淪。況得鉞公秉鐵筆，揮灑大文耀雲日。耀雲日，千秋垂。《南陔》《白華》得此可以相攀追，不獨邑乘争光輝。嗚呼！不獨邑乘争光輝。」《同昌公主却寒簾歌》云：「綺櫳雪點瓊瑶碎，晶屏風剪琉璃脆。寶鴨烟流鏡水寒，凍痕蹙損眉峰翠。窄袖黄門天語傳，却寒簾子賜嬋娟。春風忽喜來天上，一桁湘波生暖烟。暖烟生處縈如霧，霧縈時有温香度。簾外梅花簾内人，花窺人影花還妬。捲簾試折好花枝，此時猶恨春光遲。可憐紙閣蘆簾女，風雪漫天不下機。」《海棠怨》云：「蝦鬚簾捲銀屏啓，海棠一樹嬌羅綺。經雨經風力不勝，渾似喬娘睡初起。喬家有女嬌無雙，九畹花留小字香。詠雪清才欺道韞，浣紗女伴妬夷光。問年十八縭新結，喜及盧郎少年日。並頭菡萏雙鴛鴦，自謂歡情永無極。蘼蕪江上木蘭舟，忽載盧敖去遠遊。絶域雲山人萬里，落花亭院日三秋。箜篌小婢盈盈侍，生小憐渠最如意。紙閣蘆簾夜寂寥，燈花共卜行人至。燈花卜罷話纏綿，許結他時姊妹緣。可惜緑珠猶待字，傷心紫玉已成烟。蕙帷日怨歸期誤，那知兩地同朝露。紅粉愁登舊日樓，白楊難望他鄉樹。花枝無主淚闌干，如此長生料亦難。地下仍來伴孤鶴，天邊何處覓離鸞？生生死死難謀面，升天入地求真遍。忽有心香一點通，海棠花下驚相見。相見終憐隔世人，精魂可否識三生？聊將此日憐花意，重叙當年倚玉情。此情此恨嗟何用，即欲相逢除是夢。謡詠何來衆女工，别離那識雙文痛？夢裏相逢悵未真，夢中握别恨彌深。玩月亭前月如鏡，此鏡明明照妾心。癡心女子負心漢，天上月圓人月半。真箇憐郎又惱郎，隱語教郎細尋玩。郎不見，海棠花發東牆東，妾乍來時滿樹紅。此日飄零人莫顧，教人那不怨東風？」《秋螢》云：「歷亂螢光撲綺疏，短檠昏後月沉初。西風團扇殘秋怨，衰草池塘一夢餘。水閣烟寒流淡淡，筠簾押起度徐徐。此身莫漫嘲陳腐，猶解窗前照讀書。」

朱環之綬，元和諸生。著《遺硯樓詩鈔》。杏根客吴時，親造其廬。軒窗嫻雅，几硯精良，環之芳姿妙齒，與其室高湘筠吟詠倡酬，江左傳爲佳話。《有古録别曲》云：「入門談九州，出門眷鄉土。亮以所遇殊，進退各有阻。采蘭忽思蕙，躊躕詣江滸。浮雲日夕陰，黄鵠中道舉。中道去不還，行子多苦顔。隅路一歡笑，積悲千里間。」「惻惻揆良日，惘惘辭四鄰。却顧門前水，是我所去津。重城一朝隔，鄉語寂不聞。狂猋結襟帶，飄若離岫雲。故衣誰當組，麤飯誰當陳。密林有猛獸，洪波無静鱗。

安得賢主人，勝如骨肉親。」《中秋近矣憶秦淮舊事作歌寄李福王渭吴嘉淦》云：「九枝蠟燭開瓊筵，酒波如山人不眠。吴姬窈窕勸斟酌，一聲帛裂琵琶絃。是時月華正三五，主人能歌客能舞。不醉休言露未晞，水氣沉沉照軒户。借問主者誰？蔣生承志意氣頗弗羈。借問客者誰？滿座酣笑皆淋漓。四更撾鼓傳杯斝，亂落繁英帽檐下。忽向天涯感笛聲，江邊楊柳絲堪把。邇來秋月又將圓，暗數流光比逝川。杜牧烟花成昨夢，謝安絲竹近中年。主人文采長已矣，賓從紛紛竟何似。同是尊前顧曲人，一朝散作東西水。李侯失意長安路，王粲登樓復成賦。我與吴郎住里中，傷心怕問山陽渡。轉憶金罍款佳夕，讙呼狂飲俱無敵。早識黄壚醉後情，當時便足凄凉色。聚散悲懽轉眼空，清商休遺唱玲瓏。不信但看明月夜，寥天飛有失群鴻。」《史閣部墓》云：「孤注江山壘卵危，貴陽男子尚居奇。新亭涕淚劉琨表，舊國川原陸抗師。城上一軍驚鸛鶴，帳前諸鎮散熊羆。凄凉碧血藏無地，魂傍梅花萬古祠。」《黄靖南祠》云：「秋祠殺氣滿陰霾，披髮騎鯨末運乖。偏將有材難制亂，荒朝無局失防淮。全軍旌旆龍髯墮，故壘風雲鳥迹埋。頭斷巖顔終負國，銅瓢紅繡不勝懷。」《鍾山雜詩》云：「斜日荒祠滿目秋，行人下馬思悠悠。六朝故壘西風裏，獨向鍾山拜蔣侯。」「依依喬木帶棲鴉，獨策疲驢帽影斜。行近舊城三十里，夕陽人賣孝陵瓜。」

袁逵堂鴻，一字篴生，震澤人。由考職縣左分發甘肅，得軍功，議叙，升福建政和、漳浦、侯官各縣，有政績。爲詩專主性靈，踈爽豁目。《呈家簡齋先生》云：「歸田豈獨羡蒓鱸，砥柱中流大雅扶。自置此身仙佛外，别開生面古今無。鳳鳴盛世鈞天樂，月朗層霄照夜珠。我亦羞隨人脚板，不從公去奈歧途。」「吏部文章工部詩，天教潤色太平時。知名已久人疑古，並世而生我未遲。泉石自吹簫一曲，烟霞曾見櫓雙枝。戊申鴻曾遇先生於吳江道中。神仙可望終難即，十載仙莊費夢思。」「隔歲期傳二月頭，秦淮何事滯扁舟。出門要等梅花落，鄉夢還隨浙水流。人物他年争兩地，文章早歲已千秋。紛紛行卷如投刺，得到公前幾世脩。」「圖成歸娶許傳看，先生有《玉堂歸娶圖》。佳話經今歲月寬。鬢髮漫嫌此日老，頭銜猶帶舊時寒。呼爲菩薩慈悲大，畫作詩王供養難。料得山塘花欲語，西湖返掉可盤桓。時先生寓於虎阜山塘。」《述近況寄故園諸子》云：「西風蕭颯雪漫漫，瘦骨何堪耐得寒。夜静病魔如有約，夢回心緒集無端。精神已覺頻年減，閱歷方知入世難。猛地思量還一笑，頭銜如此不成官。」《平原旅店即事》云：「聲歇琵琶絮語時，秋花命薄淚雙垂。美人自古如名士，淪落風塵識者誰。」《月中梅花》云：「春生冷淡帶餘寒，月照梅花小似丸。花在上頭影在地，一枝要當兩枝看。」《寄内》云：「燈殘花落月沉沉，如剪西風瘦骨侵。服藥身軀多病日，吟詩莫坐到更深。」「平安兩字寄天涯，此日雙魚計到家。料得燈前小兒女，隨娘也是説京華。」

吳鳳白鸞，安徽涇縣人。嘉慶戊辰進士，官福建平和知縣。有《閩中詠古》詩九首，吳縣潘鏡堂元悌持以示余。余愛其沈雄壯麗，神肖義山，盡録於此。《木棉行》云：「木棉庵在漳州府城南二十里木棉鋪，明俞大猷立碣，書「宋鄭虎臣誅賈似道於此。」黯淡灘，清漳水。去吳潛，還葉李。逆燕羊，夢金紫。門客悲，監押喜。虎臣來，師臣死。官家賜第亦何有，相望遠隔西湖天。葛嶺凄凄訴秋蛬，松關咽咽啼春鵑。嫠人紛紛露布逐，朝臣謣謣彈章連。何如漳南參天拔地之木棉，楨貞梗直垂千年。惜不行之咸淳前，乃令賣國召兵都城不可守，恩旨宣呼海南走。國賊誅之縣尉手，福州冤獄誰歸咎。君不見，秦繆醜，棘寺陰謀震朝右。一刺不中復何人，落落施全已不朽。」《大峰山》云：「在平和縣東南六十里，自山麓至巔，計五十餘里。石峰簇起，共十有七縣。志載明鎮海衛黄石齋先生嘗讀書於此，有紀游詩及梁峰二山賦，以梁山比九華，天峰比黄山。天峰即大峰，梁山今屬雲霄、漳浦。大溪溪水流滚滚，大瓊山勢行如虹。大峰拔地七千仞，劈鑿往往留神工。居民指點雲深處，中有文殊結茅住。上躋白獸騰霄空，下走靈蛇吐澗霧。天風一削天池開，驪珠濺落銀濤堆。玉女垂簾散花下，珠巖萬古無飛埃。含風燕嘴峰名。語日夕，蝶洞春深弄顔色。坐聽野鴿呼潮生，起視長鯨翻海出。襟甌枕嶺天地間，茫茫南戒誰當關。讀書種子死不死，銅山山人還未還。題詩作賦殊可喜，蕩漾離奇一至此。此山雄與都梁争，黄嶽天都亦倫比。我家家住黄嶽邊，出山未有還山緣。十載看山庾匡下，躡身又到蓬壺天。蓬壺山山各明媚，過眼雲烟了不記。信眉一笑山應知，要向榕檀聞古義。」《越王山》云：「在福州府城北，半蟠城外，東聯冶山，爲閩越王無諸舊都。莽莽閩山古越都，錦衣春殿想雄圖。荻蘆已斷秦時峽，茅土猶分漢室符。天降元精歧海上，龍蟠劍氣冶城隅。如何一徙江淮去，萬古荒臺叫鷓鴣。」《忠懿王廟》云：「在福州府城内慶城寺東。廟内有唐天祐三年奉勅建立琅琊郡王王審知德政碑，禮部侍郎于兢撰文。鬱鬱葱葱紫氣來，一軍留守五雲開。波臣險劈黄崎去，海國春傳皂筴回。士有魯連能抗節，客游王粲獨登臺。琅琊德政豐碑在，終始唐藩創霸才。」《水晶宫》云：「在福州府城西。僞閩王氏時，築室百餘間，周十餘里，跨西湖上，每携後庭游讌，從複道中出。西湖湖水月華流，沸地笙歌唱樂游。入腹錢郎曾有讖，閉門天子正無愁。浮圖果報三千世，王氣虚談五十秋。鳳去燕來緣底事，銀泥醉處碎金甌。」《垂拱殿》云：「即僞閩故宮地。宋爲大都督府，端宗即位福州時，建殿於此。今爲藩司紫薇堂。半壁松關王氣沉，八州戎幕翠華臨。艱難更有空坑恨，付託從知廣海心。南望慈元憐益衛，北游瀛國動徽欽。平山遠弔崖山水，并作哀鵑激越音。」《南安弔韓冬郎》云：「唐韓偓南依王審知，卒於南安龍興寺，墓在葵山之麓。詩篇淪落後園空，白髮逢山老寓公。蕉葉自傷深院碧，櫻桃難忘漢庭紅。前身孝穆知應是，暮齒蘭成恨亦同。如此妖紅甘委地，蓮花端不嫁東風。」「燭熖巾香鬱不銷，花蜂草蝶故含嬌。尊前怨曲憐金鳳，世外雲心託玉樵。葵麓隔生春寂寂，丹山歸路夜迢迢。星槎望斷無消息，誰爲夫君賦《大招》。」

快軒詩則卷二

及門諸子參校

唐礪齋步瀛，石埭附貢生，官杯溪巡司。著《養源軒詩草》。礪齋器宇冲和，吏才練達。前在江蘇，歷署州同、分縣之職，累播政聲，佐貳罕有倫比。今年甫五旬，孫曾林立，又極人倫之樂事。與余緘札往來無虚月。所爲詩疎爽軒豁，殆自抒其性情者。《題吴孝侯臂痛遇仙記後》云：「青溪九曲迤邐來，鍾山突兀烟雲開。山明水秀競奇麗，此中特孕先生才。先生早歲負盛名，健筆所向皆縱横。振臂揮霍龍蛇走，掉臂游衍風雨驚。生氣鬱勃指間出，筆花璀璨腕底生。才藻發越洩天秘，洩天秘亦遭天忌。繡腸盤屈不可催，靈心狡獪巧相避。誰爲握管馳驟之，遷怒遂及君之臂。天怒那許人裁抑，憑空梭腕生鈎弋。指揮使臂臂不靈，盛氣運腕腕無力。靈機妙緒觸手來，振臂欲書書不得。長歎一聲擲筆去，文星黯澹光輝匿。嗚呼！金陵自昔歌舞場，憑誰點綴誰平章？長板垂楊枉争媚，秦淮春水空含香。一時風月失主管，湖山寂寞天蒼涼。從此天亦生悔心，假手仙術砭與鍼。夢醒沉疴霍然失，忽思拏攫忽縱擒。忽身使臂臂使指，大筆濡染擢詞林。人謂先生能結神仙緣，神仙有力能回天。我謂天意愛才當愛人，鑒佑胡弗及其身。晚歲復增筆墨累，竭君精力疲君神。不然神仙有藥能不死，盍且爲君延一紀。我來憑弔蒼天高，奮臂疾呼君不起。」《杜鵑花》云：「難招蜀魄返蠶叢，有淚零星滿樹紅。淒絶江南飛絮候，子規聲裏艷和風。」《聞鐘》云：「易送年華是此聲，江湖十載夢魂驚。扁舟慣泊楓橋夜，怕聽寒山寺裏鳴。」《謁選都門别諸同志》云：「同居桑梓地，晨夕快談心。遠宦忽言别，良朋空復尋。寒燈拋一卷，薄酒悵孤斟。忍聽離亭笛，臨歧淚滿襟。」《懷人》云：「車笠盟深十載餘，天涯遥隔兩情疎。危樓雨歇燈闌候，小院棋殘月落初。壽世文章增幾許，順時眠食近何如。惟將心事通江水，望爾紅鱗寄尺書。」《秦淮公廨晚眺》云：「琴書漂泊水關東，日暮秦淮望眼空。一抹晚烟迷遠黛，數行落雁背殘紅。酒緣寒氣偏難醉，詩爲鄉愁轉未工。久旅忘家忘不得，歸心時逐皖城風。」《四十初度》之二云：「江北江南久逗留，鄉關回首思悠悠。三生不了輪蹄債，千里來爲升斗謀。黄土尚遲封馬鬣，青山何地卜菟裘。年光一半匆匆去，省識霜華欲上頭。」《秋燕》云：「南來霜雁滿汀洲，北去玄禽尚逗留。飄泊紅襟猶作客，衰殘紫頷未封侯。引雛辛苦江村路，歸夢迢遥海國秋。留取衙齋香壘在，待隨春雨話離愁。」《病中感賦》云：「天空海闊好光陰，自問何因二豎侵。松柏一生霜雪命，鷺鷗終古水雲心。紅塵寄跡非長策，旅雁縈懷託短吟。遥憶全家居泖上，書來兒女最情深。」

吕梅坡卿雲，婺源人。與礪齋少尹交善。寄示《飛吟樓詩》二帙，清妙可傳。《嘉禾道中》云：「才出吴淞路，長塘又秀州。桑枯風葉響，荇老水花浮。明月西施鏡，孤雲少伯舟。夜寒篷底坐，斷雁觸離愁。」《秋雨》云：「八月秋當好，其如日雨何。月如人别久，潮比岸高多。簷砌凄凉滴，庖厨寂寞過。懷歸游子思，咫尺渺山河。」《懷亡友徐二華范吾山》云：「一夕梁溪别，二華時爲金匱二尹。茫茫隔死生。關河三載夢，琴鶴十年情。留得官聲好，何妨宦況貧。傷心還忍淚，宿草已封塋。」「西風滿林起，秋雨一籬寒。小范今何在，黄花昔共看。文名傳最早，上壽享偏難。回首書臺畔，蕭然心欲酸。」《閲甲辰歲歸山吟草有感》云：「蹉跎生事歲頻遷，舊稿閒翻思惘然。江令才華垂老盡，杜陵歸計爲貧延。青山故國迷殘夢，白髮他鄉負壯年。丘壑何當重放跡，酒樓僧壁續新篇。」《劉洛園偕沈西莊人日過飛吟樓》云：「一别劉郎經七載，忽攜沈約惠然過。草堂人日逢風雨，樽酒梅花託詠歌。總角論交同輩少，白頭相對感懷多。於今擬結香山社，杖履追陪意若何。」《中秋夜王夢蘭招飲寓齋》云：「萬里清光月色賒，故園咫尺渺天涯。戀巢情愛將歸燕，着露香憐未放花。此夜勞君賓作主，半生笑我客爲家。樽前有酒須同醉，莫待星霜犯鬢華。」《慰姬人病》云：「多病經春半起眠，轉因身瘦覺娟娟。爐香不誤琴書課，藥債仍償紡織錢。隔幔看花朝怯露，擁衾聽雨夜添綿。老奴愛汝尋常事，存問偏勞大婦憐。」《詠柳》云：「風流慣占酒人家，臨水樓臺面面遮。逢着好春須自愛，莫輕一路亂飛花。」「旗亭過雨曉烟開，别緒離情取次催。青眼肯教長對我，願移幾樹傍門栽。」

汪遠亭乙照，婺源人。隸杭籍，游庠食廩餼。年甫逾冠，才力恢張。嘗見賞於杜石樵堮、朱詠齋士彦二學使，每試輒雄其曹。今年春，礪齋少尹歸自都門，遠亭以所著《操觚吟草》屬予題詞。集中古體尤出筆横肆，令人驚絶。《哥舒翰紀功碑歌》云：「巍巍乎！銅柱銘功馬伏波，一生大節無偏頗。封燕然山竇車騎，克蓋前愆功始記。由來鐘鼎書名表奇績，名成不朽皆不滅。肯信榮褒許濫叨，壯士不妨終改節。客行潼關道，負手尋殘碑。碑高十丈矗空際，紀功侈説哥舒才。才乎才乎豈不重？才亦須爲廊廟用。尤貴堅持不二心，勿令朝野來譏諷。我思唐家列鎮綏邊疆，安西將匪同尋常。當其率師屯隴右，大志總在掃除賊寇之猖狂。刀光鍔鍔冷飛雪，怒鏑星馳雲欲裂。決勝本類王忠嗣，攻堅勿亞李光弼。北斗秋高横七星，臨洮絶少胡人行。功成大小百餘戰，計將耕鑿安蒼生。似兹勇健總人傑，且爲功臣開一格。李杜文章作作芒，大書深刻凝寒碧。雷霆軍令聽重申，重閉嚴關計亦神。惜哉靈寶輕一戰，未免作計終依人。依人作計難成事，火拔歸仁威益肆。穴中虎子輒遭擒，隱忍竟拋忠義字。屈膝穹廬心死灰，功名畫餅絶堪哀。此身倖獲暫逃刀斧礫，此碑合遺劫火速焚而與山嶽同崩摧。不然長繩拽之倒，刮去其字一如銅駝石馬埋蒿萊。豈爲文字大不幸，淮西舊刻昌黎之作亦已罹飛災。奚猶精靈呵護竟歷億萬載，變遷閲盡幾滄海。苔蘚剥斕斒，鈎劃存模楷。須知天留龜鑑示斯人，功敗垂成情可駭。」《虞忠肅公祠》云：「君不見，王郎倉卒棄師走，眼底江山非宋有。完顔軍帳密於雲，背水誰爲殄群醜。峩峩天使來此時，浩氣勃發通權宜。謂欲更待勤王軍至始行事，挫敵鋭氣毋乃遲。攘臂一呼鬼神怖，萬八千人赫斯怒。陣列長蛇象可吞，矧乃區區螻蟻聚。魯陽揮戈日爲倒，時俊雄心渾未老。暗度陳倉計更神，驚爾殺讎如殺草。鼓震金山好戰場，儒臣亦自奮鷹揚。天心不赦渠魁戮，瞥眼紅旗奏建康。論功公即唐裴度，綸綍昭宣殊寵遇。利在長驅八款陳，俊傑何慙識時務。可惜與言言不聽，笏指空傳持論正。王業偏安閲幾時，三巴門户紛争競。此時人傑老蠶叢，此際衣袽闕不縫。捷走車船更誰見，下流觀望皆庸庸。吁嗟乎！下流觀望皆庸庸，轉戰輸君再造功。百年青史有特筆，光騰萬丈蟠虬龍。即今荒祠半圮埋寒荻，逝水年華真一擲。但聽滔滔之浪横衝采石磯，想像戰酣聲辟易。」《吴舫曲》云：「素波淼淼净於練，春到江南花一片。居人侈學五湖遊，載得西施我曾見。見時二八好年華，却指中流是妾家。桂櫂蘭橈移月日，珠簾錦幔燦雲霞。中藏簫管宜歌席，鳳下鸞飛真不隔。偷曲心傾富貴兒，問名首注蓬萊籍。肯把黄金鬥買春，風流佳話少年人。雞坊綺繡看聯臂，虎阜丹青倩寫神。幽情纏擾清溪曲，歷亂揚花空際撲。結好拚傾洛浦珠，凝粧都比蕭家玉。鴟夷相望渺烟波，俊傑功名究若何。樂事無逾調錦瑟，浮生已分付春婆。逍遥長晝連長夜，蝶戀蜂狂渾未罷。柳弱旋驚薄露濡，杏嬌欲逐東風嫁。此時行樂劇紛紛，此日春歸那得聞。堤上紅榴開又遍，芳姿姤殺絳仙裙。綵繩牽挽龍舟出，寶蓋珠旛光蔽日。七里塘河古鏡明，憑窺畫鷁追風疾。連翩游舫接如麻，雙槳衝波響帝車。但拓碧窗逢碧玉，儘抛紅豆按紅牙。水晶宫闕神仙會，霧鬢雲鬟迷下蔡。好是南薰送野芳，船唇早綰鴛鴦帶。驀地晴雷一道催，豢龍丁壯競馳來。舞竿戲水争爲樂，少女婆娑笑口開。繁華自昔稱吴下，果見舟寬同廣厦。境廠琉璃百捖多，昏黄面面紅鐙炮。上下流頭亂點星，幾重花燦護銀屏。城開不夜迷青眼，識得飛蛾舊性靈。送鈎射覆俱成趣，却奈蟾輪難久駐。離座偏增顧影憐，扣舷總賦銷魂句。凉秋伏臘度匆匆，四季情懷罔勿同。一例生涯依水國，漁家兒婦可憐蟲。吁嗟乎！吾家僑寓金閶里，目覩豪鄰趨綺靡。當時坐擁積如山，一變滄桑幾年耳。賦歸今夕偶臨流，兩部笙歌何處舟。天生絶色偏群聚，人惜王孫逞浪游。措詞敢詡淩雲作，聊爾澄觀深寄托。斟酌橋邊中酒人，昏昏何苦貪華酌。」

康二海誥，仁和人。乾隆甲寅舉人，官平陽學博。著有《聽香館吟藁》，菉園嘗爲之序，稱其意匠獨運，味之無極，詞剪美稗，典而有要，殆非虚語也。《池上曲》云：「池上春回春水緑，春風淡蕩春波揚。誰家女兒好姿首，手挽匹素臨芳塘。欲下不下草露滑，高揎紅袖搴垂楊。驚起雙燕掠波去，剪破一段玻璃光。」《秋暮謡》云：「雲冥冥，風冷冷，銀床凋盡梧桐青。秋城畫角江天暮，寥落征鴻下遠汀。紅窗篝火催刀尺，搗衣聲急溪邊石。關山迢遞未歸人，夢斷深閨霜月白。」《題金露香聽松圖》云：「江濤忽地生青空，泠泠又似吟蒼龍。非金非石此何響，大塊噫氣巖間松。清聲入耳有至妙，能拓萬古礧磈抑塞之心胸。只許山林高隱聽，紅塵軒冕無夢難相通。吾聞前有齊張湛，後有梁陶公。閒庭幽院植得數百本，晨昏謖謖鳴天風。酒酣仰卧北窗下，如入千林翳鬱匡廬峰。金子森森有奇幹，忽焉圖此冰霜容。層樓百尺日徙倚，意氣直欲凌秦封。笑我濡染無大筆，淋漓那得稱神工。生平有志未能遂，況復偃蹇風塵中。何時脱然去埃壒，與君高步入仙宫。坐煎松雲啖松子，四山凉月聞璁瓏。」《早寒》云：「歲序去如流，依然滯遠游。白雲林外岫，紅葉水邊樓。秔稻家鄉樂，風霜客路愁。長淮寒信早，檢點敝羊裘。」《維揚雜詠》八首：「片帆趁雨剪江烟，吴淍城邊晚繫船。却喜雲開斜漏日，七峰如斗插甘泉。」「瘞鶴遥通騎鶴樓，茫茫南北限江流。廣陵十丈銀濤水，剩與行人照白頭。」「離宫十六古烟花，煬帝南游駐翠華。斷粉零香何處是，月痕寒照玉鈎斜。」「楊柳絲絲緑未齊，畫船銜尾泊長堤。只今鼓吹揚州路，猶是紅亭唤竹西。」「堤畔冰澌草漸生，江城何處聽簫聲。北來正值春光淺，二十四橋空月明。」「卯酒傾餘緑玉巵，水亭風細落帆時。此行不負登臨意，三絶殘碑讀古祠。」「雪消新水漲平川，嫩日輕陰澹沱天。遥指雷塘南畔路，緑蔬如罫茁春田。」「兩槳輕飛快若鳧，回頭白塔失浮屠。順風半日邗溝水，又看蒼茫甓社湖。」

陳馥林鴻慶，仁和國學生。長身黝貌，赳若武夫。至閩覓所親不遇，落拓而歸，固士之失職者也。

過余齋，出示駢體，殊工緻，詩亦善狀世情。《送友之山左》云：「黄金走賢愚，白日鞭春秋。豈不苦行役，饑來非自謀。出門何所往，馬鳴易水頭。易水多悲風，蕭蕭吹行鞲。北望思帝京，南望思故丘。去去復去去，此去多隱憂。魯酒今不薄，聊可消羈愁。」《春日花下飲酒》云：「春風招我花間走，春信江南將八九。此時未挈索郎來，空使桃花紅破口。嬌鳥唤我提壺，山猿爲我行沽。無人共飲，蝴蝶自來。玉顔春暈，心花怒開。繁英一片，飛落酒杯。杯中酒不空，天上月常滿。望舒愁我飲未豪，流影成霞笑相勸。醒來醉眼青模糊，爲問桃花能飲無。」《長安賈》云：「長安賈，錐末紛争君亦苦。青鞋布襪不憚勞，贏得金錢手親數。河東市明珠，河南售白璧。百萬黄標壓紫標，陶朱猗頓無顔色。洛陽大道逢故人，裘敝金空意蕭瑟。趨前似欲訴離情，策馬掉頭不相識。春明城外軟紅高，阿匼人來客正豪。寶帶肯償驚蛺蝶，錦袍脱付鄭櫻桃。日費萬錢猶不足，闤闠城西起華屋。大兒通籍鬱輪袍，小婦新粧珠絡索。留髡慳爇燭三條，買笑平量珠十斛。此時戚里慕豪華，富貴逼人良不惡。一朝金穴化榛蕪，身世饑寒愧故吾。試問昔年行樂處，曾經援手濟人無？」《滯閩有感》云：「跨鶴將安歸？騎虎不得下。家徒四壁苦無藉，撫劍悲歌問中夜。愛博既無成，放顛輒遭駡。不從薛公博，倦學樊須稼，身世茫茫足悲咤。食牛倘得五羖皮，且向豪門問奴價。」《萬民衣》云：「萬民衣，萬民姓氏金輝輝。荷侯帡幪報侯德，製衣衣侯安且吉。自侯下車來，政聲日洋溢。君不見，堂上一票籤，富民篋裏無餘縑。又不見堂下一棒喝，貧民膏血污破褐。萬民衣，無他奇，能使豺虎身，幻出麒麟皮。豪民猾吏承意旨，醵錢作衣那得已。我望天下之賢侯，即以民憂爲己憂。一時襆被解官去，惟願萬民别淚沾征裘。」

商寶意盤，浙江會稽人。雍正庚戌翰林，官至廣西雲南知府。少負逸才，年五十餘，著《質園詩》，幾及萬篇，典則明麗，雅近樊南，歌行尤放宕。質園者，商氏別業，在越王城山，舊傳爲勾踐教西子歌舞處，亭臺花竹，甲於一郡。商氏先世多顯者，而公獨繩祖武，以宦業文章聲天下。所交如袁簡齋枚、程魚門晉芳，皆一時杰出之士。卒隨王師進勦緬甸，盡瘁而歿，文人之遇有終矣。鉛山蔣心餘士銓太史爲作傳。全詩卷帙甚繁，美不勝掇，兹特舉其一斑焉。《彈子磯》云：「何年巨靈掌，劈開混沌石。神工出自然，皴染净無跡。嵯峨一卷小，勢與群峰敵。蒼浮鵰鶚騰，黑覆蛟螭蟄。嵐氣與雲光，深入古潭碧。還丹誰所成，惝恍衆真集。老仙去不回，留此青鸞翼。五乳七星巖，到眼堪一擲。我有丘壑緣，相看似曾識。翠屏宜晚對，金烏忽西匿。擊汰始興江，春流浩無極。」《對月吟》云：「鳳凰樓中玉輪滿，龜甲簾輕帶烟卷。羿妻瘦骨不禁寒，蟾蜍淚滴雙闌干。十二峰頭雲一色，湘水無波影微白。抱愁龍子耿不眠，亂擲明珠打河伯。流光如電復如馬，竊藥偷桃事疑假。君不見野土難平萬古心，無人燒作鴛鴦瓦。」《孫妹按劍圖》云：「紫髯男兒氣嶽嶽，長江老蛟頭有角。欲將一女換三分，明珠步障黄金幄。江東人物孫仲謀，天下英雄劉豫州。夭桃穠李結姻婭，能使國賊曹瞞愁。兩家一旦渝盟誓，夫人誤作歸寧計。步光旻旻背人看，定訴胸中不平事。觀書曾見二喬圖，誰其題者楊廉夫。此圖神彩真百倍，帶刀侍婢森成對。牛斗冲天夜氣高，龍蛇出匣江濤大。千里魂銷白帝城，未除奸逆報夫兄。傷心一片蟂磯月，夜夜遥聞玉具聲。」《忠武軍符歌有序》：「宋岳、韓兩忠武，俱有背嵬軍。嵬，酒瓻也。親軍爲大將負嵬者，統制而下，咸與抗禮，此其軍符也。符制以銅，圓徑六分，高三分，鼻紐以貫佩繩。

其文一人飛騎，背負酒甋。武林某君偶得於友人行笥中，孫編脩約亭徵詩紀事，因賦此篇。」「何年留此飛騎符，非麟非虎體製殊。北狩南遷事已矣，此符尚不埋榛蕪。李綱既亡宗澤死，九鼎一髮誰能扶？堂堂兩公韓與岳，身輕百戰揮蝥弧。酒罌負背弓克敵，親軍摩壘争先驅。權臣在内賊所利，肯使大將恢皇圖。班師跨驢兩寂寞，龍沙萬里悲鑾輿。輸金納幣計真左，可惜宋社成丘墟。金牌一召銅印失，鄂王抱恨蘄王孤。舊物流傳神鬼護，疑有碧血光模糊。約亭翰林頗好古，徵詩紀事來通都。我讀青史已惆悵，况觀此物增嗟吁。是韓是岳兩不辨，千秋忠義難淪胥。君不見，唐林慟哭六陵發，珠襦玉匣歸泥塗。」《秋夕聞雁》云：「一雁鳴天際，隨風不可尋。響從燈外盡，秋到枕邊深。紫塞經年别，金河此夜心。平沙孤影落，爲爾理瑶琴。」《南浦晚眺》云：「此亦銷魂地，溶溶有緑波。别愁流不盡，獨立意如何。斷影疎鴻雁，殘香守芰荷。夕佳樓下客，經歲感蹉跎。」《秦淮》云：「斷香零粉未消磨，依舊傾都炫綺羅。畫閣半從橋外見，麗人畢竟水邊多。烏衣那省南朝事，玉樹猶翻北里歌。剩有中年謝公感，每聽絲竹淚滂沱。」「銷魂綺麗最難忘，何處輕盈舞袖旁。名士尚傳麾扇渡，故家已失聽筝堂。錦機軋軋秋無夢，翠瓦鱗鱗夜有霜。問訊六朝僧在否，欲從初地話興亡。」「明星歷歷見燈船，前渡游人意惘然。無復垂楊森似薺，衹餘遠水淡如天。横江館倚寒蘆外，入漢樓荒暮靄邊。不信繁華彈指去，西烏南雁自年年。」「齊梁遺跡尚班班，懷古曾登虎踞關。幾見羊車來市上，忽驚鴛被落人間。苔深曲徑名園盡，風散秋笳列戍閒。幸遇太平無事日，好將文藻對江山。」《舟中排悶寄秣陵舊游》云：「白蘋秋老晚冥冥，百里程途兩日停。孤艇豈勞新月照，好山偏對暮愁青。穠華未斷槐安夢，解脱宜繙寶積經。轂轉帆移同浪跡，被天弄播作浮萍。」「登臨懷古意縱横，遺事閒將舊史評。瓊璧有情歸辱井，旗旛何力護疑城。西風酸楚長橋柳，南國興亡故苑鶯。洗馬愁多難自遣，茫茫又爲渡江生。」「青衫一着便風流，吟遍鶯花倚遍樓。紈綺六街吴俗競，江淮萬古禹功留。瞿曇懺悔煩黄面，騎省春秋易白頭。擁被焚香人悵望，豈宜重問鄂君舟。」「烏絲蜂蠟暗銷磨，簪佩叢中有逝波。鸜鵒舞迴人影散，鷫鸘典去酒痕多。飄零庾信長如此，宛轉桓伊竟奈何。雨晦風狂春易老，江南花落淚滂沱。」《歸程詠懷》云：「瑟瑟凉生柳數行，蝦鬚簾外有風霜。人辭白下秋偏早，歲過黄門鬢漸蒼。還璧音塵隨逝水，凭欄心事寄斜陽。欲將智慧除煩惱，未敢臨風憶建康。」「萍踪特爲燕鶯留，草草看花忽到秋。騎馬偶遭官長駡，題詩潛被友朋偷。江山風月遥相待，獌狿魚龍或未收。銀燭光中人爛醉，不須睥睨動恩仇。」「前度春城迹未遥，緑波猶戀赤闌橋。總因癡愛緣難割，若論繁華念早消。杜宇歸心寒食雨，鯉魚風信暮江潮。故鄉原有真蓬島，多少仙人抗手招。」「歡場過眼易銷魂，蘊藉輕華要細論。半壁烟雲留畫稿，六朝金粉護情根。中流擊楫人千里，片月當歌酒一樽。他日江南迢遞夢，杏花疎雨掩重門。」《東昌懷古》云：「靖難兵來此地屯，前朝舊史豈堪論。頹雲不定旌旗色，古堞長留箭鏃痕。鐵板數重驚燕子，金陵一夜失龍孫。太平雄鎮消烽火，殘壘無人落照昏。」《大風過高唐》云：「十二巫峰夢渺茫，此州名亦冒高唐。曾無暮雨來神女，翻有雄風屬大王。淺水生波增浩瀚，殘花雜蒂尚輕狂。楚天齊地俱塵土，涴盡騷人薜荔裳。」《秦淮蔡氏水閣》云：「屏山六扇夜凄清，脉脉憑闌萬里情。凉月在天雲在水，四條絃上作秋聲。」「茫茫宦海渡千帆，被酒徵歌意不凡。莫比江州舊司馬，并無閒淚濕青衫。」「官槐苑柳太蕭條，璧月瓊枝久寂寥。惟有年年新漲水，數聲嗚咽爲南朝。」「十五輕盈細馬馱，當筵曾聽小叢歌。烏絲紅豆飄零盡，顧曲風流奈老何。」

何小山綸錦，紹興人。寄籍河南，中乙科後，改正鄉貫，選爲金華教諭。平生著作皆已付梓，卒官後，其子仍回中州，鐫板攜去，浙省遂無其書。小山自負經學，傲倪前人，持論近狂，即詩亦不屑留意於宋、元諸名家，惟瀏覽李、杜集而已。菉園嘗録其《古風》十七首示余，余喜其能自闢境界，戛戛生新，遂盡録之。詩云：「香餌綴直鈎，不能得一魚。豨膏滑方輪，不能運吾車。鈎亦可使曲，輪亦可使圓。漢陰有愚夫，抱甕灌其田。」「欲白雪亦黑，欲黑漆亦白。黑白在人心，不係漆與雪。情意一綢繆，枯朽生光澤。恩愛兩乖離，毛施無顔色。」「北里有佳人，十年貞不字。東鄰有醜女，妖冶媚夫婿。菅蒯且見收，絲麻豈終棄。所嗟良匹難，良媒亦匪易。」「春風吹花開，春風吹花落。開忘春風恩，落怨春風惡。恩怨縱分明，此論亦輕薄。豈知造物初，中自有橐籥。花落與花開，春風兩無着。」「蟻垤無丈材，蹄涔無尺鯉。短枝鸞不棲，拳石雲不起。焉有浮薄姿，能任重遠理。所以古達人，端自立身始。」「曲針不可縫，何不垂絲緡。直鈎不可釣，何不刺繡紋。將欲直其針，蠖屈不願伸。將欲曲其鈎，矯矯難爲馴。才不適世用，性獨全天真。君子愛故吾，敝帚還自珍。」「斗柄不可挹，匏瓜不可食。挂名天上星，磊如山中石。山石資人用，衆星徒歷歷。農事在耕耘，女事在紝織。當位而尸居，空名復何益。」「蝸角蠻觸争，腐鼠青蠅賀。高飛雞舞甕，遠游蟻旋磨。結習拘於墟，萬古莫能破。局促井底蛙，語以海水大。遂令聞者驚，毋乃告者過。鳳凰鳴朝陽，燕雀豈能和。」「門下善鼓瑟，堂下愛吹竽。齟齬不相入，好尚各有殊。改調良亦易，素操不可渝。淺夫圖濫叨，志士羞拘墟。獨挾清廟器，心游皇古初。去去謝儕輩，勿克隨時趨。」「天地本曠然，苦被南山塞。愚公矢平險，創論快胸臆。聚族相與謀，子孫世其力。擔荷投渤海，一反寒暑易。智者憫其愚，巧者笑其迂。翁不知其愚，翁不知其迂。滄桑有時改，此志無時渝。多謝世間人，智巧徒區區。」「皇天若雨粟，舉世皆游民。皇天若雨金，舉世皆貪人。無金勵其廉，無粟勵其勤。廉者終不匱，勤者終不貧。奈何惰四體，而求快一身。君子所無逸，仰答天心仁。」「畜驥如畜狗，驥亦作狗走。養鶴如養雞，鶴亦作雞棲。食少力已衰，況更羈紲之。非無千里志，局促安所施。遇以庸人目，責以國士知。棄置勿復道，沉憂令人老。」「吾愛陶淵明，飄然賦歸去。肯爲五斗米，隨人作傴僂。田園未就荒，重整舊農具。東皋耨朝烟，西疇鋤暮雨。北窗恣高卧，南山探幽趣。采菊不盈把，插柳俱成樹。樹影摇扶疎，想見讀書處。」「松栢抱本性，歲寒安所期。願隨桃李花，煦嫗陽春時。萬彙遂長養，不受冰霜摧。孤秀氣亦慘，衆榮心自怡。混迹凡卉中，寧論知不知。」「富人無凶年，貧人無樂歲。富人嗔穀賤，貧人嗔穀貴。斗米值千錢，不滿富人意。斗米值百錢，已爲貧人累。人心自不平，遺憾及天地。」「適越資章甫，越人無所施。抱璞獻楚庭，楚王不見知。所挾既已誤，所投亦已非。客從海上來，遺我珊瑚枝。燒之不中薪，炊之不成糜。再拜起謝客，何以療吾饑。棄置東海珍，采掇西山薇。」「文章乃元氣，士習其本根。國運關盛衰，民風驗澆淳。苟同固足耻，矯異亦失真。奈何丹黄業，而爲青紫津。會當藏名山，不則傳其人。誰與挽頽波，手扶大雅輪。」

李笠舫壽昌，會稽人。性穎悟，詠詩書志氣傲岸，不苟合於俗。與余友陳梅峰光鎬有雲霞之契，旅食南館，長嘯三山，弄月吟風，更相唱和，淡如也。惜中道而殂，餘論莫傳，僅傳《落花》詩八首。云：「芳草凄迷賸緑茵，餘香斷送古今春。縱教獺髓能醫頰，難得蛾眉更效顰。此恨只流知己輩，無情不算有才人。東風一夜鵑啼苦，惱亂楊花認後身。」「黄蜂紫蝶故翩翻，零落空枝倍惘然。春水緑波如昨日，美人香草是何年。已知舊怨銷羅綺，争奈香魂墮錦箋。風撼鈴聲應有意，起看殘夢逐飛烟。」「空亭宛轉送斜曛，消受春光已十分。但有錦囊收爾骨，不辭香土壘成墳。無端似淚飛紅雨，祇擬將情付白雲。濃緑滿枝剛好在，憑誰却掃與殷勤。」「欲共東君仔細論，强遭狼藉竟何言。千秋薄命難回首，一雨關心又返魂。盡日飄零隨逝水，有人偃蹇懶開門。芳階且席苔紋坐，莫負黄鸝勸舉樽。」「乍聞鶯語唤春酣，莫遣狂蹤恣意探。歧路相逢原易别，癡情欲割尚難甘。年年歲歲空相似，雨雨風風太不堪。料得棠梨飛雪處，有人愁絶望江南。」「微風送别解盤桓，萬轉千回不忍看。生恐再來催我老，情知此去傍人難。烏啼夢醒香猶在，子滿陰成興已闌。流水不關塵世恨，也迎一片上漁竿。」「抱膝空亭悵寂寥，躊躇蝶夢憶前宵。雨中淚共何人灑，天外魂憑自己招。脂粉儘憐和玉瘞，畫圖誰肯惜金描。餘香珍重添鈴護，滿樹鶯花頃刻消。」「無言脉脉怨春光，未免多情與斷腸。浪説王孫能作賦，悔教侍女共分香。何時此恨都抛盡，來歲相思更寄將。輸却紅襟雙燕子，銜泥猶得傍雕梁。」

李午泉案梅，臨海諸生。著《蕚輝樓詩文集》。戊午水患後，挈眷來甌。余遇之藥王廟，與談太姥之勝，策杖而往，夜半陟摩霄峰頂，吟詠之聲與虎嘯猿啼相答，固浙東一畸士也。性工弈，兼習搊箏，口不言阿堵物，人故以此重之。僑居閩之梅塢廿餘年，所交皆會城名下士。爲詩善寫小景，似崔國輔。《冬日村居》云：「曝背人間坐，蕭蕭晝掩扉。阿婆補破襖，道是嫁時衣。」《秋燕》云：「秋色捲簾老，雙飛猶日斜。年來無計策，留爾看黄花。」《秋夜懷誠意上人》云：「島嶼秋逾浄，遥懷世外僧。海雲深黑處，一點坐禪燈。」《秋庭》云：「雨止風還作，荒庭意味清。螳螂和木葉，吹落石棋枰。」《購琴》云：「偷糶陳穀種，貴買山僧琴。女兒告母覺，連日煩言侵。長揖請勿怒，聽我指間音。」《曉行》云：「殘夢欹驢背，征途萬象幽。鷹啼枯樹曙，橘熟異鄉秋。白石疎星影，黄雲遠客愁。十年長在路，身世等浮漚。」《鶴聽寺》云：「杜宇花開春已闌，藤梢晴漾寺門關。聽經松鶴不長在，清磬一聲雲滿山。」《宿螺洲文昌閣》云：「晚閣評詩客意閒，十年塵跡落仙寰。碧桃香冷漏三轉，海月升看五虎山。」《春日病起》云：「小樓縷縷曳晴烟，紫乙飛翻又一年。病眼望春更愁絶，滿山桃李夕陽天。」《見梅》云：「群芳與爾隔寒暄，别有清姿合艷魂。記得當年訪處士，三分明月水西村。」

端木子彝國瑚，青田人。嘉慶戊午舉人，官歸安教諭。爲諸生時，才藻横溢，阮芸臺元學使按試處郡，拔置前茅，深有國士之目。余從泰邑潘宅得見數律，益信名下無虚。《登大觀亭尋右軍景純遺蹟》云：「昔賢遺我去，烟草太紛紛。古木夕陽下，秋聲不可聞。神仙知有命，今古感斯文。誰復後來者，大江流白雲。」此詩氣格殊高，實爲善學王、孟。《荀卿墓》云：「蘇張談息又申韓，鬱鬱蘭陵事不刊。七國幾人生性善，六經未火著書難。末流不到秦三世，殘石猶存楚一官。憶昨馨香鄒廟過，千秋同傳不同看。」《項羽墓》云：「大字豐碑夕照殷，重瞳遺憤在人間。徒扛函谷關中鼎，不拔鴻門座上山。駿馬幾時銷石骨，美人何處哭刀環。漢家陵土依然否，不待黄巾草已斑。」《河間獻王祠》云：「孝景分封尚儼然，漢家難得此親賢。名王造次稱儒者，天子荒唐事列仙。傳我遺經劉子政，壞人雅樂李延年。不斑車不記河間舊，笑索西園十萬錢。」《送徐貽山赴河南》云：「千金結客古漁陽，落魄無端走大梁。不遇易生才士恨，遠行難得主人强。雁驚碣石秋風早，馬渡滹沱夕照凉。若到夷門先報我，知君心事更飛揚。」《新婦詞》云：「緑窗啼鳥青春苦，含愁不見維新婦。新婦生來有兩親，如花嬌養未常嗔。可憐嫁作盧家婦，非復爺娘身上人。新婦初上門，門户生輝光。羅綺自相對，珠璧自相當。阿兄身邊銀瀾鸂，阿弟履上金鴛鴦。夾道起烟霧，滿堂羅酒漿。獻翁仙人雙玉燭，獻姑王母雙明璫。大姑團圓紅綺襪，小姑宛轉紫絲囊。阿翁謂新婦，謂若文錦良。阿姑謂新婦，謂若好花香。大姑謂新婦，謂若美玉祥。小姑謂新婦，謂若瓕珠强。新婦還自謂，宜男香草芳復芳。新婦還自謂，連理花枝長復長。誰知世事原無主，昨是瓊花今是土。緑珠幾日買春風，紅豆連朝泣秋雨。將心託翁姑，翁姑心更遠。鸚鵡前頭姤轉多，蟾蜍缺處愁先滿。厨下羹湯暖尚寒，機中縑素長猶短。貶損蛾眉欲避嬌，抛殘粉黛偏嫌懶。不有羅帶舊同心，只有淚珠長滿眼。新婦寧有故，新婦寧有他。新婦亦無故，新婦亦無他。憶昔歡愛日，母家當繁華。不料黄金難匹敵，遂教白璧成疵瑕。貧富交情説不得，獨何紗窗長惻惻。自古豪華一日空，金枝玉葉無顔色。新婦還自憐，新婦還自思。與人作婦有終始，此心猶是初嫁時。但願郎君意少還，願將團扇比紅顔。但得翁姑心常有，願奉巾盤到白首。無奈青蠅語已猜，芭蕉心結未能開。恩情易望迴風轉，富貴難教逝水回。薄命人間總惘然，孤花寒蝶度年年。荒臺鏡掩阿誰問，只有爺娘心底憐。」

陳春墀舜咨，永嘉人。嘉慶辛酉拔貢。春墀爲諸生時，試屢冠軍，名震一郡。方伯李石農鑾宣爲甌栝觀察時，尤賞異之，其詩稿多方伯所評定。嘉慶甲子歲，曾以一册寄示菉園，菉園至今藏弆。予爲掇其尤者於編，雖止一斑，亦可以見全豹也。《雨後度石佛嶺》云：「長林翳重陰，又當清溪曲。嵐翠交映中，雨脚亦盡緑。嶺路盤山腰，石磴斷復續。危巖當路撑，與人若抵觸。徑細苔復深，凛然虞失足。僕夫亦孔勞，舉步苦躑躅。仰睇峰頂間，如來現金粟。念我塵寰人，安得脱凡俗。」《浄居口》云：「宿雨初收晚，群峰翠色回。雲忙穿樹去，水急破灘來。白酒荒村店，烏鴉古戍臺。一番閒寂意，我欲問蒿萊。」《裕溪》云：「四野峰巒簇，平林草樹荒。溪山自幽僻，雲水兩蒼茫。魚斷鳴榔路，雞聲打麥場。西南翠深處，指點是松陽。」《石馬鋪》云：「山嵐濃欲滴，溪水冷無情。日暮白雲合，幽禽啼兩聲。人家脩竹隱，石磴落花輕。客思同春思，悠然相與清。」《山館閒吟》云：「群峰四合繞如環，坐着茅堂盡日閒。一事馬融須遜我，筆床長得傍青山。」「隔林隱隱竹雞啼，野日荒荒又向西。讀罷道書無個事，下階自掃落花泥。」「斂盡山雲宿雨晴，塔溪新漲曉澄泓。山翁爲我多閒寂，勸向溪頭聽水聲。」

項果園維仁，一字勉軒。永嘉布衣。果園善畫山水，得之天性。壯歲出游，足跡遍大江南北，厥藝益進，名噪一時。詩多題畫之作，間有他詠，要亦無多，然天才特妙，東坡所謂出語如松風者也。晚喜效《擊壤集》體，涉筆淺俚，頹然降格矣。録其中年合作數篇。《金陵》云：「金粉易成空，休誇天塹雄。東南無王氣，禾黍滿秋風。莫問千年事，難尋六代宮。臺城歸路晚，眢井野花紅。」《相思》云：「淡淡相思淡淡愁，梨花斜日小紅樓。待歸雙燕簾教捲，罷理孤琴几未收。茗椀不逢金掌露，榜歌誰上木蘭舟。昨宵夢裏經南浦，春水淪漣月一鈎。」《果園》云：「一區閑地繞芳洲，鉏耨因時果卉稠。於我只當安素位，被人唤作小丹丘。畫屏環列山成局，佳氣晨昏天與游。不識百年誰是主，花開花落任春秋。」《四月二日鳳林寺作》云：「不通姓氏住香林，倦畫安眠醒獨吟。晦跡湖山差可意，論交天地幾知心。詩成聊助三杯興，春去從添十日陰。眼底鶯花看已足，鄉愁正惹暮鐘音。」《答友人索吟稿》云：「秋氣已凋蒲柳姿，灰心空撥燼餘時。才非經世難云學，志不堪言安問詩。豈有唐瓢付流水，從無江管夢花枝。休明鼓吹期君輩，容我偷閑卧草茨。」《題瀟湘聽雨圖》云：「緑雲如幕雨如絲，正是滄江欲暮時。孤棹今宵何處宿，鷓鴣啼斷水神祠。」《憶舊游》云：「釧登鱸蟹橘垂枝，畫舫清歌白傅詞。解道謝娘秋最好，西風容易鬢成絲。」「烟雨滄江老莫愁，烏啼高柳不勝秋。十年茂苑誰憐渴，夜夜魂消孫楚樓。」「中泠惠水幾經過，檇李逢僧説老坡。三塔寺前亭好在，月明誰唱品茶歌。」《長板橋》云：「蕭寺鐘沉夜寂寥，水風瑟瑟月輪高。秋深猶作秦淮客，幾度思鄉立板橋。」

趙灌松貽瑄，樂清諸生，居郡城。灌松論詩過嚴，動引繩墨，以訾嶅時人，出語輕薄，是其一短。晚年自定《存脩齋集》，存詩止二百首，擬親付梓，未果而歿。然其詩五律特精，他體則未逮也。嘗見其《縉雲道中》一律，前四句云：「樹杪飛泉急，山中宿雨過。秋隨黄葉老，寒上袷衣多。」風格絶類劉文房，惜忘其後半矣。予頃求其詩，猝不可得，得其十餘年前寄菉園詩數紙，爲選登六篇。《舟行赴栝蒼》云：「遠客嗟衰老，危灘上曲盤。雪霜雙鬢滿，風水一身寒。永夕難安枕，憑誰爲勸餐。何如共兒女，燈火話團欒。」《春陰》云：「春霧濛濛合，春雲漠漠閒。花光幽隱處，雨意有無間。礎潤苔生色，簾昏燕早還。遥瞻山弄影，彷佛辨烟鬟。」「積日春陰重，連郊暝色延。麴塵芳草地，宿霧養花天。淑氣行如此，餘寒尚悄然。登樓揩老眼，爲看柳含烟。」《春寒》云：「擘柳風初過，迎梅雨未闌。如何三月暮，頓作九秋寒。魯酒猶嫌薄，吴棉欲卸難。惜花吟擁鼻，潦倒笑儒酸。」「坐戀舊氊安，春深尚滯寒。千枝花口噤，一夜雨聲酸。熟食炊烟斷，新醅飲量寬。遣懷書卷在，鎮日下帷看。」

張潛齋綦毋，浙江平陽歲貢生。其父渠西南英進士，與武林桑弢甫先生爲癸丑同譜。潛齋嘗從弢甫游，詩法得其指授，遂專心爲之，力求臻古人堂奥。古今體均以氣魄勝，落落自豪，同時甌郡作者，莫能與之比肩也。晚年寓情於酒，有所作，脱稿後，不自收拾。其季弟蘭畦每以歲終爲彙鈔之，計千餘首，近則散佚過半矣。《有所思》云：「有所思，海之涯，洪濤如山誰越之？雁飛在天魚在渚。夜嘗徬徨，晝不得語。羅袂薄兮秋風起，紅蓮委露桂花雨。夢中去來魂不許，嗟夫君兮愁獨處。」《四十九盤歌》云：「入眼四十九盤嶺，一盤一盤上峰頂。吾聞峻絶九折坂，到此鳥道羊腸險莫並。急卸籃輿下，自絆芒鞋緊。再厲再進，一噴一醒。背負萬里無極之青天，足捫千尺不測之深淵。不怕跌作山下泥，飛身直上凌蒼烟。東海一勺水，千峰一朵蓮。拍手大笑子晉謝世今日忽登仙。回視我友二三，山脚磨蟻旋。招爾雲中黄鵠來翩翩，招爾雲中黄鵠來翩翩。」《大龍湫》云：「上不在天，下不在田。崩崖斷壁幾千級，掛此一道之清泉。仰視玉龍天一缸，頷珠抛下何處眠。踆烏傍午來射影，五色欲化蓬萊烟。馳波日夜東海去，阿香不着豐隆鞭。吁嘻川上古來嘆魯叟，我亦華髮催流年。」《雞冠花和作》

云：「天雞號月墮曉霜，青娥怯舞卸靚粧。玉顔含頳射曦芒，惆悵不得終霓裳。風送王母遞雲將，侍從百鳥朝鳳凰。雲中君兮紛紛忙，帝遣謫降雲中央。雲中片羽墜吉光，絳幘峩峩冠秋芳。摧殘餘影頗低昂，露立中庭夜何長。芙蓉遲放桂含芳，金風瑟瑟吹晚凉。仰望織女邀雲章，錦段忽遺滿青箱。一曲玉樹神揚揚，瓊枝璧月耿七襄。繞墀促唧鳴蛩螿，翰音寂寂隔天閶。欲歸河漢渡無梁，感歎斗下丈人行。零落中野久相忘，日暮顧影棲短墻。孤雄意氣迥横翔，眼明餘子收絳囊。採釀雲液著仙方，明年鬖髿勾芒藏。詩人唇吻鼓笙簧，窗下題和愧琳瑯，開窗一笑飲花旁。」《静夜思》云：「静夜思，浩月光，美人機上織流黄。星河欲曉傍秋窗，窗下瑶琴發清商。脩娥聯娟飾明璫，容顔曠代世無雙。嘆息華年徂洞房，芙蓉飄去朱槿芳。鏡裏春雲换秋霜，曲終不惜薄羅裳，起舞月中歌鳳凰。」《長安道》云：「郎騎青驄來，寶劍紫絲鞭。妾倚朱闌望，官柳緑如烟。登樓飲妾酒，爲君歌舞樂千年。君不見，長安道，滚滚紅塵逐芳草，流光一去人易老。」《暮秋感舊》六首：「撩人景物是清秋，江上蘭橈憶遠游。忽見碧雲成日暮，芙蓉木末迴含愁。」「幾年承蓋小山阿，招隱王孫亦放歌。金粟飄殘秋易老，桂枝長怨晚風多。」「月色團團水調悲，後庭花發映瓊枝。秋濤九月聲猶壯，白馬江邊駐望時。」「山影蒼茫夕照微，鳳凰臺畔振荷衣。江城一夜秋風冷，蕭瑟梧桐樹底歸。」「流年一往悵驚波，霜葉如花伴醉袍。記得南屏鐘定後，倚來水檻月明多。」「桑落聯飛暫解醒，白浮香雪蟹登鍘。樽前影散山陽笛，寂寂秋園蝶夢醒。」

張蘭畦元啓，平陽廪生，潛齋之季弟也。其長（昆）〔兄〕容齋元品詩倣明七子，頗嫌浮響。蘭畦則細意熨貼，不以粗豪使才，不以軼蕩傷格，實能於潛齋外别樹一幟，雖未競爽，允足肩隨。聞其詩有三百餘篇，兹録數首，可以得其概矣。《秋懷》云：「凉秋積雨霽，衆山浄如沐。微風乍披襟，人隨天氣肅。感此念代謝，紛華空馳逐。何當傍南山，學種陶潛菊。」「佳期渺何許，洞庭阻風雨。别浦萬木號，巨浪跨桅櫓。美人隔洪濤，遠水在之滸。扁舟不敢往，悵望徒延佇。」《登高遇雨》云：「山水夙所耽，况值登高節。尋徑緣陂陀，遠峰拱復揖。賈勇試攀援，支笻幾欲折。茫茫大塊間，目極飛鳥絶。胡然雨師妬，驅雲如潑墨。倏忽青松林，嵐霧迷咫尺。相將入精藍，那顧衣袖濕。山僧見我來，早備杯與榼。把酒對層巒，覿面互出没。須臾東南峰，單椒露秀澤。縹緲望愈奇，變幻翻難側。始知晴游佳，不敵雨中屐。明年重九時，先期借簑笠。」《太湖口望洞庭》云：「長橋聯雁柱，舊寨剩碉臺。湖水淼何極，洞庭秋色來。眼隨飛鶩遠，天接曉嵐開。十幅蒲帆掛，憑誰一溯洄。」《秋夜江行》云：「江漲連天白，山環夾岸青。推篷延缺月，鼓棹亂繁星。夢自隨舟遠，潮從倚枕聽。劇憐孤宿雁，長夜叫寒汀。」《即事四首》云：「華館開牙署，行旌駐海疆。轅門環畫戟，鹿角護雕牆。地帖重重錦，爐熏細細香。由來使節重，供帳費周章。」「閱武頒新令，登壇展舊儀。風雲隨鼓角，戈戟肅熊羆。各守馳驅法，誰愆步伐期。蒼黄分部勒，横海截蛟螭。」「寂寂籌邊計，紛紛上首功。幾曾探虎穴，翻詑墜龍宫。破浪全軍少，酬勳上將崇。祗今仍卧鼓，不必效終童。」「防禦資長策，徵兵豈遠圖。但令專控扼，自可絶枝梧。將帥能軍否，鯨鯢築觀無。庶幾思報答，海甸定歡呼。」此詩當在嘉慶元、二兩年，爲海氛不靖而作。措詞命意善學漁洋，遂能上摩少陵之壘，信是傑構。《南渡雜感》云：「王氣殘唐嘆寂寥，鳳山宫闕莽蕭蕭。徒傳矯詔誅飛將，莫怪和戎認小朝。半壁河山猶有託，兩宫魂魄竟難招。汴京爲想宗留守，呼渡聲聲咽暮潮。」「蒼黄南渡暫安全，鄂國勛名日月懸。輪幣議成捐赤縣，班師詔早到朱仙。中原父老攀轅日，北寺風波致命年。痛飲黄龍舊時語，九京回憶亦潸然。」「萬喙難辭悔莫追，苻離一敗勢垂危。乘機畢竟非長策，決勝何期更喪師。遺恨空磨延廣劍，殘軍笑卓曲端旗。肯留伯紀參廷議，大厦雖傾尚可支。」「開禧政柄屬平原，宰相家風魏國孫。功著闔門參内禪，姻聯后族驟分藩。争桑不戢兵端啓，納賂多途使節繁。堪嘆頭顱行萬里，嗚雞吠犬倍銷魂。」「送降太后已簽名，闔族氊車向北行。窮海尚留先帝子，孤臣猶練舊屯兵。恨填魚腹天難問，痛抱龍髯死未平。欲向崖山訪遺跡，千秋史筆自縱横。」

吴濬而乃皋，平陽附貢生。家席素封，而溺苦於學。著有《閩南紀游》、《庫垟山庄紀事》、《團蕉書屋題詠》諸集。爲詩抒寫性靈，不事雕飾，自顔其集曰「塗鴉」，謙詞也。惜歲逾强仕，蚤歸道山，弗克終所志爲憾。令嗣曉村以聚珍板印成二卷見示。余尤愛其《讀史》云：「赭山燔石令横行，民命真同草芥輕。早識亡秦三户楚，悔教辛苦築長城。」「陳橋何意罷兵還，恩義先朝重似山。倘棄黄袍猶敝屣，應無疑案落人間。」《西廳落成》云：「酬應如麻日漸删，求仙想亦是求閑。相量留半糊窗紙，方便儂看屋外山。」「碧荷杯爛濫傾觴，羅帳匡床醉夜凉。忘却爐烟燒未斷，夢回疑是筆花香。」《五日即事》云：「奪標聲裏氣雄豪，飛棹紛紛起怒濤。欲弔三閭遺恨處，小窗何不讀《離騷》。」《玄壇廟迎神賞牡丹》云：「姚魏紛將異種誇，繁華多半屬豪家。天神亦有鍾情處，貪看人間富貴花。」《西軒》云：「日夕澆花偶寓懷，根基原要早安排。十年前種新槐樹，已有清陰覆緑階。」「呼童汲水趁朝涼，門外東西舊有塘。記得兒時當此日，兩旁都是芰荷香。」「晴窗四闢最玲瓏，透得花香又透風。風意不教人寂寞，帳鈎盡日響丁東。」「縱有炎威那得侵，緑槐庭院晝沉沉。夢回拾得飛來句，一榻西風值萬金。」《自嘲》云：「放浪今殊甚，疎慵昔已曾。狂書憐秃筆，倦讀就殘燈。事任無心誤，名輕俗世稱。居奇何所有，題句逐年增。」《紙窗》云：「酥壁方三面，遮風衹一層。白華賒夜月，紅影鬧春燈。弭隙常防蠹，鑽光幾誤蠅。眼明塵境隔，高讀記吾曾。」《晚眺》云：「叉手門前路，年來我獨閒。朔風欺老樹，夕照帶寒山。村僻人稀過，天空鳥倦還。也知無事好，吟罷倚柴關。」《十我》之一云：「嘆我蹉跎歲月多，曾經人海泛風波。艱難櫓曳中流渡，辛苦船從上水過。廿載鋤經仍落拓，十年種樹已婆娑。那堪常作閑身看，回首烟村舊釣簑。」《夜坐書懷》云：「朽同草木豈無情，曾向詞場浪角名。石尚蒙塵憐舊硯，燈緣惹恨闇長檠。青霄冥冥甘垂翅，碧海茫茫怕掣鯨。何物惱人眠未得，荒村夜夜有雞聲。」「翻將舊話説從頭，風雨名山願未休。一物不知儒者耻，百年多事古人愁。求魚自悔空緣木，失劍誰教誤刻舟。回首東風謝桃李，芙蓉花在晚江秋。」「淡雲河漢月初沉，香茗重煎坐夜深。史事空銜千古恨，吟箋孤負一生心。蒼茫身計隨流水，爛熟人情付笑林。悟得無絃琴外意，好從罔象覓知音。」《燕來巢》云：「雨疎烟暝悄生寒，遠歷瀟湘阻且難。自是知時新社至，幾經回首故園看。魂銷海島三千里，影逐春風十二欄。嘍嘍莫教驚舊夢，飛雲車又過淮安。」「寶鴨香消晝閣深，舊巢營處好重尋。頻來孰識綢繆意，暫止何勞去住心。曉掠寒塘波灧灧，晴歸喬樹翠陰陰。柴扉盡日無人到，一任呢喃總自禁。」「一年一度一雙雙，底事勞勞渡遠江。此日尋來憐繡幕，他時別去憶寒窗。蓬門却羨將軍領，樂府曾傳佚女腔。劇喜雛成應在邇，羽翰依舊振南邦。」《秋聲》云：「一番蕭瑟最神傷，斷盡人間鐵石腸。何限草蟲吟別浦，無邊木葉下荒塘。殘燈半壁愁深淺，孤枕三更夢短長。我豈讀書無感觸，不妨嘆息助歐陽。」

快軒詩則卷三

及門諸子參校

謝小嵋青揚，平陽廩生。著《愈愚齋吟草》。小嵋英姿秀發，與其兄芳崖拔萃青洲，並擅文名，歲試輒居高等，一時有二難之目。韵語力臻諧暢，爲有識者所稱羡。《詠古雜詩》云：「制治有良謨，成規不容泥。愎諫固非宜，避譏亦鮮濟。成子鑄刑書，自云以救世。三辟曾相規，不沮叔譽議。武侯治蜀嚴，因其積弱勢。法立則知恩，孝直昧斯義。當事有深心，旁觀殊過計。要知謀國難，未得輕嘗試。二公任獨斷，皆具過人智。苟未諳大體，毋寧狥衆志。熙豐執政臣，病又在專制。」「吾笑沈諸梁，好龍繪龍形。真龍自天降，走避心魂驚。祇解好其似，所好殊未誠。龍不爲世用，得失無足爭。如何好賢者，亦徒負虚名。平原處濁世，翩翩著芳聲。相士遍天下，食客三千盈。其中盡庸碌，事必因人成。毛君差傑出，始獨受恩輕。設非自屬達，詎不虚平生。悠悠世俗見，屈抑幾豪英。」「國士感隆遇，漆身圖復仇。擊衣縱無濟，天地爲之愁。爲難不從易，將使亂臣羞。其精貫三光，其言足千秋。如何百世下，論者猶深求。謂昔事中行，胡弗憂其憂。」「元化本無心，傾覆栽者培。脩短隨所賦，疇能外胚胎。愚者求長生，勞勞良足哀。秦皇及漢武，自許爲仙才。神靈降縹緲，宫觀鬱崔嵬。方士徐與欒，先後往蓬萊。樓船尚未返，轀輬自東來。安期那曾遇，茂陵旋土灰。景光去飄瞥，靈藥何有哉。當其求之始，莊論詎能回。惜無中射士，攘食恣嘲詠。」「子雲賦《長楊》，文詞一何偉。胡乃草玄經，徒解事摹擬。得似遺其真，糟醨詎足喜。事必師諸古，言乃求之己。苟能抒心得，亦未悖宗旨。自從七篇來，文章實蔚起。煌煌佐六經，莫如昌黎子。」「文人有結習，並出還相輕。豈真昧得失，良由競聲名。邢魏俱才俊，彼此互譏評。盈川處王後，其意殊未平。定論在人口，一時自紛争。惟應隔時地，賞識心爲傾。武皇誦《子虚》，恨不得長卿。北海有述作，魏文求之誠。」《江干晚望》云：「征雁日邊下，秋風江上生。芙蓉發紅萼，木末迥含情。烟水蒼茫色，漁歌欸乃聲。徘徊思遠道，目極暮雲平。」《歌風臺》云：「紛紛逐鹿擾神州，帝業還憑一劍收。氣挾風雲雄八極，情深桑梓念千秋。歌聲感慨年華逝，泗水蒼茫日夜流。殺盡韓彭思猛士，誰將性命博公侯。」《秋日東顧芝田》云：「木落烟空水正波，故人消息近如何。湖山兩地音書阻，風雨重陽感慨多。函谷頻教瞻紫氣，旗亭劇憶唱黄河。他時别墅能相訪，一曲高軒得意歌。」《石門觀瀑懷劉文成公》云：「四圍峭壁青摩空，枯籐倒掛蒼苔封。洞口初窺若無路，攀緣幾訝猿猱窮。捫蘿一入洞天闢，陡覺奇景開心胸。懸流直下數千尺，其上疑與銀河通。忽而噴薄作飛雪，忽而變滅隨長風。晶簾晃漾練舒卷，欲斷不斷垂濛濛。有時朝暾相映射，一道斑斕成彩虹。坐倚巖扉觀不止，懷古却憶文成公。文成當日處元季，棄官甘作冥飛鴻。天開靈境足高寄，聽瀑日日支吟筇。真人乘運起淮泗，徵書遥至還從龍。籌畫如神定大計，指揮任意殲群雄。與人家國事非易，草廬回首荒隆中。蓋世勳名在青史，所貴明哲全其終。明祖創業等劉季，先生亦與留侯同。故山如此好歸隱，恨不辟穀從赤松。惟庸豎子何足責，從來鳥盡藏良弓。吁嗟乎！昔賢一去不可作，瀑水依然巖際落。臨流一歎想高風，追隨那得乘黄鶴。」

蔡遜谷敏，瑞安諸生。性脱略，不治生産，不數酒籌，惟詠詩是務。每夜坐，必達旦方寢，傍午而興。嘗有句云：「耕桑樹畜仗荆妻，家政無須待我齊。只好燈前書一卷，擁爐閒坐管雞啼。」年七十餘尚健啖，有句云：「最是善眠兼善飯，平生寢食占人多。」一時傳爲佳語。初余未識遜谷，丙戌夏仲，忽以所著《半醒軒詩稿》寄示，讀之覺翻陳出新，獨抒性靈。余亦報以新梓詩數卷。踰年託便札，候書到之日，遜谷已歸道山矣，爲惋惜久之。《春晴》云：「曉起春花紅，一鳥鳴前林。晴旭亦既佳，閒庭坐披襟。和風忽然至，散步發微吟。隨意逞遐矚，明媚生遥岑。延溪任孤往，流泉有清音。行行得真趣，曠然古人心。」《溪橋候月》云：「碧天雨洗净，歷歷布列宿。好風入户來，微凉生衣袖。忽然思良伴，明月與故舊。因之策孤杖，獨坐溪橋候。隔溪樹影落，月已在遠岫。隨步踏流輝，地白疑是晝。伊人殊渺然，露濕芒鞋透。」《初秋雜興》之一云：「連日天晴明，纖雲净如揩。回頭語僮僕，爲我掃閒階。今宵此天上，有客來頗佳。可與共琴榻，可與伴書齋。坐對雖無語，清氣襲人懷。僮僕驚問我，僻壤誰同儕？得非松頂月，過牆與翁偕。予乃發笑道，可兒知詼諧。月出僮起舞，予亦忘形骸。」《燐火》云：「陰風颯颯樹有聲，吹落平原作人行。四顧蕭條夜深黑，隔林閃出一燈明。忽行忽止忽飛疾，踰時布作星密密。尾從鬼伯過溪遊，蓬蒿荆棘聞啁啾。漸漸光暗火無跡，荒雞一聲海天碧。」《看弄瓶》云：「黄鬚健兒衣及骭，跳擲街衢陳百玩。隨出瓦瓶經尺餘，毫無假借君請看。陡然擲向空中去，天龍一指接得住。右手迴旋左手閒，掉頭招客目弗顧。更施巧技故作惡，觀者膽破隨瓶落。瓶將到地忽起飛，拱立不動承以脚。仰頭一笑瓶墜眉，眉不肯受肩代之。欲迎先拒屢恐人，以縱爲擒進乎神。

興闌且住喝聲止，兩手抱瓶滑難起。」《七夕》云：「忽聞天上訴離愁，兒女相將拜畫樓。但乞團欒休乞巧，巧時夫婿亦牽牛。」《采蓮詞》四首云：「蓮花濯濯弄晴波，十里長歌接短歌。誰惜秋來滿房子，西風冷落苦心多。」「同行争折水中央，妾獨遲遲意自商。不願花如郎面好，願郎情比藕絲長。」「色迷香醉亂如麻，緑擺紅摇到日斜。遠近隨人黄蛺蝶，不知爲妾爲蓮花。」「姊妹同舟各自求，問誰曾折好花不。世間易合非嘉種，莫怪蓮難遇並頭。」《雨晴》云：「檐雨聲初罷，村烟半雜雲。林風忽吹散，山鳥下紛紛。花徑夾流水，野田浮夕曛。東皋一以眺，相賞意交欣。」《一徑》云：「一徑入烟霞，連山四五家。春泉流夕照，茅屋傍桃花。地僻衣冠古，材深鳥鵲譁。數聲牛背笛，吹落路三叉。」《端午前一日有懷仇達山》云：「黑白茫茫恨未伸，頭顱衰老尚風塵。一年累月拋鄉國，萬死餘生仗鬼神。嚴瀨曉過猿挂影，殘塘夜泊月隨人。故園景物應相憶，況復明朝蒲酒辰。」《春興》云：「睡起搴簾覽物華，河堤小草緑抽芽。村將十日天思雨，春似經年客到家。百鳥争枝喧竹徑，群鵝戲水浴桃花。平生祇解吟詩好，閑傍斜陽立路叉。」《訪山寺》云：「松風吹翠滴衣裳，遠磴無人一鳥翔。石罅引流争絶壁，海雲扶雨犯驕陽。身隨笻杖攀巖險，佛與山僧住竹涼。薄晚蟬聲聽不斷，歸途吟興助清狂。」《積翠軒遣興》云：「見慣年年鳥不驚，竹窗同住一林青。萬緣消盡空磨墨，百事無成愧授經。老怯寒如春未至，書知誤似夢初醒。閉門且自添香坐，時有閒花落小庭。」《七十述懷》云：「七十休誇自古難，餘生歲月已零殘。感懷朋舊愁聞笛，論定詩篇待闔棺。累世秀才衣鉢小，數椽老屋草茅寒。繁華看盡東流水，得箇閒身意亦安。」「性情嗜好別廉頑，此是衰年第一關。零落齒牙猶善飯，支離腰脚尚登山。清談對客能終夜，戲語調孫可解顔。莫道白頭人異昔，狂奴故態幾曾删。」

華松生棟，平陽諸生。善隸書，兼畫蘭竹。兩遊天台、雁蕩，搜奇剔險，不遺餘力，一到必作，匝月淹成詩盈帙，青蓮所謂「興爲廬山發」歟？與余郵筒往來，殆無虚月，而卒未謀面。與其叔菉園同録《西谷紀游》云：「清晨出精藍，振衣事攀踐。入山不厭深，緣溪亦忘遠。怒流争過峽，格格雷車碾。巨石當其衝，水勢分燕剪。注下爲龍潭，深黑不可辨。雲開西谷西，頓覺清眺展。峰巒各肖形，山意何高蹇。平生丘壑心，今日得繾綣。試問古與今，游人諒不鮮。幽幽林泉趣，領略有深淺。入寺訪高僧，尋碑拂蒼蘚。徘徊不忍去，寒日下西嶂。」《郡中送友》云：「春雨勢不已，客愁如草生。以余留滯日，兼此别離情。岸柳渾無色，烟波迴不明。何當似流水，千里送君行。」《客中聞雁》云：「北風吹旅雁，蕭瑟過江城。歸路幾千里，哀鳴到五更。練砧驚客夢，蘆管咽秋聲。一種增愁思，胡爲尚遠征。」《秋思篇》云：「芙蓉花開媚清瀾，我欲涉江江水寒。美人遥遥在雲端，相思空切相見難。欲理冰絃彈别鶴，寒風颯颯吹幃幕。罷琴惆悵仰天望，明月正照蒹葭霜。」

董眉伯正揚，泰順人。嘉慶壬戌進士，官江西大庾知縣。文章彪炳，藝林艷稱，所集《文選》詩，滅盡線迹。余客泰時，公已卒於官所，旅櫬未歸，殊可深慨。得其《義味根齋遺稿》二紙，視若吉光片羽焉。《伯牙琴臺》云：「天遠水冥冥，高人此輟停。攜琴大海上，彈與老龍聽。月落空臺白，潮來絶島青。鍾期如可作，我亦向滄溟。」《訪隱者居》云：「芙蓉三十六，何處是仙家。一徑前峰轉，溪流數片花。小橋村路細，古屋夕陽斜。待入深林去，相從采菊芽。」《淮陰釣臺》云：「高鳥飛空盡，蒼茫大將臺。濤翻淮水失，雲湧楚山來。棲隱無長慮，妨身是異才。荒祠連漂母，千古有餘哀。」《蜈磯靈澤夫人廟》云：「步障明珠何處尋，蛟龍四壁自蕭森。中山竟有磨笄恨，天乙原無歸妹心。雲近蒼梧吴月冷，潮通白帝蜀江深。不堪杜宇飛花候，都向觚稜作怨音。」《福州》云：「炎天城闕接滄溟，一望榕陰到眼青。旗鼓再開偏霸國，江山兩住小朝廷。清霄烟月梅花塢，終古秋風木雁亭。最是妮人螺女舫，樂游歌向釣臺聽。」《山行至智果庵》云：「衆山天半純爲石，石轉山迴路欲無。忽覩精藍臨石上，起尋疏磬到山隅。僧眠蘿月雙藤靜，佛對秋燈一塔孤。乞與孏殘燒芋食，飽看林色卧青芙。」《詠宋高宗》云：「相君人已喪宗趙，大將天空生岳劉。如此孱王成底事，前身應不是婆留。」《燕子》云：「燕子如黄葉，秋風日日稀。何當淮上水，得與爾同歸。」

董仲常（斿），泰順廩生。著《太霞山館詩草》。余與定交有年。嘗客西川俞苕琴學使幕，蔣礪堂（攸銛）制府屬編李石農（鑾宣）中丞遺集。杏根謂其名姓動公卿，信士林中翹楚也。其《燔骸行》云：「漆棺隆隆斯以斧，既架枯柴復燃火。微烟初起屍身裸，烈焰再煽鬼淚墜。白骨如石何磊礌，翻之覆之左右簸。苦蹙枯骸作一團，請取孤魂入甕坐。脛骨太長或不貫，利刃截斷作兩段。髑髏過大或難容，搗成粉碎無萬算。間有尸僵枯不爛，剔去其肉投亂炭。粗骨拾起細骨拋，人散空山鴉雀亂。以手作足足作手，首或在尻尻在首。九原縱有换骨丹，未必能如生就好。深山獨夜泣孱魂，每逢冬至常驚走。（鄉俗化人，率以冬至前後。）吁嗟乎！焚屍揚灰慘莫齊，五虐炮烙較已微。嘗考《周禮》秋官律，凡殺其親則焚之。國家所以施極惡，死者何辜而斯罹。古人服器之微尚不昧，重埋杖棄禮所載。禽獸之賤尚不輕，馬以敝帷犬以蓋。生民無知何至此，傷敗風俗莫爲大。動云家貧聊從權，不過多用灰與磚。稍節宴賓筵席費，便可藁葬南山巔。父母生汝甚有恩，此痛事也胡不憐。坐令穢氣衝天闕，風雲慘淡白日昏。是日恒陰。吾聞儀渠之國俗最奇，積薪焚親爲孝兒。又聞氐羌之民不憂纍，反憂死而焚不隨。復有釋子欲成仙，戒火自灼曰闍毘。此皆異端與異域，有何好處乃效爲？君不見，吴中昔有化人亭，習以成俗毋或懲。睢陽湯公聞之怒，大縱健役縛以繩。置之重典不稍貸，累世惡習一旦澄。吾鄉此俗久相仍，耳不忍聞心爲憯。欲諭以理德不足，欲禁以威勢不能。作詩聊以戒族黨，萬一再遇湯中丞。」《黄陵廟》云：「碧杜紅蘅一徑陰，荒祠寂歷掩烟潯。江波尚漾羅裙色，檐馬空疑玉佩音。雲暗蒼梧游跡杳，雨荒斑竹淚痕深。夜凉莫更彈瑶瑟，一曲冰絲碎客心。」《晴川閣》云：「魯山高閣與雲浮，眼底晴川歷歷收。鄂渚風濤連暮雨，漢陽雲物入新秋。側身天地惟孤劍，落魄江湖且泛舟。安得乘風跨黄鶴，横吹玉笛上層樓。」《黄鶴樓》云：「片帆送我如黄鶴，直上江城百尺樓。全楚風光歸老眼，平生游興極扁舟。鳳凰山外西風急，鸚鵡洲前夕照秋。萬里登臨此孤客，亂愁不盡大江流。」《安慶大觀亭》云：「皖公山外北風横，鬱鬱高亭曙色明。楚水遠從巫峽下，吴雲直過太湖平。孤舟漂泊三年客，勝地登臨萬古情。欲問前朝争戰事，荒蘆無際起秋聲。」

潘彝長鼎，泰順人。年十二補博士弟子，後中嘉慶庚午副車。向余寓一卷山房，尋雲接袂，坐月交觥，意氣相求，遂訂蘭譜。迨再至羅陽，彝長以其友林敏齋培厚守重慶，延主川東講席去矣。有石林洞别業，亭軒幽邃，殆近輞川。生平雅擅三絶，好藏金石、圖章、書畫，回里時，購置盈篋，仍不名一錢，其天懷之灑落如此。《放舟寄弟》云：「故作歡容别，遥知忍淚看。乾坤此兄弟，游處共艱難。掉首山連岸，停橈月上灘。劇憐今夜影，兩處對形單。」「放櫂灘頭去，終朝拭淚痕。家貧憐弟苦，身賤愧親恩。暇逸誠何敢，辛酸且自吞。高堂留白髮，養莫缺晨昏。」《端陽玉山客館》云：「玉山山下水西門，乍解征衣向酒尊。風雨一川烟樹暝，却從樓上望鄉園。」「吾家今日舉蒲觴，白髮新嘗角黍香。行役料應嗟有子，不知何處過端陽。」讀二詩至性纏綿，令人油然增孝友之重。

盧蔗香擇元，江西南康人。拔貢生，官福建浦城知縣。蔗香英年力學，有聲騷壇。館法時帆學士家八年，盡得受其詩學，兼與都下名流相酬唱，故所造益工。嗣官兩浙，調入閩，公餘之暇，口無停詠。所著《蘭韵山房詩鈔》，揮灑跌宕，已能上追古作。《靈隱寺》云：「一峰勢尊嚴，衆嶺盡飛舞。中有伽藍舍，嵌空構堂廡。攀緣度石橋，列列粲可數。地偏寺益幽，佛老像愈古。高僧出肅客，指點勸客覩。湖光浸簷楹，濤聲落窗户。似豆瞻吴山，如薺辨江樹。桂子滿林飄，天香一樓吐。此時塵慮净，急欲棄簪組。頗怪同游人，促向前山去。」《題楊初園孝廉抱膝長吟圖》云：「霜楓紅若然，露篠青如瀝。草創三間屋，於焉此抱膝。抱膝何人關西楊，文章韓柳詩蘇黄。南宫報罷不介意，但欲佳句盈奚囊。習聞武鄉侯，名士古無匹。好爲《梁甫吟》，也復抱詩癖。平生刻意師此老，兵法韜鈐盡囊括。太平時節貯胸中，肆志長吟忘歲月。原是人間有數才，那得廊廟無伊萊。即今管領春風座，已遍公門桃李栽。示我圖，識君意。讀我詩，見君志。英賢從古不虚生，何但吟聲滿天地。」《雨後槐庭有憶》云：「雨歇槐陰重，庭閒蕙草香。鐘聲今夜短，秋思隔年長。樹老鴉巢换，天高雁語凉。鄉心繫廬阜，望遠獨飛觴。」《十刹海秋眺》云：「水氣林烟接，溟濛畫不工。湖光雙鷺外，秋思亂荷中。歸路照殘月，懷人空遠風。江鄉待歸客，詩夢繫孤篷。」《奉新道中薄暮》云：「忙竿冶城路，車行亂石峰。鳥喧殘照樹，僧打破樓鐘。野店遥收旆，人家半隱松。問途尚三十，轉覺意從容。」《天寶道中曉行》云：「朝日斷峰開，山風犯面來。村烟環樹起，溪水激輪迴。作客如征雁，逢人欲贈梅。劇憐霜氣重，茅店一銜杯。」《同游西湖》云：「一時裙屐集如雲，白傅高情竟許分。左右風懷誰共賞，東南賓主各超群。緑圍楊柳林逋舫，紅斷桃花蘇小墳。湖上繁華同過鳥，千秋烟水此斜曛。」《題羅浮夢覺圖》云：「巨靈揮斧劈蓬萊，劃得黿峰左股來。滿塢寒香霏雪海，半村明月落霞杯。清風拂拂仙裙杳，長夜遲遲蝶夢迴。解識人生皆幻相，不須惆悵到粧臺。」《戲題羅浮夢景圖》云：「慘淡羅浮畫意深，美人殘夢寄香心。碧雲孤樹蒼茫裏，惹得江郎長短吟。」「體態嬌嬈羅綺身，天生秀骨易驚人。寫將百艷無餘墨，贈與陳思賦《洛神》。」「牡丹亭下寄歡情，夢裏多情夢裏成。猶有香魂留作塚，秋風夜夜起愁聲。」「貧能行樂古無儔，杯酒琵琶快解愁。醉拍闌干看夜月，好花珍重怯深秋。」

單柳橋可垂，山東高密人。乾隆己酉拔貢，官福建霞浦知縣。著《游感集》，爲晉安黄卓人漢章所定。卓人呈質拙作，猥承贈言及《題摇嶽淩滄圖小照》長篇，詞源滚滚，時年已七十矣。惜罣誤去官，淹閩十載。至癸未東歸，取道吾桐，風雪宵征，執鞭無及，爲悵惘久之。《洪山橋别友》云：「渺渺清江水，年年作客情。孤舟從此去，離恨幾時平。岸闊秋雲亂，篷低夕照明。定知空悵望，兩地暗愁生。」《過仙霞嶺》云：「南北分疆地，仙宫在上頭。烟銷千樹迴，雁斷萬峰秋。古碣還留壁，新詩半紀游。

回頭看下界，極目是滄洲。」《龍游舟中》云：「人烟還漠漠，江水自清清。歸雁去何處，征途空復情。夕陽寒嶽色，古木亂禽聲。試望平原上，蘆花幾點明。」《懷鄭明府》云：「憶自汀州別，天涯又一方。山隨人共遠，雁與意俱長。琴閣應相憶，秋風秖獨嘗。此時江上路，何異在瀟湘。」《寶應道中》云：「獨坐孤篷晚，江村薄暮天。一川澹斜日，孤戍靄寒烟。挑菜蓼花岸，買魚楊柳邊。何時重返掉，兒女共團圓。」《王家營》云：「大野入暝色，驅車過旅亭。風乾聞落木，月出失群星。古塔閒幽磬，秋燈冷畫屏。悠然動詩思，何處響泠泠。」《晤九姪》云：「兄弟一身在，滄江白髮多。思鄉空有夢，作客竟如何。風雨孤舟晚，雲山兩眼過。相看兩無語，不覺泗滂沱。」《別卓庵》云：「落葉正紛紛，行人此日分。離亭一尊酒，客路萬重雲。數載空相憶，何時復見君。隴頭回首處，遠樹隔斜曛。」《晚眺》云：「日暮看飛鳥，依依返故林。長途遠行邁，客子正秋心。樵響夕雲晚，人耕空谷音。欲歸歸未得，情緒逐年深。」《元旦別友》云：「短衣匹馬事長征，風雨關河滯客程。回首去年過東海，紅燈緑酒赤嵌城。」「三秋風雨總相思，數日相逢又別離。君客清江我閩海，雞聲梁月夢中詩。」

岳硯傭廷元，徐溝人。乾隆戊戌進士，官福鼎知縣，有政績。精經藝，亦善吟詠。時余初學詩，就正於公，許爲有造之士。其作《曾節婦》云：「從一《易》所占，靡他《詩》所誓。伉儷既已偕，緣恩斯起義。卓哉曾家婦，名教賴維持。柔姿具勁節，盟定身不移。行媒方知名，藁砧倏就木。一慟摧心肝，幾欲從溝瀆。上堂拜姑嫜，兒欲守空房。兒雖百不諳，聊可侍羹湯。阿姑見婦來，悲極還滋喜。但無擔石儲，何以御甘旨。阿婦前致辭，請姑勿遲疑。後圃可種蔬，兒能灌溉之。脱却繡羅襦，紅女即園夫。殫盡胼胝力，供姑口腹娛。身不避暑熱，心自皦冰雪。冉冉猶青年，蕭蕭已白髮。爲郎苦守節，爲郎曲盡孝。更爲郎立後，代郎養而教。吁嗟曾家婦，案未接郎君。一諾千金重，報郎四十春。郎如金井梧，妾似金井水。梧葉經秋凋，水波永不起。當今閨中秀，慣學繡鴛鴦。曷若買新絲，繡此游貞娘。」余讀公詩多矣，質厚淳古無逾此作。節婦，邑綦與人。

孫襲公世封，河南許州人。嘉慶壬戌進士，官歸德府教授，余房師定齋樹南先生胞兄也。嘗設教澤潞河汾之間，有詩名。余在都晉謁，受誨綦深。回籍時，過余恒山書塾，贈《森圃存稿》一卷。《渡河》云：「龍門東下吼奔雷，横隔中原亦壯哉。帶雨洪波捲堤去，如山濁浪壓船來。半腔壘磈春撞盡，萬里胸襟漭蕩開。却羨張騫饒遠興，乘槎飛去復飛回。」《歸途抵滹沱》云：「寒飈吹雨濺征裘，春日曾經此地游。半載風塵馳北闕，三年心事渺東流。沙噴碧浪侵城角，天放青山繞渡頭。太息今朝河畔水，閒隨估客蕩歸舟。」《雨過伏城驛》云：「草草征車肯暫停，伏城回望雨冥冥。雲圍沙嶺千重白，村接烟嵐一道青。萬事浮沉風過耳，百年踪跡水翻萍。誰家玉笛聲聲怨，祇恐勞人不敢聽。」《虎牢登眺》云：「中原鎖鑰萬山重，一線中分驛道衝。峭壁四圍囚虎豹，雄關百戰走蛟龍。大河東瀉烟波渺，太室西懸紫翠濃。有客登臨懷往古，振襟長嘯最高峰。」《尋花有感》云：「一架荼蘼覆院牆，閒階草色鬱蒼蒼。游人無限傷春思，細雨輕陰落海棠。」《南天門》云：「躡屴群峰足下平，振襟策馬入雲行。天門壁立三千尺，一路松風打磬聲。」《馬嵬》云：「淚濺冰綃艷魄飛，茫茫世宙竟何依。月明南內空相憶，花落沉香有夢歸。」

鄧竹輿賢幹，湖南衡山人。諸生，有《棗花書屋初稿》。竹輿隨其兄培園明府來任吾邑，余嘗入署晤談，得親風雅，所論詩旨，俱超雋有深致。亦工書法，邑人以縑箋求書，堆積盈几，幾手不暇給矣。臨別時，以詩稿索序，予因拔其尤者著於編。《秋柳贈別》云：「惆悵西風送客亭，不堪回憶舊時經。逢君欲折長條贈，滿眼蕭疎何處青。」《屈原祠》云：「天杳誠難問，君昏不足謀。蛾眉空一代，魚腹恨千秋。蘭芷香猶在，湘江水自流。至今陰雨後，山鬼夜啾啾。」《采蓮曲》云：「湖南湖北藕花多，小小瓜皮葉底梭。一片花光渾似雪，照見采花人過河。」「采蓮采到水之阿，共喜湖平水不波。采到日斜猶未盡，今年花較去年多。」「短髮誰家小女郎，淡紅衫子淡紅裳。采蓮日在蓮花裏，薰得儂身分外香。」「嬌姿瑟瑟影田田，翠蓋紅粧漾碧漣。同伴采花儂采葉，花雖解語葉團圓。」「阿儂家住水雲鄉，日日操舟野渡旁。細語鄰舟輕打槳，藕花深處有鴛鴦。」「出水亭亭立夕暉，西風颯颯散芳菲。東船西舫人俱散，借問阿姨歸不歸。」《詠古》云：「物色空來大道旁，故人恩重許登床。義高不屈同周黨，師事無聞惜漢光。采地波臣分七里，釣臺星客占孤岡。當時欲訪東都治，赤伏山河祚更長。」「半芊因緣帝屢招，出如奔電退如潮。心忘寵辱空三品，身繫安危歷四朝。仙李在天光烱烱，白雲承嶽氣飄飄。令君當日勳名大，唐室中興史共標。」「不惜明珠十斛身，好花凄斷一園春。石家歌舞成奇節，晉室衣冠讓美人。繡户紗窗空弔月，象床犀簟亦生塵。未知何處埋香骨，有客樓頭淚滿巾。」「四扇關門失虎牙，六軍翻爲玉妃譁。雖然虢國還秦國，未必楊家破李家。唐日光迴雙劍閣，隴雲迷斷七香車。龍輿重過摩尼殿，空見棠梨一樹花。」

毛南垣鈞，衡山諸生，竹嶼友也。其人襟期蕭爽，最敦交際。余入署必留宿，縱談通宵弗倦。好構楹帖，往往有巧思，如天妃廟戲臺集古云：「迴狂瀾於既倒，奏流水以何慚。」其至妙者也。家有食蹠軒，甚幽潔，索余爲記。回楚日，余並贈以詩序焉。《合江亭和韓》云：「危亭起中央，蒸流湘之左。韓公傳絶句，緑净不可唾。我思貞元朝，嶽降中興佐。胡爲竄炎荒，棄官如棄貨。潮陽路八千，匹馬此經過。此行雖抑鬱，此心豈摧挫。登亭試留題，千載倩誰和。詩吟二百言，錯落珠千箇。上言興廢由，所遇多坎坷。下言風景别，雲樹供餐卧。異代羅群儒，曾此理清課。豐碑重剜剔，健筆含婀娜。嗟哉昌黎公，名節勵頑懦。詩篇特餘事，弈世獲揚播。更念杜陵老，竟爲靴州餓。斯亭若登臨，亦足當酬賀。誰爲後來者，志勿甘頹惰。前賢風未遠，可能參一坐。雨過春蘚滋，月上江烟破。題名看幾人，都被蒼苔涴。」《題吴茂亭長江把釣圖》云：「故人家在瀟湘曲，竟日牽船泛晴緑。漁竿而外詩一瓢，倦時把盞醉醽醁。前津日暮生微烟，深樹成幃花成氈。中有人兮美如玉，一日不見心煩煎。時余正懷竹嶼。茂亭遠自吴西來，訪我謂我天下才。可憐屢戰屢敗北，拔劍斫地胡不哀。春風秋月酬唱多，荏苒流光傷逝波。頭銜仍舊馬齒長，草草衣食終如何。無聊還作釣魚計，得魚沽酒飯粗糲。人生富貴須何時，與爾滄浪同鼓枻。」《與童卓廷夜話兼訂湖北之遊》云：「話久都忘倦，鼉更響又停。銜杯邀皓月，看劍落殘星。舉世誰清濁，憑人説醉醒。重湖八百里，何日共揚舲。」《黄鶴樓》云：「大江東去漢西連，遥控荆吴萬里天。祇爲高樓留勝蹟，遂傳平地駕飛仙。詩題鸚鵡人千古，笛奏《梅花》客幾遷。鄉國依然風景異，我來振筆笑青蓮。」《湘河口》云：「秀麥漸漸撲地黄，青蛙閣閣滿池塘。湘河渡口雨初歇，明月在沙單袷凉。」《汀州南望》云：「吴頭楚尾一帆間，客路奔波未得閒。南望白雲千嶂合，不知何處是家山。」《懷祥弟客游天津》云：「作客經年别，看雲盡日眠。三湘愁入鬢，兩淀望歸船。蘇薄橋邊路，琴高祠畔天。吹篪誰和女，暝起暮笳烟。」《題畫柳便面》云：「萬縷千條積翠鋪，門前月落舊藏烏。黄羅寫就風情老，到處銷魂感慶奴。」

李載園符清，廣東合浦人。乾隆癸卯舉人，由直隸束鹿縣陞天津知府。性伉爽，俠氣才名噪於都下。往往歌臺舞榭，累費纏頭，珠玉横飛，直使雙鬟下拜。集中《憶海棠》，有爲而作也。後官畿甸，其政聲一如其詩，才人之不可測如此。書法近董文敏，所刻墨蹟甚多。余癸亥秋獲晤正定梁宅，鬚髮清疎，而言論風采，令人意移。有《海門詩文集》，吴白華省欽少宰爲之序。《昭光寺古鐘歌》自序：「古鐘不知製於何代，上有南越昌符九年鐫銘云：『寧衛將軍網得於單咍海口，置之昭光寺中。』體製精工，光潤陸離。舊志稱陰雨夜輒騰空與龍鬥，寺僧因截其紐上龍角云。今改置學宫，暇日觀之，爲賦長句。」「象物鑄鐘龍在鐘，入海鬥龍鐘即龍。雷澤之梭延平劍，此復變化多奇蹤。咄哉古鐘自何始，寧衛將軍獲海底。其國南越年昌符，鐫以新銘閱千祀。懸之梵宇旋騰逃，天池怪物起相鏖。一夜轟雷振溟渤，潮波汩起三山高。平明忽挾旋風入，苔蘚淋漓身尚濕。朱鱗火鬣幾摧殘，絶島知聞老蛟泣。寺僧見之心驚惶，截其兩角形爲戕。尚恐佛力不能制，俾游聖域依宫牆。我每捫摩詫奇古，寶氣斑爛耀廊廡。鳳笙鼉鼓相追陪，位置於今欣得所。鐘兮鐘兮爾有神，昔時猛鷙今宜馴。泮池一水且偃息，勿乘風雨飛滄津。」《湞陽峽》云：「扁舟上皋石，石壁間通津。天意存艱險，人心信鬼神。猿猱閒嘯樹，蛟蜃暗窺人。回首重灘盡，平安報老親。」《襄陽》云：「襄鄧稱雄鎮，茫茫江漢横。人游解佩渚，花發大堤城。耆舊今寥落，山河古戰争。何如龐隱士，寂寞卧柴荆。」《秋日登天津望海樓》云：「縹緲孤城據上游，渡江人上倚江樓。三邊暮色漁陽樹，萬里悲風碣石秋。地盡魚鹽環估舶，河交衛路赴洪流。香林重到渾如夢，倚遍迴欄詠《四愁》。」《徐州道中》云：「鼓角猶疑聽楚歌，乘槎有客渡黄河。人離冀北愁應少，春到江南緑漸多。泗上陰雲霾漢壘，黄樓明月識東坡。英雄才子同歸夢，芳草離離俯逝波。」《巴陵夜泊》云：「青草湖烟隔遠峰，黄柑春色醉方濃。蒲帆峭落巴陵岸，卧聽君山七寶鐘。」《南陽題壁》云：「投宿孤城夜寂寥，棲雞糓糓馬蕭蕭。他年若話風塵事，暮雨寒燈博望橋。」

宋芝灣湘，嘉應州人。嘉慶己未進士，官雲南曲靖知府。爲詩有嶺南三家宗派，李載園爲余道之。惜全集未見，惟傳《李將軍死事詩》云：「入海斬蛟，登山射虎。壯士寸心，區區報主。生也臣不敢知，死也臣不敢辭。臣知殺賊而已，焉知生歸死歸。汝賊蔡牽，汝何么麽。海水四晏，無風鼓波。

汝賊蔡牽，汝何多狗。狺狺血人，千里牙口。汝賊蔡牽，我來將軍。將軍姓李，汝聞不聞。

汝何不柁。上天入地，將軍殺我。汝賊蔡牽，汝何不弓。出日入月，將軍如風。汝賊蔡牽，汝何不死。罪大海小，將軍守彼。迷迷離離，將軍之旗。歌歌舞舞，將軍之鼓。將軍曰刀，蒼天晝高。將軍曰矢，怒潮夜死。吁嗟乎！臣不滅賊，臣甘死賊。臣且滅賊，臣竟死賊。難星駭過，海水都墨。臣北面稽首，謝天子聖德。天子無悼臣，臣死臣之職。大海蕩蕩天所圍，雲車風馬臣靈來。上帝許我梟厥魁，明年蔡牽死，戰士休徘徊。龍宫開，靈風回。」此詩變韓碑柳雅而爲雄鍊之詞，洵是才人極筆。

張船山問陶，遂寧相國曾孫，庚戌翰林，官山東萊州知府，與惇庵爲同年友，故余得見之。撰有《俄羅斯日記》。其詩集高遠冲澹，擺落恒蹊，惟不載《李忠毅公挽詩》，或成於刊集後歟？附録於此：「隻手强於百萬兵，居然大海一長城。生來飛將真才氣，配得青蓮古姓名。柁尾有龍擎使節，刀頭如雪涌詩情。十年莽莽東溟水，都是英雄戰鼓聲。」「神交東望水天長，碧海騎鯨有報章。爲想軍威猶勃勃，祇看筆陣已堂堂。蓬瀛逸氣光青史，荼火忠魂照黑洋。樽酒論文虚舊約，朱旗引我夢飛揚。公昔作詩二章寄贈，猶在篋也。」二詩感舊蒼凉，另是一副筆墨。

文望廬中運，雲南昆明人。乾隆丙午舉人，官福鼎知縣。生平習古文詞，工書法，滇南耆宿也。莅鼎期年，内署火，文稿付燼。嗣以解餉往蜀，歸途得癱疾，遂解任。僅刻《奇節吟》二首，警拔可傳。《正學》篇云：「聚寶門外希直礫，天下讀書種子絶。白刃當蹈有中庸，舍死而外更何説。所學惟識一個是，無術可免十族滅。八百四十有七人，遭逢辛政著奇節。彼哉彼哉富貴生，保身一例託明哲。此乾坤何等時耶，忍謂忠憤傷激烈。燕邸天性原刻薄，怨毒倒行易決裂。此外受禍尚多人，豈皆已甚踵覆轍。兵曰靖難此何名，生靈無辜肆屠割。何况降志乞草詔，忽然雷電驚轟掣。不戮斬衰止哭聲，何顔垂裳受朝謁。孺子訖無殺叔名，周公那有輔成日。三尺童亦不可欺，一篡字誰爲出脱。先生志在扶綱常，成仁取義勇斯決。此事祇求吾心安，十族同擎天柱折。麟經微旨識者尠，曷怪迂之以不達。顔讀書堂曰正學，蜀獻王識何卓越。從來虚齋有定論，千載一人乃傑出。天地生賢不終祐，令人追憾增嗚咽。風雲慘淡述兹篇，永樂朝紳舌當結。」《禮宗》篇云：「凉州三明並鼎峙，於威明首屈一指。保全身名考終命，免張然明且莫儕，頴段紀明焉比。閨中更有貞烈婦，覽傳敬爲肅然起。號曰禮宗誠盛名，胡爲姓字轉失紀。規從護羌疾召還，卒年七十有一矣。是時妻年稱猶盛，謂規後妻或當是。何來禦人國門物，軿輜錢帛紛奴婢。云是郿塢相國董，欲鳳侶梟梧遷枳。心知賊卓虐燄張，未亡人早辨一死。輕服而往愴陳詞，賊若不聞拔刀擬。轟雷掣電繼發聲，堂堂正正飭冠履。昔先將軍在大位，爾親趣使走吏耳。乃敢於爾君夫人，肆然輒欲行非禮。毒害天下猶未足，羌胡之種恣醜詆。賊威不行逞蠭蠆，以頭懸軛交鞭捶。臨命一言鬼神驚，速盡爲惠慘聞此。嗚呼！黄巾尚知拜鄭公，相約不敢入其里。我聞趙高妻禮脩，塗面烈決賊披靡。卓之懿好不如賊，後來族誅良有以。闔家焚尸揚其灰，然火置臍差足抵。殺卓母妻者爲誰，嵩也威明之猶子。上殲國賊下刃讎，此中顯寓往復理。快哉兹事若目前，今已千六百餘載。禮宗圖畫知何處，獨其數言光前史。《列女傳》稱善屬文，里居無考恨未已。大書度遼將軍規，皇甫夫人禮宗氏。」

伊雲林朝棟，福建寧化人。乾隆己丑進士，官光禄卿，致仕歸。令嗣墨卿秉綬守揚州，余以秦郵被劫事晉謁，談次之頃，贈其尊人《賜硯齋詩鈔》一册。《讀史》樂府二十首，瀏灕頓挫，逼近西堂。各體美不勝收。《南歸道中雜詠》云：「碧海揚塵歲已更，平山猶記醉翁名。門生白髮空搔首，一片青山萬古情。」「紅橋四百界波痕，半跨菱塘半柳村。日暮估帆相次入，和風和雨過吴門。」「寒山半夜寺鐘鳴，往事蘇臺恨易生。况是吴江楓落夜，蕭蕭凉雨打秋聲。」「拂面荷風酒半消，尋幽未惜馬蹄遥。吴山第一峰頭立，飽看錢塘上下潮。」《平山堂泛舟》云：「天寧門外畫橈飛，刺水新蒲緑乍肥。清淺平湖剛十里，拖藍全學水田衣。」「數畝雷塘俯綠荷，停橈棖觸忍輕過。棲鴉流水斜陽外，銷遍吟魂喚奈何。」「廢苑荒涼少夜螢，空堤誰見錦帆輕。惟餘河畔青青草，猶上亭西竹外青。」「滑笏波光照縷裙，水晶簾影水沉薰。湖通法海船停遍，閒煞梅花嶺上雲。」

謝脩堂國治，連城人。乾隆庚寅舉人，官福鼎訓導。著有《春草齋詩集》。其宗旨以敦孝悌、端學術爲本，古之有道人也。頎身晬貌，藹然可親。迨余與其侄芝田觀察凝道同鄉榜，而先生已棄世矣。《登燕子磯》云：「停艅江上訪名山，振策危磯且放顏。木末亭開春色曉，長干寺對夕陽閒。雲中飛鳥蒼茫外，天際征帆滅没閒。惆悵金陵文獻地，憑欄空聽水潺潺。」《洪江晚渡》云：「洪江東望碧迢迢，一艇凌烟撥短橈。身在畫中還看畫，綠楊歸路散漁樵。」

郭可典文誌，閩縣人。乾隆辛卯舉人，官浙江鄞縣，有政聲。郭氏昆季並負經世才，可新官東光令，可遠以軍功特擢粵東，洵一時濟美也。可典經歷艱險，密勿王事。所爲詩皆出於差閩轉餉、赴滇采銅之役，有取於《酉陽雜俎》所稱鸛鳥繞旋飛謂之鸛井，因以二字名集焉。《夜半抵三盤》云：「浪落低如坑，浪起高如堵。當其低落時，船頭忽俯覿。及其挺高起，亦即隨昂激。一落復一起，千里在瞬息。礁線莫能分，處處當危逼。心已挂虛空，宴然無怵惕。大患爲有身，無身更何戚。轉於震盪中，清夢安茵席。醒來問程途，已見三磐磧。」《度蜈蚣箐》云：「箐以蜈蚣稱，厥名何醜毒。瘴樹忽陰翳，巒山互迴複。巖峭石欲傾，谷荒草攢簇。翹瞻嶺數重，線路斷復續。我乘竹轎來，蹭磴陟層麓。如舟上陡灘，百夫拉艫舳。又如陷坎車，集衆拔輮軸。前挽緊有徒，後推更相屬。前後數十人，蜿蜒出厓隩。蜈蚣如我何，我亦成百足。」《上冢述哀》云：「萬里念松楸，今兹纍窀穸。涕泣告九原，負咎知何極。憶昔際艱辛，諸子均遠適。未得不毛田，高培暖土室。長懷希逸悲，更抱志明戚。今歲奉役來，竣事擬旋籍。願尋地數弓，躬築墳幾尺。僉言鳳山限，占卜云其吉。向乙坐於辛，適傍祖塋側。祖塋據鳳背，新冢跨其翮。長依宗祖旁，親心應悦懌。荒棘急掃除，敬慎營真宅。蠲日奉靈輀，飛旐詣佳域。其時王事殷，不克假閒隙。伯子與叔子，亦俱羈供職。維有女與孫，遑遑安棺窆。葬未會四方，銘幸承巨筆。（墓銘爲蔡葛山先生撰。）偕隱不違親，（「偕隱於此」係銘文。）守貞表潛德。又見蔡公碑，文成無愧色。兒歸自泉州，望山淚痕溢。惟期褚鹿馴，未竭顔烏力。孤露憾終天，鮮民生何益。又迫官書行，復與山丘隔。何年返里閭，常攀墓旁柏。」《樟樹鎮王文成誓師處》云：「聞變趨樟樹，倉皇議討征。仁人原有勇，儒者竟知兵。反相成吴濞，興師約杲卿。巢先攻廣順，諜可奠南京。繞伏人潛渡，懸牌賊乍驚。周阹圍困獸，鼓浪掣長鯨。曾阻豹房駕，隨焚樵舍營。勳高群小忌，俘獻逆藩平。風雨馳籌策，胸懷抱積誠。功歸威武略，辭懾泰忠情。講學殊元晦，行軍媲孔明。至今州鎮上，誰不頌文成。」《湘東夜泊》云：「帆影落江湘，騷懷動惋傷。孤舟疎雨夜，香草美人鄉。旅况餘殘燭，離愁付淺觴。營營常不寐，更讀《遠遊》章。」《秋夜書懷寄浙東諸友》云：「萬里離東浙，深宵憶故棲。夢縈天姥畔，人在夜郎西。邊地秋風早，遥空月影低。挑燈寫羈思，不覺韵清凄。」《百色登舟》云：「集事當初霽，歸舟趁素湍。雨聲堪滌暑，水意欲無灘。凉籟篷窗爽，晴波竹岸寬。君看三老輩，鼓楫亦含歡。」《岳陽樓》云：「歸途得上岳陽樓，萬里晴光豁兩眸。憂樂誰操天下計，神仙却愛此閒游。雲消山影依稀見，風定湖波自在流。長笛一聲天漸暖，春心欲爲洞庭留。」《武昌懷古》云：「形勢恢然處四通，大江南北大江東。紫髯竟立三分局，赤壁能收一戰功。斫案定謀成偉績，散花饗士想英風。可憐鐵鎖銷沉後，流浪滔滔覇業空。」《沅湘舟中讀騷》云：「讀騷每憫靈均志，况復舟從楚水過。親睹林昏溆浦雨，最憐葉下洞庭波。叩鐘空望人娱只，擎涕其如路阻何。語若丹青心砥矢，偉辭知鑄五經多。」

謝甸男震，侯官人。乾隆己酉舉人，杏根從兄也。篤學嗜古，熟三《禮》經疏。數往來河雒關隴間，周覽山川阨塞及古來用兵成敗形勢。酒後縱談，口若瀾湧，懷寧汪儀曹德鉞亟嘆賞之。年四十，將調臺灣教諭，以脹卒。著《櫻桃軒詩鈔》，陳恭甫壽祺編脩爲立傳。《懷宗退谷孝廉》云：「千秋漢經術，一卷楚風騷。大雅何寥廓，斯人寄托高。名山懸著述，滄海赴波濤。愧我空投筆，馳驅感二毛。」《登通州城西樓》云：「高臺天半欝孤蹤，今古愁懷抉寸胸。碣石潮聲沉禹蹟，薊門烟靄鎖堯封。千秋北海孫賓石，獨立人間陸士龍。通潞亭西一回首，怒濤風捲萬山重。」《聽鸝曲》云：「邂逅盧家白玉堂，娉婷未嫁惜年芳。湖中蓮子堪求藕，天上弧星只對狼。自有珠囊承絳露，不勞玉杵搗元霜。鏡波一曲横斜水，珍重三生問阮郎。」「瘦盡文園馬長卿，秋風秋雨不勝情。車輪腹内應常轉，棋局心中總不平。都尉鴛鴦驚絶艶，盧江孔翠惜分明。定知兩美須並合，底事春車滯六萌。」《和吴清夫進士落花》云：「登臨何恨惜春歸，極目殘紅上下飛。三楚風烟迷遠道，六朝江水送斜暉。何曾中酒曹騰立，似有離魂婉娩依。一度芳菲一惆悵，相逢那得抵相違。」「斷雨零烟黯不收，五更春夢逐沉浮。難賒薄倖三生約，便作香魂一哭休。此去定翻前度樣，再來可是舊枝頭。兒家生小黄金屋，簾壟還應傍玉鈎。」

「高臺莫自眺斜曛，杜宇聲聲不可聞。天下傷心容著我，人間恨事恰逢君。舟横野渡霞將暮，客上離亭酒半醺。擬托瑶華問消息，不知何處覓朝雲。」「盡日摩挲望欲淆，殘陽又送到衡茅。琴尊此後無良匹，蜂蝶從前有勢交。冷落何須參究竟，清涼也自費推敲。如今喚醒春婆夢，紙醉金迷盡幻泡。」「如此東風未念酸，回黄轉緑太無端。著衣猶惜經天女，落溷何緣到下官。正可垂簾清晝卧，更誰燒燭繞廊看。憐渠帶雨銜泥去，猶復凌風到地難。」「紫府雲回曲奏終，霞裳褪盡淺深紅。顛風作意催泥絮，逝水何心問雪鴻。賸有文章供懺悔，儘教色相悟元空。清陰尚抵千間厦，莫笑飄零似斷蓬。」《秋海棠》云：「玉碎香銷往事空，更將遺恨託芳叢。碧蓮拗寸絲仍繫，絳蠟成灰淚尚紅。千載癡情鍾我輩，一生顔色借秋風。劇憐同調歸花譜，但嫁春皇便不同。」「幾年蜀國對離樽，又伴萍蹤到海門。名士傾城同薄命，淡烟殘月與招魂。長廊人静寒蛩咽，曲院燈繁暮雨昏。我亦西風腸斷客，欲攜茵俎夜深論。」

朱菽原錫穀，侯官人。嘉慶辛酉進士。余於是科應試禮闈，與菽原同號舍。見其雅度温醇，談言微中，爲文經營達旦，幾費匠心，即擬爲必售之技，榜發信然。迨作令豫章，遂不復相晤矣。兹得其和吴鳳白明府《都昌懷古》詩，選登四首。《石衛尉湖莊》云：「金谷名園久擅場，又從湖上得湖莊。移來錦障春同艷，開遍林花水有香。豪客到時涼月醉，美人去後夕陽荒。歌筵零落催啼鳥，紅雨樓空枉斷腸。」《陶桓公廟》云：「釣磯龍化竟投竿，藉手匡扶事正難。豈有陰謀思折翼，即看忼慨去登壇。沙沉畫戟空江冷，月落雲旗廢壘殘。遥指太真遺塚在，温太真墓在南昌城内。靈風來往不勝寒。」《江文忠故里》云：「直道難容竟拂衣，綸扉纔上又柴扉。平章師相權能熱，破碎河山事已非。半畝方塘生死定，一門大節古今稀。可憐十頃西湖水，猶載笙歌夜未歸。」《左蠡》云：「逐鹿當年事未休，六龍曾此泣貔貅。一天波浪翻龍血，萬疊雲山擁馬頭。劫火灰中銷戰壘，秋風江上有漁舟。遠烟無際晴嵐碧，目極潯陽九派流。」

快軒詩則卷四

及門諸子參校

林蓼懷軒開，閩縣人。嘉慶壬戌進士，官浙江泰順知縣。余先世與鳳池林氏合營禺筴，久聯宗誼。故公蒞泰時，稔鼎距治未遠，聘余主講其地。樽酒論文，達旦靡倦。引據元元本本，聞者心儀，張安世一流人也。駢體宏博，近隨園。有《拾穗山房詩鈔》。其《題鄭母何太恭人疎影軒詩集》云：「諸天下視閻浮提，白毫光現優婆夷。八漏五濁誰當治，鉢羅彈指歸牟尼。一編疎影軒中詩，頂禮杖拂回愚癡。古來賢母我頗知，讀夫人集與古期。開卷靄若春雲滋，回風大海生蘭漪。粲花談吐無陂庳，論史卓卓尤精奇。竇妻劉妹安足追，古今才媛齊低眉。兒女子輩誇色絲，啾啾細響真兒戲。往者隨兄官海陲，扶將老母征車馳。官齋綺閣敦怡怡，神君一怒如霆靁。緩頰往往頷兄頤，王程靡盬催單騎。點蒼遥指天之涯，無端鵩鳥告以噫。垂白有母恐母悲，何堪風燭愁煢嫠。給言阿兄雙目眵，尺書乃出他人爲。環堵無擾弱與羸，義聲所感均尊卑。渭陽激奮年已耆，黃腸萬里來滇池。旁皇搶攘肩獨仔，時匪季女誰其尸。良冶曾不沿鑪錘，良工豈復尋觚搋。大厦一木能支揞，揮戈三舍追陽曦。雞鳴風雨相切劘，爐香白晝消圍棋。洞簫解作伶倫吹，雲娥下招登雲軿。翩翾珠闕驂虬螭，膝前授書曾幾時。折蔞教不聞三笞，先生文采光陸離。致身期許今臯夔，西江攬轡雙旌麾。和平敦厚詩教遺，君家詩學承槃匜。藩籬未許他人窺，性情鬱結真力彌。天馬行空不可羈，瓊琚玉佩放厥詞。意所欲到筆已之，嗜味詎易分澠淄。從君良庖求調胹，淵源近溯梧棬貽。授簡賤子書題辭，八方引領瞻雲慈。願壽梨棗開雕剞，莊嚴七寶尊俱胝。」《書魏志陳思王傳後》云：「文章體格建安開，事業當塗祇劫灰。亂世奸雄有才俊，一家骨肉太疑猜。艱危莫問三分鼎，今古終輸八斗才。未共功名楊德祖，喪軀端爲抱長材。」「空聞擁翊賴多人，一醉沈淪誤此身。司馬開門寬愛子，臨淄列土備親臣。詩成乞命憐燃豆，賦就何心説感甄。不及黄鬚終末路，龍旗鸞輅寢園新。」《憶舊遊》云：「禁鼓沉沉夜漏收，十年長在六街遊。對河人影三更月，曾脱春衫上酒樓。」

蔣少陶鎔，閩縣人。嘉慶戊寅舉人。著《閩南樂府》、《讀史雜詠》、《明史雜詠》及《香奩集》如干卷。癸未應孫參戎西席之聘來峯，與黄竹岡、陳秋塍一見如故，同遊太姥，多唱和。其詩詞意靈警，翻陳出新，樂府尤所專長。惜篇繁未能備載，聊登數首，以見崖略。《謁觀察使常公墓》云：「世道交相喪，斯文久沉湮。文翁去已遠，繼起難其人。吾閩古荒服，習尚頗近馴。惜哉無諸後，戰伐日風塵。君王既好武，文教誰彌綸。如何唐宋代，鄒魯相等倫。向非常公力，誰使風俗淳。常公京兆士，德望欽三秦。天將開荒昧，特遣仕南閩。閩中素樸魯，一變躍通津。詩書遍郊野，感化何其神。海澨風氣古，島濱日月新。乃知俗易革，轉捩在一身。我來葛嶺上，拜墳懷良臣。公有祠在學，公有碑在民。寄言爲吏者，無徒弔貞珉。」《龍腰山》云：「越王騎龍下東海，龍歸見首不見尾。獨賸龍腰千丈長，蟠踞越山争崋嵬。又聞越王之後善釣龍，龍骨猶藏深谷中。今之龍腰無乃是，穹隆突兀駕長空。古云兹山不可鑿，一鑿龍腰元氣削。我聞此語心不然，人生禍福皆由天。既不似東海燭龍能銜燭，開闔晦明生死速。又不似錢唐大龍性難伏，一掣波濤失山谷。何爲塊然一峰石，要將天地入龍腹。我欲高叫屠龍人，刳盡龍腰作平陸。」《胭脂團》云：「君不見秭歸明妃鄉，香溪盥手溪生香。又不見太真梳洗樓，樓頭倒掛珊瑚鉤。古來美人盡黄土，惟向枝頭聞鳥語。況乃洛浦沉曉雲，況乃巫山葬暮雨。我今朅來胭脂山，胭脂山上胭脂團。四時紅蒨潤不毛，周匝二百餘步間。粧樓百尺臨無地，傳是閩王郡主置。晨光欲動簾影微，芙蓉睡足寶釵墜。開奩對鏡理雲鬟，雲鬟落地無聲膩。粧成潑棄脂粉餘，野草山花皆嫵媚。至今過客弔斜陽，葛藟叢中拾珠翠。梅花無復壽陽粧，竹色猶存湘妃淚。兩旁春燕金鳳墳，鶯花爛熳無主人。細草寒烟清明道，春風猶似捲羅裙。君看覇氣尚消歇，何論佳麗今沉滅。且傾斗酒發浩歌，一聲嘯落胭脂月。」《懷古詩人》存其六首，云：「著作吾人手，寧爲君相封。如何畏首尾，不敢吐心胸。累句參新警，佳章故腐庸。哀哉文士筆，掣肘少從容。鮑明遠」「共道江南好，惟君獨愴神。飄零隨異俗，蕭瑟過平生。身世悲枯樹，詞華託語鶯。群矜徐庾體，誰辨庾蘭成。庾子山」「一代文章士，終年老病身。生常期帝佐，世只比詩人。況復蚍蜉撼，誰知龍蠖伸。寸心千古事，得失任評論。杜少陵」「詩仙還見謫，造物不容才。無怪塵埃世，空遺杞梓材。論爲神所泣，名乃禍之媒。終得騎鯨去，天心尚可回。李太白」「抵掌因何笑，旁觀意自明。融將無限淚，化作不平鳴。片語關千古，三言定一生。劇憐人論定，博得儉寒名。孟東野」「人生能識字，憂患即相乘。況負才如虎，安逃世有蠅。詩家到此大，恨事昔賢曾。弔古長搔首，悲來一撫膺。蘇東坡」

鄭斯集承祉，號兼山，郡霞浦人。康熙辛酉舉人，官順昌教諭，遷延平教授，嗣擢太名令，以老告歸。《題陀市壁》云：「三十年前客，今朝去復來。魚倉三徑在，隨意鏟蒿萊。」先是築室北山，得一石，有魚倉字，因以名齋，故云。年八十六卒。著有《魚倉小草》、《華陽詩集》、《九峰上下》等集。所作《真娘墓次米襄陽韵》三首最佳：「湘靈鼓瑟招湘纍，江南春盡江楓悲。虎丘問有真娘墓，碧芷紅蘭泫春露。生前爭羨顔如花，可憐寂寞噪寒鴉。但有白楊覆金盌，更無青鳥凌丹霞。徘徊短簿祠前道，能得青春幾回好。曉風殘月歌未終，百花洲裏一僧老。吊古斜陽倦欲歸，指點荒墳是耶非。綵雲散後不知處，杜宇聲中花亂飛。」「綬何若若印纍纍，少壯不力老徒悲。不見虎丘真娘墓，一瞬紅顔溘朝露。當年穠艷桃李花，臉横秋水髻盤鴉。茂苑舞腰低弱柳，畫樓歌袖奪明霞。佳人薄面向誰道，秋月春風不長好。青驄油壁等閒過，樹底流鶯花易老。紫玉成烟不復歸，館娃臺榭今已非。何似麻姑學仙去，蓬萊幾見海塵飛。」「勸君且聽歌纍纍，勸君對酒莫深悲。闔閭墳畔真娘墓，皓齒明眸委秋露。生公講臺天雨花，閶門楊柳晚藏鴉。看花畫鷁浮春水，拾翠明粧照落霞。游人來往横塘道，顔色當時爲誰好。月如無恨月長圓，天若有情天亦老。伯勞東去燕西歸，塵世滄江有是非。安得紅顔生羽翰，芝田瑶圃任雙飛。」

吴鐵耕國翰，郡霞浦人。乾隆己酉拔貢。善書法，兼嗜篆刻圖章。於余爲世誼，隔三十年未見顔色矣。今春爲余題《摇嶽淩滄圖》，詩、字雙絶。全稿未刊行，僅記《不寐》云：「攲枕不成寐，開眼月當牖。攬衣巡前除，林陰覆人首。露螢不受風，斜墜隔牆柳。仰見星芒寒，俯聞濁浪吼。」《秋風鐵馬辭》云：「鐵馬兒，君獨何爲乎聲最悲。不見夫高堂絃管，粥粥纍纍。爾乃風前抑鬱語向誰？如泣如訴，如怨如慕，渺不知其何所思。一解秋風起兮木葉飛，若有人兮吹參差。參差吹兮，爲誰泠泠，鐵馬和我怨天涯，天涯何極。願將千里足，日夜東西南北馳，辛苦有誰知。二解羌瑟颯兮丁東，無聊賴兮響秋空。豈咸陽之萬騎，乃疾走而匆匆。蹴平沙兮合沓，撓金甲兮錚鏦。客有壯心不已，而聽者思奮臂以相從。噫嘻乎！何日請纓萬里行，胡笳動處，蕭蕭邊馬聲。三解馬聲兮蕭蕭，雁塞兮迢遥。君將去兮不可留，妾送君兮淚如澆。淚如澆兮思何極，夜沉沉兮風淅淅。吁嗟鐵馬兮，無助予之歎息。四解噫！哀哉我心有不平，况值秋風動我情。伏鹽車兮上折坂，垂兩耳兮愁難任。口燥唇乾，誰與爲言。飄摇寒苦，既斷我魂。君不見，古來志士多苦辛，美人憔悴孤青春。請把千秋無限恨，併入簷前鐵馬聲。五解」

關德圃仲仁，寧德優貢生。德圃爲人，春容大雅。余丙辰歲晤於京師，嗣以福州學博終養歸里，益肆力於有韵之學。著《緑野閒吟》一卷。《望岱》云：「遠望層巒黛色濃，天門峭拔勢重重。雄開青兖無雙鎮，秀壓河沂第一峰。四觀漢碑銜晚照，千年秦篆護蒼松。幾回得遂登臨興，封禪壇前聽暮鐘。」《吴門七夕》云：「萬里雲帆水國秋，櫓聲燈影下蘇州。玄都觀外星千點，滸墅關前月一鈎。盡有傳觴分晝舸，許多整綫上紅樓。風流今夕吴閶擅，愛坐紗窗看女牛。」《虎丘懷古》云：「玉魚金椀葬空山，冷落荒墳見此間。多事秦皇搜劍到，貔貅十萬出函關。」「歌管吴宫事渺然，尚傳哀怨入徽絃。相看惟有生公石，臺畔年年月照禪。」《清明》云：「林烟幛雨暗江城，聽盡啼鶯樹上鳴。滿路梨花春寂寂，斷腸人又過清明。」

趙語水沅，浙江平陽籍。雍正乙卯拔貢，試國子監輒冠其曹，以直隸分州用，未及仕而歿，事載《温州府誌》。先生爲余曾祖姑夫，故與余居同里。家藏評點杜詩，甚精要，其手澤也。著有《賣餅集》行世。《蟻夢篇》云：「有蟲衆百萬，國於吾階墀。其王偶然出，舉國爲之隨。傳呼不聞聲，擁簇何跂跂。主人坐看久，微笑自捋髭。已而成假寐，有客來搴帷。啾唧似有語，頃者何相嗤。吾國雖云陋，居處壯城池。街巷若可辨，雉堞了難窺。坐食列官曹，才雋聚師師。東有陶唐墟，王孫氏族奇。南連於陵部，歌女令人思。西北蠆尾氏，百花釀酴醾。琅玕十幅紙，能書星子詞。各自聚部落，皆爲吾國陲。相傳數百祀，蛾術好書詩。元駒仗情俠，南柯艷蛾眉。高堂題審雨，盧生嘗嗟咨。占驗每不爽，滂沱應月離。日來徙都邑，頗似盤庚詩。此中何事無，世人自不知。敢爲先生述，不用相鄙夷。文章與事業，塵世爭龍夔。亦知有大人，雲端笑爾爲。」《鏡聽詞》云：「一自遼陽戍既遣，妾疏鏡面如郎面。燈花報喜久欺人，人言不如鏡聽善。不敢高聲祝竈王，懷藏銅片出前院。聽盡人言不道歸，杜鵑無賴偏啼倦。空房歸去燈火炧，淚落菱花滿紅茜。吁嗟！銅片兮銅片，何當飛去化明月，照妾啼痕與郎見。」

王面城世昌，邑庠生。著《邀月山堂詩稿》。其人厚幹豐頤，眉宇軒朗，精於書畫音律，事親養志，功名泊如也。生平仗義，遇里黨有不平事，輒排難解紛，人皆倚爲干城。詩得昌黎、昌谷奇氣，七古尤勝。至累自叠韵，持滿挽强，彷彿坡公本領。《太姥山古歌行》云：「噫嘻！太姥之高，高不見顛，陰陂陽麓迴烏鳶。太姥之奇，劖刓刻削幾萬，鬼斧千雷鞭。崑崙方丈非人世，東泰西華空巍然。想當未開闢，胎孕不知年。洪荒一落流峙出，有此雲凝水泐障海而遮天。鬱冥冥兮森挺挺，三十六尖捫翠頂。佹形變相難可名，如讀益經看禹鼎。瀑雷下洞水龍飛，日馭上壁天雞醒。春秋冬夏，雲霞變化。外弗能周，遑索其下。昏莽虧蝕無孔罅，唐林宋草相侵覇。朗者日月壺，黝者泉臺夜。小者衖衕大谽谺，天風浩浩流景射。噫嘻，太姥之奇不可知，四十里盡蟠蛟螭。嵌空磅礴没根柢，長跟大肘互撐持。君看凹凸皺瘦間，玲瓏心腎懸肝脾。要當百歲窮窔奧，乃信萬竅紛叉歧。滋生幽險穴猿狖，來往靈氣游神祇。始歎仙山佛國造化異，俯抱巒岫如孫兒。操蛇之神得毋癡，徒負通都大會之康逵。面面亭臺錯金碧，日日鐘鼓喧禪緇。胡爲落荒僻，永與朝市辭。華軒高蓋不得到，蒼蒼空翠長照霍童及武彝。山靈前致詞，主者故無私。濁淖産珠貝，枯朽生菌芝。靈物自閟畏塵俗，孤高久與荒僻期。君獨不見孔與墨，艱以絶德逢當時。」《和游魯望寄懷廿六韵》云：「歸蛟戰潮雲掃江，海門一線山開窗。萬蜃嘘雪快且哤，裂衣怒颶魂驚降。彈指變現珠擎雙，金蛇掣波波憎㦗。而我青鞋踏獰醜，蠣房嵌蘚生平矼。鷓鴣斑濕琉璃吠，走砂齧石聽淙淙。古幹散百影，如蓋如旌幢。鷺宿學漁舍，鷗泛學釣艭。乃知瘦過成妍喜由怖，一如海天萬里每有灘驚瀧。浸假化水而爲酒滿缸，浸假化月而爲壁上釭。三萬日醉千日睡，臟腑復活春生腔。雲中忽擲相思句，珊珊玉佩隨風瑽。龍軒鳳翥發光怪，洪鐘大吕相擊撞。曹滕雖亦辱壇坫，虎鼠今始分羽邦。鸚鵡喚茶鶴傳梆，山陰夢寐舟羈樁。明月不常會不偶，况乃臭味芬蘺茳。盥捧陽春駭險絶，羶風過虎僵村尨。蠅螉笑效天籟發，螻蟻疲且腥鱗扛。冷况棖觸數日惡，醉咁夢囈方言哤。寫心妙已解心照，恍如湫隘移高龐。廿五絃彈《廣陵散》，嗣響孤浪矜琤摐。逢場示我竿頭進，德君絳帳將軍檀。」《秋日漫興》云：「何必秋來問老天，蕭騷景色上詩箋。醉魂逐月過蟲市，冷眼臨風看鶻拳。鄉里貧容驕世字，乾坤睡得閉門禪。靈源會借孤槎去，莫指齊州九點烟。」「拂拭微霜倚敝袍，夜闌無酒坐離騷。寫心古意露螿靜，回首塵機風樹勞。思婦笛中樓似水，啼烏柝外月將濤。題梧欲贈知秋者，生怕人嫌曲未高。」「何處砧聲問夕春，鐵衾心到漢臨卭。商量荆布吟叢桂，消受絲桐坐遠峰。粉黛鏡中隨燭轉，鬢眉廡下有書傭。西風正抱文園渴，妄意雲霄仙掌濃。」「於百無聊寄性靈，和他蠻觸數焦螟。傷離雁亦哀王粲，招隱鷗來伴管寧。雲隔野航垂海黑，日荒營柳壓城青。吾曹生世因緣薄，合乞長鑱斸茯苓。」《獨坐》云：「含毫解問杜陵津，天地柴門遠側身。書裏才名誰上下，尊前春色我精神。生憐香草能思楚，多事桃花學避秦。眼底熙熙觀物化，江山笑見昔時人。」《摩霄庵和韻》云：「陰森紺殿静蒲牢，竹樹迴環緑一遭。萬壑風來吹海氣，六峰月上散雲濤。空階檜影僧樓落，壞壁蟲聲佛火高。幾夜聯床夢西嶽，盪胸應不負詩豪。」《有得》云：「心中養酒畫中游，此意如雲不斷流。未解天生千載士，竟將悲作一人秋。爐烟上筆山催腕，簾影横樽月入喉。試借黄粱夢身世，想根應也化沙鷗。」

王虚谷錫聆，原名永齡，邑丙午舉人，應選知縣，辭不赴。居家授徒講學，多所成就。生平好學不倦，博極群書，兼精岐黄針灸之術，凡有求者，無不立應。遇貧苦無力，復資以藥餌，閭里稱爲長者。所著有《周易十家集解》、《三家經文同異攷》、《蚤間齋日録》及《虚谷詩文集》共四十卷。《補琴集雙燕雛曲》云：「雙燕同飛，雙燕同止。朝銜玉溪泥，暮宿金屋壘。永夜喃喃，玳瑁雕梁不爲侈。簾幙輕，雄燕危，落花庭前傷獨飛。霓裳羽衣舞不得，度柳穿榆心復悲。深閨手纏五色線，太息無端雙燕雛。秋風獨去，春風獨來。關山明月，空自徘徊。燕之飛兮我心爲之哀。」《黃金臺》云：「吴王築臺臨姑蘇，美人清夜多歡娱。荆王築臺名章華，三休而上彊侯誇。燕王築臺爲招賢，劇辛樂毅相隨肩。姑蘇麋鹿章華削，燕師直搗臨淄郭。薊丘斜日照芳草，行人嘆息紅塵道。」《愍忠寺》云：「都督吹鐃群骨枯，邊人納欵肝腦塗。君不見，神策將軍雄且武，開疆斥地宏遠謨。張儉率師入三韓，幽營契丹隨天弧。環攻安市城不克，群黎凍死無完膚。天子饗士來幽州，燕山城南崇浮屠。巍巍高閣拂雲漢，將爲壯士資冥途。天子神勇除隋亂，功德兼備旋中樞。胡爲不自撫黔首，托於冥漠之毘盧。西人般若自國俗，詎有龍象大力殊。枉雕飛閣飾梁棟，天陰戰士啼烏烏。」《同阮恕齋自天津入都》云：「合共江湖去，胡爲入郭來。棄繻關吏訝，索米故人猜。野寺頻看劍，斜陽數舉杯。倘同南去雁，拂羽在蘇臺。」「去年殘雪裏，結伴出燕京。回首烟塵渺，離鄉生死情。祇今霜葉下，忍向酒壚行。太息翟公語，炎涼幾變更。」《江心寺文信國祠》云：「孤嶼山前古水叢，相公遺廟海濤中。麻鞋到處朝天子，長劍隨身拂彩虹。萬里孤軍謀保聚，四方豪士赴英雄。勤王不作背城計，空有斜陽照晚楓。」「走遍閩山又越丘，孤臣開府劍南州。漳潮節鉞風霆壯，燕趙悲歌天地愁。亡國無依雷化石，清江誰問海門秋。只今碧島神鴉集，風雨瀟瀟噪滿樓。」《送林雲墀之江南》云：「惆悵江南淚滿襟，杏花春雨百年心。昔游已倦方投轄，細草初生送載騣。甓社湖中江月曉，延陵祠外酒樓深。金山倘邇南來雁，正好裁箋報遠音。」

周希淵名彪，邑庠生。著《味道軒吟稿》。嘗讀書後崎化雲樓，承其父菊人敬脩、兄叔昂名駒先生詩學，淵源有自。惜二先生蚤逝，稿皆遺佚，而希淵詩獨存。《望日臺》云：「雞鳴登日觀，東望扶桑紅。天海發五彩，啓明吹曉風。半吐磨金鏡，祥雲繞一弓。倏忽全輪現，人間大發蒙。陽光無損益，萬古此曈曈。」《國興寺》云：「五丁力拔天地奇，隻斧劈破混沌迷。不作大皺小皺披麻體，雕人削物誰之爲。藍姥頃從玉闕來，種藍爲業破蒼苔。脩仙有術既得道，至今尚想昇天臺。昇天臺，亦可哀，堯時直到祥符開。二千八百有餘載，更無男子結嬰胎。緇流爭戀無上脱，不學燒爐學託鉢。黄金衆擲若恒河，即時布遍祇園闊。金碧琳琅摇赤霞，風旛雷鼓落天花。海潮雜磬磬不斷，嵐烟直撲寺袈裟。大衆如列阿羅漢，比丘恰過惠與贊。養定滄珠歷劫明，烏兔循環八千旦。奈何極樂土中歸衆僧，蘚塗碑篆鼠偷燈。頽垣敗址摧荆棘，空剩浮圖第七層。我來輾轉生長歎，求仙訪佛將何唤。不磨不朽尚凋殘，何況龍樓鳳閣芙蓉館。」《范慕周以觀海圖吟見示索題因贈》云：「先生老氣横九秋，飄然吾道寄滄洲。百川灌河等坳芥，東望弱水駕長流。乘風破浪嗤凡手，氣吞雲夢七八九。解衣磅礴控龍虬，排雲浴日撈星斗。萬斛胸中潑墨開，三山飛落金銀臺。蜃樓車馬隨文筆，鮫室珠璣擲酒杯。我未見圖見詩雅，臨題敢拜高風下。扁舟何日挾飛仙，願分一半波濤也。」

蔡雲海文蛟，邑廩生。著《水木山庄詩鈔》。雲海性地清靈，下筆敏捷，刻燭之餘，吟詩數幅，往往眼前景、口頭語，一赴腕間，都成妙趣。近設教姥山之麓，終日近矚遐瞻，襟懷愈曠矣。《下院幽興》云：「塵夢何如鶴夢幽，飄然身世擬虚舟。半村黄葉圍書幌，一角紅牆露佛樓。境是上方難問俗，人多熱眼不知秋。此中清福誰消受，有客長年卧故丘。」「一龕燈火下帷初，慙愧群疑董仲舒。白髮向人催短景，青山留我讀奇書。稻粱鴻雁經秋足，霄漢鵬雕鎩翅餘。滿地蓬蒿没深徑，閉門恰稱賦閒居。」「玉樹芝蘭繞砌栽，烏衣門巷執經來。揚雄不但知奇字，羅隱無非老秀才。世上功名歸將相，山中風月有樓臺。逍遥物外蒙莊叟，一卷《南華》手自開。」「終日焚香避世塵，梵王臺殿悟來因。生前已入大千界，死後應歸丈六身。夢醒梨雲忘舊路，心隨花雨出迷津。他年重證三生約，牧笛臨風漫愴神。」

黄竹岡鍾瑜，歲貢生。鄉試屢薦未售，邑中耆宿也。近設教綦與文昌閣，造就多士，人皆推爲良師。著有《燕石集》三卷。《擬左太沖招隱》云：「青山當我門，緑水繞我屋。扶杖窮水源，尋幽下林麓。野花參差開，不問時凉燠。雜樹垂餘蔭，往往葉如竹。趺坐亂石旁，掃花煮飛瀑。得意恣高歌，流響入空谷。沕穆多古心，繁華空徵逐。蕭然物外游，暮林狎麋鹿。」「浮雲過太虚，縹緲歸巖際。人生貴適意，豈爲浮名繫。誅茆依幽林，棲遲非無計。采采芳谷蘭，兼樹小山桂。幾兩黄桑屐，於何勞智慧。豈必賤勝貴，樂道自忘勢。安得清妙人，歲寒結真契。」《擬徐孝穆長相思》云：「長相思，再三嘆，達曉春冰生枕畔。聽鶯語，徒神亂。緣海何茫茫，相尋無涯岍。漫説湘江深，未抵儂情半。」《題雪溪訪戴圖寄岳鋭峰》云：「興呼黄帽郎，衝冷蒼葭岍。欸乃長短更，浩然四山燦。何以贈伊人，梅花落天半。扁舟載我長相思，剡水朔風正蕭散。」

葉金坡信祥，郡庠生。少耽吟詠，與竹岡訂黄葉社，後虚谷、希淵結大雅社，亦與焉。性恬澹，屢空晏如，兼善圖章。所爲詩有清矯不群之概。《短歌行》云：「得過且過，安知其餘。失今不樂，日月其除。一解廣輪易測，方寸難量。滾滾塵界，世短心長。二解小年蟪蛄，大年靈椿。隨天付予，盡屬良因。

三解結駟連騎，甕牖繩樞。不可方物，自有真吾。四解海之汪汪，載蓄載泄。月之明明，載圓載缺。五解睇彼鳶魚，于天于淵。各適其適，俯仰怡然。六解不生芥蔕，不作風波。一空色相，浩然長歌。七解酒傾東海，肉舉泰山。昂首天外，雲影往還。八解」《采石磯望月》云：「皎皎此宵月，流輝何處無。我來采石磯頭望，對之翛然情景孤。憶昔獨酌曾相親，舉杯對影成三人。月得詩人倍光彩，詩人得月增精神。於今弦望還爾許，影散盃空歸何所。見月懷人思渺茫，躑躅磯頭意銷阻。吁嗟乎！騎鯨人去已如忽，明月爲誰光發越。今月莫照古時人，古人不見今宵月。今宵月，有圓缺，光景常新，風流銷歇。」《春晚晏起即事書懷》云：「蘧蘧濃睡罷，紅日檻前臨。酒病縈孤夢，春愁惱曉衾。徐聽啼鳥倦，默計落花深。推枕還慵起，風光繫我心。」《春晚送別》云：「歲晚情何極，離筵絮更飛。帆隨流水逝，春逐落花歸。遲暮心同感，騫騰願不違。天涯從此隔，無計挽韶暉。」《久雨》云：「風絮連朝薄，梅天雨太奢。壞牆蝸有字，漏屋燕無家。暑氣沾全減，愁懷觸倍加。農田還可慮，展轉計年華。」《送春》云：「朝雨陽關外，東君駕欲移。當筵花歷亂，于野燕差池。雲樹傷心處，河梁佇立時。經年何久別，瞻望有餘思。」

周守默鴻逵，邑廩生，希淵子也。學品純粹。余始遇於姥山白雲寺，談論賅洽，引爲忘年交。嗣送其門人應縣試，每枉顧山齋，盤桓累日。詩律俊逸絕倫，異日殆以此名家者。嘗郵寄示余，偶爲擒摭利病，而終不我棄，足見才大心虚矣。《游歌行》云：「短策不及馬，短劍不衛身。壯士苦金盡，四海誰主人。朝來四顧望，慷慨馳征塵。鸞翮有時鎩，龍性無時馴。老婦前致詞，問君去何因。自爲君家婦，三載甘賤貧。貧交念葑菲，富識論舊新。近覘遠亦邇，道路徒艱辛。感此語悽惻，按轡爲逡巡。豈不念羈旅，行役當及辰。海内富英雋，終當知己伸。攬衣苦惜别，毋乃兒女仁。悲風汨然來，愁雲結涯垠。拔劍拾之去，道遠河無津。」《抒懷》云：「傷禽避羅網，望影神先徂。涸鮒轉深淵，潑剌觸四隅。喟余少薄祜，方寸多塵污。加以不努力，倫理常闕如。曰爲棲鳳竹，匪竹伊菰蘆。曰爲致遠驥，匪驥伊轅駒。弱歲弗克立，出入親心俱。寸草抱微忱，春暉無時無。云何霜風勁，摧我靈萱株。愛子心力竭，含恨歸泉途。譬彼巢梁燕，銜蟲哺其雛。衆雛翼未成，失母痛嗚呼。父年且半百，曉夜親勤劬。于焉手拮据，于焉口卒瘏。霜雪入鬢鬢，摧頹及桑榆。所望子業就，晚景差足娱。誰謂棄道旁，瓦礫非瑶瑜。况此藐弱弟，稚昧而羸癯。免懷纔閲歲，失恃旋呱呱。我年如弟時，阿母掌中珠。本是同根生，相去何懸殊。念此氣憂鬱，中夜起躊躕。剪燭覽古籍，掩卷復長吁。曰其詔我者，爲孝爲友于。一語未能踐，萬卷徒空虚。嗟哉倫紀艱，周行誰示予。」《詠王芝堂水月樓》云：「有宋乾德星聚奎，堂堂子瞻來峩嵋。誰爲朝廷惜大器，扁舟忽復黄泥陂。鯨濤兔魄發幽興，赤壁拉友攀虎螭。綿竹道士感興廢，洞簫吹徹雲參差。盈虚如彼逝如此，公之妙悟空羈羇。風流轉瞬七百載，誰歟繼者生遐思。芝堂王老力愛古，抱有三尺冰蠶絲。青山卜築古曰昔，臨流雲構光前規。藝蘭壘石穩位置，摩挲四座皆鼎彝。老木傍垣有數本，斑剥糾錯虬龍枝。敞牖一碧攬天海，顔以水月吁無疑。我來揖訪值如月，春寒稷雪仍離離。玉樓凍合陡起粟，細傾家釀安可辭。名論亹亹鏤冰魄，山中無漏神忘疲。乘興起讀壁間作，諸公宏製俱鏗奇。多長者轍信矣乎，《陽春》欲和愁撚髭。擁燈就枕夜將半，勁飇颯爽披書帷。未知身世在何處，彷彿絶島揚帆時。林木窅冥鳥悲嘯，移情詎假成連師。但恨周郎不解曲，敢云流水非鍾期。風雪寒夕妙爾許，水月良夜佳可知。作歌且簡二令嗣，高秋一斗須酌之。開君十扇緑紗檻，看此萬頃金玻璃。何當銅琶鐵板起，坡老重唱大江東去《水調歌頭》詞。」《八駿圖》云：「悲風獵獵卷江水，南狩膠舟泣楚鬼。西母何心召帝鑾，八駿胡爲掉其尾。崑崙之墟閬風苑，丘陎在天白雲遠。羲和鞭日無停留，造父御風不顧返。老臣灌灌《祈招》歌，荒服不至當奈何。祇宫没後數千載，神駿無骨留燕河。阿誰畫此作殊相，虚堂咫尺烟塵漲。閃瞳夾鏡汗走血，異體峰立各精壯。我聞當日穆天子，左服驊騮右緑耳。赤驥白義若雁行，曰爲左驂右驂是。靡若歴塊忽景靡，渠黄踰輪兩服峙。驂以盜驪山子雄，副乘四匹亦罕比。此圖今見予懷悲，誰服誰驂誰指似。逡巡展玩旋長吁，牧馬之冑爲誰乎。鶉首錫秦帝豈醉，白顛駟鐵恢遠圖。累世大耻一朝雪，小戎女郎如丈夫。東京視此有深愧，揚水悠悠歌東蒲。噫嘻八駿恨終古，不狩南邦狩西土。」《鴻門宴》云：「帝子西走咸陽宫，楚師萬帳軍新豐。氣吞隆凖如長虹，帝子妙以雌爲雄。情深語款明其衷，詎愁樽俎埋兵戎。蛟龍未與風雲通，當筵自覺天海空。張良畫策劉季從，范增舉玦王佯聾。鴻溝未劃西與東，鴻門盃酒分蛇龍。嗚呼蛇龍何必同，杯羹竟欲分而翁。」《摩霄遠眺》云：「仙袂飄然舉，淩霄縱遠鴻。乾坤雙袖外，閩粤一杯中。爽氣分蓬島，高吟叩昊穹。漫誇樓百尺，老眼自空空。」《望日臺》云：「高踞盤陀頂，跳丸掛肘旁。海天浮澒洞，雲氣浴荒涼。珥抱三山影，霞舒百道光。褰裳欲飛去，濯足看扶桑。」《春草》云：「碧於烟影軟於茵，極目離離總愴神。塞外誰憐他日鬢，江南又作一番春。濃連寶馬香車路，淡入斜風細雨辰。莫倚東君逞顔色，幾人回首淚沾巾。」「垂楊垂柳共輕柔，轉後條風緑漸稠。薄醉蜻蜓香冉冉，間牽蝴蝶夢悠悠。何人解讀《花間集》，有客重登池上樓。燕子未歸簾久捲，夕陽凝望迴含愁。」

陳秋塍式銘，邑廩生。襟期灑落，無一毫塵俗氣。以詩賦擅場，爲韓學憲所賞，拔入黌宫。自築別墅在寒碧山椒，松石具天然之趣，一時名流多觴詠焉。《九日游梅花莊因過秋溪廢墅有感》云：「挈壺橋畔水悠悠，挈壺橋西蘆荻秋。蘆花夕照泠未已，颼颼長風緣袖起。晴嵐作意錦屏開，飄飄吹入畫圖裏。殘冬舊夢梅花莊，青錢買酒煮林光。卧雲石上衣半捲，酒痕經雨留餘香。我今重來韶景速，梅花消息換黄菊。千古茫茫幾夕陽，荒臺戲馬英雄哭。哀我秋溪舊游中，滄桑轉眼將無同。登高不見故池館，悲風淅淅雲濛濛。昔爲詩酒社，今飛原上篷。青山揖客不能語，一時啼眼霜花紅。頹垣剥落瘗詩草，楸鴞楓鬼吟當道。長楊風緊衰草哀，池蓮香死田禾老。吁嗟觸目皆悄然，千秋憑吊只荒烟。何如一醉不知處，來與白雲相對眠。」《秋夜宿摩霄庵放歌》云：「露華洗空天一碧，空山徙倚無人跡。古松盤頂鬱奇蒼，支離叟晤丈人石。突地詩情觸雲起，蒼蒼莽莽奔千里。翩鴻唳鶴不敢前，青山面面驚相視。我乃飛身陟紫岑，浩歌一闋正危襟。寒林響發衆巖應，風雲辟易蛟龍喑。漫游清興真超忽，青天眼開放明月。乃知造物無盡藏，敢謂吾身具仙骨。請看碌碌塵世人，銀屏黼帳鋪重茵。邯鄲一夢爐烟歇，樓頭明月空精神。」《四宜亭夜坐》云：「夜色乃如許，詩情當若何。野寒知露重，人静得秋多。落葉不相礙，清風時見過。蕭然遠山路，寂寂帶烟蘿。」《寒碧山讌飲席上同諸友人作》云：「空林望不極，陰雨遍巖阿。海氣浮天出，秋聲挾雁過。酒斟黄葉晚，詩染暮烟多。酬唱同君樂，忘情下緑坡。」

《登留雲亭即景題壁》云：「獨眺危亭晚，孤城帶霧浮。人家環白水，烟樹入平疇。木落千山雨，船歸一笛秋。奚囊得清趣，未解旅人愁。」《白雲寺早起》云：「哦詩遲夜眠，夢覺還猶豫。清磬一簾烟，危樓半角曙。僧來啓巖扉，放出白雲去。乃知夜來夢，適在雲深處。」

蔡留航封，邑布衣。幼好聲韵，年未壯，成《伴雲居詩草》全卷。爲人天性孝友，履蹈端嚴，力任友朋重事，勸善規過之言，常不去口。故正士樂與之遊，而與余過從益無虚日。齋頭卉木器玩、碑帖圖書，古色盎然，皆先世留貽舊物。浙閩諸詞人每聞名過訪，望遠投箋，不啻有針芥之合焉。《苦旱》云：「懶龍鞭不起，陽烏驕婆娑。昨夜忽然雨，雨無數點多。欲將面上淚，灑此田中禾。高樓者誰子，挾瑟揚清歌。」《春曉曲》云：「猊爐細影摇香篆，斗帳春酣慵半卷。星躔懸柳唱天雞，留温繡榻紅氍毹。檻外流鶯初弄聲，桐花井畔轆轤鳴。夢回斜倚珊瑚枕，中酒昨宵留宿酲。顰娥睡起驕無語，似爲垂楊惜金縷。珠簾碎影簸朝曦，看飛蝴蝶東鄰去。」《銀河篇》云：「白榆烟盡月舒波，天津耿耿開銀河。玉繩流輝交素影，文鴦縹瓦霜痕多。佳期夕張眷靈匹，仙顔一笑停金梭。風馬雲車相引導，成橋烏鵲歡經過。誰家砧杵搗深夜，香鬟倭墮顰青蛾。銅壺響咽不成滴，蛛盤無意祈星娥。南瀧南下萬餘里，征人三載音書訛。夢魂有時任來去，横江濁浪愁鼉鼊。銀河仰望長太息，妾渡無梁奈郎何。」《月夜懷友》云：「明月當兹夜，清光凝不流。友朋千里隔，風露一庭秋。人意凉於水，笛聲多在樓。近來生别感，知汝亦含愁。」《昆陽旅次送□□宦閩》云：「汝學盧敖汗漫遊，火雲五月下閩州。夢中仕宦終南老，袖裏詩篇太華秋。自古文章能壽世，幾人談笑得封侯。明朝又作昆陽别，海色濤聲總白頭。」《露筋祠》云：「寒烟流水澮叢祠，一曲《神絃》隔世悲。惟有一輪天上月，夜來長照女貞枝。」《次余冒雪過石門隘見寄韵》云：「颯颯風聲徹夜喧，萬山深處有離魂。雪花如掌裘如鐵，知爾摇鞭過石門。」

王章南夢松，郡庠生，余門下士也。少孤，繼母黄氏課讀甚嚴，故得承其尊人面城先生家學。弱冠，以詩文賦受知學使者，補弟子員，論者有鳳毛濟美之目。乙亥受業於余，更得見其辭華茂雅，益信藻鑒非虚。今以貧授館桃城，久不相會晤矣。寄示《聽濤齋詩集》，鴻文側出，猶有父風。《秋夜》云：「長松露微月，夜氣澄太虚。仰視浮雲白，壯心同卷舒。坐花入幽徑，暗香生羅裾。心境此俱寂，無適非鳶魚。空階雜蛩語，風泉亂雨餘。老鶴一聲去，萬象歸吾廬。」《落葉》云：「狂風撼柴扃，輕烟散林薄。俄看黄葉飛，遠勢紛連落。喬木淡斜陽，空庭噪鳥雀。微禽各有得，客緒一何惡。呼童且煮茶，階前掃敗籜。」「飄零本無端，繁盛安足詡。春風吹叢林，青蒼滿村塢。轉眼判青黄，摇落不自主。譬彼下場人，富貴忽貧苦。當時陰蔽天，掃蕩歸何許。」「颯颯復蕭蕭，風雨撲叢麓。青燈閉門人，秋林讀書屋。我思雨露功，長養諸卉木。何以有肅霜，山鬼驚夜哭。孰是歲寒姿，而當不凡目。君看松與栢，長青挺空谷。」《詠維揚節烈徐觀妙事》云：「建炎之秋亂廟謨，賊氛兵氛皆危途。被難不少仕宦徒，一入賊手身蠕蠕。維揚獨傳節烈女，觀妙其字氏其徐。舉家避兵身獨居，爲兵所得身應污。大義不屈罵賊死，數語凜凜無丈夫。朝廷養兵以備胡，乃聞賊至皆奔徂。不能殺賊反作賊，大肆劫掠何爲乎。弱腕無鋒非屬鏤，恨不快斫賊頭顱，安能忍辱活須臾。賊聞且慙既大恚，揮戈血濺紅羅襦。維揚江水清縈紆，義肌烈血浮江湖。吁嗟乎！天良泯滅人心誣，亂兵之亂無時無。叛人殘忍不容誅，表彰節義歸吾儒。吾聞死節猶呼猪，昭昭青史名難除。見危授命何趦趄，毋令女子生揶揄。不然保身亦明哲，誰非父母之髮膚。」《晚興》云：「遠眺愜吟情，斜陽失晚晴。暮天圍雨脚，平野走江聲。偶爾蒼茫立，還思汗漫行。穿雲數行雁，風緊趁歸程。」《懷邀月山堂》云：「天半銀蟾白，吾家誰倚欄。亭窗虚處好，兒女坐中歡。松影簷陰重，濤聲枕上寒。可憐今夜月，强作故鄉看。」《暮春游建善寺》云：「東城百餘武，流水浄雙瞳。竹影迷山徑，松濤繞梵宫。身登初地寂，心與萬緣空。鏗爾一聲磬，庭花開午風。」《晚自清溪歸》云：「入岫閒雲淡引繒，昏黄落日路奔崩。蒼嵐半壁欲生月，紅葉一村初上燈。客子高低松徑屐，漁人收拾板橋罾。天寒景短翻惆悵，未得峰峰取次登。」《雨夜抱病》云：「風聲雨勢共飄蕭，聽到更闌倍寂寥。三徑嫩寒移蟋蟀，半庭凉韵雜芭蕉。夢迴綺閣衾初冷，藥熟紅爐火未消。漫道病身愁剪燭，可憐更有坐通宵。」《題棲林寺經樓》云：「蕭蕭黄葉下蒼苔，不盡登高王粲哀。澗水咽秋青嶂合，樓鐘放曉白雲開。上方地僻僧何去，曠野風寒客正來。縱酒狂歌藉朋好，澆愁還有掌中杯。」《舟行紀事》云：「刺眼洪濤拍岸開，輕舟簸蕩雪花堆。天憎落日紅無定，山愛遥嵐青欲來。倏地潮頭帆捲水，驚心艙底浪奔雷。豪游即擬尋源使，不羨乘槎萬里才。」《擬題仙遊觀》云：「仙人騎鶴返瑶京，樓閣空餘似五城。秦時山光收太華，漢宫秋色入昆明。幽房烟磬穿深靄，古洞風松送晚晴。不見前陵陵上草，也應此處學長生。」《待菊》云：「仲尉門前半草萊，更無花映讀書臺。西風日夜催秋老，時向東籬立幾回。」《秋溪雜詠》之一云：「巢燕争泥下野塘，繡畦活水養新秧。一雙輕影落何處，剪破緑雲痕正香。」

劉印川雙照，邑廪生，余門下士。食貧力學，操行醇謹，書法亦其所長。甫逾弱冠，爲詩已洽鍊超俗若是，洵後來之傑出者。《苦旱行》云：「聖主御極調泰鴻，五風十雨禾稼豐。荒陬邇來魃爲虐，坐覺熱氣生蟲蟲。永夜巡檐不成寐，嘒星騰爍紛玲瓏。晨起望雲如異寶，羲和鞭日扶桑東。燭龍驕蹇滏龍睡，方命不效春爲忠。誰將長繩繫烏足，水渦銀竹愁無功。恐是忤奴取鸛子，瓦亭之仙怨以恫。昨者環丘石氣湧，姮娥遺壻彎帝弓。倏火繖張雲俱没，炎光倒映濁塵紅。汗流作雨不入土，原田龜坼山爲童。二八飛泉漸枯竭，河魚底用山鞠藭。吁嗟檮雩走群望，海潮音沸梵王宮。孟秋吉日齋壇建，考鐘伐鼓聲隆隆。是夜明蟾皎若鏡，天船横漢寂無風。蟣蝨微誠亦何益，願勤奠瘞回天聰。鄙人嗒坐秋堂上，燈光豆點青朦朧。苦憶前年遇裁變，米珠量斛饑難充。貪生怖死吾豈敢，嗷嗷萬竈毋乃窮。籧篨仰面使天憫，罰以藁暴謝田翁。上界由來足官府，緑章肯與下情通。雲將東游倘迴轡，旁翼少女馳風騣。佇看滂沱月離畢，傾盆一洗愁顔空。」《秋日雜感》云：「獨坐蕭齋冷，翛然迥出塵。硯耕田舍老，心迹葛天民。慷慨論千載，饑寒慣此身。百城南面在，誰計重儒珍。」「百歲空搔首，游蹤喜共陪。蟬聲疎柳路，烟景暮山隈。故舊存知己，乾坤養不才。平生鴻雪似，清興亦悠哉。」《答王章南寄懷》云：「書從今夕至，離思散齋頭。楓葉及時老，雁群相對愁。海山分兩地，風雨感三秋。已覺重陽近，棲林憶舊遊。」《南塘》云：「春衫初試曉風吹，人立南塘獨眺時。橋畔柳濃鶯語濕，賣花天氣雨如絲。」

十五叔溟海一鵬，歲貢生。天姿朗悟，通《左》《國》及諸史書，歷論天下險要、古今成敗、人物臧否，滔滔如江河之不竭。詩近明七子，古作妥貼排奡，幾入昌黎之室。而自視欿然，脱稿輒焚去，故所存無多。《伴雲居詩集題辭》云：「大海萬里山萬重，吾邑廼處山海衝，名材異貝大小共。風雅不作天心慵，陋於曹鄶況邶鄘，邇來數子頗雍容。前者唱于後唱喁，過此但愁無繼踪，韶鈞罷響鳴秋蛬。街中少年曰蔡封，山海靈氣之所鍾，讀書不求試辟雝。吟詩二百情劇濃，恬淡能以古爲宗。春鶯睍睆聽倩鬆，漣漪濯濯生芙蓉。有時鬱怒筆力兇，隻手欲抉千丈松。我知此才不易逢，姑以謾語相挺摏。子詩雖工時勿庸，裘之於夏葛於冬。字五韵八細襞縫，以青妃白蝶偶蜂。郡推州舉聲詾詾，釋褐坐食大官饔。子詩與世殊横縱，不學屠牛學屠龍。蔡封白眼笑殺儂，小儒低頭聲噫噰。村謳合沓可相舂，何不玉珮歌來雍。詩成亦覺心恟恟，所慮芝蘭雜菲葑，豈有清廟屏笙鏞。封也誚我非我惷，前言戲耳或不恭，此事但非旦夕供。願子積學如備凶，墳典聱牙撑腹胸。睢經麟簡歸冶鎔，其詞雄灝祛繁穠。萬石之簴千石鐘，太平歌詠賡羲農，子苟能之吾請從。」《紅葉題詩圖》云：「朱顔曄曄良家子，碾玉調香作花蕊。金屋藏春春正歸，秋後芭蕉心未死。」「銀蟾吐水一葉流，紫鸞銜尾相對游。東皇着意憐紅粉，千古江天無蹇脩。」

十七叔蜚庭一鳴，郡庠生。溟海胞弟。熟於諸詩源流，吐屬風雅。年十四作《潛英集》一卷，自序云：「蝶睡輕紅，鶯啼嫩緑，滿眼斜陽天暮。倚遍雕欄，題不了相思句。藁砧何日大刀環，粉奩重合雙釵股。依稀人在畫樓中，何曾夢入高唐路。綵毫要把愁去，還覓愁歸處，隔江烟樹。望裏蘭橈春渡，美人難遇。空唱淮南後庭花，璧月瓊枝，聊復爾巫峰十二，没朝雲，猶將神女賦。」右調《綺羅香》。

及長，悔少時綺語之非，已自沉其稿矣。然艷體亦備一格，就余所記者録之。《曉窗》云：「積得燈煤畫柳眉，曉窗紅日上遲遲。金鶯未省愁多少，啼住花枝不肯移。」《畫眉》云：「不爲承恩較短長，憐他纖影曉來妝。漢家多少如規月，終日含顰倚象床。」《踏青》云：「獨自尋芳到陌頭，行人争上木蘭舟。兒家夫壻多輕薄，怕見楊花逐水流。」《惆悵詞》云：「玉扉銀鎖夕陽斜，曾到嬌龍小鳳家。記得去年雙姊妹，紫荊花下鬥新茶。」「羅巾猶有口脂香，無那相思夜正長。寄得秋鴻書一紙，第三門巷是平康。」《懷古》云：「欲獻長門解賦無，東風輦路長青蕪。蕙宫寂寞何人見，空唱新聲《一斛珠》。」《古意》云：「懶捲芙蓉帳，獨覆鴛鴦衾。郎似樓頭月，照面不照心。」「一别已三年，歸來渾無奈。只問妾容顔，教他看裙帶。」「遠歸未一月，夜復束輕裝。不怨妾無主，恐郎到錢塘。」此皆少時所作，其後亦有佳者。《題蘇石緣畫石册》云：「峰奇石怪驚飛來，嵯峨突兀非凡才。高堂十日生烟霧，使我目眩心神開。我昔選勝游太姥，豎者如熊伏如虎。意欲攫取歸家鄉，鞭之不動笑荒唐。君今何術忽到此，毋乃叱石如叱羊。古人愛石有米顛，今人愛石數石緣。石緣蓄石巧莫狀，石到名園益奇壯。寄言刻石肖爾形，石耶人耶兩無恙。還君畫圖三嘆息，何當載酒一賞識，醉眠石上計亦得。」《宿姥山白雲寺》云：「白雲寺古白雲封，此夜來聽寺裏鐘。擁被何人求好夢，挑燈有客話奇峰。樓臺天壓星辰動，巖磴秋深霧露濃。好與高僧分半榻，卧看三十六芙蓉。」《夢堂》云：「世事皆如夢，遊人入夢中。有緣原是幻，無想即成空。失路迷蕉鹿，浮生嘆雪鴻。何如歸大覺，一問信天翁。」《望仙橋》云：「太姥墓前雲冉冉，鍾離巖下草蕭蕭。望仙畢竟仙何處，徒有空山一片橋。」諸詩就題着墨，可謂探驪得珠。憶丁卯歲偕叔溟海蜚庭，在挹翠樓消夏聯句，争奇鬥險，學爲韓、孟體。杏根見而悦之，序以梓行。彼時各皆年少，渺慮凌空，不知人世有米鹽淩雜事。今則叔侄相看，鬢有二色，而俗務沓來，無復曩日清虚境界矣，言之不勝憮然。

余合刻《蘭社詩略》，内如侯官黄卓人漢卓之體格遒健，平陽鮑石芝臺之神韵超逸，華葇園文漪之鍛鍊精純，羅源黄南村銓之抒寫清新，閩縣謝杏根淞之言情真摯，各具所長，久在諸子藻鑑中矣。至各人事略，經長洲吴枚庵先生標出，兹不贅述。

《詩則》既畢，時道光丁亥八月望夕也。庭樨始芬，凉月流素。風泠泠自梢頭生，宿禽駭飛，嘯入天碧。余覺有遠悟意。留航造而言曰：「觀子忙於筆札，逢人輒匿，將何爲？」余笑出斯篇以示。讀之擊節稱善，謂放鄭存雅之意，於是乎在。而余終自歉然也。「何莫學《詩》」，爲小子言耳，若夫語詳擇精，其則不遠，尚冀騷壇大君子有以時賜鍼砭，則幸甚。福鼎林滋秀紉秋氏識於桐山講院東廊。